W0279610

KNAUR

Von Markus Heitz sind bereits folgende Titel erschienen:

Ritus
Sanctum
Kinder des Judas
Blutportale
Judassohn
Judastöchter
Oneiros – Tödlicher Fluch
Totenblick
Exkarnation – Krieg der Alten Seelen
Exkarnation – Seelensterben
AERA – Die Rückkehr der Götter
Wédōra – Staub und Blut
Wédōra – Schatten und Tod

Über den Autor:

Markus Heitz schrieb über 40 Romane und wurde etliche Male ausgezeichnet. Mit der Bestsellerserie um »Die Zwerge« gelang dem Saarländer der nationale und internationale Durchbruch. Dazu kamen erfolgreiche Thriller um Wandelwesen, Vampire, Seelenwanderer und andere düstere Gestalten der Urban Fantasy und Phantastik. Die Ideen gehen ihm noch lange nicht aus.

Markus Heitz

DES TEUFELS GEBETBUCH

ROMAN

KNAUR

Das Zitat aus »Kartenspiel im spätmittelalterlichen Bern« erfolgt mit freundlicher Genehmigung der Autorin.

Besuchen Sie uns im Internet:
www.knaur.de

FSC
www.fsc.org
MIX
Papier aus verantwortungsvollen Quellen
FSC® C083411

Vollständige Taschenbuchausgabe April 2018
© 2017 Knaur Verlag
Ein Imprint der Verlagsgruppe
Droemer Knaur GmbH & Co. KG, München
Alle Rechte vorbehalten. Das Werk darf – auch teilweise – nur mit Genehmigung des Verlags wiedergegeben werden.
Dieses Werk wurde vermittelt durch die AVA international GmbH
Autoren- und Verlagsagentur, München.
www.ava-international.de
Redaktion: Hanka Jobke
Covergestaltung: Guter Punkt, München / Anke Koopmann
Coverabbildung: Anke Koopmann unter Verwendung
einer Illustration von © Elm Haßfurth
Satz: Sandra Hacke
Druck und Bindung: CPI books GmbH, Leck
ISBN 978-3-426-51780-2

2 4 5 3 1

Gewidmet den Kartenspielern und Zockern,
die mit ihren Erlebnissen und Geschichten wahre
Legenden bildeten, von denen heute noch berichtet wird:
Lachen, Streit, Ärger, Freude, große Auftritte
und kleinlaute Abgänge.

Wie damals in meiner ersten Mau-Mau-Runde:
Eine verdammte 7 mehr, und der Sieg wäre mein gewesen!
Aber als hätte der Teufel seine Klauen im Spiel gehabt …

Prolog

Ostsee, 18 Seemeilen
nordwestlich von Tallinn (Estland)

Surrend wickelte sich das nasse Drahtseil auf die Trommel, die Kraft des Motors zog die Beute aus der Tiefe des Meeres. Schmutzig graue Tröpfchen lösten sich vom ölschmierigen Tau und fielen zurück in die sachten Wellen. Meter um Meter ging es aufwärts.

Zwei Taucher, deren schwarze Neoprenköpfe wie dunkle Ballons auf der wogenden See trieben, beobachteten das Emporhieven aus einigem Abstand. Ihre Arbeit war getan, doch sie blieben auf Position, um bei einem Abrutschen der Halterung die Bergung wiederholen zu können. Sofern es das schlechter werdende Wetter zuließ.

Die Scheinwerfer und Positionslichter der *Anatevka* waren trotz der anbrechenden Dämmerung gelöscht. Niemand durfte wissen, was sie auf dem umgebauten Trawler taten. Eine Genehmigung für ihre Unternehmung gab es nicht.

»Rechtzeitig«, kommentierte Kapitän Lugaschin lakonisch. Die Arme auf die Reling gestützt, rauchte er eine russische filterlose Zigarette. Mit der Skippermütze auf den kurzen schwarzen Haaren und in dem dicken Pullover sah er aus wie eine Werbefigur, wahlweise für Kippen oder Alkohol.

»Aye.« Ein Matrose in Marinemantel und mit abgegriffenem Schiffchen bediente zwei Schritte neben ihm die Winde, blickte abwechselnd zum Seil und auf die einfachen, schwach leuchtenden Armaturen.

Angespannt verfolgte Anjelica Clark den Vorgang. Der signalgelbe Plastikmantel schützte sie vor Wind und Gischtschleiern, die Schwimmweste trug sie aus reiner Vorsicht. Sie hatte die Hände in die Taschen gesteckt, in ihrem linken

Ohr saß ein Bluetooth-Set, mit dem sie telefonierte; das Satellitentelefon ruhte geschützt in ihrer Hose. »Wir sind gleich so weit, Sir«, meldete sie den Fortgang an ihren Auftraggeber.

Der Rumpf der *Anatevka* hob und senkte sich spürbar. Die Wellen rollten heran und zeigten den Seeleuten, dass sie allerhöchstens noch eine halbe Stunde an dieser Stelle bleiben konnten, bevor der anrückende Sturm sie an die sichere Küste zwang.

»Die Wettermeldungen sehen schlecht für Ihren Standort aus«, hörte Anjelica ihren Boss sagen, der in einem britischen Clubsessel bei Tee, Scones und Sandwiches saß, während sie den Gewalten trotzte. »Ist das korrekt, Clark?«

»So ist es, Sir. Da zieht was auf.« Anjelica blickte auf den Gegenstand, der unter der bleigrauen Wasseroberfläche als rechteckiger schwarzer Schemen erkennbar wurde. Gleich darauf durchbrach er die Wellen, weiße Bläschen blieben auf dem dunkelbraunen Holz zurück. Mehrere breite Gurte spannten sich um die Fracht und hielten sie sicher umschlungen.

»Langsamer«, befahl Lugaschin gelassen und rührte sich keinen Millimeter.

»Aye«, sagte der Matrose und fing das Schwingen der riesigen Truhe geschickt über das Manövrieren mit dem Lastarm ab.

»Wir haben sie, Sir«, sprach Anjelica laut, um das zunehmende Surren des Windes zu übertönen. »In einem Stück und ohne Beschädigung.«

»Ausgezeichnet!« Freudige Erregung erklang in der Stimme des Auftraggebers. »Lassen Sie meinen Schatz nicht vom Haken!«

»Nein, Sir.«

Der Matrose ließ die geschnitzte Eichenholztruhe behutsam hochziehen und holte sie mit einem Schwenk des

Metallgalgens über die Reling, wobei sie Millimeter an Lugaschin vorbeischwebte.

Der Kapitän dachte nicht daran, sich zu bewegen. »Raus mit euch«, rief er den Tauchern zu und schnippte die beinahe aufgerauchte Zigarette in die Ostsee.

Die Männer gaben bestätigende Handzeichen und schwammen auf die Leiter zu.

Anjelica ging zur Truhe, die rumpelnd aufsetzte. Wasser sickerte aus den breiten Spalten und angebrochenen Holzlatten, Schlamm und Bröckchen verteilten sich ringsherum. Der Wind wehte ihr einen modrigen Geruch zu, der alte Schlick schien sie mit Gestank vertreiben zu wollen. Das letzte Sonnenlicht tauchte das Deck in Dunkelgold und ließ die Umrisse verschwimmen.

»Machen Sie Licht, Kapitän«, bat Anjelica.

Als Antwort zog der Skipper eine Taschenlampe vom Gürtel und leuchtete herüber, blieb am Geländer stehen, als lehnte er an einem Bartresen. »Alles andere sieht man zu weit. Die Küstenwache ist aufmerksam, und in der Nähe findet ein Marinemanöver statt. Die werden sich schon wundern, warum wir noch draußen sind und keine Kennung senden.«

Der Matrose beugte sich zur Kiste, löste die Halterung der schlaff herabhängenden Bänder, und auf Anjelicas bestätigendes Nicken hin knackte er das verrostete, korrodierte Schloss mit einem Bolzenschneider.

Nach mehrmaligem Hebeln und dem Einsatz eines Stemmeisens zersprang der Deckel und gab den Blick auf den Inhalt frei.

»Sagen Sie mir, dass mein Schatz da ist, wo ich ihn vermutet habe«, hörte Anjelica ihren Auftraggeber begierig raunen.

Neugierig beugte sich der Matrose über die Ladung, korrigierte verblüfft den Sitz seines Schiffchens. Dann lachte er auf und wechselte einige russische Worte mit dem Kapitän.

»Ist das wahr?« Lugaschin steckte sich die nächste Zigarette in den Mund und zündete sie an. »Kein Gold?« Er fluchte deutlich durch den Wind. »Dann kann ich meine Beteiligung abschreiben.«

Anjelica sah im Schein der Lampe schwarzgrauen Schlamm, die Reste von zersetztem organischem Material und noch mehr Schlick, aus dem Krebse und andere Tiere krochen, um vor dem grellen Licht zu flüchten. Seufzend zog sie ihre Finger aus den Taschen und grub sich durch das eiskalte Sediment. Sie hatte nicht an Handschuhe gedacht und hoffte, weder in scharfkantige noch spitze Dinge zu greifen.

Sie stieß auf Widerstand.

Behutsam zog Anjelica den Gegenstand heraus und hielt eine Flasche mit einem Drahtkorbverschluss in der Hand. Mit Gischtwasser, das sie von den Balken wischte, reinigte sie die Flasche, so gut es ging. Das Dümpeln des Trawlers nahm zu, ihr wurde flau im Magen.

»Clark, machen Sie es nicht unnötig dramatisch«, flüsterte der Mann in ihrem Ohr nervös.

»Sir, ich muss sicher sein. Eine Flasche ist es auf alle Fälle, und« – Anjelica hielt den Korken in den Lichtstrahl – »ich sehe einen Anker darauf. Wir haben mindestens einen Treffer, Sir! Alles Weitere, sobald ich den Inhalt …«

»Los, Clark! Ich bin live dabei, wenn Sie mich reich machen«, unterbrach er sie lachend und schlürfte laut am Tee. »Beste Unterhaltung.«

Anjelica sah zum Matrosen. »Haben Sie was zum Säubern? Einen Wasserschlauch zum Spülen?«

Er nickte knapp und stapfte über das Deck, um gleich darauf mit dem Verlangten zurückzukehren. Auf ihre Anweisung hin schwemmte er nach und nach den Schlick aus der Kiste, der in breiten Schlieren aus den Holzspalten über die Metallplatten der *Anatevka* lief.

Lugaschin verfolgte das Treiben und rief den Tauchern etwas zu, ohne den Kopf zu wenden. Sie wuchteten sich fluchend an Bord und halfen sich gegenseitig beim Abnehmen der schweren Sauerstoffflaschen.

Unverdrossen gab Lugaschin den unbeweglichen Beleuchter. »Was ist das?«

»Was zu trinken«, gab Anjelica zurück. »Ungenießbar. Wird nicht viel bringen.«

»Mit wem reden Sie, Clark?«, wollte ihr Auftraggeber wissen.

Die Böen rauschten in ihren Ohren und über die Stimme. »Mit dem Skipper.«

»Sagen Sie ihm nicht, welchen Schatz er an Bord hat«, schärfte er ihr ein. »Sie hätten das niemals alleine angehen dürfen.«

»Die Zeit lief uns davon, Sir. Das Unwetter und das Manöver hätten die Bergung unmöglich machen können. Wir hatten Glück, dass wir das Wrack überhaupt vor allen anderen fanden.« Der gedrosselte Wasserstrahl legte vor ihren Augen Flasche um Flasche frei. Manche Korken zeigten den Anker, andere nicht. Das konnte den Fund sogar älter und lukrativer machen als erhofft. Anjelica überschlug die Anzahl. »Soweit ich es sehen kann, sind es um die sechzig, Sir. Das Doppelte des ersten Fundes«, erstattete sie leise Bericht, um dann lauter hinzuzufügen: »Ach herrje. Es bleibt dabei. So eine Enttäuschung. Kein Schatz.«

»Übertreiben Sie nicht, Clark«, kam es prompt über das Satellitentelefon. »Sonst wird er misstrauisch. Laden Sie die Ware um.«

»Sicher, Sir.« Sie bat den Matrosen, die großen bereitstehenden Plastikboxen mit Meerwasser zu füllen, und packte eine Flasche nach der anderen in die gepolsterten Styroporständer. Damit würde der edle Tropfen den weiteren Weg überstehen. Experten des Auftraggebers, die sich auf den

Weg nach Tallinn gemacht hatten, übernahmen die Inspizierung an Land und würden sich bei Bedarf um die Konservierung der uralten Korken kümmern, damit sie dicht blieben.

»Ist das Wein?« Lugaschin stand ungerührt an der Reling, leuchtete und winkte zum Kommandostand hinauf. Der Steuermann schaltete daraufhin den Motor der *Anatevka* ein und lichtete den Anker, um die Rückkehr in den Hafen vorzubereiten.

»Ja«, log Anjelica.

»Und Sie wussten, *dass* es ihn gibt.« Lugaschin schwenkte den hellen Strahl hin und her. »Sie haben die richtigen Transportboxen dabei. Ist ja wohl kein Zufall.«

»Stimmt. Aber eigentlich hätten wir Gold finden müssen.« Sie ließ sich nichts anmerken und sah aus den Augenwinkeln, wie der Matrose im verbliebenen Schlick wühlte, als wolle er die Hoffnung nicht aufgeben, doch noch Schätze zu entdecken. »Der Wein ist nur ein Mitbringsel. Der Segler sollte laut unseren Aufzeichnungen wichtige Depeschen und Geschenke des französischen Königs Ludwig XVI. an den russischen Zaren überbringen. Ich rechnete mit mindestens einer kleinen Kiste Diamanten, Geschmeide oder dergleichen.« Sie zeigte auf die Wellen. »Die Ostsee hatte etwas dagegen.«

Lugaschin lachte. »Verarschen kann ich mich selbst.«

»Was ist?«, fragte Anjelicas Auftraggeber. »Was redet der Mensch die ganze Zeit?«

»Später, Sir«, wisperte sie.

Die *Anatevka* tuckerte los und wendete in einem großen Bogen, schwankte, als sie kurz quer zu den Wellen fuhr, und nahm Fahrt auf. Die Scheinwerfer blieben aus, das natürliche Licht genügte, um die ersten Seemeilen ohne gleißende Lampen zurückzulegen, auch wenn die Sonne mittlerweile versunken war.

»Reden wir nochmals über die Beteiligung.« Der Kapitän senkte die Taschenlampe und hob sein Smartphone. »Ich habe hier was gefunden, über einen ähnlichen Fund zwischen Schweden und Finnland. Champagner. Ergab mindestens dreiundfünfzigtausend Euro. Pro Flasche.«

»Nein, Sie irren sich«, wiegelte Anjelica ab.

»Soll ich Ihnen den Bericht vorlesen? Müsste Veuve Clicquot sein, hergestellt irgendwann um 1772, ausgeliefert ab 1782. Markenzeichen ab 1798: Auf dem Korken ist ein Anker.« Lugaschin leuchtete auf die Flaschen. »Dieses Symbol hat in der Champagne nur dieser Hersteller verwendet, heißt es im Artikel.«

»Clark, was will dieser Mensch?«

»Mehr Geld, Sir.«

»Wir reden von etwa drei Millionen. Davon will ich meine abgemachten fünf Prozent. Und weil Sie versucht haben, mich zu verarschen« – der Kapitän sog genüsslich an der Kippe –, »schlage ich weitere fünf drauf. Sonst gehen Sie über Bord. So was passiert bei einem Sturm. Die Schwimmweste wird nicht viel bringen.« Die Taucher traten neben ihren Kapitän an Deck, stumm und bedrohlich in ihren schwarzen Neoprenanzügen, auch wenn sie an kleine Seelöwen erinnerten.

Der Bug des Trawlers bohrte sich durch die Wogen, gabelte sie auf und teilte sie. Wasser und Gischt ergossen sich im sterbenden Licht auf das Boot.

Anjelica seufzte wieder und klappte einen Plastikdeckel zu. Sie schmeckte das Salz auf ihren Lippen. »Sechs Prozent. Und es ist nicht garantiert, dass wir drei Millionen bekommen. Wenn er nicht mehr trinkbar ist, dann …«

»Ist das was wert?« Der Matrose barg einen Pfeifenkopf aus Ton aus der Truhe, erhob sich und hielt ihn in die Runde. Sofort richtete Lugaschin den Strahl der Taschenlampe zu ihm. Auf dem Pfeifenkopf war der Oberkörper einer dunkelhaarigen Frau abgebildet.

»Ich fürchte, nein«, sagte Anjelica, irritiert von der Unterbrechung. »Ich bin keine Expertin für …«

»Schade.« Achtlos warf der Matrose den Pfeifenkopf aufs Deck, wo er zerschellte. »Dann weiter mit den Verhandlungen.«

Einer der Taucher stieß ein Lachen aus und stapfte auf sie zu.

»Sieben Prozent!« Anjelica erhöhte rasch ihr Angebot. Lugaschin hatte recht: Sie wäre in der eisigen Ostsee so gut wie tot.

Aber der Taucher ging an ihr vorbei, nahm sich eine Flasche und schlug den Hals ab, der absolut glatt brach. Sprudelnd stieg Champagner heraus, das Getränk hatte noch genügend Bläschen, um zu schäumen. Grinsend nahm der Taucher einen Schluck. »Schmeckt. Hat aber Kork.« Er kehrte unter Gelächter zu den anderen zurück. Die Flasche aus dem 18. Jahrhundert kreiste in der kleinen Runde.

»Der älteste Champagner der Welt.« Lugaschin steckte die Lampe weg, trank und lachte. »Das ist das Teuerste, was ich jemals im Mund hatte.«

»Das ziehe ich Ihnen von Ihrem Anteil ab«, giftete Anjelica. »Und es bleibt bei sieben.«

»Sehr gut, Clark«, lobte ihr Auftraggeber. »Bringen Sie mir meinen Schatz.«

»Sicher, Sir.«

Der Matrose neben der Truhe stieß einen verblüfften Ruf aus. Er schob das Schiffchen mit dem Unterarm weiter nach hinten und hielt eine notizbüchleinflache Schatulle in die Höhe, die sich nach einem Schwall Wasser aus dem Schlauch als angelaufenes Silber entpuppte. Ein verplombtes Schloss sicherte den Inhalt.

Der Skipper zog die Taschenlampe erneut hervor und schwenkte den Strahl darauf.

Anjelica erkannte ein unbekanntes Wappen sowie eine

szenische Darstellung. Erst eine Reinigung und eine genaue Analyse würden Aufschluss über den Fund bringen. »Sir, haben Sie in den Aufzeichnungen zufällig etwas von einer gravierten Silberbox gefunden?«

»Ich wusste nur von dem Champagner«, lautete die Antwort. »Aber es gehört ebenso mir wie die Flaschen. Bringen Sie mir das.«

»Gewiss, Sir.«

Der Matrose reinigte das Behältnis mit klarem Wasser und zeigte auf eine Schicht aus rotem Siegelwachs, die verhinderte, dass Feuchtigkeit ins Innere eindrang.

Darunter sah Anjelica die Linie einer Lötnaht. Jemand hatte sichergehen wollen, dass der Inhalt den Zaren unversehrt erreichte. Sie vermutete, dass es sich um eine persönliche Nachricht an den Herrscher handelte. Infrage kam kaum König Ludwig, sondern eher der Champagner-Hersteller.

»Würden Sie es mir bitte geben?« Anjelica streckte die Hand danach aus.

Der Matrose blickte zu Lugaschin, und dieser wiederum schüttelte den Kopf, rückte an der Schirmmütze.

»Verhandelt der impertinente Drecksack schon wieder?«, erregte sich ihr Auftraggeber.

»Zehn Prozent«, sagte der Kapitän, der wie festgeschweißt an der Stelle verharrte. Die eingeschaltete Lampe klemmte er sich unter die Achsel. Hinter ihm glitten die schäumenden Wellen dahin, die *Anatevka* stampfte vorwärts zur Küste. Die Dunkelheit nahm den Himmel zunehmend in Besitz und drückte die Sonne unter den Horizont, als wollte er sie im Meer ertränken.

»Sir? Er will zehn.«

»Wegen des Silberkrams?«

»Ja, Sir.«

»Den kann er meinetwegen behalten, und es bleibt bei sieben.«

Anjelica gab das Angebot weiter. Ihr Auftraggeber handelte ihrer Meinung nach richtig. Der Silberwert lag nicht sonderlich hoch, mehr als zwanzigtausend würde diese flache Schatulle nicht bringen, auch nicht im historischen Kontext. Das Werbegeschenk einer Kellerei, die auf mehr Bestellungen des Zarenhofs hoffte, würde höchstens Veuve Clicquot für die hauseigene Sammlung interessieren.

Lugaschin verzog das Gesicht und steckte sich die nächste Zigarette mit dem Rest der letzten an. »Einverstanden. Aber jammern Sie nicht, wenn das Ding später mehr Millionen bringt als Ihr Gesöff.« Er ließ sich die Flasche wiedergeben, in der ein verbliebener Schluck gegen die Wände schwappte. »Wollen Sie versuchen?« Anbietend streckte er den Arm aus.

Bevor Anjelica etwas erwidern konnte, zerbarst das dickwandige Glas in Lugaschins groben Händen. Die scharfkantigen, grünlichen Splitter klirrten vor seinen Schuhen aufs Deck, der Champagner mischte sich mit Ostseewasser.

»Das war ungeschickt«, sagte Anjelica ärgerlich. Zu gerne hätte sie gekostet. Da die Flasche schon offen war, wäre es ein Privileg gewesen.

Lugaschin starrte auf seine zerschnittenen Finger und rutschte an der Reling herab, schlug auf den nassen Boden, ohne sich abzustützen. Die Zigarette blieb an seinen Lippen haften, Funken flogen auf und reisten mit dem Wind hinfort. Nach einem trockenen, erstickenden Laut entspannte sich sein Körper. Die Mütze fiel vom Haar, die Böen nahmen sie mit ins Meer. Die Taschenlampe glitt unter ihm hervor und warf ihren hellen Schein flach über das Deck.

»Was hat er?« Anjelica machte einen Schritt nach vorne, als zuerst der rechte Taucher ächzend zusammensackte, und danach auf der Stirn des linken ein Loch entstand, aus dem Blut rann. Auch er knickte ein und stürzte mit dem Gesicht voran auf den stählernen Untergrund.

Anjelica duckte sich und machte sich klein. »Scheiße«, wisperte sie furchtsam. Sie hatte sich niemals in Situationen mit Feuergefechten befunden, doch sie wusste, dass lautlose Schüsse die Männer umgebracht hatten. Von wo die Kugeln kamen, wusste sie hingegen nicht. Anjelica blickte sich nach dem Matrosen an der Kiste um und legte eine Hand vor den Mund, um den Schrei zu unterdrücken.

Der Mann lag rücklings auf dem Deck, mit ausgebreiteten Armen und Beinen, als sei er bei dem Versuch eingeschlafen, Gymnastik zu treiben. Der Lampenstrahl fiel auf ihn. Blut breitete sich um seinen Oberkörper aus und mischte sich mit dem Alkohol und dem Meereswasser; der Stoff des Schiffchens sog sich gierig voll.

»Sir, wir werden angegriffen«, rief sie aufgeregt und hechtete hinter die Winde. Ihr Herz wummerte in ihr wie der Bordmotor, ihr war heiß vor Angst. Ein kurzer Blick hinauf zur schummrig beleuchteten Brücke zeigte ihr beschlagenes, rot gesprenkeltes Glas. Der Mörder hatte den Steuermann ebenso eliminiert. Bei einer Beute im Wert von drei Millionen fiel dem Unbekannten das Töten offenbar leicht.

»Angegriffen?«, echote ihr Auftraggeber entsetzt. »Meine Schätze!«

Flackernd erwachten die Scheinwerfer der stampfenden, wogenden *Anatevka*, und gleißendes Licht flammte über das gesamte Deck.

»Und mein Leben, Sir!« Geblendet schloss Anjelica für Sekunden die Augen. »Rufen Sie die Polizei, die Küstenwache, irgendwen«, flüsterte sie hastig, als würde es verhindern, dass der Mörder von ihrer Existenz erfuhr.

Der Sprung in die Ostsee erschien ihr plötzlich verlockend. Aber die Kälte des Meeres würde sie ebenso umbringen wie eine Kugel, nur langsamer.

»Was ist mit der Mannschaft, Clark?«

»Tot. Jedenfalls all die, die ich sehen kann.«

Der Auftrag bedeutete ihr nichts, doch vielleicht konnten Verhandlungen mit dem Phantom an Bord ihr Leben retten.

»Nehmen Sie die Flaschen!«, schrie Anjelica. »Ich weiß nicht, wer Sie sind und wie Sie aussehen! Lassen Sie mich am Leben! Bitte!«

Sie kam sich bei aller Furcht kindisch vor. Jemand, der kaltblütig mordete, würde sich von ihrem Betteln nicht abhalten lassen. Aber was blieb ihr sonst?

Die Maschine des Trawlers orgelte abrupt unter Volllast auf. Die Auspuffrohre röhrten schwarzen Qualm in die Höhe, und das Boot legte sich hart steuerbord.

Das überraschende Manöver ließ Anjelica aufschreiend hinter ihrer Deckung herausrutschen. Die Leichen von Lugaschin und seinen Leuten rollten und glitten über das nasse Deck und vollführten dabei grotesk-puppenhafte Bewegungen. Gebrochene Augen starrten sie an und durch sie hindurch.

»Clark? Halten Sie durch! Ich rufe ein paar Leute an! Ihre Position habe ich.«

Anjelica war ein viel zu leichtes Ziel, das wusste sie. Sie versuchte sich an einem verzweifelten Sprung zurück, doch bevor sie sich hinter die Winde werfen konnte, erhielt sie einen Schlag durch die Schwimmweste auf die rechte Schulter. Keine zwei Sekunden darauf folgte ein stechender Schmerz, der sich heiß in Arm und Rücken ausbreitete. Aus einem Impuls legte sie die Hand auf die Stelle und fühlte das warme Blut. Der unbekannte Mörder hatte sie getroffen.

Sofort sackte ihr Kreislauf ab, der Schock ließ den Blutdruck ins Bodenlose fallen.

»Halten Sie durch!«, vernahm sie die leiser werdende Stimme des Auftraggebers.

Alles in Anjelica verlangte die Flucht an einen Ort, wohin ihr der Killer nicht folgen würde. Sie kroch auf die Reling zu, mit der festen Absicht, sich lieber ins Meer zu werfen. Ihre

Überlebenschancen erschienen ihr in den eisigen Fluten höher als gegen ein Magazin tödlicher Projektile. Vor ihr drehte sich alles, die Umgebung verschwamm.

Bei der nächsten Woge rutschten die Boxen mit dem uralten, wertvollen Champagner umher; eine davon stürzte um, und die Flaschen kullerten über die *Anatevka*.

Anjelica schob sich unter Schmerzen auf die Bordwand zu, die aufziehende Ohnmacht verdunkelte ihre Sicht. Das Deck schoss auf und nieder, mal sah sie weiße Schaumkronen auf den Wellenkämmen, dann aschgrauen Himmel mit nachtblauen Wolken.

Die silberne Schatulle rutschte unvermittelt an ihr vorbei und prallte gegen die Reling.

Dann schritt ein Paar gelber Gummistiefel in ihren Sichtbereich, um die der Saum eines grünen Friesennerzes pendelte. Die Gestalt, die ihren Kopf mit einer Kapuze schützte und unkenntlich war, bückte sich langsam und hob das Kistchen auf, steckte es in die Tasche.

Der Unbekannte wandte sich ihr zu, wie sie an den Schuhkappen sah.

»Nehmen Sie den scheiß Champagner«, sagte Anjelica keuchend und kraftlos. »Lassen Sie mich am Leben …«

»Clark! Clark, ich habe jemanden erreicht!«, rief ihr Auftraggeber. »Die Küstenwache macht sich auf den Weg.«

Eine der Flaschen hopste zwischen ihr und dem Unbekannten hindurch, zerschellte an der Bordwand, ohne dass der Killer Anstalten machte, den Verlust zu unterbinden. Schäumend verging der kostbare Alkohol wie bei einer nachträglichen Schiffstaufe. Es hätte den Mann nur eine kurze Fußbewegung gekostet, geschätzte 53 000 Euro zu erhalten.

»Bitte, ich …« Anjelica sah plötzlich etwas Metallisches mit einem *Ping* vor sich auf das nasse Deck prallen, aufhüpfen und sich wirbelnd drehen, gefolgt von einem weiteren, gleichen Gegenstand.

Sie hatte Schwierigkeiten, die Dinge in ihrer schwindenden Wahrnehmung zu erkennen. Münzen waren es keine.

Dann kamen Schmerzen, neue Schmerzen, unmittelbar in ihrem Rücken, die sich grell durch Fleisch und Mark schnitten, sodass sie kraftlos den Kopf sinken lassen musste. Das Herz trommelte in ihrer Brust, dass es sie mehr peinigte als ihre Verletzungen.

Während die beiden leeren Patronenhülsen über Bord gespült wurden, starb Anjelica Clark durch zwei Schüsse, ohne den Grund für ihren Tod zu kennen.

* * *

Ein spieler ist nit gottes fründ.
Die spieler sind des tüfels kind.

aus *Daß Narrenschyff ad Narragoniam* (1494),
von Sebastian Brant (1457–1521)

– INTERMEDIUM –
CAPITULUM I

Heiliges Römisches Reich,
Kurfürstentum Sachsen, Leipzig, Januar 1768

Ich habe selten, ach, was sag ich, *noch nie* einen derart talentierten Mann in meinem Lohn gehabt.« Johann Gottlob Immanuel Breitkopf, der das gleichnamige Verlagshaus mit Druckerei gemeinsam mit seinem Vater führte, hob das Blatt mit dem Kupferstich. »Dürers *Ritter, Tod und Teufel*. Und Ihr habt wie lange zum Stechen dieser Platte gebraucht, Kirchner?«

»Einen halben Monat, Herr Breitkopf.« Bastian hielt die Kappe mit beiden Händen, die Finger fest darum geschlossen, als wollte er sie auswringen. Seine Aufregung machte ihm zu schaffen. Er stand vor dem Schreibtisch in Breitkopfs eindrucksvollem Arbeitszimmer und wusste nicht so recht, wie er sich verhalten sollte. Die Standuhr in der Ecke tickte überlaut, von draußen erklang das Klappern von Fuhrwerken. »Aber ich stach es nur, ich hab's nicht entworfen.«

»Einen halben Monat, sagt er, als wär's nichts.« Breitkopf, schon etwas älter, mit Weißhaarperücke und vornehm gekleidet, wie es sich für einen Mann seiner Position schickte, sah zu seinem Werkstattmeister, der schräg hinter Bastian stand. »Hat Er das gehört, Stock?«

»Das hab ich, Herr Breitkopf.« Stock führte die Aufsicht über die Druckerei und hatte entsprechend viel Erfahrung mit Kupferstechern.

»Und gelernt habt Ihr darüber hinaus« – Breitkopf sah auf Bastians Papiere – »Formschnitzer und Kartenmacher. Aus Altenburg.«

»Jawohl, Herr Breitkopf.« Bastian nickte und schämte sich heimlich für seine allzu einfache Garderobe. Für mehr hatte das Geld nicht gereicht. »Das Kupferstechen habe ich mir selbst beigebracht. Es fiel nicht schwer. Ist nur umgekehrt wie das Holzschnitzen.«

»Ihr seid wie alt?«

»Dreiundzwanzig.«

»Seit wann in Leipzig?«

»Vier Jahre, Herr Breitkopf. Vorher hatt ich eine kleine Werkstatt in Altenburg.«

»Und habt ein Weib und drei Kinder und vermögt *das* alles?«

»Wie gesagt, es fällt mir leicht.«

»Drei Kinder, ja, da kann man sagen, dass es Euch leichtfällt.« Er lächelte. »Ist die Frau mit Euch hierhergekommen?«

»Nein, Herr. Sie stammt aus Leipzig, Susanna, geborene Schöne, und vermag beinahe so viel wie ich. Das Kartenmachen lehnt sie ab, aber beim Kupferstechen liegt sie gleichauf mit mir.«

Breitkopf bekam sich vor Lachen nicht mehr ein. »Mein lieber Stock! Sage Er mir doch gleich nochmals, woher Er diesen Teufelskerl gezaubert hat!« Er schaute auf den Druck. »Unglaublich! Einfach un-glaub-lich!«

»Meister Kirchner kam vor einer Weile auf der Suche nach Arbeit zu mir und hörte sich um, ob es wohl was zu stechen gäbe. Kleinigkeiten, Illustrationen für Bücher und Romane und derlei«, holte Stock aus, dessen Kleidung anzusehen war, dass ihr Träger nicht schlecht verdiente. Er war etwa doppelt so alt wie Bastian. »Als ich mit meinen eigenen Augen sah, wie schnell und fein er stichelt und ritzt, nahm ich ihn in die Dienste. Inzwischen ist der Mann so gut, dass ich es besser fände, er arbeitete nur für Sie, Herr Breitkopf. Bekäme ihn die Konkurrenz, stünd's baldigst schlecht um uns.«

»Famos! Ganz famos!« Breitkopf lehnte sich nach vorne, faltete die Finger zusammen, an denen Tintenspuren hafteten. »Wo wohnt Ihr, Kirchner?«

»Mit meiner Frau und meinen drei Kindern im Stadtpfeiffergässchen, zur Untermiete bei einem Amtmann, Herr Breitkopf.«

»Das geht nicht. Da ist die Stadt leidlich hässlich.« Breitkopf schlug einmal auf den Tisch. »Ihr zieht in die ausgebaute Dachkammer des Verlagshauses, in meinen Silbernen Bären, neben meinen guten Stock, damit Ihr noch mehr lernen könnt.«

»Das ist sehr freundlich von Ihnen!« Bastian konnte sein Glück kaum fassen. »Danke!«

»Und Ihr unterrichtet mir den Goethe gleich mit. Wenn er von zwei Meistern lernt, kann nur Gutes daraus entstehen. Das Salär, nun, es wird sich eine Summe finden, die um einiges über dem liegt, was Ihr gerade für einen Monat im Beutel habt. Soll mir keiner Hunger leiden, der für mich arbeitet.«

»Herr Breitkopf, ich weiß nicht, wie ich Ihre …«

»Papperlapapp. Ihr dankt mir mit Eurer Arbeit, Kirchner. Ihr seid übertalentiert.« Breitkopf pochte auf das Blatt mit dem Kupferstich. »Entweder es nimmt mit Euch ein gutes oder ein schreckliches Ende. Ein Mensch wie Ihr kann nichts dazwischen sein.« Er sah zufrieden zu Stock. »Das hat Er bestens gedeichselt. Meine Glückwünsche.«

»Zu Diensten, Herr Breitkopf.« Stock, der auf eine Perücke verzichtete und die längeren Haare im Nacken zu einem

Zopf trug, grinste. »Aber wissen Sie: Ich wollt einfach weniger Arbeit haben, und mit einem Kupferstecher wie dem hier« – er schlug Bastian auf die Schulter und schüttelte ihn freundlich durch – »ist es gewiss.«

Die Männer lachten.

»Dann hinaus und den Umzug organisiert. Und über die Kartenherstellung reden wir bei Gelegenheit«, sagte Breitkopf. »Der Notenhandel erwartet mich. Da habe ich aus Italien ein paar schöne Liedchen bekommen, die vervielfältigt werden wollen.«

Bastian und Stock verließen das Besprechungszimmer von Breitkopf junior, das am Alten Neumarkt lag, am Sperlingsberge, wo die Verlagsfamilie ihren Hauptsitz errichtet hatte.

Bastian hatte schon gehört, mit welchen kaufmännisch geschickten Leuten er es bei den Breitkopfs zu tun hatte. Neben der Druckerei am Sperlingsberge hatten sie nach Abbruch des Ausspanngasthofes *Zum Goldnen Bär* ein stattliches Haus errichten lassen, was ihnen das Druckerzeichen des Bären beschert hatte. Als Vorder- und Hintergebäude nicht mehr ausreichten, hatten sie bis letztes Jahr noch ein weiteres Haus errichten lassen: der *Silberne Bär*. Ginge das Geschäft weiter, vor allem wenn der Notendruck mehr nachgefragt wurde, würden beide Häuser nicht mehr ausreichen.

Es roch in den Fluren und Treppenhäusern nach Druckerfarbe. Aus dem Erdgeschoss, wo sich die Druckerei und das Buchladengeschäft befanden, tönte das gelegentliche Rumpeln der Hand- und Schnellpressen, die harschen Zurechtweisungen der Gesellen, wenn die Lehrlinge sich dumm anstellten, aber auch das Plaudern und Parlieren der Kundschaft, die nach Büchern fragte und sich über die Inhalte der Werke austauschte.

Bastian liebte diese Stimmung und vermochte nicht zu

glauben, dass er unter dem gleichen Dach wie dieser Zauber leben sollte. »Susanna wird sich überschlagen vor Glück.« Er reichte Stock die Hand. »Nehme Er meinen Dank.«

Der Mann schlug ein. »Aber nur, wenn wir uns duzen. Du bist mir ebenbürtig, vielmehr überlegen, und so müsst ich das Er oder Sie benutzen.«

»Es ist mir eine Ehre!«

Sie gingen die Treppen des dreistöckigen Gebäudes hinab, nahmen ihre Mäntel vom Haken.

Bastian setzte seine Kappe auf die kurzen, schwarzen Haare. Ein kalter Wind, der Schnee mit sich brachte, wehte die Menschen in die Gaststuben und Weinkeller oder in die Behausungen, je nachdem, wo sie sich wohlfühlten. »Sehen wir uns nachher in *Auerbachs Keller?*«

»Wenn dich deine Susanna vor die Türe lässt?«

»Ach, das wird sie. Ich feiere rasch mit ihr, danach mit dir und den anderen.« Bastian tat, als würde er Spielkarten halten. »Bei einer schönen Partie.«

Stock hob die Augenbrauen. »Hast du wieder Karten selbst gemacht? In der breitkopfschen Werkstatt?«

»Pssst!«, machte Bastian und blickte sich um.

»Du weißt, dass es verboten ist, eigene Karten zu erstellen. Die Steuer …«

»Ich verkaufe sie doch nicht. Ich … spiele nur damit«, gab er lachend zurück. »Die anderen sind mir einfach viel zu hässlich. Da macht nicht mal das Gewinnen Spaß, wenn ich die groben Gesichter der Damen darauf sehe. Und das Verlieren wird zum reinen Schmerz.«

Stock lachte. »Mir soll's recht sein.« Er öffnete die Tür. »Bis nachher. Die erste Runde geht auf mich.«

Bastian folgte ihm hinaus und stemmte sich gegen den heulenden Sturm, der den glockenförmigen Mantel mal aufplusterte, damit die Wärme hinausfuhr, oder ihn zu einem Segel machte, gegen dessen Druck der junge Mann durch das Weiß stapfte, den Kopf gesenkt. Seinen Schal hatte er vergessen, die Handschuhe auch.

»He, Kirchner!«, traf ihn der Ruf durch das Heulen in den Rücken. »Auf ein Wort.«

Bastian blieb stehen und sah den jungen Goethe angelaufen kommen, der eigentlich nach Leipzig geschickt worden war, um sich dem Studium der Juristerei zu widmen; stattdessen wurde er zusehends zum Dichter, Denker und Künstler. »Ah, unser junger Dichter. Was gibt's? 's ist zu kalt zum Schwatzen.«

»Ein Gedicht! Aus dem letzten Jahr.« Goethe hielt den Dreispitz mit einer Hand fest, damit er auf dem Schopf blieb.

»Bitte nicht.«

»Doch, ich wag's:

Ich sah, wie Doris bey Damöten stand,
Er nahm sie zärtlich bey der Hand;
Lang sahen sie einander an;
Und sahn sich um, ob nicht die Aeltern wachen,
Und da sie niemand sahn,
Geschwind – Genug sie machten's, wie wir's machen.«

Bastian grinste. »Ist mir zu barock.«

»Gedruckt wird's später dennoch. Darauf könnt ich wetten.« Goethe, der sich in Gedichten und einer zarten Romanze mit einem Käthchen anstelle der Paragrafen versucht hatte, schien beleidigt. »Sehen wir uns im *Auerbachs?* Wir brauchen jeden Spieler, sei's Whist, Deutsch Solo, Trente et quarante, Paffedix oder L'Hombre. Oder Schafkopf? Nach was immer uns der Sinn steht.« Er sah ihn treuherzig an. »Wein gäb's auch.«

»Ein feiner Studenticus bist du.« Bastian wollte zusagen, als er einen hundegroßen Schatten ausmachte, der im Schneegestöber um sie herumschlich.

»Bei meiner Treu! Ein Vorwurf! Ich studiere eifrig: die Mitmenschen und ihre Gewohnheiten, um sie in meinen …« Goethe verfolgte Bastians Blick. »Siehst du den schwarzen Hund durch Schnee und Sturm streifen?«

»Ich sah ihn lange schon. Er schien mir nicht wichtig.« Das war gelogen. Bastian spürte, dass von dieser Kreatur nichts Gutes ausging.

»Betracht ihn recht! Für was hältst du das Tier?«

Bastian strengte seine Augen an. »Für einen Pudel. Einen … ziemlich großen.«

Goethe wich vor dem Tier zurück. Es schien ihm ebenso unheimlich zu sein. »Ist das üblich, wie er sich benimmt? Bemerkst du, wie in weitem Kreise er um uns her und immer näher jagt?«

Bastian drehte sich mit dem streunenden Hund, der unentwegt um sie pirschte und geschickt die hellen Stellen unter den Straßenlaternen vermied. Das Tier bewegte sich mit einer drohenden Lässigkeit, hielt den Blick auf die Männer gerichtet, als wären sie das Wild, das er für seinen Herrn stellte.

Bastian wollte nicht glauben, was er dann sah: Der Hund legte eine glühende Spur um sie! Die Pfotenabdrücke glommen gelbrot im Schneeweiß.

»Und irr ich nicht, so zieht ein Feuerstrudel auf seinen Pfaden hinterdrein«, wisperte Goethe neben ihm entsetzt. »Ich trank keinen Schluck, ich schwör's bei meinem Leben!«

Bastian sagte sich, dass es nicht sein konnte. »Ich sehe nichts als einen schwarzen Pudel. Es mag wohl Augentäuschung sein«, erwiderte er und ging vorsichtig weiter.

Doch Goethe verfiel in Kopflosigkeit, klammerte sich an ihn und seinen Hut. »Mir scheint es, dass er magisch leise Schlingen wie zu einer Fessel um unsre Füße zieht!«

»Studiosus, entsinne dich deines Verstandes«, sagte Bastian mit einem gespielten Lachen, um sich und ihm die Angst zu nehmen. »Ich seh ihn unsicher und furchtsam, weil er statt seines Herrn zwei Unbekannte sieht.«

Aber Goethe wollte sich nicht beruhigen »Der Kreis wird eng! Schon ist er nah!« Er schob Bastian vor sich. »Weg mit dir, Bestie! Fahr in die Hölle, der du entstiegen bist.«

Der Pudel blieb stehen, seine Größe übertraf die eines herkömmlichen Exemplars. In seinen Augen reflektierte das wenige Licht, und die Blicke wanderten zwischen den Männern hin und her, als suchte er sich aus, wen er zuerst angreifen wollte.

Dann, vollkommen überraschend, setzte er sich in den Schnee, als überließe er es den beiden, was als Nächstes zu tun sei. Wie vom eisigen Wind hinfortgezogen, war das Unheimliche verschwunden, als er plötzlich mit dem Schwanz wedelte und bellte und die Männer zum Spielen aufforderte.

Bastian löste Goethes Hände von seinem Arm. »Du siehst, Studiosus, es ist ein Hund und kein Gespenst. Er wedelt. Alles Hundebrauch.« Er lachte ihn aus. »So wirst du kein Held.«

»Wollt ich nie sein. Ich schreibe nur gerne über sie.« Goethe musste grinsen. »Ich benehme mich wie ein Tor.«

»Ein großer.« Bastians Zähne klapperten, die Böen hatten die Wärme restlos aus der Kleidung geblasen. Und er wollte endlich Susanna die herrliche Nachricht überbringen. »Bis später, Studiosus. Im *Auerbachs*.« Er lief zügig los. »Und lass dich nicht vom Geisterpudel beißen und in die Hölle zerren, zu seinem Herrn Mephistopheles!«

Goethe winkte ab und ging in die andere Richtung davon, wurde von den Flocken verschlungen.

Der Hund jedoch verharrte auf der Stelle und verwandelte sich in einen schwarzen Schatten im wirbelnden Weiß.

Bastian erreichte die Unterkunft im Stadtpfeiffergässchen, das Breitkopf als unansehnlich bezeichnet hatte. Er mochte dem Mann nicht widersprechen. Das düstere Sträßchen wand sich, die überwiegend hölzernen Gebäude, die dem Stadtrat gehörten, hatten ihre besten Tage hinter sich gelassen. Hier wohnten Schreiber, Ratsbedienstete und nicht zuletzt die Stadtpfeifer, von denen das Gässchen seinen Namen hatte.

Bastian, Susanna und die Kinder wohnten in einem Loch zur Untermiete, weil es dem eigentlichen Mieter, ein Gerichtsdiener mit einem Stall voll Nachwuchs, in den Wintermonaten zu kalt und zugig war. Durch das Dach und die Decke tropfte es bei Regen, weswegen sich Bastian über den harten Winter freute, auch wenn der Preis dafür häufiges Frieren bedeutete. Die Kinder hatten an den Eisblumen ein ewiges Staunen.

Bastian sperrte die Tür des schiefen, krummen Häuschens auf und rauschte mit einem lauten Jubelruf in die Stube, sodass Susanna und die Kinder erschrocken herumfuhren. In dicken, groben Jacken saßen sie um den Abendbrottisch; die Suppe dampfte in der Kühle des Raumes, es roch nach Fleischeintopf.

»Wer stürmt denn da herein wie die Wilde Jagd?«, rief Susanna halb vorwurfsvoll, halb glücklich. Ihr geflochtenes, blondes Haar schimmerte im Kerzenschein.

Bastian warf den Mantel an den Haken, die Kappe hinterher und stellte sich an den Bollerofen, reckte die gefrorenen Finger dagegen, um die Wärme aufzusaugen. »Die frohe Kunde, würde ich meinen.« Er sah, dass überwiegend Bohnen in der Suppe schwammen, die mit Mehl eingedickt worden war. Fleisch hatten nur die Kinder auf den Tellern.

»Frohe Kunde wird gern genommen. Lass hören.« Susanna füllte ihm eine Schüssel. »Ein neuer Auftrag?«

»Rate weiter.« Bastian grinste die Kinder an. »Ihr auch, los!«

»Zwei Aufträge!«, rief Johann.

»Gold«, krähte Ilse, und Armin war zu klein, um ein gescheites Wort zu sprechen, und brabbelte etwas vor sich hin.

»Wir ziehen um.« Bastian setzte sich mit geheimnistuerischer Miene zu ihnen. »Ich hatte eine Unterredung mit dem Breitkopf.«

Susanna lachte herzenswarm. »Welcher von den vielen?«

»Dem, der das meiste Sagen hat, wie ich denke. Johann Gottlob Immanuel.« Bastian griff ihre Linke und drückte sie, was seiner Frau Verwunderung auf ihre schönen Züge legte. »Ich bin angestellt. Bei der *Buchdruckerei Bernhard Christoph Breitkopf und Sohn.*« Susanna ließ die Kelle fallen und schlug vor Freude eine Hand vor den Mund. »Und umziehen werden wir auch. Raus aus dem Loch und ab unter das Dach des Verlagshauses!«

»Ich ... bei Gott dem Herrn!«, rief Susanna und fiel Bastian um den Hals. »Die ganze Arbeit, die ganze Mühe, die wir uns gegeben haben! Es zahlt sich aus!«

»Wir sind reich!«, rief Johann.

»Gold!«, rief Ilse erneut und patschte mit dem Löffel in die Suppe, dass es spritzte. Armin klatschte und lachte fröhlich, weil er die gute Stimmung sah und spürte.

Bastian stand auf und kramte im Schrank mit den Vorräten, fand eine verschlossene Flasche mit abgefülltem Fasswein. »Darauf stoßen wir an.« Er goss übermütig zwei Becher damit voll und kehrte zu seinen Lieben an den Tisch zurück. »Auf dass unsere Kinder besser leben als wir.«

»Und uns soll es auch gut gehen«, fügte Susanna mit einem schelmischen Lächeln hinzu und stieß mit ihm an. »Dagegen hätte ich fürwahr nichts einzuwenden.«

»Taler und Glück für uns!« Bastian küsste Susanna, die seine Zärtlichkeit erwiderte. Dann trank er von dem Wein, dem die lange Aufbewahrung nicht gutgetan hatte.

»Oh!« Susanna hustete. »Der braucht ... Honig und Gewürze, fürchte ich fast. Viel Honig.«

»Ich weiß was Besseres.« Bastian nutzte die Gelegenheit für einen Vorwand. »In *Auerbachs Keller* will ich uns neuen holen.« Er stand auf und versuchte verstohlen, seine selbst gemachten Spielkarten aus der Schublade zu ziehen. »Sollte es später werden, dann musste ich mich durchprobieren, welcher der Beste ist.«

Susanna lachte. »Denkst du, ich merke es nicht?«

Bastian errötete und wandte sich um, versuchte sich an einem treuen Blick. »Was meinst du?«

Sie zeigte auf seine Tasche. »Du hast die Karten eingesteckt. Daher wird es lange dauern, und zwar ohne den vorgeschobenen Wein.« Susanna erhob sich, gab den Kindern Anweisung, mit dem Essen fortzufahren, und stellte sich vor ihn, legte ihre Arme auf seine Schultern und streichelte seinen Nacken. »Ich weiß um deine Leidenschaft für die Karten und das Kartenmachen. Aber ich sagte dir auch, dass ich es nicht gutheiße.«

»Susanna, die anderen Bilder sind hässlich, und …«

»Es ist zum einen verboten, Liebster. Wenn sie dich erwischen, droht eine Strafe. Und die Anstellung beim Breitkopf verlierst du obendrein«, unterbrach sie ihn sachte. »Und zum anderen erwächst nichts Gutes vom Spiel.«

»Wir treiben kein Hazard.«

»Und doch sind die Karten des Teufels Gebetbuch.«

»Auch die Geistlichen spielen damit.« Bastian räusperte sich. Er wollte sagen, dass Breitkopf sogar darüber nachdachte, in Bälde eine Kartenmanufaktur in sein Verlagshaus aufzunehmen, um nicht nur Bücher, Schriften und Noten zu drucken. Stock hatte es ihm unter dem Siegel der Verschwiegenheit anvertraut. Aber er blieb stumm. Vielleicht würde sie ihm sonst die Anstellung dort verbieten.

»Das ist kein Grund und macht weder das Spiel noch die Pastoren und Pfaffen besser.« Susanna schmiegte sich an ihn, sie roch nach Lavendelseife und Frühling. »Lass es zu Hause.«

»Diesen einen Abend noch«, hielt er dagegen und küsste sie zärtlich auf die Nasenspitze. Dann machte er sich los und warf sich den Mantel um. »Bis nachher, meine Liebe, meine Herz-Dame!« Er sah zu den Kindern. »Und ihr: Hört auf eure Mutter!«

Bastian warf sich hinaus in den Schneesturm, bevor er ihre Antwort hören konnte, die ihm unter Umständen nicht gefiel. Seine Laune sollte nicht sinken, er fühlte sich gut und beschwingt.

Die Linke um sein Kartenspiel geschlossen, spurtete er das Stadtpfeiffergässchen entlang und erreichte den Eingang zu *Auerbachs Keller*, eine von Leipzigs ältesten Weinschenken, eingerichtet vor mehr als zweihundert Jahren vom Leipziger Stadtrat, Arzt und Hochschullehrer Stromer. Dass es die Wirtschaft so lange geben würde, hatte sich ihr Gründer gewiss nicht ausgemalt.

Bastian stolperte die steilen, ausgetretenen Stufen hinab und begab sich in die unterirdischen Weinstuben, vorbei an betagten, auf Holz gemalten Bildern.

Eines zeigte den Magier und Astrologen Faustus pokulierend mit den Studiosi, das andere ließ ihn auf einem Weinfass zur Türe hinausreiten. Bastian hatte Goethe einst starrend und sinnierend davor gefunden, benebelt vom Wein. Auf die Frage, warum er den Faustus so begaffe, hatte Goethe erwidert, er sei fasziniert vom Streben, Suchen, Irren und Doch-nicht-Finden, ohne den Verstand zu verlieren.

»Hier! Hier drüben, Kirchner!«, rief Stock durch die wabernden Unterredungen der Gäste, einem Rauschen, durch das Lachen und Rufe klangen.

In den Gewölbekellern saßen sie alle, die Ratsherren und Handwerker, die Gesellen und die Studiosi, die Verliebten und Verheirateten, umnebelt von Wein und Tabakdampf, bei Spiel und Musik, wenn jemand ein Instrument zur Hand hatte. Ansonsten wurde gesungen, wie Bastian von weiter weg hörte. Die kräftigen Stimmen ließen ein Lied erschallen, das von den Gewölbedecken zurückhallte.

Stock hatte zusammen mit Goethe und einem Rudel junger Leute einen Tisch ergattert. Krüge und Becher standen bereits darauf, Karten waren verteilt, teils ausgespielt, teils in den Händen.

Bastian erkannte das deutsche Blatt, von einfacher Wirtshausqualität und sicherlich oft nach vielen Stunden Spiel gerade gepresst, damit es länger hielt. Er sah die Flecken auf den Kartenrückseiten. Leichteste Übung für einen Winkelspieler, die Duelle für sich zu entscheiden, sofern er gut im Memorieren war.

»Da seid ihr!« Bastian bahnte sich einen Weg durch die Bänke und Menge, entschuldigte sich artig bei Remplern und hob Hüte auf, die er hinabfegte.

»Setz dich.« Goethe schob die jungen Kerle neben sich zur Seite. »Darf ich vorstellen: die Herren Frosch, Brandner, Siebel und Altmayer, tapfere Studiosi allesamt. Und wie man sieht: kein Geld für guten Zwirn.«

Bastian grüßte in die Runde und setzte sich, legte Mantel und Kappe hinter sich.

Die jungen Männer tagten schon länger und vertrieben sich die Zeit mit den schlechten Karten. Ihr Ton war rau und laut, die Scherze über Gegner oder andere Gäste im Keller waren grob. Man wollte die Partie Schafskopf noch zu Ende bringen, um dann etwas Neues anzufangen.

Der Gedanke, das fleckige Blatt anzufassen, widerte Bastian an. Das deutsche Spiel hatte ihm ohnehin nie gefallen. Er mochte die französischen Farben viel lieber, weil sie eleganter daherkamen.

»Was ist? Will keiner trinken? Keiner lachen?«, rief der pausbackige Frosch in die Runde, dem der Schalk aus den Augen leuchtete. »Ihr schaut, als spielten wir auf einem Sarg. Ich will euch lehren, andere Gesichter machen! Ihr seid ja heut wie nasses Stroh und brennt sonst immer lichterloh.«

»Er reimt wieder«, raunte Goethe kopfschüttelnd. »Das tut er immer, wenn er was getrunken hat.«

Bastian grinste.

»Oh, das vermag ich auch. Das liegt an dir. Du bringst ja nichts herbei«, murrte Brandner, der eine immense falsche Lockenpracht auf dem Kopf trug, und tätigte einen Stich. »Nicht eine Dummheit, keine Sauerei.«

»Ah, es liegt an mir, ja?« Frosch nahm seinen Becher und goss den Wein über Brandner aus. »Da hast du beides!«

Die Runde lachte, und auch Bastian musste grinsen.

»Zum Teufel mit dir, du doppelt Schwein!«, rief Brandner, wischte sich das Rot aus den Augen und warf die Karten auf den Tisch, die sich in der Pfütze sofort voll Rotwein sogen. »Das Spiel ist dahin. Und meine Perücke auch.«

»Als ob du mit *dem* Blatt gewonnen hättest«, erwiderte Siebel und legte lachend seine Hand offen. »Stich um Stich, mein Freund. Und rotes Haar kommt bei den Frauen gut an.«

»Weg damit, nur weg.« Altmayer, dessen linke Wange ein frischer Schmiss zierte, ließ sich von der Bedienung ein Tuch bringen, um den Wein aufzunehmen. »Spielen wir anderes.«

Bastian sah, dass Goethe fleißig in sein Notizbüchlein schrieb, als führte er Protokoll wie vor Gericht. Vermutlich ging es um Inspiration für eine neue Geschichte oder ein Gedicht. Dann fiel sein Blick auf den Tisch, grob gezimmert und das Holz feucht vom vergossenen Wein. Er wusste, dass sie darauf warteten, dass er ihnen die neuen Karten zeigte. Aber sie waren Bastian zu schade. Sie hatten weder Fettfinger noch andere Schmutzspuren verdient.

Frosch ließ sich mit dem Rücken gegen die Wand sinken. »Ach, was für ein schöner Abend.«

»Ja, mein Leipzig lob ich mir«, murmelte Goethe. »Es ist ein klein Paris und bildet seine Leute.«

»*Ein*gebildet, das kann man wohl von manchen im Keller sagen«, hielt der grobschlächtige Siebel dagegen und schaute zu Bastian. »Nun, was ist? Heraus mit deinen Karten!«

Bastian blickte zu Goethe, der versuchte, ein unschuldiges Gesicht zu machen, und sich in sein Büchlein vertiefte. »Woher weißt du, dass ich Karten habe?«

»Freund Goethe hat's verraten.« Altmayer beugte sich nach vorne. »Aber wir behalten es für uns.«

»Nur sehen würden wir sie gerne«, fügte Brandner hinzu und orderte mit Gesten neuen Wein. »Es sollen Meisterwerke sein, hat er geprahlt. Und bei dir will er wie von Stock noch mehr die Feinheit im Schnitzen und Stechen lernen.«

Stock sah zu Bastian und schüttelte andeutungsweise den Kopf.

Aber die fordernden Blicke der Studenten und der Drang, Lob und Bewunderung für seine Arbeit zu erhalten, die er von Susanna nicht bekam, brachten ihn dazu, die Linke aus der Tasche zu ziehen und das Kartenspiel mit den französischen Farben zu zeigen. Den Platz für den Steuerstempel auf dem Herz-Ass hatte er ausgespart, um sich nicht den Vorwurf gefallen lassen zu müssen, er hätte das Kurfürstentum betrogen oder den Stempel gar gefälscht.

»Hier ist es.« Bastian gab die Karten einzeln in die Runde. »Meine Herren, vermeidet Flecken. Sie sind zu schön, um beschmutzt zu werden.« Kaum war die erste unterwegs, sonnte er sich in dem Staunen, das er auf den Zügen der jungen Männer sah. Auch Stock verzog anerkennend den Mund, was bei einem Meister wie ihm von größerer Bedeutung war als bei den Studenten. »Ich weiß, es gibt noch manches zu verfeinern. Aber wenn Breitkopf sich entschließt, ins Kartengeschäft einzusteigen, werd ich ihm die besten Blätter schaffen.«

»Daran zweifle ich nicht«, sagte Brandner beeindruckt.

»Nicht einen Herzschlag lang«, fügte Siebel hinzu. »Ich würd es auf der Stelle kaufen!«

Bastian lächelte glücklich und verfolgte den Lauf der Karten mit Sorge, es könnte seinen papiernen Kindern unterwegs etwas zustoßen, bevor sie wieder bei ihm ankamen. »Ich darf es nicht, Siebel.«

»Ach, es ist doch nur eine Frage der Taler«, warf Altmayer ein. »Bei wie vielen kommst du ins Straucheln?«

»Es ist nicht erlaubt«, blieb Bastian hart und fühlte Beklemmung.

Die Karten wurden nun munter zwischen den Studenten hin und her gegeben. Sie drehten und wendeten sie, hielten sie gar gegen das Licht, um zu prüfen, ob man hindurchsehen konnte, was die Aufmerksamkeit an den anderen Tischen weckte.

»Nun geschwind zurück zu mir!«, verlangte Bastian. Susanna hatte ihn gewarnt, dass es keine gute Eingebung sei, und recht behalten.

»Nur nicht so hastig.« Frosch streichelte die Kreuz-Dame. »Damit würd ich siegen.«

Bastian wandte sich um und warf Blicke durch das Gewölbe, ob sich die Ordnungsmacht oder ein Ratsherr auf den Weg zu ihnen an den Tisch machte.

Und tatsächlich: Ein Mann, geschätzte sechzig und in einem schlichten Gehrock, dessen Schnitt ebenso Eleganz und Militärisches anhafteten, kam leicht hinkend herüber. Die Augen wirkten alt, als hätten sie hundert Jahre gesehen und mehr. Die langen, schwarzen Haare mit den Silbersträhnen trug er im Zopf, gehalten von einem dunklen Samtband. Vom verzierten Dreispitz tropfte Schmelzwasser.

Bastian erstarrte. An seiner Seite lief der übergroße, schwarze Pudel, der ihn und Goethe im Schneegestöber erschreckt hatte. Er sah auf den Boden des Kellers, ob sich an den Pfoten glühende Abdrücke abzeichneten, aber das Kunststück blieb aus.

»Die Karten her!«, zischte er in die Runde und streckte die Hände aus.

Schon hatte sie der Mann erreicht. Der schwarze Hund setzte sich neben ihn, die Augen abwechselnd auf den Kartenmacher und Goethe gerichtet, als wollte er Lob von seinem Herrn, dass er die Männer erneut aufgespürt hatte.

Wie Wild gestellt.

»Guten Abend«, grüßte der Mann mit sonorer Stimme, und die Studenten fuhren erschrocken zusammen, bemerkten ihn erst in dieser Sekunde. »Verzeiht, die Herren Studiosi, aber ich kam nicht umhin, diese Karten« – er streckte eine dürre Hand mit langen, gefeilten Nägeln aus, und der Zeigefinger richtete sich auf das Spiel – »zu bemerken. Sie sind *meisterlich*. Wem gehören sie, und wo kann man sie erstehen?«

Die Männer sahen sich schweigend an und suchten nach einer Ausflucht. Goethe stierte auf den Pudel und machte sich noch kleiner.

»In Frankreich hab ich sie gekauft«, sagte Bastian schließlich mit allem Mut zur wahrhaftigen Lüge. »Noch ganz frisch. Aus Lyon.«

»Ah, Lyon. Die Stadt der Kartenmachermeister.« Der Mann deutete eine Verbeugung an. »Dietrich mein Name. Aus dem schönen Leipzig. Nun, wenn sie aus Lyon sind, frage ich mich, wo der Steuerstempel auf dem Kreuz-Buben abgeblieben ist?«

Bastians Herz schlug bis zum Hals. »Oh, ich … sie fielen mir ins Wasser, und …«

Dietrich lachte freundlich. »Fürchtet mich doch nicht, mein Herr. Ich bin kein Mann der Obrigkeit, sondern ein Freund und Liebhaber der Karten.« Er beugte sich zu ihm. »*Ihr* wart es. Ihr habt sie gemacht.«

»Es sind nur Proben«, versuchte es Bastian wieder. »Um einem Fabrikanten zu beweisen, dass ich es kann.«

»Ihr könnt es, ganz ohne Zweifel. Ihr seid ein besserer Meister als der Stock.« Grüßend nickte er zu dem Mann, der aufgrund seines Alters in der Runde junger Leute auffiel. »Es ist nicht bös' gemeint.«

»Ich weiß, wie Ihr es meint. Und es ist die Wahrheit«, sagte Stock, auf dessen Gesicht Misstrauen geschrieben stand. »Die Probedrucke werden wir gleich verschwinden lassen. Es geschah von Kirchner nicht aus verbrecherischer Absicht.«

»Ich weiß, ich weiß.« Dietrich lächelte und zeigte frische weiße Zähne, unverbraucht und ohne Färbung, wie Bastian sie nur von kleinen Kindern kannte. »Macht Ihr mir ein Spiel? Nach meinen Vorgaben, Herr Kirchner? Es soll Euer Schaden nicht sein.« Wie aus dem Nichts hielt er einen Lederbeutel in der krallenhaften Hand, in dem es klirrte. »Wie schnell könntet Ihr das bewerkstelligen?«

»Hey, da! Alter Mann! Ich fragte Kirchner zuerst«, beschwerte sich Siebel.

»Und ich habe mehr Geld«, warf Altmayer ein. Ihre Blicke, die sie dem Betagten zuwarfen, wurden feindselig.

Der Pudel knurrte drohend und zog die Lefzen zurück. Es gefiel ihm anscheinend nicht, wie mit seinem Herrn gesprochen wurde.

Bastian rückte weg von dem Tier und wäre auf der Stelle gegangen, wenn die Gruppe nicht noch seine Karten gehabt hätte.

»Aber, aber, die Herren Studiosi«, beschwichtigte Dietrich sie mit einem fröhlichen Lachen und setzte sich. »Wir müssen uns um nichts streiten, was wir ohnehin nicht bekommen.« Er sah Bastian an. »Ist es nicht so?«

Bastian sah in die uralten Augen, in deren Pupillen Flammen tanzten und Blut floss, das das Weiß färbte und dem Mann etwas Dämonisches verlieh. »Noch habe ich das Recht nicht dazu«, stammelte er und war kurz davor, dem Unbekannten dennoch zuzusagen. Aus Angst. Das Geld im Beutel, das beim Klimpern nach Gold klang, scherte ihn nicht.

»Ihr könntet es heimlich tun, und es müsste niemand erfahren«, raunte Dietrich verführerisch. »Tut mir den Gefallen. Ich erfülle Euch dafür jeden Wunsch, den Ihr Euch erdenken könnt.«

»Lass es gut sein, Dietrich«, rief Siebel. »Kirchner gehört zu uns.«

»Da hört, was er verspricht! Jeden Gefallen, sagt er! Pah! Nur Gott und der Teufel vermögen alles auszurichten, aber nicht Ihr«, maßregelte Altmayer den Alten mit erhobenem Zeigefinger, als wäre er ein Pfarrer. »Aber nicht der Mensch.«

»Den Teufel spürt das Völkchen nie. Und wenn er sie beim Kragen hätte«, erwiderte Dietrich und nahm den Krug mit Wein entgegen, den eine Kellnerin brachte. Er zahlte, die Runde ging auf ihn. »Aber nun lasst uns auf den geheimen Kartenmeister trinken und unseren Zwist vergessen. Möge er bald seine Spiele machen und uns damit erfreuen.« Er erhob sich, um die Becher und Gläser der Studenten zu füllen.

Bastian glaubte zu sehen, dass Dietrich kurz vor dem Ausgießen eine Prise weißliches Pulver, fein wie Mehl, in den Wein rieseln ließ. Aber mit dem nächsten Blinzeln war es weg. Er konnte sich getäuscht haben.

Dietrich verteilte den Wein, der seltsamerweise nur für Siebel, Brandner, Frosch und Altmayer reichte, und bestellte flugs eine neue Karaffe.

»Es lebe die Freiheit! Es lebe der Wein!«, rief Altmayer ausgelassen nach dem ersten Schluck und lachte gellend und hysterisch. Er hielt das Glas an den Tischrand und tat, als würde er aus dem Holz zapfen. »Ha, schaut! Noch mehr Rebensaft! Ich seh ja, wie es aus dem Tisch gluckert und sprudelt.«

Bastian verfolgte mit Unglauben, wie die vier Studenten spielten, als käme der Nachschub direkt aus dem Möbel gelaufen, sehr zur Erheiterung der übrigen Besucher. Er nutzte die Gelegenheit, um hastig seine Karten zu greifen und einzustecken. Goethe schrieb wie besessen in sein Büchlein.

Dietrich erhob sich. »Ich sehe schon, die Herrschaften vergnügen sich und andere. Da suche ich das Weite.« Er beugte sich nach vorne. »Was die Karten angeht, Meister Kirchner, denkt an mein Angebot. Es mag sein, dass Ihr es doch annehmen wollt.« Er ging leicht hinkend hinaus.

Bastian schauderte, als der schwarze Riesenpudel ihm noch einen Blick zuwarf, sich gähnend erhob, als wollte er seine gefährlichen Zähne zum Abschied zeigen, und hinter seinem Herrn hertrottete. *Das Vieh entspringt der Hölle.*

Seine Gedanken wurden von lautem Gezeter an seinem Tisch und Gelächter aus dem Gewölbe unterbrochen. Die Gäste hatten ihren Spaß mit den betrunkenen Studenten, die sich mit entrückten Gesichtern von ihren Stühlen erhoben und sich umschauten, als stünden sie nicht in einem Gewölbe, sondern würden etwas anderes sehen.

»Wo bin ich? Welches schöne Land umgibt mich?«, rief Altmayer begeistert.

»Weinberge!«, sagte Frosch freudig. »Seh ich recht?«

Siebel langte an die Nase von Brandner. »Und Trauben gibt es hier. Lecker und saftig.« Er zog sein Messer, und ein Aufschrei ging durch die Umstehenden. Das Vergnügen drohte einen unerwarteten Ausgang zu nehmen. »Die schneiden wir uns gleich vom Stock.«

Die vier fassten sich gegenseitig an die Nasen und packten die Taschenmesser aus. Aber bevor sie sich etwas antun konnten, fielen ihnen Bastian, Goethe, Stock und einige Beherzte in die Arme und hielten sie davon ab.

Da war Dietrich zusammen mit seinem unheimlichen Hund längst verschwunden.

* * *

Kapitel I

Fürstentum Monaco, Monte Carlo

Enrico Pedro García Hermano trug einen klassischen, sehr teuren Smoking mit schmaler Krawatte und kam sich damit fehl am Platze vor. In der stadtberühmten Buddha-Bar verkehrten zwar Reiche wie er, aber die meisten im Casual-Look. Zwar musterte man ihn nicht – in Monaco war man es gewohnt, Abendgarderobe zu sehen –, aber er spürte zunehmend Unlust, länger zu verweilen.

Mit einer Hand rührte Enrico den Drink, der vor ihm auf dem Tresen stand. Der Geschmack sagte ihm zu. Der Barkeeper hatte *»very sophisticated«* genuschelt, und *Very Sophisticated* stellte sich als Wodka mit irgendwas heraus, vermutlich Ingweressenz und selbst gemachter Sirup. Doch das beschwingte Gefühl, das der Alkohol zuerst hatte entstehen lassen, war verflogen.

Sein Abenteuer hätte längst beginnen sollen. Der Zweiundvierzigjährige rief sich selbst zur Ordnung. Der Ort, der sehr schick und gediegen ausgestattet war, konnte nichts für seine Unruhe.

Der mit dunklem Holz vertäfelte Gastraum wurde beherrscht von der Bar auf der einen und dem geschätzt drei Meter großen, sitzenden Buddha auf der gegenüberliegenden Seite. Während man sich im Erdgeschoss mit Drinks und Snacks begnügte, wurde auf der Empore und in den Nebenräumen wie in einem Restaurant gespeist. Ein DJ, der furchtbar angesagt war und dessen Namen sich Enrico partout nicht merken wollte, legte blubbernde Club-Musik auf. Das Licht war angenehm, leise Gespräche waberten unter der Musik entlang, gelegentlich erklang ein Lachen.

In regelmäßigen Abständen lief die modelhafte Empfangsdame in weißem Kleid, mit Tablet-PC, Headset und einem Bodyguard aufmerksamkeitserregend durch das Lokal, um einen neuen Gast persönlich an seinen Platz zu geleiten. Dazu gehörten lokale Größen ebenso wie VIPs aus Hollywood oder aus dem Gesellschaftsleben der Welt. Monaco blieb beliebt.

»Un autre, Monsieur? Peut-être un …«, bemühte sich der Barkeeper um Enrico.

»No, merci.« Er lächelte ihm freundlich zu, da ja auch der Angestellte nicht für seine schlechte Laune verantwortlich war, und lehnte sich gegen den Tresen, zog sein Smartphone hervor. Vielleicht verscheuchte eine nette Nachricht seine Ungeduld. In der Tat beinhalteten die E-Mails Erfreuliches.

Erstens: Sein Gestütsverwalter ließ ihn wissen, dass der Kauf des Araberhengstes aus Abu Dhabi nach langen Verhandlungen durch sei.

Zweitens: Die neuesten Umsatzzahlen besagten, dass er den Absatz von Schnittrosen nach Russland um einundzwanzig Prozent steigern konnte. Seine Kontakte und die neuen Moskauer Geschäftspartner, mit denen man sich besser nicht anlegte, zahlten sich endlich aus. Da von jeder verkauften Rose umgerechnet zwei Eurocent in eine wohltätige Stiftung flossen, hatten auch die Glücklosen was davon.

Zudem wünschte ihm seine Verlobte einen wunderschönen Abend via Kurznachricht.

Enrico steckte das Smartphone mit gestiegener Laune weg und gratulierte sich zur besten, schönsten, liebevollsten Freundin der Welt. Er korrigierte den Sitz des Platinrings an seiner rechten Hand, der in Form einer Rose und mit einem Diamantenensemble als Tautropfen gestaltet war. Kitschig. Teuer. Pure Absicht. Passend für *Florecita*, das Blümchen, wie man ihn wenig schmeichelnd in seiner Heimat Ecuador nannte, weil er seine Millionen mit dem Export von langstieligen Rosen machte.

Enrico grinste. Ihm war egal, wie sie ihn nannten und zu beleidigen versuchten. Lieber spielte er mit dem Image, was seine Neider weiter anstachelte.

»Monsieur!« Er winkte den Barkeeper zu sich und streifte die lockigen braunen Haare aus den Augen. Einen Drink würde er noch nehmen und anschließend ins Casino wechseln. »Vôtre meilleur Wodka. Pure et sans des glaçons.«

»Bien sûr, Monsieur.«

Enrico hatte das Getränk auf seinen Reisen zu schätzen gelernt. Der lukrative russische Markt war besonders umkämpft, da die Damen dort solche Aufmerksamkeiten ihrer Männer und Verehrer schätzten. Seit er sich mit ein paar Herren aus Moskau getroffen hatte, um eine Vereinbarung zu schließen, lief es besser als je zuvor. Seine Eltern kümmerten sich um die Rosenfelder, er um die Geschäftsfelder.

Das viele Geld floss sowohl in wohltätige Projekte, die er gemeinsam mit seiner Verlobten aussuchte, und in seine universelle Sammelleidenschaft – falls es gerade keine neuen Pferde zu kaufen gab. Deswegen befand er sich in Monaco. In Monte Carlo. In der Buddha-Bar. Auf Abruf.

Enrico hatte schon lange nicht mehr warten müssen, und er versuchte, sich einzureden, dass es seine Vorfreude auf das Ereignis steigerte.

Das geschliffene Glas mit dem kristallklaren Wodka wurde vor ihm abgestellt, der Alkohol schwappte gegen den Rand und rann langsam in Schlieren herab.

Sein Smartphone vibrierte, als er nach dem Drink greifen wollte. Ein Anruf.

In der Hoffnung, es sei die erlösende Nachricht, die sein Herumsitzen beendete, nahm er das Gespräch des unbekannten Anrufers entgegen. »Oui?«

»Verzeihen Sie mir, dass ich Englisch mit Ihnen spreche, Señor García Hermano«, vernahm er eine ältere Männerstimme, die mit einem leichten Akzent redete. »Mein Spanisch ist nicht besonders gut, und das Französisch liegt mir nicht, auch wenn man damit in Monaco am besten fährt.«

»Kein Problem, Señor.«

»Ich möchte Ihnen ein Geschäft vorschlagen.«

Enrico runzelte die Stirn. Es ging offenbar nicht um das Abenteuer, auf das er wartete. »Tut mir leid, aber ich …«

»Sie haben etwas, das ich gerne erwerben würde«, redete der Mann einfach weiter. Er schien es gewohnt zu sein, dass man ihm zuhörte.

»Das kann vieles sein, Señor. Ich wünsche Ihnen einen …« Er nahm das Smartphone vom Ohr und wollte den Anruf beenden, bevor das Gespräch das bisschen gute Restlaune ruinierte.

»Wenn Sie es mir *nicht* verkaufen, wird es übel für Sie. Beim Supérieur«, drang die Stimme leise durch die Musik des Clubs.

Enrico hielt inne. Wenn er etwas noch weniger mochte als das Warten, dann waren es Drohungen. Rasch hob er das Telefon in die alte Position. »Ihren Namen, Señor? Den habe ich nicht verstanden.«

»Der spielt erst dann eine Rolle, wenn wir beide ins Geschäft kommen. Ich weiß, dass Sie gerade in Monte Carlo sind und gedenken, den Gegenstand meiner Begierde leichtfertig aufs Spiel zu setzen.«

Nun schlug der Ärger in Unbehagen um. »Ich denke nicht, dass ich ihn verkaufe. Weder an Sie noch jemand anderes.«

»Ich biete Ihnen …«

Dieses Mal fiel Enrico dem Unbekannten ins Wort. »Geld interessiert mich in diesem Fall nicht, Señor.«

»Nun gut. Sie sollten wissen, dass Sie später einem meiner Leute begegnen werden. Ein sehr guter Mann. Es wäre für Sie ein Gewinn, wenn Sie mir den Gegenstand *jetzt* verkaufen.«

Enrico blickte sich in der Bar um. »Sind Sie hier?« Es gab außer ihm im Erdgeschoss niemanden, der telefonierte.

»Nein, Señor. Aber ich kann das *spielend* leicht arrangieren, wenn Sie mir dieses Wortspiel erlauben.«

»Rufen Sie mich nie wieder an.« Enrico drückte das Gespräch weg und steckte das Smartphone ein. Gleich morgen früh würde er seinen Sekretär fragen, ob es Anrufe des Unbekannten in Ecuador gegeben hatte. Dass Enrico sich in Monaco aufhielt, war kein großes Geheimnis, aber dass der Unbekannte weitere Informationen hatte, erzeugte kein gutes Gefühl.

»Señor García Hermano?« Wie aus dem Nichts stand eine Brünette in einem dunkelgrauen Kleid neben ihm, die ohne Eskorte der Empfangsdame hereingekommen sein musste. Sie war nicht besonders groß, unauffällig von Statur und Haltung, wie es sich für eine Botin gehörte. Weder Deo noch Parfum umspielten sie. Lediglich ihre Lippen verrieten, dass sie sich einer dezenten Schönheitskorrektur unterzogen hatte, und die Faltenfreiheit ihres Gesichts sprach für Botox. Auch das war Monaco.

Enrico nahm den Drink und prostete ihr als Antwort zu; der diamantene Tautropfen an seinem Ring blitzte feurig. Er war gespannt, ob sie ihm von dem unbekannten Anrufer oder dem Abenteuer gesandt worden war.

Sie zog eine Spielkarte aus ihrem Kleid und reichte sie ihm mit der Rückseite nach oben. »Es wäre ein Platz frei, Señor.«

Damit war es klar, woher sie kam.

»Sie sind reichlich spät.« Er nahm die Karte entgegen und drehte sie um. Karo-Zehn, genau wie verabredet.

»Ich bedauere. Es ergab sich nicht früher, Señor.« Sie machte eine einladende Geste. »Außerdem wollte ich sichergehen, dass Sie alleine sind und nicht verfolgt werden.«

Enrico lachte und richtete sich erneut die braunen Locken. »Meine Sicherheitsleute sind auf Abruf, aber ich bin alleine hier.« Er nahm den Wodka mit und legte einen Hunderter für das Glas auf den Tresen. Der Barkeeper würde sich über das großzügige Trinkgeld freuen.

Niemand rief ihn zurück, und so verließ er zusammen mit der geheimnisvollen Frau die Buddha-Bar.

»Passiert das öfter?«, erkundigte sich Enrico und nippte am Wodka. Seine Laune stieg.

»Was, Señor?«

»Dass jemand verfolgt wird, wenn es um Supérieur geht?«

»Gelegentlich, Señor.«

Offenbar hatte sie keine Lust auf Konversation, also stellte er seine Small-Talk-Versuche ein.

Sie gingen Stufen hinab, dann nach links, den kleinen Hang zum Casino hinauf. Nach wenigen Metern blieb sie vor dem Seitengang stehen, der zu den Privatspielräumen führte. Hier kam man nur nach Vereinbarung durch, es musste ein Raum gebucht sein.

Die Brünette zog eine Chipkarte hervor und führte sie durch das unauffällig angebrachte Lesegerät.

Mit einem Summen öffnete sich die Tür, und die Frau ging voraus.

Enrico trank erneut vom Wodka und folgte ihr. Es wurde spannender als erwartet.

Sie passierten geschlossene Türen, auf denen *Salon* stand, gefolgt von illustren Spielernamen der Geschichte und aus der Literatur.

»Sie haben alles dabei, Señor?«

»Natürlich.«

»Verzeihen Sie, dass ich frage, aber es kam heute bereits vor, dass der Einsatz nicht gezahlt werden wollte«, erklärte sie freundlich. »Sie kennen das Spiel, das wir spielen?«

»Ja. Supérieur.«

»Mit sämtlichen Regeln?« Sie blieb vor dem *Salon Dostojewski* stehen.

Enrico nahm noch einen Schluck. Die Fragerei nervte ihn, aber zugleich stiegen seine Vorfreude und sein Puls. Er wollte endlich an den Tisch. »Können wir dann?«

Sie lächelte nachsichtig. »An dieser Stelle der Hinweis: Das Casino stellt die Räumlichkeiten und lehnt jegliche Verantwortung für Gewinne und Verluste ab. Nur die Spielerinnen und Spieler legen fest, was an Limit erlaubt ist.«

»Kein Limit.«

»Ausgezeichnet, Señor.« Sie öffnete die Tür mit der Chipkarte und gewährte ihm den Vortritt. »Willkommen bei unserer Runde Supérieur.«

Enrico machte einen entschlossenen Schritt in den in Dunkelgrün gehaltenen Raum, der an die Salons der Gründerzeit erinnerte. Es durfte nicht der Eindruck entstehen, er sei als Einsteiger und Anfänger leichte Beute. Auf die hüfthohen, dunklen Vertäfelungen folgten grün-weiß gestreifte Tapeten, ein Kronleuchter hing von der elfenbeinfarbenen Stuckdecke und sorgte für genügend Licht.

An dem mit grünem Filz bezogenen Tisch saßen neun Spieler, vier Frauen, fünf Männer, bestens und schick gekleidet. Ein Dealer in Hemd, Fliege und Gilet ließ die Karten durch eine Mischmaschine rattern, Spielchips stapelten sich unterschiedlich farbig und hoch vor den Teilnehmern. Es wurde gediegen getrunken, manche bevorzugten Wasser, andere hatten Drinks und Cocktails in den Halterungen stehen, damit das Glas nicht versehentlich kippte und den Bezug überflutete.

Die Brünette brachte Enrico an den leeren Platz. »Meine Damen, meine Herren: Karo-Zehn ist soeben eingetroffen. Heißen Sie ihn willkommen.«

Die Spielerinnen und Spieler erhoben ihm zu Ehren die Gläser, und er nickte freundlich in die Runde. Zu gerne hätte er seiner Verlobten geschrieben, wie aufregend er das seltsam ernste und feierliche Szenario fand.

Dann nahm die Brünette ein Tablett von der Kommode, die neben dem Angebot an Alkoholika verschiedene Staufächer barg, und kehrte zu ihm zurück. »Wenn Sie bitte Ihr Smartphone abgeben, Señor? Sie erhalten es nach dem Ende Ihrer Partie zurück.«

Das Gerät landete in einem der Fächer, in denen er bei genauerem Hinsehen auch zwei halb automatische Pistolen in Schwarz und Chrom entdeckte. Nicht jeder war unbewaffnet am Tisch erschienen.

Neben den üblichen Gerüchen nach Alkohol und ausgeatmeter Luft fiel ihm ein stechender Hauch auf, der weder zu den verschiedenen Duftwässern und Parfums noch zu den Drinks passte. *Reinigungsmittel.* Neben seinem Stuhl gab es nasse Flecken im Teppich. Vermutlich hatte sein Vorgänger sein Getränk verschüttet, was gute Geister sogleich aus dem Stoff entfernt hatten.

»Bitte, Monsieur.« Der Dealer schob ihm einen Stapel Chips zu, den sich Enrico im Vorfeld durch eine Überweisung erkauft hatte und der dem Wert von einer Million Euro entsprach. Der Name Supérieur kam nicht von ungefähr: höher, mehr, übermächtig. Dieses Spiel konnten sich nur Reiche leisten.

»Merci.« Enrico musterte die übrigen Mitspieler verstohlen, während er seinen Wodka um einen weiteren Schluck leerte.

Deren Alter waren unterschiedlich, von ungefähren sechzig einer Dame bis zu höchstens achtzehn eines jungen schwarzhaarigen Mannes, den er auf den ersten Blick als Oligarchen-Kind einstufte. Von denen hatte er einige in Moskau gesehen, und auf den hiesigen Jungspund passte alles: Frisur, protzige Kleidung, arroganter Gesichtsausdruck, zu viel Schmuck und eine auf die Stirn geschobene Luxus-Sonnenbrille. Bei den anderen tappte Enrico im Dunkeln, was Herkunft und Berufe anging. Die Herrschaften einte der Umstand, dass sie sehr reich waren und den Kick des Besonderen suchten. Gerade beim Spiel.

Es wurde nicht viel geredet. Die Inhalte der leisen Unterhaltungen drehten sich um den Verlauf der bisherigen Partien. Es schien für die Anwesenden nur das Spiel zu geben. Persönliches war tabu, auch Namen wurden nicht benutzt.

»Ihre Einsätze«, verkündete der Dealer. »Jeder zehntausend.«

Enrico setzte seinen Wodka ab und schob einen Chip rüber, anschließend bekam jeder eine Karte.

Bei Supérieur waren die Regeln einfach. Es gab drei Runden, die Einsätze wurden nach Ansage eines Spielers je einmal erhöht, jeder durfte bis zu dreimal die Karte tauschen und erhielt eine neue von der Ober- oder Unterseite des Stapels. Der Wert der eingetauschten Karte galt. Derjenige mit der höchsten Karte gewann nach dem dritten Durchgang.

Aber: Sobald jemand das Pik-Ass zog, hatte er automatisch verloren.

Der Spieler schied aus, das Pik-Ass wurde erneut untergemischt, und es ging weiter. Keiner der verbliebenen Spielenden konnte sich sicher wähnen, sofern er eine neue Karte wollte.

Enrico bekam die Kreuz-Zehn. Er hielt sie und ging noch eine Runde mit, um danach auszusteigen. Der Oligarchensohn gewann nach dem Aufdecken mit einer Kreuz-Dame.

Danach folgte eine Karo-Zwei. Er tauschte sie in der zweiten Runde gegen eine Kreuz-Acht und stieg aus. Dieses Mal gewann die asiatische ältere Dame, die zockte und setzte wie des Teufels Großmutter.

In dem Raum herrschte eine Spannung, die Enrico nicht einzuordnen vermochte. Er sah auf die alten und jungen Gesichter, die ihn umgaben und auf denen sich Freude und Enttäuschung spiegelten. Gespräche kamen nach wie vor nicht auf, gejubelt wurde – wenn überhaupt – dezent. Keiner traute dem Erfolg. Keiner schien interessiert zu sein, Kontakt mit den Kontrahenten aufzunehmen. Lediglich der Jungrusse bestätigte jedes Klischee eines Superreichen und belästigte die Verlierer mit Häme und die Gewinner mit Spott.

Runde um Runde verlor Enrico. Mal gab er auf, mal ging er im Showdown gegen den Kontrahenten oder die Kontrahentin unter. Stets unterlagen seine Karten. Die Chipsberge schmolzen dahin. Und doch machte es ihm bei aller Einfachheit des Spieles unglaublich viel Spaß.

Fünf der Spieler schieden im weiteren Verlauf des unheimlich stillen Abends aus. Sie hatten sich pleite gezockt und wurden von der Brünetten hinausgebracht. Die Verabschiedung fiel sehr freundlich aus, und Enrico bildete sich ein, er würde Erleichterung in den Gesichtern der Aussteiger erkennen. Als wären sie einen anstrengenden Marathon gerannt und nun erlöst, wenigstens bis ins Ziel gekommen zu sein, auch wenn sie keine Medaille erwarten konnten.

Enrico hatte mit Ärger über die immensen Verluste gerechnet, aber solche Regungen fehlten völlig.

Außer ihm blieben der Oligarchensohn, des Teufels asiatische Großmutter, ein älterer Herr in einem Dreireiher mit Jachtklub-Symbolen auf der Brusttasche sowie eine junge Blondine übrig, die in dem aufreizenden Kleid nach infantilem It-Girl aussah, aber sehr genau wusste, was weibliche Reize bei einer Kartenrunde bewirkten.

Die unbestimmbare Anspannung bei den anderen vier blieb, auch wenn der Russe mit großen Gesten darüber hinwegspielte.

Enrico bekam die Herz-Dame, die bislang beste Karte an diesem Abend für ihn. Das Blatt schien sich buchstäblich für ihn zu wenden.

Er hielt sie, während er Runde eins und zwei mit setzte, sodass der Pott auf zwei Millionen anstieg.

»Verflucht.« Die asiatische ältere Dame stieß eine Reihe

von Verwünschungen in einer fremden Sprache aus. Dabei legte sie behutsam die gezogene Karte auf den grünen Filz, die perfekt hellrot lackierten Fingernägel lenkten die Aufmerksamkeit zusätzlich auf viel Weiß und wenig Schwarz. Unverkennbar.

Pik-Ass.

Die Runde stieß einen kollektiven Laut des Bedauerns aus.

Bis auf Enrico. Er konnte sich die Bestürzung und die gemurmelten Worte der Anteilnahme nicht recht erklären. Es mutete ungewohnt an, dass man Verlierern Mitleid spendete, auch wenn simples Pech den größten Anteil daran hatte und kein Spielfehler.

»Auf Ihr Wohl, Karo-Vier.« Die Brünette goss ein kleines Schnapsgläschen voll und brachte es der Verliererin, die unter dem Ehrenbeifall der Übrigen das Getränk in einem Schluck leerte und sich kerzengerade hinsetzte. Sie nahm die Niederlage und den hohen Geldverlust stoisch hin. »Das Spiel gibt es, das Spiel nimmt es. Supérieur.«

»Supérieur«, wiederholten die drei anderen murmelnd und feierlich wie in einem Gottesdienst.

Enrico wunderte sich noch über das Prozedere, als sich die Brünette hinter die Asiatin begab, blitzschnell die Hände an Kinn und Hinterkopf legte und ihr mit einer raschen, kraftvollen Bewegung das Genick brach.

Das laute Knacken ließ Enricos Nackenhärchen in die Höhe schnellen. Fassungslos sah er die ältere Frau nach vorne kippen und ihren Kopf in den Chipsstapel schlagen, die Scheibchen hüpften rasselnd und klackend davon.

Im gleichen Moment spürte er einen sachten Schlag auf linker Brusthöhe, als habe ihm das Sakko einen elektrischen Schock verpasst.

Doch dort befand sich nichts Elektronisches, dessen Akku sich entladen konnte. Das Smartphone hatte er abgeben müssen. Er rieb sich die schmerzende linke Brust.

»Sie haben …«, setzte Enrico an und konnte die Bestürzung nicht verdrängen. Ein Mord, direkt vor seinen Augen!

»Pik-Ass, Señor«, gab die Brünette zurück und richtete ihr dunkelgraues Kleid, als hätte sie etwas Banales getan, wie sich die Finger zu waschen. »Die Todeskarte. Wir sehen Sie verwundert. Ich dachte, Sie kennen die Regeln?«

Der Dealer nahm derweil die verheerende Karte und gab sie mit dem verbliebenen Stapel, aus dem gezogen wurde, in den Mischapparat. Der Tod befand sich erneut im Spiel.

Die Maschine nahm gleichgültig ihren Dienst auf. Es surrte, und die Blättchen kamen mit dem Revers nach oben in den Auffangständer. Irgendwo darin lauerte das Verderben.

Der Dealer zog die Chips der Toten mit dem Schieber von ihrem Platz in den Pott und hob ihren Kopf an, um die Plastikscheibchen von Stirn und Wange zu entfernen. Auch sie wanderten in die Mitte.

Niemand sprach.

Danach stellte der Dealer den geschrumpften Kartenstapel auf den Tisch und faltete abwartend die Hände. »Damit umfasst der neue Pott acht Millionen, vierhundertsiebzigtausend«, verkündete er. »Ihre Einsätze, Messieurs Dames. Runde drei.«

Enricos Herz schlug so kräftig, dass er es deutlich in der Brust fühlte. Schweiß brach ihm aus, Hitze strömte in jede Faser seines Körpers. Er hatte verstanden, dass die Verrückten in diesem Raum Supérieur nach den historischen Regeln spielten. Anstatt nur den Einsatz zu verlieren, gab man sein Leben sowie alles Geld auf, das man mitgebracht hatte. Tote brauchten keinen Reichtum mehr. Angeblich war diese Spiel-Variante um 1900 in Russland erfunden worden, als Ersatz für Russisch Roulette. Das erklärte Enrico die Anspannung der Verbliebenen und die versteckte Erleichterung jener, die den Tisch bereits verlassen hatten.

Nicht mit ihm.

»Ich möchte aussteigen.« Enrico machte Anstalten, seine eigene gute Karte aufzudecken. Die acht Millionen waren verlockend, seine Herz-Dame war nicht der schlechteste Wert. Aber er wollte nicht mit den Lebensmüden am Tisch sitzen und sterben, nur weil die Wahrscheinlichkeit ihm das Pik-Ass zuschusterte. Dafür hatte er zu viele Pläne. Eine Hochzeit, mit der Frau, die er liebte. Neue Geschäfte in neuen Ländern. Neue Wohltätigkeitsprojekte.

»Feigling!« Der Oligarchensohn lehnte sich mit gehässigem Lachen nach vorne, die Rolex baumelte einen Tick zu weit um das Handgelenk. »Ich erhöhe den Einsatz.« Er langte großspurig in sein Jackett und nahm ein Zigarettenetui heraus, aus dem er umständlich eine in Folie eingeschweißte alte Spielkarte nahm. Dramatisch langsam platzierte er sie auf dem Stapel mit den geballten Einsätzen.

Auf der Karte war ein schreibender Mann in altertümlicher Kleidung und mit Kappe zu sehen, ein Bein auf einen Baumstumpf gestellt, der waagrechte Oberschenkel diente als Unterlage für Papier, Feder und Tintenfass; er stand in freier Natur, über ihm reckte sich ein Ast mit einem Blatt daran. Eine deutsche Karte, der Laub-Ober.

Enrico hatte es über das Spielen und den schrecklichen Vorfall vergessen: die Sache, weswegen er eigentlich gekommen war. Seine Sammelleidenschaft regte sich.

Der Oligarchensohn deutete auf seinen extra Einsatz. »Eine Peter-Flötner-Karte, entstanden um 1540, ein Holzschnitt und handkoloriert, mit der Unterschrift des Meisters.« Er deutete auf seine Sakkotasche. »Das Zertifikat habe ich dabei.« Er grinste herausfordernd. »Und Sie haben doch gewiss auch was mitgebracht? Ich hörte davon.«

Sofort dachte Enrico an den unbekannten Anrufer, der ihm gedroht hatte, dass einer seiner Leute am Tisch sitzen würde, um ihm die Karte abzunehmen. Im Spiel.

Der Laub-Ober zog seine Blicke magisch an. Ein Unikum, jahrhundertealt.

Nach ihr hatte er schon ein Jahr lang geforscht, in Museen, auf Auktionen, bei privaten Sammlern.

Jetzt lag sie da, einfach so.

Ganz nahe.

Zum Greifen nahe.

Zum Gewinnen nahe …

Auch das It-Girl und der Jachtklub-Anzugträger zückten historische Spielkarten. Sie gingen auf den Einsatz ein, der zusätzlich zu dem Vermögen ins Spiel gebracht wurde.

Enrico atmete tief ein und aus, rieb sich durch die braunen Locken, die sich um seine Finger wickelten, als wollten sie seine Hand zurückhalten. Ihn abhalten.

Aber etwas anderes schob ihn an. Gegen seine Spielernatur gab es kein Kraut, keine verwunschene Rose, nichts, was auf seinen Feldern in Ecuador wuchs. Der Verstand wurde ausgeschaltet.

Um dabeizubleiben, griff er in die Innentasche und legte seine Karte hinzu. »Treff-Sieben, 1804. Kupferstich in Punktmanier, handkoloriert. Allererstes Spiel, herausgegeben von Cotta 1805 in Almanach-Form«, erläuterte Enrico und lockerte seine Krawatte. »Die Gestalten darauf sind aus Schillers Johanna von Orleans.« Es kam ihm vor, als wären die Linien kräftiger, deutlicher zu erkennen als zuvor, als seien sie in seiner Sakkotasche nachkoloriert und -gepunktet worden. Hatte seine Körperwärme den Effekt ausgelöst? Er rieb sich unbewusst über seine schmerzende Brust. »Ich bin dabei.«

»Sehr gut!« Der Oligarchensohn lachte wiehernd und deckte seine Karte auf. »Bube-Kreuz. Das reicht mir nicht.« Er ließ sich vom Dealer eine neue Karte geben, betrachtete sie und spielte sehr schlecht große Bestürzung, bevor er lachte und sie verdeckt vor sich legte. »Ich behaupte, ich habe ein Ass. Kreuz. Das wäre die höchste Karte«, warf er in die Runde und grinste. »Steigt jemand aus?«

Die Provokation tat ihren Dienst: Das It-Girl und der Jachtklub-Anzugträger blieben, um in den Besitz der historischen Artefakte zu gelangen. Niemand ging auf den Bluff des jungen Russen ein. Und sie zogen neu, ohne dass die Todeskarte erschien.

Auf dem Tisch lagen jetzt viele weggeworfene Karten, hohe und tiefe.

Das It-Girl wusste, dass ein tiefes Dekolleté nicht mehr half, sie bemühte sich nicht einmal um ein Lächeln. Der Jachtklub-Anzugträger ließ seine Karte nervös zwischen den Fingern wippen. Die Spannung im Raum steigerte sich.

Enrico sah auf seine Herz-Dame in der Linken, danach auf die tote Asiatin, die unverändert auf dem Tisch lag, umgebracht vom Pik-Ass; der Geruch von Urin mischte sich in die Raumluft.

Dann richtete sich sein Blick auf den Stapel, von dem er ziehen musste, sofern er nicht auf seine Karte vertraute. Herz-Dame – würde sie zum Sieg ausreichen? Das war der Nervenkitzel, den er liebte und brauchte.

Enrico schwitzte. Der Schweiß brannte in seinen Augen, und er wischte ihn fahrig mit dem Hemdsärmel weg. Der teure Manschettenknopf kratzte über die Haut, es brannte an der Stelle. Er sah Blut auf dem weißen Stoff. Ein Zeichen?

Schwungvoll warf er die Herz-Dame weg, sie landete mit dem Gesicht nach oben auf dem Filztisch zwischen den anderen.

»Sie werfen die Herz-Dame weg?« Der Oligarchensohn lehnte sich nach vorne, der Blick aus den hellen Augen wurde böse und lauernd. »Da will's aber jemand wissen.«

Enrico vermochte nicht mehr zu denken. Die Entscheidung konnte mehr als sein Leben beeinflussen: Sie konnte sein Dasein beenden. In seinem Unterbewusstsein meldete sich das Wissen um das Pik-Ass. Das verlieh dem Spielkick einen Dämpfer. »Ich …«

»Monsieur, eine neue Karte? Von oben oder unten?« Der Dealer lächelte. »Oder steigen Sie aus, Monsieur?«

Eine Gelegenheit zum Verlassen der Partie. Seine Spielernatur rebellierte. Sollte er nun aufgeben, behielt er sein Leben – und verlor die historische Karte.

»Was ist? Wieso brauchst du so lange? Scheißt du dir die Hosen voll, *Florecita?*«, pöbelte der Oligarchensohn.

»Woher wissen Sie …« Enrico kannte die Antwort. Der Jungrusse war der Gefolgsmann des unbekannten Anrufers. Und es kam überhaupt nicht mehr infrage, hinzuschmeißen und aufzugeben. Er brauchte den Sieg. »Neue Karte, bitte. Von unten.«

Im gleichen Moment kam Enrico die Entscheidung falsch vor. Vollkommen, absolut und unumkehrbar falsch.

Der Dealer zog die untere Karte und schob sie ihm rüber. Die Karte schleifte leise und verdeckt über den Filz.

Enrico wusste, dass es die Pik-Ass war. Sie strömte den Tod aus. Es fehlte lediglich die sichtbare Gewissheit. Der Kick des Spielens verflog, sein Verstand schalt ihn einen kompletten Idioten, dass er sich darauf eingelassen hatte.

Behutsam streckte er die Hand aus, fasste die linke Ecke und schloss die Augen, wünschte sich so sehr vom Schicksal eine andere Karte. Dann drehte er sie um.

»Ja! *Florecita* hat verloren!«, rief der Oligarchensohn schadenfroh, während das It-Girl und der Jachtklub-Anzugträger ihr Bedauern mit mitleidigem Beifall ausdrückten.

Enrico hob die Lider, stierte auf die Todeskarte. Sein Wunsch war nicht in Erfüllung gegangen.

Das Leben in ihm rebellierte abrupt gegen die absurd-tödlichen Regeln des Spiels. Im Gegensatz zur Asiatin hatte er nicht vor, sich von der botoxgepflegten Brünetten, die ihm gerade den Schnaps eingoss, das Genick brechen zu lassen.

Seine Verlobte, seine Hochzeit, seine Eltern, seine Charity-Projekte und Geschäfte. Viele sehr gute Gründe, noch lange nicht das Zeitliche zu segnen. Schon gar nicht wegen einer Partie Supérieur.

»Auf Ihr Wohl, Karo-Zehn.« Die Brünette näherte sich mit dem Getränk.

»Nein.« Enrico stand ganz langsam auf und schob den Stuhl zurück. »Es tut mir leid, aber so weit gehe ich nicht. Das Geld und die Spielkarte können Sie behalten. Aber umbringen lasse ich mich nicht. Niemand wird hiervon erfahren. Das verspreche ich.«

Niemand am Tisch erhob die Stimme.

Die Brünette hielt ihm auffordernd das Tablett hin. »Sie kannten die Regeln.«

»Es war nie von *dieser* Variante die Rede.«

»Es gibt *nur* diese korrekte Variante«, verbesserte sie ihn. »Jeder, der mit uns spielt, weiß das.« Sie erntete ein Nicken des It-Girls und des Jachtklub-Anzugträgers. »Sie wurden im Vorfeld darauf hingewiesen und hätten aussteigen können, als Sie Ihre Herz-Dame wegwarfen.« Sie drängte ihm das Tablett entgegen.

Enrico stieß es vehement zur Seite, klirrend landete das Glas auf dem Tisch und zersprang, der Alkohol verteilte sich auf den Chips, den alten Karten und dem Filz. Seine Nerven lagen blank. »Bestimmen Sie meinetwegen eine zusätzliche Strafzahlung.« Er sah zu den verlockenden Waffen in der Ablage, lockerte seinen Schlips noch mehr. Ihm wurde die Luft knapp. »Dann ist es geregelt, und ich kann gehen.«

»So läuft das nicht«, warf das It-Girl mit zuckersüßer Stimme ein. »Wo wäre der Reiz? Todeskarte bleibt Todeskarte.«

»Das Spiel gibt es. Das Spiel nimmt es«, ergänzte der Jachtklub-Anzugträger.

»Da hören Sie es.« Die Brünette nahm das leere Tablett mit

einer Hand und klemmte es sich unter den Arm. »Sie hatten das Pik-Ass, Señor.«

»Und wie *Florecita* das hatte!«, rief der Oligarchensohn gehässig. »Wir halten uns an die Regeln, Señor. Mir wäre es ebenso ergangen, hätte ich die Todeskarte gezogen. *Supérieur!*«

Enrico fand das Bürschchen und das knappe Plädoyer für sein Ableben widerlich. »Sie sind alle wahnsinnig!« Es gab nur ein Mittel, um zu entkommen. Sein Blick huschte zwischen der Brünetten, der Toten und den zwei Pistolen hin und her.

»Und Sie sind geblieben«, stellte die Gastgeberin ruhig fest.

Er brauchte die Chipkarte, um aus dem Salon zu gelangen. Die Reaktion des It-Girls und des Mannes konnte er nicht vorhersagen, aber zumindest der Oligarchensohn würde einschreiten, sollte er zu flüchten versuchen. Er wollte Florecita unbedingt tot sehen. Enrico könnte den Stuhl packen und ihn gegen den Russen werfen, was ihm genug Zeit brächte, um die Gastgeberin zur Seite zu stoßen und die Pistolen zu ergreifen.

»Señor, entspannen Sie sich«, sprach die Brünette mit beschwichtigender Stimme und lächelte. Sie schien zu ahnen, was in ihm vorging. »Wir finden eine Lösung.« Sie legte ihre Linke auf seinen Oberarm. »Das geschieht gelegentlich, wenn man das Pik-Ass plötzlich vor sich sieht. Machen Sie sich keine Vorwürfe deswegen. Sie sind kein Versager.«

Enrico hatte sich nicht als Versager gefühlt, sondern als normal denkender Mensch unter lebensmüden Spielernaturen. Sein Verstand schimpfte ihn unentwegt für den Schwachsinn, in den er sich gebracht hatte.

Enrico nahm das angedeutete Angebot auf einen Ausweg mit einem freundlichen Lächeln entgegen. Noch mal würde er sich eine Gelegenheit wie vorhin mit der Herz-Dame nicht entgehen lassen. »Wie gesagt: Sie können mein Geld und die Karte behalten.« Der Verlust des Laub-Obers schmerzte ihn, und doch hätte er hundert davon gegeben, um sein Leben zu behalten. »Ich schweige über das, was ich gesehen habe.«

»Gewiss, Señor. Draußen reden wir über die Strafzahlung.« Die Brünette wandte sich leicht zur Seite und gab den Weg frei. »Kommen Sie. Ich bringe Sie hinaus.«

Enrico schaute zum Abschied auf die tote Asiatin. Das It-Girl und der Jachtklub-Anzugträger würdigten ihn keines Blickes mehr. »Wie erklären Sie die Leiche?«

»Wir haben Wege. Und gute Verbindungen. Treppenstürze kommen häufig vor und brechen Wirbel«, antwortete sie leichthin. »Oder auch mal einen Kehlkopf.«

Ihre Attacke mit dem Tablett erfolgte prompt. Die dünne Kante prallte gegen seinen Hals, ein knorpeliges Knacken erklang.

Sogleich bekam Enrico keine Luft mehr. Zwei, drei Schritte vorwärts gelangen ihm, bevor er röchelnd auf dem Tisch zusammenbrach. Vor seinen sich trübenden Augen lagen die historischen Karten. Wieder erweckte es den Anschein, dass sich die Farben seiner Karte intensivierten, Konturen, Details, alles glasklar. Was er an Kraft verlor, schien sie aufzunehmen.

»Das Spiel gibt es, das Spiel nimmt es. Supérieur«, hörte er die Brünette sagen.

»Supérieur«, wiederholte das Trio, während Enrico erstickend vom Tisch auf den Boden rutschte und sich wand. Chips prasselten klimpernd um ihn herum. Hilfe suchend schlug er die Finger in ein Hosenbein und klammerte sich an einen High Heel.

Niemand half.

* * *

Bundesrepublik Deutschland,
Baden-Württemberg, Baden-Baden

Tadeus lief in leichtem Trab auf der gepflasterten Straße den kleinen Berg hinab und schwenkte in die noch ruhige Fußgängerzone, wie an jedem Tag seit vier Jahren. Weder Regen noch Dunkelheit noch Hitze oder Eis hielten ihn davon ab. Seine Füße hoben und senkten sich seit beinahe einer Stunde, obwohl sein rechtes Knie schmerzte. Alterserscheinungen, die er bestens kannte.

Er lief hoch und runter, quer durch Baden-Baden, durch Parks und Straßen, Gassen und über Plätze. Seit neun Uhr. Wo andere Fünfzigjährige an den Steigungen das Tempo verlangsamt oder aufgegeben hätten, kam Tadeus' Puls erst in den Bereich, den er als angenehm empfand. Zwischendurch gab es Sprint- und Liegestützeinheiten, der Arthrose zum Trotz.

Schweiß rann durch die fingerlangen, dunkelbraunen Haare, in denen es viel Silber und eine angehende lichte Stelle am Hinterkopf gab. Er brauchte den Sport, die Endorphine, den süßen Schmerz, der ihm den Kick für den Tag verpasste. Und als Ablenkung.

Beinahe wäre er mal Zehnkämpfer geworden – aber es hatte dann nur für ein paar Jahre bei der Bundeswehr gereicht, bis das Leben andere Pläne mit ihm hatte.

Er war körperlich immer noch gut in Schuss, abgesehen von den Abnutzungen der Gelenke und dem gelegentlichen Reißen im Rücken. Hinter den Glasscheiben der Hotels saßen die Gäste bei ihrem Frühstück, einige sahen ihm nach. Sie hätten ihn wohl als unauffällig beschrieben, nicht eben groß und schlank. Nichts hob ihn besonders aus einer Menge hervor, weder Gesicht noch Größe noch Statur. Und wenn Tadeus es wollte, vergaß man ihn schon in der nächsten Sekunde. Doch sollte es die Situation an seinem Arbeitsplatz erfordern, konnte er ebenso eine Präsenz aufbauen, die ihm Respekt verschaffte.

Tadeus joggte in billigen Laufklamotten an den noch geschlossenen Luxusläden vorbei, in deren vergitterten Schaufenstern Schmuck und Uhren lagen, die er sich schon lange nicht mehr leisten konnte. Eine kleine Erinnerung an die Zeit, in der das noch möglich gewesen war, lag um seinen Hals, wenn er nicht gerade Sport trieb: eine massive Panzerkette aus Silber, das Andenken an seinen ersten großen Gewinn. Damals hatte er zu den Superreichen gehört, danach zu den Superverschuldeten; es folgten Scheidung, Privatinsolvenz und Entzug. Nun war er clean und arm.

Tadeus bog erneut ab, ignorierte das Stechen im linken Knöchel. Er lief vorbei an weiteren Hotels und über eine Brücke mit rutschigen Holzplanken und hieß die Gleichgewichtsübung willkommen.

Außer ihm waren nur wenige Menschen im nasskalten Wetter unterwegs. Die Schweißtropfen rannen über seine Dreitage-Stoppeln und verfingen sich im kurz getrimmten Bart, der um Kinn und Unterkiefer verlief.

Im Stadtzentrum von Baden-Baden konnte man sich Armut nicht leisten, aber sein Arbeitgeber zeigte sich gnädig und stellte ihm eine kleine Einzimmerwohnung zur Verfügung, der er sich nun näherte.

Sein Atem ging gleichmäßig, Tadeus verfiel ins lockere Auslaufen.

Bald stand er in der Schillerstraße vor dem Eingang in sein kleines Domizil: ein Zimmer, Küche, Bad. Der Vorteil der Altbauwohnung war, dass das Zimmer sechzig Quadratmeter und fast vier Meter hohe Decken hatte. Es erweckte den Anschein, nicht vollkommen verarmt zu sein.

Tadeus begann mit Dehnübungen, bei denen ihm wieder bewusst wurde, nicht mehr der Jüngste zu sein, als ein Anruf sein Smartphone erreichte. Er zog es aus der Jacke, um das Gespräch seiner erwachsenen Tochter anzunehmen, einer bildhübschen deutsch-japanischen jungen Frau.

Die Ergebnisse ihrer Blutuntersuchung mussten gekommen sein. Das Bangen um ihr Wohl sprang ihn an wie ein wilder, schwarzer Hund, doch er wollte sich nichts anmerken lassen. »Connichi-wa, Michiko.«

»Hallo, Papa.« Sie weigerte sich, mit ihm Japanisch zu sprechen, weil er es als *Gaikokujin*, als Ausländer, besser konnte als sie, die von einer Japanerin aufgezogen worden war. »Hast du Zeit?«

»Sicher. Gib mir zehn Sekunden.« Tadeus sperrte die Haustür auf, nahm jeweils drei Stufen auf einmal bis in den dritten Stock, wo er nach einer weiteren Tür in sein temporäres Heim gelangte, wie er es nannte. Sein Knie brannte aufgrund der Belastung. »Schieß los.«

Es roch noch nach dem Gulasch, das er sich gestern zubereitet hatte, und trocknender Wäsche, obwohl das Wäscheaufhängen in der Wohnung nicht erlaubt war. Aber er war der Meinung, dass bei offenem Fenster die Feuchtigkeit nicht im Raum bliebe.

»Ich komme gerade von der Besprechung mit meinem Arzt«, eröffnete Michiko und klang gefasst. »Die Werte sind so weit alle in Ordnung. Du kannst beruhigt sein.«

»Großartig!« Tadeus fühlte immense Erleichterung. Er küsste Mittel- und Zeigefinger und drückte sie gegen das Bild eines hochseetauglichen Fischkutters, das im Flur neben dem Durchgang zum Bad hing. Sein Schiff, das er vor der Insolvenz gerettet hatte, indem er es einem Freund überschrieb. Das Gleiche hatte er mit einem Häuschen gemacht.

Es ging ihm nicht darum, seine Gläubiger um ihr Geld zu betrügen. Es ging ihm darum, Dinge zu bewahren, die von Bedeutung waren, auch wenn er sie seit Jahren nicht gesehen hatte. Ansonsten gab er jeden Cent, den er erwirtschaften konnte und nicht zum Leben brauchte, an den Verwalter ab.

»Man kann nicht aufmerksam genug sein. Je früher es Hinweise gibt …« Tadeus stockte. »Nein, eigentlich will ich, dass man gar keine Hinweise findet. Niemals.«

Er blieb vor seinem Insolvenzkalender stehen und strich einen weiteren Tag darauf ab. Es waren 701 übrig, zusammen mit 2,5 Millionen Euro Schulden, die er diversen Menschen und Banken zurückzahlen musste. Dieses Wissen und die zweite Chance, die ihm das Leben gegeben hatte, machten ihn dankbar.

Tadeus räusperte sich. »Was macht der Job? Ich habe gehört, Christian hat gekündigt. Schafft ihr das denn? Ich meine, das Haus und …«

»Es wird eng, aber das wird sich regeln lassen.« Im Hintergrund rief jemand nach ihr. »Wir müssen los. Die erste Baby-Party im Freundeskreis steht an. Tschüss!«

»Tschüss, Michiko. Und …«

Sie legte auf.

Tadeus betrachtete die Aufnahme des Kutters im Hafen. Das Boot war das Sinnbild für sein Durchhalten und das Gegenmittel für das Aufgeben, die Verzweiflung und die Dunkelheit, die sich oft in seine Seele stahlen. Er würde wieder auf die Beine kommen, die Last abstreifen, die er sich durch sein eigenes unvernünftiges Verhalten aufgebürdet hatte, und dann mit dem Kahn losschippern: Ostsee, Nordsee, Küsten und Länder sehen. In Ruhe abfahren, erfahren und bei klarem Verstand bleiben.

Der Vorsatz kam nicht von ungefähr. Etliche seiner Jahre lagen im Rauschgiftnebel, verschwommen und wie von einer anderen Person erzählt. Manchmal verrieten ihm lediglich die bunten Stempel im Pass, die Visa, Tickets oder alte Hotelrechnungen, wo er sich rumgetrieben hatte.

»Ich bin aufgewacht«, murmelte Tadeus versonnen, entkleidete sich und stieg unter die Dusche. *Es hätte nur früher geschehen müssen.*

Das warme Wasser wusch den Schweiß von der Haut, seine Gedanken kreisten um die Vergangenheit.

Er rechnete stets mit Überraschungen aus dem anderen Leben. Tätowierungen zierten seinen Körper, an deren Herkunft er sich nicht erinnerte: ein schwarzer Pac-Man auf der linken Schulter, den er sich in einen Totenkopf hatte umbauen lassen, sowie der Schriftzug der Nine Inch Nails auf der rechten Brust, NIN, ohne dass er die Band jemals besonders gut gefunden hatte. Ein kleiner Buddha zierte seine rechte Arschbacke, eine unbekannte indische Gottheit die linke Wade – aus welchen Gründen auch immer. Die eingestochenen Bilder durften bleiben, als Mahnung. Auch hatte er in jener dunklen Zeit verschiedene Sprachen gelernt, ohne dass er sich der entsprechenden Kurse entsann.

Manchmal fiel ihn dieses vergrabene Wissen an wie ein Springteufel aus der Kiste, brachte ihn in skurrile, lustige und peinliche Situationen, wie im Casino, als er ungewollt das Gespräch von zwei weiblichen Gästen aus Abu Dhabi mit anhörte, die sich über die Penislänge ihrer Männer austauschten. Auf Arabisch. Bis dahin hatte er nicht gewusst, dass er die Sprache verstand.

Und Tadeus ahnte, dass er noch mehr beherrschte.

Er stellte das Wasser ab und verließ die Dusche. Der Tag konnte beginnen, nachdem er sich zwei Schmerztabletten eingeworfen hatte und eine orthopädische Bandage über das abgenutzte Knie zog. Eigentlich sollte er sie auch beim Joggen tragen, aber er hasste das Ding.

Die folgenden Stunden verbrachte er mit Einkaufen und dem Aufbau eines Schuhregals, das er mit Beize auf alt getrimmt hatte, damit es besser zur Wohnung passte. Aus seiner wohlhabenden Zeit waren ihm acht Paar handgefertigte Schuhe geblieben, die niemand pfänden wollte. Zwar waren sie viel wert, aber auf Maß geschnitten und damit nutzlos für andere Menschen.

Tadeus pflegte und polierte sie regelmäßig, damit das Leder geschmeidig blieb. Lebenslange Garantie hatte ihm der Schuster gegeben, nicht auf die Sohlen, aber auf das Obermaterial. Er würde sie sich in den Sarg legen lassen, wenn der Tag kam, an dem er abtrat. Sämtliche Modelle. Bis dahin gehörten die Prachtstücke in sein neues Regal.

Danach machte Tadeus sich an die Internet-Recherche zu den neuesten Tricks aus der Welt der Kartenspiele, wer gerade zu den High-Rollern gehörte und wer besonders bekannt dafür war, viel Geld auszugeben. Das war bei seinem Job von Nutzen.

Am Rande streiften ihn dabei die Nachrichten über zwei Todesfälle in Monaco. Eine Spielerin namens Marstella Suarez hatte sich anscheinend nach hohen Verlusten umgebracht, indem sie sich vom Hoteldach stürzte, der andere war nach einer langen Nacht bei einem Duschunfall gestorben. *Pech im Spiel und im Leben*, dachte Tadeus.

Die Namen der Opfer sagten Tadeus nichts, doch laut der Klatschpresse handelte es sich bei Enrico Pedro García Hermano, dem Duschunfall, um jemanden, der mit dem Verkauf von Stielrosen reich geworden war und vorgehabt hatte, demnächst zu heiraten. Es gab Bilder von der Verlobten, die als Ärztin in London arbeitete. Sie war Asiatin und erinnerte Tadeus spontan an seine eigene Tochter. Ein paar Wasserflecken, eine rutschige Badematte, ein Tropfen Duschöl – irgendwas hatte den Mann aus dem Spiel genommen, und seine Verlobte zurückgelassen. Von der Unberechenbarkeit des Daseins konnte Tadeus ebenfalls viel erzählen. Soweit er sich entsann.

Gegen neunzehn Uhr legte er seinen dunklen Anzug an und dezentes Aftershave auf, wählte die unauffälligen schwarzen Schuhe aus Rentierleder. Zu Fuß begab er sich in

Richtung seines Arbeitsplatzes. Die Schmerztabletten wirkten, die Bandage saß perfekt.

Wie jedes Mal verstärkte sich das Kribbeln, je näher er dem auffälligen Gebäude kam.

Tadeus freute sich auf das Ambiente, die Geräusche der hüpfenden Roulettekugeln, das Rattern der Kartenmischmaschinen, den Rauch von Zigaretten und Zigarren in den abgetrennten Spielbereichen, das Klirren der Eiswürfel in den Drinks, das bedauernde Stöhnen und freudige Lachen der Spielerinnen und Spieler, das Klackern der Jetons und Chips – auf alles, was einen Abend im Casino ausmachte.

Seit vier Jahren stand er auf der anderen Seite des Tisches.

Hypnose, Therapie, Verhaltensdisziplin, exzessiver Sport hatten ihn von seiner Spielsucht nicht gänzlich befreit, aber ihn zumindest davon abgebracht, Tausende und Abertausende Euros zu verspielen.

Tadeus sah seinen Job als unentwegte Prüfung, als Abhärtung gegen das, was ihn und sein Leben, seine Liebe, seine Ehe ruiniert hatte. Wie Allergiker sich hyposensibilisieren ließen, so wollte er sich immun gegen den Reiz des Glücks machen. Bislang hatte er erfolgreich widerstanden.

Sein Therapeut hatte ihn gewarnt und auf die Risiken hingewiesen, die so viel höher waren als bei einer Tätigkeit fernab von Kartentischen. Ein trockener Alkoholiker würde schließlich auch nicht in einer Schnapsfabrik arbeiten.

Tadeus riskierte es dennoch, da er auf sich vertraute. Auf seinen Willen. Widerstand er der Versuchung bis zum Ende seiner Insolvenzzeit, schaffte er alles.

Gelang es ihm nicht, wäre sein Traum von der Rundreise auf seinem Kahn im Kartenumdrehen verzockt.

Tadeus ging die Stufen hinauf, schwenkte nach rechts, schritt durch das Entree und winkte den Kollegen im Registrierungsbereich zu, die seinen Gruß erwiderten. Nach einem Marsch entlang der beiden Salons ging er durch eine unauffällige Tür in der Vertäfelung, deren Schloss sich für ihn mit einem Summen öffnete, in den Sicherheitsbereich. Die Kameras hatten ihn längst erfasst und sein Kommen angemeldet.

Die Räume und Gänge des Casinos wurden von zahlreichen Geräten in den Ecken und an den Decken überwacht. Lediglich die Waschräume blieben privat. Die Bilder liefen in der Zentrale zusammen, um bei Streitigkeiten wegen Wetteinsätzen den Videobeweis antreten zu können. Doch ebenso beobachtete man damit geschickte Taschendiebe, die Jetons aus den Taschen von unaufmerksamen Gästen fischten, Kartenspielbetrüger beim Poker und Kartenzähler beim Blackjack.

»Ah, der Herr Boch«, sagte Alexa vor der Monitorwand. Die blonde Mittvierzigerin trug einen dunklen Anzug wie der Rest der Belegschaft; die Haare hatte sie hochgesteckt. »Unser bester Mann ist da.«

»Wenn du übertreibst, gibt es erfahrungsgemäß Ärger.« Tadeus machte eine beschwichtigende Geste, die übrigen Sicherheitsmitarbeiter grinsten. Er bekam seine Sprechausrüstung gereicht und legte sie an. Über einen Ohrstecker und einen versteckten Funksender am Handgelenk hielt er wie alle anderen Kontakt mit der Zentrale.

Alexa erhob sich, und Fred nahm ihren Platz ein. Sie drehte an ihrem rechten Perlenohrstecker und reichte Tadeus einen Tablet-PC. »Die VIP-Gästeliste für heute Abend.«

Er überflog die Namen, danach die angekündigten Gruppen. »Wenn dein Ohrring juckt, bedeutet das noch mehr Ärger.«

Es gab einen Junggesellinnen- und einen Junggesellen-Abschied mit je zwanzig Personen, dazu ein halbes Dutzend High-Roller, eine angemeldete Delegation aus Japan, die von Geschäftspartnern eingeladen wurde, sowie vier Hollywoodgrößen, die in der Nähe den nächsten Blockbuster drehten und einen Abstecher machen wollten. Sie mischten sich zum üblichen Abendgeschäft an einem Wochenende.

»Das wird eng, aber nicht stressig«, befand Tadeus und richtete den Blick auf seine Chefin. »Noch was?«

»Mein Ohrstecker-Orakel sagt: Könnte sein. Ein Hotelier berichtete von der Ankunft einiger Leute aus den Staaten, die in Las Vegas mehrmals bei Poker-Turnieren durch Gewinne aufgefallen sind. Hohe Gewinne. Ich denke, sie arbeiten im Team. Entweder sie versuchen, unsere VIP-Gäste zu knacken, oder es steigt irgendwo in der Stadt eine private Runde. Letzteres wäre mir lieber.« Alexa wischte mit dem Finger über das Tablet. Die Gesichter eines jungen Pärchens erschienen, aufgenommen von einer Überwachungskamera. »Die zwei sitzen gerade in der Bar. Beides geschickte Taschendiebe, erzählt sich die Sicherheitsbranche. In unserem Haus konnte man ihnen noch nichts nachweisen. Auf sie wirst du ein Auge haben. Sollte es uns gelingen, sie hochzunehmen, werden wir gefeiert.«

»Gut.« Tadeus prägte sich die Gesichter des Paars ein. »Bitten wir sie gleich beim ersten Zwischenfall raus?«

»Nein. Schauen wir, wie weit sie gehen.«

»Chefin. Ärger an AR4«, meldete Fred von den Monitoren. »Ein Setzstreit. Hausfrau alt gegen Hausfrau jung.« Er ließ die Aufnahmen am American-Roulette-Tisch Nummer 4 rückwärtslaufen, zoomte die Hände heran. Es wurde durch die Ringe und Falten in der Haut deutlich, wer den entscheidenden Jeton abgelegt hatte. »Der Älteren steht der Gewinn zu.«

»Gehst du?«, bat Alexa Tadeus. »Danach kannst du dich um das Pärchen kümmern.«

Tadeus nickte, verließ die Zentrale durch die vertäfelte Tür und nahm einen Umweg zum American-Roulette-Tisch, damit ihn die Taschendiebe von der Bar aus nicht sahen und gewarnt waren. Er verfiel in seinen Unauffälligkeitsmodus und wandelte unscheinbar durchs Casino. Dass er nicht zu den größten Männern gehörte, war ein Vorteil. Nichts durfte die Aufmerksamkeit und die Laune der unbeteiligten Gäste beeinträchtigen, die einen schönen Abend verbringen wollten.

Als ehemaliger Profi-Spieler kannte er sich vor allem bei Blackjack und Poker mit allen Tricks aus. Dieses Wissen machte sich für Casinobetreiber bezahlt. Keine Schulung konnte so gut sein wie die Erfahrung, die Leute wie er besaßen. Tadeus hatte einige Betrügereien auffliegen lassen. Unauffällig und dezent.

Er erreichte Tisch Nummer 4 und positionierte sich neben den Damen, die Abendgarderobe trugen, wie es sich gehörte, auch wenn es keine Luxusmarken waren.

»Entschuldigen Sie, bitte.« Er bat sie mit ruhiger Stimme zur Seite und erklärte, was die Kameras gesehen hatten. Höflich, aber bestimmt.

Die jüngere Frau zeigte sich zwar nicht einsichtig, aber gegen Tadeus' Wort kam sie nicht an und überließ die acht Jetons im Wert zu je zwei Euro der Kontrahentin.

Tadeus sah auf die grünen Plastikscheibchen, welche die Seniorin stolz in ihre Handtasche warf. Sie zog mit einem Gesichtsausdruck von dannen, als hätte sie einen Krieg gewonnen, und steuerte auf den nächsten Tisch zu. Die jüngere Frau bog zur Bar ab, um ihren Frust mit einem Drink zu mäßigen.

Für sechzehn Euro hatten sich zwei Spielerinnen in die Haare bekommen, wohl mehr aus Prinzip als des Geldes wegen.

Sechzehn Euro.

So viel hatte bei einem Turnier ein Glas Wodka gekostet. Zwei Zentiliter. Irgendwo in Russland. Er hatte den genauen Ort vergessen. Die Drogen.

»Situation geklärt«, meldete Tadeus und blieb mit dem

Rücken zur Wand im Saal, verschmolz mit der Umgebung und genoss die Atmosphäre.

Allmählich füllten sich die Säle des Casinos mit Spielwilligen und Neugierigen. Wie Tadeus vermutet hatte, wurde es eng, aber nicht stressig. Das mutmaßliche Diebespärchen blieb wie festgewachsen an der Bar und leerte Cocktail um Cocktail, ohne dass es auf Beutefang ging. Entweder witterten sie die Observation, oder sie sondierten noch.

»Tadeus, komm bitte an Pokertisch 2.« Anweisung von Alexa. »Wir haben da ein Oligarchenjüngchen, das unser Limit nicht akzeptieren will.«

»Verstanden.« Er setzte sich in Bewegung und glitt durch die Menge, ohne einen Körper zu berühren. »Was soll ich tun?«

»Noch einmal die Regeln erklären. Und wenn er nicht einsichtig ist, verfrachte ihn raus«, sagte sie. »Aber freundlich. Sein Name ist Vladimir Mihailowitsch Lasarew. Er ist der Sohn von Mihail Alexandrowitsch Lasarew. Dessen Frau ist oft bei uns, wenn sie die Festspiele besucht.«

»Alles klar.« Tadeus näherte sich den voll besetzten Pokertischen, die mittels Kordel im Raum und durch mehrere Glasfenster vom benachbarten Roulettebereich abgetrennt waren. Der Buy-in, sozusagen der Eintritt in die Partie, betrug 250 Euro. Den Chipsstapeln nach waren die Blinds, die Grundeinsätze, bereits ziemlich hoch.

Tadeus erkannte sofort, wer von den vieren an Tisch 2 Ärger machte. Der junge dunkelhaarige Mann saß auf seinem Stuhl, die Arme hinterm Kopf verschränkt, und beschimpfte die ratlos-überforderte Dealerin auf Russisch, was durch seine geschickte Betonung nach Argumentation klang. Seine Designersonnenbrille hatte er in den Haaransatz geschoben, der Nobelmarkenanzug musste mehrere Tausend Euro gekostet haben. Geld machte nicht höflich und verlieh keinesfalls gute Manieren.

»Dóbryj Wétschir«, sagte Tadeus betont freundlich, was nichts anderes als *Guten Abend* bedeutete. Er wechselte in eine präsente Haltung. Manchmal musste man sich zeigen.

Lasarews Kopf schnappte herum, die blassgrauen Augen musterten ihn. *»Danunach! der'mowschtschik!«*

Grob übersetzt, wurde Tadeus also mit *Das kann ja wohl nicht wahr sein! Der Toilettenputzer!* begrüßt.

Er ahnte, dass ein *freundliches Hinausverfrachten* nicht möglich sein würde, ganz gleich, wessen missratener Spross der Pöbelnde war.

* * *

Das Schicksal mischt die Karten, wir spielen.

Arthur Schopenhauer (1788–1860)

Kapitel II

Bundesrepublik Deutschland,
Baden-Württemberg, Baden-Baden

»Das ist eine Beretta 21A Bobcat, Miss Poe«, erklärte der Mann routiniert die Pistole, die vor ihm auf dem Glastisch des Hotelzimmers lag. In seinem weißen Polohemd und der karierten Stoffhose sah er wie ein Golfer aus, im Durchschnittsgesicht saß ein kleiner Schnauzbart, hellblond wie die nackenlangen Haare. »Unauffällig, handflächengroß, sieben Schuss im Magazin, ein achter im Kipplauf, wenn Sie ihn vorher mit einer Patrone bestücken. Sie legen den Hahn zurück, entsichern, zielen, drücken ab. Die Beretta lädt automatisch nach.« Der kräftige Finger deutete auf die kompakte, hässliche Waffe, die schwarzölig schimmerte. »Vorsicht: Die leeren Hülsen werden nach oben-hinten ausgeworfen. Sie sollen eigentlich über den Bediener fliegen, aber es könnte sein, dass Sie im Gesicht oder Hals getroffen werden. Das Metall ist ziemlich heiß.«

Hyun, die den hauseigenen Bademantel trug, saß ihm in einem Sessel gegenüber. Sie hatte vergessen gehabt, wann Andreotti vorbeikommen wollte, um die Waffe und seine Erkenntnisse abzuliefern, und als es an ihrer Suite-Tür geklingelt hatte, war sie aus der Dusche gestiegen und hatte schnell nach dem Bademantel gegriffen.

Hyun beugte sich nach vorn und langte nach der Bobcat. Sie erschrak über ihr ernstes Gesicht, das sich auf dem Tisch spiegelte. Die schulterlangen schwarzen Haare lagen schwer und glatt an ihrem Kopf wie Schatten, die Wangen waren eingefallen und verliehen ihren asiatischen Zügen etwas Totenschädelhaftes. Die eingenommenen Aufputschmittel und Stimmungsaufheller verhinderten ein Hungergefühl. Sie müsste das Dürre ebenso wie ihre unzähligen Sommersprossen überschminken, um nicht zu auffällig zu sein. Die Trauer hinterließ deutliche Spuren.

Doch ihr Plan beherrschte sie, lenkte sie und duldete nichts anderes in ihrem Kopf.

Florence Hyun-Gi Poe lautete ihr vollständiger Name, den sie nach der Adoption durch ihren britischen Stiefvater angenommen hatte. Ihre große, überschlanke Statur hatte ihr schon als Teenager Aufmerksamkeit beschert. Trotz ihrer wohlhabenden Eltern hatte sie als Hostess auf Messen gearbeitet und kleinere Model-Jobs angenommen, um sich Geld für ihr Studium zu verdienen. Nach einigen Jahren hatte sie damit aufgehört, war dem Zirkus der Oberflächlichkeit entflohen und hatte ihre Medizinausbildung mit Bestnote beendet. Ärztin. Um Menschen Gutes zu tun, was sie von klein auf wollte. Sie hatte den Vornamen Florence nach ihrem großen Vorbild Florence Nightingale gewählt, und weil er in Europa einfacher auszusprechen war als ihr koreanischer. Sie selbst nutzte am liebsten die Kurzvariante ihres eigentlichen Namens.

Aber an diesem Abend ging es der Dreißigjährigen nicht darum, zu helfen und Gutes zu tun.

Es gab nur den Plan.

Hyun wog die Halbautomatik in der Hand und fand sie überraschend leicht. Im Seitenfach ihrer Handtasche würde sie nicht auffallen. Oder sie befestigte sie mit Klebeband an der Innenseite des Oberschenkels. Ihre Beine waren dünn, es gab Platz genug, um die kleine Waffe zu verbergen, ohne dass sie beim Laufen störte. Niemand würde sie bemerken.

»Danke.« Sie legte die Beretta zurück auf das Tischchen.

»Sprechen wir Ihre Erkenntnisse noch einmal durch, Signore Andreotti?«

»Sicher, Miss Poe.« Der Detektiv, den sie angeheuert hatte, um Licht in die Angelegenheit zu bringen, reichte ihr die Ausdrucke, zu denen Polizeibericht, Obduktionsbericht und Zeugenaussagen gehörten. »Wie ich Ihnen vorab mailte, geht die Polizei in Monaco von einem Unfall aus. Das sind die ganzen Dokumente und Kopien, die ich beschaffen konnte.« Er rieb sich mehrmals über den Schnauzbart, als müsste er sich an den hellen Haaren aufladen. »Auf den ersten Blick scheint es plausibel: Ihr Verlobter rutschte in seiner Suite nach dem Verlassen der Dusche in einer Wasserlache aus. Er schlug mit dem Hals auf die Kante der Badewanne, was den Bruch des Kehlkopfes und ein Ersticken zur Folge hatte.«

Hyun folgte den Worten wie versteinert.

Es klang absurd, surreal. Sie hatte Enrico noch einen schönen Abend gewünscht, während sie über ihren Büchern und Patientenakten saß, weil sie wusste, wie sehr er sich gefreut hatte.

Und jetzt gab es ihn nicht mehr in ihrem Leben.

»Das Housekeeping fand ihn am nächsten Tag«, redete Andreotti weiter. »Keine Anzeichen von Gewalt, Kampf oder Einbruch.« Er blätterte und zeigte auf die entsprechenden Eintragungen. »Am gleichen Abend warf sich die einundsechzigjährige Marstella Suarez vom Dach eines Hochhauses, das an der unteren Promenade steht. Sie ist als ambitionierte Spielerin bekannt. Ihren Gemütszustand beschrieben die Angestellten des Casinos an diesem Abend als angeschlagen. Sie verlor eine größere Summe beim Blackjack. Hierbei geht die Polizei von einer Selbsttötung aus.«

»Aber?«, fragte Hyun hohl.

»Es ist kein echtes Aber. Meine Recherchen ergaben, dass sich Ihr Verlobter in der Buddha-Bar aufhielt, wo er von einer jungen Dame abgeholt wurde.« Andreotti suchte das Bild heraus. »Das ist sie: Ekaterina Petrowna Solowjewa, Tochter von Maxima Dimitrowna Solowjewa. Sie veranstalten private Events, deren Motto die solventen Kunden festlegen. Bislang taten sie das nur in Russland, doch jetzt scheinen sie dahin zu gehen, wo reiche Russen sind. Zu den Events gehören auch Kartenspielrunden mit besonders hohen Einsätzen. Als ich mich ein bisschen umgehört habe, erfuhr ich, dass auch Marstella Suarez von Solowjewa begleitet worden war. Jetzt sind *beide* tot. Das ist schon auffällig. Nur ohne Beweise wird sich nichts machen lassen.«

Hyun nahm den Ausdruck entgegen und betrachtete Solowjewa sowie deren Mutter, an deren Gesicht die Schönheitschirurgie ganze Arbeit gleistet hatte. »Sie muss mir verraten, was an diesem Abend geschehen ist«, sagte sie leise.

»Sie oder ihre Mutter. Ich weiß leider noch nicht, wer außerdem an der Runde beteiligt war, sonst könnte man dort weiter recherchieren.« Andreotti bündelte die Unterlagen zu einem ansehnlichen Stapel. »Was macht Sie so sicher, dass Ihr Verlobter nicht bei einem Unfall starb, Miss Poe?«

»Wir hatten die Abmachung, dass er mich anruft, sobald er von einer Partie kommt«, erklärte Hyun fast flüsternd. Ihre Augen brannten, Tränen stiegen auf und brachten ihre Sicht zum Verschwimmen. »Das hat er niemals vergessen, egal wie euphorisch, betrunken oder niedergeschmettert er danach war.« Sie nahm die Beretta. »Zum ersten Mal kam *keine* Nachricht. Kein Anruf. Das gab es noch nie. Und genau deswegen« – sie sah ihn direkt an – »glaube ich nicht an den Unfall. Etwas ist bei der Kartenrunde geschehen. Das hat ihn das Leben gekostet. Vielleicht durch einen der anderen Spieler, vielleicht durch die beiden Damen, die es organisieren.« Sie spannte den Hahn. »Das finde ich heraus.«

»Die Adresse, wo das private Turnier in Baden-Baden stattfinden soll, habe ich Ihnen auf die letzte Seite geschrieben. Ich würde nicht ausschließen, dass Sie dabei auf Leute treffen, die auch in Monte Carlo mit Ihrem Verlobten am Spieltisch saßen.« Andreotti erhob sich und nahm den braunen Umschlag vom Tisch, auf dem sein Name stand. »Danke, Miss Poe.«

»Ich danke Ihnen, Signore Andreotti.« Hyun ließ den Hahn langsam nach vorne gleiten. Sie blickte nicht zu dem Detektiv. »Sie finden alleine raus.«

Er deutete eine Verbeugung an, wie sie im Augenwinkel bemerkte, und verließ die Suite.

Hyun legte die Bobcat auf den Tisch, verharrte mehrere Minuten mit dem Plan, und nur dem Plan im Kopf. Dann erhob sie sich aus dem Sessel und ließ den Bademantel von ihrem Körper gleiten.

Beim Gang durchs Bad sah sie in den Fliesen und Spiegeln, wie stark sie abgenommen hatte. Die Rippen, Gelenke und Knochen kamen deutlich zum Vorschein, dabei war sie nie eine dürre Frau gewesen. Die Trauer verdrängte den Hunger, sie zwang sich zu kleinen Häppchen und viel Wasser. Und zu chemischen Mitteln, um nicht völlig zusammenzubrechen.

Ihr ganzes Inneres befand sich im Ungleichgewicht.

Hyun hatte viel von ihrer Großmutter gelernt, die wie etliche Koreaner dem alten Glauben anhingen. Als Mudang, als Schamanin und Mittlerin zwischen Geistern und Lebenden, hatte sie den Leuten geholfen.

Auch Hyun hatte es auf die traditionelle Weise versucht. Aber das Beten, Meditieren und Beschwören der Geister führte zu nichts. Jeden Tag verlieh sie Menschen im Krankenhaus ein Stück besseres Leben; bei ihrem eigenen Schmerz scheiterte sie.

Während ihrer Kindheit in Südkorea hatte sie den Nationalsport Taekwondo erlernt. Doch auch stundenlanges Training aus Bewegung und Schmerz halfen ihr nicht. Es blieben die chemischen Substanzen, an die sie als Ärztin recht einfach herankam, und der Plan. Mit ihm würde es ihr besser gehen.

Hyun zog die bereitgelegte Unterwäsche an, ließ Strümpfe und Strumpfhose weg, um zu testen, ob sich die Beretta auf der Innenseite eines Oberschenkels befestigen ließ. Es bereitete keine Probleme, wie sie nach einigen Versuchen feststellte.

Müdigkeit breitete sich in ihr aus. Hyun setzte sich in den Sessel und sah auf ihr Glas Wasser. Die Wachmacher kämen erst kurz vor ihrem Aufbruch zum Einsatz, dann musste sie bei Sinnen sein.

Die weichen Polster verführten sie, die Lider für mehrere Atemzüge zu schließen und sich innerlich sacken zu lassen, Kräfte zu sammeln. Hyun lehnte sich zurück, atmete tief ein und aus und versuchte, sich zu entspannen.

In der Schwärze hinter ihren Lidern wirbelten kleine weiße Punkte, die groß und größer wurden. Ein Gestöber aus rieselnden, tanzenden Spielkarten umgab sie, die Motive erschienen ihr alt, ohne dass Hyun sie genau erkannte. Eine Männerstimme sprach zu ihr, leise und eindringlich. Die Sprache war Deutsch, der Duktus drohend und gefährlich.

Hyun atmete schneller und wollte die Lider heben, aber es gelang ihr nicht. Der Albtraum bannte sie in seine Welt.

Die Einflüsterungen drangen auf sie ein, dann waren die wirbelnden Karten plötzlich verschwunden – bis auf ein Exemplar, das mit dem Rücken zu ihr in der Dunkelheit schwebte. Sie sah ihre eigene Hand danach greifen und die Karte wenden: die verhasste Treff-Sieben, die ihr Verlobter von einer Auktion mitgebracht hatte.

Hastig drehte sie die Spielkarte wieder auf den Rücken – und hörte Enrico ihren Namen rufen.

»Wo bist du?«, sprach sie und wandte sich, in der Schwärze suchend, nach allen Seiten, doch außer der Treff-Sieben gab es nichts.

»Dreh sie wieder um«, vernahm sie dumpf seine Stimme.

»Warum?«

»Wenn es dir weitere zwei Mal gelingt, bin ich frei und kehre zu dir zurück«, versprach er. »Befreie mich, Hyun! Bitte!«

Erneut bewegten sich ihre Finger auf die Treff-Sieben zu, nahmen sie an der rechten unteren Kante und deckten sie auf. Auf der Bildseite verdeckte ein quecksilbriges Wabern den Blick auf das Motiv. Was war das?

Hyun näherte sich der Karte, das flüssige Silber flackerte und erlosch zu Schwarz, sodass die Spielkarte beinahe unsichtbar wurde. »Enrico? Was muss ich tun?«

»Hyun, lauf! Lauf!«, schrie er sie aus dem Nichts an. »Sonst wird er dich töten! Er wird dich töten!«

»Enrico!«, rief sie aufgebracht und fühlte die Gegenwart von etwas Bösem in der Dunkelheit. »Enrico, du musst …«

Ein schriller Schrei erklang. Ein Todesschrei, und in der gleichen Sekunde flammte die Karte vor Hyun auf und sandte unzählige Arme aus Quecksilber gegen sie. Krallenbewehrte Finger grabschten nach ihr, ein lautes, unmenschliches Geheule und Gestöhne erklang. Die Hände ergriffen sie, Nägel schlitzten ihre Haut auf, und Blut tropfte auf die Karte, was die fürchterlichen Geräusche anschwellen ließ.

»Lauf!«, kreischte Enrico. »Verschwinde von hier! Lauf und lebe!«

Hyun riss die Augen auf.

Keuchend und schwitzend saß sie kerzengerade in dem Hotelsessel, vor sich das Wasserglas und um sich herum die Suite. Die Stille war mit dem Heulen und Stöhnen in ihrer Erinnerung kaum erträglich.

Hyun kannte solche Albträume, sie verfolgten sie seit einigen Wochen. Enrico hatte sie ausgelacht, weil er es kindisch fand, sich vor einer Spielkarte zu fürchten. Doch selbst nach seinem Tod blieben diese schrecklichen Bilder und folterten sie.

Der Plan, zwang sie das Wichtigste durch die letzten Eindrücke und beruhigte ihre Atmung. *Der Plan. Heute. Reiß dich zusammen.*

Hyun erhob sich, duschte erneut und begann mit ihren Vorbereitungen, um den Albtraum zu verdrängen.

Sie wählte ein knielanges geschlitztes, schwarzes Kleid, dazu passende Handschuhe, die bis zu den Ellbogen reichten, bestückte sich mit dezentem Schmuck an Ohren und Hals, bevor sie in die flachen Schuhe schlüpfte. Es konnte sein, dass sie sich schnell bewegen musste, und das wäre auf High Heels schwierig.

Die Schminke formte eine Maske auf ihrem Gesicht. Hyun malte sich einen gesunden Teint auf; die große Sonnenbrille verbarg einen guten Teil ihrer markanten Züge. Sie schluckte zwei Pillen, die sie wach halten sollten, und stopfte ihre Haare unter die schwarze Kurzhaarperücke. Die Bobcat saß geladen und gesichert an ihrem Leib.

Bevor sie zur Tür ging, warf sie einen langen Blick auf die Fotografien von Mutter und Tochter Solowjewa, die Gastgeberinnen des geheimen Turniers im kleinen Kreis. In den Unterlagen schlug sie die Adresse nach.

Die Straßenkarte im Internet behauptete, dass sich an dieser Stelle ein ehemaliges Privat-Hotel befand, das einstige *Belle Époque*. Eine weitere Suchanfrage ergab, dass die Unterkunft wegen Renovierung geschlossen war. Der perfekte Ort für ein Turnier, mitten im gediegenen Baden-Baden, ohne dass man beobachtet wurde.

Hyun küsste ihren Verlobungsring, nahm die Handtasche und durchquerte die Suite. Ihr Puls stieg, und doch fühlte sie nichts als Kälte. Entschlossenheit. Den Albtraum ließ sie in der Suite zurück. Sie hatte die Hoffnung, dass er nach diesem Abend endete.

Getrieben von den pharmazeutischen Wachmachern, trat sie auf den Flur und ging zum Fahrstuhl. Hyun würde auch ohne namentliche Einladung einen Zugang zum *Belle Époque* finden und der Familie Solowjewa Fragen über den Tod ihres Verlobten stellen. Notfalls mit vorgehaltener Waffe.

Wie es der Plan vorsah.

* * *

Tadeus beugte sich zu dem jungen Oligarchensohn herab. »Ich bin sicher, dass Sie erkennen, es nicht mit dem Toilettenreiniger zu tun zu haben«, gab er auf Russisch und mit einem Lächeln zurück. Noch eine Sprache, die er irgendwann erlernt haben musste. »Leider muss ich Ihnen mitteilen, dass es nicht vorgesehen ist, das Limit aufzuheben, wenn Sie der Einzige sind, der das möchte, Herr Lasarew.«

»Die anderen sind Pussys«, gab der junge Mann abfällig zurück und sah auf den Chipsstapel. Seine Haare waren rundherum hoch ausrasiert, das schwarze Oberhaar im Nacken zu einem Pferdeschwanz gebunden. »Die haben keinen Sinn für das Spiel. Für den Sinn von Poker. Es geht darum, Grenzen auszuloten. Was zu riskieren.« Er setzte herausfordernd seine Sonnenbrille auf.

Tadeus wusste sofort, wovon er sprach. Ihm war es damals nicht anders ergangen, nur dass er beim Ausloten über Bord gegangen und in die Tiefe gesunken war. Zu viel Risiko und Selbstüberschätzung. »Es freut mich, dass Sie es so sehen. Die übrigen Herrschaften jedoch nicht.« Er blickte entschuldigend in die Runde. »Verzeihen Sie, meine Damen und Herren. Es geht sofort weiter.«

»Nein, geht es nicht. Erst, wenn das Limit aufgehoben ist«, warf Lasarew ein und grinste von einem Ohr zum anderen.

Er tippte auf seine goldene Rolex, als Zeichen, dass sie sich beeilen sollten. »Was ist? Ich leihe euch Pussys auch das Geld.«

»Okay. Das reicht«, hörte Tadeus die Stimme seiner Chefin im Ohr. »Jetzt ist der Zeitpunkt gekommen, ihn freundlich hinauszubringen.« Sie hatte eingesehen, dass es nichts mit einer friedlichen Lösung wurde. Zudem vergiftete der übermütige Russe die Atmosphäre in der Runde. »Sei zärtlich.«

Tadeus zeigte auf die Chips. »Wären Sie so freundlich, Herr Lasarew, Ihren Einsatz zu nehmen und mit mir zu kommen?«

»Warum?«

»Wir haben einen anderen Tisch für Sie vorbereitet. Ohne Limit.«

Lasarew betrachtete ihn. Sein jungenhaftes Gesicht verschloss sich und wirkte plötzlich bösartig, was durch die Sonnenbrille verstärkt wurde. Er sprang auf.

Damit provozierte er Tadeus nicht. Er richtete sich langsam auf und war eine Handlänge kleiner als der Russe. »Vielen Dank, dass Sie mich begleiten.«

»Ich weiß, was hier läuft«, sagte Lasarew zischend und verstaute die Plastikscheiben in den Taschen seines Nobelsakkos. »Du willst mich rauswerfen.«

»Nein. Das ist ein Missverständnis.« Tadeus sah ihm lächelnd zu. Die Erleichterung auf den Gesichtern der verbliebenen Spieler war überdeutlich. »Sie werden es gleich sehen.«

»Ich lasse deinen Boss antanzen«, sprach Lasarew drohend und entfernte sich aus dem Poker-Bereich, steuerte auf den Blackjack-Tisch zu. »Da werde ich weitermachen.« Er schob die Brille zurück auf die Stirn und löste den Pferdeschwanz; die schwarzen Haare fielen schulterlang über den Undercut.

Tadeus atmete tief ein und aus. »Alexa?«, erkundigte er sich unauffällig über sein Mikro in der Zentrale. »Darf der Kleine weiterspielen?«

»Nein. Bring ihn raus«, kam die Anweisung. »Wie der gerade drauf ist, bricht er den nächsten Streit vom Zaun. Es ist zu voll in den Räumen, um ihn mitten in den Gästen eskalieren zu lassen.«

»Alles klar.« Tadeus schloss zu dem Oligarchensohn auf. »Entschuldigen Sie, hier entlang.« Behutsam drängte er ihn mit dem Körper in den blattgoldverzierten Saal mit den vier American-Roulette-Tischen und von dort zum Ausgang.

»Ich denke nicht dran!«, fuhr ihn Lasarew an und baute seinen vermeintlich muskulösen Körper vor ihm auf, was nach hilfloser Drohgebärde aussah. »Ich habe das Recht, hier zu spielen!«

»Nein, haben Sie nicht.« Tadeus führte die Unterhaltung mit dem Aufgebrachten unauffällig und beiläufig, ohne dass es die Gäste bemerkten und sich zu ihnen umwandten. Er senkte die Stimme zu einem Raunen. »Ich kann Ihren Vater anrufen lassen, wenn Ihnen das lieber ist. Er wird sich sicher freuen zu hören, wie viel Spaß Sie bei uns haben.«

Lasarews Blick flackerte und verlor das Überhebliche. Stattdessen kam Wut. Wut, weil es kein adäquates Gegenmittel gab. Die Papa-Drohung fruchtete.

Um sein Gesicht zu wahren, blickte er rasch auf seine polierte Luxusuhr in Gold. »Ich muss sowieso weg. Ist eh ein langweiliger Laden. Keine Risikobereitschaft.« Er wandte sich zum Ausgang und rempelte durch die Menschen.

»Soll ich ihm nach?« Tadeus sah das Taschendiebpärchen plötzlich auftauchen und Lasarew bestehlen. Es zog kräftig Chips aus den Taschen. Grinsend sah er zu, ohne einzugreifen. Es würde dem verwöhnten Arschloch sowieso nicht auffallen. »Hast du das, Alexa?«

»Ja, habe ich. Mit Zoom. Ich schicke Oskar und Ben, die

sich die zwei greifen. Die Polizei wird das regeln. Bring du den Kleinen raus. Ich traue ihm zu, dass er seine Absicht noch ändert.«

Tadeus schloss ein weiteres Mal zu dem Oligarchensohn auf und blieb die Unauffälligkeit in Person. »Sie sind jederzeit wieder bei uns willkommen, Herr Lasarew.« Gemeinsam gelangten sie an die Kasse, und Lasarew wechselte seine Chips in Euros zurück. Wie vermutet, bemerkte er nicht, dass ihn die Diebe ausgenommen hatten. »Beachten Sie aber bitte unser Limit.«

»*Da, da.*« Leise auf Russisch fluchend, ging Lasarew durch das Entree.

Tadeus wandelte an seiner Seite, blieb erst an der großen Tür stehen und ließ den unangenehmen Gast ziehen. »Schönen Abend und bonne chance.«

Kaum stand er draußen, begann Lasarew hektisch an sich herumzutasten und seine Taschen abzuklopfen und hineinzugreifen. Er machte auf dem Absatz kehrt und kam auf Tadeus zu, hielt Smartphone, Hotelkarte und Geldbeutel deutlich sichtbar in den Händen. »Ich bin bestohlen worden!«

»Was fehlt denn?«, erwiderte er gelassen.

»Eine Spielkarte.«

»Doch nicht etwa beim Pokern mitgehen lassen?«, fragte Tadeus amüsiert. »Das wäre Falschspiel. Und Diebstahl.«

»Nicht eine von euch. Eine historische. Richtig alt und scheiß viel Geld wert«, gab Lasarew knurrend zurück. »Die ist weg. Vorhin hatte ich sie noch.«

»Einen Moment.« Tadeus wandte sich ab. »Alexa, habt ihr bei den zwei Elstern eine Spielkarte gefunden?«, erkundigte er sich so leise, dass der Russe es nicht mitbekam.

»Nein. Nur die geklauten Chips.«

Tadeus wandte sich zu Lasarew. »Es ist nichts gefunden worden. Aber ich melde mich, sollten wir die Karte entdecken. Geben Sie mir Ihre Nummer.«

Der junge Mann diktierte sie ihm. »Das ist nicht irgendeine alte Pappe. Das ist … egal. Ich brauche die! *Heute!* In genau *zwei* Stunden!«

»Wir halten die Augen offen, aber es ist viel los. Wenn sie an einer Sohle klebt oder von High Heels durchbohrt wurde …« Tadeus grinste. »Sie hätten besser aufpassen müssen.«

Lasarew fand das nicht lustig. »Ich warte die nächsten zwei Stunden in diesem Tanzschuppen da. *Equipage.* Auf den Anruf.« Er nahm ein Bündel Fünfhunderter aus der verschließbaren Sakkoinnentasche, zählte fünf ab und drückte sie Tadeus in die Hand. »Nicht vergessen! Das verzehnfache ich, wenn Sie mir die Karte bringen.« Dann schwenkte er nach rechts und verschwand um die Ecke.

Tadeus blickte auf das Geld und steckte es ein. Die Gläubiger würden sich freuen. Er kehrte zurück ins Casino, um seine Arbeit wiederaufzunehmen, für die er eigentlich bezahlt wurde. Unwillkürlich schwenkte sein Blick auf den Boden.

Gleich neben dem vordersten Französisches-Roulette-Tisch sah er im Vorbeigehen etwas Flaches auf dem Boden, das sich deutlich vom Teppichmuster abhob. Aus irgendeinem Grund fiel es ihm sofort auf, während alle anderen achtlos daran vorbeigingen. Nicht wenige Spielerinnen und Spieler notierten sich Zahlen auf Zetteln und warfen die Gedächtnisstütze weg, wenn sie enttäuschte. Es konnte so ein Wisch sein.

Es konnte ebenso die vermisste Karte sein.

Tadeus schob sich berührungsfrei durch die Gäste, die sich um den Tisch drängten und ihre Einsätze machten. »Verzeihen Sie«, entschuldigte er sich prophylaktisch und ging in die Knie. Er hob das von einer dünnen Plastikhülle geschützte Kartonplättchen auf, das sich tatsächlich als Karte entpuppte. Als alte, historische Spielkarte: Das Motiv zeigte mehrere Menschen, die musizierend um einen Tanzbären herumstanden, darum verteilt waren Symbole, die an Kreuze erinnerten. Er zählte sieben davon.

Die Bedeutung kannte Tadeus nicht, aber außer Lasarew würde an diesem Abend noch jemand eine Spielkarte verlieren?

Er grinste und verstaute sie. Das bedeutete einen ordentlichen Finderlohn, auch wenn ihm das Stück außerordentlich gut gefiel und er fast versucht war, sie zu behalten.

»Das habe ich gesehen«, kommentierte Alexa in seinem Ohr.

»Keine Sorge, ich gebe sie dem nervigen Kind zurück. In« – Tadeus sah auf seine Uhr und kam sich dabei uralt vor – »genau einer Stunde und … siebenundfünfzig Minuten. Damit er sich bis dahin in die Hosen macht, dieses Oligarchensöhnchen.«

Tadeus ging zufrieden auf die vertäfelte Wandtür zu.

Er hatte die Situation gut und vor allem lautlos gelöst, das Große Spiel ging in den Sälen munter weiter: Kugelklackern, Kartenrattern, Lachen und Aufstöhnen, Jetonhaufen, die mit diesem ganz bestimmten Geräusch von den Croupiers zusammengeschoben wurden, weil die Bank gewonnen hatte. Gläserklirren, Parfum, eine Spur von Zigarettenrauch. Die Atmosphäre von Glück und Pech.

Er seufzte glücklich und berauschte sich daran.

»Ein Kaffee wäre ganz gut«, sagte er über sein Mikro.

»Geht klar«, sagte seine Chefin. »Und danach Blackjack, Tisch zwei. Da haben wir die Amerikaner, von denen ich sprach. Ich glaube, sie zählen. Kümmerst du dich, bitte?«

Natürlich kümmerte sich Tadeus.

Der Abend verging ohne weitere Zwischenfälle. Die Taschendiebe befanden sich in der Obhut der Polizei, und die entwendeten Chips waren bereits in Euro gewechselt. So schwer es allen fiel, weil sie dem jungen Russen den Verlust gegönnt hatten, aber er würde sein Geld zurückbekommen.

Nach knapp zwei Stunden wählte Tadeus die Nummer von Lasarew.

Es dauerte etwas, bis abgehoben wurde.

»Da?«

»Eine gute Nachricht: Wir haben Ihre Karte gefunden, Herr Lasarew.«

Der Freudenschrei überraschte ihn. »Ich kann jetzt nicht. Aber später komme ich und hole sie«, haspelte der junge Mann und legte auf.

Tadeus blickte auf die Uhr. Es war kurz vor ein Uhr in der Nacht, seine Schicht neigte sich dem Ende zu. Die meisten Besucher waren gegangen, nur die Asiaten spielten hartnäckig Roulette und freuten sich laut über kleine Siege. Es gab keine Anzeichen, dass ihn Alexa noch benötigte, daher steuerte er auf die Bar zu.

Tadeus nahm sein Namensschildchen ab und bestellte sich ein Bier.

»Geht das in Ordnung?«, fragte er die Zentrale.

»Klar. Du bist raus. Gute Arbeit. Wie immer.«

»Ich warte mal noch ein paar Minuten. Falls sich etwas ergibt.« Er bekam ein kleines Pils hingestellt und trank in einem großen Schluck, um sich noch eins zu bestellen. Aufpassen machte durstig. »Spiel und Spieler bleiben gern unberechenbar.«

»Wahre Worte aus dem Mund eines Mannes, der sich damit auskennt«, sagte Alexa.

Tadeus verzichtete auf einen Kommentar. Er nahm die Karte des Russen aus dem Sakko und fotografierte sie mit dem Smartphone ab. Neugierig machte er sich im Netz auf die Suche nach dem Motiv. Dabei musste er den Impuls unterdrücken, sie aus der Hülle zu nehmen, um sie anzufassen.

Die Suchergebnisse fielen zahlreicher aus als gedacht.

Es war eine Treff-Sieben, eine altdeutsche Spielkarte, hergestellt im Jahr 1804 und herausgegeben 1805 vom Cotta-

Verlag als Almanach. Zum Spiel mit den Karten hatte es damals ein kleines Büchlein gegeben.

Bei dem Motiv handelte es sich um einen Kupferstich in Punktmanier, handkoloriert, um sie einzigartig zu machen. Die verschiedenen Figuren stellten Personen oder Szenen aus dem Drama von Friedrich Schillers Johanna von Orleans dar. Die Idee, die zuvor leeren Zählkarten mit Motiven zu versehen und dabei die Farbzeichen in das Kartenbild einzugliedern, sei später von den Zeichnern satirischer Kartenspiele übernommen worden, verkündete das Netzwissen.

»Sieh an.« Tadeus las fasziniert, dass das handkolorierte erstverkaufte Original angeblich in einem Museum aufbewahrt wurde. Er betrachtete und wendete seinen Fund. Lasarew junior traute er es durchaus zu, dass er sich dieses historische, einmalige Stück für viel Geld hatte beschaffen lassen. *Aber weswegen schleppt er sie mit sich herum, und was will er heute noch damit? Ein Glücksbringer? Bei einem illegalen Turnier?*

Über den Wert der Treff-Sieben fand er nichts. Überhaupt gab es wenig genaue Angaben zu den einzelnen Karten, ganz im Gegensatz zu Briefmarken oder Münzen.

Es handelte sich aber definitiv nicht um eine gängige Spielkarte des kleinen Mannes, die bei starken Abnutzungserscheinungen einfach weggeworfen, zum Feuermachen oder in Schnipseln als Salbenschaber in Apotheken gedient hatten, wie in Einträgen der Online-Lexika zu finden war. Tadeus scrollte und staunte. Er hatte sich mit der Historie des Kartenspiels nie beschäftigt, auch wenn er exzessiver Pokerspieler gewesen war.

Handkoloriert, mit Unterschrift versehen. Die vor ihm liegende Karte musste eigens für einen reichen Menschen gemacht worden sein, zum Ergötzen und Angeben. Möglicherweise für den Inhaber des Verlags oder als Geschenk für einen Staatsmann oder einen Adligen.

»Der Empfang hat sich gemeldet«, kam Alexas Stimme über seinen Knopf im Ohr. »Lasarew ist da und will seine Karte abholen.«

»Okay.« Tadeus erhob sich vom Hocker. »Ich gehe dann nach Hause.« Er lächelte in die nächste Kamera und warf ihr eine Kusshand zu.

»Bis morgen«, gab sie zurück.

Er legte die Kommunikationseinheit ab, die sogleich vom Mann hinter der Theke eingesammelt wurde, nahm sein Bier und schlenderte los.

Vor dem Eingang des Casinos stand der junge Russe, dessen Haar nicht ganz so akkurat lag wie noch wenige Stunden zuvor. Ein dunkler Fleck schmückte seinen Hals, und das Hemd steckte schlampig im Hosenbund. Sex. An welchem Ort auch immer. Vermutlich hatte er deswegen gehetzt am Telefon geklungen.

Tadeus trank einen Schluck Bier und hielt die historische Spielkarte in die Höhe. Es tat ihm irgendwie leid, sich von ihr trennen zu müssen.

»Hier ist sie, Herr Lasarew«, sagte er auf Russisch. »Wir fanden sie auf dem Boden. Unbeschädigt.«

Lasarew junior schnappte sich die Treff-Sieben und prüfte sie hastig, drehte sie mehrmals, bevor er aufatmete. »Sehr gut. Das versüßt mir den Abend doppelt.«

»Das gehört auch Ihnen.« Tadeus zog zehntausend Euro in Fünfhunderteuroscheinen aus dem Sakko. »Wir haben ein Diebespärchen hochgenommen, das Sie bestohlen hat.«

»Behalten Sie's«, sagte er abwesend und tippte auf seinem Smartphone herum. »Sie trinken im Dienst?«

»Ich bin außer Dienst.«

»Das trifft sich ausgezeichnet.« Lasarew grinste. »Ich habe mich über Sie erkundigt.«

»Sind Sie jetzt mein Fan?« Tadeus erlaubte sich den lockeren Ton, da er sein Namensschildchen abgelegt hatte.

»Ein bisschen, ja. Beeindruckende Karriere als Spieler, bis Sie abgestürzt sind. Ich denke, die Drogen waren schuld.« Lasarew formte ein gewinnendes Geschäftsmannlächeln auf seinem Gesicht, wie er es sich bestimmt bei seinem Vater abgeschaut hatte. »Vorschlag: Begleiten Sie mich. Als Schutzgeist.« Er zog ein Bündel violettfarbener Scheine aus der Tasche. »Die bekommen Sie noch. Habe ich versprochen.« Er wedelte mit der Spielkarte.

»Ich bin müde, Herr Lasarew. Mein Bett wartet auf mich.« Tadeus hatte nicht das geringste Bedürfnis, den Aufpasser für das verzogene Oligarchensöhnchen zu spielen. Die Belohnung steckte er trotzdem ein. Futter für die Gläubiger, die nicht fragten, woher die Happen kamen. »Das ist sehr großzügig.«

Unvermittelt pirschte sich der Gedanke an, die durch Fügung erhaltene Summe am Spieltisch zu riskieren, um sie in die Höhe zu treiben und sich damit freizukaufen, zwei Jahre vor Ablauf der Insolvenz. Es war der schäbige Versuch seiner Sucht, ihn zum Spiel zu verleiten, aus fadenscheinigen Gründen. Abseits des Casinos. Niemand wird es mitbekommen, säuselte die Sucht.

Als macht es das besser. Er ahnte, dass die Gier sofort hervorbrechen würde, der Rausch, am Filz zu sitzen, die Einsätze zu machen, die Gegnerinnen und Gegner zu beobachten, zu taxieren; Spielchen um das Spiel spielen, Small Talk mit Strategie, bis er zuschlagen und abräumen könnte: Glücksgefühle – und der Teufelskreis begänne von Neuem.

Tadeus schauderte es bei dem Gedanken. Es durfte nicht sein. Er trank das Bier aus und wandte sich ab, um das Glas an die Bar zurückzubringen.

»Sie wissen, dass es illegale Runden in Baden-Baden gibt?«, warf ihm Lasarew nach, als soufflierte ihm die Sucht. »Da spielen sie ohne Limit. Poker. Und *Supérieur*.«

»Mit historischen Karten?«, erwiderte Tadeus und blieb

stehen, wandte sich halb zu ihm um. »Kann ich mir kaum vorstellen.«

»Nein. *Um*. Um diese Karten. Zumindest heute, im großen Endspiel.« Lasarew fächerte sich mit der Treff-Sieben Luft zu. »*Das* ist meine Eintrittskarte.«

Was *Supérieur* war, wusste Tadeus nicht. Vielleicht ein angesagtes, neues Spiel oder eine Variante von Poker?

Die Spielsucht umschmeichelte ihn. Sie hielt ihm vor Augen, wie viel er dabei gewinnen konnte, mit dem geschenkten Geld, von dem keiner wusste.

Illegale Runden kümmerten sich nicht um Sperren, die man sich selbst auferlegt hatte, um in keinem Casino am Spieltisch zu enden. Niemand würde ihn fragen. Er konnte Platz nehmen, seinen Einsatz machen, zocken wie der Teufel persönlich. Und wenn es schiefging, war nichts verloren.

Aber sollte er gewinnen, viel gewinnen, konnte er sich freikaufen. Er könnte behaupten, einen Privatkredit bekommen zu haben, und weder der Insolvenzverwalter noch die Gläubiger würden Verdacht schöpfen …

In Tadeus brach ein Kampf aus, den er nicht hatte kommen sehen und auf den er sich nicht vorbereitet fühlte. Die Krankheit sprang ihn an, räkelte sich, neckte ihn wie nie zuvor in den vergangenen abstinenten Jahren. Er öffnete den Mund, um dem Russen abzusagen.

»Wenn Sie mitkommen, fühle ich mich wohler. Sie haben ein Auge darauf, ob mich jemand bescheißen will. Bei Ihrem Wissen und Ihren Kenntnissen …« Lasarew befeuerte die Spielsucht. »Da geht es um hohe Summen.« Er warf ihm einen kurzen Blick zu. »*Richtig* hohe Summen.«

In diesem Moment durchschaute ihn Tadeus. »Kann es sein, dass Ihr Vater nicht weiß, was Sie treiben?«

»Was? Wie …«

»Sie hätten sonst eine Armada aus Bodyguards um sich. Aber ich denke« – Tadeus sah an dem Russen vorbei zur

Straße, wo niemand wartete und keine Limousine parkte –, »Sie wollen sich beweisen.«

Lasarew grinste ertappt. »Sie bekommen von mir noch mal zwanzigtausend und zehn Prozent von dem, was ich heute Nacht gewinne.« Er streckte die Hand aus, die Diamanten auf dem Zifferblatt der Rolex blitzten auf. »Es ist also ganz in Ihrem Interesse, dass ich gut abschneide.«

Tadeus beobachtete sich selbst dabei, wie er seinen Arm hob und sich die Finger um jene des Russen schlossen. *Es ist nur ein Aufpasserjob*, sagte er sich. *Damit er die Karte nicht noch mal verliert.*

Zugleich wusste er, dass es eine Extremprüfung für ihn werden würde. Eine illegale Runde, das Geld in seiner Tasche, keine Fragen.

Seine Vernunft schrie auf, aber die Spielsucht gab sich unschuldig.

Die ungleichen Männer schüttelten die Hände und besiegelten die Abmachung.

* * *

I see it in your eyes,
take one look and die.
The only thing you see
you know it's gonna be
the Ace of Spades
the Ace of Spades

aus *The Ace of Spades* (1980) von Motörhead (1975–2015)

Kapitel III

Bundesrepublik Deutschland,
Baden-Württemberg, Baden-Baden

Tadeus kannte den Ort, an den er und Lasarew zu Fuß gingen. Er lag ganz in der Nähe seines Zwischenzuhauses.

Das einstige *Belle Époque* gehörte zu den schönsten Privathotels aus der Jugendstilzeit, eine alte Villa mit historischen Einrichtungen in den Zimmern des Haupthauses und viel Flair.

Es hatte in der Stadt einiges Aufsehen erregt, als es hieß, es würde an Araber, an Russen oder an ein asiatisches Konsortium verkauft werden, welches das Gebäude abtragen und in Peking neu errichten lassen wollte. Allesamt Fehlinformationen. Nach neuesten Gerüchten gehörte es einem reichen Amerikaner und sollte bald als *The Villa* wiedereröffnet werden, doch Genaues wusste man nicht. Derzeit stand eine umfangreiche Sanierung an, wie es hieß, bei welcher der Denkmalschutz viel mitzusprechen habe.

»Sicher, dass wir an der richtigen Adresse sind?«, fragte Tadeus den jungen Russen.

»Ganz sicher. Es ist die beste Location für ein privates

Spiel.« Lasarew schwankte zwischen Euphorie und Anspannung, was auf Tadeus keinen professionellen Eindruck machte. Wenn sich der junge Mann in dieser Verfassung an den Pokertisch setzte, war er innerhalb von zwei, drei Runden seine Chips los. Die Cracks unter den Zockern nahmen jemanden wie ihn routiniert auseinander.

Sie gingen die Maria-Viktoria-Straße entlang und erreichten das schmiedeeiserne Tor. Tadeus' Knie schmerzte, unauffällig korrigierte er den Sitz der Bandage.

»Kennen Sie Supérieur?« Lasarew klingelte und hielt die Treff-Sieben vor die Kameralinse des Bedienfeldes. Er fasste seine Haare zum Zopf zusammen, der Undercut wirkte ebenso aufgesetzt großspurig wie rebellisch. Wenige Sekunden darauf schwang der motorgetriebene Einlass auf. »Hat man das zu Ihren Zeiten auch gespielt? Ich meine die Neunzehnhunderter-Variante.«

»Nein.« Tadeus kannte vom Inneren der Villa den Eingangsbereich sowie das anschließende Kamin- und das danebenliegende Frühstückszimmer. Er hatte im Auftrag des Casinos mal einen reichen Russen vom *Belle Époque* abgeholt, einen High-Roller, um den man sich besonders kümmerte. Dabei war ihm der schöne Garten aufgefallen, der sich hinter der Villa anschloss, mit einem kleinen Brunnen und Rasen und einem umlaufenden schmalen Kiesweg. Der stattliche Baum war wegen seines maroden Zustandes nach einem Sturm gefällt worden. »Ist Supérieur ein Kartenspiel?«

Lasarew sah ihn erstaunt an, während sie den gepflegten Weg zu den Stufen gingen, die in das Gebäude führten. Zwei Männer im Anzug und mit Knopf im Ohr hielten Wache, betrachteten die Neuankömmlinge mit einem freundlich-vagen Lächeln. Es hatte nicht den Anschein, als gäben sie den Eingang ohne Weiteres frei. Das Zauberwort musste wohl noch fallen.

»Das hätte ich nicht gedacht«, sagte Lasarew.

»Mein Spiel war Poker.« Was nicht ganz stimmte. Tadeus hatte in der Not auch Blackjack gespielt, um die Sucht zu befriedigen. Diese hob gerade sehr neugierig den Kopf, da sie von einem neuen Spiel erfuhr. Tadeus beschloss umgehend, sich gar nicht erst näher mit Supérieur zu beschäftigen.

Aber vielleicht macht es Spaß. Mehr Spaß als Poker, wisperte die Sucht. *Das Geld ist ja nicht deins. Versuch es doch einfach mal. Es bleibt unser Geheimnis.*

Tadeus biss die Zähne fest zusammen.

Er durfte nicht einknicken. Von diesem Rückschlag würde er sich nicht erholen, das ahnte er. Nein, das *wusste* er. Diese Prüfung fühlte sich tausendfach schwerer an als der Gang im Casino zwischen den Spieltischen hindurch. Weil die Kontrolle fehlte, weil es niemanden gab, für den er einen Job erledigen musste. Weil es nicht das geschützte Gebiet war, auf dem sich die Gefahr kontrollierbar anfühlte.

»Ich weiß noch nicht, was ich spielen werde«, sagte Lasarew. »In Monaco hatte ich ziemliches Glück mit Supérieur. Ob ich Fortuna noch mal rausfordere?«

Aus der aufschwingenden, großen Tür trat eine junge Frau mit einem bezaubernden Lächeln und in einem dunkelgrauen Kleid zwischen die Wachmänner. Tadeus schätzte sie auf Mitte zwanzig. Die Lippen waren ebenso unnatürlich wie die faltenfreie Stirn und das Rot ihrer hochgesteckten Locken.

»Einen wunderschönen guten Abend«, grüßte sie Lasarew auf Russisch. »Es freut mich sehr, Sie wieder bei uns begrüßen zu dürfen.« Dann blickte sie Tadeus an und erkundigte sich auf Englisch: »Und Sie sind?«

»Das ist mein Aufpasser«, antwortete Lasarew. »Er wird mich beim Spielen unterstützen.«

»Beim Poker gerne. Aber falls Sie sich wieder für Supérieur entscheiden, beachten Sie, dass hierbei nur Einlass pro Karte gewährt wird«, sagte sie bestimmt. »Das sind die Regeln. Für jeden und jede. Und nun: Ihre Telefone, bitte.« Sie hielt die Hand offen hin. »Ausgeschaltet, Gentlemen.«

Lasarew kam der Aufforderung nach, Tadeus hingegen zögerte.

»Sie bekommen es wieder, sobald Sie die Villa verlassen.« Die junge Frau lächelte souverän. »Das ist so üblich.«

Tadeus deaktivierte sein Smartphone und überreichte es ihr nach einem herzschlaglangen Abwägen.

»Vielen Dank.« Sie machte eine freundliche Geste in Richtung Flur. »Kommen Sie, und bedienen Sie sich im Kaminzimmer an den Erfrischungen. Leider sind gerade alle Partien voll besetzt. Sie werden ein wenig warten müssen, Gentlemen.« Sie ging voraus, und die beiden folgten ihr durch das Entree. Von Sanierungsarbeiten war nichts zu sehen.

In den beiden anschließenden Zimmern, die herrlich authentisch im Jugendstil eingerichtet waren und zuweilen knapp am Kitsch vorbeischrammten, befand sich ein gutes Dutzend Leute, mehr Männer als Frauen, schick gekleidet und in leisem Plauderton in Gespräche vertieft. Englisch, Russisch, Französisch, sogar Spanisch erklang.

Tadeus bediente sich an den Getränken. Sicherheitshalber stieg er nach den zwei kleinen Bieren im Casino auf Mineralwasser um. Er wollte sich durch Alkohol nicht enthemmen und zu einem Spiel hinreißen lassen. Diese Probe musste bestanden werden, damit er die Sucht auslachen und sich selbst morgen früh im Spiegel in die Augen blicken konnte. Als Gewinner, ohne Karten und Chips angefasst zu haben.

Lasarew nahm ein großes Glas und besah sich die angebotenen Wodka-Sorten, allesamt eisgekühlt. Er füllte es und prostete Tadeus zu. *»Den' granjonogo stakana!«*

»Wie bitte?« Der Trinkspruch war Tadeus nicht geläufig. »Tag vom Glas?«

»*Tag des kantigen Glases*«, berichtigte Lasarew und schwenkte selbiges. »Der ist zwar eigentlich Mitte September, aber als Trinkspruch immer gut.«

Er wählte ein paar Kaviarhäppchen, auf denen verschiedene Arten von Fischrogen großzügig verteilt worden waren, in Schwarz, hellem und dunklem Rot, Grau, blassem Gelb.

»Ich bin mir unsicher«, sagte Lasarew und trank.

»In Bezug worauf?«

»Was ich spielen soll. Poker wäre mir ganz recht, aber Supérieur ist immer eine Verlockung. Mein Vater würde toben, wenn er das wüsste.« Lasarew stürzte den restlichen Wodka hinab, nahm sich einen Löffel Kaviar direkt aus der Dose, die auf Eis gebettet stand, und schob ihn sich in den Mund. Noch ein Wodka. »Ich denke, ich fange mal mit Supérieur an. Und wenn das Glück mich verlässt, spiele ich Poker. Ich hoffe, das Warten macht Ihnen nichts aus.« Er sah Tadeus an. »Und? Wagen Sie sich in der Zwischenzeit an den Tisch?«

Die Sucht elektrisierte sein Denken, erschuf Spannung und Kribbeln und juckende Fingerspitzen, die unbedingt Karten anfassen wollten. Karten, Chips, Setzen, Taxieren, Erhöhen, Gewinnen …

»Mal sehen«, sagte er ausweichend. »Ist lange her.«

»Sie werden es nicht verlernt haben. Was ich gelesen habe, war beeindruckend.« Lasarew zog wie ein Zauberer neue Fünfhunderter hervor, als gäbe es unendlich viele davon in seiner Tasche, und drückte sie Tadeus in die Hand. »Fürs Warten. Wie beim Taxi.«

»Danke. Ach ja: Kann ich die Karte noch mal sehen?«

»Warum?«

»Ich will nur sichergehen, dass Sie sie nicht schon wieder verloren haben«, erklärte Tadeus. »So ein ungewöhnliches Stück.«

Lasarew grinste. »Ich verliere nicht.« Er zog sie aus dem Sakko und hielt sie ihm hin. »Aber mir gefällt sie auch.«

Tadeus hielt sie in der rechten Hand und bewunderte sie erneut. »Sehr schade«, murmelte er und reichte sie bedauernd an den Russen zurück.

»Drücken Sie mir die Daumen, dass ich sie nicht verliere. Vielleicht schenke ich sie Ihnen, wenn Sie beim Poker ein weiser Ratgeber sind.« Lasarew ging zur Empfangsdame und fragte sie leise, wann ungefähr ein Platz bei Supérieur frei werden würde und ob er es beschleunigen könne, aber sie schüttelte den Kopf. Die Allmacht des unendlich vorhandenen Geldes scheiterte an den einfachen Regeln.

Das fand Tadeus beruhigend.

Er schlenderte mit seinem Glas umher und betrachtete die Menschen, die sich eingefunden hatten, um Unsummen zu verspielen. Millionenbeträge. Illegal. Ohne das Wissen und Erlaubnis der zuständigen Autoritäten und mitten in der Stadt, was er gleichermaßen mutig und frech fand. Passanten würden denken, es handele sich um eine gewöhnliche Party. Eine Luxus-Abrissparty.

Tadeus erinnerte sich dunkel an solche Abende und Nächte, der Verlust von Schein um Schein, bis sich irgendwann sogar der Schmuck der Spieler oder deren Begleiter auf dem Tisch fand. Auto- und Hausschlüssel, Schuldscheine für die Überschreibungen einer Jacht, jeder Einsatz kam recht.

Die Kleidung der Leute hier war exklusiv und teuer. Manche hegten wie Lasarew einen Hang zum Protz, andere bevorzugten Understatement. Keinem der Anwesenden würde es etwas ausmachen, mehrere Hunderttausend oder die eine oder andere Million zu verlieren. Es ging um den Kick, den Wettstreit, das Gewinnenwollen und den Sieg über die Gegner. Kaum etwas löste mehr Glücksgefühle aus als das nonchalante Aufdecken eines Full House oder vierer Asse.

Die Erinnerungen an den Triumph lösten etwas bei Tadeus aus.

Das Geld in seiner Tasche flüsterte und begehrte nach einem Einsatz am Tisch. Der Raum, die Atmosphäre, das Verbotene und das Wissen, dass es niemanden gab, der zu hohe Einsätze verhinderte, steigerten die Sucht mit jedem Herzschlag.

Das Lachen der Spieler, die in den oberen Räumen in verschiedenen Zimmern zugange waren, hallte durch das Treppenhaus herab. Es wurde geflucht, dann applaudiert, und manches Mal hörte man das Klirren der Chips; jemand rauchte eine Zigarre, wie der wabernde Duft verriet.

Tadeus schloss die Augen und bekämpfte das aufsteigende Wohlgefühl. *Es ist nicht anders als im Casino*, das sagte er sich wieder und wieder.

Normalerweise hätte er sein Smartphone gezogen, sich Bilder seiner Kinder angeschaut, von seinem Sohn und seiner Tochter, von deren Leben er kaum etwas mitbekommen hatte. Die Gesichter erdeten ihn. Aber das Telefon war ihm abgenommen worden, und so lenkte ihn nichts ab.

»Dass *wir* beide uns in Baden-Baden treffen«, sagte eine ältere Männerstimme unvermittelt vor ihm. »Guten Abend, Herr Boch.«

Tadeus hob verwundert die Lider.

Den Mittsechziger mit dem Aussehen eines britischen Adligen in feinem Tweed kannte er nicht. Die Züge sagten ihm nichts, und an den buschigen grausilbernen Backenbart hätte er sich bestimmt erinnert. »Verzeihen Sie, woher kennen wir uns gleich?«

»Macao.«

»Macao«, echote Tadeus, um Sekunden zu gewinnen. In seiner verlorenen Zeit, im Mix aus Alkohol und harten Drogen, musste er sehr oft in der Stadt gewesen sein, wie Flugtickets und Rechnungen besagten. Die aktiven Erinnerungen hingegen reichten gerade so für ein paar verhuschte Bilder von Turnieren, Gelagen und Sex aus. Wie man eben im Zustand der Hybris Siege feierte.

»Das Turnier am chinesischen Neujahrsfest. Im *Magnolia*«, half ihm der Mann verwundert nach und reichte ihm die Hand. »Morgan ist mein Name. Arthur Patric Morgan. Sie haben mich mit einer Dead Man's Hand aus dem Turnier geworfen.«

Tadeus wartete, dass es bei ihm klick machte.

»Das VIP-Turnier, mit uns als einzige Europäer«, redete Morgan weiter. »Die haben uns bestaunt wie Aliens. Alles KP-Chefs.«

Es geschah nichts. Sein Verstand lieferte keinerlei Informationen. »Ah, ja«, erwiderte Tadeus trotzdem. Die Erinnerungslücke wirkte wie eine eiskalte Dusche auf seine aufglühende Spielsucht. Das kam dabei heraus, wenn er sich gehen ließ: schwarze Flecken und Unbekannte, die ihn ansprachen.

»Ich fragte mich, ob Sie vielleicht Lust auf eine Revanche hätten«, fuhr Morgan fort. »Sie hatten es mir damals zugesichert, Herr Boch. Wir könnten uns dem gleichen Pokertisch zuteilen lassen. Frau Solowjewa wird es sicher einrichten.«

So schnell, wie die Gier zu einem Glimmen verkommen war, so rasch loderte sie wieder empor, als hätte Morgan sie mit Kerosin gelöscht. Sie wisperte, dass es eine Frage der Spielerehre sei und dass es sich gehöre und von Anstand zeuge. Ein Duell unter Gentlemen.

»Tut mir leid, ich spiele nicht mehr aktiv«, presste Tadeus hervor und fühlte beinahe körperliche Schmerzen bei dem Satz.

»My goodness! Ein Teufelskerl wie Sie?« Morgan lachte ungläubig auf. »Ich werde mein Leben nicht vergessen, wie Sie diesen Huan fertiggeblufft haben. Mit einem Paar Buben, und er wirft seine Hand weg. Full House! Niemand konnte sich so gut in Gegner einfühlen wie Sie.« Er grinste verschmitzt. »Aber ich habe seitdem dazugelernt. Auch wenn wir uns beide nicht mehr in Macao blicken lassen sollten. Die Razzia hätte uns beinahe in den Knast gebracht. Wird uns ja hier hoffentlich nicht blühen. Frau Solowjewa passt gut auf.«

Tadeus kam sich erneut vor, als belauschte er Anekdoten aus dem Leben eines anderen Menschen, der zufällig seinen Namen trug. Er wusste nichts von alldem. *Dead Man's Hand.* Vage Erinnerungsfetzen waberten durch seinen Verstand, flüchtigen Wolken gleich, die sich in der Sonne auflösten. Er bekam sie nicht zu greifen.

»Wie gesagt, ich spiele nicht mehr«, rettete er sich in die Wiederholung, dieses Mal mit festerer Stimme. Er nickte zu Lasarew. »Ich fungiere als Berater, sobald es zum Pokern geht.«

»Ah, der Miniatur-Oligarch hat einen Fachmann engagiert.« Morgan senkte seine Stimme. »Dem ist nichts heilig. Nehmen Sie das Geld, aber geben Sie nichts auf seine Versprechen. Wenn er die Gelegenheit zum Siegen bekommt, ergreift er sie. Beim Supérieur zieht er zumeist dreimal, als wolle er unbedingt das Pik-Ass erhalten.«

Tadeus ärgerte sich, sein Smartphone nicht bei sich zu haben. »Nun denn. Ich wünsche Ihnen viel Vergnügen.«

Morgan klopfte ihm väterlich auf die Schulter. »Schade. Sehr schade. Ich hatte mich auf eine Revanche gefreut. Ein anderes Mal?«

Tadeus verzog den Mund und lächelte schwach. Die Sucht tobte in ihm, beschimpfte ihn und setzte ihm zu, während sein Verstand ihn angespannt lobte und sich kein Aufatmen erlaubte. Die Villa hielt zu viele Reize parat, um unaufmerksam zu werden. »Gutes Spiel.«

»Danke. Ich lernte vom Besten: bei Ihnen.« Morgan deutete eine Verbeugung an und kehrte ans Büfett zurück, um sich ein Glas Sherry einzugießen.

Tadeus spürte, wie sich plötzlich Informationen aus entfernten Regionen seines Verstandes emporwühlten, vorbei an dem Drogenschutt und durch die Alkoholfragmente.

Macao hatte 35 Casinos, die er besucht hatte. Sämtlich. Er entsann sich der offiziellen Bereiche und der VIP-Zimmer, in denen die reichen Chinesen saßen, weil Glücksspiel in China verboten war. Macaos Casinos setzten das Siebenfache dessen um, was in Las Vegas von einarmigen Banditen und bei anderen Glücksspielen hereingeholt wurde, und das trotz der zehnfachen Anzahl von Spielstätten in der Wüstenstadt. Zwei Drittel des Umsatzes in Macao machten die Hinterzimmer. Die organisierten Banden verdienten kräftig mit, wuschen Geld, zogen die Unachtsamen über den Tisch oder zockten sie nachträglich mit Straßengangs ab. Mit den Triaden, dem chinesischen Unterwelt-Syndikat, legte man sich besser nicht an. Macao, Hongkong, die Verzweigungen reichten weit.

Tadeus erinnerte sich schwach an einen langen Wortwechsel mit einem Mann, der vor Tätowierungen nur so gestrotzt hatte. Auf Chinesisch. Es war um die Razzia gegangen, die Morgan eben erwähnt hatte. Zugedröhnt und vermutlich im Besitz diverser Drogen, hätte er im Knast landen müssen.

Aber danach – Filmriss. Ein Blackout mehr.

Tadeus' Aufmerksamkeit wurde von einer überschlanken Asiatin abgelenkt, die an der Tür ins Treppenhaus stand und mit Solowjewa diskutierte. Es entspann sich ein lauter, hitziger Disput auf Englisch. Einer der Sicherheitsleute wandte sich von der Tür ins Innere der Villa.

Tadeus kannte ihr Gesicht vage. *Woher? Aus dem Casino?*

Schließlich stieß die Asiatin die Russin vorwärts und betrat zusammen mit ihr das Kaminzimmer. »Wer von Ihnen war in Monte Carlo, als Enrico Pedro García Hermano spielte?«, rief sie aufgebracht.

Hermanos Verlobte. Diese Ärztin aus London. Irgendwas mit Poe.

Ein leichter Schweißfilm glitzerte auf ihrer Oberlippe, die Sonnenbrille verdeckte ihre Augen. »Das Turnier wurde von Solowjewa organisiert. Und danach war Enrico tot. Wie Marstella Suarez, die auch mitspielte!«

Tadeus sah Lasarew verräterisch zusammenzucken. Der junge Russe hatte Monaco erwähnt. Und Supérieur.

»Sie werden dieses Gebäude sofort verlassen!«, sagte Solowjewa mit einer Stimme, eisiger als sibirischer Winter, und winkte einen der Aufpasser heran. »Dann sehe ich davon ab …«

Die hochgewachsene Asiatin langte unvermittelt unter ihr geschlitztes Kleid, es ratschte. Im nächsten Augenblick hielt sie eine brünierte Kleinkaliberwaffe in der linken Hand. »Keiner rührt sich!«

Die meisten Anwesenden standen still. Manche suchten Deckung unter einem Tisch oder machten einen Schritt in den Türrahmen, um ein kleineres Ziel zu bieten. Ein Entkommen würde nicht gelingen, die Asiatin versperrte den einzigen Ausgang. Wer sich überlegte, durch die Gartentür zu flüchten, musste an der Mündung vorbei.

Tadeus schätzte aufgrund der Abmessungen der Pistole, dass es ein kleines Kaliber war. Die Kugeln würden ausreichen, um schwere Verletzungen oder gar den Tod zu bringen. Es hing davon ab, wie sie damit umzugehen vermochte.

Poe spannte den Hahn und entsicherte, was nicht sonderlich geübt aussah. Sie machte einen fahrigen, aufgedrehten Eindruck, als hätte sie etwas eingenommen, um sich zu pushen. Der kompakte Lauf schwenkte auf Lasarew, während sie auf ihn zuging.

»Sie wissen etwas«, sprach Poe entschieden und nahm ihre Sonnenbrille ab. »Los! Reden Sie!«

* * *

Hyun richtete die Beretta Bobcat gegen den jungen Spieler, auf dessen Gesicht sie die eindeutigste Reaktion hatte ablesen können. »Sagen Sie die Wahrheit!«

Von ihrer Gelassenheit war nichts übrig, die chemischen Substanzen jagten die Hysterie durch sie. Das Blut rauschte durch ihre Adern, sie spürte den Herzschlag wie Trommelhiebe. Er war dabei gewesen, in Monte Carlo. Ganz sicher!

Neben dem Spieler stand ein kleinerer Mann, der vom Alter her ihr Vater sein konnte, Dreitagebart, aber gepflegt, unauffällig, aber mit auffällig günstigerem Sakko als der Rest der Versammelten.

»Miss Poe, bitte«, sprach er sie an. Hatte sie die Wachen an der Tür noch täuschen können, scheiterte sie hier mit ihrer Bekanntheit. In Spielerkreisen wusste man von Monaco und Enricos Tod, und die Klatschpresse hatte ihr Bild ans Licht gezerrt.

»Ich will wissen, was in dem Zimmer geschehen ist, in dem mein Verlobter spielte.« Hyun blieb stehen und lauschte nervös, was sich in ihrem Rücken tat.

Niemand schien sie angreifen zu wollen, die kleine Halbautomatik wirkte einschüchternd. Sie konnte zwar nicht alle erschießen, aber offenbar wollte keiner den Anfang machen. Doch lange würde sich Solowjewa den dramatischen Auftritt nicht gefallen lassen.

»Warum brachte man ihn um und tarnte seinen Tod als Unfall? Gab es Streit? Ging es um Geld?« Adrenalin flutete Hyuns Körper zusätzlich zum Aufputschmittel. »Was war es?!«, schrie sie den jungen Spieler an, der alle Anzeichen von Ertapptheit auf dem Gesicht trug. »Ich habe kein Problem damit, Sie zu verletzen«, sagte sie hastiger, um ihrer Forderung Nachdruck zu verleihen. »Oder Ihnen …«

»Ich kenne Ihren Verlobten nicht!«, rief ihr Gegenüber. Jeder hörte, dass es eine schlechte Lüge war. »Keine Ahnung, von was Sie reden, Sie Irre!«

Hyun hob den Arm und feuerte einmal in die Decke. Sie erschrak über den deutlichen Rückstoß. In Ecuador hatte sie ein paar Mal auf Büchsen geschossen, aber Routine besaß sie nicht. Es war ein Impuls gewesen, kein überlegtes Handeln.

Die Gäste schrien auf, Stuck rieselte zu Boden, der Teppich verschlang die Krümel.

Die Mündung richtete sie wieder auf den jungen Mann, klirrend rollte die ausgeworfene Hülse draußen durch den Marmorflur. »Mein Verlobter saß mit Ihnen am Tisch. Was ist geschehen?«

Der Spieler wurde weiß wie der Stuck. »Ich …«

»Sichern Sie die Pistole«, verlangte der ältere Mann neben ihrem Opfer ruhig. Für einen Leibwächter verhielt er sich zu passiv. »Sie wollen ihn nicht töten, glauben Sie mir.« Leise fügte er hinzu: »Das ist Lasarew junior. Sein Vater würde Sie für einen mickrigen Kratzer an seinem Spross vernichten, Miss Poe. Niemand könnte dagegen etwas tun.« Langsam streckte er die offene Hand aus. »Wollen Sie mir die Waffe geben? Ich bin sicher, es spricht sich in einem Nebenraum bedeutend einfacher als hier.«

»Klar! Klar, das mache ich sofort«, stimmte der juvenile Zocker zu. »Weg mit der Knarre, und ich erzähle Ihnen, was ich weiß.« Er deutete einen Schwur an und vermied es, Solowjewa dabei anzuschauen. »Hören Sie, ich will nicht draufgehen, nur weil Sie paranoid sind oder was weiß ich für Drogen genommen haben.«

Hyun hörte Schritte hinter sich. Da es sich um ein illegales Treffen handelte, waren es eher keine Polizisten, welche die Villa stürmten. Solowjewas Sicherheitsleute rückten vor.

Sie zwang sich zu mehr Ruhe. Hast war ein schlechter Ratgeber, wie ihre Großmutter immer gesagt hatte.

Hyun betrachtete Lasarew und senkte die Waffe langsam, sicherte sie. »Ich nehme Sie beim Wort.«

Sie schaute zur Tür, wo die zwei Aufpasser mit Tasern in

den Händen standen. Man hatte nicht vorgehabt, sie zu erschießen, man wollte sie nur ausschalten. Das Nachdenken fiel Hyun schwer. Ein Bluff wurde notwendig, damit sie nicht in hohem Bogen rausflog. »Ich habe einen Brief bei einem Freund hinterlassen«, sagte sie zu Solowjewa. »Wenn mir etwas geschieht, wird er damit zu einem Anwalt gehen. Mit allen Anschuldigungen und Beweisen, die ich gegen Sie und Ihre Mutter gesammelt habe.«

»Gewiss«, erwiderte die Russin mit überlegenem Lächeln. Sie schien zu wissen, dass es weder Beweise noch Absicherung gab, spielte aber mit, um die Situation zu beruhigen. »Kommen Sie mit ins Nebenzimmer.« Sie wandte sich zu den Versammelten. »Und meinen Gästen kann ich versichern, dass der Abend weitergeht, als wäre nichts geschehen. Bitte, lassen Sie sich nicht von dem kleinen Vorfall verunsichern.«

Lasarew ging langsam los. Der ältere Mann folgte ihm und warf Hyun einen warnenden Blick zu. Solowjewa und ihre Leute bildeten den Abschluss, während in den gemütlichen Zimmern augenblicklich über den Vorfall, die Frau und ihren Verlobten gemurmelt wurde.

Die Gruppe gelangte durch den Flur in ein Zimmer, in dem die Möbel mit Planen abgedeckt waren. Eine Wand lag brach, von der Tapete befreit und mit Schlitzen für neue Leitungen. Die geschlossenen Klappläden vor den Fenstern verhinderten neugierige Blicke ins Innere.

Hyun wählte den Stuhl mit der Wand im Rücken. Sie legte die Bobcat als Zeichen des guten Willens vor sich auf den Tisch, ihre Hand zitterte.

In der veränderten Umgebung fiel die Anspannung von ihr ab. Die Aufputschmittel verloren ihre Wirkung und hinterließen ein Vakuum, in das sie zu stürzen drohte. Hyun biss sich auf die Unterlippe. Der Schmerz sollte sie aufrecht halten. Sie konnte sich keinen Zusammenbruch leisten.

Lasarew blieb stehen. Sein älterer Begleiter hielt sich unauffällig im Hintergrund und betrachtete sie so eindringlich, als würde er versuchen, in ihre Gedanken einzutauchen und ihre Reaktionen vorherzusagen.

Solowjewa verharrte am Eingang, die Sicherheitsleute verteilten sich nach rechts und links im Raum.

»Bevor Gospodin Lasarew sich äußert, möchte ich etwas sagen«, hob Solowjewa die Stimme. »In meinem Leben habe ich schon manche geliebte Menschen verloren, und jedes Mal war es ein Schock. Ich stand an einem Abgrund.« Solowjewa kam näher und setzte sich, richtete das graue Kleid, das ihre falschen roten Locken und ihr perfektes Gesicht betonte. »Mein Bruder kam bei einem Autounfall ums Leben, kurz nach einem Streit mit einem Widersacher. Ich war fest davon überzeugt, man habe ihm die Bremsschläuche durchgeschnitten.«

Hyun hörte die Worte, die in einem ruhigen Tonfall vorgetragen wurden. Die Frau war es gewohnt, emotional aufgewühlte Menschen zu beschwichtigen. Aber sie gehörte zu jenen, die Verantwortung für Enricos Tod trugen.

»Auch wenn ich es nicht wahrhaben wollte, es änderte nichts an der Tatsache: Es war ein Unfall. Wie bei Ihrem Verlobten, Miss Poe. Ein Badezimmerunglück, wie die Medien es nannten. Es ist grausam, es ist schrecklich, und doch hilft das Leugnen nichts«, sprach Solowjewa weiter und machte mit ihrer einlullenden Betonung einem Hypnotiseur alle Ehre. »Die Suche nach anderen Gründen ist eine Bürde, die Sie nicht auf sich nehmen müssen. Es stiehlt Ihnen die Zeit der Trauer.«

Ein Teil von Hyuns Verstand stimmte zu. Das Adrenalin ließ nach. Unsicherheit und Verzweiflung gewannen mehr und mehr die Oberhand, das Vakuum vergrößerte sich, entwickelte mehr Sog.

Hyun senkte den Blick auf die eingepackte Tischoberfläche.

Innerlich knickte sie spürbar ein. Die verschiedensten Gedanken und Thesen verwirbelten in ihrem Kopf zu einer wirren Masse, mit der sich nichts anfangen ließ. Aus dem Wust stiegen Enricos Gesicht und sein Lachen empor. Für immer verloren.

Eine Träne bildete sich in ihrem rechten Augenwinkel, sprang über den Lidrand und lief über die Wange abwärts.

»Ihr Verlobter saß bei uns am Tisch. Wir haben gespielt«, vernahm sie Lasarews Stimme wie aus weiter Entfernung, während sie durch Erinnerungen an Enrico driftete, Szene um Szene erlebte, die Schmerz und Freude gleichermaßen in ihr weckten.

Und doch blieb sie innerlich betäubt.

Die Stimme des jungen Lasarew wurde zu einem an- und abschwellenden Geräusch. Hyun hatte sich ihren Auftritt anders vorgestellt und mit vor Angst herausgeschrienen Geständnissen gerechnet. Mit Anhaltspunkten, mit Schuldigen, mit jemandem, den man für Enricos Tod verantwortlich machen und zur Rechenschaft ziehen konnte.

Nichts davon hatte sich erfüllt.

Sie kam sich wie eine Närrin vor. Eine überdrehte, hysterische Närrin, die sich daran geklammert hatte, dass es einen triftigeren Grund geben musste als einen nassen Badezimmerfußboden. Etwas Bedeutenderes als einen Zufall. Als einen Unfall.

»… ist Florecita dann gegangen«, betonte Lasarew und weckte sie aus Erinnerungen und Gedanken. »Keine Ahnung, was er danach gemacht hat. Duschen, vermutlich.« Ein böses Lachen erklang.

Hyun schluchzte auf und hielt sich die Stirn mit einer Hand, beugte sich nach vorne. Ein Heulkrampf schüttelte sie, wie sie ihn seit Jahren nicht mehr erlebt hatte. Ihre Tränen tropften auf die Folie, ihre Sicht verschwamm, die Sonnenbrille fiel aus der Perücke und landete auf dem Tisch.

Hyun schreckte zusammen, als jemand eine Tasse Kaffee leise klirrend vor ihr abstellte.

Sie riss sich aus dem Heulkrampf, zückte ein Taschentuch, tupfte und zwang sich, die Kontrolle zurückzuerlangen. Sie stellte sich vor, vor dem OP-Saal zu stehen, in dem es auf sie und ihre geschickten Finger ankam. Nur auf sie.

Das Fokussieren und der Kaffeegeruch halfen, das Weinen endete.

Hyun hob den Blick. »Verzeihen Sie«, sagte sie mit belegter Stimme.

Außer ihr befanden sich noch Solowjewa und ein Aufpasser im Raum, Lasarew und sein Begleiter waren gegangen. Die Angelegenheit war erledigt.

Das Kaffeearoma versuchte, sie zu locken, aber sie hatte keinen Appetit darauf. Ihr war elend, sie fühlte sich zusammengefallen wie ein leerer Ballon und wollte sich verkriechen, in ihr Bett sinken und sich dem Schmerz hingeben. Liegen bleiben. Anrufe ignorieren, warten. Einfach nur warten, bis etwas geschah, was den Tod ihres Verlobten negierte.

»Sie haben mein Mitleid, Miss Poe«, sagte Solowjewa einfühlsam. »Ich denke, ich hätte an Ihrer Stelle und in Ihrer Verzweiflung ähnlich gehandelt. Und es ehrt Sie, wie viel Anstrengung Sie unternommen haben, um einen Ansatz für Ihre Nachforschungen zu finden.«

Hyun seufzte und wischte sich die Feuchtigkeit von den Wangen. Das Make-up war ruiniert, die Augen verquollen. Die getönten Gläser würden ihren Zustand kaschieren.

»Sie sind natürlich unser Gast. Vorübergehend. In diesem Raum«, erklärte Solowjewa freundlich. »Es wird Ihnen an nichts mangeln, Sie bekommen zu essen und zu trinken. Bis dahin darf ich Sie bitten, sich ruhig zu verhalten und auf den Einsatz Ihres Smartphones zu verzichten, Miss Poe.« Sie deutete auf den bulligen Mann. »Molotow leistet Ihnen Gesellschaft. Er ist ein hervorragender Schachspieler. Die Zeit wird im Nu vergehen.« Mit einem Nicken erhob sie sich und ging hinaus.

Klackend wurde die Tür von außen verschlossen.

Der Aufpasser baute auf dem Brett, das mit dem Kaffee gebracht worden sein musste, die Figuren auf und schob ihr die weiße Seite hin.

Hyun war eine Gefangene, auch wenn sie *Gast* genannt wurde. Sie verstand, weswegen. Bei den illegalen Partien in der Villa wurde um Millionen gespielt. Daher durfte Solowjewa nicht das Risiko eingehen, Hyun auf freien Fuß zu setzen, bevor alle Spiele beendet waren.

Hyun überwand sich und rührte Zucker in den Kaffee. Sie trank davon in kleinen Schlucken, konzentrierte sich auf die Atmung, den Herzschlag, versuchte sich in Meditation mit geschlossenen Augen, wie es ihre Großmutter sie gelehrt hatte.

Nach etwa einer halben Stunde fühlte sie sich besser. Mit der zurückkehrenden inneren Ruhe arbeitete ihr Verstand deutlich besser. Die Aufputschmittel verloren an Wirkung.

Hyun öffnete die Augen und sah den Aufpasser vor sich sitzen, der sich anscheinend nicht bewegt hatte.

»Sie müssen anfangen«, verkündete Molotow, dessen fliehendes, glatt rasiertes Kinn ihn kindlich wirken ließ. »Weiß.«

»Ich kann kein Schach«, log sie. »Spielen Sie Go?«

»Nein. Ich bringe Ihnen Schach bei.« Er grinste und deutete auf die Bauern, erklärte Figur um Figur, wie sie gezogen wurde und welche Felder sie bedrohte.

Hyun tat, als hörte sie zu, und schaute sich heimlich um. Mit dem Einsperren hatte sie Solowjewa erst auf die Idee gebracht, sich an die Behörden in Baden-Baden zu wenden und der Veranstaltung ein Ende zu setzen.

Die Fensterläden waren eingehakt, kleine Vorhängeschlösser sicherten gegen Einbruch – und Ausbruch. Es war ihr unmöglich zu entkommen. Außer, sie bekäme den Schlüssel in die Finger.

Die innerliche Ruhe brachte das klare Denken zurück.

Hyun ärgerte sich, dass ihre Psyche und der emotionale Zusammenbruch ihre Pläne durchkreuzt hatten. Zu gerne hätte sie den jungen Lasarew noch nach Marstella Suarez gefragt, der Frau, die angeblich Selbstmord begangen hatte. Zudem waren noch Fragen an Solowjewa offen. Das Verhalten von Enrico, der sie nicht angerufen hatte, wurde rätselhafter, je länger sie dasaß, Molotow anstarrte und ihm nicht zuhörte. Sämtliche Vorbereitung, die Ermittlungen des Detektivs, das Beschaffen der Waffe waren umsonst gewesen. Weil sie ein Heulkrampf überrumpelt hatte.

Weil sie sich in ihrem aufgelösten, überspannten Zustand von der Russin hatte einwickeln lassen.

Das war vorbei.

Möglicherweise erhielt sie eine zweite Chance, ihre Fragen zu stellen, wenn ihr die Flucht gelänge und sie mit der Polizei zurückkehrte. Sie konnte in Baden-Baden dafür sorgen, dass es zu genaueren Untersuchungen in Monaco kam. Ein gesprengter Ring, der illegale Spiele auf der ganzen Welt organisierte, wäre ein gefundenes Fressen für die Medien – und ein Druckmittel für die Polizei, der Sache nachzugehen.

Dann fiel ihr auf, dass die Beretta Bobcat fehlte.

»Ihr Zug«, verlangte Molotow.

»Ich glaube, ich lege mich lieber hin«, gab Hyun zurück und stand auf, nahm die leere Tasse mit Unterteller. »Ist es in Ordnung, wenn ich mich auf die Couch da lege?«

Molotow sah genervt aus. Er hatte sich für nichts und wieder nichts Mühe beim Erklären gegeben. »Von mir aus. Schlafen Sie.« Er machte selbst einen Zug mit der weißen Figur und begann ein Match gegen sich selbst.

Hyun ließ das Geschirr fallen. Es zerschellte auf dem Brett;

beide Könige stürzten gleichzeitig. »Oh, Verzeihung, das tut mir leid!«

Molotow sprang auf und versuchte instinktiv, die rollenden Holzfiguren aufzufangen.

Hyun ließ einen schnellen Kick gegen die Brust und einen Schnapptritt aufwärts gegen den Kopf des Mannes folgen. Die Bewegungsabfolge hatte sie in unzähligen Taekwondo-Trainingseinheiten verinnerlicht.

Der überraschte Molotow bekam keine Chance, zumal er diese brutale Attacke von einer verheulten, dünnen Frau offensichtlich nicht in seinen kühnsten Träumen erwartet hatte. Die Treffer fegten ihn von den Beinen, er stürzte auf das Parkett und blieb regungslos liegen; nicht einmal zum Aufschreien war er gekommen.

»Schachmatt.« Hyun durchsuchte ihn eilig. Sie fand einen Schlüsselbund und ihr Smartphone, aus dem der Akku entfernt worden war. Solowjewa hatte sich abgesichert. Gleich darauf hatte sie die Tür aufgesperrt und schlüpfte hinaus.

Niemand kümmerte sich um sie, der Poker-Abend nahm seinen gewohnten Gang. Vergessen war ihr Auftritt von vorhin sicherlich nicht, aber er wirkte sich nicht auf die Spielfreude aus.

Das wird die Polizei gleich ändern. Hyun verschloss die Tür hinter sich, damit ihr Verschwinden nicht sofort auffiel. Molotow würde eine Weile schlafen und mit einem Brummschädel erwachen. Es würde ausreichen, um die Behörden zu informieren und die Spieler hochzunehmen, mit Mutter und Tochter Solowjewa.

Jetzt musste sie nur noch vom Anwesen verschwinden, ohne den Aufpassern in die Arme zu laufen.

Hyun huschte um die Ecke, wo sie eine kleine, verlassene Küche vorfand, in der die Zutaten für Häppchen-Nachschub herumstanden. Das schmale Fenster stand offen, das Eingangstor befand sich wenige Meter davon entfernt. Höchstens der knirschende, weiße Kies könnte sie verraten.

Hyun befand, dass es für ein Fliegengewicht wie sie trotzdem machbar war.

* * *

Tadeus verließ zusammen mit Lasarew das Zimmerchen und die aufgelöste Poe. Ihm tat die junge Frau leid, die ihn an seine Tochter Michiko erinnerte. Die Todesfälle in Monaco, von denen er am Morgen noch gelesen hatte, wirkten bis nach Baden-Baden.

Es ging Tadeus nichts an, was in der monegassischen Spielrunde vorgefallen war, an der Lasarew teilgenommen hatte, aber sauber schien die Sache keinesfalls zu sein. Die Ermittler des Fürstenstaates würden wahrscheinlich nichts weiter unternehmen, um den Ruf der Heimat nicht zu beschmutzen. Glücklose Spieler brachten sich immer wieder mal um; in Las Vegas, Shanghai oder Macao etwas öfter als im beschaulichen Monaco. Auf der ganzen Welt wurden Tote diskret aus den Hotels geschafft, egal ob Absteige oder Nobelhaus. Aber dass es gleich zwei Leichen nach einem privaten Turnier gab, fiel aus dem Rahmen.

Tadeus grübelte über Poe nach und empfand Mitleid mit ihr. Sie war ein Häufchen Elend. Eine verzweifelte Verlobte, die nach Schuldigen suchte, und vermutlich lag sie mit ihrer Anschuldigung, dass etwas vertuscht werden sollte, gar nicht falsch.

Es geht mich nichts an.

Lasarew wurde von einer älteren, teuer gekleideten Dame angesprochen. Sie hatte ausgeprägte weibliche Rundungen, das Gesicht zeigte Spuren von kosmetischen Eingriffen. Geschmeide glänzte überall an ihr, sogar in den hochgesteckten Haaren. Nicht nur die Frisuren, auch die Züge zeigten eine leichte Ähnlichkeit mit der wesentlich jüngeren Solowjewa. *Die teilen sich wohl Friseur und Chirurgen.*

»Ich gehe und spiele eine Runde Supérieur«, rief Lasarew Tadeus zu. »Aber nur eine kleine. Oder zwei. Hauen Sie nicht ab. Ich brauche Sie später beim Poker.« Dann eilte er die Stufen hinauf in die oberen Etagen.

»Dóbryj Wétschir.« Die ältere Dame kam auf Tadeus zu und hakte sich ein. Ihr Kleid war sehr bunt und hatte lange Ärmel, die bis ans Handgelenk reichten. »Mein Name ist Maxima Dimitrowna Solowjewa. Ich bin die Mutter von Katja, die Sie bereits kennenlernten. Ich organisiere diesen wunderschönen Abend, bei dem Sie mithalfen, ihn zu retten.«

»Ich war, wenn Sie so möchten, nicht uneigennützig«, antwortete Tadeus auf Russisch.

»Oh, Sie sprechen sehr gut Russisch. Nicht den Hauch eines Akzents. Sie kennen Herrn Lasarew junior wohl besser?«

»Nur vom Rauswerfen.« Tadeus grinste. »Nicht so wichtig. Er hat mich als Berater für sein Pokerturnier engagiert.«

Sie gelangten an die kleine Bar.

Tadeus nahm sich ein neues Glas und füllte schwarzen Johannisbeersaft hinein. Als Kind hatte er ihn zum letzten Mal getrunken. Süße Schwere mit bitterer Note. »Darf ich fragen, was Supérieur ist?«

»Ein Kartenspiel, das die wenigsten kennen. Es gibt die Theorie, dass es sich parallel zum Poque, dem Vorläufer des Poker, entwickelte«, erklärte Solowjewa. »Es ist einfach und schnell, macht aber dennoch sehr viel Spaß.« Sie schien nicht mehr über die genauen Abläufe verraten zu wollen. »Die meisten spielen es bei uns wegen des Nervenkitzels.«

Seine Spielsucht fühlte sich durchaus angesprochen, diesen neuen Zeitvertreib zu testen. Tadeus spürte das Kribbeln in den Fingern, ein sehr deutliches Kribbeln. »Und die Karte?«

»Sie meinen die historische?«

Er nickte.

»Ich bin Dienstleisterin, Herr …«

»Boch.«

»… und ich wurde von einem guten Kunden gefragt, der ein leidenschaftlicher Kartensammler ist, ob ich denn nicht anbieten möchte, diese historischen Belege frühester Spielleidenschaft als besonderen Einsatz gelten zu lassen.«

»Ich sehe schon: Es gab genug davon.«

»Es gibt sie immer noch. Und bevor Sie fragen: Ohne eine solche Karte werden Sie nicht mitspielen können.« Solowjewa löste sich von ihm und drückte dabei seinen Oberarm, wie es Großmütter bei ihren Enkeln taten. »Sie haben etwas gut bei mir, Herr Boch. Sie haben Schlimmeres verhindert, nicht nur für sich selbst.« Sie reichte ihm eine Visitenkarte, die sie aus ihrem Ärmel zog. »Nicht verlieren. Darüber erreichen Sie mich, falls ich mich bei Ihnen revanchieren kann.« Sie drückte noch mal zu, wandte sich ab und ging mit ausgebreiteten Armen auf einen Gast zu, um ihn herzlich zu begrüßen.

Tadeus nahm das Glas. Das schwere, süßliche Parfum von Solowjewa hing in seinem Anzug. Eilends ging er am Kamin vorbei durch die Gartentür und auf die Terrasse der Villa.

Im Freien roch es nach feuchtem Gras und neuem Morgen. Um das einstige *Belle Époque* herrschte Stille, aus den Fenstern drang kein Licht nach außen. Lediglich die offene Tür erlaubte der Helligkeit, sich auf den Garten zu werfen und den Brunnen zu beleuchten.

Die Umklammerung seiner Spielsucht verflog an der frischen Luft. Der Saft schmeckte sehr lecker und weckte Erinnerungen aus seiner Kindheit.

Tadeus entspannte sich etwas und korrigierte erneut den Sitz der Kniebandage, wobei er einen leichten Stich in Höhe der Lendenwirbel spürte. *Ich alter Mann sollte ins Bett.* Er unterdrückte ein Gähnen und nahm einen Schluck Johannisbeersaft. Genießend seufzte er leise und blickte auf seine Armbanduhr. Kurz nach zwei Uhr morgens.

Tadeus wusste, dass das unheilige Kribbeln in seinen Körper, in die Hände und Fingerspitzen zurückkehren würde, sobald er hinter Lasarew am Pokertisch stand und dessen Partie verfolgte. Aber die Friedlichkeit des Gartens erlaubte ihm die Zuversicht, auch diese Probe zu meistern. *Ich werde es schaffen.*

Er ging die ausgetretenen Stufen hinab, marschierte auf dem weißen Kiesweg zum abgeschalteten Springbrünnchen und ließ sich auf einer Bank nieder.

Tadeus betrachtete die prachtvolle Villa und überlegte, welche Menschen früher darin gelebt haben mochten, und dass ihm ein solch großes Haus nichts gäbe. Für ein Wochenende ließe es sich darin aushalten, aber er sehnte sich nach seinem Kutter, nach dem Salzgeruch des Meeres und der frischen Brise. Das Stampfen des Motors, der Rumpf, der sich in die Wellen warf und das Wasser teilte, die glitzernden Gischtwolken und das Schreien der Möwen.

Noch zwei Jahre. Tadeus tastete sein Sakko ab. Das Geld des jungen Russen knisterte darin und würde seine Schuldenlast erheblich verringern und somit die Zeit verkürzen. *Oder doch eine Partie wagen und auf einen Schlag abbezahlen?*

Rasch versuchte er, den Gedanken wegzuschieben, und trank hastig den Saft aus, als würde die schwarze Johannisbeere gegen die Verlockung des Spiels helfen. Aber die Sucht hakte sich fest, flüsterte und bezirzte ihn mit der Aussicht auf einen immensen Gewinn. Auf das Ende der Insolvenz. Aus vierundzwanzig Monaten konnte ein einziger Tag werden. Schuldenfrei. Frei für das neue Leben. Frei für seinen Kutter und das Meer.

Aber Tadeus kannte den Preis, den er dafür zahlen würde: Eine Partie, egal wie sie verlief, und er fiel zurück in die Unfreiheit.

Er erhob sich und ging entschlossen auf die Villa zu. Seine Krankheit konnte ihn nicht über ihre wahre Absicht hinwegtäuschen. Deswegen würde er verschwinden, seinen Test an dieser Stelle abbrechen.

Er war weit gekommen und hatte sich ohne die Aufsicht der Kameras und Alexas Stimme im Ohr dem Poker entzogen. Die zwei Jahre würde er durchhalten.

Sollte sich Lasarew doch bei ihm beschweren, das focht ihn nicht an. Das Oligarchensöhnchen hatte die vollkommen fertige Miss Poe angelogen, ohne rot zu werden, und sich dabei über den toten Verlobten lustig gemacht. Arschlöcher bekamen Tadeus' Loyalität nicht.

Er stieg die Stufen hinauf und setzte den Fuß auf die Terrasse. Ihm kam ein Gedanke. *Ich könnte den Gefallen bei Solowjewa einlösen und nach Poe sehen. Es wäre besser für sie, wenn …*

Über ihm flogen plötzlich zwei Klappläden auf, es klirrte.

Tadeus sah hinauf und wich gleichzeitig aus, womit er einem herunterstürzenden Holzteil entging, das Teil der Fensterabdeckung gewesen war.

Im flirrenden Scherbenregen fiel eine Gestalt hinterher und schlug auf die Marmorterrasse, die Glasstücke zerplatzten und hopsten umher. Der nachfolgende Fensterladen verfehlte den Liegenden um Zentimeter und zersprang.

»Was zum …?« Tadeus erkannte Morgan, der sich etliche Schnittverletzungen bei seinem Sturz durch das geschlossene Fenster zugezogen hatte. Sein linker Arm stand unnatürlich zur Seite, er war mindestens einmal gebrochen. In der rechten Hand hielt er eine Spielkarte, eine historische, wie der einsame Lichtschein aus dem Inneren verriet: die Treff-Sieben, die noch vor Kurzem im Besitz des Oligarchensohnes gewesen war.

Tadeus' Herz tat einen freudigen Schlag mehr, ohne dass er wusste, warum.

»Scheiße!« Keuchend zog sich Morgan am Geländer hoch

und entdeckte Tadeus. Im Backenbart glitzerten kleinste Glasstückchen. Sakko und Hose hatten gelitten, Risse zeigten sich im Stoff. »Helfen Sie mir, Boch«, bat er mit schmerzverzerrter Stimme. »Schaffen Sie mich hier weg.«

Aus dem Kaminzimmer drangen Rufe, der Lärm war gehört worden. Auch im zerstörten Fenster über ihnen zeigten sich Gesichter als helle, runde Flecken, die nach dem Gefallenen Ausschau hielten.

»Du scheiß Betrüger!«, schrie jemand, und Tadeus erkannte Lasarews Stimme. »Du hattest das Pik-Ass! Damit kommst du nicht durch!«

Morgan versuchte einen Schritt, stöhnte unterdrückt. »Boch, helfen Sie mir! Ich flehe Sie an! In Macao habe ich Ihnen beigestanden. Sie sind dieses Mal an der Reihe.«

»Sind Sie etwa aus dem Fenster gesprungen?« Tadeus wusste nicht, wie groß seine Schuld dank Macao war. »Haben Sie …?«

»Das erkläre ich Ihnen, wenn wir von hier verschwunden sind. Mein Wagen steht um die Ecke.« Morgan schlang den unverletzten Arm um Tadeus' Nacken. Das Motiv der Karte leuchtete regelrecht auf, als freute sie sich ebenfalls, in Tadeus' Nähe zu sein. »Los! Durch den Garten. Hinten, am Baumhaus, kommen wir über den Zaun.«

Am Fenster drängte jemand die Spielerinnen und Spieler zur Seite. Er reckte eine Waffe am ausgestreckten Arm nach unten und zielte, bevor eine Taschenlampe aufleuchtete und Tadeus blendete.

Nach einem leisen *Plopp* erklang das Klirren von springendem Marmor. Die Kugel sprengte ein Stück des Geländers weg, Splitterchen trafen sein Gesicht.

Tadeus fragte nicht weiter, sondern packte Morgan und warf sich mit ihm vorwärts über die Brüstung. Sie landeten in einer Rabatte mit knorrigen Rhododendren. Der Lendenwirbel stach beim Aufschlag, aber Tadeus ignorierte es.

Hinter ihnen erklangen weitere schallgedämpfte Schüsse. Ein, zwei Lichtkegel flammten auf, suchten in der Dunkelheit nach den Männern.

»Es geht um die Treff-Sieben, habe ich recht?«, fragte Tadeus und hastete gebückt neben Morgan durch die Büsche an der Hauswand. Noch blieben sie unbemerkt. »Geben Sie denen die …«

»Nein! Niemals!«, keuchte der verletzte Mann zurück.

»So teuer ist nichts, dass man dafür stirbt«, sprach er eindringlich. »Geben Sie die Karte mir, und ich bringe sie zu Solowjewa. Mir wird man nichts tun. Ich habe noch etwas bei ihr gut.«

»Es hat nichts mit Solowjewa zu tun«, erwiderte Morgan und ächzte. »Es geht um viel mehr. Diese Karte ist eine Besonderheit. Des Teufels Gebetbuch! Es …«

Die Kugeln schlugen dicht neben ihnen ein, hackten sich durchs Unterholz und zertrümmerten Äste.

Tadeus zog den Kopf ein, entging dem bläulich grellen Lampenstrahl, der nach ihnen fahndete.

»Geben Sie denen die Treff-Sieben!«, beschwor er Morgan, der störrisch den Kopf schüttelte.

Sie schafften es durch die dichten Pflanzen bis zum Weg, der in das Gästehaus der Villa führte. Daneben erhob sich ein Baum mit Bretterhäuschen darauf. Von dort gelangte man mit einem einfachen Sprung über den hohen, spitzen Zaun und war in Sicherheit. Vorerst.

Tadeus betrachtete die grob gezimmerten Sprossen. Den Schwerverletzten hinaufzubugsieren, ohne von den Häschern entdeckt zu werden, erschien ihm unmöglich.

Das hatte auch Morgan verstanden. Er drückte Tadeus die Treff-Sieben in die Hand. »Nehmen Sie sie. Bringen Sie die Karte in Sicherheit, Boch. Auf keinen Fall darf sie in die Hände von …«

Eine Taschenlampe leuchtete zu ihnen herüber, die Verfolger befanden sich auf der richtigen Spur. »Hier sind Abdrücke!«, rief einer und gab gedämpfte Schüsse aufs Geratewohl in ihre Richtung ab.

Tadeus duckte sich, die Projektile verfehlten ihn. Dabei meinte er, auf der anderen Seite des Gartens eine schlanke Gestalt zu sehen, die sich über den Zaun schwang.

Morgan gab ein feuchtes Husten von sich. Sein Atmen wurde nass, röchelnd, und warme Tröpfchen trafen Tadeus' Züge. »Verschwinden Sie, Boch«, presste er hervor. »Die werden denken, dass wir zusammenarbeiten.«

»Da sind sie!«, rief ein Häscher.

»Hoch mit Ihnen!« Tadeus packte Morgan und fühlte Blut, das aus dem Oberkörper des Angeschossenen rann.

»Nein, Sie müssen verschwinden. Die Karte! Sie ist wichtig«, schärfte ihm Morgan ein. »Was immer kommt, wer immer danach fragt: Geben Sie sie nicht her. Sie werden herausfinden, um was es geht.« Erschlaffend sprach Morgan weiter, doch Tadeus konnte dem Gestammel kaum folgen. Er versuchte, sich einzelne Worte und Silben einzuprägen. Er würde später darüber sinnieren, ohne dass ihm Kugeln um die Ohren flogen.

Mit einem langen Ausatmen entspannte sich Morgans Körper – gleichzeitig spürte Tadeus einen heftigen Schlag in seiner Hand, welche die Treff-Sieben hielt.

Zuerst glaubte er, eine Kugel hätte ihn getroffen, aber dann sah er ein helles Leuchten, das sich über die gesamte Karte zog. Tadeus musste darauf starren, konnte sich nicht rühren, zu faszinierend war der Vorgang.

Die Konturen der abgebildeten musizierenden Menschen und des Tanzbären sowie der kreuzartigen Wertzeichen glommen nacheinander silbrig auf, die Flächen änderten die Farbe. Eine deutliche Hitze ging von dem bedruckten Papier aus, die sich auf Tadeus' Finger übertrug. In seinen Ohren erklangen undefinierbare Geräusche, die nach einer

Mischung aus dröhnendem Gesang und irrem Gelächter klangen, und innerhalb eines Herzschlages stand für ihn fest: Die Karte musste in seinem Besitz bleiben. Ein Hergeben kam nicht infrage.

Eine Woge düsterer Kraft jagte von den Fingerkuppen durch Tadeus' Körper. Sie brachte ihn dazu, auf die Füße zu springen und durch den Geschosshagel die Sprossen des Baumhauses hinaufzusteigen. Die Lichtlanzen streiften ihn, die Projektile hackten rechts und links ins Holz. Solowjewas Leute nahmen keine Rücksicht auf sein Leben.

Schwungvoll drückte sich Tadeus ab, sprang über die tödlichen Spitzen des Zauns hinweg und landete auf dem angrenzenden Grundstück, rannte los, um möglichst rasch Entfernung zwischen sich und die Villa zu bringen.

Er rannte und rannte, schlug den Weg zu seiner Wohnung ein. Nachdenken, in Ruhe, bei Kaffee und einem Schluck Rum.

Tadeus bog in die Schillerstraße und hielt an, denn ihm fiel ein, dass es keine gute Idee wäre, in seine Wohnung zu gehen. Lasarew wusste, wer er war, und bestimmt auch, wo er lebte.

Was mache ich jetzt?

Er hielt die Treff-Sieben vor sich und betrachtete sie.

Dann musste er grimmig auflachen: Durch eine einzige Karte war er in Schwierigkeiten geraten. Ohne ein Spiel.

* * *

Beim Kartenspiel und in der Weltpolitik
hört die Freundschaft auf.

Finley Peter Dunne (1867–1936)

– INTERMEDIUM – CAPITULUM II

Heiliges Römisches Reich,
Kurfürstentum Sachsen, Leipzig, Februar 1768

Bastian ging mit einem unguten Gefühl durch die frostigen Straßen. Er wollte sich in der knappen Mittagspause die Beine vertreten, und er wusste keinen rechten Grund, weswegen sein Gemüt nicht heiter sein wollte.

Es roch nach Kohle- und Holzfeuer, die Öfen in den Häusern brannten gegen die Kälte in den Wänden an. Die Schlote auf den Dächern spien dunkle Wolken in den klaren, blauen Himmel. Die Sonne schien zwar, hatte aber nicht genügend Kraft, um gegen den Winter anzukommen. Eiszapfen hingen von den Dächern wie lauernde Dolche aus Diamant und Glas, glitzerten ebenso schön wie tückisch.

Bastian blieb stehen und wandte sich um, wie er es in jenen Tagen öfter tat.

Sein Gefühl hatte ihn nicht getrogen. Der große schwarze Pudel schlich hinter ihm her, roch an einer Ecke, setzte seine eigene Duftmarke und warf Bastian einen Blick aus dämonischen Augen zu, ehe er in einer Seitengasse verschwand, als wollte er ihm versprechen: Wir sehen uns wieder.

»Verfluchte Töle«, murmelte Bastian und ging weiter am Alten Neumarkt entlang, auf die Anwesen der Familie Breitkopf zu.

Seit dem ersten Zusammentreffen schien der Hund ständig seinen Weg zu kreuzen, aber seine Spur leuchtete nicht mehr wie an jenem Abend, als er und Goethe dem Vieh zum ersten Mal begegnet waren. Er konnte es sich eingebildet haben. So wie sich die Studenten in *Auerbachs Keller* die Trauben in ihren Fingern eingebildet hatten. Ohne das Eingreifen der Umstehenden hätte sie ihr Weinwahn die Nasen gekostet.

Passanten eilten an Bastian vorüber, man grüßte ihn.

Hat ihnen Dietrich etwas in den Trunk getan, oder nicht? Bastian berührte abwesend seine Kappe, ohne sie zu heben. Dafür war es viel zu kalt, und wieder einmal lagen Schal und Handschuhe in der Stube unterm Dach. *Warum sollte der Mann das tun? Aus diabolischer Boshaftigkeit? Weil sie ihn versucht hatten zu foppen?*

Bastian schob die Erinnerung an die wunderliche Begebenheit zur Seite.

Das Leben von ihm, Susanna und den Kindern hatte sich zum Allerbesten gewendet. Die neue Unterkunft war warm, geräumig und dicht; weder Regen noch Schnee fielen herein.

Die Nachbarschaft mit Stock und seiner Familie ermöglichte ein stetes Arbeiten an Motiven, die gefielen. Und er gelangte leicht spät des Abends in die Werkstatt, um Probedrucke der Karten anzufertigen, die Formen nachzubessern, wenn ihm die Abzüge nicht gefielen. Breitkopf ließ Bastian gewähren und mahnte nur an, er möge die Motive und Gestaltungen der Bögen bald herzeigen.

Kurz bevor er das Verlagshaus erreichte, wurde ihm bewusst, was ihn unterschwellig beschäftigte. Es war eine Notiz in den *Leipziger Zeitungen* gewesen, eine feine Spitze gegen Buchdrucker und Verleger wie Breitkopf.

Der Verfasser bemängelte, dass es Usus sei, die berühmten Werke von Künstlern einfach als Vorlage für Kupfer- und Holzstiche herzunehmen und sie als Illustrationen für Märchen, Romane und Gedichtbände zu verwenden.

Der Verfasser fragte außerdem, ob es nicht frech kopiert und derb-dreist sei, dies zu tun, ohne den ursprünglichen Erschaffer eigentlich zu loben und wenigstens unter dem abgekupferten Bild zu erwähnen. Solche Fälle griffen mehr und mehr um sich, und nur das Stehlen von Druckplatten sei noch niederträchtiger. So geschehen, schrieben die *Leipziger Zeitungen*, in Altenburg, bei zwei Kartenmachern untereinander.

Zwar nannte der Schreiber des Artikels keine Namen, doch Bastian wusste, dass man ihn damit meinte. Sein alter Konkurrent Voigt hatte es nicht lassen können, mit Dreck um sich zu schmeißen. Der Kehricht war bis nach Leipzig geflogen, wo ihn die Zeitung mit Druckerschwärze angerührt und verflüssigt und in lesbarer Buchstabenform zu Papier gebracht hatte.

Die Begebenheit würde sich herumsprechen.

Bastian verfluchte Voigt, der zu schlecht war, um gute Arbeit zu liefern, und zu ehrgeizig, um dies einzugestehen. Er missgönnte den Talentierten ihren Erfolg und hatte Bastian durch Verleumdungen aus Altenburg vertrieben.

»Das darf sich nicht wiederholen«, murmelte Bastian und betrat den Verlag durch den Seiteneingang, der direkt in die Druckerstube führte.

Bastian warf den Mantel und die Kappe ab, marschierte durch den Raum, in dem die Drucker und Setzer ihre Arbeit machten, Büchlein und Noten druckten, damit die Machwerke bester Güte unter die Leute kamen. Ohne sie zu beachten, ging er zu seiner Presse.

Die neuen Kartenformen waren präpariert, die Kupferplatten mit dem Ätzwasser behandelt und bereit für einen weiteren Probedruck. Damit würde er Breitkopf beeindrucken. Bastian legte die verschiedenen Formen ein, damit ein Bogen am Stück mit den Entwürfen versehen wurde. Schnell war die Farbe aufgebracht und die Kurbel betätigt. Die

Druckstöcke fuhren aufs Papier und unter seinem Drehen wieder zurück.

Bastian warf einen kritischen Blick auf das Ergebnis und atmete auf. *Gelungen!*

Mit dem feuchten Bogen machte er sich stolz und zugleich bangend auf den Weg ins Arbeitszimmer von Johann Gottlob Immanuel Breitkopf.

Nach einem Klopfen und einer knappen Aufforderung trat er ein und sah den Verleger über einem Stapel Notenblätter brüten. Er hatte sie mit Anmerkungen und Korrekturen versehen, wo der Druck nicht so genau war wie erwünscht. Der Bleistift wippte zwischen den Fingern hin und her.

»Ah, mein guter Kirchner. Her zu mir, her zu mir!«, begrüßte ihn Breitkopf ohne Begeisterung. »Ihr habt mir was versprochen.« Er nahm weitere Korrekturen vor.

»So ist es, Herr Breitkopf.« Bastian kam näher und blickte sich nach einem Platz um, an den er den Papierbogen legen konnte, ohne dass einer Wellen schlug. »Wo darf ich …?«

Der Verleger zeigte wortlos auf die Truhe in der rechten Ecke. »Ich bin gleich so weit«, murmelte er und kritzelte energisch auf dem Papier herum. »Diese beweglichen Lettern haben noch ihre Tücken. Das muss ich abstellen lassen, sonst kauft mir keiner die gedruckten Noten.« Er warf schlecht gelaunt den Bleistift auf den Berg und stand ruckartig auf, reckte sich und hielt sich das Kreuz. »Mein Rücken, mein Rücken. Er mag das lange Sitzen nicht.« Breitkopf kam mit ernstem Gesicht auf die Truhe zu. »Lasst sehen, Kirchner, welche Karten Ihr für meine Manufaktur zaubern wollt.«

Bastian machte einen Schritt zur Seite, wie es die Achtung verlangte. »Ich habe mir französische Farben erlaubt, weil man damit mehr spielen kann als mit den deutschen oder den italienischen, Herr Breitkopf«, erklärte er seine Gedanken. »Dazu Sinnsprüche, um die Spieler zu erquicken und sie zu belehren. Die Wertzeichen kommen auf …«

»Kirchner, bevor wir mit dem Prozedere fortfahren«, fiel ihm der Verleger ins Wort. »Ihr habt da eine stattliche Leistung abgeliefert, mit den Ranken und dem Geschnörkel und dem gestochen scharfen Gesicht der Herz-Königin, die Eurer Frau gleicht, wie ich hörte, doch …« Er rieb sich über das Kinn; es schabte leise.

Das war nicht gut. »Herr Breitkopf, welche Zweifel plagen Sie?«

»Habt Ihr die *Leipziger Zeitungen* heut gelesen, Kirchner?«

Bastian gab sich Mühe, sich den Schrecken nicht anmerken zu lassen. In seinem Magen brannten glühende Kohlen, die seinen Mund trockener als Sand machten. »Das habe ich.«

»Last Ihr den Schrieb über das Kopieren und die beiden Kartenmacher aus Altenburg?« Breitkopf hob den Blick, die klaren Augen richteten sich prüfend auf ihn.

»Ja.« Er nahm all seinen Mut zusammen. »Und da Sie so fragen, nehme ich an, Sie werden wissen, wer gemeint ist. Lassen Sie mich sagen, dass erstunken und erlogen ist, was Ihnen zu Ohren kam.«

»Der Mann, ein Michael Voigt, stand just an diesem Morgen hier vor meinem Schreibtisch, Kirchner, und schwor mir Stein und Bein, dass Ihr ihn bestahlt. Damals.« Breitkopf fuhr bedauernd mit der Hand über den Probedruck. »Und jetzt wieder. Es seien ihm damals Kartenformen entwendet worden. Er erkannte sie in den Euren wieder.«

»Sie haben ihn in die Werkstatt gelassen? Um meine Sachen zu betrachten?«, empörte sich Bastian.

»Ruhig, Kirchner. Ruhig Blut.« Breitkopf sah ebenso wenig begeistert, aber beherrscht aus. »Was sollte ich tun? Er drohte mit der Obrigkeit, mit Briefen an die Räte und die Innung.«

»Aber es ist alles erlogen!«

»Kirchner, ich glaube Euch. Aber habt Ihr Belege, dass es ganz sicher Eure Entwürfe sind?«

»Sie sahen doch, dass ich sie schnitt.«

»Das sah ich wohl. Aber wer sagt mir, dass die Zeichnungen von Euch sind?« Breitkopf schien die neutrale Haltung des Geschäftsmannes eingenommen zu haben, was Bastian verständlich fand. Er sah den Ruf des Verlagshauses und seine Integrität in Gefahr, für die sein Vater lange geschuftet hatte. Der beste Ruf konnte in Sekunden vernichtet sein. »Lange Rede, kurzer Sinn, Kirchner: Beschafft mir Belege, Beweise, dass diese Entwürfe von Euch sind, und wir bleiben im Geschäft. So lange könnt Ihr mit Eurer Familie unter meinem Dach wohnen bleiben. Aber sollte der Monat verstreichen, ohne dass sich eine Wendung des Casus ergibt, müssen wir uns trennen.« Sein Blick wurde freundlicher. »Natürlich bekommt Ihr eine Abfindung. Ich lasse keinen Mann mit seiner Familie im Stich. Aber Ihr versteht mein Ansinnen?«

»Ich verstehe, Herr Breitkopf.«

Bastian ließ den Druck liegen und verließ schlafwandlerisch die Kammer, taumelte die Treppe abwärts und durch die Werkstatt, um Kappe und Mantel zu greifen und auf die Straße zu treten.

In seinem Kopf ging es drunter und drüber. Gerade noch schien das Blatt sich zum Guten gewendet zu haben, und jetzt: Voigt. *Immer wieder Voigt, der neidische Bastard!*

Ziellos ging Bastian durch die Straßen und Gassen von Klein-Paris, wie Leipzig bei der Kartenrunde in *Auerbachs Keller* genannt worden war. Er schritt voran, durch das kalte Sonnenlicht, über Plätze und Märkte hinweg, den Blick ins Nichts gerichtet und getrieben von der Angst, wieder alles zu verlieren. Nur dass er dieses Mal eine Familie zu ernähren hatte. Es ging um mehr als sein eigenes Leben.

Ihm wollte nicht einfallen, wie er die geforderten Beweise liefern konnte. Denn es gab keine. Umgekehrt hatte auch

Voigt keine Beweise für seine Behauptung, aber seine heuchlerische Art, den Betrogenen zu mimen, trug ihn durchs Leben. Sein Talent bestand darin, Menschen gegeneinander auszuspielen, um an sein Ziel zu gelangen.

Bastian verlor das Zeitgefühl und spürte kaum den klirrenden Frost.

Hinter einem Durchgang zwischen den Häusern fand er sich in einem finsteren Kaufmannshof wieder. Kein Sonnenstrahl gelangte hinein. Eine Grabeskälte herrschte innerhalb der hohen Wände, die jeden Laut auffraßen, der von außen eindringen wollte.

Die gespenstische Stimmung riss Bastian aus seinem Grübeln. An diesem Ort wollte er nicht verweilen, und rasch bewegte er sich quer über die Pflastersteine auf den Durchlass gegenüber zu.

Ein leises, feines Trappeln erklang.

Aus der Toreinfahrt trottete der schwarze Pudel auf ihn zu. Das große Tier sah ihn an – und setzte sich mitten auf die Hohlgasse, als würde er sie bewachen wollen.

Bastian blieb stehen. »Du verdammter Köter. Du fehlst mir noch zu meinem Glück.« Er blickte sich nach einem losen Stein um, um ihn nach dem Hund zu werfen. Noch lieber wäre ihm ein Stock gewesen, doch beides fand er nicht. Daher bewegte er sich behutsam rückwärts, die Augen auf das Tier gerichtet.

»Meister Kirchner«, hörte er die volltönende Stimme in seinem Rücken. »Habt keine Angst vor ihm. Er beißt nur jene, die es verdient haben. Ihr gehört nicht dazu.«

Bastian wandte sich um und sah Dietrich vor sich stehen, die Hände lässig in die Taschen seines Beinkleids geschoben. Er trug einen schwarzen Mantel, dessen Schnitt an einen Scholastikus erinnerte; auf seinen Haaren saß ein rotes Barett, an dem eine lange Fasanenfeder steckte. »Euer Konkurrent Voigt hingegen schon.«

»Das … wäre zu schön«, stotterte er und begriff im gleichen Moment, dass dem Mann die Vorfälle in Altenburg bekannt sein mussten.

»Ein Affe ist der Mann, ein Großmaul und Nichtskönner«, fuhr Dietrich fort. »So sagen es jene, die ihn aus alten Tagen kennen.«

»Dem ist auch so.« Bastian ließ zu, dass Dietrich auf ihn zuschlenderte und einen Arm um seine Schulter legte, als wären sie alte Bekannte. Die Geste spendete Trost, gab Wärme in dem gruftgleichen Hof. Ein Seufzen entschlüpfte ihm. »Wenn es nur mehr Verständige gäbe wie Euch, Herr Dietrich.«

»Oh, freilich, dann wäre die Welt ein besserer Ort.« Dietrich klopfte ihm auf den Rücken. »Kopf hoch, Kirchner. In einem Jahr und Tag ist alles vergessen.«

»Bis dahin sitzen wir auf der Straße«, stieß Bastian bitter aus. »Der Breitkopf glaubt dem Voigt. Und gedroht hat er mir.«

»Wirklich, gedroht? So ein guter Mann?« Dietrich klang verwundert.

»Nein. Nicht gedroht, aber …« Bastian zögerte nicht länger und schüttete Dietrich sein Herz aus. Er erzählte, was sich zugetragen hatte, froh, seine Susanna vorerst damit verschonen zu können. Sie würde sich früh genug Sorgen machen.

»Ich verstehe, ich verstehe«, sprach Dietrich nachdenklich, nachdem er sich alles angehört hatte, und rieb sich das spitze Kinn. »Auch ich bin arg von Voigt betroffen.«

»Seid Ihr das?«

»Ei, wer macht mir meine Karten, wenn Ihr nicht mehr in Leipzig seid?« Dietrich schnippte mit den Fingern. »Mir kommt da ein Gedanke. Wie wär's mit einem Geschäft, mein guter Kirchner?«

»Welcher Art Geschäft?«

»Ein Geschäft, von dem wir beide etwas haben.« Er tippte mit dem langen, spitzen Nagel gegen Bastians Brust. »Ihr macht mir mein Kartenspiel, französische Karten, nach meinen Vorgaben, und danach nutzt die Platten bis in alle Ewigkeit, wenn Ihr wollt. Aber *mir* gebührt der erste Satz.«

»Noch ist es kein Geschäft.«

Dietrich lachte. »Genau, genau. Nun, ich werde Euch einen Gefallen tun, Kirchner. Wie ich es Euch versprach.«

»Ihr zieht mir den Voigt aus dem Verkehr!« Bastian musste böse auflachen. »Oh, welch herrlicher Gedanke, dass diese Sau tot im Graben läge!«

»So kann's kommen«, raunte Dietrich lockend. »Ich hab so meine Mittel und Methoden, bin nicht umsonst Soldat geworden. Und mit ihm stürben seine Lügen.«

»Aber … das wäre Mord!« Bastian kamen Vorbehalte in den Sinn, auch wenn er dem Mann das Ableben aus tiefster Seele wünschte, der die Existenzen anderer, ohne mit der Wimper zu zucken, ruinierte, sobald es ihm zum Vorteil gereichte.

»Ich sehe mich als ein Teil von jener Kraft, die stets das Böse will und stets das Gute schafft«, erwiderte Dietrich lächelnd. »Die Welt ist besser dran, wenn Voigt ihr fehlt.« Er reckte die krallengleiche linke Hand, durch deren pergamentene Haut die Adern dunkelviolett schimmerten. »Sind wir im Geschäft, lieber Kirchner?«

»Ich …«

»Ein Kartenspiel, mehr will ich nicht. Was ist schon dabei?«

»Aber …«

»Der Voigt wird vergessen sein, zusammen mit seinen Lügen«, versprach Dietrich wispernd, und sein Blick zog Bastian magisch an. Die Stimme wurde von den Wänden zurückgeworfen, erschuf einen eindringlichen Chorus, der sich durch Bastians Ohren in seinen Verstand raunte und jeden Zweifel meuchelte. »Breitkopf wird Euch behalten, Euch zu seinem Meisterkartenmacher erheben. Und Eure Familie wird sicher bis ans Ende aller Tage sein. Für ein Kartenspiel. Ich will nicht mal Eure Seele, Kirchner.«

Bastian schlug ein. Dabei ritzte er sich an Dietrichs Nagel, und die Stelle brannte, als sickerte flüssiges Feuer in die Wunde. »Da, schaut. Wir haben unseren Pakt mit Blut besiegelt.«

»Wie es Brauch ist.« Dietrich schüttelte seine Hand einmal. »Kein Wort. Zu niemandem. Sonst fällt Euch unser Geschäft auf die Füße.«

»Ich werde schweigen.«

Dietrich ließ ihn los, machte einen Schritt weg von Bastian und hob seine Rechte zum Gruß, tippte sich an sein rotes Barett. Bereits mit dem zweiten Schritt verschwand er im Schatten der Toreinfahrt. Die Fasanenfeder wippte noch einmal und wurde unsichtbar.

»Bereitet Euch auf frohe Kunde vor, Meister Kirchner«, kam es im Hof aus tausend Ecken.

Bastian sah den unheimlichen Mann nicht mehr, und auch sein Hund war verschwunden.

Nachdenklich betrachtete er den Kratzer in seinem Handballen, aus dem ein roter Tropfen quoll und in den weißen Schnee fiel.

»Ein Pakt«, sagte er leise und gab sich einen Ruck.

Hastig verließ er den Hof und stand bald darauf aufatmend in der freundlichen Abendsonne, die auf Leipzig schien. Die Zeit musste im Hof doppelt so rasch vergangen sein, mehrere Stunden waren verstrichen.

Mit geringerer Sorge um seine Zukunft eilte Bastian dem Silbernen Löwen entgegen, um zu Susanna und den Kindern zu gelangen.

Dabei kam ihm in den Sinn, dass er nichts über seinen neuen Verbündeten wusste; weder, was er tat, um seinen Lebensunterhalt zu bestreiten, noch, wo er in der Stadt wohnte.

Einerlei, dachte er. *Sein Hund wird mich finden.*

Der Gedanke behagte Bastian nicht.

Und wenn er es recht bedachte, behagte ihm an Dietrich überhaupt nichts.

* * *

Michael Voigt lag auf dem Bett der Herberge, in der er Quartier bezogen hatte, am südlichen Rand von Leipzig. Das Laken war spärlich über ihm ausgebreitet, die Glut der Leidenschaft brannte in seinen Adern und erhitzte ihn.

Neben ihm schnarchte die betrunkene Herbergstochter, eine von fünf Schwestern, die ihm für ein bisschen Geld zu Diensten und sehr willig gewesen war. Sie lag auf dem Rücken, die schweren Brüste fielen dank ihrer Jugend nicht herab; die langen, dunkelblonden Haare verteilten sich auf dem Kissen. Für eine Frucht aus dem Schoß einer derben Frau und gezeugt von einem dummen Mann, konnte man sie als schön bezeichnen.

Michael nahm an, dass er nicht der erste und nicht der letzte Freier in ihrem Leben war. Sie verdiente sich einige Taler dazu, und den Wein musste er obendrein bezahlen.

Er grinste und nahm einen Schluck aus dem Wasserkrug, verschränkte die Arme hinter dem Kopf und betrachtete die niedrigen Deckenbalken.

Sein Plan war aufgegangen. Er hatte die falschen Nachrichten gestreut, sie den *Leipziger Zeitungen* zugespielt und war bei Breitkopf vorstellig geworden. *Noch ein wenig Schwatzen und Jammern, und ich habe die Anstellung*. Michaels Grinsen wurde breiter.

In Altenburg verdiente man nichts als Kartenmacher, es gab zu viele davon. Als er gehört hatte, dass sich das angesehene breitkopfsche Verlagshaus mit dem Gedanken daran trug, reiste er sogleich nach Leipzig. Und wie hatte er sich gefreut, als er sah, wen er aus der Werkstatt jagen musste: Bastian Kirchner, den gutmütigen Trottel. Was in Altenburg gelang, sollte in Leipzig nicht schwerer fallen.

Leise lachend schloss Michael die Augen. Menschen glaubten jede Lüge, wenn man sie nur gelungen vortrug.

Das Wirtsmädchen gab ein nasses Husten von sich und wollte sich nicht mehr beruhigen.

Michael wandte sich ihr verwundert zu, da warf sie sich auf ihn und verstummte. Warme Feuchtigkeit lief über Michaels Brust.

Zuerst dachte er, sie hätte sich einen derben Spaß erlaubt und den Pisspott über ihn geleert. Doch noch bevor er das vergossene Rot auf sich und im Bett bemerkte, hatte er den Geruch erkannt. *Blut!*

Hastig schob er ihren Körper von sich. Die Herbergstochter lag mit aufgeschlitzter Kehle neben ihm, die Unterschenkel und -arme abgetrennt, sauber abgehackt. Über Michael kräuselten und kringelten sich die warmen Darmschlingen und Innereien, als wären sie lebendig.

Er hing fest im Griff des Schreckens, und es kündigte sich das Erbrechen an, ausgelöst vom Gestank und dem durchdringenden Kupfergeruch, der die Kammer bis in den letzten Winkel ausfüllte.

Ein Albtraum! Michael schloss die Augen, öffnete sie wieder, wiederholte den Vorgang einige Male.

Aber an der Szenerie wollte sich nichts ändern: Gedärme, Innereien, Blut und eine verstümmelte Frauenleiche.

Bevor ein Schrei des Entsetzens seiner Kehle entwich, bemerkte er die Männergestalt, die in der Ecke auf der Truhe saß, in der er seine Sachen verstaut hatte. Seelenruhig, abwartend betrachtete ihn der betagte Mann, dessen Augen uralt schienen und diabolisch leuchteten. Auf seinen langen, grau melierten Haaren saß ein prunkvolles Barett mit einer langen Fasanenfeder dran.

»Guten Abend, Meister Voigt. Du hast da eine schöne Sauerei angerichtet. Das arme Gretchen. Noch Jungfrau war sie, neugierig auf die Lust und die Liebe, und du Bestie hast sie aufgeschlitzt«, sprach der Unbekannte vorwurfsvoll und zugleich übertrieben wie ein Schauspieler. »Welch Dank dafür, dass du sie hast als Erster nehmen dürfen.«

»Nein!«, schrie Michael und richtete sich auf. Die Innereien rutschten von ihm, und als er die Blutstatt verließ, rutschte er darin aus und schlug hin. »Ich … nein! *Du* warst das!«

»Wer wird dir glauben, wenn du das aussagst?« Der Mann deutete auf Michaels rechte Hand. »Deine Klinge. Dein Mord.«

Erschrocken sah Michael an sich herab – und wirklich hielt er sein Taschenmesser umfasst, die Klinge scharf wie ein Rasiermesser.

»Und das Beil stammt aus der Gaststube«, fuhr der Unbekannte fort und zeigte auf den Bettpfosten, in dem das Werkzeug steckte, nassrot glitzernd. »Trunken vor Wein und Lust, keine Gnade gewährend.« Er kreuzte die Arme vor der Brust und zeigte blendend weiße Zähne. »Dem Richter wird der Spruch rasch von den Lippen gehen.«

»Das ist doch … ich muss in einem Traum gefangen stecken.« Michael ließ das Messer fallen und rüttelte an der Türklinke. »Da! Ich wusste es! Sie geht nicht auf. Der Albtraum geht …«

»Weil du sie von innen abgeschlossen hast und den Schlüssel abbrachst. Damit das junge Ding dir nicht entfleucht.« Der Mann zeigte auf den Boden. »Sieh hin.«

Nun war sich Michael gewiss, dass es ein Trugbild war, in dem er steckte, schlafumfangen und getrogen vom eigenen Verstand. »Das ist nicht echt.« Er ging langsam auf den Unbekannten zu. »Ein Albtraum ist's und bleibt's. Und ich werd es mir beweisen.«

»Nicht so hastig mit den jungen Pferdchen.« Der ältere

Mann lachte und zeigte auf das zerfetzte Gretchen. »Sonst kommt *das* dabei heraus.« Er beugte sich nach vorne, stützte einen Ellbogen auf und winkte lockend mit dem Zeigefinger. »Hergehört, Meister Voigt. Ich bin nur der Bote, gesandt von Gott und dem Teufel in gütlichem Einvernehmen.«

»Oh, gewiss.«

»Oh, *ganz* gewiss.« Er deutete eine Verbeugung an. »Lucifuge Rofocale darfst du mich nennen, wenn du einen Namen brauchst.« Er machte eine halbkreisförmige Bewegung mit der ausgestreckten Hand, die Fläche zeigte dabei nach oben. »Du steckst in einer Wette: Der Teufel sagte, dass du selbst in dieser Lage niemals deine Sünden bereuen würdest, die du begangen. Gott wiederum meinte, du würdest bekennen und Buße tun, damit deine Seele in den Himmel komme.«

Michael zwinkerte, sah an seinem nackten, blutverschmierten Körper herab, dann auf das Bett zum zerteilten Mädchen. Es ging nicht mit rechten Dingen zu, ob Traum oder nicht. Und keinesfalls wollte er darin noch länger verweilen. »Das klingt mir nicht nach dem Barmherzigen.«

»Doch, das ist er. Denn deine verkommene Seele, Michael Voigt, gehört dem Teufel ohnehin.« Lucifuge lachte. »Die ganzen Lügen, die du erzählt hast, um anderen zu schaden – damit fährst du direkt in die heißeste Hölle, die Dämonen für dich schüren können.«

»Was?«, keuchte Michael.

»Na, aber sicherlich. Was dachtest du, wie dein Lohn für dein bisheriges Leben ausfiele? Es gibt keinen Himmel für Lügner und Betrüger.« Der Mann richtete den Kragen seines Gelehrtenmantels, danach sein Barett und ließ die Feder munter hüpfen. »Es läuft wie folgt: Man wird dich finden, vor Gericht zerren, da die Beweislast eindeutig ist. Nach dem Verhör, das schmerzhaft werden wird, wie ich die Leipziger Obrigkeit kenne, baumelst du am Galgen. Und kommst in die Hölle.«

»Die Hölle«, wiederholte Michael und spürte, wie Angst in seine Glieder kroch.

»Ich könnt sie dir beschreiben, aber es dauerte zu lange. So stell dir vor, was du bislang über sie gehört hast, und steigere es um ein Vielfaches«, sagte Lucifuge. »Es geht von Siedetopf zu Siedetopf und zu Nagelbrettern mit glühendem Eisen. Zwickende Zangen graben sich in deine hässlich verdorbene Seele und foltern sie bis ans Ende aller Tage.«

»Nein!«

»Aber ja, Meister Voigt. Aber *nur*, wenn der *Teufel* die Wette gewinnt.«

»Wie entkomme ich der Seelenfolter, wie der Qual?«, fragte er begierig.

»Das ist leicht.« Der Mann zeigte auf das Tischchen unter dem beschlagenen Fenster. »Nimm ein Papier, schreib auf, was dich reut, sämtliche Missetaten, die du Unschuldigen zugefügt hast. Sämtliche Verleumdungen. Und dass du mir keinen und nichts vergisst.«

»Das werde ich tun.« Michael atmete auf. »Mehr nicht?«

»Dann bittest du schriftlich um Verzeihung und signierst.«

»Das ist alles?«

»Ja.«

»Aber … was geschieht danach?« Michael sah in der Kammer umher. »Endet dann mein Albtraum?«

Lucifuge lachte leise. »Ich sagte: Man wird dich finden, vor Gericht zerren, da die Beweislast eindeutig ist. Nach dem Verhör, das schmerzhaft werden wird, wie ich die Leipziger Obrigkeit kenne, baumelst du am Galgen. Und kommst aber nicht in die Hölle. Denn du hast gereut und Buße getan.«

»Was?«, schrie Michael. »Da suche ich doch lieber das Weite!«

»Das wird nicht gelingen. Die Wette sieht das nicht vor. Aber sei nicht böse auf mich; ich bin nur der Bote.« Er überlegte. »Aber es gäbe einen Weg, dir die ganzen Verhöre, den Karzer, die Schmerzen und die kommenden Wochen voller Pein zu ersparen.«

»Wie? Ich täte alles!«

Lucifuge zeigte zum Dachbalken, von dem wie aus dem Nichts ein Seil pendelte. Die Henkersschlinge mit dreizehn Windungen war bereits geknüpft. »Ich häng mich auch an deine Füße, damit das Genick bricht und du nicht elend ersticken musst.«

Michael sah das dicke Tau und begann zu zittern. »Aber ... ich käme als Selbstmörder in die Hölle! Ein Trick, damit der Teufel ...«

»Aber nein. Es ist ausgemacht, dass deine Seele in den Himmel springt, wenn du reuig geworden bist.« Er zeigte mit seiner Krallenhand auf die Schlinge. »Gott ist gnädig, weißt du?«

»Von dieser Wette habe ich nichts«, hauchte Michael erschüttert. »Sie ist grausam.«

Lucifuge lachte schallend. »*Du* warst grausam, Meister Voigt. Du hast in den Jahren Pech und Unglück über den Mitmenschen ausgegossen und dich dadurch bereichert. Was man dir bietet, ist nichts weiter als allergrößte Gnade, die dir kein Lebender bieten kann. Nur ein Gott. Nicht einmal der Teufel.«

Michael wusste nichts mehr. Der Gestank in der Kammer zwang ihn zum Würgen, Schwindel befiel ihn, und das trocknende Blut auf seiner Haut spannte bereits. Albtraum oder nicht, es musste enden, bevor er erwachte und seines Verstandes verlustig gegangen war.

Und es stimmte, was Lucifuge sagte. Sein Leben bestand daraus, andere zu hintergehen, und zwar mit bestem Wissen und Gewissen.

Michael ging zum Tischchen, nahm die Schreibfeder und kritzelte, was ihm einfiel. Ihn wunderte nicht, wie lang die

Liste wurde. Er entschuldigte sich für alle Verfehlungen einzeln, bat um Verzeihung bei den Geschädigten und schrieb, dass nichts als Lügen sie ins Unglück gestürzt hatten. Anschließend setzte er seine Unterschrift darunter, die fahriger als sonst wirkte.

»Sehr gut«, lobte ihn Lucifuge und faltete die Hände zu einer Räuberleiter. »Nun den Hals durch den Strick, und du erwachst im Himmel. Gott ist deiner Seele gnädig, du bekehrter Sünder.«

Michael ging mit nackten Füßen hinüber, stellte den rechten Fuß in die übereinandergelegten Finger und wurde von dem alten Mann spielend leicht angehoben, als wöge er nicht mehr als einer der abgeschlagenen Arme des Mädchens.

»Ist das so?«, fragte er.

»Wette ist Wette. Daran müssen sich auch Gott und Teufel halten. Sind doch beides Ehrenmänner.« Lucifuge machte eine auffordernde Kopfbewegung. »Unverzagt voran.«

»Du wirst dich an meine Beine hängen und mir das Genick brechen?«

»So wahr ich Lucifuge Rofocale bin.«

Michael nahm die Schlinge mit beiden Händen und schob sie auf, damit sein Kopf hindurchpasste. Das grobe Tau fühlte sich schwer an, der Knoten würde die Wirbel zum Bersten bringen, wenn sich der Bote an ihn klammerte.

Seine Blicke schweiften zum Abschied durch die Kammer.

Michael sah Gretchen, zerhackt und verreckt, die Pfützen voll Blut, welche die Dielen tränkten und als rote Tropfen bestimmt in den Gastraum regneten, um den Mord, den er nicht begangen hatte, der Welt zu verraten. Die Innereien und Gedärme, teils auf dem Bett, teils wie aufgequollene Girlanden herabhängend. Es stimmte. Niemand würde ihn für unschuldig halten, ob Traum oder nicht.

Michael steckte seinen Kopf durch die Schlinge und zog

sie enger. Der raue Hanf kratzte auf seiner Haut, scheuerte und würde einen blutigen Abdruck hinterlassen. Aber was kümmerte ihn sein Leib, wenn seine Seele in den Himmel kam – oder er aus seinem Traum erwachte?

»Bist du bereit, Meister Voigt?«

»Ja.«

»Komm gut rüber. Und grüß mir meinen Meister, bitte.«

»Euren Meister? Aber dann käme ich doch …« Bevor Michael erschrocken nachhaken konnte, ließ ihn Lucifuge langsam ab.

Die Schlinge zog sich enger um seine Kehle und schnürte die Atmung ein, ohne sie in Gänze zu unterbrechen.

Keuchend, röchelnd hing Michael am Tau. Sein eigenes Gewicht genügte nicht, um ihn schleunigst zu erwürgen oder ihm das Genick zu brechen.

Michael hatte Angst wie noch nie in seinem Leben.

Er versuchte, die Schlinge wieder zu weiten, er zappelte, um mitsamt Strick vom Balken zu fallen, aber nichts fruchtete. Der Druck in seinem Kopf stieg, seine Sicht schwand, und er fühlte, wie er seine Zunge dumm wie ein Tier herausstreckte, damit jedes noch so kleine bisschen Luft in seine Lunge gelangte.

Lucifuge verfolgte lachend und mit in die Seite gestützten Armen, wie er elend zugrunde ging, stieß ihn sogar an, damit er pendelte und schwang. »Du ahnst, dass du einem Streich aufgesessen bist«, sagte er bestens gelaunt. »Mein Name ist weder Lucifuge noch Rofocale, sondern Martin Dietrich. Deine Seele mag zur Hölle fahren, Michael Voigt, es kümmert mich nicht. Aber dein Geständnis macht vieles wieder gut, was du vertan und vernichtet hast.«

Michael wollte laut schreien, aber nur ein hohes, schrilles und kaum hörbares Krächzen stieg aus der strohhalmdünnen Kehle.

»Jetzt ab mit dir, du Taugenichts und Tagedieb.« Dietrich

lachte noch einmal. »Dein Schädel ist schon puterrot. Ich denke, ich verschwinde, bevor er platzt und mich verschmutzt. Auch die Töne sind nicht schön. Du magst für dich alleine singen.«

Michaels Sinne schwanden.

Dietrich huschte zum Fenster hinaus, die Spitze der Fasanenfeder wackelte höhnisch zum Gruß.

* * *

Als Gretchen am nächsten Morgen im Bett des Gastes erwachte, drehte sich das Zimmer um sie wie das Karussell auf dem Jahrmarkt, sodass sie schnell die Augen schloss, um das Ende des Schwindels abzuwarten.

Sie tastete und fand die Stelle neben sich leer und kalt. Der Gast musste schon aufgestanden und gegangen sein, was ihr nicht unrecht war. So konnte sie sich davonstehlen und tun, als wäre nichts geschehen.

Ihr Mund fühlte sich trocken an und schmeckte nach Schwefel, nach Salz und Tintengeruch. Diese Wirkung kannte sie nicht vom elterlichen Wein.

Zudem hatte der Trank andere Auswirkungen gehabt als sonst: Trugbilder, lebendige Schatten und allerlei, das ihr Angst gemacht hatte. Aber weil der Gast ihr gute Taler versprach, hatte sie sich beherrscht und war innerlich geflüchtet, als er sie nahm. Der Schlaf hatte sie befallen, kaum dass sich ihre Leiber voneinander trennten.

Endlich ließ das Ziehen in den Schläfen nach.

Gretchen richtete sich auf – und sah als Erstes den Gast, der sich nackt am Balken aufgeknüpft hatte. Um seinen Hals trug er einen Abschiedsbrief.

»Herrgott im Himmel, steh mir bei!« Sie sprang in ihre Wäsche und das Kleid, wollte die Kammer fluchtartig verlassen, als sie sich besann und die fremde Geldbörse an sich nahm. Der Tote hatte keine Verwendung mehr für die Taler. Und Lohn blieb Lohn.

Erst dann holte Gretchen Hilfe.

* * *

Bastian saß mit leichtem Herzen und flottem Werkzeug über der Kupferplatte. Jeder Handgriff, jede Führung des Stichels, jede Schraffur und jede Ranke, die er in das weiche Metall grub, bereiteten ihm allergrößte Freude. Als würden ihn die Ornamente selbst mit diesen Empfindungen belohnen wollen.

Jede Minute, die er freihatte und nicht von seinen Kindern in Beschlag genommen wurde, nutzte er für die Arbeit an Dietrichs Platten. Ein Geschäft blieb ein Geschäft.

Für Bastian war es das beste Geschäft, das er jemals in seinem Leben getätigt hatte.

Wie auch immer es der seltsame Mann angestellt hatte, man fand Michael Voigt erhängt in seiner Unterkunft, nackt, um den Hals ein ellenlanges Entschuldigungs- und Geständnisschreiben, in dem er auf die Verzeihung seiner Geschädigten und die Gnade des Herrn hoffte.

Gefunden hatte ihn eine der Herbergstöchter, wie ihm Goethe erzählte, ein schönes junges Ding namens Gretchen, auf das der Studiosus ein Auge geworfen hatte wie auf das Käthchen, ebenfalls eine Wirtstochter. Der junge Mann vermochte es, günstig an Wein und Vergnügen zu kommen.

Bastian tat die nächsten Schnitte, schraffierte nach den Bildchen, die ihm Dietrich durch den Hund hatte bringen lassen, zusammen mit der knappen Botschaft, er käme das Spiel in spätestens fünf Monaten abholen.

Die Zeit war knapp bemessen, aber Bastian verspürte keinerlei Müdigkeit, sobald er sich an die Kupferplatten machte.

Die *Leipziger Zeitungen* hatten ausführlich über den Selbstmörder geschrieben, und dessen schändliches Lügengebilde umfassend offengelegt. Noch am gleichen Tag hatte sich Breitkopf bei Bastian entschuldigt und aus Verlegenheit ein doppeltes Monatssalär gezahlt.

»Du arbeitest schon wieder?« Susanna näherte sich dem hinteren Teil der Dachkammer, wohin er sich zurückzog, um bei bestem Licht unter der Luke zu arbeiten. Er hatte mehrere Spiegel so angeordnet, dass ihr zurückgeworfenes künstliches Licht ihm ermöglichte, bis spät in die Nacht zu stechen und zu graben.

»Aber sicher. Breitkopf soll doch sehen, wie originell meine Karten sein werden.« Bastian hielt Wort und verriet nichts von dem Pakt zwischen Dietrich und ihm. Zudem hatte ihm sein Verbündeter erlaubt, die Kartenformen selbst zu nutzen. Stolz setzte sich Bastian aufrecht und drückte den Rücken durch. »Schau, was ich ersonnen habe: die Pik-Dame.«

Susanna trat heran und stellte einen Pott mit Tee neben ihm ab, es roch nach Kräutern. »Oh.«

»Oh?« Bastian wurde bei dem Laut aufmerksam. Es klang nicht begeistert, eher erschrocken. »Sie gefallen dir nicht?« Er schätzte Susannas Meinung sehr, wusste um ihre Fertigkeiten und ihr ausgesprochen gutes Gespür, was Form und Dekor bei den Stichen anging. »Was kann man verbessern?«

»Doch, doch. Sie gefallen mir sehr gut.« Susanna zog die Linien nach und rieb die feinen Kupfergrate von den Kuppen. »Ich bin nur überrascht.«

»Von was genau?«

»Der Feinheit und der Ornamentik.« Sie betrachtete die Papiere mit den Vorzeichnungen für die Karten, die er noch stechen musste. »Wo hast du sie entdeckt?«

»Zusammengetragen. Aus vielen alten Büchern, die ich in der Bibliotheca Paulina gewälzt habe«, sagte er ausweichend. »Da gibt es wahrlich viel zu entdecken. Anregungen noch und nöcher, meine einzig wahre Herz-Dame.«

Sie lächelte ihn an und fuhr ihm über die dunklen Haare hinab in den Nacken und gab ihm dorthin einen Kuss. »Nun hast du doch einen Weg gefunden, deine Karten zu machen, obwohl es mir nicht gefällt.«

»Sei mir nicht gram. Breitkopf möchte es so unbedingt, und wie könnte ich mich da verweigern?« Bastian genoss ihre Zärtlichkeit und ihren Zuspruch. »Sie gefallen dir trotzdem?«

»Sie sind viel zu schön, um auf raue Tische und Weinlachen geschmettert zu werden«, erwiderte Susanna lachend und küsste ihn lange auf den Mund; sie schmeckte nach Kräutern und Leidenschaft. »Sie sind wunderschön, mein Gemahl.« Sie löste sich von ihm. »Mach nicht zu lange. Die Kleinen wollen ihren Vater vor dem Schlafengehen noch einmal zu Gesicht bekommen.«

»Sag ihnen, dass ich just bei ihnen erscheine und ihnen ein wunderschönes Märchen erzähle«, rief er ihr nach und wechselte den Grabstichel in die andere Hand, um sich an das nächste Ornament zu machen. Das wollte er unbedingt noch erledigen, bevor er nach seinen Sprösslingen sah.

Als sich Bastian nach wenigen Augenblicken erhob, herrschte in der Dachkammer tiefste Dunkelheit, bis auf seinen Arbeitsplatz, an dem er Lampen entzündet hatte. Er hatte nicht wahrgenommen, wie die Zeit verstrichen war. Dafür hatte die Platte ein Detail mehr bekommen und würde die Pik-Dame zu einem Sammelobjekt werden lassen.

Er löschte die Petroleumlampen und tastete sich durch die dunkle Wohnung, wusch sich die Hände und das Gesicht und den Nacken, um dann ins Nachtgewand zu steigen und unter die Decke zu Susanna zu schlüpfen.

Bastian schmiegte sich an sie und war der glücklichste Mann der Welt. Und dank seines Verbündeten Dietrich würde das so bleiben.

* * *

Der Faulpelz spielt gern Karten mit dem Bösewicht.

Sprichwort

Kapitel IV

Bundesrepublik Deutschland,
Baden-Württemberg, Baden-Baden

Ekaterina Petrowna Solowjewa prüfte die Räume in Windeseile, ob jemand etwas vergessen oder verloren hatte, was der deutschen Polizei einen Hinweis auf ihren Spielerring geben konnte. Nicht eine Spur durfte in der Villa bleiben. Ihr war bisher keine Zeit zum Umziehen geblieben, lediglich an den Füßen saßen bequeme Sneaker statt Pumps.

»Wie sieht's aus?«, erklang die Frage ihrer Mutter auf Russisch durch das Treppenhaus. Sie hatte die Gäste nach dem zweiten, bedeutsamen Zwischenfall hinausgebeten. Ohne Panik, ohne Hektik, sondern mit Freundlichkeit und Geschenken.

»Hier oben ist so weit alles in Ordnung.«

Ekaterina fühlte unsagbare Wut.

Erst diese Verrückte, die Molotow zu Boden geschickt und sich danach hinausgeschlichen hatte; dann Morgan, der das Pik-Ass beim Supérieur gezogen und zu betrügen versucht hatte, um sich mit der Karte aus dem Staub zu machen, die Lasarew zuvor gesetzt hatte. Die Anweisung für einen solchen Fall ließ keinen Spielraum zu. Wer gegen die Regeln verstieß, musste die Konsequenzen tragen. Sämtliche Gäste wussten das. Das machte den Reiz von Supérieur aus. Und dann auch noch Boch, der mit seinem Eingreifen alles schlimmer gemacht hatte.

Ekaterina eilte ein Stockwerk höher, hielt dabei Ausschau und zurrte die rot gefärbten Locken zum Dutt auf dem Kopf.

Nicht einmal fünfzehn Minuten waren vergangen, und alles war bereits eingeladen und weggeschafft. Es ging ihr einzig darum, zu prüfen, ob das Aufräumteam nichts übersehen hatte. Dazu gehörten ebenso die leeren Hülsen und Morgans Leiche.

Raum für Raum prüfte Ekaterina, leuchtete in alle Winkel. Sie war sich nicht zu schade, in ihrem grauen Kleid und den teuren Strumpfhosen auf die Knie zu gehen.

Nichts.

Ihr Handy klingelte, ihre Mutter war dran. »In fünf Minuten müssen wir weg sein.«

»Die Polizei wäre schon längst hier«, sagte Ekaterina beschwichtigend. »Diese Poe ist nicht zu den Bullen gerannt.«

»Das ist sie *ganz* bestimmt. Vielleicht observieren sie uns schon. Verschwinden wir, mein Täubchen. Die Villa hat ihren Dienst geleistet.«

Ekaterina setzte ihre Inspektion fort. »Denkst du, dass es das Ende unserer Turniere sein wird? Die Spieler von heute werden keine Reklame für uns machen.«

»Aber, aber.« Ihre Mutter lachte bitter. »Über Nervenkitzel konnte sich keiner beschweren. Ich habe jedem als Zeichen der Entschuldigung hunderttausend überlassen. Ich denke nur, wir weichen mit unseren Locations in nächster Zeit besser nach Übersee aus, Täubchen.«

Ekaterina betrat den letzten Raum, der sich ihren genauen Blicken stellen musste. »Keine schlechte Idee. Palmen, Strand, bestes Wetter und eine Runde Poker.«

»Und traditionelles Supérieur.«

»Bist du sicher? Es war der Grund, warum wir …«

»Ich weiß, was du von dem Spiel in dieser Form hältst. Aber es reizt die Leute, weil es gespielt wird, *wie* wir es spielen. Kein Geld der Welt rettet dich vor der Macht des

Pik-Asses. Das macht diese superreichen Leute an.« Ihre Mutter klang überzeugt. »Verschwinden wir und beraten in Ruhe, wo die nächste Runde stattfinden wird. Das Schwarze Meer halte ich für reizvoll. Mütterchen Russland wird uns mit offenen Armen empfangen. Bei unseren Verbindungen.« Sie legte auf.

Ekaterina beendete ihre letzte Runde und kehrte ins Untergeschoss zurück, wo sie zu ihrer Überraschung Lasarew vorfand. »Oh. Sie?«

»Genau. Oh. Ich.« Er lockerte seine schwarzen Haare, die über seinen Undercut fielen, und hob sein Smartphone in die Höhe. »*Das* ist nicht meins. Sie haben mir das von Boch gegeben.«

Ekaterina murmelte eine Entschuldigung und ging in die Küche, in der nichts mehr auf eine Party hinwies. Geschirr, Kaviar, Champagner, alles abgeräumt und verstaut. In dem kleinen Schrank lagen nur noch Poes Beretta, ein vergessenes Messer und das Telefon des Casino-Mitarbeiters, das sich nun als Lasarews herausstellte.

»Ja, das ist es«, sagte der Oligarchensohn, der ihr gefolgt war. Sie warf es ihm zu, er fing es geschickt. »Ganz schöne Pleite, meine hübsche Katja.« Er legte sein Sakko ab, faltete es einmal und deponierte es auf der Arbeitsfläche.

Der Ton und sein Gebaren gefielen Ekaterina nicht. Der Mann war zehn Jahre jünger als sie, schien sich aber Chancen bei ihr auszurechnen oder würde gleich die Unverschämtheit besitzen, Sex als Gegenleistung für seinen Verlust zu verlangen. »Wir haben uns schon entschuldigt, und in Zukunft werden Sie …«

»In Zukunft?« Lasarew legte Bochs Handy auf das Sakko, knöpfte die Ärmel seines Designerhemds auf. Die Manschettenknöpfe landeten neben dem Smartphone. »Was für eine Zukunft? Boch weiß Bescheid, er kennt dich und deine Mutter. Er wird euch bei den Casinos verpfeifen, und dann war

es das.« Er kam näher. »Die haben ein Netzwerk in der ganzen Welt. Sobald ihr irgendwas anmieten wollt, sobald ihr auftaucht, wissen alle Bescheid und holen die Bullen. Niemand will, dass Supérieur in der Nähe der legalen Casinos gespielt wird.«

Das sah Ekaterina nicht so, aber sie ließ ihn reden. Solange er sich überlegen fühlte, blieb seine Laune halbwegs passabel. Außerdem hatte *er* Boch mitgebracht und ihnen das Problem erst eingebrockt, auf dem er gerade herumritt, als habe er nichts damit zu tun. Dafür würde man den verwöhnten Jungen noch zur Kasse bitten. Aber nicht jetzt. »Wir werden eine Lösung finden, Herr Lasarew.« Mit etwas Geschick käme sie an ihm vorbei. »Wenn Sie …«

»Werdet ihr.« Er griff in sein abgelegtes Jackett und zeigte ihr vier historische Karten. »Aber nicht so schnell. Ich habe noch eine Frage: Was fällt dir dabei auf?«

Sie wusste, worauf er hinauswollte. »Ihnen fehlt eine.«

»Genau. Morgan hatte sie nicht mehr. Also liegt sie im Garten. Oder Boch hat sie mitgenommen.« Er machte einen Schritt auf sie zu und drängte sie tiefer in die enge Küche. »Das ist ein sehr schwerer Verlust für mich. Den kann kein Geld aufwiegen.« Er stellte sich breitbeiniger hin und spielte mit einer ihrer roten Haarsträhnen, die sich aus dem Dutt gelöst hatten. »Du weißt, dass ich davon sowieso genug habe.«

Ekaterina würde sich nicht erniedrigen, den Schwanz des Mannes auch nur anzufassen. »Herr Lasarew, ich muss Sie bitten zu gehen. Die Polizei kommt vermutlich gleich, und Sie wollen bestimmt nicht aufgegriffen werden. Ihrem Vater würde das nicht gefallen.«

»Ich wüsste, was mir sehr gefallen würde. Wir …« Er machte unvermittelt mehrere ungelenke Bewegungen und warf sich gegen sie.

Ekaterina prallte gegen die Wand und das Fenster in ihrem

Rücken. »Lassen Sie das!« Schnell schob sie den Russen von sich, der so überrascht wirkte wie sie.

»Ich …« Wütend drehte sich Lasarew um und schaute über seine Schulter. »Was sollte das? Ich hau dir auf's Maul, du …«

Ekaterina sah an ihm vorbei und einen Mann von normaler Statur in Straßenkleidung mit einer schwarzen Sturmhaube über dem Kopf. Er hatte den jungen Russen erst gestoßen und dann zurückgezogen.

»Halt die Fresse und gib mir die Karten«, lautete die harsche Anweisung. In seinen behandschuhten Fingern lag die Beretta Bobcat, die sie Poe abgenommen hatten.

»Was?« Lasarew lachte herablassend. »Du Wichser hast jemanden vor dir, der …«

Der Maskierte drückte zweimal ab.

Die Schüsse dröhnten in der Küche, trotz des kleineren Kalibers. Grell blitzten die Feuerblumen vor der Mündung auf.

Der Hals des Getroffenen platzte auseinander, als wäre ein Böller in der Vene explodiert, die zweite Kugel ging in den Oberkörper. Ekaterina wurde vom Blut des jungen Mannes besprüht.

Lasarew brach zusammen, die altehrwürdigen Karten fielen auf die Arbeitsplatte. Er wand sich, krampfte und würgte, während sein Blut den Boden flutete, und lag nach einigen Sekunden still.

Ekaterina wagte nicht, sich zu bewegen. Der eiskalte Blick aus den braunen Augen des Mannes, das Souveräne in seiner Haltung warnten sie. Er tötete nicht zum ersten Mal. Ein Profi.

»Täubchen?«, erklang die besorgte Stimme der Mutter. »Täubchen, was machst du?«

»Was wollen Sie?«, stammelte Ekaterina.

»Sage ich Ihnen gleich.« Der Maskierte lehnte den Oberkörper nach hinten und sah aus dem Türrahmen in den Flur. »Hier sind wir, Frau Solowjewa.«

Schritte näherten sich. »Was ist denn … Wer sind Sie?«

»Sage ich Ihnen gleich.« Er schwenkte den Arm herum, zielte hinaus und drückte zweimal ab.

Es knallte, dieses Mal mit kirchenhaftem Hall durch das Entree und Treppenhaus. Ekaterina kreischte zusammen mit ihrer Mutter auf.

Der Unbekannte zielte sofort wieder auf sie. »Vier Schuss, dazu einer von dem Model. Bleiben noch drei für Sie, Frau Solowjewa.« Seine dunklen Augen blieben auf sie gerichtet. »Ich lasse Sie laufen, wenn Sie mir die Liste der Spielerinnen und Spieler geben, die sich für Supérieur bei Ihnen anmeldeten.« Wie nebenbei steckte er die vier historischen Karten ein, die Lasarew gehört hatten.

Da wusste Ekaterina, worum es dem Mann ging: Er wollte die einmaligen, sehr wertvollen Karten, ohne den Umweg über das Spiel zu machen. Dass er dafür den Oligarchensohn umlegte und das Risiko einging, sich mit Lasarew senior anzulegen, und ihre Mutter nebenbei und kaltblütig erschoss, machte ihr klar, dass er sie nicht am Leben lassen würde.

Folglich konnte Ekaterina verweigern, ihm zu helfen.

Folglich war es ihre Pflicht, um ihr Leben zu kämpfen und den Tod ihrer Mamochka zu rächen. Sie blickte zum Messer auf der Arbeitsfläche.

Der Maskierte lachte leise. »Denken Sie, Sie schaffen es?«

»Da.« Ekaterina täuschte einen Sprung an und duckte sich, die Sohlen ihrer Sneakers quietschten und glitten im Blut aus.

Der erste Schuss ging an ihr vorbei und fuhr in Bochs Smartphone. In vielen Teilen flog es durch die Küche, ein ätzender Geruch verbreitete sich schlagartig. Der Akku war geplatzt.

Ekaterina bekam das Messer zu greifen. In einer kreisenden Bewegung stach sie nach dem Maskierten. Ein Schrei löste sich aus ihrer Kehle, sie legte alle Kraft in den Stich.

Die Klinge traf auf Widerstand, der ihr einen Schlag in den Arm bis hinauf in das Schultergelenk gab, und brach ab. Sie hatte den Türrahmen erwischt.

Der Maskierte stand im Flur dahinter und legte den Kopf leicht schief. Ein kleiner Schritt rückwärts hatte ihn außerhalb ihrer Reichweite gebracht. Lachfalten entstanden rund um die Augen. »Ich finde die Liste bestimmt bei Ihnen zu Hause. Sie werden Aufzeichnungen haben, bei Ihrem Organisationsgrad.« Sein Finger krümmte sich um den Abzug. »Machen Sie sich keine Mühe: Ich finde hinaus.«

Ekaterina versuchte, den Kugeln zu entgehen, aber die schmale Küche erlaubte es ihr nicht.

Den ersten Knall hörte sie noch. Ein greller Blitz fuhr ihr durch die Nase in den Kopf und machte sie blind und taub.

Ekaterina knickten die Beine weg. Ihre Gedanken erloschen.

* * *

Tadeus saß im Hotelzimmer des *Atlantic*, in das er sich nach einem schnellen Umweg in seine Wohnung begeben hatte, und überlegte fieberhaft. Auf sein lädiertes Knie hatte er einen Beutel mit Eis gelegt, die Müdigkeit verdrängte er mit kaltem Wasser.

Nach den Geschehnissen hatte er nicht in seinen eigenen vier Wänden schlafen wollen. Womöglich schickten ihm Mutter und Tochter Solowjewa das Killerkommando auf den Hals, das Morgan erschossen hatte. Es wäre mit Lasarews Hinweisen recht leicht, seinen Wohnort herauszufinden.

Auf dem Tisch vor ihm lag die Treff-Sieben, die ihm Morgan aufgedrängt hatte, zusammen mit einem Blatt Papier, auf dem er die kryptischen Silben notiert hatte.

Richtig schlau wurde er nicht daraus, was an seiner übergroßen Müdigkeit und den Erlebnissen der letzten Stunde liegen mochte.

Falschspieler und Betrüger wurden in der zivilisierten Welt nicht erschossen. Verprügelt, ja, das kannte Tadeus aus manchen Hinterzimmer-Partien, oder mal die Finger oder eine Hand gebrochen. Aber Morgan hatte man wie ein Tier gehetzt.

Die Kapselkaffeemaschine brühte ihm gurgelnd einen dreifachen Espresso, der seine Konzentration aufrechterhalten sollte, auch wenn Schlaf wohl die gesündere und sinnvollere Alternative gewesen wäre.

Keine Zeit. Tadeus rieb sich über die Augen und richtete den Blick auf die Karte.

Dank des Internets hatte er herausgefunden, was genau sich Morgan unter den Nagel gerissen hatte. Treff-Sieben, eine Karte von 1804. Das Motiv gefiel Tadeus nicht, es wirkte wie die Illustration aus einem alten Kinderbuch, in die man die sieben Kreuz-Zeichen gezwungen hatte. Da half auch die Handkolorierung nichts. Es mochte sich dabei um eine Besonderheit handeln, eine historische und wertvolle Karte, aber es rechtfertigte nach Tadeus' Ansicht nicht den Mord an einem Menschen.

Trotz des unschönen Motivs fühlte sich Tadeus zu der Karte hingezogen. Als gäbe es mehr an ihr als das, was das Auge zu erfassen vermochte.

Mehrere Sirenen waren erklungen, an seinem Hotel vorbeigefahren und ganz in der Nähe zum Halten gekommen. Die Party war für die Solowjewas zu Ende. Nachbarn würden die Schüsse gehört und die Polizei gerufen haben.

Tadeus fiel ein, dass sein Smartphone noch in der Villa lag. Doch wenn er es jetzt als gestohlen meldete, erweckte dies größeren Verdacht, als wenn er den Verlust vermeintlich später erst bemerkte. Er rang mit sich, zum ehemaligen *Belle Époque* zu gehen und nachzuschauen. Aber was würde es bringen? Er bekäme von den Beamten garantiert keine Gelegenheit, nach seinem Telefon zu suchen und es mitzunehmen.

Tadeus zwang sich dazu, systematisch vorzugehen und aufzuschreiben, was er seit dieser Nacht wusste, um das Rätsel um die Karte zu lösen, für die Morgan aus dem Fenster gesprungen und in den Tod gegangen war.

Offenkundig sollte eine bestimmte Person die Treff-Sieben nicht erhalten – weswegen?

Tadeus nahm den Bleistift und kritzelte auf das hoteleigene Blöckchen:

– *Morgan überprüfen (Reiseorte, Verbindungen)*
– *nach »Gebetbuch des Teufels« suchen*
– *Solowjewa in Casinos abfragen*
– *Karte checken: wertvoll? Andere Besitzer?*
– *die Toten in Monaco prüfen → involviert?*

Er umrahmte es mit einem Kästchen – um es dann schwungvoll durchzustreichen. *Es geht mich nichts an.*

Tadeus blickte auf die Treff-Sieben, die ihm den Stromschlag verpasst hatte, gefolgt von merkwürdigen Eindrücken, die ihn an seiner Wahrnehmung zweifeln ließen: der Gesang, die Worte in unbekannter Sprache und ein wohliger Schauder.

Aber all dies war nicht seine Angelegenheit, und Ärger konnte er zusätzlich zu seiner Privatinsolvenz nicht gebrauchen. Er hatte nichts zu verbergen und wollte nichts verbergen. Er stand nicht in Morgans Schuld, er hatte weder mit Solowjewa noch mit deren kleinen Spielrunden etwas zu tun. Daher würde er zur Polizei gehen und ihnen die Karte zusammen mit seinem Bericht überlassen. Tadeus konnte seinen Aufenthalt im *Belle Époque* damit begründen, für das Casino ermittelt zu haben, um gegen illegales Spiel vorzugehen. Seine Flucht bei der Schießerei ging als Panikreaktion vor jedem Gericht durch. Damit wäre die Sache erledigt.

So mache ich es. Tadeus trank den Espresso aus.

Um glaubwürdig zu bleiben, durfte er nicht zu lange warten, bis er bei der Polizei auftauchte. Die Ordnungsmacht befand sich gerade vermutlich im einstigen *Belle Époque*. Er würde einen kleinen Umweg dort vorbei machen, bevor er weiter zur Wache ging und berichtete.

Tadeus blickte erneut auf die Treff-Sieben, sie seine Aufmerksamkeit immer wieder auf sich zog. Er berührte sie behutsam und wartete darauf, dass sich das Phänomen aus der Nacht wiederholte.

Aber durch seine Fingerkuppen lief kein Ziehen, weder hörte er Geräusche noch andere Laute oder spürte die Energie durch ihn rinnen. Eine Wiederholung dieser außergewöhnlichen Erfahrung hätte ihm gefallen. Sein Suchtzentrum hatte es sich gemerkt und verlangte mehr. Nun hatte sich auch das erledigt.

Im Aufbruch begriffen, hob Tadeus die Karte aus einer Eingebung heraus an und hielt sie gegen das Licht.

Tatsächlich schimmerte etwas durch das Treff-Sieben-Motiv.

Tadeus wurde neugierig.

Er schnippte behutsam dagegen, lauschte auf den Klang und rieb vorsichtig über das alte Papier, ob sich unter dem Motiv etwas abhob.

Knisternd löste sich unter seiner Reibung plötzlich eine Ecke und sprang wenige Millimeter auf, die verleimten Lagen trennten sich. Zum Vorschein kamen ein weiteres Deckblatt, ein versteiftes Mittelstück und eine Wertseite.

»Ich werd verrückt«, murmelte er überrascht. Er ging ins

Bad und holte das Necessaire. Mit der Nadel aus dem kleinen Nähset trennte er die Karte weiter auf und legte das innenliegende, geschützte Stück frei.

Eine zweite Karte im französischen Stil kam zum Vorschein. Pik-Neun, mit Details und Farben, die Tadeus anleuchteten: Dunkelblau, Gold, schwarze und graue Linien, sogar die Einzelheiten auf den Gesichtern und der Kleidung der Menschen waren zu erkennen. Die Schrift, mit der vermutlich ein Sinnspruch festgehalten war, vermochte er nicht zu entziffern. Es mochte gar Blattgold sein, das der Kartenhersteller benutzt hatte.

Tadeus sackte im Sessel zurück. Er fühlte Ergriffenheit und jene unbeschreibliche Attraktion, wie er sie beim ersten Zusammentreffen verspürt hatte. Er verstand, dass vor ihm die eigentliche Sensation lag. Es war Morgan nicht um Treff-Sieben gegangen, sondern um die Pik-Neun.

Das Papier war alt, obgleich es keineswegs vergilbt oder abgegriffen wirkte. Frisch wie am Tag seiner Herstellung lag die Karte vor ihm und reflektierte das Licht, weit wertiger als eine gewöhnliche Spielpappe. Ein museumsreifes Meisterstück, gewiss unfassbar teuer.

Tadeus drehte sie fasziniert um.

Die Rückseite war in Dunkelrot gehalten, eine Farbe, die an frische Leber erinnerte und feucht erschien, aber sie fühlte sich trocken an. Ein feines Karomuster war mit Grau und Schwarz eingezeichnet, angedeutete Bourbonenlilien glommen in schwachem Silber an den vier Ecken.

Selbst Tadeus, der keine Ahnung von Antiquitäten hatte, wusste, dass es sich um eine kostbare, unersetzliche Einmaligkeit handeln musste.

So einmalig, dass jemand dafür tötete.

So einmalig, dass sie jemand aus einer anderen Zeit versteckt hatte.

Tadeus wusste wenig über Spielkarten, obwohl er Monate, Jahre mit den modernen Nachfolgern dieses Meisterstücks verbracht hatte. Er war nicht in der Lage, den Entstehungszeitraum dieses Schatzes auch nur im Ansatz einzugrenzen, geschweige denn abzuschätzen, seit wann überhaupt mit Karten gespielt wurde.

Ein neues Fieber, eine neue Besessenheit brach in Tadeus aus: Diese Karte würde er nicht mehr hergeben. Sie war im Casino zum ersten Mal zu ihm gekommen, ihm ein zweites Mal übergeben worden, hatte sich ihm offenbart und gezeigt – und so sollte es bleiben. Morgan und die Pik-Neun selbst hatten ihn zum Beschützer auserkoren.

Für Tadeus ergaben sich weitere Fragen: Gab es noch andere Karten dieser Art? Gar ein ganzes Spiel? Oder handelte es sich um ein Einzelstück als Dekoration? Von wem? Für wen? Hatte Lasarew vom Innenleben der Karte gewusst? Das hielt er für unwahrscheinlich. Und vor was oder wem musste sie beschützt werden, wie Morgan ihm eingeschärft hatte?

Tadeus sah auf die zerlegte Treff-Sieben, die als Versteck ausgedient hatte. Die Polizei brauchte etwas, das seine Aussage unterstrich, wenn er von Morgan und der Karte berichtete. Daher sollte sie etwas bekommen.

Vom unbenutzten Kopfkissen nahm Tadeus einen Fruchtbonbon, dazu ein Glas Wasser. Vorsichtig befeuchtete er seinen Zeigefinger und fuhr über den Bonbon, bis er einen klebrigen Film an der Kuppe spürte. Diesen strich er auf die Ränder der Karte und wiederholte die Prozedur zügig, bis die Treff-Sieben rundherum beschmiert war. Dann drückte er Vorder- und Rückseite so fest aufeinander, dass sie miteinander verklebten, legte die Karte anschließend auf den Boden, packte die Bibel des Hotelzimmers darüber und stellte sich für mehrere Minuten darauf, um den Pressdruck zu erhöhen.

Zu Tadeus' Beruhigung hielt seine Fälschung. Die Treff-

Sieben konnte er nun in aller Ruhe bei der Polizei abgeben. Es wäre kein Verlust.

Die ungewöhnliche Pik-Neun hingegen kam in den Safe. Kein Versteck erschien ihm im Raum sicher genug, und auch den Tresor hätte er am liebsten in einen größeren Tresor getan und mit einer Mauer versehen.

Danach trat Tadeus ins Bad, um sein Äußeres zu prüfen.

Seinem Anzug sah man an, dass er durch Dreck und Gebüsch gezwungen worden war. Das machte die Geschichte, die er erzählen wollte, umso glaubwürdiger. Auch sein Gesicht hatte Kratzer abbekommen, die beim kurzen Waschen brannten.

Alt. Alt und müde. Tadeus rieb sich über die Stoppeln und den schwarzsilbernen Bart am Unterkiefer, kämmte die dunkelbraunen Haare nach hinten; die melierten Stellen schimmerten im Schein der Badezimmerlampe. *Sehr müde.* Duschen würde er nach seiner Rückkehr, zu gepflegt durfte er nicht bei der Polizei auftauchen. Er verzichtete auf einen weiteren Espresso, bürstete den gröbsten Schmutz von der Kleidung und verließ das *Atlantic*.

Tadeus ging in Richtung des ehemaligen *Belle Époque*, in der Sakkoinnentasche verwahrte er die Treff-Sieben. Sein rechtes Knie schmerzte schlimmer als zuvor, die Bandage half nicht. Ab und zu stach es im unteren Rücken, als hätte er keine Schmerztabletten genommen. *Jenseits der fünfzig sollte man seinem Körper weniger zumuten.*

Der Schein von vielen kreisenden und blitzenden Blaulichtern sprang ihm in die Augen, kaum dass er die Maria-Viktoria-Straße hinaufging. Etliche Polizeiwagen standen vor der Villa, außerdem drei Bestattungsfahrzeuge und ein weißer Lieferwagen mit der Aufschrift *KTU* – die Spurensicherung.

Je näher er kam, desto deutlicher vernahm Tadeus das Fiepen der Funkgeräte der Beamten, die zur Absicherung vor dem Zugang Stellung bezogen hatten. Kamerateams, Fotoreporter und Schaulustige verharrten an dem schmiedeeisernen Tor der Villa, gafften und schossen Aufnahmen. Die sozialen Netzwerke explodierten bestimmt gerade vor Sensationsmeldungen aus Baden-Baden.

Zwei der langen, schwarzen Limousinen mit den Kreuzen auf der Heckscheibe fuhren los, eingehüllt und verfolgt von Blitzlichtgewitter.

Warum sind es so viele Leichenwagen? Gibt es mehr als einen Toten? Das Drama musste sich nach seinem Verschwinden abgespielt haben.

Er schlenderte näher heran und lauschte den Unterhaltungen der Schaulustigen sowie den Kamerateams, die erste Berichte drehten.

»… kam es laut Augenzeugen in der Straße zu einer Schießerei in dem verlassenen Hotel, das gerade wegen Renovierungsarbeiten geschlossen ist«, sprach der Reporter eines Privatsenders ins grelle Licht der kleinen Handkamera. »Mehrere Schüsse sollen gefallen sein. Wir selbst haben vorhin den zweiten Sarg gesehen, der eingeladen wurde und in die Gerichtsmedizin gebracht wird.« Mit sorgenvoller Miene schaute der Mann in das Objektiv. »Die Polizei hat inzwischen bestätigt, dass es sich bei den Leichen um Mutter und Tochter sowie einen jungen Mann handelt. Nicht bestätigten Meldungen zufolge soll es sich dabei um den Sohn des russischen Geschäftsmanns Mihail Alexandrowitsch Lasarew handeln, der als Freund des russischen Präsidenten gilt. Derweil gehen die Spekulationen weiter, was sich in diesem wunderschönen Gebäude abgespielt hat, das vor wenigen Wochen an einen amerikanischen Investor verkauft wurde.«

Lasarew. Tot. Tadeus holte tief Luft. Damit hatte der Mörder ein weitaus größeres Problem als die Ermittlungen der deutschen Polizei.

Unvermittelt kam Unruhe am Gitter auf. Die Fotokameras jagten ein Blitzlichtgewitter gegen den Eingang, aus dem zwei Männer in dunklen Bestatteranzügen mit einem einfachen Zinksarg kamen. Während die Schaulustigen den Weg des dritten Toten ins Auto verfolgten, beobachtete Tadeus, wie ein Mann im weißen Ganzkörperschutzanzug am Eingang eine Waffe in einem Plastikbeutel einem Kollegen übergab, die dieser nahm und in einen Sicherungskoffer packte. Klein, brüniert, der Kipplauf stand offen.

Poe. Tadeus erinnerte sich an die Beretta Bobcat der Frau. Sie musste schlussendlich doch zur Waffe gegriffen und die vermeintlich Schuldigen für den Tod ihres Verlobten hingerichtet haben. *Ich hätte sie mitnehmen sollen. Dann wären hier weniger Leichenwagen.* Morgans Sprung aus dem Fenster hatte sein Vorhaben vereitelt.

Aber warum hatte sie die Tatwaffe zurückgelassen? Hast? Kopflosigkeit?

Tadeus zog sich von der Villa zurück.

Er ging langsam die Straße entlang und grübelte. Drei Tote: Mutter, Tochter, Lasarew – wo war die Leiche von Morgan? Dass sie im Gebüsch lag und noch nicht entdeckt worden war, glaubte er nicht.

Aus seinem Abstecher in die illegale Welt der Zocker wurde ein Fiasko: mehrere Morde und ein sehr reicher Oligarch, der seinen Sohn verloren hatte. Und Tadeus steckte als Zeuge mittendrin.

Dazu gesellte sich seine Karte, die Pik-Neun, von solcher Besonderheit und Schönheit, dass er sie nicht rausrücken würde. Keinesfalls. Der Gedanke, dass sich die berauschende Erfahrung aus dem Garten wiederholen könnte, der beschwörende Gesang, die faszinierenden Stimmen, dieses wohlige Gefühl, das ihn durchströmt hatte, bereitete ihm vorfreudiges Frösteln. Niemand wusste, dass er sie besaß.

Tadeus änderte seinen Plan.

Er kehrte ins Hotel zurück und verschwand auf sein Zimmer. Er war zu müde und mit Eindrücken überfrachtet, um noch länger klar denken zu können oder sich einem Verhör durch die Polizei zu stellen. Die Hülle würde er morgen ganz offiziell den Beamten überlassen, die ohnehin genug in der Villa zu tun hatten. Abseits von Kameras und Reportern und vor allem: ausgeruht.

Tadeus legte die Kleidung bis auf die Unterwäsche ab, warf sich ins Bett und schloss die Augen. Sein erster Gang würde nach dem Frühstück zur Wache führen. Fall abgeschlossen.

Bis auf die Karte.

Seine Karte.

Kaum dachte er an die Pik-Neun, musste Tadeus aufstehen und sie aus dem Tresor holen.

Versonnen betrachtete er sie und berührte sie achtsam, bevor er sie in die gepanzerte Schatulle zurücklegte. Und er bildete sich ein, dass sie für ihn aufleuchtete, als freute sie sich über ihn. Wie schon einmal.

* * *

Vereinigtes Königreich, England, London

»Kommen wir zu LOT 42, Ladys und Gentlemen«, verkündete der Auktionator des ehrwürdigen Hauses Sotheby's von seiner Erhöhung aus, die an eine Kanzel erinnerte. Die Stuhlreihen im englischen Auktionszentrum in der New Bond Street waren bis auf den letzten Platz gefüllt. »Uneingeweihte würden annehmen, es handele sich dabei um ein Konvolut unvollständiger Spielkarten«, erklärte er mit britisch-nasaler Herablassung, in der dennoch ein Hauch von Freundlichkeit schwebte.

Dorian Blessington fand das amüsant und wischte sich

Sandwich-Krümel von seinem dezent grünen Sakko, unter dem er eine schwarze Hose und ein hellgraues Hemd trug. Anstatt einer Fliege oder Krawatte hatte er sich eine Brosche an den Kragen gesteckt. Seine Erfindung und seine Kollektion, mit der er dank der Shopping-Sender reich geworden war.

Er mochte diesen Charme der noblen Unverschämtheit, mit der man die Kunden beschimpfen konnte, ohne dass sie es merkten. Der Mittfünfziger hatte früher, als er selbst noch am Verkaufstresen eines Schmuckgeschäfts stand, genauso gesprochen. Alle hatten es gut gefunden und sich zuvorkommend behandelt gefühlt. Dabei bedeutete jedes »of course« ein *douchebag* und jedes »Sir« oder »Madame« nichts anderes als *fuck you, fucker*.

Im schmucklosen, weiß gestrichenen Raum wurde leise gemurmelt. Die Neugier stieg.

Effekt heischende Farben suchte Dorian hier vergebens. Nichts sollte von den präsentierten Gegenständen ablenken, die zur Veräußerung gegen Höchstgebot anstanden. Eine Reihe von Scheinwerfern an der Decke beleuchtete das Pult und die niedrige Bühne, damit jeder Mann und jede Frau erkannte, was es zu holen gab.

Schräg hinter dem Auktionator warteten zwei Angestellte von Sotheby's an einem tresenähnlichen Aufbau, wo ein verborgener Computer für die Abwicklung von Modalitäten stand, und assistierten. Unmittelbar daneben saßen mehrere Herrschaften an Telefonen, um die zugeschalteten Bieter auf dem Laufenden zu halten, leise Gespräche wurden geführt.

Ein Mitarbeiter des Auktionshauses, bekleidet mit der obligatorischen Schürze, fuhr den Präsentationswagen herein.

Auf einem Display über den Köpfen des Auktionators wurde der aktuelle Stand zu LOT 42 eingeblendet. Der erste Aufruf lag bei 10 000 britischen Pfund, darunter flimmerte die Summe in weiteren Währungen.

Dorian sah in den Prospekt und seine Markierung an dem Konvolut, das er unbedingt haben wollte. Er sammelte Kuriositäten aller Art, die mit dem Tod in Verbindung standen, wie zum Beispiel das Essstäbchen, mit dem sich ein Tourist in Tokio im Jahr 1963 bei einem Unfall umgebracht hatte; das Feuerzeug, das den Waldbrand vom 16. Februar 1983 in Australien ausgelöst hatte, in dem 75 Menschen ums Leben kamen; diverse Mordwerkzeuge und ein Drehstuhl, mit dem ein Mann beim Lampenwechsel unglücklich durchs Fenster seiner Wohnung gebrochen und in die Tiefe gestürzt war.

LOT 42 passte ganz ausgezeichnet dazu.

Eine Kamera erfasste die Objekte und projizierte sie mittels Beamer übergroß an die Wand dahinter.

Unter der Glasscheibe des Schaukastens befanden sich fünf fleckige Spielkarten. Das Rostbraun verriet dem Kenner, dass es sich dabei um getrocknetes Blut handelte. Die Karten hatten nicht wenig davon abbekommen.

Dorian verglich das Foto im Katalog mit den perfekt ausgeleuchteten Originalen auf den rotierenden Ständern, damit man sie von allen Seiten sah. Absolute Übereinstimmung.

»Ladys und Gentlemen, es handelt sich dabei – wie Sie sehen können – um Pik-Dame, Pik-Ass, Kreuz-Ass und Pik-Acht und Kreuz-Acht«, erklärte der Auktionator. »Den Pokerspielern unter Ihnen wird das Blatt als die berühmt-berüchtigte *Dead Man's Hand* geläufig sein. Sie sehen vor sich« – er zeigte mit dem Stiel des Ebenholzhämmerchens auf den Kasten – »die Originale und Namensgeber, gehalten an jenem 2. August 1876 von Wild Bill Hickok im Saloon Nummer zehn, als ihn Jack McCall hinterrücks ermordete. Mister Hickok starb mit diesem Blatt, das seitdem *Dead Man's Hand* heißt. Sotheby's verkauft das Konvolut fataler historischer Spielkarten« – die Leute im Saal lachten vornehm leise, die Telefonisten wiederholten die Worte – »im Auftrag eines anonymen Verkäufers. Bescheinigungen über das korrekte Alter sowie die Herkunft liegen LOT 42 bei. Bei den Spritzern handelt es sich um menschliches Blut, wie die Laborbefunde beweisen, und wir sehen es daher als das Blut von Mister Hickok an.« Der Auktionator machte eine dramatische Pause. »Ich rufe das Anfangsgebot von zehntausend britischen Pfund auf.«

Dorian wartete mehrere Sekunden, damit er nicht zu gierig wirkte oder eine Bieterlawine auslöste. Dann hob er den Arm mit seiner Karte.

»Da haben wir die zehntausend. Besten Dank, Sir.« Der Auktionator begann die Versteigerungsshow, um ein höheres Angebot einzutreiben.

Zu Dorians Freude ging es in kleinen Schritten aufwärts, der Monitor zeigte den jeweils aktuellen Preis. Schleppend schraubte sich die Summe in Fünfziger-Schritten aufwärts, wobei der Auktionator dabei den meisten Druck erzeugte.

Dorian stieg mit ein, wenn ihn jemand in der letzten Sekunde zu überbieten drohte. Er rechnete fest damit, dass sich niemand derart intensiv mit der Geschichte der Karten auseinandergesetzt hatte wie er.

Die Dead Man's Hand hatte den Tod gleich zweimal gebracht: nämlich Wild Bill Hickok, aber auch seinem Mörder McCall, der im März 1877 hingerichtet worden war.

Hickok selbst hatte zuvor in acht Schießereien mindestens acht Menschen erschossen, bis er im April 1871 zuerst den Spieler Phil Coe und danach versehentlich einen Deputy erlegte. Den Irrtum und das Unabsichtliche konnte er wohl im anschließenden Prozess beweisen. Die Legende besagte, dass Hickok danach nie wieder auf einen Menschen anlegte.

Sein Fehler. Hätte er McCall mal vorher erledigt. Dorian hob sein Bieterkärtchen und trieb den Preis auf 21 500 Pfund. Im Saal gab es noch zwei Widersacher, ein dritter griff sporadisch über das Telefon ein. Niemand schien sich besonders für das Kuriosum zu interessieren.

Das war ideal für Dorian, ein typisch spleeniger Brite, wie er von sich selbst sagte. Daher hatte er eine Wette abgeschlossen, dass der Preis nicht über 100 000 Pfund ginge.

Fest setzte er seine Hoffnungen darauf, dass keiner sonst sein Wissen besaß. Denn die Dead Man's Hand barg ein Geheimnis, wenn er die Quellen richtig studiert hatte.

Bevor es Hickok hinterrücks erwischte, hatte er 1872 an einer Büffeljagd teilgenommen, organisiert für Großfürst Alexei Alexandrowitsch Romanow, Sohn des russischen Zaren Alexander II., bei der sogar General Custer mitritt. Bis heute wurde diese Jagdreise in den USA The Great Royal Buffalo Hunt genannt.

Hickok, der sich als souveräner Jäger und Helfer erwies, bekam im Anschluss von Alexei Alexandrowitsch persönlich ein Kartenspiel überreicht. Danach zog der einstige Gunman mit Buffalo Bill's Wild West Show durch den Osten der USA. Das Kartenspiel des russischen Großfürsten begleitete Hickok auf seinen Reisen, bis er in der Goldgräbersiedlung Deadwood landete, wo er sich als Spieler über Wasser hielt, bis McCall ihn hinterrücks erschoss.

Dorian hob wieder das Kärtchen. Die 30 000 fielen soeben. Übrig blieb nur noch der Telefonbieter. »Fünfunddreißigtausend«, sagte er deutlich und erhöhte damit um ordentliche 5000 Pfund. Damit machte er deutlich, dass er seine Beute nicht mehr aus seinen Fängen lassen würde.

»Selbstverständlich, Sir«, sagte der Auktionator und blickte zum Telefonbieter. »Zum Ersten, zum …«

»Vierzigtausend«, rief der Mann am Hörer.

Ein Raunen ging durch den Saal. Der anonyme Bieter hatte den Fehdehandschuh aufgehoben und sagte ebenso deutlich, dass er sich die Dead Man's Hand nicht so einfach aus den Fingern nehmen lassen würde.

Dorian grinste. Er bemerkte beruhigt, dass hinter ihm niemand saß, da eine Ecke ihm Deckung gab. Die Legende besagte, Hickok habe entgegen seiner üblichen Vorgehensweise nicht mit dem Rücken zur Wand Platz genommen. Das kostete ihn das Leben. Warum McCall ihn erschossen hatte, blieb unklar. Er hatte mit der Partie gar nichts zu tun gehabt.

»Fünfzigtausend«, sagte Dorian fest. Er wollte die Karten.

Nein, eigentlich wollte er nur eine: die Pik-Dame. Frauen hatten oft Geheimnisse. So auch diese. Der russische Großfürst hatte ohne sein Wissen eine Besonderheit verschenkt, die sich in der Karte verbarg: eine zweite Karte von sehr hohem ideellen und finanziellen Wert.

Die Pik-Dame galt als Absonderlichkeit, als einmaliges und legendenbehaftetes Werk, das mit Spuk und Übersinnlichem zu tun hatte. Alexander Puschkin hatte sie zur Erzählung *Pique Dame* inspiriert, der wiederum die gleichnamige Oper von Tschaikowski entsprang.

Dabei ging die mysteriöse Wirkung nicht von der sichtbaren Karte aus, sondern von ihrem gut verborgenen Innenleben.

»Sechzigtausend«, sagte der Mann am Hörer unaufgeregt.

Das Wettbieten nahm Züge einer Börsen-Hausse an. Die Besucher raunten sich gegenseitig ihre Einschätzungen zu.

Dorian kam der Verdacht, dass er nicht der Einzige mit dem Wissen um die Pik-Dame war.

»Achtzigtausend«, sagte er.

»Hunderttausend.«

Damit hatte sich seine Wette erledigt. Ärgerlich. Noch ärgerlicher wäre der Verlust von LOT 42. Dorian wollte abermals erhöhen, als sein Smartphone mit der Melodie des River-Kwai-Marsches klingelte. Da es geschäftlich sein mochte, ging er ran, auch wenn es während einer Auktion nicht gerne gesehen war. Er deutete eine entschuldigende Geste an.

»Wenn Sie weiter erhöhen, Sir, kann es sein, dass Sie der Fluch trifft«, vernahm er die Stimme eines unbekannten Mannes. »Drei, Sieben, Ass. Drei, Sieben, Dame.«

Klick.

»Sir, zum Zweiten. Höre ich ein Gegengebot?«

Dorian hob die Augenbrauen. Der anonyme Anrufer hatte die Zeilen des wahnsinnig gewordenen Hermanns aus der Oper *Pique Dame* zitiert und versuchte sich allen Ernstes an Einschüchterung. Nicht mit ihm. »Hundertfünfzigtausend.«

Aus dem Raunen wurden unterdrückte Ausrufe. Damit hatte niemand gerechnet. Beim besten Willen nicht.

Der Mann am Hörer schüttelte den Kopf.

Applaus brandete im Auktionsraum auf. Man belohnte Dorian für seine beherzte Attacke.

»... und zum Dritten! Verkauft an den Gentleman mit der Nummer dreiundzwanzig«, rief der Auktionator mit der gelassenen Selbstverständlichkeit seines Berufsstandes und musste dennoch lächeln. Die alten Karten hatten mehr gebracht als erwartet. Das Hämmerchen knallte laut und peitschend nieder. »Glückwunsch, Sir.«

Dorian erhob sich und ging zum seitlich stehenden Tresen, an dem die Formalitäten erledigt wurden und man ihm die Karten überreichen würde. Er bestand darauf, sie sofort entgegenzunehmen. Ein bisschen ärgerte er sich, dass er seine Wette verloren hatte.

Dorian bezahlte mit Sofortüberweisung, da er nur 50 000 Pfund dabeihatte, und nach einem kurzen Telefonat mit der Bank war die Angelegenheit geregelt. Er bekam die Karten säuberlich verpackt und in einem wasserabweisenden Karton mit dem Aufdruck des Auktionshauses überreicht.

Lächelnd machte er sich auf den Heimweg.

Dorian konnte es kaum erwarten, die Pik-Dame zu untersuchen, höchstselbst und unter Ausschluss der Öffentlichkeit.

Und doch zwang er sich zu warten.

Es auszukosten.

Vor zehn Jahren hatte er davon erfahren, und es folgten acht Jahre intensiver Recherche rund um die Karte, den Kartenmacher, die Ereignisse um die Pik-Dame und ihren Verbleib.

Dorian steuerte das nächste Café an. Er wollte einen Tee trinken, dazu Scones essen und nur auf die Schachtel schauen, um die Vorfreude zu steigern. Es gab keinen Zweifel, dass er die Belohnung bald in seinen Händen hielt. Und dass sie die viele Zeit und das viele Geld wert gewesen war.

Er betrat das TeaTeaTwister, ein eher hipper Laden, in dem sich überwiegend junge Leute herumtrieben und ihren Tee »hart abfeierten«, anstatt ihn zu zelebrieren. Hier gab es die letzten Hipster, die New Hipster, junge Menschen wie aus Modekatalogen, gelegentlich ein bisschen zu *shabby*, doch sie konnten sich die Preise leisten und den Tee feiern, dessen Image in den letzten Jahren schwer gelitten hatte. Dorian mochte es, wenn Konventionen gebrochen wurden. Nur dann entwickelte sich Neues.

Er ließ sich einen Spiced TeaTea und das Full BritBrite SconesFast bringen und aß in aller Ruhe, mit Freude und spürte jeder Nuance von Süße und Gewürzen nach. Dabei sah er auf die Sotheby's-Schachtel, als wäre es sein bestes Date, das es bislang gehabt hatte.

Plötzlich setzte sich jemand zu ihm, ein Mann jenseits der sechzig. Was Dorian unverzüglich ins Auge sprang, waren die buschigen Brauen, die der Mann nach oben gekämmt hatte und unter denen es verschlagen grünbraun blitzte, sowie der exzentrische Dalí-Bart.

»Oh, wie gut, dass ich Sie noch erwischt habe«, sagte der Fremde gehetzt, in seinem Englisch lag ein leichter Akzent.

»Das haben Sie. Und weswegen?«

»Die Auktion.« Er pochte auf die Schachtel und zog eine schreiend rote Brille aus dem Tweed-Sakko, setzte sie auf. Dieser Kerl mochte anscheinend Auftritte; er wirkte wie aus einem Theaterstück ausgebrochen. »Ich wollte mitbieten.«

»Da kamen Sie zu spät, Sir. Und nein, Sie können sie mir nicht abkaufen.« Dorian freute sich, noch einen Bieter geschlagen zu haben. »Ihr Name ist, *Sir?« Fuck you, fucker.* Er zog die Schachtel beschützend zu sich.

»Henry Pierre Gillot. Mäzen und Sammler.« Er langte in die Innentasche und zog mehrere historische Spielkarten hervor, sorgsam in Folie verpackt. Dorian erkannte ihren Wert auf den ersten Blick und verschluckte sich beinahe an dem Scone-Bissen, den er sich in den Mund geschoben hatte. »Darf ich Ihnen einen Tausch vorschlagen? Diese Stücke gegen Ihre Dead Man's Hand.«

Dorian lachte auf. »Ich bedaure, nein, Sir. Und zudem wären Ihre Karten viel mehr wert als meine.«

»Das denke ich nicht.« Gillot betrachtete ihn lauernd unter den Buschbrauen hervor. Die langen schwarzen Härchen standen wie Miniaturflämmchen aufrecht über den Augen.

In Dorian wuchs die Erkenntnis, dass der Mann genauso viel Ahnung von dem geheimen Innenleben der Pik-Dame hatte wie er selbst.

Das fand er faszinierend.

Er dippte den nächsten, unbestrichenen Scone in seinen Spiced TeaTea. »Wie lange sind Sie schon hinter ihr her?«

»Drei Jahre.«

»Ich acht.«

»Und Sie waren schneller als ich. Mit dem Quäntchen Glück mehr. Glückwunsch, Sir.« Gillot sammelte seine Kartenschätze ein und verstaute sie achtlos in der Tasche. »Sollte es sich als wahr erweisen, was man darüber sagt, wären Sie so freundlich und laden mich zu Ihnen ein? Damit ich es wenigstens betrachten darf?« Er streckte seinen Arm und legte eine Visitenkarte auf die Schachtel. »Das wäre mir ein echtes Anliegen, Sir.«

»Natürlich, Monsieur Gillot.«

»Ich danke Ihnen. Sehr.« Der Mann erhob sich, verneigte sich andeutungsweise und verließ mit leicht steifem Gang das TeaTeaTwister. Dorian tippte auf eine künstliche Hüfte, die nicht richtig eingesetzt worden war. Er kannte das Humpeln von seiner Mutter.

Nach dem Tee, dem unentwegten Anhimmeln der Box und vier Scones mit Clotted Cream erhob sich Dorian und schlenderte mit seinem Neuerwerb durch die Innenstadt, um die Vorfreude zu verlängern.

Er zwang sich, den gesamten Nachmittag mit Bummeln zu verbringen, bis er es vor Spannung nicht mehr aushielt und in die Tiefgarage eilte, wo sein weißer Mini Cooper Countryman geparkt stand. Als Mischung aus Understatement, hohem Anschaffungspreis und überschaubaren Abmessungen war der Wagen für Londons Innenstadt genau richtig.

Dorian warf sich auf den Fahrersitz und legte die Sotheby's-Schachtel neben sich. Der Zahlautomat, um das Ticket zu begleichen, lag auf dem Weg zur Ausfahrt.

Am Heck des Wagens bewegte sich abrupt ein Schatten, der hinter eine Säule huschte.

Dorian startete, ohne zu zögern, den Motor und gab Gas. Er würde sich nicht auf den letzten Metern von einem dahergelaufenen Garagenräuber seinen Schatz stehlen lassen.

Der Mini jagte vorwärts, die kurze Rampe hinauf – bis zum heruntergelassenen Schlagbaum. Das Parkticket verlangte nach Bezahlung. Glücklicherweise war eine Kreditkartenfunktion für die Vergesslichen eingelassen.

Dorian gehörte nicht zu den Ängstlichen, doch er ertappte sich dabei, dass er beim Kramen nach der Karte im Portemonnaie immer wieder über den Rückspiegel in den dunklen Tunnel hinter sich blickte. Sein Verfolger könnte schlagartig auftauchen, irgendein Drogenabhängiger, der Geld brauchte. Dorian verurteilte verzweifelte Menschen nicht, die in den Teufelskreis geraten waren, dennoch sollten sie ihn nicht überfallen. Schon gar nicht heute.

Seine Finger fummelten das Ticket und die Kreditkarte in den Automaten. Die Abbuchung erfolgte nach Eingabe der PINs automatisch.

Es dauerte gefühlte Jahrzehnte, bis das grüne Lämpchen leuchtete und die Karte ausgespuckt wurde. Dorian fischte sie aus dem Schlitz und wartete, dass sich der Schlagbaum hob.

Schritte erklangen aus der Schwärze, die an Geschwindigkeit zunahmen. Der Unsichtbare schien sich zu einem Angriff entschlossen zu haben.

Endlich klappte die rot-weiß lackierte Alustange in die senkrechte Position.

Dorian drückte das Gaspedal fluchend nach unten. Der Mini Cooper verließ mit quietschenden, rauchenden Reifen das Parkhaus und fädelte sich rücksichtslos in den Londoner Verkehr ein, der trotz City-Maut nicht spürbar weniger geworden war.

Er atmete langsam ein und aus. Abgehängt.

Gemütlich kurvte Dorian durch die City, kämpfte sich durch den Stau nach Bloomsbury im Stadtteil Camden, wo er sein Haus hatte, das er vor zwanzig Jahren zu einem unverschämt günstigen Preis erstanden hatte. Aus der Bruchbude hatte er sich eine Villa bauen lassen. Mit Garten, was eine dekadente Platzverschwendung in London bedeutete. Inzwischen hatte sich der Wert verzehnfacht. Camden galt mit seinen vielen Sehenswürdigkeiten und kulturellen Angeboten als begehrter Wohnort.

Dorian freute sich auf den Champagner, den er gleich öffnen würde, um den Anlass gebührend zu feiern. Pik-Dame. Seine Dame, die schwanger ging mit einem sagenumwobenen Kind in ihrem sehr flachen Bauch.

Er lenkte den Wagen in die Argyle Street, als ein gewaltiger Schlag seinen Mini in die Seite traf. Das Knallen und metallische Kreischen des sich verbiegenden Materials erklangen gleichzeitig. Dorian hob trotz Anschnallgurt vom Sitz ab, wurde gegen den Wagenhimmel geschleudert, wobei er ein lautes Knacken im Nacken wahrnahm.

Sein Auto wurde mehrere Meter zur Seite geschoben, der Motor soff ab. Der andere Wagen musste ihn mit hoher Geschwindigkeit erwischt haben.

Benommen sackte Dorian auf das Lenkrad, aus dem die zusammengefallenen Reste des Airbags wie eine schlaffe graue Zunge hingen. Es roch nach Talkum, sein Genick stand in Flammen, und die Kopfschmerzen brachten ihn zum Stöhnen. Blut lief aus seiner Nase und innen den Hals hinab, er schmeckte es deutlich.

Undeutlich erkannte er ein Männergesicht neben dem zerstörten Beifahrerfenster. Hände in schwarzem Latex öffneten die Sotheby's-Schachtel, wühlten sich durch die Karten und nahmen die Pik-Dame heraus, um eine identische Version in die Hülle zu schieben.

»Was machen Sie da?«, protestierte Dorian schwach und schnallte sich ab, um den Mann aufzuhalten. *Es war kein Unfall.*

»Meine Drohung in die Tat umsetzen.« Der Mann langte dem schwindeligen Dorian ans Kinn und drückte es mit viel Kraft ruckartig nach oben und hinten. »Der Fluch der Karte trifft den Besitzer. Das wussten Sie doch.«

Der angeschlagene Nacken reagierte mit neuerlichem Krachen, und dieses Mal erlosch Dorian Blessingtons Wahrnehmung in der gleichen Sekunde.

Der Mann steckte die Pik-Dame in eine eigens mitgebrachte Tasche.

So sah er nicht, wie die Linien der verborgenen Karte in der Pik-Dame aufflammten und sich durch das blutbefleckte Deckblatt brannten. Das herrschaftliche Frauengesicht verging in tanzenden, schwarzen Flämmchen und wurde zu einem Totenkopf, bevor sich das Papier gänzlich auflöste und als graue Ascheflöckchen herabfiel.

Darunter kam ein vages Herz zum Vorschein.

Dieses Ereignis hätte Dorian Blessington sehr gefreut. Seine Theorie hatte sich nach acht Jahren Suche als wahr erwiesen.

* * *

Bundesrepublik Deutschland,
Baden-Württemberg, Baden-Baden

Tadeus stand in seiner unauffälligen Art nahe dem Blackjack-Tisch im Nichtraucher-Bereich und betrachtete die junge dunkelblonde Frau, die einen einfachen Hosenanzug trug und seit einer Stunde auffällig oft gewann. Der Schmuck an ihren Fingern war günstig, nicht mal echtes Silber. Sie hatte sich den Besuch im Casino zusammensparen müssen, war seine Vermutung. Er tippte auf eine Verkäuferin, eine Kosmetikerin, eine Friseurin, eine Frau mit niedrigem Grundgehalt, die sich einen Traum erfüllte, indem sie in dieser Atmosphäre am Tisch saß und Einsätze tätigte.

Noch hatte Tadeus nicht herausgefunden, wie sie das permanente Gewinnen bewerkstelligte, denn Komplizen hatte sie nicht.

Manchmal war es einfach nur Glück, mit dem Gäste abräumten. Das kam vor, entgegen allen Wahrscheinlichkeiten auch mehrmals hintereinander. Er hatte selbst an einem

Roulette-Tisch gestanden, als ein Spieler den Einsatz zweimal auf der Zahl stehen ließ und dreimal hintereinander gewann. Ein Bond-Moment.

Dies wünschte Tadeus auch der Frau, die sich jedes Mal kindlich freute, wenn sie gegen den Dealer mit einer präzisen 21 gewann und »Blackjack!« rief.

Seine Gedanken schweiften zurück zu den Ereignissen der letzten Tage.

Er hatte viel weniger Ärger bekommen als gedacht. Die Polizei hatte seine Aussage aufgenommen, ihn mehrmals befragt und die abgelieferte Treff-Sieben als Beweismaterial gesichert. Der Beamte vom LKA namens Klim verriet mit keiner Silbe, was sich in der Villa abgespielt und zu den drei Toten geführt hatte. Er riet Tadeus, Baden-Baden nur nach Abmeldung zu verlassen. Er sei zwar nach aktuellem Stand der Ermittlungen kein Verdächtiger, aber ein wichtiger Zeuge.

Das beruhigte ihn sehr. Auch kam bislang kein Anruf mit der Nachfrage, wo der verborgene Inhalt abgeblieben sei. Seine Pik-Neun.

Morgans Leiche war laut Medien in einem Waldstück aufgetaucht. Solowjewas Mitarbeiter hatten sich schnellstens aus dem Staub gemacht und den Toten wohl nachlässig entsorgt.

Tadeus musste an die Verlobte denken.

Er hatte auf den sozialen Internetplattformen nach Poe gesucht, aber sie nutzte die Portale kaum. Sie arbeitete als Ärztin in London, Unfallchirurgin. Die letzten Einträge lagen längere Zeit zurück und drehten sich um ihre freiwilligen medizinischen Einsätze in Nepal und ärmeren asiatischen Regionen, von denen er noch nie gehört hatte. Mehrmals fiel ihr Name in den Archiven der Klatschblätter wegen ihrer Beziehung zu Enrico Pedro García Hermano, dem Rosen-Paten, der seine erste Ehe für »die schöne Medizinerin«

oder auch »den schönen Engel aus Korea« beendet hatte. Die Aufregung des Boulevards hatte sich seit mehr als vier Jahren wieder gelegt.

Poe erinnerte Tadeus an seine Tochter, und er nahm sich vor, Michiko am Abend anzurufen. Sie hatten sich schon viel zu lange nicht mehr gesehen. *Ich werde sie besuchen. Und …*

»Was ist mit der Kleinen?«, hörte er Alexa über den Knopf im Ohr.

Tadeus zuckte zusammen. »Bislang gewinnt sie einfach nur. Scheint, als wäre sie ein Glückskind«, erstattete er leise Bericht und machte einen Schritt zurück in die Schatten. »Sie spielt alleine.«

»Okay. Pech für uns und die Steuerkasse. Dann geh mal bitte rüber an die Bar. Im Sitzbereich rechts wartet jemand auf dich.«

»Was Offizielles?«

»Ja. Er möchte von dir eine Spieleinweisung in Poker und wäre bereit, dafür tausend Euro zu zahlen. Er sagte, er sei ein Fan von dir. Ich dachte, das extra Geld kannst du brauchen.«

Tadeus seufzte. Seine Vergangenheit als Spieler ließ ihn nicht los. »Alles klar.«

Auf dem Weg Richtung Bar dachte er weiter über seine Lage nach.

Die Presse spekulierte über einen illegalen Spielbetrieb in Baden-Baden. Die Polizei hielt seinen Namen zurück, und das würde auch so bleiben, hatte Klim versichert.

Tadeus glaubte nicht daran. Irgendein Medienmensch bekam bestimmt Wind von der Sache, und dann liefen sie bei ihm auf. Der Gast, der nach ihm verlangte, könnte ein getarnter Reporter sein, der sich auf diese Art nähere Informationen erhoffte.

Inzwischen war Tadeus wieder in seine Wohnung zurückgezogen und hatte die rätselhafte Karte sorgsam versteckt, damit man sie ihm nicht raubte. Er war noch nicht dazu gekommen, mehr über die Pik-Neun herauszufinden, aber er fühlte sich, als sei er verliebt. Bei jedem Betrachten entdeckte er neue Details, wie auf einem Bild, auf dem der Gestalter Kleinigkeiten verborgen hatte. Es erschien Tadeus rätselhaft, doch er vermochte nicht, sich dagegen zu wehren. Wozu auch? Sie machte ihn glücklich.

Das Betreten des Casinos begeisterte ihn seither weniger, als habe sich seine Sucht auf die Pik-Neun konzentriert. Seine Pik-Neun, die er hegen und schützen würde, damit sie ein zweites Mal für ihn sang. Aber die Karte ließ ihn schmoren.

Tadeus schwenkte vor der Bar nach rechts, in die clubähnlich eingerichtete Lounge.

In der Ecke und mit dem Rücken zur Wand saß ein Mann, der geschätzte zehn, fünfzehn Jahre älter war als Tadeus und ein Dalí-Bärtchen trug, dessen Enden wie lange Antennen in die Höhe standen. Die Brille in Rot und Weiß machte ihn noch auffälliger, der rote Tweedanzug und die weißen Schuhe ließen ihn unübersehbar werden. Wäre es im Casino darum gegangen, wer die meiste Aufmerksamkeit erregte, ohne sich zu bewegen oder alberne Tänze aufzuführen, der Unbekannte hätte haushoch gewonnen.

Er winkte Tadeus begeistert zu und deutete mit einer Verbeugung auf den freien Stuhl.

»Sag nicht, dass *er* das ist«, erkundigte er sich bei Alexa. Wie ein Reporter sah der Unbekannte nicht aus.

»Doch«, kam es amüsiert von ihr. »Ein Herzchen, was?«

Tadeus ging näher und reichte dem Mann die Hand, der bereits ein Kartenspiel vor sich liegen hatte. Er schien es eilig mit der Einweisung haben.

»Guten Abend. Mein Name ist Boch. Ich habe gehört, Sie wünschen sich, in die Geheimnisse des Pokerns eingeweiht zu werden.« Das Misstrauen legte sich noch nicht.

Der Mann packte die Finger erstaunlich fest. »Wie mich das freut, Sie endlich kennenzulernen! Ich habe viel von Ihnen gehört. Und stellen Sie sich vor: Bei einem Turnier haben wir uns um Kartenbreite verfehlt.«

Tadeus dachte an Morgan und Macao. Er hasste seine Filmrisse aus der wilden Zeit. Weil er einen leichten französischen Einschlag heraushörte, verfiel er in die Sprache des Unbekannten. »Demnach können Sie bereits pokern, Monsieur.«

»Kann ich. Aber ich diene am Tisch meistens als das Opfer, das ausgenommen wird.« Der Mann lachte. »Ich bin Henry Pierre Gillot. Und bitte, könnten wir wieder ins Deutsche wechseln, auch wenn Ihr Französisch perfekt ist, Herr Boch?«

Der Name sagte Tadeus nichts. Und eine derart auffällige Gestalt wäre ihm im Gedächtnis geblieben, sogar im wildesten Rausch. *Oder ich habe ihn für eine Halluzination gehalten.*

»Sicher, Herr Gillot.« Er setzte sich und ließ sich vom Kellner ein Mineralwasser bringen. »Da Sie Poker schon können, verraten Sie mir bitte, was *genau* Sie von mir erwarten. Mit Falschspielertricks werde ich nicht dienen.«

»Oh, nein! Nichts Illegales! Es ist recht einfach und wird Sie überraschen.« Gillot zog die obere Karte des Decks und hielt sie so, dass Tadeus das Motiv sah.

Auf dem Joker stand mit Filzstift geschrieben:

ICH.
WILL.
MEINE!
PIK-NEUN.

* * *

Life is not always a matter of holding good cards,
but sometimes, playing a poor hand well.
Jack London (1876–1916)

Kapitel V

Russische Föderation, Moskau

Mihail Alexandrowitsch Lasarew, den Freunde und Feinde wegen seiner Treue zum Präsidenten *Opritschnik* nannten, lehnte in der Tür des riesigen Badezimmers und beobachtete die Vorgänge darin.

Der luxuriös ausgestattete, gekachelte Raum befand sich im obersten Stock des Nobelhotels *Tsar*, in Lasarews Penthouse über den Dächern des Molochs. Hier entschied der blonde Mittfünfziger über künftige Strategien und Projekte, hier empfing er Gäste, und hier hatte mancher den Tod gefunden. Die Wohnung war schallisoliert. Was gegen Partylärm taugte, funktionierte bestens gegen Schreie und Flehen.

Sein rundliches, von kinnlangen gelockten Haaren umrahmtes Gesicht stand im Gegensatz zum kräftigen Körperbau, den er den vielen Stunden Ringer- und Judotraining verdankte. Ein dicker goldener Siegelring mit dem russischen Wappen prangte an seinem linken Mittelfinger, die Hände waren grob und kräftig wie die eines Maurers. Und gefürchtet. Sie konnten Schmerzen zufügen. Sie konnten töten. Heute überließ er die Arbeit anderen. Bei einer Tasse Kaffee, sein weißes Hemd offen über einer hellgrauen Stoffhose, und barfuß verfolgte er mitleidslos das Treiben seiner Leute.

Sie hatten einen schwarzen Stoffsack über das Gesicht der nackten Frau gelegt und gossen Wasser darüber. Es bewirkte bei ihr das Gefühl, ersticken zu müssen, und löste Todesangst aus. Wieder und wieder.

Dann wurde sie aufgerichtet und auf einem Badehocker positioniert, um ihr eine Pause zu gönnen. Sie zitterte am ganzen dürren Körper; sie keuchte laut und prustete. Ihr Brustkorb hob und senkte sich hektisch, sie stand kurz vor dem Hyperventilieren.

Fragen waren ihr noch nicht gestellt worden. Die Vorbehandlung sollte zunächst Wirkung entfalten.

Lasarew sah ihre Rippen überdeutlich. Sie war drahtig wie eine Sportlerin, aber viel zu dünn. Von ihrer Oberweite war fast nichts zu sehen, zahlreiche blaue Flecken zeigten sich an den Armen. Kabelbinder hielten ihre Hände auf dem Rücken. Der traurige Anblick löste keinerlei Erbarmen bei ihm aus.

In den wenigen Pausen zwischen den eisigen Güssen bekam sie Stromschläge über die Drähte, die mit Klemmen an ihren Zehen befestigt waren. Keine schlimmen Stöße, die Verbrennungen verursachten, sondern vergleichsweise harmlose, die jedoch durch ihren ganzen Körper rasten und sie zucken ließen. Seine Leute verbanden soeben die Enden erneut mit dem Trafo, der sich weit hochregeln ließ.

Lasarew nahm den Keks vom Unterteller und aß ihn mit schnellen, mechanischen Bewegungen. Ingwer-Zartbitter, von seiner Frau gemacht und von genau der richtigen Süße.

»Hören Sie mich?«, fragte er auf Englisch. Seine Geste hielt die Folterer vom Einsatz ab.

Die Gefangene schnaufte hastig und spuckte Wasser in den Sack, würgte hörbar. »Ja.« Das Beben ließ nicht nach; es schien, als werde sie von Stromschlägen durchzuckt, ohne dass der Schalter bedient wurde. »Was wollen –«

»Warum haben Sie meinen Sohn umgebracht?«

Die Gefangene keuchte und schwankte, hielt auf der

kleinen Sitzfläche mühsam ihr Gleichgewicht. »Ich verstehe nicht«, sagte sie leise.

»Sein Name war Vladimir Mihailowitsch Lasarew.«

»Ich soll –«

»Einundzwanzig Jahre. Er war in Europa auf Tour, um seine Volljährigkeit zu feiern«, sagte Lasarew kalt und zeigte auf den Trafo.

Einer seiner Leute drehte am Regler, und Strom jagte durch den Körper der Gefangenen.

Sie bäumte sich auf und fiel seitlich vom Hocker, ohne sich abstützen zu können. Die elektrische Energie floss weiterhin durch sie.

»Sie haben ihn in Baden-Baden erschossen«, sprach Lasarew und sah ihr beim Leiden zu, ohne dass er sich auch nur im Geringsten für seinen eigenen Schmerz entschädigt fühlte. »Bevor ich entscheide, was ich mit Ihnen mache, will ich hören, was Sie dazu brachte, den Abzug zu betätigen.«

Er hob die Tasse als Signal, der Schalter kehrte in die Null-Stellung zurück. Er nahm einen langen Schluck. Arabische Mischung, stark geröstet und nur für ihn hergestellt. Ein Geschenk des Präsidenten.

Die Frau hechelte wie vor einer Geburt, rollte sich zur Seite und nahm die Embryohaltung ein. Leise schluchzte sie. »Nicht ich.«

»Das steht in den vorläufigen Ermittlungsergebnissen anders.« Lasarew spann seine Gedanken fort. Er würde sie nach ihrem Geständnis zerlegen, bei lebendigem Leib. Stück für Stück, ihr Drogen injizieren, damit sie lange durchhielt und er sich an ihren qualvollen Schreien laben durfte. Die Frau sollte einen Bruchteil seines Leidens empfinden, bevor er sie wegwarf und von der Erde tilgte. Keiner wusste, wo sie steckte, und daran würde sich nichts ändern. »Sie hatten die Beretta mitgebracht, die meinen Sohn tötete. Sie bedrohten ihn damit.«

»Ich war es nicht«, wiederholte sie und machte sich noch kleiner.

»Wenn Sie mir einen Grund nennen, den ich nachvollziehen kann, verstehe ich es vielleicht«, sagte Lasarew. Das würde es für sie nicht besser machen.

»Ich war es nicht!«, schrie sie.

Er machte einige Schritte ins Bad und riss ihr das Säckchen vom Kopf.

Sie blinzelte in die Helligkeit, blickte ihn an. Das asiatische Gesicht bestand aus reiner, unverfälschter Angst.

»Hat Vladimir Sie bedroht?«

Sie redete leise auf einer Sprache, die er nicht verstand, und schloss die Lider. Vermutlich war es Koreanisch.

Er packte sie an der Kehle, und sie öffnete die Augen mit einem erdrückten Aufschrei. »Hat er Sie vergewaltigt?« Lasarew achtete auf jede Regung in dem einst hübschen Gesicht, das durch die Furcht um das Leben zu einer Fratze wurde. Das Make-up war längst weggespült, die schulterlangen schwarzen Haare hingen wie zerrissener dunkler Tang herab. »Hat er Ihnen etwas angetan?«

»Ich war es nicht«, wimmerte sie und vergoss neue Tränen.

Er drückte einem seiner Leute Tasse samt Unterteller in die Hand, und zerrte die Frau am Hals in die Höhe, was sie zum Würgen und Röcheln brachte. Lasarew bog sie rücklings über den Wannenrand und nahm den Brausekopf, drehte das Wasser auf und hielt ihr die feinen Strahlen ins Gesicht.

Sie hustete erstickend, Tröpfchen flogen umher.

»Was war der verschissene Grund, warum Sie meinen Sohn erschossen haben?!«, schrie er sie an und erhöhte die Temperatur.

Sie strampelte mit den Beinen und versuchte zu entkommen, aber sie hatte seiner Kraft nichts entgegenzusetzen.

Doch das, was er halbwegs zwischen Gurgeln und Würgen verstand, waren weitere Unschuldsbeteuerungen.

Allmählich wurde er skeptisch. Bevor das Wasser zu heiß wurde und Verbrennungen verursachte, stellte Lasarew es ab.

Spione, Berufsverbrecher, Polizeispitzel, selbst die Erfahrensten wurden unter der Folter mürbe und gestanden früher oder später. Seine Gefangene hingegen geriet nicht einmal ins Überlegen, was sie behaupten könnte. Er hatte ihr diverse Vorlagen geliefert, um sich rauszureden. Sie hatte die Chancen nicht ergriffen. *Weil sie die Wahrheit sagt.* Mehr noch als auf die Folter vertraute Lasarew auf sein untrügliches, geschultes Gespür.

Er tauschte einen kurzen Blick mit seinen Leuten und öffnete die breiten Finger. Die Frau rutschte halb ohnmächtig auf den Fliesenboden. »Trocknet sie ab, zieht ihr einen Bademantel an und schafft sie rüber ins Wohnzimmer.«

Er erhob sich und warf auf dem Weg nach nebenan sein Hemd ab, das bei dem Verhör nass geworden war; es landete auf der weißen Wildledercouch.

Lasarew ließ sich noch einen Kaffee vom Vollautomaten zubereiten. Nachdenklich stellte er sich vor die kugelsichere Panoramafensterfront, streifte die blonden Locken zurück und betrachtete das nächtliche Moskau, den Lichtersumpf unter ihm.

Er hatte fest damit gerechnet, die Mörderin seines Sohnes geschnappt zu haben. Aber sie war es offenbar nicht gewesen. Das brachte ihn in die unangenehme Situation, sich entschuldigen zu müssen.

Seine Männer bugsierten die in einen Bademantel gewickelte Frau ins Wohnzimmer, wie er in der Reflexion der Scheibe sah, und stellten ihr etwas zu trinken hin: Kaffee und Wasser. Die Fesseln hatten sie ihr abgenommen, die Kabelbinder hatten Striemen und Schürfwunden auf der Haut hinterlassen. Dann positionierten sie sich diskret vor den Ausgängen, um eine Flucht zu verhindern.

Lasarew glaubte nicht, dass sie es versuchen würde; sie war zu geschwächt, zu verwirrt und zu realistisch. Sie wusste, dass sie höchstens bis zum Fahrstuhl kam.

»Miss Poe«, begann er und drehte sich langsam zu ihr um, mit freiem Oberkörper und eine Hand lässig in die Hosentasche gesteckt. »Fangen wir noch mal an.« Er nickte ihr zu, als würden sie sich zum ersten Mal treffen. »Mein Name ist Mihail Alexandrowitsch Lasarew. Ich bin der trauernde Vater von Vladimir Mihailowitsch, den Sie in Baden-Baden …«

»Ich habe ihn nicht erschossen«, hakte sie sofort ein und rieb sich über ihr asiatisch-anmutiges Antlitz, dem die Lebendigkeit abhandengekommen war. Bleich und zitternd saß sie vor ihm. Die junge Frau war völlig erschöpft. In dieser Verfassung gab es keine Lügen.

»… kennengelernt haben«, vollendete er. »Zur Erklärung der jetzigen Situation: Ich ließ meine Beziehungen spielen. Die deutsche Polizei hat die Tatwaffe und die Aussage eines Zeugen, dass Sie damit meinen Sohn bedrohten.«

»Sie werden auch meine Fingerabdrücke darauf finden«, sprach Poe schleppend und trank vom Kaffee, die Flüssigkeit schwappte leicht über den Rand. »Ich habe niemanden erschossen. Diese Irren … die Solowjewas … Mutter und Tochter sperrten mich ein. Die Waffe ist mir weggenommen worden und blieb in der Villa, als ich flüchtete. Danach ging es im Garten drunter und drüber, aber da war ich schon weiter weg.« Sie stellte die Tasse zurück und sank mit dem Rücken in die Polster, das Zittern ließ nach.

Lasarew streifte mehrere helle Strähnen aus dem Gesicht. »Ich glaube Ihnen.«

Sie lachte einmal freudlos auf und besah vorwurfsvoll ihre zerschundenen Handgelenke. Die Finger nahmen allmählich ihre normale Farbe an und verloren das Bläuliche.

»Die Polizei wird sich jedoch nicht die Mühe machen und andere Schuldige suchen.« Lasarew zeigte auf den Tisch mit den Ausdrucken. »Sie haben die Täterin: Waffe, Zeugenaussage, Fingerabdrücke. Fall erledigt.«

»Aber ich …«

»Indizien. Reichen aus.« Lasarew zog sie vorsichtig auf seine Seite, behutsam wie ein Angler, der einen Fang nicht vom Haken lassen wollte. Erst brauchte er ihr Verständnis für das, was er ihr angetan hatte. »Sie wurden betrogen, Miss Poe, und werden zu Unrecht verdächtigt. Und ich habe meinen Sohn verloren.« Er bewegte sich vom Fenster zur Sitzgruppe und auf sie zu. »Wie Sie bemerkten, habe ich nicht vor, den Mörder meines Kindes in die Hände einer sanften deutschen Justiz zu geben.«

Poe rutschte weg von ihm.

»Ihnen geschieht von mir nichts mehr«, sagte Lasarew beruhigend und blieb auf Abstand zu ihr. »Ich will wissen, was in der Villa geschah und wer meinen Vladimir umbrachte.« Er stellte die Tasse ab. »Mein Vorschlag ist: Sie machen sich auf den Weg nach Baden-Baden und versuchen, mehr herauszufinden, während ich die Beweise gegen Sie verschwinden lasse.« Er lächelte freundlich. »Die Tatwaffe zum Beispiel. Sie ist leicht zu entsorgen.«

Poe starrte ihn an, dann senkte sie den Blick und richtete ihn auf die schwarze Oberfläche ihres Kaffees, über dem Dampf aufstieg.

Lasarew wertete es als gutes Zeichen, dass sie nicht sofort ablehnte. »Mein nächster Ansatz wäre der Zeuge, der gegen Sie aussagte: Carl Heinrich Tadeus Boch. Sie kennen ihn.«

Poe nickte.

»Er weiß mehr, als er der Polizei erzählt hat«, führte Lasarew aus. »Ich glaube das, da ich den Hinweis bekommen habe, dass sich noch jemand für den Mann interessiert.« Er deutete auf sie. »Miss Poe, Sie könnten bei ihm vielleicht mehr erreichen als meine Freunde.« Er zeigte auf seine Leute, die daraufhin grinsten.

»Ihr Sohn war mit meinem Verlobten in der gleichen Kartenrunde. In Monte Carlo. Jetzt sind beide tot. Als wäre diese Runde verflucht worden«, erwiderte Poe. »Wissen Sie, was in Monaco vorgefallen ist?«

»Nein. Mein Sohn zog es vor, mir nicht alles zu sagen, sonst hätte ich ihm Aufpasser mitgegeben. Er spielte, wie Ihr Verlobter, dieses Supérieur. Nach den historischen Regeln.« An ihren Zügen las er Überraschung ab. »Sie kennen es nicht?«

»Nein.«

»Man spielt unter Einsatz seines Lebens. Zieht man das Pik-Ass, ist man tot. Richtig tot.«

Poe blickte ehrlich entsetzt. »Das … das hätte Enrico niemals getan! Wir hatten Pläne, die …« Sie brach im Satz ab und schien nachzudenken. »Sie haben ihn umgebracht. Diese irren Solowjewas«, wisperte sie. »Er war ein Draufgänger, aber so was …« Ihr Gesicht versteinerte. »Supérieur, sagten Sie?«

Lasarew hatte sie geködert und am Haken, nun musste er Poe einziehen, damit sie für ihn arbeitete. »Ich habe mich über Arthur Patric Morgan erkundigt, der Mann, der laut Zeugenaussage eine historische Spielkarte vom Tisch meines Sohnes stahl und flüchtete.«

»Eine historische? War es die Kreuz-Sieben? Nein … er … mein Verlobter sagte … Treff! Treff-Sieben!«

»Warum fragen Sie?«

»Enrico nahm sie mit nach Monaco. Als Einsatz, und ich … ich habe sie gehasst. Schlechte Ausstrahlung. Und am liebsten wäre mir gewesen, er hätte sie verloren. Sie hat mir Albträume beschert und tut es immer noch.« Sie winkte ab und zog den Bademantel enger. »Schwer zu beschreiben für Leute wie Sie.«

»Boch wird es Ihnen sagen können. Übrigens, man fand Morgans Leiche im Wald.« Es wurde Zeit für einen weiteren Köder, damit Poe sich richtig in die Sache stürzte. »Ich will nicht ausschließen, dass Habgier beim Tod Ihres Verlobten und meines Sohnes eine Rolle spielte. Es muss nicht zwangsläufig eine der Solowjewas gewesen sein. Vielleicht wollte der Mörder die Karte von ihm.«

»Denken Sie, es war Boch?«

»Nein. Ich dachte ja, Sie wären es gewesen.« Lasarew setzte sich auf die Rückenlehne ihres Sessels. »Fahren Sie nach Baden-Baden. Knacken Sie Boch, und finden Sie heraus, was er weiß und wie tief er drinsteckt. Wenn Sie meine *Opritschniki* benötigen, rufen Sie mich an. Im Gegenzug werden die Indizien gegen Sie verschwinden, und Ihre medizinische Karriere kann weitergehen, als wäre nichts geschehen. Das verspreche ich Ihnen.«

Poe sah auf die Ausdrucke und zog das Bild von Boch hervor, betrachtete es. Ohne es bewusst wahrzunehmen, küsste sie dabei ihren Ring, der nach Verlobungsgeschenk aussah.

Lasarew erlaubte sich ein breiteres Lächeln. Er hatte Poe an Land gezogen, und das ganz ohne explizite Drohung gegen ihr Leben.

* * *

Frankreich, Provence-Alpes-Côte d'Azur,
Vaucluse, Avignon

Frédéric Roux roch an dem eisgekühlten Rosé, den er im Schatten der großen, ausladenden Platanen im Wechsel mit stillem Wasser trank. Kein Kork.

Neben ihm ruhte ein unauffälliger Aktenkoffer, dessen Innenleben mit speziellen Sicherheitsvorrichtungen geschützt war. Ebenso äußerlich unauffällig trat Frédéric in Stoffhose und Polohemd auf, an den Füßen saßen flache Stoffschuhe.

Keine zwanzig Meter von ihm spielte im Park neben der Kirche Temple Saint-Martial aus dem 14. Jahrhundert eine Gruppe Senioren das beliebte Pétanque, das in anderen französischen Regionen Boule genannt wurde. Gelegentlich erklang das metallische Klirren, wenn die schweren Kugeln nach einem Wurf gegeneinanderprallten, und die älteren Herrschaften beklatschten oder diskutierten das Ergebnis.

Avignon genoss die ersten lauen Frühlingstage. Die üblichen Touristenströme aus dem In- und Ausland ließen noch auf sich warten. Frühbucher und Individualisten schlenderten durch die Gassen und über die Plätze, für deren Schönheit Frédéric immer noch ein Auge hatte.

Dabei kannte er die mittelalterliche, prächtige Stadt der Päpste in- und auswendig. Der alte Kern mit seiner intakten, beeindruckenden Festungsmauer, das gotische Palais des Papstes und die vielen steinernen Zeugen der klerikalen Macht aus den vergangenen Jahrhunderten hatten ihr den Status eines Weltkulturerbes eingebracht. Die Sträßchen waren eng und verwinkelt – ein Albtraum für Autofahrer –, die Fassaden hell und die Dächer rötlich; alles reihte sich aneinander, und zwischendrin tauchte ein bisschen Grün oder ein winziger Platz auf.

Frédéric mochte das Flair und hatte das alte Avignon als Kind oft besucht. Die Stadt besaß etwas Mediterranes, ohne am Meer zu liegen. Die Rhone machte das möglich. Und selbstverständlich hatte auch er über dem Fluss auf der halb zerstörten Brücke gestanden, der Pont Saint-Bénézet, die auf unzähligen Bildern, in Büchern und Liedern verewigt die Dekaden überdauerte.

Hier war es stets ruhiger, gediegener als in seiner hektischen, dreckigen Heimatstadt Marseille, wo sie ihn Fennec nannten, den Wüstenfuchs, weil er mit seinen Eltern vor mehr als dreißig Jahren aus Tunesien geflohen war. Und weil Frédéric sich bei seinen Geschäften geschickt anstellte.

Sein Vater war Franzose, die Mutter Nordafrikanerin. Seine dunklere Hautfarbe und die Gesichtszüge machten deutlich, wo seine Wurzeln lagen, was ihm gelegentlich Schwierigkeiten bereitete. Nicht jeder Landsmann erkannte ihn als ebensolchen an. Den Namen Roux hatte der Mittdreißiger durch Heirat bekommen. Die Frau war gegangen, der französische Nachname geblieben. Wenigstens das.

Er korrigierte den Sitz seiner Schlägermütze, die auf dem kurz geschnittenen, schwarzen, krausen Haar saß, und hob seinen Fotoapparat.

Frédéric betrachtete die Gruppe der älteren Herrschaften durch das Okular. Damit sie sich nicht bücken mussten, um die schweren Kugeln aufzuheben, hatten sie Magnete an Schnüren befestigt, mit denen sie die Pétanques schnappten und nach oben zogen.

Sein Interesse galt einer bestimmten betagten Dame. Doch umringt von den zahlreichen Seniorinnen und Senioren, war die Kontaktaufnahme nicht denkbar. Er musste warten, bis sie nach Hause aufbrach.

Ihr Heim lag nicht weit entfernt, im Kern der Stadt, ein ehemaliger Weinhof mit Scheune. Sie bewohnte es zusammen mit ihren beiden Enkeln Charles und Renard.

Er senkte die Kamera, nahm sein Smartphone zur Hand und nutzte die Gelegenheit, es auf Nachrichten zu prüfen.

Die Posteingänge waren leer. Es wagte anscheinend niemand, ihn in dem herrlichen antiquarischen Avignon via Mail oder auf anderem elektronischen Wege zu belästigen. In Avignon wäre ein berittener Bote angebracht gewesen, und der hätte nicht einmal für besondere Verwunderung gesorgt.

Frédéric rief einen Bilderordner auf, der den Namen *Les*

triomphes trug, scrollte Aufnahme für Aufnahme herab und schwelgte in Erinnerungen. Er wischte sich durch die Jahre und die Opfer. Clark und Lugaschin und die Mannschaft des Kutters, Dorian Blessington und der nervige Jungrusse. Sie waren nicht die Ersten und würden nicht die Letzten sein, die er seiner Bildersammlung hinzufügte.

Dabei ging es ihm gar nicht um Mord, sondern nur um die Karten. Aber dann spürte er jedes Mal, dass die Karten es von ihm verlangten, ihre einstigen Besitzer zu eliminieren. Warum die Menschen den Tod verdienten, interessierte Frédéric nicht. Jung, alt, arm, reich, schlau, dumm – egal. Die Karten wollten es. Und er hörte auf sie.

Da war die Wahrsagerin in Mailand gewesen, die mithilfe der Herz-Dame erstaunlich gute Treffer bei ihren Vorhersagen hatte. La Voce, die Stimme, lautete ihr Künstlername. Als Frédéric sie für eine vermeintliche Konsultation aufgesucht hatte, stutzte La Voce. Ihre Herz-Dame sagte ihr, dass der Tod an ihrem Tisch saß, und doch reagierte sie zu langsam. Er hatte La Voce geschnappt, in der Armbeuge bewusstlos gewürgt und anschließend auf dem Dachboden erhängt, damit es nach Selbstmord aussah.

Da war der Profi-Kartenspieler in Las Vegas gewesen, Magic Magnus, der die Karo-Drei als Glückskarte bei Turnieren einsetzte. Ihn hatte Frédéric abgefüllt und nach einem herbstlichen Starkregen in den Abwasserkanälen versenkt. Niemand fragte nach Magic Magnus. Menschen verschwanden in der Stadt der Spieler ständig.

Frédéric gelangte beim Displaywischen zur Abteilung, in der die Triumphe einen bitteren Beigeschmack trugen.

Wie in der Bar *The Cards* in einem irischen Kaff in Connemara, in der das Kreuz-Ass hinter Glas ausgestellt worden war, prominent an der Wand, gleich neben dem Durchgang zu den Toiletten. Eine einfache Sache, hatte Frédéric gedacht. Aber da es an dem Abend seines Besuchs fürchterlich geregnet hatte und es keine Gäste gab, konnte er der Karte leider nur die nette Angestellte andienen. Annabell Douglas. Ein schönes, leicht naives Mädchen, das sich lange mit ihm unterhalten hatte. Streng genommen war Annabell nicht die Besitzerin gewesen, aber das Kreuz-Ass hatte sie gewollt. Frédéric hatte es als Überfall getarnt und sie blitzschnell getötet, damit sie nicht litt.

Es folgte die Rubrik *chercher & trouver:* Karten, die er noch suchen und finden musste.

Hier bereitete Frédéric vor allem der Kreuz-Bube Sorgen. Seinen Informationen nach befand er sich im Gepäck zweier Personen, die sich mit ihrem Privatflugzeug gerne zwischen Brasilien, Kolumbien und Venezuela bewegten. Das machte es schwierig, sie abzupassen.

Die Glocken der nahen Kirche Saint-Martial verkündeten, dass es 18 Uhr war. Zeit für Frédéric aufzubrechen.

Die Besucher im kleinen Park wurden nicht weniger. Sie saßen auf den Bänken am Rand der Wege oder kamen in das kleine Freiluftcafé geschlendert, um Verpflegung zu erstehen.

Frédéric nahm das Glas, ließ es kreisen und versetzte den roséfarbenen Wein in Bewegung, bevor er ihn austrank. Das Fliegerpaar war die eine Sache. Eine andere Person galt samt ihrer Karte seit einem Jahr als vermisst. Sie und das Pärchen bereiteten Frédéric Kopfzerbrechen. Die Sache mit dem Schiffswrack vor Tallinn war dagegen einfach gewesen.

Ein lautes Donnern ließ ihn aufschauen, einige Passanten stießen erschrockene Rufe aus.

Der Himmel verdunkelte sich rasch über Avignon, ein Sommergewitter rollte aus den Bergen der Haute Provence herunter.

Die Seniorengruppe sammelte die Kugeln ein. Man verabschiedete sich herzlich und mit Umarmungen voneinander und verschwand in verschiedene Richtungen aus dem Park.

Frédéric legte einen Zehner auf den Tisch, verstaute die Kamera und nahm seinen Aktenkoffer.

Er folgte Madame Darlan. Sie war zweiundachtzig Jahre alt, recht klein – geschrumpft durch das Alter – und schrecklich braun gebrannt sowie sonnenfaltig, als hätte sie ihre Lebenszeit auf dem Feld verbracht. Die langen weißen Haare trug sie im Dutt, auf der Nase saß eine Brille mit Gläsern in Zentimeterstärke.

Jeder in Avignon kannte sie. Sie war berühmt für das, was sie mit Hingabe und Akkuratesse tat.

Frédéric legte die Kamera im Vorbeigehen in den gemieteten, schmutzigen Renault, mit dem er hergekommen war, und blieb an Madame Darlan dran. Die Knöllchen für falsches Parken an der Frontscheibe würde er anstandslos zahlen.

Ihre gemusterte Kittelschürze war Madame Darlans Markenzeichen. In ihr führte sie verschiedenste Gegenstände mit sich, vom Messer bis zur Lupe, wenn die Vergrößerung ihrer Brille nicht ausreichte. *Als würde sie in der Fremde ausgesetzt und müsste sich durchschlagen.*

Nach dem Umzug aus Vichy hatte Madame Darlan mit einem kleinen Geschäft für Papier- und Schreibwaren begonnen. Ihre Vorliebe für altertümliche Schriften führte dazu, dass sie sich mit der Restaurierung von altem Pergament und Dokumenten beschäftigte. Nach Fortbildungen stieg sie auf zu einer bekannten Restauratorin und reiste bald in der ganzen Welt umher, besuchte Museen und private Sammlungen. Sogar im Vatikan durfte sie arbeiten.

Madame Darlan ging langsam. Sie stellte einen zierlichen Schuh auf das Pflaster und wartete eine Sekunde, bevor sie den nächsten Schritt machte. Die Kittelschürze wehte im aufkommenden Wind um ihren ausgemergelten Leib, das Gewitter grollte näher.

Frédéric schätzte, dass die filigrane Madame Darlan von

einer Böe umgeworfen werden konnte, also schloss er auf, um als Retter auftreten zu können.

Da tauchten zwei Kinder auf, die Madame Darlan umtanzten und sie begleiteten. Man kannte sich. Sie mochten acht oder neun sein, erhielten aus den unerschöpflichen Kitteltaschen Bonbons für die Freundlichkeit. Erst am Eingang zur Scheune in der Rue Nicolas Lescuyer wichen der Junge und das Mädchen von der Seite der alten Dame, die gleich darauf über die Schwelle trat und verschwand.

Die Tür, einst blau gestrichen und nun verwittert, fiel rumpelnd ins betagte Schloss – und federte durch einen Luftzug leicht zurück, ohne einzurasten.

Der Wind spielte sachte damit. Leise klickend traf der Bolzen wieder und wieder gegen die Arretierung, als wollte er Frédéric locken, sich ins Gebäude zu stehlen.

Er tat der Gelegenheit den Gefallen.

Grell und zischelnd fuhr der erste Blitz nieder, das Donnern des Einschlags erfolgte binnen Sekunden. Das Gewitter verlor keine Zeit. Erste dicke Tropfen gingen auf Avignon nieder, färbten das Pflaster mit dunklen Punkten, aus denen rasch schwarze Flächen wurden.

Frédéric drückte den Eingang auf, huschte hinein und schloss ihn dieses Mal richtig.

Im Innern der Scheune herrschte ein Durcheinander altertümlicher Landwirtschaftsgeräte. Eggen, Pflüge, Vorrichtungen, die er nicht kannte, Sammelbehälter für die Traubenlese, Siebe und vieles mehr hing an den Wänden oder von der Decke. Eine Sense pendelte über dem Durchgang ins Haupthaus wie zum Zeichen, dass es lebensgefährlich werden könnte.

Frédéric ging leise vorwärts.

Er lauschte den Geräuschen der alten Balken, die knackten und knarrten, als erinnerten sie sich daran, einmal wiegende Bäume gewesen zu sein; er lauschte auf Bewegungen im nahen Haus; auf Schritte, auf gedämpfte Gespräche zwischen Enkeln und Großmutter.

Jemand ging plötzlich auf die Scheune zu, wie er durch die klapprige Zwischentür vernahm. Männerschritte.

Frédéric stellte sich neben den Türrahmen und hob den Koffer zum Schlag. Ein Hieb in den Nacken sollte ausreichen.

Der Durchgang schwang auf.

»Sicher, dass du die Scheune abgesperrt hast, Grandmère?«, rief einer der Enkel. »Ich habe doch gesagt: Nimm die Vordertür.«

»Ich bin es aber so gewohnt, Renard«, erklang die Antwort. »Schon länger, als du auf der Welt bist.«

Renard kam einen halben Schritt weit. Die zustoßende Kante des Aktenkoffers sandte den Glatzkopf in Jogginghose und Shirt auf den staubigen Boden, genau unter die schwingende Sense.

Frédéric grinste und ging ins Haupthaus.

Aus der Küche erklang ein Klappern von Geschirr, es duftete nach Kaffee und frisch gebackenem Kuchen. Charles summte ein bretonisches Lied, das nicht recht nach Avignon passen wollte.

Frédéric schwenkte nach links, pirschte sich den Korridor entlang, in dem es nach feuchtem Stein roch. Hier ging es nach unten in den Keller, geradeaus hingegen zu Charles. Wäre er ebenso unvorsichtig wie sein Bruder, dürfte es wenige Sekunden dauern, ihn kaltzustellen.

Frédéric stellte den Koffer neben der Tür ab, machte sich locker, schüttelte die Arme aus und ließ den Kopf kreisen wie ein Sportler vor seinem Einsatz. Es konnte losgehen.

Charles' Summen bewegte sich vorwärts, gefolgt von einem leisen Fluch und einem »Merde, merde, merde, chaude, chaude, chaude!«.

Frédéric nutzte die Ablenkung, stürmte in die Küche und

sah Charles mit einer viel zu kleinen Schürze vor Brust und Bauch just einen Sandkuchen auf dem Tisch abstellen. Er hatte sich trotz der Geschirrhandtücher die Finger verbrannt.

Er wandte den Kopf zu Frédéric und wurde von ihm in Footballspielermanier umgerissen.

Hart schlugen die beiden auf den schwarz-weiß gekachelten Küchenboden, und bevor Charles mit den Fingern an den Schürhaken neben dem alten Ofen gelangte, kassierte er einen Ellbogenhieb gegen die rechte Gesichtshälfte, der ihn zusammensacken ließ.

Frédéric erhob sich und schnitt sich ein Stück vom warmen, dunklen Kuchen ab. Bereits beim ersten Bissen entfalteten sich die Aromen in seinem Mund, Charles musste Gewürze hinzugegeben haben.

»Merci.« Anerkennend nickte Frédéric zum Ohnmächtigen und machte sich auf den Weg zum Aktenkoffer und zu Madame Darlan. Die beiden Enkel waren viel zu leicht auszuschalten gewesen und ihrer Großmutter keine große Hilfe.

Frédéric ging die Stufen hinauf und aß weiter. Charles' Backkünste konnten sich sehen lassen. Er hatte sogar Schokostreusel und Rotwein verwendet, um dem langweiligen Gebäck Pfiff zu verleihen.

Auf der großen, mit Klavierlack gestrichenen Tür, vor der er anhielt, stand in geschwungenen Lettern: *Wo die Magie geschieht*.

Frédéric schob sich den letzten Bissen in den Mund, wischte sich die Finger an der Hose ab und legte eine Hand auf die blank polierte Klinke.

Ihm gelang das Kunststück, sie geräuschlos herabzudrücken und in den Raum zu treten. Die Holzdielen ächzten nicht, sondern schienen ihm beistehen zu wollen.

Leise Musik tönte, die nach klassischer Chormusik klang.

Weit weg vom Jazz, mit dem er sich vom Autoradio beschallen ließ.

Madame Darlan saß vor der lang gestreckten Fensterfront an ihrem meterlangen Arbeitstisch, an dem verschiedenste Halterungen mit Vergrößerungsgläsern und Lampen an langen Gelenken befestigt waren. Ein Wald aus Glas und Lichtquellen, den man hin- und herschieben konnte.

Auf weiteren im Zimmer verteilten Tischen lagen Pergamente und Papiere, Urkunden und Briefe, viele davon unter Glaskästen, in denen bestimmte Luftfeuchte- und Wärmekonditionen herrschten. In den deckenhohen Schränken gab es Papierbögen, Pinsel, Schubladen mit Aufschriften, die Frédéric nicht entziffern konnte, Döschen mit Copalfirnis, Mastixfirnis, kohlensaurem Ammoniak, Ochsengalle, Kali, Natron, reinem Äther, Alkohol und weitere Dutzende Chemikalien sowie Laborzubehör, um dem Schmutz der Jahrhunderte, den Verunreinigungen und Fälschungsversuchen zu Leibe zu rücken oder schadhafte Stellen auszubessern.

Die Restauratorin hatte ihn nicht gehört. Sie saß vornübergebeugt über einer alten Spielkarte, eine Karo-Sieben in diesem Stil, den es nur ein einziges Mal auf der Welt gab. Madame Darlan betrachtete sie durch eine gewaltige Lupe und drehte an einem Rädchen, welches das Licht einer Lampe ins Grünliche veränderte. Zufrieden gab sie einen zustimmenden Laut von sich und tauchte einen Pinsel mit einem Haar in ein Döschen mit der Aufschrift *Cinnabaritgold*.

Frédéric hielt die Luft an.

»Mein Vorteil ist«, sagte Madame Darlan, ohne dass ihre Hand dabei zitterte, während sie die Spitze an eine Stelle am unteren Karo-Zeichen aufsetzte und einen rotgoldenen Farbfleck hinterließ, den man höchstens unter einem Mikroskop erkannte, »dass mein Gehör besser wird, je mehr sich meine Augen verschlechtern. Und da Ihre Schritte weder zu

Charles noch Renard passen, nehme ich an, ich habe es mit Ihnen zu tun, Monsieur Roux.«

Er lachte und stellte den Koffer ab, um zu applaudieren. »Bravo, Madame. Sie haben mich erwischt.«

»Was nichts bringt. Ich bin eine alte Frau. Was könnte ich gegen Sie tun, wenn Sie ein Schurke wären?« Sie legte den Pinsel ab und drehte sich auf dem Hocker zu ihm um. »Bonjour und bienvenue en Avignon. Encore une fois.« Sie breitete die Arme aus.

Er nahm die Schlägermütze ab, ging zu ihr und umarmte die zierliche Frau, die etwas Mumienhaftes besaß, vor allem, wenn sie die Brille mit den dicken Gläsern auf den zerbrechlich wirkenden Nasenrücken setzte. »Ich hatte letztens schon erwähnt, dass Ihre Enkel besser aufpassen sollen. Sie sind doch unersetzbar, Madame!«

»Wie die Karten, mon petit Fennec.« Madame Darlan lächelte listig. »Charles und Renard leben aber noch?«

»Natürlich! Es ging nur um eine Lektion. Auch wenn *Sie* die Schuld tragen, haben Renard und Charles sich eine Abreibung verdient. Hab's ihnen beim letzten Abschied angedroht.«

»Die Scheune?« Sie sah ihn erschrocken an.

»Die Scheune.« Frédéric strich ihr beruhigend über die schmalen, zerbrechlichen Schultern. »Das wird nicht noch einmal geschehen. Da bin ich sehr sicher.« Er setzte die Mütze auf, nahm den Aktenkoffer und legte ihn auf einem freien Tisch ab. Zuerst sperrte er die Schnappschlösser auf und drehte dann die dreifache Zahlenkombination auf die 666. Ein Klassiker.

Das leise Klicken nach zehn Sekunden aus dem Inneren zeigte ihm, dass er das Zeitschloss entriegelt hatte. Versuchte man, den Koffer früher mit Gewalt zu öffnen, erlebte man eine böse Überraschung.

Frédéric hob den Deckel und nahm die beiden neuen Karten hervor, die er eingesammelt hatte. Woher sie stammten, würde er ihr nicht verraten, um sie nicht zu belasten. Er händigte sie nacheinander mit einem kleinen feierlichen Moment aus. »Bitte sehr. Ihre neuen Patienten.«

Ehrfürchtig nahm Madame Darlan sie in Empfang und deponierte sie neben der fertigen Karte. »Merci. Ich freue mich sehr, ihnen zu helfen.« Sie ergriff die frisch restaurierte Karo-Sieben mit ihren behandschuhten Fingern, prüfte mit millimeterkleinem Abstand zu den Augen, ob die Farbe getrocknet war. Dann schob sie die Karte in eine Plastikhülle, die sie wiederum in einen kartonierten Umschlag legte. »Da haben Sie Ihren Patienten zurück.«

Frédéric freute sich und genoss es, die Karte zu spüren. Durch die beiden schützenden Schichten hindurch fühlte er die Kraft, die Macht. »Meinen besten Dank. Die Bezahlung wie stets.« Er bettete den Umschlag im Koffer und holte aus dem zweiten Fach ein dickes Kuvert, das er ihr reichte. »Fünfzigtausend.«

»Merci.«

»De rien.« Frédéric erhob sich und schloss den Koffer. »Es war ein kurzes Wiedersehen, Madame Darlan. Aber beim nächsten Mal bleibe ich auf einen Kaffee und Kuchen. Versprochen. Das, was ich kosten durfte, schmeckte formidable.«

»Es wäre mir eine große Freude. Charles backt seinen berühmten Rotweinkuchen bestimmt gerne wieder für Sie, mon petit Fennec. Oh. Ich meine, sofern Sie nicht zu rüde mit ihm umgesprungen sind.«

Frédéric nahm an, dass man ihm das nächste Mal Kuchen mit Abführmittel oder Rattengift kredenzen würde. »Sie werden ein gutes Wort für mich einlegen müssen, Madame.«

»Ich werde nach den zwei sehen und sie verarzten.« Sie lächelte ihn an, als wäre er ein weiterer Enkel, der sich selten blicken ließ. »Wohin geht es dieses Mal? Wo haben sich die Karten noch versteckt?«

Frédéric drohte ihr spielerisch mit dem Finger. »Oh, là, là, Madame! Das ist doch ein Geheimnis.«

Sie zwinkerte. »Ich bin eben neugierig.«

Frédéric konnte nicht anders. Er machte einen Schritt nach vorne und gab ihr einen Kuss auf die Stirn, sie legte eine ihrer faltigen Hände auf seinen Unterarm. »À bientôt, Madame.«

»Adieu, mon cher.«

Er verließ ihr Restaurierungszimmer und nahm den gleichen Weg zurück, den er gekommen war, brach sich in der Küche noch ein Stück vom Kuchen ab. Er war zu lecker, um ihn mit Missachtung zu strafen, und vermutlich würde er von Charles keinen mehr bekommen.

Frédéric schüttete den ohnmächtigen Enkeln jeweils einen halben Eimer kühles Wasser über, damit sie erwachten und auf ihre Großmutter besser achtgaben, dann verließ er das Haus durch die Scheunentür.

Der Regen prasselte auf Avignon nieder, der heftige Wind wehte ihn in Schleiern durch die Straßen, Gässchen und über die Dächer. Einheimische und Touristen waren verschwunden, die Cafés und Kneipen würden sich über die Wetterflüchtlinge freuen.

Frédéric hob sein Gesicht in die Tropfen und lächelte. Es gab neue Karten zu finden.

* * *

Odette Corinne Martine Darlan sah vom Fenster aus ihrem kleinen Wüstenfuchs hinterher, den sie über die Jahre sehr ins Herz geschlossen hatte. Er brachte ihr diese einmaligen, herrlichen Karten.

Sie hatte in ihrem Berufsleben viele Schriften, Bilder, Codices, Almanache und Werke gesehen, die sich mit dem Übernatürlichen und Mystischen beschäftigten, ohne dass ihr ein Dämon, ein Gott oder ein Geist erschienen wäre.

Aber diese Karten.

Diese Karten!

Odette freute sich jedes Mal, wenn Frédéric Roux ihr eine neue überreichte. Dieses Mal waren es gleich zwei, die sie in den kommenden Stunden akribisch unter verschiedenen Lupen bei unterschiedlichem Licht prüfte: Wie war der Zustand? War es eine Fälschung oder nicht? Was war weiterhin zu tun? Herz-Ass und Kreuz-Zwei. Jahrhundertealt.

Sie wandte sich der geliebten Arbeit zu und versank in Handgriffen, Präzision und Überlegungen zu ihren Patienten.

Es gab einiges an ihnen zu tun, wie Odette rasch erkannte.

Die Karten präsentierten sich auf den ersten Blick in halbwegs passablem Zustand, sie hatten vor kurzer Zeit einen kleinen Kraftschub erhalten, der das Papier widerstandsfähig machte und die Farben halbwegs zurückgeholt hatte. Aber sie blieben entladen, hungrig und wütend, weil sie darbten und unter ihrem unwürdigen Zustand litten. Von den Schriften bis zu den Motiven waren sie in Mitleidenschaft gezogen worden. Es bedurfte einer Kur, um die Karten aufzupäppeln.

Vor den Fenstern wurde es durch das tobende Gewitter nachtgleich finster. Wind heulte und rüttelte an den Schindeln des alten Gebäudes, irgendwo klapperte und ächzte es im Gebälk.

Odette schaltete die Lampen und Lichter ein, bewunderte aufs Neue die faszinierenden Stücke. Das laute Trommeln des Regens gegen die Scheibe störte sie nicht.

Zwischendurch kam Charles herein, eine Kühlkompresse gegen das Gesicht gepresst, und beschwerte sich über den rabiaten Aufritt des Wüstenfuchses und dass sie endlich nicht mehr den Scheuneneingang nutzen solle. Sie ignorierte ihn, und er verschwand leise fluchend. Fennec hatte ihnen mit Ansage eine Lektion erteilt, und damit mussten sie klarkommen.

Vorwürfe machte sich Odette dennoch. Sie schwor, in Zukunft besser auf sich zu achten. Wäre ihr jemand anderes nach ihrer Partie Pétanque gefolgt, bis ins Haus, vielleicht bis zu den Karten – nicht auszudenken!

Odette betrachtete ihre Patienten und entschied, dass nur eine Intensivkur half, bevor sie sich an die Kleinarbeit machen konnte. Die Grundierung, wenn man so wollte.

Sie streckte die Hand nach der Silberklingel und läutete zweimal. Gleich darauf erschienen Renard und Charles bei ihr. Sie kannten das Zeichen.

»Ist das Lager gefüllt?«

Die beiden Männer nickten.

Odette erhob sich und wählte das Herz-Ass, damit es den Anfang machte. Zu dritt gingen sie zum Abgang in den Keller.

Ausgetretene Stufen führten in das große gemauerte Gewölbe, in dem sich früher die Weinfässer gestapelt hatten. Diese Zeiten waren schon längst vorbei gewesen, als Odette und ihre Eltern das Anwesen gekauft hatten. In Vichy hatte es damals zu viele Menschen gegeben, die ihren Vater hassten, was sie im Nachhinein nicht verwunderte. Als Mädchen hatte sie nicht begriffen, welcher Verbrechen er sich in den Vierzigern schuldig gemacht hatte.

Ihr Vater hatte das Misstrauen niemals verloren. Daher gestaltete er den Keller um, in einen Bunker und Schutzraum. Zum einen fürchtete er, dass die Deutschen sich nach dem Zweiten Weltkrieg ebenso rasch erholten wie nach dem Ersten und zurückschlugen. Zum anderen wollte er eine Zuflucht vor einem wütenden Mob haben. Nach seinem Tod hatte Odette abgelaufene Vorräte ausgemistet und kistenweise Waffen und Munition aus dem Keller schaffen lassen.

Verwendung fand sie für den Keller dennoch.

Sie ließ Charles die schwere, massive Tür aufsperren.

Renard ging vor und nahm en passant einen Stab, an dessen Ende eine lange, selbst geschmiedete Eisenklinge befestigt war. Odettes Vater hatte sie für den Nahkampf gegen Eindringlinge gemacht, letztlich kam die Waffe bei ihm nur beim Schlachten zum Einsatz, fürs Köpfen der Hühner. Bis Odette eine bessere Verwendung dafür fand. An der Schneide hingen lange Haare und getrocknetes Blut.

Charles nahm die Axt, die in der Halterung neben der Tür hing und nicht weniger grausam verziert war.

Sie betraten das mehrere Meter hohe Gewölbe, in dem ein strenger Geruch wie in einem lange nicht ausgemisteten Stall schwebte. Odette schaltete per Drehschalter die Glühlampen an, die schon in den Fassungen hingen, seit sie denken konnte. Unverwüstlich wie sie selbst.

Ein lautes Kettenklirren wurde hörbar, ein halbes Dutzend Gestalten kroch weg vom schwankenden Sepialicht, denn es bedeutete Unheil.

Odette ließ den Blick über die Menschen schweifen, die einem Schatz gleichkamen.

Es gab keine Bettler in Avignon, keine Obdachlosen, keine organisierten Almosenjammerer, die von Banden abgesetzt wurden. Jedenfalls nie lange. Renard und Charles sammelten sie ein, nachts, mit List oder Gewalt, und brachten sie in den Keller.

Odette hielt das Herz-Ass am ausgestreckten Arm vor sich und führte es behutsam nach rechts und links über die kriechenden Menschen, und ließ die Karte dabei nicht aus den Augen. Gelegentlich glommen einzelne Linienstücke und die Wertzeichen, aber dies war keine verbindliche Aussage.

Wimmernd und fluchend wichen die verwahrlosten Menschen vor dem Herz-Ass bis an die Mauern zurück. Die meisten kannten das ritualhafte Vorgehen.

Die Backsteine wiesen Kratzer auf, Botschaften waren bis über Kopfhöhe hineingekerbt worden, andere hatten versucht, sich einen Weg hinauszugraben. Aber Odettes Vater hatte beste Arbeit am Mauerwerk geliefert. Dazu hielten die von Odette nachträglich angebrachten Ketten, die mit Manschetten an den Fußgelenken befestigt waren, die Gefangenen in einem festgelegten Radius. Frauen, Männer und Kinder. Sie konnten sich nicht berühren, sich nicht helfen, nur unterhalten.

Odette vernahm plötzlich einen aufkommenden, schwachen Chorus, den nur sie hörte. Die Karten hatten sie akzeptiert, liebten sie und verloren ihre Scheu immer schneller. Beim ersten Versuch und der ersten Karte hatte es Tage gedauert, jetzt waren es nicht einmal zwanzig Minuten, bis sie ihre Wünsche äußerte.

Odettes Blicke blieben durch die dicke Brille auf das Herz-Ass geheftet, während sie den Arm gespannt hin und her führte, als scannte sie Gestalten damit. Die Karte würde zeigen, was sie haben wollte, da sie fühlte, in der Restauratorin eine treue Verbündete zu haben. Eine Wissende.

Das glühende Strahlen aus dem zentralen Motiv setzte unvermittelt ein. Das Zeichen!

Odette senkte die Karte leicht, um über den Rand zu sehen, wen sie auserkoren hatte.

Sie erkannte einen schwarzhaarigen Mann mit brauner Hautfarbe, den sie den Gitans, Sinti, Roma oder einer anderen Volksgruppe zuordnete, die keinen festen Wohnsitz hatte und bettelnd umherzog. Er hatte das Trio in einer unverständlichen Sprache beschimpft, als sie ihm die Kette vor einigen Monaten anlegten. Schuhe trug er keine, die einfache Kleidung war verschmutzt und fleckig.

Odette kannte nicht mal seinen Namen, er interessierte sie auch nicht.

»Der.« Sie zeigte auf ihn.

Renard grinste und schlug zweimal mit der flachen Seite der Klinge gegen die Wand, das helle Klirren schwebte durch das Gewölbe als Ankündigung. Er hatte es sich irgendwann angewöhnt, und es gehörte seitdem zum Ablauf dazu.

Dann packte er die Lanze mit beiden Händen und hielt sie stoßbereit mit der Klinge nach vorne. Er ging auf den Auserkorenen zu, der aufsprang und sich bereit machte, den Angriff mit der Kette abzuwehren.

Odette verzog den Mund. Der Widerstand änderte nichts, doch er war lästig. Sie würde den Gefangenen noch weniger zu essen geben oder mehr Beruhigungsmittel verabreichen. Sie mochte keinen Aufruhr.

Der Mann schlug mit der Kette und versuchte, Renards Waffe zu umschlingen und zu fischen, was der durch geschickte Parierbewegungen zu verhindern wusste.

Die übrigen Gestalten verfolgten das Geschehen, an die Wand gedrückt und schweigend, gelegentlich jammerte einer der Jugendlichen oder schrie wüste Beleidigungen.

Odette gab nichts drauf. Sie war verantwortlich dafür, dass die Karten in den allerbesten Zustand zurückfanden und aussahen wie am Tag ihrer Herstellung. Dafür tat sie alles.

Renard erwischte den Sinti mit einer raschen Bewegung am Oberarm, Blut trat aus dem klaffenden Schnitt. Abgelenkt vom Schmerz, vermochte der Verletzte die zweite Attacke nicht mit der Kette abzuwehren.

Odette sah mit einem Lächeln, wie der von ihrem Vater geschmiedete Spieß dem Mann durch den Bauch fuhr und tief in den Leib stach. Renard zog die Klinge sogleich zurück.

Aufschreiend brach der Getroffene zusammen und hielt sich die Wunde, ohne dass er das herausfließende Rot aufzuhalten vermochte. Er keuchte und starrte auf die Verletzung.

Odette machte einen Schritt näher an den Todgeweihten und hob das Herz-Ass, drehte sie mit der Wertzeichenseite nach vorne, als könnte die Karte damit sehen. Das Strahlen und Glühen zog sich über die Rückseite, sämtliche Zeichen, Linien und Verzierungen funkelten und glühten. Sie labte sich am Sterben.

Ein Chor erhob in Odettes Verstand seine Stimme und sang in Freude, pries sie mit Lauten und Silben, die man nicht verstehen musste, um ihren glückseligen Inhalt zu erfassen. Ein Schauder breitete sich in ihr aus, ihre Finger prickelten, und die Energien der Karte übertrugen sich auf sie. Dieses Gefühl wollte Odette nie wieder missen. Es löste ein Hochgefühl, einen Rausch nach mehr aus. Ihr altes Herz schlug freudig, als wäre sie ein junges Mädchen, das seinen ersten leidenschaftlichen Kuss empfing.

Renard stach unentwegt zu, erwischte den wehrlosen Mann an den Unter- und Oberschenkeln, durch die Hände und Arme, bis er sich auf die Brust beschränkte. Loch um Loch, Schnitt um Schnitt entstand. Das Blut rann über den Boden und sickerte auf den Abfluss zu, der in die Rhone führte.

Die übrigen Gefangenen wimmerten ängstlich und verkrochen sich. Keiner wollte die Aufmerksamkeit des Schlächters auf sich ziehen und der Nächste sein.

Das Opfer zuckte nur noch, wenn die Spitze in es eindrang. Leise stöhnte der Mann und hauchte nach dem Gnadenstich in den Nacken sein Leben aus.

Odette bemerkte, dass das Kribbeln in ihren Kuppen sogleich nachließ und verebbte. Sie drehte die Karte um, um die Vorderseite zu betrachten.

Die kleinen Stockflecken waren verschwunden, die Linien und Details klar erkennbar, als wäre sie gestern erst gedruckt und von Hand veredelt worden. Trotzdem erkannte Odette kleine Makel, die von der ersten Behandlung oder Kur, wie sie es nannte, nicht ausgemerzt worden waren. Mindestens ein weiterer der Gefangenen würde sein Leben unter Qualen für das Herz-Ass geben müssen.

Odette wandte sich um und ging zurück zur Treppe, hielt die Karte dabei zwischen Daumen und Zeigefinger. Die Grundierung war aufgetragen.

»Entsorgt ihn«, befahl sie Renard und Charles. »Danach trinken wir Kaffee. Ich freue mich auf den Kuchen.«

Während Odette die Stufen nach oben stieg, erklangen hinter ihr die wuchtigen Axt- und Lanzenhiebe, die Knochen zertrümmerten, Fleisch zerhackten, den Toten in kleine Stücke zerlegten.

Wie unzählige Male zuvor würde die Rhone die Leichenteile davonschwemmen.

* * *

One should always play fairly
when one has the winning cards.

Oscar Wilde (1854–1900)

Kapitel VI

Bundesrepublik Deutschland,
Baden-Württemberg, Baden-Baden

Tadeus wusste, dass ausschließlich er die beschriftete Karte sehen konnte, die ihm Gillot vor die Nase hielt. In diesem Bereich des Casinos gab es keine Überwachungskameras.

Behutsam schaltete er die Sendefunktion seiner Sprechfunkeinheit aus. Die Zentrale sollte nichts von der anstehenden Unterredung mitbekommen. Er würde einen Wackelkontakt vorschieben, sollte Alexa nachfragen.

»Ich weiß nicht, was Sie meinen, Monsieur Gillot.«

Der Mann zwirbelte seinen Dalí-Bart erst rechts, dann links, und betrachtete ihn durch seine rot-weiße Brille. Der Arm mit der Karte senkte sich.

»Ich kaufe Ihnen die Pik-Neun ab«, ging er über Tadeus' Einwand hinweg und wackelte mit den buschigen, aufragenden Brauen. »Wo ist sie?«

Tadeus hatte in den letzten Tagen damit gerechnet, von der Polizei diese Frage zu hören. Dass ein ihm bis eben unbekannter Mann damit vorstellig wurde, brachte ihn aus dem Konzept. »Monsieur, ich …«

»Zwanzigtausend Euro. Ohne Steuern.«

Tadeus stützte die Ellbogen auf die Knie und betrachtete den älteren Mann von unten herauf. »Ich habe keine Ahnung, von was Sie reden.« Zu spät merkte er, dass seine

Körpersprache etwas anderes aussagte. *Ich hätte aufstehen und gehen müssen.*

»Tadeus? Hörst du mich?«, fragte Alexa schneller, als er befürchtet hatte.

Gillot zeigte ihm noch mal die beschriftete Joker-Karte:

ICH.
WILL.
MEINE!
PIK-NEUN.

»Monsieur, Sie verwechseln mich. Ich achte auf die Spieler in diesem Casino, nicht auf die Karten an sich.« Tadeus zeigte auf den überkritzelten Narren. »Pik-Neun sagt mir nichts.« Er machte Anstalten, die Sitzecke zu verlassen. *Viel zu spät.*

»Sie waren im ehemaligen *Belle Époque*. Als Begleiter des erschossenen Lasarews junior«, begann Gillot seine Erklärung ruhig und klang dabei irritierend heiter, als gäbe er einen Witz zum Besten. »Sie haben versucht, dem flüchtenden Mister Morgan zu helfen, der aus dem Fenster sprang, weil er das Pik-Ass ignorierte, was ein No-go bei Supérieur ist.« Er wedelte mit der Karte und gluckste. »Aber die Treff-Sieben, die Morgan aus der Partie stahl, gehörte *mir*. Ich kaufte sie vor langer Zeit. *Mit* dem verborgenen Inhalt.« Er neigte sich mit dem Rücken gegen die Lehne, das Kreuz durchgedrückt. »Aktuell, Herr Boch, sind *Sie* also der Dieb.«

»Ein verborgener Inhalt?« Tadeus hörte aufmerksam zu und entschloss sich zum Gegenangriff. »Wenn es so wäre: Warum zeigen Sie mich nicht an? Ihr Verhalten ist reichlich seltsam.« Alles in ihm sträubte sich dagegen, die Pik-Neun herauszurücken. Sie faszinierte ihn zu sehr. Und das Geheimnis, das sie umgab, sollte er herausfinden, gewiss nicht Gillot. Das Gefühl beim Berühren des ehrwürdigen Papiers, der Gesang aus einer anderen Sphäre durfte keinem anderen gehören. Morgan und die Karte hatten sich was dabei gedacht, als sie ihn auswählten.

»Tadeus, bist du noch in der Bar? Melde dich«, rief Alexa und klang amüsiert. Das würde sich bald ändern.

»Monsieur Gillot. In aller Deutlichkeit, ohne unfreundlich zu werden: Morgan drückte mir eine Treff-Sieben in die Hand. Und genau die lieferte ich auf der Wache als Beweismittel ab.« Tadeus gab sich Mühe, ehrlich und überzeugend zu klingen.

»Die Treff-Sieben stellte nur das Futteral dar, Herr Boch. Sie wissen das genau. Wer die Faszination einmal spürte und anfällig ist, kann sich kaum dagegen wehren, sagt man.«

»Na ja, wenn sich eine andere Karte darin befand, kann sie rausgefallen sein. Auf dem Gelände der Villa, unterwegs zur Wache, bei der Polizei oder schon viel früher. Aber ich« – Tadeus hob die leeren Hände – »habe sie nicht. Damit ist das Gespräch beendet.« Er stand auf und machte eine einladende Armbewegung zur Bar. »Ich nehme an, dass Sie doch keine Einweisung in Poker haben wollen. Einen Drink auf Kosten des Hauses, bevor Sie gehen, Monsieur?«

»Wollen Sie eine Lektion in Supérieur, Herr Boch?«, gab Gillot zurück und blieb im Polster wie angeleimt. »Ich verstehe, dass Sie es leugnen. Es gibt Menschen, die können die Karten anfassen, ohne etwas zu spüren. Und es gibt die Auserwählten, die besonders Schwachen oder die besonders Starken, die ihnen verfallen.« Er grinste. »Ich bin mir nicht sicher, zu welcher Gruppe ich Sie zählen soll. So als Spielsüchtiger, der sich für immun gegen die alte Verlockung hält.«

»Darf ich Sie zur Tür begleiten, Monsieur Gillot? Oder möchten Sie im Casino bleiben?« Tadeus verfiel ins Geschäftsmäßige. »Es steht Ihnen alles zur Verfügung.«

»Die meisten ehemaligen Kartenbesitzer sind tot, Herr Boch, bis auf wenige Ausnahmen.« Er bewegte sich nicht, rief über Augenkontakt einen Kellner zu ihnen, um eine Flasche Champagner zu ordern. Die teuerste. Der Kellner verschwand nach einem fragenden Blick zu Tadeus, der ihn mit einem Wink zum Tresen schickte, um das Getränk zu holen. »Oh, bitte, verstehen Sie das nicht als Drohung! Es ist eine Warnung. Denken Sie an Morgan.«

»Okay, anscheinend hörst du mich nicht«, beschloss Alexa in seinem Ohr. »Ich schicke Oskar, der deinen Sender checkt.«

»Ich wünsche Ihnen noch einen angenehmen Aufenthalt bei uns, Monsieur Gillot.« Tadeus zog sich zurück, flüchtete vor der aufsteigenden Überforderung.

»Den werde ich haben. Solange es genug Champagner gibt, sehe ich den Abend als gerettet an. Auch wenn ich Ihnen lieber meine eigene Karte abgekauft hätte.« Gillot nickte ihm zu und setzte sich bequemer hin. Er kniff ein Auge zu und schaute mit dem anderen über ein hochstehendes Dalí-Bartende auf Tadeus. »Wir sehen uns wieder, Herr Boch. Vielleicht im Casino, vielleicht bei einem Schwatz und Plunderteilchen im Haus Ihrer Tochter. Oder auf Ihrem Kutter.« Er rieb sich die Hände, die Flasche wurde im Kühler und mit einem Glas serviert. »Oh, ausgezeichnet. Danke.«

Tadeus biss die Zähne zusammen, seine Kiefer mahlten. Die Flucht war verschoben. Drohungen gegen seine Kinder sowie seine liebsten Dinge gehörten nicht zu den Äußerungen, die er ignorieren konnte, auch wenn sie leichtfertig dahingesagt wurden.

Der Korken wurde ohne ein *Plopp* entfernt, der Champagner schäumte ins Glas; dann zog sich der Kellner zurück.

»Monsieur Gillot, Sie werden die Güte haben, solche Anspielungen sein zu lassen.«

»Welche Anspielungen?« Der extrovertierte Mann kostete vom Alkohol und verdrehte die Augen vor Entzücken. Er konnte beide einzeln bewegen, wie ein Clown oder Pantomime. »Ganz ausgezeichnet!«

»Anspielungen auf meine Tochter. Und mein Boot.«

»Einverstanden. Dann lieber im Studentenheim Ihres Sohnes.« Gillot blickte nachdenklich an die Decke. »Ach, nein, er ist ja gerade in Porto. Urlaub.« Beim Grinsen stachen die Schnurrbartenden beinahe gegen die Brillengläser. »Herr Boch, ich drohe doch nicht. Unser nächstes Zusammentreffen sollte ungezwungener sein. Weniger förmlich. Das ist alles, was ich sagen wollte.« Er prostete Tadeus zu. »Passen Sie gut auf meine Karte auf, während ich mich um die anderen … Angelegenheiten kümmere«, verabschiedete ihn Gillot huldvoll wie ein Fürst, dem die Untertanen auf die Nerven gingen. »Wie gesagt: Wir sehen uns wieder. Und *dann*, Herr Boch, sollten Sie wissen, wo mein Eigentum ist, und nicht zögern, es mir zu übergeben. Es wird Ihr Schaden nicht sein.«

»Ich habe die Karte nicht.« Tadeus blieb bei seiner Linie.

»Bedauerlich. Ich empfehle Ihnen, sich um deren Verbleib zu kümmern.« Gillot nahm einen Schluck, behielt diese wahnhafte Heiterkeit, als sei er auf Drogen oder habe zu viel Lachgas inhaliert. »Denn für mich *sind* Sie die Person, die meine Pik-Neun besitzt.« Er schwenkte das Glas und grüßte an Tadeus vorbei. »Ihre Kollegen, Herr Boch?«

Er wandte sich um und tat verwundert, schaltete dabei heimlich den Sender ein. »Oskar? Was gibt's? Ärger?«

»Verzeihen Sie die Störung«, sagte der breit gebaute Mann zu Gillot, und dann zu Tadeus: »Die Zentrale ruft dich. Ist mit deiner Ausrüstung was?«

Er klopfte gegen die Sendeeinheit, sagte ein paar Worte und bekam umgehend Antwort von Alexa. »Geht wieder. Muss ein Wackler gewesen sein.«

»Na, Hauptsache, ich bin durch die Gegend gelaufen.« Oskar zuckte mit den Schultern und kehrte in den Spielbereich zurück.

»Bist du fertig mit der Einweisung?«, erkundigte sich seine Chefin. »Ich habe schon wieder die Kleine, die beim Blackjack gewonnen hat. Sie räumt ab.«

»Sehr viel Glück. Verstehe.« Tadeus wandte sich von Gillot ab und ging los, ohne ihn noch einmal anzuschauen. Es war alles gesagt.

Und er hatte immer noch nicht vor, die Pik-Neun abzugeben. Er musste Gillot auf eine falsche Fährte setzen, die weit weg von ihm führte. Leicht würde es nicht werden. Die Täuschung musste sehr gut sein. Wasserdicht.

Tadeus begab sich an den Blackjack-Tisch und beobachtete aus dem Hintergrund die junge blonde Spielerin mit dem billigen Modeschmuck und dem günstigen Hosenanzug, vor der sich die Chips stapelten. Ausschließlich Fünfziger.

Tadeus musterte die Frau und ihre Umgebung. Keine Begleiter, keine heimlichen Zeichen zu anderen, kein Augenkontakt zum Dealer. Die Wahrscheinlichkeiten des Glücksspiels waren auf ihrer Seite.

Da es für Tadeus nichts zu tun gab, kehrte er in Gedanken zu Gillot zurück. Der Mann war der merkwürdigste Kauz, dem er bislang begegnet war – soweit er sich entsann. Irre und doch ganz bei sich, überheblich und selbstsicher genug, Drohungen mit Heiterkeit um sich zu werfen.

Tadeus brauchte dringend Informationen über Gillot; er musste wissen, um welchen Schlag Mensch es sich bei seinem Widersacher handelte, wofür er bekannt und berüchtigt war. Möglicherweise erfuhr er dabei auch etwas über seine Pik-Neun.

Des Teufels Gebetbuch. Morgan hatte diesen Begriff benutzt. Gillot sprach von einem Fluch, der die Kartenbesitzer dahinraffte. Demnach gab es wohl noch mehr dieser Spielkarten, die sich teils im Besitz des Verrückten, teils in der Welt befanden.

Tadeus ertappte sich beim abstrusen Wunsch, sie vor Gillot zu finden, zu horten und sich an ihrem Gesang zu erfreuen. *Ich gehöre zu den Starken*, sagte er sich. *Es kann nicht anders sein. Wieso sollte die Pik-Neun einen Schwächling auswählen?*

Der Gedanke zementierte sich in seinem Hirn.

Die Karte hatte sich ihn bereits im Casino auserkoren, als sie allein seine Blicke auf sich zog, und Morgan hatte ihn mit einer klaren Aufgabe betraut. Tadeus hatte sie in dem Moment angenommen, als er den Schlag, das elektrisierende Gefühl spürte. Zunächst, ohne es zu wissen, aber inzwischen mit vollem Bewusstsein und fest entschlossen: *Gillot wird leer ausgehen.*

Daher benötigte er einen Plan.

Am einfachsten wäre es, eine Fälschung anfertigen zu lassen. Tadeus kannte einige Stammgäste, die Kunst sammelten, wozu auch Gemälde gehörten. Von diesen Leuten würde ihm jemand sagen können, wer sich auf das legale Kopieren von Klassikern verstand. Es gab einen Markt für täuschend echt nachgemalte, große Werke. Da würde eine historische Spielkarte einen Klacks darstellen. Und dank Lasarew hatte er gerade ein paar Euro in der Tasche.

Das Duplikat werde ich Gillot unterjubeln, und ich bin raus. Tadeus fand den Ansatz gelungen. Zugleich würde er sich um die Nachforschungen rund um die Karten kümmern. *Um des Teufels Gebetbuch.*

»Und?«, fragte Alexa in seinem Ohr. »Wie macht sie es?«

»Es gibt keine Tricks«, meldete er. »Die Kleine hat einfach nur Glück.«

Die junge Blondine hatte sechzehn Augen vor sich liegen. Zum Aufhören zu wenig, zum Siegen sowieso. Aber wenn die 21 überschritten wurde, verlor sie.

»Das kann ich kaum glauben.«

»Soll ich sie durchsuchen? Am Tisch?«, erwiderte Tadeus mit einem breiten Grinsen. »Das käme nicht so gut.« Er verschränkte die Arme vor der Brust, der Stoff des Anzugs rieb leise. »Sie gewinnt, Alexa. Mehr nicht. Es gibt keinen Trick, der mich übertölpelt.«

»Meinetwegen. Mach Pause. Hier steht frischer Kaffee.«

Tadeus löste sich aus der Ecke und ging dicht am Blackjack-Tisch sowie an der jungen Frau vorbei.

»Carte«, lautete ihre entschlossene Anweisung an den Dealer.

»Karo-Bube«, vermeldete der Casino-Mitarbeiter und räumte elegant ihre Einsätze ab. »Madame ist drüber.«

Tadeus lächelte und drehte das Gesicht hoch zu den Überwachungskameras. »Siehst du, Alexa?«

»Ich habe es gesehen. Deine Ausstrahlung hat ihre Serie durchbrochen. Gut gemacht!«

Einen Herzschlag lang glaubte Tadeus, dass ihm die Pik-Neun einen Gefallen hatte tun wollen, und verwarf die Eingebung sogleich. Er trug die Karte nicht bei sich.

Schon breitete sich Sehnsucht in ihm aus.

Drei Stunden später befand sich Tadeus auf dem Nachhauseweg. Er grübelte beim Marsch durch den leichten Nieselregen – mit einem Wegebier gegen das Ziehen in Rücken und Knie – über Henry Pierre Gillot nach, über den er eine Abfrage auf den Casino-Kanälen gestartet hatte.

Ein sehr spannender Charakter, wie das Internet ihm bestätigte.

Tadeus würde nicht den Fehler begehen und Gillot als Spinner abtun, der sich laut verschiedener Berichte mal im Gehrock, mal mit Tropenhelm, mal als Klarinettist auf einer Jazz-Bühne, mal mit einer Metal-Band namens The Graves zeigte und in die Saiten einer E-Gitarre schlug. *Schillernde Persönlichkeit* traf es halbwegs, *exzentrisch* schon eher, *ausgeflippt-manisch* am besten.

Gillot mochte Brüche. Er lebte als Wallone in Brügge und beschwor die Einigkeit Belgiens, lebte aber abwechselnd in London, Paris, Hamburg und Sankt Petersburg, stets auf der Suche nach neuen Objekten für seine große Privatsammlung, die vor nichts haltmachte. Antike Schätze aus aller

Herren Länder, von der Größe einer Münze bis zu kolossalen Statuen- und Bauwerkresten.

Und Spielkarten. Nicht wenige Stücke verlieh er an Museen, damit die Menschheit sie sähe und sie nicht in geheimen Kammern verschwänden, wie er in einem Artikel zitiert wurde.

Aus seinem Lebenslauf machte der dreiundsechzigjährige Gillot keinen Hehl, der als Verkäufer begonnen, dann Archäologie studiert und sich in Ausgrabungen gestürzt hatte. Manche bezeichneten ihn als Plünderer, der seinen Reichtum durch illegale Geschäfte mit Kunstschätzen erwarb. Man unterstellte ihm dubiose Kontakte in die Emirate und zu Verbrecherorganisationen im Nahen Osten, um Ausgrabungen in Gebieten zu organisieren, in denen Ausländer bisweilen erschossen oder entführt wurden. Seinen Teams geschah jedoch nie etwas.

Gillot galt als großzügiger Mäzen, Kunsthändler und Geschäftsmann, in Internetforen nannten ihn anonyme Schreiber einen Geck mit Geld, einen sehr gefährlichen Mann oder einen skrupellosen Kunstausbeuter und -ausverkäufer, der sich in seiner Rolle gefiel.

Genau diesen Mann hatte Tadeus jetzt an den Hacken kleben. Er und seine Kinder. Dagegen musste er schnellstens was unternehmen, bevor Gillots aufgesetzte Heiterkeit und falsche Freundlichkeit in konkrete Aktionen umschlugen. Tadeus mochte in seinen verlorenen Jahren nicht der beste Vater gewesen sein, aber Tochter und Sohn durfte nichts geschehen.

Er schwenkte in die Schillerstraße und freute sich auf seine Karte, die er nochmals betrachten, halten, berühren musste, ehe er sich mit dem Kopf voller Gedanken ins Bett legte. Die leere Bierflasche landete in einem Abfalleimer.

Des Teufels Gebetbuch. Die Todesfälle rund um dieses besondere Spiel. Tadeus dachte an die Aussage des manischen Mäzens.

»Während ich mich um die anderen … Angelegenheiten kümmere«, hatte er gesagt. Angelegenheiten. In Wahrheit ging es um weitere Karten, die sich Gillot beschaffen ließ, was durchaus weitere Tote bedeuten konnte wie in der Villa. *Wie lange treibt er das schon?*

Zu gerne würde Tadeus weitere Karten des Spiels vor dem Wallonen ausfindig machen und in seinen Besitz bringen. Zugleich fühlte sich die Überlegung kindisch an. Sein Gegner besaß Einfluss, schier unendlich viel Geld und einen Wissensvorsprung, den er nicht mal eben aufholte. Trotzdem würde er die Pik-Neun nicht rausrücken, sondern fälschen lassen, um sich und seine Kinder aus der Schusslinie zu bekommen.

Tadeus hatte den Hauseingang erreicht. Gedankenversunken zog er den Schlüssel aus der Tasche und wollte aufsperren.

Auf der Straße erklang das Zuschlagen einer Autotür, schnelle Schritte von harten Absätzen näherten sich seinem Rücken.

Er wandte sich um und sah zu seiner großen Überraschung Poe auf sich zukommen.

Sie trug dunkle Kleidung und eine Baseballmütze, deren Schirm einen Schatten auf ihre asiatischen Züge warf.

»Sie schulden mir Antworten«, sagte sie und blieb vor ihm stehen, die Hände in die Taschen des schwarzen Kurzledermantels gesteckt. Lang und dünn ragte sie vor ihm auf, wie die junge Schwester des Gevatters. Sie war weit über 1,80 Meter groß.

»Ich?« Er musste ungläubig auflachen.

»Sie haben der Polizei gesagt, ich wäre die Killerin.« Poe funkelte ihn wütend an. »Wissen Sie, was das für mich und meine Karriere als Ärztin bedeutet? Was sollte das?«

Tadeus erinnerte sich nicht, eine derartige Behauptung aufgestellt zu haben. »Ich sagte den Ermittlern, dass Sie die

Tatwaffe mitbrachten und Lasarew bedrohten«, antwortete er bedächtig. »Für deren Schlüsse kann ich nichts.« Insgeheim wunderte er sich, dass sie sich als Verdächtige auf freiem Fuß befand.

»Ich war es nicht. Diese Solowjewa hat mich eingesperrt, weil sie dachte, ich würde sie verpfeifen. Aber ich bin aus der Villa abgehauen, noch bevor die Schießerei begann.« Poe stand leicht breitbeinig, als suchte sie Halt auf dem festen Boden. »Als Sie mit dem Russen aus dem Zimmer sind, war auch die Beretta verschwunden, Boch. Sie können es ebenso gewesen sein.«

»Bestimmt nicht.« Tadeus erinnerte sich an die Nacht – und den schlanken Schatten, der sich über das Gitter geschwungen hatte. Da war Lasarew noch am Leben gewesen. Allerdings hatte er diese Beobachtung nicht ausgesagt. Woher hätte er wissen sollen, dass es sich dabei um Poe handelte?

Sie standen sich im kühlen Nieselregen gegenüber, schweigend und abwartend.

»Was erwarten Sie von mir?«, fragte Tadeus schließlich, wischte sich das Wasser aus den Augen.

»Dass Sie zur Polizei gehen und klarstellen, dass Sie sich geirrt haben.«

»Hatten Sie die Beretta dabei oder nicht?«

»Sie verschwand, als Sie aus dem Raum sind«, konterte Poe.

»Wenn meine Fingerabdrücke drauf gewesen wären …«

»Sie könnten Handschuhe getragen haben. Ich bin die Einzige, die Fingerabdrücke darauf hinterlassen hat«, unterbrach sie ihn frustriert. »Das war dumm von mir.«

Tadeus bemerkte ein Zittern in ihrer Stimme und an ihrem Körper. Sie fror und rang mit der Fassung. »Gehen wir rein und reden da weiter. Ich brühe Ihnen einen Tee.«

»Kaffee«, bat sie und folgte ihm, nachdem er aufgeschlossen hatte. Durch das Treppenhaus stiegen sie hinauf und betraten seine Wohnung.

Tadeus beglückwünschte sich dazu, Ordnung in seinem Heim zu halten, und platzierte Poe in seinem Schlafwohnraum. Er warf das Sakko über einen Bügel und hängte es an die Tür, ging in die Küche und bediente die Pad-Maschine. Elektrisch murrend erwachte der Apparat zum Leben und bereitete den Kaffeeausstoß vor. »Wie haben Sie es geschafft, nicht festgenommen zu werden, Miss Poe?«

Sie erschien im Türrahmen, hatte den Mantel abgelegt, unter dem sie eine einfache schwarze Bluse mit einer großen Goldkette trug. Sie fröstelte, sah in den Jeans dürr und abgemagert aus. Mit einem raschen Griff zog sie die Kappe ab; darunter kam schwarzes Haar zum Vorschein, das bis auf ihre Schultern fiel.

»Hatten Sie an dem Abend nicht kurzes Haar?« Tadeus fühlte sich erneut an seine Tochter erinnert, die etwas jünger als die Ärztin war. Sein Herz schlug mit väterlichen Gefühlen. Er entschied, seine Aussage bei der Polizei zu ihren Gunsten zu ändern.

»Eine Perücke. Sie passt besser zu meinem alten koreanischen Pass, den ich gerade nutze«, erklärte Poe und nahm die Tasse mit dem dampfend heißen Kaffee entgegen. »Danke, dass Sie mir zuhören«, kam es leiser aus ihrem geschwungenen Mund. Die blauen Augen sahen müde aus. »Ich habe meinen Verlobten verloren, und jetzt werde ich als mehrfache Mörderin verdächtigt.«

Tadeus lehnte sich gegen die Arbeitsfläche und ließ die Maschine einen doppelten Espresso für sich anfertigen. »Wäre ich die Polizei, würde ich vermutlich auch den einfachen Weg gehen. Was sagt Ihr Anwalt dazu?«

»Er wird alle Register ziehen müssen.« Poe sah ihn ergründend an. »Als ich aus dem Fenster kletterte, sind Sie gerade mit Ihrem Freund durch die Büsche gekrochen, um

Solowjewas Leuten zu entkommen. Das fanden die Ermittler nicht merkwürdig?«

»Fanden sie. Ich übrigens auch.«

»Warum hat man Sie beide verfolgt? Falschspiel?«

»Morgan war nicht mein Freund. Eher ein Bekannter.« Tadeus verstand, dass sie auf eigene Faust herausfinden wollte, was sich in der Nacht im ehemaligen *Belle Époque* ereignet hatte.

Nach seinem aktuellen Kenntnisstand gingen die Morde auf das Konto eines Killers, der von Gillot angeheuert worden war. Vielleicht hatte es noch mehr Karten in der Spielrunde gegeben, vielleicht im Besitz des jungen Russen, die auf gleiche Weise wie die Pik-Neun verborgen waren. Das würde erklären, warum Lasarew junior sich den Tod einfing: Er hatte sie verteidigen wollen.

»Aber?«, brachte sich Poe in Erinnerung.

»Nichts aber. Man hat auf ihn geschossen, und das fand ich … nicht in Ordnung. Selbst wenn er betrogen hätte: Die Zeiten des Wilden Westens sind vorbei.«

»Ging es dabei nicht um eine Karte, die er gestohlen hat?« Sie sagte es so dahin, als spräche man auf der Straße darüber. »Die Treff-Sieben?«

Tadeus rührte Süßstoff in den Espresso, gefolgt von einem Schuss Milch. Ein Sakrileg, aber so schmeckte er ihm am besten. »Sie wissen also mehr.«

»Dürfte Sie nicht wundern, dass ich Erkundigungen eingezogen habe. Es geht um mein Leben, meine Karriere als Ärztin. Aber in erster Linie« – Poe sah ihm fest in die Augen, und das Blau leuchtete – »um die Wahrheit, Herr Boch. Sie ist besser als ein guter Anwalt. Denn dann kann ich vollständig entlastet werden. Und Sie mit dazu.«

Die Wahrheit. Die kam ihm etwas ungelegen. Tadeus nickte kaum merklich, um keinen Verdacht zu erregen.

»Ich war es nicht, Sie waren es nicht, und doch kann man

es uns beiden anhängen«, fasste sie zusammen. »Wer kommt *noch* infrage? Haben Sie eine Idee? Was haben Ihre Erkundigungen ans Licht gebracht?«

»Ich?«

»Sie haben mehr Zeit in der Villa verbracht als ich«, befand Poe und blies über ihren Kaffee. »Irgendein anderer Spieler oder eine Spielerin? Aus Rache? Aus Habgier? Wegen der Einnahmen?«

»Es gäbe bestimmt viele Gründe, aber mir fiel nichts auf.« Tadeus verschwieg ihr sein Zusammentreffen mit Gillot und dem vermutlich wahren Grund für die Morde: historische Spielkarten von großer Besonderheit.

»Hat sich etwas ergeben, was den Tod Ihres Verlobten angeht?«, fragte er, um sie abzulenken.

»Er spielte zusammen mit Lasarew und einigen anderen in Monte Carlo eine Partie Supérieur. In einer tödlichen Version, wie ich erfahren habe. Zieht ein Spieler das Pik-Ass, muss er sterben.«

»Wie bei Morgan. Lasarew hatte ihm nachgeschrien, dass er die Karte gezogen hätte.«

»Ich bin zu einhundert Prozent sicher: Enrico wusste das nicht. Aber sie haben ihn getötet und es als Unfall getarnt«, fasste Poe zusammen. »Die Solowjewas steckten dahinter. Oder jemand, der unbedingt Enricos Treff-Sieben wollte, die dann in Baden-Baden auftauchte.«

Tadeus leerte den kleinen, mörderisch starken Kaffee in einem Zug. Das Ablenken hatte nicht funktioniert.

Anscheinend hatte sie trotz ihrer Kontakte nicht erfahren, dass die Treff-Sieben von Lasarew junior in der Villa ins Spiel gebracht worden war. Damit konnte der Oligarchensohn der Mörder von Poes Verlobtem oder der Auftraggeber sein, was sie bislang nicht in Betracht zog.

»Ich wusste nicht, dass die Treff-Sieben von Ihrem Mann stammte.« Tadeus wich ihrer Vermutung aus. Diese Spur brächte die Pik-Neun und Poe gleichermaßen in Gefahr. »Aber das lässt sich mit dem Tod der zwei Frauen nicht mehr auflösen, nehme ich an?«

Poe seufzte. »Ich befürchte es. Aber ich muss es wissen. Ich *muss*, Herr Boch!« Er erkannte unvermittelt Angst in ihren Augen. »Es hängt so viel davon ab.«

Vor wem fürchtet sie sich? Sein Misstrauen erwachte und rang mit seiner Hilfsbereitschaft. Hatte Gillot sie geschickt, um auf sanftem Weg an die Pik-Neun zu kommen? Oder machte sie gemeinsame Sache mit der Polizei, weil ihn die Ermittler doch als Verdächtigen betrachteten?

»Die Polizei wird das herausfinden, Miss Poe. Machen Sie sich nicht verrückt. Zusammen mit meiner ergänzten Aussage dürfte Ihr Anwalt gute Chancen haben, Sie aus dem Kreis der Verdächtigen zu entfernen. Oder der Staatsanwaltschaft das Leben schwer machen.« Er zeigte auf ihren Kaffee. »Wollen Sie noch einen? Ich begleite Sie dann zurück in Ihr Hotel.«

Poe nickte und reichte ihm die leere Tasse, die er unter dem Ausguss der Maschine platzierte. Er legte ein neues Kaffee-Pad ein und drückte den Start-Knopf. »Bin gleich wieder da, Miss Poe. Bedienen Sie sich bei Milch und Zucker.«

Tadeus verschwand auf der Toilette.

* * *

Hyun sah dem Mann nach, der die Badezimmertür hinter sich schloss, dann zur Kaffeetasse, die sich mit heißem schwarzem Gebräu füllte. Das Gespräch mit dem älteren Mann lief schleppend, und den Rauswurf hatte sie mit einem Getränk abwehren können. Sie fühlte sich unwohl und unsicher.

Immerhin würde Boch seine Aussage ergänzen, was sie nicht gänzlich rehabilitierte, aber ein Steinchen mehr in der

Verteidigungsstrategie ihres Anwalts sein mochte. Dem Rätsel der Morde kam sie dadurch nicht auf die Spur.

Er verheimlicht etwas. Hyun nahm den fertigen Kaffee aus der Maschine und kostete, während sie durch das große Wohnschlafzimmer ging. Boch mochte die Morde nicht begangen haben, aber er wusste mehr, und an diese Informationen musste sie gelangen, für sich und Lasarew senior.

Ihr Unwohlsein stieg, was nicht am Kaffee lag.

Hyun stellte die Tasse auf das Sideboard und lehnte sich dagegen, schloss für Sekunden die Augen, um sich zu fokussieren – und die rieselnden Karten erschienen in der Dunkelheit. Sie keuchte auf und versuchte, dem beginnenden Albtraum zu entfliehen, doch es gelang ihr nicht.

Ein drohendes Grollen erklang aus der Schwärze, dann schwebte die Treff-Sieben vor ihren Augen, plakatgroß und bemalt mit dem Gesicht ihres toten Verlobten. Klauen und Klingen hatten sein Antlitz zerschlitzt, das Blut strömte aus den klaffenden Wunden.

»Hyun«, flehte er. »Hyun, rette dich!« Rot floss aus seinem Mund, das Kinn und den Hals hinab. »Lauf und rette dich!« Er hob den Arm und reckte ihn aus der Karte nach ihr.

Sie streckte zögernd die Hand aus – aber die Treff-Sieben entfernte sich, bevor sich die Finger trafen, drehte sich dabei schnell und schneller um die eigene Achse. Der Wind, den sie erschuf, stank nach Verwesung und entzündeten Wunden. Aus dem alten Wertzeichen wurden neue, wandelten sich zu einer Pik-Neun.

Hyun eilte ihr nach. Das Verstellen würde der Karte nichts nützen. *Ich erkenne dich immer!* »Enrico! Bleib! Was muss ich tun, um dich zu retten?«

»Lauf!«, gellte sein Ruf aus der Karte. Das Grollen und Heulen schwoll zu einem infernalischen Chor an. »Lauf und rette dich!«

Hyun wollte nicht sich, sondern ihn retten. Sie rannte

schneller und verfolgte die Pik-Neun durch die Finsternis, die Karte wurde kleiner und versuchte, sich ihrem Zugriff zu entziehen. Enricos Stimme verblasste und geriet zu einem schwächlichen Echo.

Unsichtbare Hände griffen nach Hyun, packten ihre Haare, erwischten sie an den Armen und der Hüfte, um sie zu bremsen, aber sie riss sich los und verfolgte die Pik-Neun, die ihren Verlobten mit sich riss. »Du wirst ihn mir nicht noch mal rauben!«

Hyun sprang und streckte sich, ihre Finger bekamen eine Ecke der Karte zu fassen. Zeitgleich spürte sie, welche Niedertracht und Bosheit von der Pik-Neun ausging, und ihr Unwohlsein übermannte sie schier.

Ruckartig öffnete sie ihre Augen.

Sie stand in Bochs Wohnzimmer.

Hyun blinzelte auf die Karte in ihrer Rechten. Sie hatte die Pik-Neun aus dem Albtraum in die Realität gezogen. Das negative Gefühl ging ungebrochen von dem bedruckten Papier aus und machte ihr klar, dass es sich um das gleiche Exemplar handelte, das Enrico ins Haus und in ihr gemeinsames Leben gebracht hatte, das anschließend zerfiel.

An ihren Fingerkuppen haftete weißer Abrieb, der von Wandfarbe stammte. Hyun schaute sich hastig im Raum um. Boch hatte die Karte versteckt gehabt, aber sie konnte sich nicht erinnern, sie aus einem Versteck gezogen zu haben.

Sie ist der Grund. Sie ist der Grund für Enricos Tod. Boch würde sich nicht herausreden können. Sie behielt den Beweis in der Hand und war gespannt, wie er auf ihre Entdeckung reagierte.

* * *

Nach dem Händewaschen betrachtete Tadeus sein faltiges, abgespanntes Gesicht im Spiegel, fuhr den Bart am Unterkiefer nach. In seinen Spielzeiten war er glatt rasiert, dank der Drogen immer dynamisch und hellwach gewesen, ein Wolf, ein Bond. Aktuell sah er wie ein abgehalfterter Agent aus, den man zu Recht bis zum Beginn seiner Pension in den Innendienst versetzt hatte.

Gillot, meine Kinder, die Karte, Poe. Wie bringe ich das alles ins Lot? Er sehnte sich nach der Berührung der Karte, die ihm Kraft und Trost gleichermaßen verlieh. Aus dem Ritual nach dem Aufwachen und vor dem Schlafengehen war eine Sucht geworden. *Nein, eine schöne Gewohnheit,* verbesserte er sich sogleich, um das negative Wort nicht zu verwenden. Die Pik-Neun konnte nicht süchtig machen. Sie war kein Spiel, sondern nur ein Teil eines Decks.

Tadeus wusch sich die Züge mit kaltem Wasser ab, tupfte sie trocken. »Los jetzt«, sagte er seinem Spiegelbild. »Außer dir kann das keiner auflösen.«

Als er in das große, hohe Zimmer zurückkehrte, entdeckte er Poe in der Mitte des Raumes. Zwischen ihren Spinnenfingern hielt sie – seine Karte.

Sie wandte ihm den Kopf zu, Entsetzen und Erkenntnis auf den Zügen. »Das ist sie!«

Tadeus' Puls schnellte in die Höhe, seine Muskeln spannten sich wie zum Kampf, zur Verteidigung seiner Pik-Neun. »Woher haben Sie …«

»Das ist die Karte von Enrico!«, rief Poe aufgebracht. »Ich spüre es. Ich habe dieses Ding gehasst. Es …« – sie drehte und wendete die Karte, als suche sie etwas –, »es war aber eine andere Musterung, eine andere Zeichnung, aber … aber ich weiß es! Diese Abstrahlung! Verderben, Bosheit, verlockendes Böse.« Poe hob sie anklagend. »*Deswegen* musste Enrico sterben! Nicht wegen der Treff-Sieben, sondern wegen *dem hier!* Habe ich recht, Boch?«

Tadeus unterdrückte den Impuls, sich auf die zerbrechliche Frau zu werfen und die Pik-Neun vor ihr in Sicherheit zu bringen. Sie hielt seinen Schatz in den Händen, sein kostbares Gut, das er vor Gillot und allen verbergen wollte. Und das Schlimmste: Sie kannte jetzt sein Geheimnis.

Dann rief er sich zur Ordnung. Wäre es ihr um die Karte gegangen, stünde sie nicht mehr in seiner Wohnung, sondern hätte sich mit ihrer Beute abgesetzt.

»Wer hat Ihnen erlaubt zu schnüffeln?«, sprach Tadeus bedächtig.

»Ich habe nicht geschnüffelt. Sie …« Die Ärztin deutete auf die Zeichnungen der Karte. »Das mögen Sie belächeln, aber ich … meine Großmutter war eine Mudang, eine koreanische Schamanin, und sie unterrichtete mich als Kind. Ich kam nie dazu, die Ausbildung zu beenden, doch manche Dinge sind für mich … spürbarer, erfassbarer als für andere.« Sie hob die Pik-Neun. »Es *ist* die Karte, die mein Mann mit nach Monaco nahm. Sie hat sich äußerlich verändert, aber die Bosheit ist dieselbe.«

»Über Mudang sollten Sie mir bei Gelegenheit mehr erzählen. Ich dachte, Sie wären Chirurgin? Wie passen denn Schulmedizin und Schamanismus zusammen?«

»Ich sagte, ich wurde nie richtig von meiner Großmutter ausgebildet. Und im OP verlasse ich mich auf meine Geräte.« Sie legte die Karte angewidert auf den Beistelltisch. »Aber es reichte aus, um zu verstehen, dass es mehr als Sichtbares in dieser Welt gibt.«

In Tadeus formte sich innerhalb weniger Sekunden ein Plan. Da Poe offenbar von niemandem zu ihm geschickt worden war, konnte sie ihm mit ihren Fähigkeiten behilflich sein. Sie wäre sein Schlüssel zu weiteren Karten, seine Wünschelrute, seine Finderin, auf die er sorgsam achtgab. Poe würde den Unterschied zwischen einer Fälschung und einem Original bemerken, die Exemplare durch ihre Tarnung hindurch erkennen und wortwörtlich enthüllen. Wie sonst hätte sie die Pik-Neun im Versteck finden können?

Die gefundenen Karten wären Tadeus' Trumpf gegen Gillot. Im Tausch gegen die Stücke konnte er alles von dem Sammler verlangen, inklusive sich von ihm und seinen Kindern fernzuhalten. Nur die Pik-Neun würde er austauschen. *Von mir wird er sie niemals bekommen.*

Wie bekam er also die Ärztin dazu, ihn auf die Reise zu begleiten?

Die Lösung lag auf der Hand: Tadeus müsste ihr von Gillot berichten und ihn als Drahtzieher der Morde im ehemaligen *Belle Époque* hinstellen. So, wie er Poe nach ihrer Aktion bei der illegalen Spielrunde einschätzte, ging sie die wichtigen Dinge in ihrem Leben direkt an. Gemeinsam würden sie sich auf die Suche nach dem Wallonen sowie dessen Unternehmungen machen, um ihn zu überführen – dabei könnte er Poe im Glauben lassen, Gillot habe Anteil am Mord des Verlobten. Die Wahrscheinlichkeit bestand durchaus.

Tadeus gefiel der Ausweg aus seiner verfahrenen Situation. Seine erneute Aussage bei der Polizei zu ihren Gunsten würde den Druck von ihr nehmen und sie dankbar machen.

»Gleich morgen rufe ich bei der Polizei an und sage aus, dass ich Sie vor den Morden habe aus der Villa entkommen sehen, Miss Poe.«

»Danke«, sagte sie erleichtert.

»Da ist noch was, aber ich will keine falschen Hoffnungen wecken. Es gibt einen Mann, den ich zumindest verdächtige, hinter dem Tod Ihres Mannes in Monte Carlo und den Geschehnissen in Baden-Baden zu stecken«, hob er an. »Und er sagte etwas von einem Fluch, der …«

Ein leises Kratzen an der Eingangstür ließ Tadeus stocken. Auch Poe wandte sich zum Eingang.

Auf das eiserne Scharren erfolgte ein scharfes, gefährliches Klicken.

»Runter!«, rief Tadeus und warf sich gegen sie.

Laut krachend explodierte die Tür, Splitter flogen in die

Wohnung und zerschlugen den Fernseher, Scheiben und Bilderrahmen. Ein glitzernder, gefährlicher Regen aus Glas ging auf die beiden nieder.

Durch das Chaos aus fallenden Trümmern und Staub sah Tadeus zwei Maskierte in schwarzer Kleidung hereinstürmen, die langläufige Pumpguns in den Händen hielten.

»Sieh nach, ob noch jemand da ist!«, befahl der Linke. »Ich passe auf die zwei auf. Oh, da ist die Karte ja!«

Genau das hatte Tadeus befürchtet. Sein Schatz, die Pik-Neun, befand sich in größter Gefahr. Ganz offenbar hatte Gillot nicht vor, lange um die Karte zu schachern. Tadeus' schöner Plan wurde nichtig.

Nein. Wird er nicht. Noch nicht. Tadeus blickte in die riesige, rauchende Mündung des Gewehrs und spürte keine Angst.

* * *

Brasilien, ca. 240 Kilometer westlich von Manaus, auf dem Amazonas

»Zwei Meilen nach Südwest«, rief der Indio im ersten dickwandigen Kanu über die Wellen und lenkte das schmale Wasserfahrzeug in einen dicht bewachsenen Flussarm. »Da gab es eine frische Schneise, sagte der Pilot.«

Die Geschwindigkeit wurde gedrosselt.

Frédéric Roux, der am Steuer des Außenborders im zweiten Kahn saß, verringerte die Drehzahl der Schraube. Er wollte nicht riskieren, dass der Antrieb beschädigt wurde und er zusammen mit dem Rest der Suchmannschaft zum Paddel greifen mussten. Er schwitzte bei den hohen Temperaturen und der Luftfeuchte von mehr als neunzig Prozent schon genug; der Fahrtwind half wenig, die Tropfen rannen aus dem gekräuselten Haar und über die dunkle Haut in die Augen.

Der Grund, warum er in dem Kanu saß, war das Ehepaar Sparks: Pedro Armando und Valerie. Sie hatten es geschafft, mit ihrem Privatflugzeug hinter Manaus abzustürzen, im Dschungel des Amazonas. Die kleine Maschine war bislang nicht gefunden worden – und mit ihr blieben sowohl die zwei Passagiere als auch Gepäck und der Kreuz-Bube verschollen. Ein verschwundenes Flugzeug im brasilianischen Regenwald war seine bislang größte Herausforderung. Als Frédéric bei einem Internetkurznachrichtendienst gelesen hatte, dass sich Freiwillige auf die Expedition begaben, hatte er sich in kürzester Zeit nach Brasilien aufgemacht und in den Pulk gemischt.

Ein Dutzend Menschen war losgezogen, verteilt auf zwei Boote, versehen mit Proviant, Ausrüstung und der Aussage eines Piloten, der eine frische Schneise im Amazonas gesehen haben wollte. Zwei Drittel der Leute bestanden aus Freunden der Verschollenen, die anderen waren zum Schutz engagiert, wie Frédéric und der Indio namens Ortiz, der ihren ortskundigen Führer darstellte.

Er vermied es, sich mit den Teilnehmern privat einzulassen. Small Talk machte er nur, wenn er es musste, ansonsten gab er den knurrigen, einsamen Wolf.

Die brünette Silvy, die sich für eine Dschungel-Variante von Lara Croft hielt, blieb zu seinem Leidwesen in seiner Nähe und stellte sich als Schwester von Valerie Sparks vor. Den Blicken, dem Lächeln und den Kontaktversuchen nach stand sie auf ihn. Frédéric fand das unangenehm. Sollte er den Kreuz-Buben finden, würde die Karte Opfer verlangen, und sympathische Menschen erschossen sich weniger leicht.

Die Gruppe hatte sich vorbereitet und rechnete halb damit, auf illegale Holzfäller zu stoßen, die ebenso für die Schneise verantwortlich sein konnten. Militärische Schnellfeuergewehre, ausgediente M16 und irgendwelche in Lizenz nachgebaute G3 lagen zusammen mit der Munition in wasserdichten Säcken. Noch gab es keinen Grund, sie aus der Hülle zu befreien.

Frédéric trug heimlich eine russische PSM an einem Beinholster, eine kleine Halbautomatik mit acht Schuss, die leicht verdeckt zu tragen war und wie die meisten russischen Waffen unverwüstlich. Zusammen mit den zwei Magazinen reichte sie aus, um eine Schlange oder einige Menschen zu töten.

Die Kanus glitten in das Dickicht aus Blattwerk, Lianen und Ästen. Orchideen blühten und verströmten einen betörenden Duft, die Hitze ließ etwas nach, aber der Schweiß strömte weiterhin und zog Stechmücken an. Leise gluckerte das smaragdgrüne Wasser gegen den Rumpf.

Silvy streckte die Hand aus und pflückte eine tief hängende Blüte, um sie sich hinter das Ohr zu stecken und ihm zuzulächeln.

Frédéric nickte als belangloses Kompliment. Er war kein Freund des Dschungels. Fennec, Wüstenfuchs. Nicht Panther oder Anakonda.

Gelegentlich knackte es im undurchdringlichen Unterholz, an dem die Blicke scheiterten. Vögel schrien, Affen brüllten sich ihre Drohungen aus den Kronen weit über der Expedition zu. Dann tauchte ein Schatten am Rumpf auf, ein Schemen dicht unter der Oberfläche, und wieder ab, als habe der Räuber verstanden, dass die Eindringlinge keine einfache Beute wären.

Frédéric sah auf das allgegenwärtige Dickicht. Sie würden in einem halben Kilometer mit den Booten nicht mehr weiterkommen. Zu Fuß ging es dann weiter bis zur Schneise, mit Gepäck. Und den Waffen.

Das alles wegen Pedro Armando und Valerie, die mit ihrer einmotorigen alten Noorduyn Norseman abgestürzt waren. Das Paar galt offiziell als private Versorgungsflieger für Camps im Regenwald, weil sie mit dem Wasserflugzeug auf dem Amazonas aufsetzen konnten. Frédéric wusste inzwischen, dass die Eheleute Sparks sehr gutes Geld mit dem Schmuggel von Drogen und Devisen verdienten, die sie bei der Gelegenheit über die Grenzen brachten.

»Ich bin zum ersten Mal im Amazonas«, verkündete Silvy den Leuten im Boot. »Mir gefällt es.«

Frédéric gefiel es nicht, aber er lächelte dennoch. Er schmiedete seit geraumer Zeit einen Plan, wie er das Dutzend Menschen ausschalten konnte, sollte es nötig sein. Bislang hatte er niemals Zeugen zurückgelassen. Die Karten hatten es stets verlangt, und es würde dieses Mal nicht anders sein. Zwölf Menschenleben würden dem Kreuz-Buben sehr gut gefallen, ihn singen lassen und stärken. Frédéric freute sich vor allem auf Silvys Tod, die ihn mit vermeintlich unauffälligen Blicken auszog.

»Wir sind da«, rief Ortiz aus dem ersten Kahn, und der Bug schob sich im Schlick fest. »Jeder nimmt sich was, und dann weiter.« Er zog seine Machete und setzte sich an die Spitze.

Frédéric griff rasch nach dem Seesack mit den Waffen. Niemand warf ihm einen misstrauischen Blick zu. Seine kompakte Statur prädestinierte ihn, schwere Sachen zu tragen; außerdem war er zum Schutz der Truppe dabei.

Die Suchmannschaft ging an Land, die Stiefel sanken bis über die Knöchel im Schlamm ein. Hintereinander marschierten sie voran, die Tarnkleidung ließ die Truppe mit dem Dschungel verschmelzen.

Frédéric lief an vierter Position, falls die Waffen gebraucht würden. Es befanden sich nur drei Frauen in der Gruppe: die nervige Silvy, dann Penelope, eine enge Freundin der Verschwundenen, und die vornamenlose Reporterin Calderon, die mit ihrer winzigen Surferkamera und einer LED-Lampenleiste die Leute filmte. Aus dem Erlös der Reportage sollte die Suche refinanziert werden.

Die Kamera machte Frédéric nervös.

Er konnte es sich nicht leisten, dass sein Gesicht zusammen mit dieser Expedition im Internet auftauchte. Er würde die Reporterin zusammen mit ihrem Material verbrennen und den Tod den illegalen Holzfällern in die Schuhe schieben. Derlei geschah im Amazonas öfter. Genauso wie Wilderer, die Jaguare und Panther abknallten, um die Einzelteile nach China zu verkaufen.

Calderon filmte, Silvy redete oft und gerne in die kleine Kamera, als würden sie einen Ausflug machen, und plapperte über die Farben des Amazonas. Es fehlten nur noch Schminktipps. Dass es eigentlich um ihre verschwundene Schwester und ihren Schwager ging, schien sie zu verdrängen. Ortiz mahnte sie mehrmals, leise zu sein, doch die Frau tat sich damit schwer.

»Sie ist unausstehlich«, sagte Penelope neben Frédéric und hielt ihm einen Flachmann hin. »Ich kann hören, was Sie denken.«

Es roch nach Rum. Dankend lehnte er ab. »Tut mir leid.«

»Muss es nicht. Ihre Schwester denkt genauso über sie.« Penelope trank einen Schluck und gab den Flachmann an einen der Aufpasser weiter. »Was glauben Sie? Finden wir die zwei?«

»Das müssten Sie Ortiz fragen.« Frédéric wollte nicht, dass sich jemand mit ihm unterhielt. »Wir sollten leise sein.«

»Verstanden.« Sie sammelte ihren Flachmann ein und ließ sich an ihre alte Position zurückfallen.

Nach zwei Stunden gab ihr Anführer das Zeichen zum Anhalten. Auf seinem Hemd war keine trockene Stelle mehr, wie bei jedem und jeder der Gruppe.

»Von hier aus noch etwa dreihundert Meter«, verkündete Ortiz und wischte sich den Schweiß vom Gesicht. »Wir sollten die Waffen ausgeben.«

»Brauchen wir nicht«, sagte Frédéric lässig. »Oder hört

jemand Motorsägen und Lärm, der von Holzfällern stammt?« Er wuchtete den Seesack auf der Schulter zurecht. »Ist nur ein Vorschlag. Aber wir schleppen alle schon genug. Die Knarren sind schwer.«

»Einverstanden.« Ortiz nahm den Kampf gegen die Flora des Amazonas neu auf und bemühte sich, weniger Lärm dabei zu machen. Die letzten Schritte bis zur Schneise schlich die Gruppe, ohne sich durch Pflanzen zu schlagen.

Schließlich gelangten sie an die gesuchte Stelle, wie sie durch das sich lichtende Grün erkannten.

Frédéric sah auf den ersten Blick, dass es sich um eine Absturzstelle handelte: Die Bäume waren in verschiedenen Höhen abrasiert oder beschädigt, Trümmerteile hatten sich auf dem Boden und in den Ästen verfangen. Zudem roch es nach Kerosin, das sich nach dem Zerbrechen des Flugzeugs verteilt hatte. Es lagen mehrere zerstörte Kanister herum, auf denen *FUEL* und *DIESEL* gedruckt war. Die Sparks hatten Treibstoff transportiert.

Das kam ihm sehr entgegen – insofern die Karte in Sicherheit war. Frédéric hoffe inständig, dass sie nichts davon abbekommen hatte, denn dies konnte schwere Schäden an den Zeichnungen und von Hand aufgebrachten Farben anrichten.

Die Gesichter der Truppe entspannten sich nur kurz. Gegen Holzräuber mussten sie nicht antreten, aber die Erkenntnis, dass die Lichtung sich vermutlich mit Treibstoff vollgesogen hatte, ließ die Sorge um das eigene Wohl anschwellen.

»Keiner steckt sich eine Zigarette an!«, rief Ortiz.

»Oder feuert einen Schuss ab«, fügte Frédéric hinzu und stellte den Sack mit den Waffen ab. »Die werden wir nicht brauchen. Zum Glück.«

Die Gruppe verließ den Schutz des Unterholzes und betrat die freie Stelle, die zehn Meter in der Länge und vier in der Breite einnahm. Hier hatte die abgestürzte Noorduyn

Norseman ganze Bäume ab- und weggerissen und ein Loch im Dschungel geschaffen. Die Ast- und Stammstücke lagen zusammen mit Zweigen und Laub durcheinander, bildeten einen Wust, durch den sie sich wühlen mussten.

»Alles ist voll Diesel«, sagte Silvy und schaute sich ängstlich um. »Kann das von selbst entflammen?« Sie blickte in die Kamera. »Sehr gefährlich. Ich hoffe, wir finden meine Schwester schnell.«

Frédéric fragte sich, ob die Frau wirklich so naiv-dämlich war. Penelope seufzte laut.

»Herhören!«, sprach Ortiz laut. »Wir bilden eine Kette und fangen an einem Ende an, folgen der Schneise der Länge nach und machen mehrere Durchgänge. Wenn wir nicht fündig werden, müssen wir unsere Suche über die Ränder der Lichtung hinaus in den Dschungel ausdehnen. Wer was findet, ruft.« Er gab das militärische Handzeichen zum Abrücken. »Also, los.«

Frédéric blickte skeptisch hinauf zum grauen Himmel, der sich zugezogen hatte. Es sah nach einem Sturzbach aus, der sich auf die Menschen werfen wollte, und auch die Nacht näherte sich.

Das hohe Sirren am linken Ohr warnte ihn vor einer Stechmücke, die er mit einem raschen Hieb an seinem Hals zerquetschte. Das Moskitomittel wirkte nach dem vielen Schwitzen nicht mehr.

»Nur raus aus der scheißgrünen Hölle.« Frédéric stellte sich vor, in ein paar Stunden in einem Hotelzimmer zu sitzen, ein kühles Bier zu trinken und die neue Karte zu betrachten. Dieser Gedanke war die beste Motivation überhaupt.

Frédéric wartete, bis sich die Kette gebildet hatte, und natürlich positionierte sich Silvy neben ihm. Zeit für die erste Stufe seines Plans. »Ich muss mal. Komme gleich. Geht schon mal los.«

Er schlug sich seitlich ins Unterholz, kehrte über einen Umweg zu ihrem Ausrüstungshügel zurück und öffnete den Sack mit den Gewehren.

Schnell kramte er sämtliche Magazine raus und stopfte sie in einen hohlen Baumstamm, dann nahm er sich ein G3 und zehn Magazine, legte es unter einen blühenden, durchdringend duftenden Busch und bedeckte es mit Laub. Damit konnte bei der Rettung des Kreuz-Buben weniger schiefgehen.

Bevor er den Schutz des dichten Grüns verließ, drehte Frédéric den Schalldämpfer auf die PSM und verstaute sie unter seinem Hemd, damit er schneller herankam. Der Aufsatz schluckte nicht nur den Knall, sondern auch das Mündungsfeuer. Damit bestand eine geringere Gefahr, mit dem Schuss einen Brand auszulösen. Außer dem Anführer und ihm trug niemand sonst eine Waffe. Vor den Messern sowie Macheten fürchtete er sich nicht, solange er Kugeln im Lauf und Magazine mit sich führte.

»Hier bin ich«, rief Frédéric und trat aus den Zweigen. Die Gruppe hatte auf ihn gewartet, und natürlich lächelte Silvy ihn an. Calderon schwenkte die Kamera auf ihn. »Sorry, mein Magen. Muss mir was eingefangen haben. Können jetzt starten.«

Die Suchkette setzte sich in Bewegung.

Schritt für Schritt ging es vorwärts durch das Chaos aus zerstörter Natur und Dieselgeruch. Die Gefahr, durch die sie stapften, brachte sogar Silvy zum Verstummen. Sie fanden stets kleinere Bruchstücke der Noorduyn Norseman, die sich an den mächtigen Bäumen in winzige Einzelteile zerlegt haben musste. Frédéric fiel ein, dass es sich um das gleiche Modell handelte, mit dem auch Glen Miller über dem Ärmelkanal verschwunden war.

Frédéric fürchtete nach einer halben Stunde, dass er die Karte im ersten Durchgang nicht finden würde. Die Truppe suchte nach zwei Überlebenden, einem Zeichen der Hoffnung, aber nicht nach einem Gegenstand, der ungefähr zehn mal sechs Zentimeter maß. Im Gegensatz zu den Verschollenen war die Karte unersetzlich. Einmalig. Sie musste geborgen werden, und wenn er den Trupp zuerst dafür erschießen musste, um gründlicher zu suchen. Das wäre sogar für ihn nach den vielen Jahren ein Novum.

Frédéric trottete mit sinkender Laune über und durch die Baumfetzen, Pflanzenreste und Blätter. Was tat er, wenn der Kreuz-Bube gar nicht an Bord gewesen war?

Zum ersten Mal beschlich ihn so etwas wie Ungewissheit, ob er erfolgreich blieb. Aber die Karte an den Amazonas verlieren kam nicht infrage, und wenn er Wochen in der grünen Hölle verbringen müsste. Doch es blieb der falsche Ort für einen Fennec.

Frédéric mahnte sich, nicht die Nerven zu verlieren.

Die Hälfte der Strecke hatten sie hinter sich gebracht, als Penelope, die etwa in der Mitte der Kette lief, den Arm hob. »Ich habe was!«

Die Mannschaft eilte über den Baumschutt hinweg zu ihr.

Frédéric sah ein zerfetztes Kabinenteil der Noorduyn Norseman, von Pflanzensaft grün gefärbt und vom Dreck gesprenkelt. Darin lag ein abgerissener Männerarm mitsamt Schulter. Fliegen hatten bereits ihre Eier darin abgelegt, es gab Fressstellen von kleineren Raubtieren.

Silvy übergab sich, und Calderon filmte. Es machte den Bericht authentischer, dachte sie bestimmt, und Frédéric lächelte sie schadenfroh an, getarnt als Aufmunterung.

»Mein Gott!« Penelope erwies sich als tough – oder gefestigt vom Rum. Sie beugte sich nach vorne, wühlte sich durch das Geäst und zog die abgetrennte Gliedmaße heraus. »Das ist … gehört … war …« Sie suchte nach den passenden Worten. »Pedro.«

Frédéric glaubte nicht, dass der Verschollene diese Verwundung überstanden hatte. Einen Oberarm konnte man abbinden, aber unter der Achsel verliefen große Gefäße. Armando war verblutet, wo immer sich der Rest von ihm befand. Vermutlich hatten sich Raubtiere gütlich daran getan.

Ein entsetztes Aufkeuchen erklang in der Truppe, und Silvy begann, hysterisch zu weinen. Die Erkenntnis, den Schwager verloren zu haben, gelangte in ihren Verstand und löste Entsetzen aus. Der Dschungeltrip verlor das Romantisch-Abenteuerliche.

Ortiz nahm Penelope den zerfetzten Arm ab und legte ihn sanft auf ein großes Blatt. »Okay«, sagte er mit belegter Stimme und gab acht, nicht in Silvys Erbrochenes zu treten. »Suchen wir nach Miss Valerie. Wir dürfen sie nicht aufgeben. Sie kann überlebt haben.«

Zustimmung wurde gemurmelt, aber die Stimmung hatte sich geändert. Aus der Erleichterung, das Wrack gefunden zu haben, ohne schwer bewaffnete Holzfäller in die Flucht schlagen zu müssen, war Ernüchterung und Erschütterung geworden.

Frédéric fand das Verhalten befremdlich. Bei einer Suchaktion nach einem Flugzeugabsturz musste man damit rechnen, Leichen und zerfetzte Kadaver zu bergen. Es gab einfach zu viele naive Menschen. Er grinste verstohlen. Wie jene, die ihm vertrauten und als Helfer engagierten.

Nur zwei Meter weiter schlug einer der Freunde an, und wieder liefen alle zusammen.

Halb unter dem Wrackteil der Noorduyn Norseman begraben, entdeckten sie das Gepäck, teils aufgerissen und der Inhalt verstreut, teils noch in Metallkoffern geborgen. Und Geldscheine. Amerikanische Dollars und Euros, eingeschweißt und abgezählt, aber das Plastik von innen nass und beschlagen. Feuchtigkeit und Diesel waren eingedrungen. Ein Millionenwert. Entweder hatte sich das Pärchen absetzen wollen oder Drogengeld transportiert. Offiziell war es ein Versorgungsflug gewesen.

Niemand sprach, und Calderon filmte.

Frédéric konnte nicht anders. Er kniete sich nieder, blickte genauer hin. Wäre die Karte bei den Habseligkeiten, oder trug sie Pedro beziehungsweise Valerie bei sich?

»Rick, was ist?«, hörte er Silvy sagen.

»Ich dachte, ich hätte darunter einen Körper gesehen«, erwiderte Frédéric und hätte beinahe seinen falschen Namen missachtet. Es war nicht der richtige Moment, nach dem Kreuz-Buben zu suchen, auch wenn es schwerfiel. Er erhob sich. Ein stechender Dieselgeruch ging von dem Haufen aus. Darunter befand sich eine Treibstoffpfütze. »War ein Irrtum.«

»Das ist sehr viel Geld«, stellte Calderon fest.

»Geld, das meiner Schwester gehört«, fügte Silvy hinzu. »Oder mir, wenn …« Sie unterbrach sich selbst, aber die unverhohlene Habgier war ihr entschlüpft.

Frédéric beglückwünschte sich, die Waffen unbrauchbar gemacht zu haben. Menschen töteten sich für weitaus weniger Geld. Der Fund des Vermögens war eine unerwartete Wendung; in manchen Augen sah er bereits Gier.

»Wir wussten ja, dass die Sparks reich sind«, sagte Penelope und warf einen Blick in die Runde. »Aber …«

»Gut, wir haben Dollars gefunden. Aber darum geht es nicht.« Ortiz begab sich zurück auf seine Position. »Erst Miss Sparks. Los!«

Die Suchkette zog sich zögerlich auseinander und nahm das Laufen auf.

Nach einer Stunde sehr intensiven Suchens hatten sie das Ende der deutlichsten Verwüstung erreicht, ohne die Überreste von Armando und Valerie ausgemacht zu haben. Das bedeutete, dass die Vermissten sich in der Peripherie des

Absturzes befanden oder die Truppe nicht gründlich genug gesucht hatte. Ortiz diskutierte mit ihnen, wie sie vorgehen wollten.

Frédéric verzog das Gesicht. Zwar hatte er damit gerechnet, dass es nicht glattging, doch seine Laune sank weiter.

Er zog sich aus dem Pulk zurück und setzte sich auf einen umgestürzten Stamm, steckte sich eine Zigarette in den Mund, ohne sie anzuzünden. Der Geschmack des Tabaks beruhigte ihn.

Er sagte sich, dass er zwei Tage die Geduld bewahren sollte, bevor er die anderen ausschaltete. Noch waren sie nützliche Idioten. Aber der Fund des Schatzes könnte jemanden in der Gruppe dazu bringen, die Gier über den noblen Zweck der Expedition zu stellen. Für Millionen im Dschungel, die man nur einsammeln musste, vergaß man die Moral.

Ein dumpfes Stöhnen klang an Frédérics Ohren.

Mit einem kurzen Rundumblick vergewisserte er sich, dass es keiner des Teams sein konnte, der hinter ihm im Dschungel lag. Silvy ließ sich von einem Mann festhalten und heulte, Calderon wechselte die Speicherkarte, und Ortiz redete, über eine Karte gebeugt, mit den Helfern. Es fehlte niemand.

Frédéric erhob sich und nestelte an seinem Hosenreißverschluss herum, damit sie annahmen, er würde sich erneut erleichtern. »Gleich wieder da!«, rief er.

Penelope winkte als Zeichen, verstanden zu haben, und Frédéric schob sich durch die Büsche.

Das Stöhnen wurde zu einem erstickten Hilferuf, dem er hastig folgte.

Er schob sich durch eine Wand aus breiten, fleischigen Blättern und sah dann eine braunhaarige Frau an einem Stamm lehnen. Valerie Sparks. Verdreckt, verletzt und ausgelaugt.

Die tiefe Wunde in ihrem Oberschenkel hatte sie abgebunden, blaue Flecken, Schrammen und Blutergüsse zierten das verdreckte Gesicht. Leere Wasserflaschen lagen um sie verteilt, dazu Verpackungen von Schokoriegeln.

»Miss Sparks«, sagte Frédéric freundlich. »Ich danke dem Allmächtigen, dass wir Sie gefunden haben.« Er näherte sich ihr und ging vor ihr in die Hocke. »Ihre Freunde haben einen Suchtrupp organisiert, zu dem ich gehöre. Abgesehen von den Wunden, wie geht es Ihnen? Irgendwelche innere Beschwerden?«

»Ich denke, die Rippen rechts sind gebrochen«, hauchte sie und wirkte erleichtert. Tränen rannen über ihre Wangen, und sie lachte trotz allem erlöst. »Das Laufen wird schwer.«

»Ja. Das schätzen Sie gut ein. Aber wir schaffen das.« Er legte ihr eine Hand beruhigend auf die Schulter. »Ihr Mann ist bei uns. Wir haben ihn gefunden.«

»Oh, Gott«, schluchzte sie vor neuerlicher Freude auf. »Er lebt!«

»Ja. Schwer verletzt, aber er lebt.« Frédéric schenkte ihr ein Lächeln, das Dämonen in die Flucht geschlagen hätte. »Er bat mich, Sie sofort nach seiner alten Spielkarte zu fragen. Es schien ihm sehr wichtig. Ich nehme an, Sie wissen, was er meint?«

»Die Karte?« Valerie schnaubte. »Dieses verschissene Stück Karton! Dass es ihm so wichtig ist.«

»Ist es, Miss Sparks. In seiner Lage ist alles, was ihm Zuversicht gibt, eine Hilfe.«

»Sie war in der Tasche mit dem Geld.«

»Sehr gut. Die haben wir gefunden.« Frédéric dachte panisch an den Dieselkerosinpfuhl, in dem die Taschen und damit die Karte lagen. Ein Funke. Ein Funke, und das Meisterwerk wäre verloren. Es musste schnell geborgen werden. »Dann wird es ein Leichtes sein, sie Ihrem Mann zu bringen.«

»In der Vordertasche der blauen«, sagte sie und hob unter Stöhnen einen Arm, drückte sich vom Boden hoch. »Helfen Sie mir aufzustehen, bitte.«

»Sicher, Miss Sparks.« Frédéric hob einen dicken Ast auf. Der Kreuz-Bube befand sich nicht weit entfernt, und damit stieg seine Erfolgsaussicht. »Der ist doch eine prima Krücke.« Ansatzlos schmetterte er das Holz mit voller Wucht gegen ihren Hals, erst einmal und dann noch mal, um sicherzugehen.

Knackend brach der Kehlkopf beim ersten Mal, der zweite Schlag machte es schlimmer. Die Luftröhre ließ keinen Sauerstoff mehr in die Lungen der Frau.

Valerie gab ein Krächzen von sich, fiel zurück auf den Dschungelboden, kippte seitwärts. Ihr Kopf lief rot und dunkelblau an.

»Ich habe gelogen, Miss Sparks.« Frédéric stand auf und betrachtete die Sterbende, ließ den Ast fallen. »Ihr Mann ist tot. Wie Sie.«

Den Absturz hatte dank ihm keiner überlebt. Jetzt musste er sich um die Rettungsmission kümmern. Es betrübte ihn, dass die Karte nichts von der Energie abbekam, die aus der Frau strömte. Sie war zu weit entfernt.

Frédéric drehte sich zur Seite – und blickte in das versteinerte Gesicht von Silvy und einem der engagierten Aufpasser. Sie waren ihm gefolgt, um nach ihm zu sehen.

Blitzschnell zog Frédéric die PSM und schoss Silvy in ihren sich öffnenden Mund, Blut und Schädelstückchen prasselten gegen das Grün der Blätterwand. Ihr Schrei kam nicht mehr zustande.

Der Lauf ruckte auf das zweite Ziel, der Finger krümmte sich einmal, zweimal, dreimal.

Die Kugeln vom Kaliber 5,45 Millimeter erwischten den Mann in die Brust und warfen ihn rücklings ins Dickicht, in dem er verschwand.

Der Anfang war gemacht. Frédéric würde die Truppe sofort töten, um Scherereien aus dem Weg zu gehen. Die Karte befand sich auf der Lichtung und damit nahe genug, um die ausströmende Energie der Sterbenden aufzufangen.

Zwei Leute weniger, blieben neun. Und vor allem: die Speichermedien der lästigen Journalistin.

Frédéric trabte zurück und wechselte unterwegs sicherheitshalber das Magazin, ließ eine Kugel im Lauf.

Er kam aus der Deckung, die flache Halbautomatik am langen Arm verdeckt haltend.

»Habt ihr das auch gesehen?«, fragte er scheinbar aufgeregt und zeigte nach rechts, weg von sich. Am Rand der Lichtung gab es keine Treibstoffdämpfe, die sich entzünden konnten. »Da drüben! Das war ein Panther!«

Die Augen und Köpfe wandten sich in die angegebene Richtung, Ortiz langte an den Griff seiner Pistole.

Frédéric atmete aus, hielt die Luft an und hob den Waffenarm. Er schoss in schneller Folge wie auf dem Schießstand. Kopftreffer, durch die Schläfe, den Hinterkopf, durchs Ohr. Ortiz hatte er als Ersten ausgeschaltet. Von den anderen ging keine Gefahr aus. Die Ziele bewegten sich nicht und rechneten nicht mit einem Angriff aus dem Hinterhalt. Der Schalldämpfer sorgte für relative Lautlosigkeit.

Sechs konnte er erlegen, bevor die Gruppe verstand, was vor sich ging und wer nach ihren Leben trachtete: ein Fennec, kein Panther.

Wie ängstliche Ratten sprangen der verbliebene Mann, Penelope und Calderon in Deckung, zwischen die gefallenen Bäume und das umliegende Blattwerk. Zwei Kugeln jagte er dem Typen nach, der angeschossen zu Boden fiel und in einer Treibstoffpfütze landete. Dann musste er das Magazin der PSM wechseln.

Gerade wollte Frédéric sich zufrieden an die Verfolgung der Frauen machen, als er das Flämmchen sah, das hell aufloderte. Es musste eine heiße Patronenhülse gewesen sein, die im Ausglühen das Kerosin-Diesel-Gemisch entzündete.

»Scheiße!«, brüllte Frédéric und rannte los, dorthin, wo die Taschen mit den Dollars und der Karte lagen. Sie hatten

Priorität. Er würde sich anschließend um die zwei unbewaffneten Überlebenden kümmern.

Das aufflackernde Feuer verteilte sich willkürlich und knisternd über die Schneise. Es fand ständig neue Stellen mit Treibstoff, an denen die Lohen meterhoch in den düsteren Himmel schossen. Kanister detonierten, schleuderten Infernobälle und brennende Tropfen, die den Brand ausweiteten. Woanders kroch es geradezu heimlich voran, robbte unter den Stämmen hindurch und pirschte sich an. Nur sich kräuselnde, zusammenrollende Blätter zeigten, wo sich die Hitze im Verborgenen ausbreitete.

Frédéric rannte, stolperte und gelangte zum abgerissenen Arm und dem begrabenen Gepäck. Hastig und mit roher Gewalt zerrte er die Trümmer der Noorduyn Norseman zur Seite, achtete nicht auf die Schmerzen in den Fingern.

Die blaue Tasche lag mit der Vorderseite nach unten, er konnte die Öffnung mit der Hand nicht erreichen, um nach der Karte zu wühlen.

Daher packte Frédéric die Henkel und riss daran, während die Flammen von zwei Seiten heranschossen, als wollten sie ihm zuvorkommen und die Karte vernichten.

Ratschend riss ein ramponierter Griff ab.

Frédéric fiel mit einem wütenden Schrei rückwärts in die Zweige und auf den Arm des Toten, rollte sich ab und kletterte auf allen vieren zurück.

Das Feuer raste auf ihn zu, tauchte ab – und setzte den Treibstoffpfuhl in Brand.

Frédéric ignorierte die Verpuffung, die ihn einzuschließen drohte. Er schnappte den verbliebenen Griff und sprang nach hinten, drückte sich mit ganzer Kraft ab.

Fauchend rollte die Flammenwolke über ihn und quoll orangefarben auseinander, strahlte Hitze aus, als wollte sie Gold schmelzen, und warf sie nach Frédéric.

Er ließ sich fallen und faltete sich um die Tasche, um den

Kreuz-Buben zu schützen. Er rollte abwärts, verfolgt vom Feuer.

Außer Reichweite der Flammen erhob sich Frédéric mit einem triumphierenden Schrei, der in ein lautes Lachen überging. Die Karte gehörte ihm!

Er bückte sich, tastete vorsichtig in der vorderen Tasche – und fand sie.

Ganz langsam zog er sie heraus, spürte sie durch die italienisch-spanische Karte, eine alte Denari-Zehn von 1863, die zur Täuschung um sie geschlossen lag.

Dieser Trottel Sparks hatte sie nicht einmal in eine Zellophanhülle zum Schutz gesteckt und obendrein von irgendjemandem signieren lassen. Edding. Dicker Edding. Quer über die ganze Fläche ging das Gekrakel, das sich womöglich auf den wertvollen Inhalt durchgedrückt hatte. Ein Frevel, den Madame Darlan beheben musste.

Ein lauter, hoher Schrei erklang.

Durch die Lohen erkannte Frédéric eine brennende Frau, die kreischend in die Knie sank und in ihrer Panik versuchte, die Flammen an ihrem Leib und die qualmenden Haare mit bloßen Händen auszuschlagen. Ob es die Reporterin oder Penelope war, konnte er nicht erkennen. Die Verbrennungen und das Flimmern der Hitze ließen es nicht zu.

Frédéric hob die PSM, zielte auf ihre Stirn und drückte einmal ab. Nicht aus Mitleid, sondern weil er es sein wollte, der ihr Leben der Karte schenkte.

Dankbar schimmerte der Kreuz-Bube in seiner Hand durch die Denari-Zehn auf und belohnte ihn mit dunklen Stimmen, überirdischem, schwachem Gesang. Er war extrem geschwächt.

»Bald bist du schön wie einst«, versprach Frédéric der Karte und wuchtete die schwere Tasche mit dem Geld auf die Schulter. Dollars konnte man immer gebrauchen, auch wenn sie nach Diesel stanken.

Das Knallen, das plötzlich in seiner Nähe erklang, kannte er. Die rapide Folge von Einzelschüssen stammte aus dem Lauf eines G3.

Frédéric spürte gleichzeitig die Einschläge im Körper, die im Nabel begannen und aufwärtswanderten: Bauch, Brust, Hals, dann fetzte eine der 7,62-Millimeter-Kugeln sein rechtes Ohr davon.

Geistesgegenwärtig hielt er die Karte weg von sich, damit sie nicht durchlöchert wurde. Die Muskeln versagten, der physische Schock ließ ihn eiskalt werden und zusammenbrechen. Röchelnd und rasselnd sog Frédéric nach Luft, die kaum mehr in die Lunge gelangte.

Eine Stiefelsohle drehte ihn auf den Rücken.

Calderon sah auf ihn herab, ohne Hass und ohne Wut, wie er vermutet hätte. Sie lächelte. Dankbar.

Die heiße Mündung des G3 richtete sich auf sein Gesicht, während sie sich bückte und ihm die Karte aus der zitternden Hand zog. »Ohne dich hätte ich länger benötigt.«

Eine weitere Verpuffung ließ sie reflexhaft den Kopf einziehen und nach dem Feuer sehen, dessen Ausläufer sie allmählich erreichte.

Frédéric drehte unter gewaltiger Anstrengung den Arm mit der PSM unter seinem Körper heraus. Seine überraschende Kontrahentin hatte in ihrer Siegeseuphorie nicht mehr an die Halbautomatik gedacht.

Frédéric Roux schoss. Sooft er vermochte.

* * *

The gambling known as business looks with austere disfavor upon the business known as gambling.

aus *Des Teufels Wörterbuch* (1911),
von Ambrose Gwinnett Bierce (1842–1914)

Kapitel VII

Bundesrepublik Deutschland,
Baden-Württemberg, Baden-Baden

Tadeus agierte, ohne genau zu wissen, was er tat. Der letzte Selbstverteidigungskurs war eine Weile her, also improvisierte er.

Ein harter Schlag gegen den Lauf der Pumpgun ließ die gähnende Mündung von ihm wegschwenken. Gleichzeitig trat er dem Maskierten vor sich gegen die Kniescheibe, die knackend nachgab, das Gelenk verbog sich. Ein Schuss löste sich und zerfetzte das Parkett.

Der Gegner schrie auf und humpelte davon, um aus Tadeus' Reichweite zu gelangen, doch umgehend bekam er die Füße mit einem Feger weggezogen. Instabil durch das kaputte Knie, knallte er auf den Boden.

Tadeus warf sich auf ihn und rammte ihm den Ellbogen in die Körpermitte, entwand ihm die Pumpgun. Ächzend gab der Mann den Widerstand auf, die Gliedmaßen fielen kraftlos nach rechts und links.

»Dummes Arschloch!«, rief der zweite Angreifer und kehrte aus der Küche zurück. »Ihr solltet unten bleiben!«

Tadeus tauchte hinter seinem abgewetzten Chesterfield-Sessel ab, und schon dröhnte der Schuss. Die zahlreichen kleinen Kugeln rissen Fetzen aus dem Möbel, Lederstücke und Füllung flogen umher.

Poe saß hinter dem Bett, den Kopf eingezogen, und sah zu ihm aus großen Mandelaugen hinüber. Ihre hastigen Handzeichen verstand er nicht.

Tadeus bedeutete ihr zu bleiben, wo sie sich befand. Die Angst um die Pik-Neun verlieh ihm Mut. Schrotkügelchen aus dieser Distanz würden sie in eine Lochpappe verwandeln. Zerstören. Irreparabel beschädigen. Schreddern. *Ich muss schnell sein.*

Schritte bewegten sich durch die Splitter. Das Knacken und Klirren verriet, wohin sich der Gegner bewegte.

Tadeus lud einmal durch, um sicherzugehen, dass sich eine neue Patrone im Lauf befand. Das mechanische Geräusch und das Kullern der ausgeworfenen Munitionshülse erschien ihm nach dem Dröhnen der Schüsse leise.

»Wer immer Sie sind: Sie können sich verpissen. Durch das Fenster«, rief er. »Nehmen Sie Ihren Kumpel mit, und wir vergessen, dass Sie da waren.«

Tadeus war randvoll mit Adrenalin. Er sah auf den gekippten, zerbrochenen Bilderrahmen an der Wand gegenüber. Das gerissene Glas spiegelte den Angreifer. Der Unbekannte war stehen geblieben und nahm lautlos Schwung, um auf den Sessel zu springen, hinter dem sich Tadeus verbarg.

In dem Augenblick, als der Mann sich abdrückte, hob Tadeus den Lauf über die gewölbte Lehne und betätigte den Abzug.

Die Detonation dröhnte, und ein Schmerzensschrei erklang. Der Flug des Angreifers endete unkontrolliert im Chesterfield-Möbel, sein Schrotgewehr klapperte zu Boden.

Tadeus erhob sich unendlich langsam, wie es ihm erschien, lud erneut durch und richtete die Mündung auf den Getroffenen.

Der Maskierte lag mit dem Gesicht voraus in der Lehne, den Rücken durchgedrückt, die Beine schwebten über dem

Boden. Blut floss in breiten Bahnen auf das abgeschabte Leder und lief in die Löcher. Die Schrotladung hatte ihn voll erwischt, es roch nach rohem Fleisch und aufgeplatzten Innereien.

»Der ist hin«, sagte er zu Poe, ohne die Gegner aus den Augen zu lassen. Übelkeit stieg in ihm auf. »Bleiben Sie vorerst unten.« Tadeus wollte ihr den Anblick ersparen, Ärztin hin oder her.

Der andere Angreifer lag bewusstlos am Boden, das austretende Blut seines Kumpans schlängelte sich durch die glitzernden Glasfragmente auf ihn zu, füllte die Zwischenräume der Splitter.

Durch die zerstörten Fenster hörte Tadeus Polizeisirenen, die sich näherten. Der Krach der Pumpguns war nicht zu überhören gewesen. Zusammen mit den letzten Vorfällen in Baden-Baden reagierten die Bürger noch aufmerksamer.

»Achtung!«, rief Poe alarmierend.

Der vermeintlich Ohnmächtige zog ein langes Messer aus seinem Ärmel, richtete sich halb auf und stach damit nach Tadeus' Unterleib.

Hastig sprang er zurück, legte auf den Maskierten an. »Nicht!«

Unbeeindruckt schwang sich der Gegner in die Hocke und langte nach der Waffe seines Begleiters, die Finger schlossen sich um Griff und Abzug.

In Panik drückte Tadeus ab und spürte den Rückstoß des Schrotgewehrs.

Die Ladung hämmerte in die Brust des Angreifers und riss ihn nach hinten um, die Beine blieben angewinkelt unter ihm liegen, was ihm etwas Marionettenhaftes verlieh. Das Rot stieg aus den vielen kleinen Löchern auf, quoll über, tränkte seinen Pullover und lief auf den Teppich.

»Miss Poe«, sagte Tadeus rau und bemerkte, dass er zu schnell atmete. Das viele Adrenalin putschte sein Herz auf, er fühlte Schwindel. »Ich möchte nicht, dass die Polizei Sie bei mir findet. Gehen Sie die Straße runter, ganz ruhig, als spazierten Sie durch die Nacht. Lassen Sie mir Ihre Handynummer da, bitte.« Er musste sich vom Anblick des strömenden Blutes losreißen und sah sie an. »Ich schwöre, dass ich Sie anrufe. Danach bereden wir, was zu tun ist. Ich … habe eine Vorstellung, wem wir das zu verdanken haben.«

»Ich ahnte gleich, dass Sie eine Spur haben!« Poe erhob sich und verließ den Schutz des Betts.

Tadeus lauschte ins Treppenhaus. »Da ist jemand.« Er hatte die Pumpgun noch nicht gesenkt, falls weitere Gegner aufkreuzten. »Am Ende des Gangs ist eine Feuerleiter. Rasch.«

Die hochgewachsene Poe hastete in den Flur und öffnete das Fenster, kletterte hinaus und verschwand.

Die Karte! Tadeus legte die Waffe auf den Boden und hob die Pik-Neun auf, die geschützt unter einem großen Stück blutbespritztem Glas lag.

Erleichterung breitete sich in ihm aus, gefolgt von einem wohligen, warmen Gefühl, das durch die Kuppen in seinen Körper hinaufzog wie Wasser in die Wurzeln einer Pflanze, um den Rest mit dem lebensnotwendigen Stoff zu versorgen.

Tadeus schloss die Augen und genoss die Energie, die Kraft und die leisen, unverständlichen Stimmen, die lockend und beruhigend in seinem Kopf sangen. Endlich gewährte sie ihm das Spektakel nach der Nacht in der Villa wieder!

Die Blaulichter und Sirenen verweilten vor dem Haus, mehrere Türen schlugen zu.

Tadeus steckte die Pik-Neun ein, trat ganz langsam ans demolierte Fenster und hob die Arme gut sichtbar in die Luft. Das schwindlige Gefühl legte sich, er musste unbedingt etwas trinken. Mit dem Sinken des Adrenalinpegels wurde ihm bewusst, in welcher Gefahr er und Poe geschwebt hatten und wie knapp es für sie ausgegangen war.

»Es ist vorbei«, rief er den Beamten auf der Straße zu, die Panzerwesten und MP5 trugen. »Die Typen sind tot.«

»Bleiben Sie am Fenster stehen«, wurde ihm mit lauter Stimme geraten. Ein heller Suchscheinwerfer erfasste ihn mit bläulichem LED-Licht, das in seinen Augen schmerzte. »Wie viele sind es?«

»Zwei Männer, maskiert, Pumpguns. Sie haben mich überfallen«, antwortete er brav und blinzelte gegen die Grelligkeit. »Mein Name ist Boch, ich wohne hier.«

»Wie gesagt: Bleiben Sie, wo Sie sind, Herr Boch. Wir kommen jetzt rein«, schallte es von der Straße zu ihm. Jemand sagte halblaut: »Zugriff«, und etliche Schritte hetzten auf den Eingang zu.

Es dauerte nicht lange, und die Beamten gelangten in seinen Stock.

»Typen von der russischen Spielmafia«, verkündete er den Polizisten und drehte sich behutsam um, damit er sie sah. Diese Erklärung würden sie schlucken. »Sie sagten, ich solle die Klappe halten und nichts weiter von der Villa erzählen. Rufen Sie Kommissar Klim vom LKA an, bitte. Er leitet die Ermittlungen bei den Morden.«

Die Beamten hielten die MP5 einige Sekunden lang im Anschlag, senkten sie beim Anblick der beiden Toten und des unbewaffneten Tadeus. Ein Schlachtfeld wie dieses sahen sie sicherlich nicht jeden Tag.

»Darf ich mir was zu trinken holen? Mir ist nicht besonders gut.«

Die Polizisten standen unschlüssig herum und funkten dann nach dem Einsatzleiter, damit er den Kommissar in Bad Canstadt aus den Federn holte, um ihn über die Ereignisse zu benachrichtigen.

Tadeus wurde gestattet, in die Küche zu gehen und sich

ein Glas Wasser zu holen, das er hastig trank. Die Übelkeit ließ sich herabspülen, und gegen den allgegenwärtigen Geruch von Blut in seiner Wohnung kochte er kurzerhand Kaffee für die Mannschaft. Es würde eine lange Nacht werden, bis die Fragen geklärt waren und der Tatort gesichert war.

Kommissar Klim ließ ihm telefonisch ausrichten, er starte mit seinem Wagen von Stuttgart aus; eine Wegstrecke, die in der Nacht schnell zu meistern war.

Tadeus machte das Warten nichts aus. Im Gegenteil. Es verschaffte ihm mehr Zeit, seine Geschichte zu durchdenken und auszugestalten. Klim und seine Truppe würden seine Erzählung von der russischen Spielmafia glauben. Bei der Gelegenheit konnte er Poe mit seiner Aussage zur Mordnacht und seiner Beobachtung zu ihrem Verschwinden halbwegs entlasten.

Danach begänne seine Jagd auf Gillot. Und die Karten. Er brauchte Druckmittel gegen den gefährlichen, unberechenbaren Mann. Zwei Killer waren vermutlich erst der Anfang.

Vier Stunden später und durch die Unmengen Kaffee überdreht, tauchte Tadeus am frühen Morgen bei Poe im *Atlantic*-Hotel auf, in dem sie abgestiegen war.

Dem Vermieter hatte er Bescheid gesagt und das zerstörte Fenster provisorisch mit Plane abgedeckt. An ein Wohnen war dort vorerst nicht zu denken. Seine Wäsche samt den teuersten Schuhen packte Tadeus nach dem Duschen in zwei große Koffer und lud sie in seinen klapprigen Škoda. Er rechnete damit, die kommenden Tage als Nomade zu leben.

Das Casino stellte ihn vorerst frei, um die Angelegenheiten mit Polizei, Versicherung und Wohnungsinstandsetzung zu regeln. Tadeus interpretierte die freie Zeit zugunsten der Suche nach Gillot und den Karten um.

Er fand Poe bei einem sehr asketischen Frühstück, bestehend aus etwas Müsli und Buttermilch. Dazu trank sie

Kaffee, schwarz, der in einer Porzellankanne auf einem Stövchen warm gehalten wurde. In ihrer weit geschnittenen Jogginghose und dem grauen Hoody wirkte sie jugendlicher als die dreißigjährige Ärztin, die sie war.

Tadeus nahm sich Herzhaftes vom Büfett: Chorizo, Rührei und Käse, dazu Oliven und Brot. Er musste seinem Magen nach dem ganzen Koffein was zu tun geben.

»Verzeihen Sie, Miss Poe«, sagte er und setzte sich langsam. Die nächtlichen Stunteinlagen in seiner Wohnung hatten ihm stärkere Rückenschmerzen und ein Dauerbrennen im linken Knie beschert, was er bei jeder Bewegung spürte. »Kommissar Klim vom LKA stellte viele Fragen.«

»Welche Antworten bekam er?«

»Die richtigen.« Tadeus pikste Ei, Käse und Olive auf die Gabel. »Jetzt ist amtlich, dass die Betreiber der illegalen Spiele ihre Leute aussandten, um mich unter Druck zu setzen.«

»Und der Besuch artete aus«, fügte Poe hinzu und aß mit einer vornehmen Eleganz.

Tadeus vollführte eine zustimmende Bewegung mit der leeren Gabel. »Polizeischutz habe ich abgelehnt. Der Kommissar geht aber davon aus, dass ich unter Umständen noch mal Besuch bekomme.« Er spießte ein Stückchen Chorizo auf. »Sie tauchen in dem Bericht natürlich nicht auf, Miss Poe. Und ich habe meine Aussage zur Mordnacht erweitert. Unter Eid. Damit sind Sie offiziell vor den tödlichen Schüssen nicht mehr am Tatort gewesen. Aber das wird die Polizei vielleicht nicht davon abhalten, weiter gegen Sie zu ermitteln.«

»Mein Anwalt rief schon an und informierte mich. Die Entwicklung findet er gut, aber Beweise sind besser als Aussagen. Das sehe ich genauso.« Sie neigte auf asiatisch-zurückhaltende Weise ihren Kopf, eine Geste, die einer Herrscherin gestanden hätte. »Nun bin ich sehr gespannt, was

Sie mir erzählen, Herr Boch. Sie erwähnten einen Drahtzieher, der hinter dem Tod meines Verlobten und den Morden in dem alten Hotel stecken könnte. Und einen Fluch.«

»Ja. Sein Name ist Henry Pierre Gillot.« Tadeus berichtete vom Zusammentreffen mit dem Wallonen und welche klare Ansage er gemacht hatte. »Es ging ihm um jene Karte, die mir Morgan gab.« Er berichtete von der gemeinsamen Flucht und nahm die Pik-Neun gegen seine inneren Widerstände aus der Sakkoinnentasche, legte sie vor Poe. Die Plastikhülle schützte sie vor Schmutz. »*Diese* Karte, verborgen in der Treff-Sieben.«

»Die Karte meines Verlobten.« Sie betrachtete Tadeus' Fund mit Abscheu. »Wenn ich die Erzählung richtig deute, gibt es davon mehr. Ein ganzes Kartenspiel. Spinne ich den Gedanken weiter, sind die Besitzer dieser Stücke in Gefahr. Gillot scheint verrückt genug zu sein.« Sie legte Mittel- und Zeigefinger der rechten Hand auf die Karte, und auf ihren exotischen Zügen zeigte sich ein Schatten. »Wie schrecklich sie ist. Grausam und boshaft«, sagte sie leise. »Hätte ich doch auf meine Intuition gehört und sie zerstört. Enrico könnte noch leben.«

Tadeus befiel die Angst, dass Poe das Vernichten nachträglich versuchen könnte. Rasch zog er die Pik-Neun zu sich und steckte sie ein. Erleichterung, Freude. »Wir können andere Menschen retten, wenn wir herausbekommen, wo sich die verbliebenen Karten befinden, und sie vor Gillot an uns bringen. Damit locken wir ihn in die Falle.«

»Des Teufels Gebetbuch«, wiederholte Poe Morgans Worte.

»Das ist die historische und abfällige Bezeichnung der christlichen Kreise für das Kartenspiel«, sagte er. »Ich habe recherchiert. Ein bisschen. Auf die Schnelle.«

»Woher wusste Morgan von Gillots Sammelwut? Er sagte doch zu Ihnen, dass Sie verhindern sollen, dass er die Pik-

Neun bekommt?« Poe umfasste die Tasse mit beiden Händen und nahm einen Schluck.

»Morgan hat Gillot nicht ausdrücklich genannt.«

»Wo wohnte er? Kann sein, dass wir dort Hinweise finden.«

»Keine Ahnung.« Tadeus fand ihren Ansatz gut und ärgerte sich, nicht selbst draufgekommen zu sein. Er hatte zu viele Stunden damit verbracht, die Pik-Neun zu bewundern. Mehrfach hatte er sich dabei ertappt, im Chesterfield-Sessel zu sitzen und nichts anderes zu tun, als auf die Linien, Buchstaben und Feinheiten zu starren, auf die Stimmen und Chöre zu warten, die seinen Verstand bezirzten. »Es ist mehr als eine Woche vergangen. Wenn Morgan etwas bei sich versteckte, wird es Gillot längst gefunden haben.« Er rieb über das schmerzende Knie, seine Wirbelsäule knackte leise, als er sich zur Seite lehnte.

Poe stimmte zu. »Gut. Dann müssen wir Gillot verfolgen und hoffen, dass uns sein Verhalten auf die Spur von Sammlern bringt, die er aufsuchen wird.« Sie stellte die Tasse ab. »Er hat bei sich zu Hause garantiert Aufzeichnungen zu den Karten und ihrer Geschichte. Und zu seinen Plänen. Wir brauchen Beweise, was die Morde in der Villa angeht. Erst dann bin ich rehabilitiert.«

Eine Sache ließ Tadeus keine Ruhe. »Sie können wirklich fühlen, dass die Pik-Neun böse ist?«

Poe schenkte ihm ein schwaches Lächeln. »Jetzt klinge ich verrückt, was?«

»Ein bisschen. Aber angesichts der Ereignisse …« Er deutete an, ihr jedes Wort glauben zu wollen. »Es war die Rede von einem Fluch.«

»Meine Großmutter war eine Mudang, Herr Boch. Eine Mittlerin zwischen der Menschen- und der Geisterwelt. Sie war fest davon überzeugt, dass ich diesem Weg folge, als ich noch in meiner Heimat lebte. Als Kind fand ich es aufregend, ihr zuzuhören.« Sie saß kerzengerade, die blauen Augen wie die einer lauernden Katze auf Tadeus gerichtet. »Aber je älter ich wurde, und da ich in London aufwuchs, desto mehr nahm ich Abstand. Der Wunsch, Gutes zu tun, ist geblieben. Ärztin erschien mir eine gute Wahl, und irgendwie passte es auch zu meiner Mudang-Berufung. Es geht ums Helfen.«

»Geisterwelt?«, wiederholte Tadeus.

»Das beschäftigt Sie, was?« Poe wirkte amüsiert. »Ich sollte ein wenig ausholen. In meiner Heimat sind die alten Bräuche durchaus noch präsent, um die Geister milde zu stimmen. So fremd ist es gar nicht. Die Christen weihen doch auch Neubauten und erbitten Gottes Beistand. Wir geben den Geistern Opfergaben, damit sie milde gestimmt sind.« Sie schenkte sich neuen Kaffee nach. »Den Ansatz des Schamanismus würde ich als ganzheitlich bezeichnen: Die Mudang lösen Probleme, indem sie Menschen und Geister, die für Beschwerden und Probleme sorgen, zusammenbringen. Sie sind ein wenig wie Heiler oder Psychologen, und es gibt Untersuchungen, die belegen, dass die Mudang vor allem bei psychosomatischen und psychischen Störungen erfolgreich sind.« Poe vollführte mit den Händen eine wiegende Bewegung. »Einklang. Zwischen Körper und Seele, zwischen Menschen und Geistern, die gut und schlecht sein können. Als Chirurgin sehe ich mich eher als Handwerkerin. Das hat weniger was mit Geistern zu tun.«

Tadeus kam von dem Gedanken nicht los, den sie in seinen Verstand gesetzt hatte. »Geister.« Bis vor einer Woche hätte er sie als zumindest verwirrt bezeichnet. Aber dank der Pik-Neun hielt er vieles für möglich. »Geister, die Menschen plagen. Demnach sind Schamanen« – Tadeus suchte nach dem deutschen Begriff – »eine Art Medium.«

»In etwa, ja. Ich habe es nie forciert. Bei meinen gelegentlichen Besuchen in Deagu, wo ich aufgewachsen bin, nötigte mich meine Großmutter jedes Mal zu einigen Mudang-Lektionen. Sie fand, ich sei als westliche Ärztin eine Verschwendung. Ich hätte das Gespür.« Poe zeigte auf das Sakko, wo die Pik-Neun sich unter dem Stoff verbarg. »Apropos: Das da fühlte ich. Seit dem Moment, in dem Enrico mit der Treff-Sieben von einer Auktion nach London kam und sie mir stolz zeigte. Es mag der Fluch sein, von dem Sie sprachen.«

»Und wie haben Sie reagiert?«

»Ich wollte das Ding die Toilette runterspülen. Es verbrennen. Egal. Es ist schwer zu beschreiben. Die … Luft lud sich auf. Meine Großmutter hätte sicherlich gesagt, dass die Geister rings um die Karte toben und schreien.« Poe stützte die Ellbogen auf die Tischplatte. »Ich denke, es gibt eine uns unbekannte Geschichte zu dieser Pik-Neun und dem Spiel, dem sie zugehört. Der Kartenmacher muss finsterste Absichten gehabt haben, als er es erschuf. Welche Mächte ihm dabei auch immer zur Hand gingen, sie wollen das Schlechteste für jene, welche die Karten besitzen.« Ihr Blick legte sich auf Tadeus' Gesicht. »Sie wissen, dass Sie in Gefahr sind, Herr Boch?«

Tadeus glaubte keine Sekunde daran.

Die Pik-Neun wollte ihm nichts tun, sondern einzig von ihm geborgen und gehalten werden. Sie sehnte sich nach ihren Geschwistern und sagte ihm in ruhigen Sekunden, dass die Chöre und Stimmen sich mit ihnen noch schöner anhören würden. Gemeinsam. Im Einklang. Überirdisch. Mystisch. Erfüllend. Er würde der Pik-Neun den Gefallen tun.

»Die Gefahr, an die ich glaube«, erwiderte Tadeus mit kehliger Stimme und musste sich räuspern, »heißt Gillot. Von ihm geht die reale Bedrohung für mich und die Besitzer der restlichen Karten aus. Wo zwei Killer sind, können noch mehr auftauchen.«

Poe blieb bei ihrer Überzeugung, das las er auf ihrem hübschen Gesicht. Am Ende würde sie gar gegen seinen Willen versuchen, die Pik-Neun und ihre Geschwister zu vernichten. Das durfte Tadeus niemals erlauben. Er musste sie in Sicherheit wiegen. »Sie haben recht, Miss Poe«, lenkte er lügend ein. »Ich vertraue auf Ihre Expertise. Sobald wir sie haben, zerstören wir sie.«

»Warum nicht gleich?«, hakte sie ein. »Dieses Ding, diese fürchterliche Macht, die ihr innewohnt, hat Enrico getötet und beschert mir schlimmste Albträume. Sie muss …«

»Weil wir sie noch brauchen können. Um Gillot zu locken. Als Köder«, lehnte er ihren Vorschlag ab. »Noch ist sie wichtig.«

Poe betrachtete ihn und nahm die Kanne vom Stövchen, goss sich nach. »Stimmt. Behalten wir sie.« Sie hielt ihre dünne, sehnige Hand auf. »Kann ich sie noch mal sehen?«

Widerstrebend, um keinen Verdacht zu wecken, gab Tadeus sie ihr. Angespannt verfolgte er, wie Poe sie aus der Hülle nahm, zwischen Mittel- und Zeigefinger an den Kanten anfasste – und sie unerwartet über das kleine Teelicht im Stövchen hielt.

Tadeus ballte die Finger zu Fäusten, um die Koreanerin nicht zu schlagen. Das Blut rauschte in seinen Ohren, doch die Karte wisperte beruhigend in seinem Verstand, er solle sich keine Sorgen machen. Sie schuf in ihm die Gewissheit, dass Poe ihr nichts antun konnte und er sich ruhig verhalten solle. Es fiel ihm schwer, aber die Pik-Neun linderte seine Ängste.

Poe und Tadeus sahen zu, wie das Flämmchen um die Karte loderte, ohne das stockfleckige Papier zum Brennen zu bringen. Der mehrschichtige Karton bog sich nicht mal unter der Hitze, die auf ihn einwirkte. Stattdessen schimmerten die Zeichnungen in trübem Dunkellila und wurden zu Schwarzrot, bis das Teelicht einfach erlosch.

Tadeus' Herz beruhigte sich allmählich. *Unzerstörbar!*

Poe reichte ihm die Pik-Neun mit einem Ausdruck auf ihrem Gesicht, der angstvollen Respekt verhieß. »Ich gestehe Ihnen Skepsis zu, was meine Ausführungen über Mudang-Schamanismus angeht«, sagte sie beunruhigt. »Aber Sie werden zugeben, dass dies für eine alte Karte *kein* normales Verhalten ist. Aus meiner Ahnung wurde Gewissheit. Diese Karte ist gefährlicher als befürchtet, wenn sie sich nicht durch Feuer vernichten lässt.«

Er steckte die Pik-Neun ein. »Nein, ist sie nicht«, würgte er hervor und überspielte seinen Schrecken mit vorgetäuschter Überraschung.

»Ist sie nicht? Sie haben es doch gesehen, Herr Boch.«

»Das soll uns vorerst aber nicht belasten oder aufhalten.«

Poes blaue Augen ergründeten ihn. »Na schön. Wir folgen Gillot, um abzusehen, was er als Nächstes tut«, verkündete sie mit ihrer ruhigen, festen Stimme. »Ich rufe ein paar Leute an, die hilfreich sein könnten.«

»Sie haben solche Kontakte?«

»Als Ärztin muss man sich gelegentlich bei gesellschaftlichen Anlässen zeigen.« Poe zog ihr Smartphone hervor. »Mal sehen, was ich bei meinen Kunsthändlerfreunden erreiche.« Sie wählte eine Nummer und zog dabei einen Stift aus der Hoodytasche, um mögliche Erkenntnisse auf die Serviette zu schreiben.

Tadeus war beeindruckt von der Frau, aber er musste noch mehr über sie erfahren, da sie nicht nur seine Wünschelrute, sondern auch seine ärgste Widersacherin sein konnte. Ihr rabiater Umgang mit der Pik-Neun ließ keinen Zweifel aufkommen. Am Ende fände sie eine Möglichkeit, die Karte zu zerstören – nicht auszudenken.

Ich weiß selbst viel zu wenig über das ganze Thema. Mit seinem eigenen neuen Smartphone suchte Tadeus im Internet nach der Geschichte der Spielkarte in Europa und woher sie stammte.

Informationen darüber, wann die Menschheit damit begonnen hatte, Haus, Hof, Geld und das eigene Leben durch die Karten in Gefahr zu bringen, fanden sich genug. Es wunderte Tadeus nicht, dass die Historiker sich nicht zu hundert Prozent einig waren, wo die Ursprünge des Kartenspiels lagen.

Spielkarten entstanden wahrscheinlich erst im 12. bis 13. Jahrhundert. Die frühesten Spielkarten sind in Korea und China des 12. Jahrhunderts nachweisbar, behauptete eine populäre Wissensplattform im Internet.

Korea. Tadeus hob überrascht den Kopf und sah Poe an, die in ihrer fremdartig klingenden Heimatsprache telefonierte, die er zu seiner Überraschung nach genauerem Hinhören verstand.

Es gibt keine Zufälle.

* * *

Frankreich, Provence-Alpes-Côte d'Azur,
Vaucluse, Avignon

Odette saß an ihrem lang gestreckten Arbeitstisch, betrachtete die Kreuz-Zwei und das Herz-Ass durch ihre Handlupe. Das Papier zeigte sich weiß und frisch, glatt und befreit von Schwäche. Die Kur mit der Lebenskraft der Menschen im Keller zeigte erfreuliche Auswirkungen auf den Zustand. Endlich durfte sie mit den Feinheiten beginnen.

Sonnenschein fiel durch die gekippten Fenster, als hätte es niemals Unwetter über der Stadt gegeben, das Zwitschern von vorlauten Spatzen drang in den Raum. Sie hüpften auf den Ästchen des an der Außenmauer rankenden Efeus herum und jagten Insekten. Odette erkannte sie nur als daumengroße, hektische Schatten, die flatternd umherhuschten. Sie freute sich über die kleinen Wesen, auch wenn ihre schlechten Augen ein genaues Betrachten unterbanden.

Charles und Renard waren im mittelalterlichen Haus unterwegs und reparierten Dinge, von denen sie nichts verstanden. Odette hatte es aufgegeben, den Männern Vorträge über ihr Haus zu halten. Das Bauwerk hatte seinen eigenen Willen, der über Jahrhunderte entstanden war. Avignon hatte sich mancherorts stark verändert, die Mauern und Balken ihres kleinen Weinguts hingegen waren geblieben.

Mit den baumwollhandschuhgeschützten Fingern strich sie über die Karten, die sie sodann behutsam in die gepolsterten Halterungen klemmte und zwei beleuchtete Lupen übereinanderschob. Danach veränderte sie deren Licht, um versteckte Details auf dem Papier sichtbar zu machen, die den oberflächlichen Betrachtern verschlossen blieben.

Odette nahm die dicke Brille ab und blickte durch die geschliffenen großen eckigen Gläser aus Bergkristall. Ein Kniff, der die mystischen Besonderheiten aufdeckte. Fehlten bei ihrer Begutachtung gewisse Merkmale auf Herz-Ass und Kreuz-Zwei, wie die Signatur, die ergänzenden Schriftzeichen und Botschaften, hätte ihr Roux brillante Fälschungen angeschleppt.

Zweimal war dies bereits geschehen. Duplikate von extraordinärer Güte. Sie waren in einem so guten Zustand gewesen, dass eine Kellerkur nicht notwendig gewesen war, und die Bergkristalllupe hatte den Irrtum an den Tag gebracht. Leider gelang es Odette nicht, die Fälschungen einem Künstler oder einer Künstlerin zuzuordnen. Sie hätte sich sehr für die Gründe interessiert, ob die Imitate aus Bewunderung oder zur Ablenkung angefertigt worden waren.

An Odettes rechtem Knöchel juckte es. Sie beugte sich herab und zog den grauweißen Strumpf etwas nach unten.

Das dünne, schwarze Plastikband mit dem streichholzschachtelgroßen Sender daran scheuerte auf einem Insektenstich. Weil ihre Beine dünn waren, hatte die Halterung viel Spiel, und die Mücke hatte sich an der ungünstigen

Stelle von ihrem Blut geholt. Ein wenig Salbe und ein Pflaster würden das Leiden lindern, bevor es sich entzündete.

Da sie das Jucken bei ihrer Arbeit störte, erhob sie sich, setzte ihre Brille auf und verließ das Restaurierungszimmer. Wie die Gefangenen im Keller trug auch sie eine Manschette an ihrem Fuß, die jedoch ohne eiserne Kette auskam. Jeder ihrer Schritte wurde überwacht, auch ohne Renards und Charles' Anwesenheit.

Sie ging hinunter in die Küche, wo es nach Charles' neuestem Kuchen roch. Der Mann war ständig am Backen, versuchte sich erfolgreich an neuen Rezepten. Dank seiner kalorienreichen Werke hatte Odette schon einige Kilos an Gewicht zugelegt. Sie vermutete, dass die Sorge um ihr Wohlbefinden Charles dazu trieb, stets etwas Selbstgemachtes zum Naschen anzubieten. Sie sah eine große Torte auf dem Tisch stehen, der Tisch war ungewöhnlich ausladend für drei gedeckt und mit Kerzen dekoriert.

Odette fand, dass Charles den Aufwand übertrieb. Sie zog die Schublade auf, in denen sich Tablettenblister, Salben und Pflaster zu einem Sammelsurium mischten. Die zahllosen Beruhigungsmittel brauchten sie, um die Menschen im Keller apathisch zu machen. Zwar gelangte kein Schall nach draußen, aber es lebte sich entspannter, wenn die Gefangenen nicht an den Ketten zogen oder sich bei sinnlosen Ausbruchs- oder Selbstmordversuchen verletzten. Nach dem Vorfall mit dem aufständischen Sinti war die sedierende Dosis in der Nahrung erhöht worden.

»Ich muss es endlich besser ordnen«, murmelte Odette eigenvorwurfsvoll und fand schließlich die gesuchte Salbe.

Es schellte an der Tür.

Odette schob die Tube in die Tasche ihrer Kittelschürze, prüfte mit einem Griff den Sitz ihres Dutts und bewegte sich zum Eingang. Von Weitem vernahm sie, dass Renard schneller gewesen war und bereits öffnete.

Stimmen erklangen, es wurde diskutiert.

Anhaltende Dispute machten Odette unruhig, und sie überlegte, welchen Anlass es geben könnte. Monsieur Libeau konnte es nicht sein, das Pétanque-Spiel begann erst in zwei Stunden. Bestellt hatte sie nichts, angekündigt hatten sich weder Schornsteinfeger noch jemand von den Stadtwerken.

Ein ungutes Gefühl breitete sich in Odettes Eingeweiden aus. Leicht steif ging sie den Flur entlang zur Tür. Überraschungen konnte sie nicht leiden.

»… meine Großmutter sehen möchte«, sagte eine Frau aufgebracht.

»Sie fühlt sich gerade nicht gut. Rufen Sie doch später an«, erwiderte Renard sehr freundlich.

Odette wurde heiß und kalt. Denise! Ihre Enkelin! Was tat sie in Avignon?

Jedes ihrer Kinder und Kindeskinder wusste, dass Odette Überfallbesuche hasste. Es schickte sich nicht, unangemeldet vor der Tür zu stehen, unabhängig davon, was im Haus und im Keller vorging.

Der letzte reale Kontakt lag drei Jahre zurück. Sie hatte sich mit Denise und den Kindern in der Stadt in einem Café getroffen. Seither hatte sich ihre Enkelin wie der Rest der Familie mit Telefonaten, Mails und Briefen sowie großen Geschenken für die Kinder abspeisen lassen. Odette galt bei ihren Nachkommen als alt und verschroben, aber nett und großzügig. Man hatte ihren Wunsch nach Ruhe akzeptiert.

»Grand-mère!« Zwei halb große Schatten drängten sich an Renard vorbei, dann hüpften Jean und Hermine um Odette, offenkundig erfreut, ihre Urgroßmutter wiederzusehen. »Alles Gute zum Geburtstag!«, riefen sie gemeinsam.

Die Torte. Der gedeckte Küchentisch. Sie hatte die Zeichen nicht gedeutet. Wie immer, wenn sie sich mitten in der Restaurierung der Karten befand, schaltete sie jegliche Kommunikation nach außen ab. Kein Telefon, keine Mails. Sie hatte dabei ihren eigenen Geburtstag vergessen.

Renard, der einen verdreckten Blaumann trug, drehte den glänzenden Kopf zu ihr und versuchte, sich mit Blicken abzusprechen. Jetzt durfte kein Fehler geschehen, oder die Katastrophe war unvermeidlich.

»Danke«, sagte Odette und überlegte, ob sie den Strumpf über das Senderband gezogen hatte, und hoffte auf die kaschierende Wirkung ihres Kittels. »Ach, ihr Lieben!« Sie wunderte sich, wie groß die Sprösslinge waren. Sie hatte das Alter ihrer Urenkel vergessen. Zehn? Zwölf?

»Es riecht nach Kuchen«, quäkte Hermine, die aussah wie eine kleinere Ausgabe ihrer Mutter, adrett jugendlich gekleidet, die hellen Haare zu Zöpfen geflochten.

»Lecker!«, steuerte Jean bei, der in seiner streberhaften Aufmachung an ein Mini-Mitglied eines Country Clubs erinnerte, inklusive gelgestylten Seitenscheitels.

»Dann: Herzlich willkommen.« Renard gab endlich den Eingang frei. Das Abwimmeln würde nicht mehr funktionieren.

Herein kamen Denise und ihr unsäglicher Langweiler-Ehemann Robert, der einen Tapetenladen mit vier Filialen in Paris hatte, um mit überzogenen Preisen Reiche abzuzocken. Eine Rolle, so erinnerte sich Odette vage, kostete allen Ernstes 400 Euro.

Odette sah die beiden zum ersten Mal in Urlaubskleidung, in Shorts und mit Polohemden im Partnerlook, auf denen das Emblem der Firma prangte. Werbung auch im Urlaub, das passte zu Robert. Ein Wunder, dass seine Kinder nicht auch dazu gezwungen wurden.

»Na, welcher Wind trug euch denn nach Avignon?«, fragte sie fröhlich und täuschte Freude über das Auftauchen vor, um es nicht schlimmer zu machen. »Nur wegen meines Geburtstags?«

»Um ehrlich zu sein: Wir waren auf dem Weg nach Marseille. Das ist so lange her, dass wir uns gesehen haben, Grand-mère, und wir dachten, du freust dich, wenn wir mit dir feiern. Ich habe von unterwegs angerufen, aber es ging keiner ran«, sagte Denise und kam auf sie zu, umarmte sie. »Mon Dieu, bist du dünn! Du isst zu wenig.«

»Ach, in meinem Alter braucht man nicht mehr so viel.«

Renard deutete hinaus. »Monsieur, Ihr Wagen«, rief er Robert zurück, der jeden Ähnlichkeitswettbewerb als Clark Kent gewonnen hätte. »Der kann da nicht stehen bleiben. Die Straße ist zu eng.« Er nahm den Schlüssel vom Brett. »Ich mache Ihnen die Scheune auf. Da können Sie ihn parken, Monsieur.«

Odette schloss für einen Moment die Augen. Sie hoffte, dass sich verhindern ließ, was Renard vorbereitete.

»Aber sicher. Danke.« Robert drückte seiner Frau die Tüte mit den gekauften Keksen in die Hand und folgte Renard hinaus, das Rumpeln der schweren Torflügel erklang wenige Sekunden später.

»Wer ist dieser Mann?«, erkundigte sich Denise leise. »Ich dachte zuerst, wir wären falsch.«

»Mein … Hausangestellter. Er und sein Bruder.« Odette lotste die Familie in die Küche zum Kuchen. Süßigkeiten lenkten immer ab, das wussten schon die Märchen. Sie versuchte, sich von der Überraschung zu erholen. Der Besuch konnte noch ein gutes Ende nehmen.

Wie gerufen stand Charles am Tisch, deckte in Windeseile Geschirr und Teller dazu und schnitt den duftenden Kuchen auf. Dass er eine zu kleine Frauenkochschürze trug, störte ihn nicht. »Bonjour«, sagte er heiter und hielt das lange Messer mit der geraden Klinge. »Oh, là, là, wir haben Gäste. Ich habe das ja geahnt. Es gibt Zitronen-Kardamom-Schoko-Torte.« Er zwinkerte den Kindern zu. »Ihr seid Jean und Hermine. Eure Grand-mère erzählt die ganze Zeit von euch.«

Dann sah er zu Denise. »Madame Leroy. Wie schön, Sie kennenzulernen.« Er zeigte auf die brodelnde Kaffeemaschine. »Ist gleich so weit.«

»Grand-mère! Du hast mir nie von den Goldstücken geschrieben oder am Telefon erzählt!« Denise setzte sich an den Tisch, ihre Kinder taten es ihr nach. Man sah ihr die Verwunderung an. »Hausangestellte?«

»Du weißt ja, dass ich nicht zu den Ärmsten gehöre«, dämpfte Odette den Überschwang ihrer Enkelin und ließ sich auf den freien Stuhl fallen. Sie brauchte dringend Kaffee und Zucker. »Was soll ich denn mit dem ganzen Geld machen?«

»Uns vererben!«, rief Jean vorlaut.

»Geschenke kaufen!«, schlug Hermine grinsend vor.

Odette musste bei allem Unglück lachen. »Das tue ich beides. Aber im normalen Leben können mich vier Hände dabei entlasten, diesen alten Kasten in Schuss zu halten.«

»Das ist ja eine Überraschung.« Denise bedankte sich mit einem Nicken bei Charles, der die Zitronen-Kardamom-Schoko-Torte in großen Stücken verteilte. »Gute Idee, Grand-mère.«

»Das dachte ich auch.« Sie ließ sich den Kaffee anreichen. »Erzählt, was es alles Neues in Paris gibt.« Odette wollte sie ablenken und täuschte Normalität vor.

Ihre Enkelin plapperte los. Möbel neu, Umzug in ein schickeres Viertel, Zusammenarbeit mit ausländischen Designern, um internationalen Schick auf die Tapeten zu bekommen. Es folgte die nahtlose Überleitung zu den Kindern, was Jean alles konnte, was Hermine besonders gut konnte, Hobbys, Freunde, Bekanntschaften. Denise ratterte wie ein deutsches Maschinengewehr, hätte Odettes Vater gesagt.

Zwischenzeitlich gesellten sich Renard und Robert zu ihnen. Keiner außer Denise kam zu Wort, was Odette nicht schlecht fand. So musste sie sich nichts ausdenken.

Irgendwann wurden die Kinder unruhig und wollten sich die Beine vertreten.

Charles erklärte sich unverzüglich bereit, mit ihnen in die Scheune spielen zu gehen. Kaum merklich nickte er Renard beim Verlassen der Küche zu, der unverfänglich die Kuchengabel als Zeichen der Zustimmung hob; zweimal klopfte er auf den Tisch, wie er es sonst im Keller bei seinen Opfern tat. Die Männer waren vorbereitet.

Odettes Herz schlug hart, schmerzvoll hinter ihren Rippen.

»Ich sehe schon, bei euch ist ordentlich was los. Und danke, dass ihr an mich gedacht habt. Aber ihr brecht am besten bald auf.« Sie musste versuchen, ihre Familie loszuwerden. »Es wird ein Unwetter geben, ich spüre das in meinen Knochen. Und müde fühle ich mich auch.«

Denise lud sich ein zweites Stück Kuchen auf. »Das haben wir auch vor, nicht wahr, Robert?«

»Haben wir.« Er sah auf seine teure Armbanduhr, die im Licht blitzte. Statussymbol für Reiche. »Sag, Grand-mère, kann ich mir eine Flasche Wein aus deinem Keller borgen? Ich habe einem Geschäftspartner versprochen, ihm von dem Tropfen mitzubringen, den du uns immer schickst.«

Odettes Herz pumpte rascher. Robert konnte nicht wissen, dass sie sich die Flaschen anliefern ließ, von denen sie behauptete, sie stammten aus ihrem Familien-Bestand. Die Etiketten fälschte sie aus Spaß selbst. »Leider sind die Vorräte aufgebraucht.«

»Oh, sehr schade.« Robert hielt seine Tasse wie selbstverständlich in Richtung Renard, damit er ihm aufgoss.

Der Mann kam der Aufforderung mit Widerwillen nach, von dem weder Denise noch ihr Gatte was bemerkten.

»Die Tropfen waren vorzüglich.« Robert stellte sein Gefäß vor sich ab, dann zeigte er auf den Glatzkopf. »Kanntet ihr euch eigentlich?«

Denise runzelte die Stirn. »Nein. Woher?«

»Ihr seid doch eine Familie.« Robert lachte. »Und so groß ist sie nicht. Seid ihr euch nicht bei Treffen über den Weg gelaufen?«

»Das verstehe ich nicht.« Sie schob sich ein Stück Torte in den Mund.

Renard sah zu Odette, die starr vor Angst auf ihrem Stuhl ausharrte. Ihr Mund war trocken. Die Küche schwankte leicht um sie. Sie fühlte Wut auf Denise, die sie in diese Lage gebracht hatte. Es gab einen Grund, warum Odette keinen Besuch wollte.

»Na, du, Renard und Charles, ihr seid doch verwandt«, setzte Robert nach und schaute durch seine Clark-Kent-Brille. Dann schlug er sich an die Stirn und schob die gekauften Kekse zu Odette. »Alles Gute auch von uns. Wir haben ein bisschen Geld dazugelegt.«

Odette sah auf die Packung. Ein dümmeres Geschenk hätte es kaum geben können, aber es passte zu Robert, dessen Idee es sicher gewesen war.

»Oh. Das wüsste ich aber.« Denise wandte den erstaunten Blick zu Odette.

»Ich …« Odettes Überforderung schnürte ihr die Luft ab.

»Sag es ihr ruhig«, stand ihr Renard bei. »Die Zeit ist reif dafür. Niemand wird dich dafür verurteilen.« Er legte seine Hand auf ihre dürren Finger. »Sag ihr, dass wir aus einer Affäre stammen.«

»Nein!«, stieß Denise aus und schlug die Hand vor den Mund, damit der Tortenbissen nicht herausfiel. Robert setzte die Tasse verwirrt ab, die er eben an die Lippen gesetzt hatte.

Odette fühlte einen Stein von ihrem Herzen fallen. Auf die einfachste aller Lügen wäre sie nicht gekommen. »Jetzt ist es raus«, sagte sie. Die Erleichterung war echt, spürbar, was die Unwahrheit stützte. »Es ist in der Zeit nach meiner Scheidung passiert. Ich musste die Schwangerschaft vor allen verbergen und habe heimlich einen Sohn zur Welt gebracht. Ich gab ihn in ein Kinderheim. Es durfte keinen Skandal geben.«

Renard tätschelte die faltige, alte Hand. »Sie hat uns zu sich geholt, nachdem wir bei ihr erschienen und vom Tod unseres Vaters berichteten. Dafür sind wir ihr sehr dankbar.«

»Du meine Güte!«, rief Denise, nachdem sie den Mund mit schnellem Schlucken geleert hatte. »Zwei Cousins!« Sie musterte Renard. »Da ist nicht viel Ähnlichkeit.«

»Ich komme mehr nach meiner Mutter«, sagte er mild lächelnd und reichte ihr die Hand, die sie schüttelte.

»Willkommen in der Familie.« Denise lachte. »Robert, ich sagte es, dass wir an dem Geburtstag etwas Besonderes erleben.«

Doch ihr Gatte schien sich an der Freude nicht beteiligen zu wollen. »Wie gut, dass Grand-mère reich ist, nicht wahr?«

»Robert, bitte!« Denise sah peinlich berührt in die Runde. »Du und dein Geschäftsdenken.«

»Es ist alles in Ordnung.« Odette bemühte sich, nicht zu verkrampft zu wirken. »Ich hätte euch früher davon erzählen müssen.« Das Gerüst aus Lügen war wacklig.

»Wo stecken eigentlich die anderen drei?«, fragte Denise, während sie die Krümel mit der Gabel zusammenscharrte. Sie wollte erkennbar ablenken.

»Oh, die Scheune ist ein einziger Abenteuerspielplatz«, beruhigte Odette und nahm den Ball auf. »Da gibt es immer was zu entdecken.«

Robert schien nicht zufrieden zu sein. »Verzeihung, wenn ich das offen ausspreche, aber Odette ist wohlhabend und hat – möge sie lange leben – ein nicht geringes Erbe zu vermachen.« Er betrachtete Renard. »Da kann ich mir vorstellen, es könnte skrupellose Menschen geben, die sie ausnehmen wollen und sich eine Nennung im Testament sichern, nachdem sie sich jahrelang nicht kümmerten.«

»Sie kümmern sich sehr gut um mich«, warf Odette ein. »Ich sagte doch, es ist alles in Ordnung.«

»Das finde ich nicht.« Robert, gestählt von Verhandlungen und Abschlüssen, hatte sich wie ein Hai festgebissen. Er bekam die Gelegenheit, endlich auch einmal aufzutrumpfen und nicht als schnöder Verkäufer von überteuerter Wanddekoration zu gelten. »Es ist ja nicht mal bewiesen, dass Sie zwei die *echten* Enkel sind. Nicht, dass Sie sich einfach dafür ausgeben, weil man Ihnen diese Geschichte erzählt hat.«

»Robert, jetzt lass es gut sein«, schnarrte Denise, die zwischen ihrer Großmutter und Renard hin- und herschaute, um deren Blicke einordnen zu können. »Das hat bestimmt seine Richtigkeit.«

»Und ich bin nicht senil«, fügte Odette hinzu und verfluchte Robert innerlich aufs Heftigste. »Vielen Dank, dass du dir solche Sorgen machst, Schwiegerenkel, aber glaube mir: Renard und Charles stammen von mir ab. Ich habe eine DNS-Analyse machen lassen.« Sie sah ihm an, dass dieses Argument zog. »Ohne dass sie davon wussten.« Sie tippte sich gegen die Stirn. »Ich bin schlau, mein Lieber.«

Denise lachte erleichtert auf. Die aufkeimenden Verwandtschaftszweifel, die eben deutlich auf ihrem Gesicht abzulesen gewesen waren, zerstreuten sich. »Das hättest du gleich sagen können!«

»Ich wusste nicht, dass mein Schwiegerenkel derart hartnäckig auf meiner Naivität besteht.« Odette atmete durch und seufzte. »Wäre es damit erledigt, Robert?«

Der Tapetenverkäufer saß mit hochrotem Kopf am Tisch und wandte sich an Renard. »Ich muss mich bei Ihnen entschuldigen. Es war nicht so gemeint.«

»Schwamm drüber«, gab dieser entspannt zurück. »Es ehrt euch, dass ihr euch Gedanken um eure Großmutter macht.« Renard grüßte mit dem Kuchenmesser in die Runde, was durchaus als Drohung interpretiert werden konnte. »Lang lebe Odette.«

Man lachte und stimmte in den Segenswunsch ein, was Odette mit einem huldvollen Winken quittierte. Es wurde synchron Kaffee getrunken und gehofft, die unangenehme Situation beseitigt zu haben.

»Also, ehrlich: Ich staune noch immer. Eine Affäre.« Denise nahm grinsend ihr Smartphone heraus. »Das muss ich Maman schreiben.«

»Wäre es nicht passender, wenn ich das mache?«, warf Odette ein.

»Sicher«, stimmte Robert zu und blickte auf seine Angeberuhr. Er hatte sein Gesicht verloren und es plötzlich sehr eilig. »Es wird dringend Zeit, Liebes. Marseille erwartet uns.«

Odette entspannte sich leicht. Die Dinge wendeten sich zum Guten.

Plötzlich fegte Jean herein und kroch unter den Tisch. »Nicht verraten«, wisperte er. »Wir spielen Verstecken.«

Renard und Odette sahen sich besorgt an. Das gewählte Kinderunterhaltungsprogramm konnte sich als schlechter Einfall von Charles erweisen.

Ihr fiel ein, dass sie Herz-Ass und Kreuz-Zwei ungeschützt in ihrem Restaurierungszimmer gelassen hatte, eingeklemmt und zur Schau gestellt, was sich neugierige Kinderaugen und -hände nicht entgehen lassen würden. Die Karten gerieten in Gefahr, unsachgemäß angefasst und beschädigt zu werden. Manche blieben empfindsam, solange sie nicht ihre volle Macht besaßen, andere wiederum erwiesen sich beständiger als Beton oder Stahl.

»Nein, genug getobt. Wir wollten fahren.« Denise bückte sich, hob das Tischtuch und blickte zu ihrem Sohn. »Holst du bitte deine Schwester, zum Adieu sagen?«

»Diese Runde noch, Maman«, bettelte er und kicherte. »Die kann aber lange dauern.«

»Na, dein Versteck ist ja eher schlecht«, kommentierte Clark-Kent-Robert und streichelte den gescheitelten Schopf seines Miniaturabbildes. »Charles hat dich gleich.«

»Wo ist Hermine?«, erkundigte sich Odette mit strenger Stimme. Jeder hörte ihre Sorge.

»Nicht in deinem Arbeitszimmer, Grand-mère«, flüsterte Jean aus seinem Versteck. »Wir wissen, dass du das nicht leiden kannst. Hat uns Charles gesagt.«

»Wo dann?«, hakte Renard ein.

»Sie ist in den Keller«, verriet der Junge und kicherte. »Da ist es dunkel. Und man kann sich prima in die Ecken drücken.«

»Ah, der Keller«, sagte Odette heiser vor Aufregung. Das schlimmste Szenario rückte in greifbare Nähe. Wenn Hermine die Tür ins Verlies öffnete und die angeketteten Menschen fand, gab es kein Zurück. »Das … ist ganz schlecht. Da sind einige Steine in der Mauer lose. Am besten, ich gehe und suche sie.« Sie stand auf.

»Keinesfalls! Du fällst mir die Stufen runter«, intervenierte Denise. »Renard, würdest du …«

»Niemand kennt sich dort besser aus als ich«, beharrte Odette.

»Wir gehen *alle*«, entschied Robert ungefragt und erhob sich. »Dann finden wir sie schneller.«

»Och, das ist unfair!«, beschwerte sich Jean und kroch unter dem Tisch hervor. »Ich hätte gewonnen.«

Ein anhaltendes metallisches Schleifen kam den Flur entlang, der sich an die Küche anschloss. Das Geräusch war wie aus einem Horrorfilm, so bedrohlich waberte es mit hohlem Hall von den Wänden in die Küche.

Odette und die Übrigen erstarrten, die angelehnte Tür öffnete sich quietschend.

Aus dem Zwielicht trat Hermine, die Kleidung voller Dreck und Blutspuren. In der linken Hand zerrte sie den blutverschmierten Spieß mit der schwertähnlichen Klinge hinter sich her. »Das habe ich am Treppenabsatz gefunden. Im Keller«, sagte sie begeistert und leicht außer Atem. »Und die vielen Stimmen hinter der Tür und das Kettengerassel! Sind das Geister?«

Hinter ihr erschien Charles, die kleine Schürze mit Spinnweben bedeckt und das Gesicht ausdruckslos.

Odette schloss die Augen. Sie wollte nichts sehen.

Tock, tock, pochte Renard neben ihr zweimal mit der Gabel auf den Tisch.

Zuerst schrie Hermine. Dann Denise.

* * *

By gaming we lose both our time and treasure –
two things most precious to the life of man.
Owen Feltham (1602–1668)

Kapitel VIII

Bundesrepublik Deutschland, Berlin

Mit dieser Karte«, sagte Frieder Honett getragen und reckte das mit einem Narren versehene Kartonblättchen ins Scheinwerferlicht, »spielte einst der legendäre Doktor Faustus, jener wandernde Wunderheiler, Alchemist, Magier, Astrologe und Wahrsager, der so viele Schreiber und Menschen faszinierte. Seit dem 16. Jahrhundert.« Der hochgewachsene, blonde Mann Anfang zwanzig machte einen Schritt an den Bühnenrand und zeigte den Narren den Besuchern in der ersten Reihe. »Das dazugehörige Kartenspiel verging in der tragischen Explosion, in der Faustus seinen Tod fand. Bis auf diese Karte.«

Frieders Outfit bestand aus schwarzer Hose und Gehrock, darunter trug er ein weißes Hemd mit hohem Stehkragen. Die Ärmel hatte er leger in die Höhe geschoben, an den manikürten Fingern saß kein Schmuck, um die Beweglichkeit zu gewährleisten. Die Kleidung lehnte sich bewusst an den Stil der Vaudeville-Künstler um 1900 an.

»Warten Sie. Ich zeige Ihnen diese Besonderheit.« Er sprang hinab und ging langsam an den Zuschauern im Friedrichstadt-Palast vorbei, die viel Geld für eine Premium-Karte gezahlt hatten.

Zwei Scheinwerfer folgten ihm, die restliche Lichtbatterie hüllte seine Zwillingsschwester auf dem hochlehnigen Stuhl auf der Bühne ein: Frieda Honett, das Medium, die jeden Gegenstand erriet, den er in seinen Händen hielt. Sie trug ein unschuldiges weißes Kleid, das sich auf den zweiten Blick als dezent durchsichtig erwies. Die Wäsche darunter konnte man durchaus als erotisch bezeichnen. Teil ihrer Show. Ablenkung machte jeden Trick einfacher. Ihre Augen waren mit einer schwarzen Lederbinde verbunden, die einen Kontrast zu den langen, platinblonden Haaren bildete.

»Il Matto, der Sküs, der Narr. Die Trumpfkarte, die im Tarock alles schlägt.« Frieder ließ die Menschen die historische Karte sehen, forderte zwei Damen auf, sie anzufassen und daran zu riechen. Die Oberfläche zeigte rings um den abgebildeten Mann in buntem Kostüm und Augenmaske verschiedenfarbige Flecken, Kratzer und Brandlöcher, die sich halb durch das Blatt gefressen hatten. »Bemerken Sie die Spuren von Schwefel?«

Die Frauen nickten gebannt.

»Der Legende nach hat der Teufel persönlich den Herrn Doktor geholt. Dies« – er hielt die Tarockkarte hoch – »sind seine Spuren. Blut und Alchemie. Das gibt ihr die besondere, magische Wirkung, mit der meine bezaubernde Schwester arbeiten kann.«

Frieder sprang aus dem Stand auf die Bühne und ging gemessenen Schrittes auf sie zu. »Frieda, bist du bereit?«

»Ja, mein Bruder.«

»Dann strecke die Hände nach vorne und nimm des Doktor Faustus' Karte mit allen zehn Fingern.«

Frieda beherrschte das Spiel perfekt. Ihre Bewegungen kamen anmutig wie die einer Tänzerin daher. Große Gesten für großen Betrug, den die knapp zweitausend Zuschauer unterhaltsam fanden. In Wahrheit hieß sie Sandra, er Klaus, und der Nachname lautete nicht Honett, sondern Ehrlich. Da aber bereits ein Illusionistenpaar mit diesem Namen unterwegs war, hatten sie sich für ein Synonym entschieden, das sogar noch besser klang.

Auch die Requisiten-Karte stammte nicht aus dem 15. Jahrhundert, schon gar nicht von Faustus, sondern vom Berliner Flohmarkt. Einen Euro hatte Klaus einem Jungen dafür bezahlt, weil er den Narren und die Kolorierung schön fand. Ein Bekannter, dem er sie zeigte, schätzte sie auf das Jahr 1825. Aber das Publikum wollte getäuscht werden.

Friedas schwarz lackierte Nägel glitzerten im Scheinwerferlicht, ausgelöst von winzigen, aufgeklebten Strasssteinen. »Beginne, mein Bruder.«

Frieder ging die Treppe hinab. »Meine Damen und Herren. Ich werde nun zu Ihnen kommen, und Sie geben mir bitte einen Gegenstand, frei ausgewählt. Ich werde ihn abtasten und betrachten.« Er passierte die ersten Reihen und ging den arenahaft ansteigenden Innenraum nach oben, ein Spotscheinwerfer folgte ihm. Auch diese Besucher sollten was geboten bekommen. »Meine Schwester wird durch die Macht der Karte des Doktor Faustus fühlen können, was ich fühle, sehen können, was ich sehe. Bis in die Details.«

Ein ungläubiges Raunen ging durch das Publikum. In den Zeiten von Internet und Fernsehen waren die Menschen vieles gewohnt und schwer zu überraschen.

Frieder kannte das.

Die modernen Illusionisten arbeiteten spektakulär und mit riesigem Aufwand, bekamen eigene Shows, in denen sie sich mit Tricks überboten. Teilweise standen diese Attraktionen in der Tradition von Houdini oder dem großen Kellar, teilweise handelte es sich um Neuerfindungen, die unglaublich viel Geld verschlangen. Und dann gab es die frustrierten Kollegen, die im Internet jeden Kniff verrieten. Enthüller nannten sie sich.

Frieder wählte einen anderen Weg. Man musste keinen Elefanten, kein Flugzeug oder einen Menschen verschwinden lassen. Die Menschen fürchteten sich viel mehr davor, dass man ihre Geheimnisse aufdeckte.

Genau das tat er.

»Guten Abend.« Er begab sich vor eine Frau, deren Kleidung aus einem Billigladen stammte. Mitte dreißig und zu viel Schminke, um falsches Selbstbewusstsein aufzutragen. »Wie heißen Sie?«

Bevor die Frau ihren Mund öffnen konnte, sagte Frieda auf der Bühne: »Ihr Name ist Jessica.«

»Das … ist richtig«, gab Jessica verdutzt zu und erhob sich langsam, zuppelte an ihrem engen Shirt herum. Der Scheinwerfer riss sie aus dem Schutz der Dunkelheit.

»Jessica. Wie schön, Sie hier zu treffen. Haben Sie etwas, was Sie mir geben möchten?«

Sie suchte in ihrer Hosentasche und reichte ihm ihr Handy.

»Aufgepasst, meine Schwester«, rief er zur Bühne. Das Codewort *aufgepasst* bedeutete *Smartphone*.

»Die Karte des Doktors sagt mir, dass es ein Handy ist«, erklang es prompt von Frieda.

»Das ist viel zu leicht. So, Karte, du Karte in den mächtigen Fingern meiner schmächtigen Schwester: Wie ist die Seriennummer?«

»Ich sehe sie.« Frieda nannte die Ziffernfolge, dank der eingesetzten Codewörter für die entsprechenden Zahlen.

Bis hierhin würden die Skeptiker den Trick zu kennen glauben, ein uralter Kniff und früher öfter auf Jahrmärkten zum Einsatz gekommen.

Aber Frieder hatte vorgesorgt und seine elektronischen Spione eingesetzt: Hot Reading nannte man das Vorgehen in der Fachsprache. Das Bistro und der Warteraum waren mit verborgenen Mikrofonen und Kameras bestückt, über die er und seine Schwester sich ihre Opfer aussuchten und gezielt ausspionierten. Jede Information aus dem Gespräch wurde aufgezeichnet und sich von den beiden eingeprägt.

»Darf ich Sie anfassen, Jessica?«, erkundigte sich Frieder und legte nach einem schüchternen Lächeln eine Hand in ihren Nacken. »Schwester, was offenbart dir die Narrenkarte zu unserem Gast?«

»Sie hat einen kleinen Bruder«, sagte Frieda und gab ihrer Stimme das Verrucht-Abwesende, wie man es von einem Medium in Trance erwarten durfte.

Jessica war ehrlich verblüfft und erstaunt. »Woher …?«

»Die Karte sagt mir, dass er heute vom Pferd gefallen ist«, sprach Frieda. »Aber es ist nicht sein Pferd. Es ist braun. Braun und mit einer weißen Blesse. Ihr Bruder heißt Philipp, das Pferd … Iggy.«

Jessica stand der stark geschminkte Mund offen, erster Applaus kam auf.

»Nicht so hastig, wertes Publikum. Kann die Karte etwas Persönlicheres sehen?«, hakte Frieder ein.

»Jessica, Ihre dunkelgrüne Unterhose hat ein kleines Etikett«, kam es von Frieda wie aus der Pistole geschossen. »In Gelb, weiße Aufschrift. Der Hersteller ist …«

»Okay, das reicht!« Jessica setzte sich rasch hin und unterbrach den Kontakt zu Frieder, der daraufhin ein lautes »Ho« von sich gab, was als Zeichen für seine Schwester galt, nicht mehr weiterzusprechen. Das Wissen über die Marke der Unterwäsche stammte vom Zoom und einer Ausschnittsvergrößerung, als sich Jessica im Bistro nach vorne gebeugt hatte. So einfach war Zauberei.

»Das ist unheimlich«, stammelte die Ausgespähte. »Echt unheimlich.«

»Meine Damen und Herren: Applaus für Jessica!« Frieder badete im Beifall und suchte sich neue, scheinbar wahllos Opfer aus, mischte die Codewort-Taktik mit dem Hot Reading.

Es wurde ein triumphaler Auftritt, den niemand im Friedrichstadt-Palast vergessen würde. Informationen, Geheimnisse, Wissen, das man nicht auf sozialen Plattformen fand, gelangten ans Licht, wobei Frieder und sein Team stets diskret blieben. Seitensprünge und dergleichen Intimes blieben unter Verschluss.

Jetzt sollte die Krönung der Geschwister Honett folgen.

»Nun würde ich jemanden bitten, mit mir auf die Bühne zu kommen: Er soll meine Schwester genau inspizieren, damit Sie sehen: Es ging mit mystischen Dingen zu, nicht mit Ohrhörern oder anderen technischen Hilfsmitteln. Die Karte des Doktor Faustus – mehr brauchen wir nicht.« Er richtete den hohen, weißen Kragen und zwinkerte einer Riege aus Jungs zu. »Und ich weiß, dass es gern *Männer* tun würden.« Das Publikum lachte auf. »Wer möchte auf die Bühne?«

Die Arme flogen in die Höhe, und es waren überwiegend männliche.

Frieder wählte in den Shows stets einen aus, der sich nicht meldete. Sie waren in Schüchternheit und Genauigkeit authentischer.

»Wir haben einen Unfreiwilligen«, sagte er laut und ging auf den Mann zu, der sich in der dritten Reihe klein machte. Der Bart hing zerzaust bis auf die Brust, die Nase war einen Ticken zu groß geraten, die Jacke wiederum schien aus schlankeren Zeiten zu stammen. Sein Zaudern wurde vom Klatschen besiegt. Er zog sich die ausgebeulte Hose über den Bauch und begleitete den Magier die Treppe hinauf zu Frieda. »Wie heißen Sie?«

»Weiß das nicht die Karte?«, kam es von dem Typen, dessen halblange schwarze Haare nach Öl rochen, und hatte die Lacher auf seiner Seite.

Solche Sprücheklopfer kannte Frieder, und er konterte mit Souveränität. »Die Karte schon, aber meine Schwester ist erschöpft. Bei der nächsten Vorstellung, das schwöre ich, könnten Sie nichts vor ihr verbergen. Auch nicht Ihre intimsten Internetsuchwörter.«

Dieses Mal lachte die Menge für ihn.

»Karsten«, murmelte er und errötete unter seinem Fusselbart. »Ich heiße Karsten.«

Sie hatten die Bühne erreicht und gelangten zu Frieda. Sie hielt die Narrenkarte noch mit beiden Händen vor sich. Es war ein Kraftakt, für den sie täglich trainierte.

»Sehr gut, Karsten. Jetzt wühlen Sie sich durch die Haare, schauen Sie in die herrlich symmetrischen Ohren meiner Schwester, tasten Sie jeden Millimeter ab, den Sie prüfen wollen«, forderte Frieder ihn auf. »Und danach sagen Sie dem Publikum, ob Sie Kabel, Sender oder derlei gefunden haben. Seien Sie gründlich, und genießen Sie's. Sie werden sicherlich soeben beneidet.«

Der Friedrichstadt-Palast lachte erneut aus knapp zweitausend Kehlen. Es erklangen anfeuernde Rufe von neidischen Jungmännern, während sich Karsten zuerst um die ausgestreckten Arme der Frau kümmerte und aufwärtswanderte.

Frieder schaltete innerlich runter, die Adrenalinausschüttung fiel ab. Es hatte bestens funktioniert, und die Show setzte zum perfekten Landeanflug an. Lächelnd wandte er sich zu der Menge. »Sie sehen, meine Damen und Herren, ich …«

»Da! Da ist was.« Karsten stand schräg neben Frieda, zog die Hand aus den platinblonden Locken und hob ein elektronisches Bauteil in die Luft.

Frieder wandte irritiert den Kopf, da er genau wusste, dass das nicht sein konnte. Er betrachtete Karsten, der unaufgefordert an den Bühnenrand trat und der ersten Reihe seinen Fund wies.

Ein neuerliches Raunen rollte durch den Saal, eine Welle aus Enttäuschung und Wut baute sich auf. Das Publikum wollte betrogen sein, nicht ernüchtert. Erste böse Lacher und »Buh!« ertönten.

Frieda nahm sich die Augenbinde rasch ab und erhob sich aufgebracht, legte sie zusammen mit der Karte auf den Stuhl.

»Das ist ungehörig«, sagte sie mit fester Stimme und kein bisschen sexy, sondern strafend wie eine Domina. »Das ist nicht von uns!«

»Schiebung!«, rief einer der übermotivierten Jungmänner, noch verstimmt, weil die Leibesvisitation nicht an ihn gegangen war.

»Ihr seid ja feine Betrügermagier«, tönte es aus einer anderen Ecke aus dem gleißenden Licht der Scheinwerfer.

»Bitte. Contenance,« Frieder hob die Arme, und die Unruhe wurde leiser. »Meine Damen und Herren. Ich kann beweisen, dass es nichts mit uns zu tun hat.« Er warf einen Blick auf das kleine Gerät, das allerhöchstens ein Sender war. Er brachte nichts, außer den Zweifel und die Verärgerung der Zuschauer. Genau das war der Plan desjenigen gewesen, der ihn eingeschmuggelt hatte. »Frieda, bitte lege deine Kleidung ab. Alle sollen sehen, dass du nichts Verbotenes an dir trägst. Außer deiner Figur.«

Das Lachen in der Halle klang erleichtert.

Frieda begann einen spielerischen Strip, den sie mit einer Leichtigkeit und Frivolität hinlegte, als sei es als Teil der Show vorgesehen gewesen. Die Regie spielte geistesgegenwärtig einen Gassenhauer der Goldenen Zwanziger dazu. Seine Schwester war ein Profi.

Frieder schaltete sein Headset ab und winkte Karsten zu sich. »Du setzt dich auf den Stuhl«, wies er ihn an. »Und wartest.«

»Was habe ich denn falsch gemacht?«, fragte er verdattert.

»Das weiß ich noch nicht«, knurrte Frieder und nahm ihm die entdeckte Vorrichtung ab. »Setz dich und warte. Verstanden? Wenn du versuchst abzuhauen, prügeln dich meine Leute vor der Tür zusammen.«

Karsten nickte eingeschüchtert und nahm Platz.

Während seine Schwester die Hülle abstreifte und ihm Zeit verschaffte, überlegte Frieder fieberhaft, wer diesen

Sender platziert haben könnte: die Haarstylistin, einer der Bühnentechniker – oder Karsten. Die Konkurrenz arbeitete mit fiesen Mitteln, um ihre Show zu diskreditieren. Der Sprung der Honetts über den Teich nach Las Vegas geriet in Gefahr.

Frieda hatte sich bis auf ihren Spitzen-BH und das Höschen entkleidet, Kleid, Strumpfhosen und High Heels lagen auf der Bühne. Weder Kabel noch verräterische Gerätschaften steckten an der Unterwäsche.

»Werte Herrschaften: Erfreuen Sie sich am Anblick. Und ich bitte nun die gesamte erste Reihe rauf zu mir.« Frieder winkte die Menschen zu sich. »Kommen Sie. Sie sind meine Zeugen, dass es nicht mit üblen Dingen zuging«, wiederholte er und hielt den Sender in die Höhe. »Das, was Karsten gefunden hat, gehört nicht zu uns. Sie werden keinerlei Vorrichtung finden, die hierzu passt.«

Die Leute enterten die Bühne und begutachteten Frieda, die ihre Arme hob und sich auf den Zehenspitzen drehte, sich die offenen blonden Haare durchwühlen ließ und stillhielt, als in ihre Ohren geschaut wurde. Danach wurde die abgelegte Kleidung analysiert.

Frieder befragte danach jeden Einzelnen, was er gefunden habe, und erhielt dreißig Mal die Antwort: Nichts.

»Sie sehen, es gab keine Möglichkeit, über diesen Sender etwas zu empfangen, weder trug Frieda In-Ear-Vorrichtungen noch winzige Lautsprecher«, stellte er zufrieden fest. »Er hing völlig nutzlos in den Haaren meiner Schwester. Ist das korrekt?« Die spontanen Zeugen stimmten zu. Sie wurden von ihm entlassen und setzten sich auf ihre Plätze.

Aufmunternder Beifall brandete auf. Die Masse stellte sich wieder auf die Seite der Geschwister Honett.

»Ich schwöre Ihnen, meine Damen und Herren«, verkündete Frieder, während seine Schwester sich das Kleid überzog. »Wir finden heraus, wer uns als Betrüger hinstellen wollte, und werfen den Kartenfluch des Doktor Faustus über ihn. Wir sind die Geschwister Honett, und wir kennen jedes Geheimnis. Bald auch *dieses!*« Er reckte das Bauteil. »Haben Sie einen schönen Abend, und kommen Sie gut nach Hause! Wir kümmern uns jetzt um Karsten und seinen Betrugsversuch.«

Nun gab es Applaus für die Kampfansage.

Er nahm Friedas Hand, sie verbeugten sich gemeinsam. Dann ging der Vorhang runter und blieb auf Frieders Zeichen unten. Wütend wandte er sich zu Karsten um.

Aber der Mann war verschwunden.

Auf dem Stuhl lagen seine Jacke, ein falscher Bart, an dem helle Schminke haftete, eine Perücke und ein Stück Silikonnase, wie sie Maskenbilder benutzten.

Frieder war einem Profi auf den Leim gegangen, der genau gewusst hatte, wie er den Illusionisten dazu brachte, ausgewählt zu werden.

»Kleiner Bastard«, murmelte er. Damit war klar, wer ihnen den Sender untergejubelt hatte.

»Den hat uns bestimmt Cellini geschickt«, mutmaßte Frieda und stemmte die Hände wütend in die Hüften.

Nicht nur der Kerl fehlte, wie Frieder bemerkte. Mit ihm hatte sich die Karte des Doktor Faustus verflüchtigt.

* * *

Italien, Rom

Tadeus folgte Henry Pierre Gillot im Schutz der Menschenmenge durch die Basilika. Seine leger-sportliche Kleidung und die Basecap machten ihn unkenntlich und unauffällig, seine massive Silberkette trug er unter dem Stoff.

Es war leicht für ihn und Poe gewesen, herauszufinden,

wohin sich der exzentrische Mäzen begab, nachdem er aus Baden-Baden abgereist war: Es stand in den Medien.

Die über hundert Jahre alte Kirche der Ordensgemeinschaft der Kamillianer, die sich Ecke Via Piemonte und Via Sallustiana im Stadtteil Sallustiano erhob, verzeichnete regen Andrang. Es gab etwas zu feiern, denn in die San Camillo de Lellis, wie der Name der Kirche lautete, zog ein berühmtes Gemälde ein.

Tadeus hatte es auf die Schnelle während des Fluges nach Rom recherchiert. Namenspatron des Bauwerks war Kamillus von Lellis, einer der großen Caritas-Heiligen der Kirche und Begründer des Ordens, dem irgendein Papst die Kirche im neo-gotischen Stil übergeben hatte.

Gillot war weder Heiliger noch Kamillianer. Aber als Kunstkenner und -sammler, der einen nicht unbedeutenden Betrag zum Erwerb des zufällig entdeckten Gemäldes gespendet hatte, war er eingeladen, bei der Enthüllung anwesend zu sein.

Poe befand sich ebenfalls in der Basilika, gekleidet wie eine asiatische Touristin, mit dem klassischen Rundhut auf der braunen Langhaarperücke und einer Kamera um den Hals. Damit fiel die Ärztin am wenigsten auf. Tadeus sah sie auf der anderen Seite des Mittelganges zwischen den Bankreihen. Sie betrachtete scheinbar interessiert die Holzstatue eines Heiligen und versuchte, trotz ihrer ungewöhnlichen Körpergröße nicht herauszuragen, und blieb geschickt im Zwielicht oder in der Nähe von anderen großen Besuchern. Auf der Reise hatte Poe zwei heftige Albträume gehabt, über deren Inhalt sie sich ausschwieg. Sie musste nicht aussprechen, dass die Pik-Neun dabei eine Rolle gespielt hatte.

Langsam richtete Tadeus seine Aufmerksamkeit auf Gillot, der sich zu dem Pulk von Geistlichen in schwarzer Ordenstracht mit dem roten Kreuz und Anzugträgern bewegte. Den Dalí-Bart akkurat in die Höhe gebogen, war er wie stets in auffälliger Montur, als würde er auf eine Motto-Party von Elton John, aber nicht in eine Kirche gehen. Das Brillengestell in Knallblau schrie jeden Menschen an, der seine Augen auf den extrovertierten Sammler richtete.

Tadeus blieb zurück und begab sich in den Schutz einer Säule, damit Gillot ihn nicht durch einen Zufall erspähte.

Das Sicherheitsaufgebot in der Basilika war nicht gering. Römische Lokalpolitiker und ein Vertreter des Kultusministeriums sowie des Ministerpräsidenten nutzten die Gelegenheit, ihre Gesichter in die Kameras zu halten. Solche Anlässe boten sich an, um ein positiveres Image zu gewinnen, wenn man sonst dank Aussagen vor Gericht wegen Veruntreuung oder Mafia-Kontakten in der Zeitung landete.

Tadeus und Poe hatten nicht vor, den Millionär anzugreifen. Sie erhofften sich Aufschlüsse über seine nächsten Ziele, die nächsten Karten und seine Handlanger, um sich an deren Fersen zu heften. Sie suchten nach Beweisen für Gillots Beteiligung an den Morden in Baden-Baden und Monaco.

Parallel dazu forschten sie nach historischen Unglückskarten, den Herstellern solcher Decks sowie deren Verbleib. Anscheinend kamen sie um einen Besuch im Spielkartenmuseum in Echterdingen oder einen Abstecher nach Altenburg nicht herum. Die Städte galten als Hochburgen der Kartengeschichte und besaßen umfangreiche Literatur sowie unzählige Exponate. Dort konnte ihnen mit Sicherheit jemand behilflich sein.

Warten wir ab, welche Aufschlüsse uns Rom bringt. Tadeus ließ seinen Blick schweifen.

Da bereits jede Nische der Basilika mit Gemälden, Standbildern und kleinen Altärchen des heiligen Kamillus oder der Heiligen Jungfrau bestückt war, hatten sich die Kirchenherren entschieden, das neue Bild an der vorderen rechten Säule zu platzieren, damit es die Gläubigen beim Gebet sahen.

Tadeus beobachtete Gillot, der sich durch die Reihe der ausgestreckten Hände schüttelte. Gleich darauf begannen die Ehrengäste, ihre Begrüßungsworte abzuspulen, die man in dieser oder ähnlicher Form bereits kannte. Die Sicherheitsleute standen entspannt herum, manche schauten auf ihr Smartphone anstatt über die Menge. Dieser Termin galt nicht als brisant.

Das wollte Tadeus nutzen.

Er löste sich aus dem Schatten der Säule, als sein Smartphone brummte. Ein Anruf, den er nach einem Blick aufs Display nicht ablehnen konnte: seine Ex. Die laut Standesamt echte Ex, mit der er verheiratet gewesen war. Michikos Mutter.

Tadeus kehrte hinter den Pfeiler zurück und nahm das Gespräch an. Auf Japanisch, ohne dass er darüber nachdachte. »Hallo, Haruka. Es ist gerade schlecht …«

»Ich habe mit Elisa telefoniert«, fuhr sie ihm mit der Schärfe eines Samuraischwertes dazwischen.

Tadeus horchte auf. *Elisa?* Die zweite Frau in seinem Leben, mit der er jahrelang zusammen gewesen war und Sohn Georg in die Welt gesetzt hatte. Haruka und Elisa kannten sich von zufälligen Begegnungen, mieden aber den Kontakt. Dass sie sich gegenseitig anriefen, bedeutete nichts Gutes. »Weswegen?«

»Du hattest mir doch geraten, ein Auge auf Michiko zu haben«, sagte Haruka. »Weil es mir merkwürdig vorkam, wollte ich wissen, ob die gleiche Anweisung auch für deinen Sohn gilt.«

Tadeus atmete aus. »Ja.«

»Das habe ich inzwischen auch erfahren.« Haruka sprach japanisch-höflich, ihre Stimme hob sich nie, aber sie konnte eine Kälte hineinlegen, die dem Eis auf dem Fuji Konkurrenz machte. »In was bist du geraten, dass du uns mit hineinziehst?«

»Es ist keine Entscheidung von mir. Aber ich …«

»Mir ist egal, wessen Entscheidung das ist. *Niemand* hat ein Recht dazu.« Haruka senkte die Stimme um weitere zehn Grad. »Tadeus, wenn Michiko wegen deinen Problemen was geschieht, war unsere Scheidung gegen das, was folgt, eine friedliche Teezeremonie.«

»Ich versuche alles, damit es zu keiner Bedrohung kommt«, erwiderte er leise. Erste Besucher sahen ihn strafend an. Eine ältere Donna zeigte mit zusammengekniffenen Augen auf das Handy-verboten-Schild.

»Spielst du wieder? Hast du Schulden gemacht?«

»Nein! Es … hat was mit …«

»Wie lange soll das so gehen?«

»Nicht lange.« Er blieb vage. »Ich regle das. Bis bald, Haruka.«

Er legte auf, weil es nichts zu besprechen gab, und schlenderte in den Seitengang, ging auf den Ort des Geschehens zu. Die Ledersohlen seiner Rentierledermaßschuhe verursachten kein Quietschen auf dem Steinboden, die hallenden Worte der Redner waberten im Mittelschiff herum.

Was hätte ich Haruka sonst sagen sollen? Tadeus wünschte sich, dass seine Ex Verbindungen zu den Yakuza hätte. Damit wäre er Gillot und seine Bedrohung sofort los. Jedoch hätte ihn dann Haruka ebenso liquidieren lassen, schon vor sehr langer Zeit.

Er bemerkte in der Masse einen dunkelblonden Mann, der sich seltsam verhielt. Er war um die dreißig, weißes Sportsakko und graue stonewashed Jeans, hielt einen Tablet-PC in der Hand und tippte mit der anderen darauf, ohne auf das Display zu blicken. Die Augen des Mannes waren auf Gillot gerichtet, bis er das Gerät verstaute und einen Block herausnahm, um darauf zu schreiben. Bei der Bewegung wurde der Griff einer Waffe im Achselholster für wenige Sekunden sichtbar.

Sicherheitsmann? Attentäter? Handlanger? Tadeus würde den Dunkelblonden im Blick behalten.

»... übergebe ich das Wort an Signore Gillot, der uns mit seinem Sachverstand erläutern wird, was dieses Gemälde so besonders macht«, erklang es aus den Boxen, die an den Säulen befestigt waren. Wo sonst Psalme und Gebete erklangen, ging es nun weltlich-kunsthistorisch zu.

Sachter Applaus erklang.

»Buongiorno«, grüßte Gillot mit starkem französischem Akzent. Mit seiner blauen Brille, den aufgerissenen Augen und dem Bärtchen zog er alle Aufmerksamkeit auf sich. »Fangen wir mit der Enthüllung an, und begrüßen Sie mit mir: ein bisher unbekanntes Gemälde von Pierre Subleyras.« Er zog an der Kordel, und das Tuch fiel von dem türgroßen Bild herab. Die dramatische Geste passte zu Gillots Auftritt.

Das Gemälde zeigte einen Mann, der einen anderen über der Schulter trug. Zu ihren Füßen schwammen verschiedene Gegenstände im Wasser – darunter auch: Spielkarten.

Tadeus richtete sich auf. *Deshalb ist er hier!*

Beifall brandete auf, es wurde leise gemurmelt und mit Smartphones fotografiert. Ohne Blitz, wie es sich gehörte.

Tadeus stand zu weit weg, um zu erkennen, ob es sich bei den Karten um gemalte oder echte Exemplare handelte. Der Maler oder jemand anderes konnte eines der besonderen Stücke auf das Bild geschmuggelt haben. Eine Tarnung wie die Treff-Sieben.

Das finden wir heraus. Tadeus blickte zu Poe hinüber. Wenn sie nach dem Festakt nahe genug an das Gemälde herankam, würde sie es mit ihrem Spürsinn erkennen, ohne dass sie Aufmerksamkeit erweckten.

»Sie alle kennen das Original mit dem Titel *Kamillus rettet Kranke vor einer Überschwemmung*«, setzte Gillot zu seinen Erläuterungen an. Jemand reichte ihm einen kurzen Zeigestock. »Wir haben eine lebensgroße Studie vor uns, entdeckt auf einem Dachboden des Museo di Roma. Subleyras hat es sogar signiert.« Gillot zeigte auf die Unterschrift, danach auf den Heiligen, ohne ihn mit dem Stock zu berühren. »Klar erkennbar tritt Kamillus in der Nachfolge des Christophorus als Christusträger auf, wird als tugendhafter Heros dargestellt. Indem ihn Subleyras als Helden der Nächstenliebe und als Christusträger inszeniert, handelt der Heilige selbst als Inbegriff der Caritas. So weit die Symbolik. Subleyras testete bei dem Bild, in welchen Dimensionen er sein eigentliches Werk erschaffen sollte.« Er bekam einen längeren Zeigestock gereicht. »Grazie.« Den ersten ließ er achtlos fallen. »Im Gegensatz zum Original sehen Sie hier: ein Kartenspiel. Das ist neu. Sie wissen, verehrte Damen und Herren, dass Kamillus von Lellis in seinem alten Leben ein leidenschaftlicher Spieler war und deshalb bald verarmte. Das ist der Hinweis darauf: Kamillus hat abgeschworen, überlässt die Karten dem Wasser und damit dem Untergang.« Gillot hob den Stock, die Spitze kam dem Ölgemälde gefährlich nahe. »Dennoch würde ich so weit gehen und ihn als Heiligen der Spieler bezeichnen. *Jemand* muss es ja tun.«

Die Besucher lachten.

Gillot stimmte mit ein und machte einen Schritt zur Seite; dabei stolperte er und vollführte eine ausgleichende Handbewegung. Das Holzende des Zeigestockes zog einen langen Strich quer über die Leinwand, hinterließ einen sichtbaren Kratzer über dem Bild.

Schlagartig wurde es still, jedermann erstarrte.

In das entsetzte Schweigen erklang Gillots saloppes »Oups«.

Nicht eine Sekunde glaubte Tadeus, dass die Beschädigung ein Versehen gewesen war. *Gleich wird er sich entschuldigen und anbieten, es restaurieren zu lassen.*

»Ich muss mich zutiefst für das Missgeschick entschuldigen«, sprach Gillot bestürzt. »Selbstverständlich übernehme ich die Kosten für die Wiederherstellung. Meine besten Leute werden sich darum kümmern, und ich verspreche Ihnen: Schon in einem Monat hängt Kamillus wieder an seinem Platz.«

Der Applaus fiel deutlich dürftiger aus als zu Beginn. Die Medien würden sich überschlagen vor Schadenfreude, die Häme für den extrovertierten Wallonen würde entsprechend hoch ausfallen.

Doch Tadeus hatte die Taktik durchschaut. Mit geringem Aufwand würde Gillot das Gemälde in seine Finger bekommen, in Ruhe untersuchen und die bedeutsame Karte entnehmen, sofern sich eine davon im Bild befand.

Es sei denn, ich kann sie vorher … retten. Tadeus mied das Wort stehlen. Es stimmte nicht. Er bewahrte die Karten vor dem Mann und brachte sie zusammen, wie sie es verdient hatten.

Die Feier fiel nach dem Fauxpas des Wallonen leise aus. Die Gäste tranken den Wein in großen Zügen, um über den Schrecken hinwegzukommen. Jemand holte eine Leiter herbei, und das geschändete Bild wurde mit dem Tuch erneut verhängt. Es war Kamillus nicht würdig, ihn mit einem Kratzer zu zeigen.

Noch ist es in der Basilika. Tadeus wollte Gillot zuvorkommen. Er würde Poe in ihrer Rolle als koreanische Touristin in die Nähe des Gemäldes schaffen, solange die Party im Gange war. Ganz nahe, damit sie es mit ihren schamanistischen Kräften prüfen konnte. Sollte sich eine relevante Karte darauf befinden, würde er sich mit ihr besprechen, wie sie das Stück herausgelöst bekamen, bevor es ihr Gegenspieler bekam.

Tadeus blickte sich um.

Gillot bewegte sich auf den Ausgang zu, die Spitzen des Dalí-Bärtchens nach oben drehend. Im Gegensatz zu den übrigen Menschen in der Basilika war er allerbester Laune.

Auf halber Strecke stieß der dunkelblonde Mann mit dem Tablet zu ihm, sie reichten sich die Hände. Schon nach den ersten gewechselten Worten verlor Gillot seine Freude; die Züge verfinsterten sich.

Schnell versuchte Tadeus, in die Nähe zu gelangen, eilte quer durch die Stuhlreihen und blieb hinter einer nahen Säule stehen. Auf der anderen Seite des dunklen Seitenschiffs sah er Poe. Mit einer raschen Handbewegung schickte er sie zum Bild, und sie nickte verstehend.

Tadeus sperrte die Ohren weit auf, um wenigstens Fetzen des Gesprächs zu verstehen. Die sehr gute Akustik der Basilika kam ihm entgegen.

»… Kontakt zu Manaus abgebrochen«, sagte der Bewaffnete gedämpft auf Englisch. »Alles, was ich weiß, ist: Die Mitglieder der freiwilligen Rettungsmannschaft sind überwiegend ums Leben gekommen.«

»Was heißt *überwiegend?*«, brummte Gillot.

»Die Bergung läuft noch. Mehrere Tote, alle mit Schuss- und Brandwunden. Angeblich ein kleines Kaliber. Die Hälfte ist nach Manaus geflogen worden, aber der Hubschrauber musste wegen des schlechten Wetters vor seiner zweiten Tour umkehren.«

Tadeus zückte sein Smartphone und machte sich Notizen. Es ging vielleicht um weitere Karten.

»Was sagen die Behörden?«, wollte der Wallone wissen. »Und wieso Brandwunden?«

»Man geht von illegalen Holzfällern oder Wilderern aus, die aufgeschreckt worden sind«, erklärte der andere. »Wie auch der Absturz des Flugzeugs vorher ist es der brasilianischen Polizei reichlich egal. Die haben andere Sorgen. Es war von einem Feuer die Rede.«

Gillot ächzte. »Ein Feuer? Wann wissen wir mehr?«

»Sobald das Wetter besser wird.«

»So eine Scheiße!«, stieß er aus und bekreuzigte sich sogleich. Die Umstehenden dachten gewiss, er würde sich wegen des Gemäldes aufregen. Leiser fuhr er fort: »Das bedeutet, meine Karte liegt vielleicht im Matsch und wird gerade aufgeweicht!«

Karte. Tadeus grinste grimmig. *Recht gehabt.*

»Das könnte sein, Monsieur Gillot.« Der Bewaffnete reichte ihm den Zettel, auf den er vorhin etwas notiert hatte. »Oder jemand findet sie. Ich will nicht ausschließen, dass …«

»Sie fliegen nach Manaus. Gleich. Kümmern Sie sich darum, dass dieses einmalige Stück nicht Teil des Amazonas wird.« Gillot las und zerknüllte das Blatt, korrigierte fahrig den Sitz seiner Brille. »Nicht auszudenken, wenn sie in den Fluss gespült wird. Die finde ich vor meinem Tod nie mehr wieder, und wenn der erst in hundert Jahren wäre.«

»Ich mache mich auf den Weg.« Der Mann langte in seine Tasche und reichte ihm eine Box, die an ein Zigarettenetui erinnerte. »Nehmen Sie die einstweilen zur Beruhigung.«

Gillot lächelte schlagartig. »Die Karte des Doktor Faustus?«

»Ganz recht. Es hat sehr viel Spaß gemacht, sie zu besorgen«, sagte der Mann, während der Wallone das Schächtelchen aufschnappen ließ und einen entsetzten Ausruf ausstieß. »Ich weiß: schlechter Zustand.«

»*Schlecht* ist kein Ausdruck.« Gillot nahm sie heraus. »Ein Brandloch? Es geht beinahe durch!« Er packte sie weg. »Planänderung: Sie bringen die Karte zu Darlan, damit sie restauriert wird. Da fehlen nur Millimeter, und sie ist ruiniert.«

Brandloch? Wie kann das sein? Tadeus schmerzte der Gedanke, dass die verborgene Karte Schaden genommen haben könnte. Aber anscheinend existierte eine Person namens Darlan, die sich um so etwas kümmerte. Die Karten heilen konnte. *Vielleicht wäre es gut, wenn dieser Jemand nach meiner Pik-Neun sieht?*

»Wie Sie möchten. Avignon soll sehr schön sein. Wer kümmert sich um Manaus?«

»Notfalls ich. Habe mich schon in ganz anderen Gegenden rumgeschlagen. Manchmal muss man Dinge selbst tun.« Gillot tippte sich gegen die Brust und ging los, der Mann lief neben ihm her. Das Etui mit der beschädigten Karte steckte der Bewaffnete in die Sakkoinnentasche. Gillot riss den Zettel ein-, zwei-, dreimal durch und warf ihn in den unauffälligen Ascheimer, in dem die Reste der Gedenkkerzen lagen. Dann verschwanden beide nach draußen.

Tadeus' Smartphone vibrierte. Es war Poe. »Haben Sie was gehört?«

»Ja. Ich bleibe an Gillot dran, Sie fischen den Zettel aus dem Müll.« Tadeus hastete durch die Basilika.

»Was haben Sie vor?«

»Schauen, ob ich uns die Karte des Doktor Faustus besorgen kann.« Er blieb am Portal stehen, sah nach rechts und links. »Was ist mit Ihnen? Konnten Sie die Exemplare auf dem Bild prüfen?«

»Sie müssten mir zur Hand gehen. Es hängt zu hoch.«

Daran hätte ich denken können. Tadeus beobachtete, wie Gillot in Begleitung eines Leibwächters, der vor der Tür gewartet haben musste, über den Zebrastreifen zu den Parkbuchten gegenüber des Gotteshauses ging. Neben einem nagelneuen, verlängerten Bentley Mulsanne, auf den der Wallone zusteuerte, warteten der Chauffeur sowie zwei weitere Sicherheitsmänner.

Der Dunkelblonde mit der Karte schwang sich in ein Taxi, und es fuhr mit ihm davon.

Tadeus fluchte. Die Verfolgung konnte er sich sparen, zudem wollte er Poe nicht zurücklassen. Und: Die Karte auf dem Bild galt es noch zu prüfen.

Poe erschien neben ihm und hielt ihm Papierfitzel unter die Nase. »Gerettet. Wird leicht, sie zusammenzusetzen.«

Ihre Finger rochen frisch eingecremt, und er mochte den dezenten, unbekannten Duft.

»Sehr gut.«

»Was haben Sie gehört?«

»Der andere Mann hat eine neue Karte, die angeblich Doktor Faustus gehörte. Mit ihr ist er auf dem Weg nach Avignon, zu einer Person namens Darlan. Ich nehme an, es handelt sich dabei um einen Restaurator.«

»Der gleiche Restaurator, der sich auch um das Bild kümmern wird«, fügte Poe an und hob die Kamera. Sie schoss Fotos vom Wallonen, der sich mit seinem typisch steifen Gang auf den Bentley zubewegte. »Sehen wir nach der Karte auf dem Gemälde.«

Sie wandten sich um und gingen durch die verbliebene Gästeschar durch die Basilika zurück zum abgedeckten Subleyras-Bild. Leise Unterhaltungen waberten durch das Gotteshaus, es drehte sich um Politik, Fußball und den Geschmack des Weins. Niemand kümmerte sich um das Sakrale.

»Eine weitere Karte scheint im Amazonas verschollen zu sein. Hinter Manaus«, berichtete Tadeus und suchte auf seinem Smartphone im Netz nach der Spielkarte des Doktor Faustus, ohne dass er mit einem Treffer rechnete.

Doch sofort bekam er die Meldung, dass dem Illusionistenpaar Honett ihre historische Karte durch einen raffinierten Trickdieb auf der Bühne in der Show gestohlen worden war. Der Legende nach hatte sie der Alchemist Faustus benutzt, und sie habe als Einzige des Decks eine Explosion überstanden, bei welcher der Gelehrte den Tod fand. In einem knappen Statement bedauerte Frieder Honett den Diebstahl, räumte aber ein, dass die alte Karte mehr ideellen als finanziellen Wert gehabt hatte. Ersatz habe er auch schon: die Karte des Mephistopheles, die neben dem toten Faustus gefunden worden sei.

»Von wegen ideell.« Tadeus hielt Poe seinen Fund hin. »Darin ist eine weitere Karte verborgen, die zum Spiel gehört.«

»Gillot lässt seine Leute weitersammeln.« Sie knipste, wie es sich für die klischeehafte asiatische Touristin gehörte. »Schauen Sie: Das Bild hängt zu hoch. Ich brauche die Leiter, um nahe genug an die Karten zu kommen und zu erspüren, ob eine wie Ihre Pik-Neun dabei ist.« Poe deutete in den rückwärtigen Bereich der Basilika. »Die Leiter ist dort versteckt.«

Sie erreichten die Säule und blickten zur Abdeckung, die den beschädigten Heiligen verhüllte.

»Ich versuche was.« Tadeus ging auf einen Geistlichen im Ordensgewand der Karmeliter zu. »Scusi«, verfiel er in perfektes Italienisch. Noch eine Sprache, die in seinem Kopf lebte. »Wären Sie so freundlich und würden meiner Freundin und mir einen Gefallen tun, Hochwürden?« Er zeigte auf das Gemälde. »Sie ist extra hergekommen, aus China, um die Heilige Stadt und diese Besonderheit für ihre Gemeinde zu fotografieren. Eine Kunststudentin und Katholikin.«

»Katholikin?« Der Karmeliter blickte überrascht. Natürlich dachte man in Rom nicht gleich ans Christentum, wenn man eine asiatische Person vor sich sah.

»Si, si. Die ganze Gemeinde freut sich über die Eindrücke aus Rom. Beim Heiligen Vater war sie auch schon.« Tadeus deutete zum verhängten Bild. »Sagen Sie, wäre es möglich, dass sie es fotografieren darf?«

»Oh, das tut mir leid. Es ist beschädigt.« Er schüttelte abgelenkt einige Hände, das Gotteshaus leerte sich. Die Besucher verschwanden.

Tadeus winkte ab. »Das macht doch nichts. Es wäre ihr größter Wunsch, wenn Sie es ihr ermöglichen könnten, Hochwürden. Sie retuschiert es auch. Nichts wird mehr zu sehen sein, wenn sie ihren Vortrag in der Gemeinde hält.«

Der überrumpelte Karmeliter willigte ein und ließ sogar die Leiter herbeischaffen, weil die Studentin aus China so gerne ganz nahe und ohne Blitz fotografieren wollte, wegen der Details und ihrem Studium.

»Vielen Dank, Padre.« Tadeus tippte sich an den Schirm der Basecap.

»Dann hoch mit Ihnen«, sagte er zu Poe und hielt die Leiter fest.

»Das haben Sie fein hinbekommen, das muss ich Ihnen lassen.« Sie kletterte die Sprossen hinauf. Noch hing das Tuch schützend vor dem Gemälde. Zwei Ministranten griffen nach der Kordel.

Plötzlich dröhnten draußen Explosionen, die Basilika erbebte unter einer Druckwelle. Hohe Fenster barsten und ließen bunte Fragmente ins Innere regnen, andere erhielten Risse und verloren kleine Stücke, Kerzen nahe dem Eingang wurden ausgeblasen. Eine Sekunde darauf knatterte und knallte es auf der Straße, verschiedene Waffen wurden abgefeuert.

Die letzten Gäste blieben am Ausgang stehen, die ersten rannten wieder hinein und fuchtelten. Panik breitete sich aus, während das Stakkato von vollautomatischen Gewehren in die Kirche rollte.

»Ich glaube, ich spüre was.« Poe blieb nervenstark auf der Leiter und sah zu Tadeus. »Was …«

Er blickte zum Eingang und erkannte durch den aufkommenden Rauch den Bentley Mulsanne. Risse überzogen die Frontscheibe, Kugeln hatten Dellen in der Karosserie hinterlassen. Der Wagen war gepanzert und schoss die Stufen hinauf – in die Kirche hinein! Die tonnenschwere Limousine rammte einen Teil der Fassade weg und jagte in hoher Geschwindigkeit das Mittelschiff entlang. Steinbrocken und Staub flogen umher. Bänke und Stühle wurden vom Kühler weggeschleudert, Menschen entkamen dem zermalmenden Bentley um Zentimeter.

Der Mulsanne steuerte schlingernd auf die Säule mit dem Gemälde zu. Der Fahrer verlor mehr und mehr die Kontrolle über die gepanzerte Luxuslimousine und touchierte einen Pfeiler, der sogleich breite Risse bekam. Der Wagen wollte sich querstellen, das Gegenlenken half kaum was.

»Runter!«, rief Tadeus und fing Poe halb auf, die von der Leiter sprang. Sie hechteten zur Seite weg.

Bremsen kreischten, der Bentley driftete herum und krachte Sekunden darauf seitlich gegen die Säule.

Tadeus, der halb auf der Ärztin gelandet war, um sie zu schützen, stützte sich auf »Bleiben Sie unten.« Er erhob sich und fühlte das bekannte Stechen im Rücken, im Knie und neu: im linken Ellbogen. Das Alter erinnerte ihn daran, dass er für solche Manöver nicht mehr gedacht war.

Im allgemeinen Durcheinander erschienen drei maskierte Bewaffnete am Eingang der Basilika und schossen Salven aus ihren Sturmgewehren in die Luft. Die Kugeln zerstörten die Deckenbemalungen und die Lampen, Glas und Stuck klackerten zu Boden.

Die Menschen sprangen in Deckung oder hetzten zu den seitlichen Ausgängen. Niemand stellte sich den Unbekannten in den Weg.

Dann rannten die Bewaffneten zum Bentley, die Gewehre im Anschlag wie Profis.

Tadeus duckte sich und beobachtete, wie Gillot sich aus dem Wagen zwängte. Sofort wurde auf ihn geschossen. *Was geschieht hier?*

Der Wallone riss im Schutz der überlangen Limousine an der Kordel der Abdeckung, und zwar so heftig, dass das ganze Bild abstürzte. Gillot hielt den Kopf unten und verfrachtete das Werk in den Fond. Funken schlagend prallten die Projektile von der Seite und dem Dach des Wagens.

Das Trio zielte auf die Reifen, die unter den Einschlägen

die Luft verloren. Gillot wollte losfahren, aber der Motor soff ab.

Verflucht! Tadeus zog den Kopf ein, als Querschläger durch den Innenraum zischten und ihn um Haaresbreite verfehlten. *Geht es den drei um Gillot oder das Bild oder die Karten?*

»Poe!«, rief er durch den Lärm der Schüsse. »Sind Sie …«

»Alles klar«, erklang ihre Stimme aus der Staubwolke. »Ging daneben.«

Das Trio hatte den Wagen erreicht. Sie hielten moderne Kalaschnikows mit eingeklappter Schulterstütze und überlangem Magazin. Rasch umstellten sie den Bentley.

Gillot war es nicht gelungen, den Wagen zu starten, die Zündung wimmerte, aber der Motor sprang nicht an.

Tadeus konnte unmöglich eingreifen. Selbst mit einer Waffe wäre er gegen die trainierten Feinde unterlegen gewesen. Einmal im Jahr besuchte er einen Selbstverteidigungskurs, um im Casino Haltegriffe einzusetzen oder Schläge von angetrunkenen, aufgebrachten Gästen abwehren zu können. Das brachte gegen vollautomatische Waffen gar nichts. Doch der Gedanke, die Karte tatenlos an die Unbekannten zu verlieren, machte ihn schier wahnsinnig.

Beim Aufprall an dem massiven Pfeiler hatte eine kugelsichere Scheibe der Limousine einen tiefen Riss erhalten. Genau darauf klebte einer der Maskierten nun zwei Handgranaten mit silbergrauem Tape, dann gingen die Angreifer in Deckung.

Diese Irren! Tadeus legte sich flach hinter eine Kirchenbank auf den Boden, die Hände schützend über dem Kopf. *Hoffentlich ist Poe in Sicherheit.*

Dann krachte und splitterte es. Ein heftiger Schlag traf die Bank vor Tadeus, hielt die Trümmer von ihm ab.

Als Tadeus nachschaute, was die Detonation angerichtet hatte, standen die drei Angreifer am Wagen und schossen den gesamten Inhalt ihrer Magazine durch das Loch in der verrußten Scheibe.

Die Karte!

Draußen heulten Polizeisirenen, es wurde laut und anhaltend gehupt. Die Truppe sollte sich wohl zurückziehen.

»*Dawai, dawai!*«, rief einer der Maskierten und wechselte das Magazin. »Das sollte reichen«, fügte er auf Russisch hinzu und rannte los. Einer nach dem anderen hetzte aus der Basilika, sie gaben sich gegenseitig Deckung.

Es ging ihnen nicht um die Karte. Tadeus stemmte sich in die Höhe und eilte geduckt zum Bentley, aus dessen Innerem dichter Rauch drang. Die Sitze kokelten, Plastik verbrannte mit ätzenden Dämpfen. Und: Die Fahrertür stand einen Spalt offen.

Tadeus wuchtete sie auf und warf einen Blick in den verqualmten Wagen.

Gillot lag zusammengekauert im Fußraum, mehrfach von Projektilen getroffen. Ob tot oder lebendig, ließ sich nicht mit Bestimmtheit sagen.

»Poe?« Tadeus dachte nicht eine Sekunde daran, den Mann zu retten, der ihn und seine Lieben bedroht hatte. Er forschte mit Blicken nach der Ärztin, machte sie in der Basilika jedoch nicht ausfindig. Außer ihnen befanden sich keine Menschen mehr in dem Bau. Niemand würde ihr Tun beobachten. »Poe, wir …«

Die hintere Fahrertür schwang auf.

Die Koreanerin rollte sich hustend aus dem Wrack, in ihrer rechten Hand hielt sie einen herausgeschnittenen Fetzen Leinwand mit einer Spielkarte darauf. Sie konnte vor ersticktem Keuchen nichts sagen und taumelte durch den Rauch auf ihn zu.

Tadeus fing sie auf. »Sehr gut gemacht! Zum hinteren Ausgang.« Er stützte Poe, die sich beinahe übergab vor Husten.

»Ist Gillot. Tot?«

»Sieht so aus, ja«, schwindelte Tadeus. Er wollte verhindern, dass sich die Ärztin durch ihren hippokratischen Eid gezwungen sah, ausgerechnet diesem Menschen zu helfen.

Gemeinsam humpelten sie am Altarraum vorbei, durch die Sakristei, wo sie eine offene Tür fanden. Die Geistlichen und einige Besucher waren vor ihnen auf diesem Weg vor den Angreifern geflüchtet.

Im Freien wurden sie von Rettungskräften und gepanzerten, schwer bewaffneten Polizisten in Empfang genommen. Man legte ihnen wie den anderen Entkommenen goldene Foliendecken um, als wäre diese eine Auszeichnung für besondere Leistungen. Ein Sanitäter untersuchte sie auf äußere Verletzungen und wies sie danach an, sich auf die Stühle einer nahen Osteria zu setzen. Die Polizei würde die Personalien aufnehmen und sie befragen wollen, wie er ihnen sagte.

Kaum wandte der Sanitäter ihnen den Rücken zu, setzten sie ihre Flucht fort, erst unauffällig langsam, dann legten sie die Foliendecken ab und schlugen Haken in die verwinkelten Gassen des Viertels. Die Beamten mussten mit den Zeugen klarkommen, die in der Osteria warteten.

»Und jetzt?«, wollte Poe wissen, hustete und spuckte aus. »Avignon?«

»Avignon.« Der Besuch in Rom war nicht verlaufen, wie Tadeus es sich vorgestellt hatte. Aber sie besaßen eine zweite Karte. »Das war sehr mutig von Ihnen.«

»Es war töricht.« Poe wischte sich den Schweiß- und Schmutzfilm von der Stirn. »Ich wollte nicht, dass Gillot diese Karte behält, wenn wir sie schon gefunden haben. Falls er das überlebt. Wer weiß, wozu wir sie bei unseren Nachforschungen brauchen können. Bei uns ist sie besser aufgehoben.«

»Das ist sie.« Tadeus legte ihr eine Hand auf die Schulter. »Es war mutig. Wirklich.«

Er überlegte, wer die Leute gewesen sein mochten, die in Italien, wo bekanntermaßen die Cosa Nostra oder die 'Ndrangheta oder eine andere Mafia-Organisation regierte, mit russischen Waffen anrückten und sich auf Russisch unterhielten.

Feinde hatte Gillot aufgrund seiner Kontakte in die Halbwelt, seines illegalen Handels mit archäologischen Funden und seiner Vorgehensweise bei seinen Ausgrabungen bestimmt zur Genüge. Auch wenn es daher Personen gab, die den Wallonen sicher tot sehen wollten, kam Tadeus zuallererst Lasarew in den Sinn, der Vater des ermordeten Oligarchenjungen. Ihm wäre eine derartig radikale Vergeltungsaktion zuzutrauen. Gillot wiederum hatte trotz der Attacke nicht ohne die wertvolle Karte verschwinden wollen, was ihn zu dem Höllenritt durch die Basilika veranlasst hatte.

Aber woher sollte Lasarew wissen, dass Gillot der Drahtzieher bei dem Dreifachmord in Baden-Baden sein könnte? Offiziell steckte die Glücksspielmafia dahinter, mit der sich Solowjewa und ihre Tochter angelegt hatten.

Er sah zu Poe. »Was glauben Sie, wer diese Typen waren?«

»Weiß. Nicht.«

»Haben Sie irgendwas von dem verstanden, was sie sprachen?«

»Sie wechselten. Kaum Worte. Kann kein. Russisch.« Poe hustete wieder und musste sich an einem Laternenpfahl abstützen, würgte. »Denken Sie. Die Polizei. Nach Gillots Tod. Auf Beweise für Baden-Baden? Oder sollen wir. Klim Hinweis geben. Damit er sich einschaltet?«

»Ich bin nicht sicher, ob Gillot tot ist.«

»Was? Sie sagten …«

»Ich sagte, es sieht so aus.« Tadeus lächelte entschuldigend.

Poe warf ihm unter rasselndem Keuchen einen vorwurfsvollen Blick zu. Erst nach einer Minute konnte sie weitergehen, ihr Gesicht war bleich und die Sommersprossen fahle Flecken. Sie stöhnte, ihr Atem ging schwer. »Wissen Sie zufällig. Wie. Eine Rauchgasvergiftung. Anfühlt?«

»Nein. Sie sind die Ärztin.«

»Chirurgin. Keine. Pneumologin.« Sie hakte sich bei ihm ein. »Jedenfalls. Ich glaube. Ich hab eine.«

»Wir sind auch genug gerannt.« Tadeus ging langsamer und rief ein Taxi, um damit zu ihrem Hotel zurückzufahren. »Sie sind verletzt, ich bin alt.«

Poe grinste.

Kaum eingestiegen, kam ihm eine bessere Idee, was als Nächstes zu tun wäre. »Avignon wird uns nicht davonlaufen«, sagte er und zückte sein Smartphone.

Gelegenheiten sollten genutzt werden.

* * *

– INTERMEDIUM –
CAPITULUM III

Heiliges Römisches Reich,
Kurfürstentum Sachsen, Leipzig, April 1768

Susanna ging den Brühl entlang, was sie stets genoss, da hier durch die zahlreichen angesiedelten Händler ein Kommen, Fahren und Gehen herrschte, gerade unmittelbar vor der Jubilate-Messe nach Ostern.

Sie hatte die Kinder versorgt und unterrichtet; das spielerische Lesen, Schreiben und Rechnen trug erste Früchte. Mithilfe der vielen Bildchen aus den misslungenen Druckbögen ließ sie die Kleinen eigene Geschichten spinnen und malen, erklärte ihnen die Buchstaben und vieles mehr. Wenn ihr Nachwuchs es im Leben zu etwas bringen wollte, mussten die Grundlagen früh geschaffen werden. Zu ihrer Freude zeigte selbst der Kleinste bereits neugieriges Interesse.

Stocks Frau passte auf die Kirchner-Bande für die nächste Stunde auf, und so blieb Susanna Zeit für ihr Vorhaben, von dem niemand etwas wissen durfte.

Die Straßen in der ganzen Stadt quollen über vor Gespannen und Fuhrwerken, es klapperte, ratterte und schnaubte allgegenwärtig. Die Peitschen knallten, und die Kutschleute schrien die Pferde und Fußgänger an, wenn sie ihnen nicht auswichen.

Die Handelshäuser wollten große und kleine Geschäfte machen, die Herbergen waren wie stets überbelegt und die Studenten aufs Land gezogen, um ihre Stuben für die Gäste und Kaufleute von außerhalb frei zu machen. Leipzig platzte an den Messen aus allen Nähten.

Lächelnd ging Susanna in ihrem blassroten Kleid mit der weißen Schürze darüber die lange Straße entlang, tauchte in das Treiben ein. In ihrem abgedeckten Korb hatte sie etwas Käse und eine Flasche billigen Wein, der blonde Zopf steckte unter der bestickten Haube.

Sie schlenderte vorbei am *Roten Ochsen* und der *Goldenen Eule*, wo man gut essen und trinken konnte. Gar nicht weit weg stand die Oper, in der das Große-Concert-Orchester bei offenen Fenstern probte. Die Instrumente kamen kaum gegen den Straßenlärm an. Die Messe bot allerlei, von gehobener Unterhaltung bis zu fahrenden Schaustellern und Puppenspielern, die großen Anklang bei den einfachen Leuten fanden.

Vor Susannas Geburt hatte am Großen Blumberg die Neuberin mit ihrer Theatertruppe Stücke aufgeführt, an denen auch Johann Christoph Gottsched beteiligt war, dessen Schriften Breitkopf immer noch druckte. Die Neuberin musste gut gespielt haben, und nur zu gerne hätte Susanna eine Aufführung gesehen.

Sie wich einem rumpelnden Wagen aus, unter dessen Plane Fuchspelze herausspitzten. Am Brühl taten sich vor allem jüdische Händler hervor, besonders als Rauchwarenverkäufer. Aber nicht nur edle Häute wurden verschachert; gehandelt wurde unter anderem mit Hasenfellen, Schweineborsten und Rosshaar. Aus London, Koppigen, der Gegend um Brody, Galizien, Lissa und Sklow, aus Hamburg, Königsberg und aus Breslau rollten die Kutschen an. Ein Sprachgewirr sondergleichen, und doch wurden sich die Händler im Getümmel um Tausch und Taler einig, oft ganz ohne Sprache. Auf den Plätzen wurde an den Buden gefeiert und zur Musik getanzt.

Es ging für Susanna weiter den Brühl entlang, vorbei am *Kranich* und der *Grünen Tanne*, in der die Fuhrleute gerne abstiegen, während die Diamanten- und Edelsteinhändler im Kaffeehaus, im Haus *Goldener Apfel* gegenüber dem Romanushaus, zusammensaßen.

Dann schwenkte sie herum und bewegte sich auf das östliche Ende des Brühls zu, der wegen der errichteten Stadtmauer zu einer Sackgasse wurde. Je weiter Susanna kam, desto mehr verlor sich der Strom der Händler und fröhlichen Jahrmarktbesucher. Dafür rückte ihr Ziel immer näher, in dessen Innerem das Gegenteil der ausgelassenen Stimmung in Leipzig herrschte.

An dieser Stelle des Brühls lag das Armen-, Zucht- und Waisenhaus, von manchen das Georgenhaus genannt, um jenen eine Bleibe und ein geringes Einkommen zu geben, die zu Außenseitern geworden waren, oftmals gegen deren Willen. Bettler, Dirnen, ehemalige Soldaten, verarmte Handwerker ohne Anstellung, Straffällige und Waisenkinder hausten darin, manche eingesperrt, da sie gegen Gesetze und Auflagen des Rates verstoßen hatten. Dazwischen etliche Irre.

Susanna wusste, dass der Aufseher sie auf Geheiß des Rates arbeiten ließ, die Kleinen ebenso wie die Großen, um aus dem Erlös etwas in die Kasse zu spülen. Der Ton war rau, wie man sich erzählte. Das Arbeitshaus galt als Abschreckung für jeden, der mit dem Gedanken spielte, ein Leben auf der faulen Haut zu führen oder sich unredlich zu benehmen.

Dass Susanna sich zum Georgenhaus begab, geschah aus einem einfachen Grund: Hier lebte Martin Dietrich.

Das stand in keiner Akte, in keiner Aufzeichnung, aber sie hatte es herausgefunden. Dank Goethe. Er hatte ihr bei seinen Besuchen im Hause Stock und bei den Arbeiten an den Holz- und Kupferplatten zum einen von den Geschehnissen in *Auerbachs Keller* und zum anderen von dem Hund erzählt, dem übergroßen Teufelspudel, wie er ihn nannte, dem Häscher des Mephistopheles.

Da es dem Studiosus keine Ruhe gelassen hatte, wo Herr und Hund lebten, hatte er den Spieß umgekehrt und in einem Anfall von Mut den Pudel nach einer zufälligen Sichtung verfolgt. »*Weinmutig*« hatte Goethe sich selbst genannt.

Der Hund hatte ihn ins Arbeitshaus geführt, wo ihn Dietrich begrüßte und ausschimpfte wie einen ungezogenen Jungen.

Seitdem wusste Susanna, woher Bastian die Eingebungen für seine Karten hatte.

Warum er sie angelogen hatte, wusste sie nicht, und noch war es zu früh, um ihn danach zu fragen. Die besten Antworten erhielt sie vom Auftraggeber des Spiels. Sie ahnte, dass Dietrich ihren Mann in *Auerbachs Keller* um die Anfertigung gebeten hatte.

Susanna ging auf das Barockportal zu, das wie angeklebt wirkte, um mit Opulenz zu kaschieren, was sich dahinter Tristes befand. Der heilige Georg war als Hüter ins Portal eingebracht, ebenso zwei Frauenfiguren, die sie nicht erkannte. Noch vor wenigen Jahren hatte das Georgenhaus im Krieg als Lazarett gedient. Die Mauern kannten den Tod, das Leid und Elend in allen Facetten.

Mit einem flauen Gefühl im Magen trat Susanna durch das Tor, das nicht abgeschlossen war, und fand sich in einem Empfangsraum wieder, in dem ein breit gebauter Mann hinter einem hohen Tresen saß und in der Zeitung las. Er trug eine lederne schwarze Schürze und hatte Handschuhe griffbereit vor sich liegen.

»Ist gerade keiner da. Almosen gibt es nicht.« Er hob den Blick, und aus herablassender Ablehnung wurde Neugier. »Oh, Verzeiht mir. Ich dachte …«

»Ich möchte jemanden besuchen.« Susanna lächelte gewinnend. »Sein Name ist Martin Dietrich.«

»Haben wir nicht.«

Die Antwort kam zu schnell, als dass sie stimmen konnte.

»Ein ehemaliger Soldat. Um die sechzig wird er sein.«

»Haben wir nicht, gute Frau. Ich schwör es Euch.«

»Dann habe ich seinen Namen vielleicht verwechselt«, erwiderte Susanna höflich. »Aber wenn ich sein Gesicht sehen könnte, würde ich ihn wohl erkennen. Wärt Ihr so freundlich, mich zu den Leuten zu führen, die hier leben?«

»Was wollt Ihr denn von ihm?« Der Mann versuchte abzuschätzen, was sie an Geschenken in ihrem Korb hatte.

»Eine Freude machen.«

»Und woher kennt Ihr ihn, ohne seinen Namen behalten zu haben?«

»Ich traf ihn im *Auerbachs*.« Susanna log, ohne zu erröten. Es ging um eine sehr wichtige Sache, die ihre gesamte Familie ins Unglück stürzen konnte. »Oder hieß er Dietrich Martin?«, sinnierte sie. »Einerlei. Bringt mich einfach hin. Ich versprach ihm eine Aufmerksamkeit für eine Gefälligkeit.«

»Hm.« Der Aufseher legte die Zeitung weg und griff nach einem Glöckchen. Ein kurzes, helles Läuten, und ein Junge von geschätzt acht Jahren in schäbiger Kleidung kam durch eine der Türen gesprungen. »Thomas, führe die Frau zu unseren Soldaten. Aber achte auf sie. Sag ihnen, wir werden ihnen die Finger brechen, wenn sie die Dame belästigen.«

Der Junge salutierte, dann nahm er Susanna an der Hand und ging los.

Sie traten durch eine schwere, metallene Tür, die mit mehreren Schlössern versehen war.

»Ich suche Martin Dietrich«, sagte sie zu ihm.

Ihr kleiner Führer schwieg und zog sie sanft vorwärts. Ihm schien angewiesen worden, nicht mit Besuchern zu sprechen.

Es roch nach Holz und Sägemehl, weil die Insassen und Bewohner des Arbeitshauses zur Herstellung von Farbholzspänchen herangezogen wurden, die man wiederum zur Herstellung von Farben benötigte. Das Georgenhaus besaß das sächsische Privileg der Farbholzraspelei, was ihm eine gewisse wirtschaftliche Bedeutung gab, auch wenn die Bewohner davon wenig profitierten. Wenigstens überdeckte der Geruch jeglichen möglichen Gestank.

»Hast du mich gehört?« Susanna wurde durch Flure geleitet, vorbei an geschlossenen Zellentüren, aus denen mitunter Heulen, abstruse Singerei und lautes Weinen klang. Die Irren, Wahnwitzigen und Sinnlosen waren eingesperrt und schienen an diesem Tage nicht hinauszudürfen. Gewiss die Anordnung des Rates, damit keiner ausbüxte und die Messe störte.

Dann führte sie der Junge schweigend die Stufen hinab in den gemauerten Gewölbekeller und zu einer Tür am Ende eines langen Ganges, von dem rechts und links Durchbrüche in Lagerräume abgingen. Weinfässer, Kartoffeln, Kohlköpfe, Äpfel, die verschiedensten Dinge wurden aufbewahrt, die kein Sonnenlicht vertrugen.

Vor der Eichentür ließ der Junge Susannas Hand los und wandte sich um, verschwand den Weg zurück. Im Gegensatz zum Aufseher hatte er genau gewusst, wen sie suchte.

Bevor sie klopfen konnte, öffnete sich der Eingang.

Auf der Schwelle stand jener Mann, den Goethe ihr sehr beeindruckt beschrieben hatte: alt von Statur und im Gesicht faltenreich und verlebt, und doch brannten die Augen vor innerem Feuer und spiegelten das Wissen von Jahrhunderten.

»Ich täusche mich kaum, wenn ich vermute: Ihr seid des Kirchners Weib?« Um seinen Körper hatte er ein talarhaftes Gewand in Purpurrot gelegt, die schwarzen Haare mit den silbernen Strähnen fielen offen bis über die Schultern.

Susanna nickte. Das Sprechen gelang ihr nicht. Wie eine Woge brandete seine Präsenz gegen sie, umschmeichelte sie teils und spülte sie hinfort.

»Was führt Euch zu mir?«

»Die Spielkarten.«

»Dann hat er sein Versprechen gebrochen und mit Euch geredet.«

»Nein. Ich musste nur eins und eins zusammenfügen. Ich hörte von Euch und Eurem Begehr in *Auerbachs Keller*. Und um Euch zu finden, folgte ich Eurem Hund, Herr Dietrich«, log Susanna. »Ein solcher Pudel ist nicht schwer zu entdecken. Es gibt keinen größeren und merkwürdigeren als ihn in der Stadt.«

»Ja, mein Hund, die treue Seele.« Dietrich betrachtete sie, maß sie mit Blicken ab und durchdrang scheinbar spielend ihre Kleidung. »Was missfällt Euch an dem Auftrag? Sind es nicht hervorragende Motive, die ich Eurem Mann überließ? Er kann sie behalten, das sagte ich ihm. Breitkopf wird sie lieben. Ich will nur *ein* Kartenspiel. Das erste.«

»Mir missfallen Karten als solche. Daher bitte ich Euch: Entlasst ihn aus dem Auftrag.«

»Warum? Er schuldet mir den Gefallen, der ihn dazu in der Gunst seines Vorgesetzten steigen lässt. Das Spiel mag ihn bald zum gemachten Mann werden lassen.« Dietrich lächelte mit reinen, weißen Zähnen. »Das käme Euch und den Kindern ebenso zugute.«

»Und doch bitte ich Euch: Stellt ihn davon frei. Was immer Ihr getan habt, um ihn in den Gefallen zu drängen.«

»Es macht ihm doch Spaß. Das weiß ich. Sagt, stichelt und gräbt er nicht jede freie Zeit im Kupfer herum?«

»Doch. Das ist es ja, was mir Sorge bereitet.« Susanna versuchte, das Mädchenhafte und Verschüchterte aus ihrer Stimme zu bannen. Es raubte den Worten jegliche Wirkung. »Entlasst ihn.«

Der Mann gab den Eingang frei. »Ich sehe schon: Die Unterhaltung dauert länger. Kommt herein, Frau Kirchner, damit wir kommoder reden.«

Susanna trat gespielt unverzagt, um ihm ihren Mut zu weisen, über die Schwelle und konnte ihr Staunen nicht verbergen, als sie ein weitläufiges Gewölbe sah, das viele Elemente in sich vereinte. Dort ein kunstvoll gedrechseltes Himmelbett, hier Buchregale bis zur Decke mit dicken und dünnen Werken, Almanachen und Folianten, da ein alchemistisches Laboratorium mit eigener Esse und einem Abzug, zwischendrin bequeme Liegen und Stühle.

Erleuchtet wurde es teils von Lüstern, teils von einfachen Lampen, mal stammten sie aus der Gegenwart, andere mussten uralt sein. Dazu gab es wandschmückende Gemälde, frei stehende Statuen, die mit Geschmeide behängt waren. Echtem Geschmeide. Für einen zurückgezogenen Soldaten lebte Dietrich in unerwartetem Überfluss.

»Setzt Euch, Frau Kirchner.« Er zeigte auf einen bequemen Sessel und wählte einen thronähnlichen Stuhl ihr gegenüber, der ihn leicht erhöhte.

Er goss ihr Wein ein, den sie dankend zu ihm zurückschob. Ihr war die Szene mit den Studiosi im Keller, die ihr Goethe geschildert hatte, lebhaft in Erinnerung. »Wie stellen wir es an, damit Ihr meinen Mann …?«

Dietrich lachte dunkel. Es hallte durch das Gewölbe, als käme das Gelächter direkt aus der Hölle. »Euch brachten nicht alleine die Karten zu mir. Sondern das, was Ihr darauf erkannt habt. *Das* missfällt euch. Und es ängstigt Euch.«

Susanna wurde heiß, sie stellte den Korb ab. »Was meint Ihr?«

»Denkt Ihr, ich wüsste nicht, mit wem ich es zu tun habe?« Dietrich lehnte sich zurück, die alten Hände mit den langen gefeilten Nägeln ruhten auf dem Knick der Armlehne wie bei einem König. »Du bist Susanna Margarete, geborene Schöne. Eine Nachfahrin von Sibylle Schöne, Frau von Hans Georg Schöne. Sie war vierzig Jahre alt, als sie der Vorwurf der Zauberei und Hexerei traf. Das war im Jahre des Herrn 1699. Zuerst saß sie in Haft, kam danach aber frei.« Er lächelte und genoss ihren entsetzten Gesichtsausdruck. »Wir kannten uns recht gut, will ich meinen.«

Susanna bekreuzigte sich. »Dann … dann stimmt es!« Ihr war nicht entgangen, dass er zur vertraulichen Anrede übergegangen war.

»Stimmt *was?*«

»Was mir meine Mutter erzählte. Über Euch.« Sie musste den alten Mann anblicken, ob sie wollte oder nicht. »Ihr seid wahrlich jener Martin Dietrich, vor fast vierzig Jahren in Leipzig angeklagt der Zauberei und Quacksalberei.« Sie schluckte, um die trockene Kehle zu befeuchten. »Ihr wart damals schon sechzig.«

»Das spricht sehr für meine Mittel.« Dietrich wies mit der Hand zu seinem Laboratorium. »Als Quacksalberei würde ich es daher nicht bezeichnen.« Er trank mit einem Ausdruck der Überlegenheit auf den Zügen vom Wein, sein Purpurgewand rieb leise und weich wie Seide aneinander. »Der Kerl, der mich anschwärzte, ein Doktor Balthasar Friedrich Jacobi, war neidisch. Er zeigte mich an wegen des Handels mit Raritätenkästen und Kräutern. Ich musste mir eine Belehrung durch den Pfarrer gefallen lassen und einen Reinigungseid schwören, ehe sich mich entließen.« Er stellte den Kelch ab, der einst in einem Tabernakel gestanden hatte, wie die Inschriften besagten. »Aber vergessen habe ich nichts. Auch nicht, wie mich meine Kundschaft fallen ließ. Und das, obwohl ich ihnen stets das Beste lieferte, damit sie nicht alterten und starben.« Nochmals trank er. »Du, Susanna, trägst das Erbe in dir. Das Erbe deiner Ahnin. Und meines.«

»Was? Nein! Niemals!«

»Ich sagte doch: Ich kannte Sibylle sehr gut«, sprach Dietrich süffisant. »Ihr Mann bekam nichts mit, als sich Zauberin und Zauberer vereinten, im Geiste und im Körper. Wir gebaren gemeinsam Gedanken und Sprüche, auf der Suche nach so vielem: Weisheit, Reichtum, Jugend.« Er seufzte. »Nicht alle Kinder, die sie bekam, wurden von ihrem Gatten gezeugt. Aber du bist von meinem Blute, das spüre ich.«

»Nein!«

»Du hast die Zeichen auf den Karten gleich erkannt. Das ist ein Factum. Keiner sonst vermag dies.«

Susanna wurde schwindlig. Das Gewölbe und der Mann auf dem Thron drehten sich vor ihren Augen.

Ihre unsteten Gedanken sprangen zurück in die Kindheit. Ihre Mutter hatte sie heimlich unterrichtet, mit dem Wissen der Weisen Frauen, damit sie dem Bösen Widerstand leiste, wenn es sich eines Tages in ihrem Leben zeigte. Eine der vielen Gestalten des Weltenverderbers sei die des Martin Dietrich, wo auch immer er sich befände.

Beinahe hatte Susanna die Ausbildung und die Mahnungen vergessen. Ob ihre Mutter geahnt hatte, dass sie sich gegen ihren Ahnen stellen musste, um ihre Familie zu beschützen?

Sie zwang sich, ihn anzusehen. »Wer seid Ihr wirklich?«

Dietrich lächelte, die Zähne spitz und gefährlich wie die einer Monstrosität. »Dein Freund Goethe würde vielleicht sagen: Ich bin ein Teil des Teils, der anfangs alles war. Ein Teil der Finsternis, die sich das Licht gebar. Das stolze Licht, das nun der Mutter Nacht, den alten Rang, den Raum ihr streitig macht.« Er schwenkte den Wein. »Ich bin der Geist, der stets verneint. Und das mit Recht! Denn alles, was entsteht, ist wert, dass es zugrunde geht.«

»Deswegen die Karten«, verstand Susanna. »So wollt Ihr das Verderben über die Menschen bringen!«

»Oh, du hast den Sinn dahinter verstanden«, sprach er lobend. »Sie werden mischen und austeilen und sich um ihr Leben spielen. Ein jeder, der sie in der Hand hält, wird von ihrer schädlichen Wirkung getroffen. Des Teufels Gebetbuch schlägt Lücken in die Reihen der Spieler, verbreitet das Übel, wie es die Menschheit verdient. Kein Krieg, nicht die Pest, nein! *Das*, was ihnen Freude bereitet, wird sie dahinraffen. Von den Kindern bis zu den Großeltern.« Dietrich lachte selbstgefällig, und das Gewölbe dröhnte. »Und dein Bastian hilft mir dabei. Weil ich seinen Rivalen erlegte, den ich selbst ins Spiel brachte.«

»Ich …«

Dietrichs Laune wechselte innerhalb eines Wimpernschlags. »Wage es nicht!«, drohte er mit schneidender Stimme. »Wage es nicht, ihn zu hindern oder jemandem davon zu erzählen. Meine Macht ist groß, und das Elend, das ich für dich und die Deinen spinnen kann, wird euch ersticken. Ich habe vorgesorgt. Wie leicht könnte Voigts Tod im Nachhinein auf deinen Mann zurückfallen?«

Susanna war der Verzweiflung nahe.

Sie hatte sich einen anderen Verlauf der Unterredung erhofft, Dietrich anflehen und ihm Geld bieten wollen. Wären ihr die Worte der Mutter eher in den Sinn gekommen, wäre sie zum Rat gelaufen und hätte ihn wegen Zauberei angezeigt.

Noch konnte sie es versuchen.

Aber damit wäre sie selbst verdächtig, und mit Blick auf ihre eigene Herkunft ohnehin. Zudem könnte man ihrem Mann vorwerfen, sich als Helfer von Schadmagie betätigt zu haben. Und es blieb die Drohung, Bastian als Mörder hinzustellen.

Also Dietrich umbringen? So rasch der finstere Gedanke zu ihr kam, so schnell verwarf sie ihn wieder. Es musste etwas Besseres geben, um seinen Plan zu vereiteln und ihn mit seinen eigenen Mitteln zu schlagen.

Susanna beschloss, in den Aufzeichnungen ihrer Mutter nachzulesen. Das handschriftliche Notizbüchlein verwahrte sie an einem geheimen Platz, als Andenken. Nun benötigte sie das Wissen der Weisen Frauen.

»Doch warum zanken und streiten? Da du von meinem Blut bist«, sprach Dietrich gönnerhaft, »biete ich dir an: Komm in meine Dienste, und ich unterrichte dich. In sämtlichen Künsten der Zauberei und Hexerei, vom einfachsten Fluch bis zur Beschwörung niederer Geister.«

Susanna erhob sich. »Ich empfehle mich, Herr Dietrich.«

»So rasch?« Er stand ebenfalls auf. »Haben wir denn einen Entschluss gefunden, wie weiter zu verfahren ist?«

»Ja.« Sie sah ihm fest in die Augen. »Ich werde schweigen und verhindern, dass meiner Familie etwas geschieht. Die vermaledeiten Kartenspieler sollen an Eurem Spiel verderben, es kümmert mich nicht.«

Dietrich stellte den Pokal ab und deutete Beifall an. »So gefällt mir das.« Er nahm die Finger ihrer Rechten. »Hand drauf.«

Susanna wollte sie wegziehen, aber der Griff war hart und nicht zu sprengen. Ein warmes, wohliges Gefühl zwängte sich die Adern hinauf in ihren Kopf, in ihren Verstand.

»Bist du sicher, nicht von mir lernen zu wollen?«, vernahm sie plötzlich Bastians Stimme. Dietrich war verschwunden. »Schau, was man die Menschen glauben machen kann.«

»Wie … geht das?«

»Ein wenig Nebel in der Luft, der deine Sinne denken macht, ich wäre dein Liebster. In Stimme und Gestalt«, sagte Bastian mit einem unbekannten Lächeln und näherte sich ihr, küsste sie. »Der Trug ist perfide und so wahr, dass du darauf hereinfällst. Du und dein Körper.«

Susanna fühlte sich schwindlig und erwiderte den Kuss ihres Mannes, der anders schmeckte als sonst. Sie konnte nicht widerstehen.

Die Haube wurde ihr abgezogen, der blonde Zopf fiel auf ihren Rücken und löste sich auf.

»Lass uns den Pakt inniger besiegeln«, hörte sie ihn locken, und die Hände legten sich an ihre Hüften. »Was Besseres wüsste ich nicht. Wie einst mit Sibylle, der du sehr *ähnlich* siehst.«

Susanna sank in die vertrauten, fremden Arme. Sie schloss die Augen und genoss, während das Aufbegehren schwand und schwand.

Susanna erwachte aus ihrer Starre, weil sie angesprungen wurde.

Sie zuckte zusammen und sah Ilse an sich hängen, die ein mit Leim zusammengeklebtes Bildchen schwenkte, gebastelt aus den Druckausschussresten. »Schau, Mama! Das habe ich für dich gemacht.«

Susanna blinzelte und schaute sich wie aus einem Traum erwachend um. Sie stand in ihrer Dachkammer. Aber wie sie hierhergekommen war und wann sie den Nachwuchs aus der Obhut von Frau Stock geholt hatte, wusste sie nicht. Am Arm hielt sie den Korb. Er war leer, ohne dass sie sagen konnte, ob sie den Wein und den Käse verloren oder verschenkt hatte.

Susannas Blicke wanderten abwärts. Kleid und Schürze saßen am richtigen Platz, nichts war zerrissen, aufgetrennt oder ramponiert. Mit einem Griff fühlte sie nach der Geldbörse. Auch sie war da. Voll. Der Zopf steckte unter der weißen Haube.

»Das hast du gut gemacht«, lobte Susanna mechanisch und beugte sich hinab. Sie fühlte dabei deutlich, dass jemand in ihr gewesen war und Spuren hinterlassen hatte.

Schlagartig kehrte die Erinnerung zurück: Dietrich, das Irrenhaus, der Keller, die Karten, ihr vorgetäuschtes Schweigen – und das Besiegeln des Paktes. Auf seine Weise. Mehr als ein Handschlag. In der Gestalt ihres Bastians.

An den Akt selbst erinnerte sich Susanna nicht. Und doch ekelte sie sich, vor Dietrich, vor sich selbst. Sie wollte auf der Stelle ein Bad nehmen, aber es war nicht Sonnabend, und es würde Fragen aufwerfen, warum sie außer der Reihe auf Reinlichkeit drängte.

Susanna ertrug die Scham, die sich mit jedem Herzschlag mehr in Wut und Hass wandelte. Dietrich ahnte nicht, welchen Feind er sich mit ihr machte.

Ihre Blicke schwenkten in die kleine Arbeitsecke, wo die

Kupferplatten lagen. »Spielt miteinander«, sagte sie abwesend und lenkte ihre Schritte dorthin, um nach den Zeichnungen zu sehen, die Dietrich ihrem Mann gegeben hatte. Anschließend prüfte sie die bereits fertigen Druckplatten.

Susanna fasste einen Plan.

Sie ging an jene Stelle der Kammer, wo sie das Büchlein ihrer Ahnin verborgen hatte. Rasch war es aus dem Versteck befreit, die wasserfesten Wachstücher entfernt.

Susanna schlug es auf, angefüllt mit kalter, tödlicher Wut, die nur nach einem trachtete: das Kartenspiel zu vereiteln, ohne dass Bastian Schuld und Rache traf, und das Leben des Zauber- und Hexereikundigen Dietrich zu beenden. Keine Tinktur, kein Pülverchen, keine Essenz sollten ihn mehr vor dem Schnitter bewahren.

Es dauerte eine Weile, bis sie sich an die Handschrift gewöhnt hatte. Dann tauchte Susanna in die alten Lehren der Hexen ein, und eine Kapsel öffnete sich in ihrem Verstand, die altes Wissen freisetzte, eingepflanzt von ihrer Mutter in vielen Stunden der Unterweisung.

Aufmerksam studierte sie die Zeichen und Sprüche, die Voraussetzungen und Vorkehrungen für den Fluch, den sie weben wollte, bis sie schließlich in die dunkelsten Kapitel der magischen Künste vorstieß und ihre Augen vor Begeisterung leuchteten.

Was Susanna las, linderte die Schmerzen in ihrem Schoß.

Dann polterten Bastians Schritte die Stiegen hinauf.

Gerade noch rechtzeitig versteckte Susanna das Büchlein in ihrer Rocktasche und setzte ein Lächeln auf, das ihr so falsch erschien wie eine Sonne in tiefer Nacht.

Die Tür wurde aufgerissen.

Bastian schwenkte eine Tüte mit gebrannten Mandeln. »Die Jahrmärkte sind die besten Zeiten«, rief er jungenhaft und verteilte das Naschwerk an die beiden älteren Kinder, die sich begeistert über das knuspernde Mitbringsel hermachten.

»Dann geh doch heute ins *Auerbachs*«, schlug Susanna vor. »Spiele mit dem Goethe und den anderen. Es werden sich Gegner für euer Kartenglück von auswärts finden lassen.«

Bastian stutzte. »Dieser Vorschlag aus deinem Mund?«

»Es ist Messe.« Sie lächelte.

Er kam auf sie zu, küsste sie und drückte sie an sich. »Die beste Frau der ganzen Stadt«, sagte er leise und strich ihr eine goldene Haarsträhne aus der Stirn. »Ach, was rede ich: der ganzen Welt!« Er küsste sie auf die Nasenspitze und schnappte sich die drei Kinder, um mit ihnen auf den Armen durch die Kammer zu tanzen. »So geht die Wilde Jagd zur Musik!«, rief er und ahmte mit den Lippen eine Trompete nach. Das laute Lachen schallte durch die Behausung.

»Mama, du blutest!«, rief die Ilse plötzlich erschrocken und zeigte auf die Dielen.

An Susannas rechtem Fuß waren Spuren von frischem Rot, das vom Schenkel abwärtsrann. Ihr Lächeln fror ein.

»Ich habe mich mit dem frisch geschliffenen Grabstichel ins Bein geschnitten, als ich aufräumte«, log sie. »Das wird rasch heilen. Ich habe schon einen Verband darum gelegt.«

»Lass sehen«, sagte Bastian besorgt.

»Ach was, das bekomme ich alleine hin.« Susanna scheuchte ihn spielerisch fort und lachte die Schmerzen weg, die in ihrer Körpermitte tobten. »Husch, hinfort mit dir. Wein und Karten rufen.«

Erst, als ihr Mann verschwunden war und die Kinder in ihren Betten lagen, brach Susanna weinend zusammen.

Den Schwur, Martin Dietrichs Dasein ein Ende zu setzen, beeidete sie mit dem Blut, das dank ihm aus ihr rann.

* * *

Beim Spiel kann man einen Menschen in einer Stunde besser kennenlernen als im Gespräch in einem Jahr.

Platon (427–348 o. 347 v. Chr.)

Kapitel IX

Europäischer Luftraum

Wieder die Schwärze und das leise Rascheln der rieselnden Karten. Pik-Neun. Alle Karten waren die Pik-Neun. Sie umspielten Hyun in ihrem neuerlichen Albtraum und täuschten Friedlichkeit vor. Dann erklang der leise Schrei aus Enricos Kehle, schwoll an und wurde lauter. Die fallenden Spielkarten stoben erschrocken auseinander.

Hyun atmete zu schnell, war dem Geschehen ausgeliefert, eine Beobachterin im Grauen. Zu dem Papierreiben mischte sich ein leises Prasseln wie von einsetzendem Regen. Blut fiel in dicken Tropfen aus der Finsternis und traf die Karten, bis ein Schauer daraus wurde, der das Papier unter dem gellenden Kreischen ihres Verlobten mit dem Rot tränkte.

Ich muss die Augen öffnen! Die Neun will mich wahnsinnig machen! Hyun versuchte es, panisch, aber es gelang nicht.

»Lauf, Hyun! Sie wird dich töten!«, schrie Enricos Stimme sie an. »Sie wird dich töten! Fliehe, bevor es zu spät für dich ist! Hyun, versprich es mir! Rette dich!« Dann setzte durch das Rascheln und Regnen ein düsteres Grollen ein, und ihr Verlobter verstummte. Ein Monstrum suchte sich seinen Weg zu ihr.

Hyun riss die Lider auf – und fand sich keuchend im Flieger wieder.

Ein Blick auf die Uhr des Tablet-PC auf ihrem Schoß verriet ihr, dass sie keine fünf Minuten eingenickt gewesen war.

Boch saß neben ihr und schien zu dösen. Er hatte nichts von ihrem – gefühlt hundertsten – Albtraum mitbekommen.

Hyun atmete tief ein und aus. Anfangs hatte sie gedacht, Enricos Geist wollte sie vor dem Fluch der Karten bewahren, aber inzwischen glaubte sie, dass die Pik-Neun dahintersteckte, um sie in die Flucht zu schlagen. *Weil sie mich fürchtet. Weil sie weiß, dass ich sie vernichten werde, sobald ich ein Mittel gefunden habe.* Das gab ihr die grimmige Gewissheit, das Richtige zu tun, auch wenn – oder gerade weil – die Häufigkeit der Albträume zunahm.

Hyun rieb sich einmal über das Gesicht und kehrte vollends in die Realität zurück. Das Dröhnen des Triebwerks wirkte auf eine gewisse Art beruhigend. Ein Vorteil, einen finanzkräftigen Stiefvater zu haben, bestand darin, ihn anrufen zu können und zwei Flugtickets erster Klasse buchen zu lassen. Er fragte sie nicht einmal, warum sie ihren alten Namen für das Einchecken benutzte.

Sie hasste, dass sie das hatte tun müssen, aber es war die einfachste Lösung. Hyun hatte ihrem Vater einen genauen Bericht zu einem späteren Zeitpunkt versprochen, angefangen von ihrem Verschwinden bis hin zu ihrer Bitte und dem für ihn rätselhaften Verhalten. Auch von Baden-Baden wussten er und ihre Mutter nichts, der Anwalt managte den Dialog mit der deutschen Polizei.

Die Maschine brachte sie rasch von Rom nach Brüssel, in einer halben Stunde stand die Landung an. Von dort sollte es im Leihwagen weiter nach Brügge gehen.

Hyun aktivierte ihr Tablet und verband es mit dem flugzeugeigenen WLAN, surfte durchs Netz auf der Suche nach Nachrichten rund um den Vorfall in der Basilika.

Sie fand Bochs Idee gut, die Chance zu nutzen und in Gillots Haus einzubrechen, während der Millionär in einem römischen Krankenhaus lag, im künstlichen Koma, wie die Medien berichteten. Niemand wollte eine Prognose abgeben, ob sich der Mann von den Wunden erholte. Angeblich lebte Gillot alleine, die Klatschpresse wusste nichts von einer Frau oder einem Mann in seinem privaten Umfeld. Das würde das Vorhaben erleichtern.

Boch streckte die Beine und wippte mit den Füßen vor und zurück, um Blut in die Waden zu pumpen. »Dabei wollte ich gar nicht schlafen«, sagte er und öffnete die Augen. »Sie arbeiten fleißig?«

»Einer muss es ja tun. Laut den Medien kommt uns Gillot so schnell nicht in die Quere.« Hyun sprach leise, damit die wenigen Mitreisenden in der First Class keine Ohrenzeugen wurden. Sie ahnte, dass Boch sie verdächtigte, mit der Attacke zu tun zu haben. Er konnte sich an den Fingern einer Hand abzählen, wer die russischen Killer in die Ewige Stadt geschickt hatte. Außer Lasarew kamen nicht viele infrage.

Boch warf einen Blick auf das Display und suchte seinerseits mit dem Smartphone im Internet und checkte Mails. »Tot ist er auch nicht. Das heißt, er macht uns früher oder später Schwierigkeiten.«

»Sie wussten, dass er noch lebt.«

»Nein. Ich war mir nicht sicher.«

»Sie haben verhindert, dass ich mich um ihn kümmere.«

Boch hob die Augenbrauen. »Bei allem Respekt vor Ihren Fähigkeiten als Chirurgin, aber in Ihrem Zustand hätten Sie seine Verletzungen eher schlimmer gemacht.«

Eine Stewardess in schicker dunkelblauer Uniform und mit Halstuch brachte ihnen Getränke und Snacks. »Darf ich Ihnen etwas anbieten?«

Hyun nahm ein Lachsschnittchen und Weißwein, Boch wählte Käse-Salami-Sandwich und einen doppelten Espresso. Schweigend las er, die Stewardess zog weiter.

Hyun sah aus dem kleinen Fenster und betrachtete die Wolken, sammelte dabei ihre Gedanken.

Vom Auftauchen des Kommandos war Hyun selbst überrascht worden. Sie hatte mit Lasarew vereinbart, dass sie ihn wegen Gillot auf dem Laufenden hielt und herausfand, welche Beweise es gegen ihn gab. Darauf hatte der Oligarch offenbar nicht länger warten wollen und vier Killer gesandt, die mit einer Härte vorgingen, die Hyun aus Actionfilmen kannte. Etliche Menschen waren angeschossen worden, darunter überwiegend Personenschützer; ein paar Passanten und Gäste hatten verirrte Kugeln abbekommen und leichte Verletzungen davongetragen, meldeten die Nachrichten. Zwei der Angreifer waren getötet worden, aber die Russen hatten ihre Leute mitgenommen. Außer leeren Geschosshülsen und Blutlachen gab es keine Spuren von den tödlichen Liebesgrüßen aus Moskau.

Damit nicht genug.

Die Basilika hatte massive Beschädigungen durch Gillots halsbrecherische Fahrt davongetragen, über deren Sinn die Presse und das Internet spekulierte. Die einen vermuteten, der Wallone habe auf der Flucht die Kontrolle verloren, andere glaubten, dass seine Kunstbesessenheit ihn dazu gebracht habe, den Raub des Bildes zu verhindern, ohne sich Gedanken über die Menschen zu machen. Angeblich sei der Subleyras dabei stark in Mitleidenschaft gezogen worden.

Hyun blickte zu Boch. »Hätten Sie mit einem Sturmgewehr umgehen können?«

»In der Basilika?« Boch rührte Süßstoff und Milch in den starken Kaffee. »Wie kommen Sie darauf?«

»Wegen der Pumpgun. Mit der hatten Sie gut hantiert.«

»Das war Zufall. Ich hatte schon lange kein Gewehr mehr in der Hand.« Er legte das Smartphone mit dem Display nach unten auf den Tisch. »Ich hatte mal vor, Offizier bei den Feldjägern zu werden. Das hat sich aber erledigt.«

»Warum blieben Sie nicht dabei?«

»Es war nicht so sehr meins, wie ich zuerst dachte. Davor wollte ich Zehnkämpfer werden«, erzählte Boch und massierte sich das Knie, danach den linken Ellbogen. Die Stoppeln und die Müdigkeit in seinem Gesicht ließen ihn älter aussehen. »Fand mein Vater nicht gut.«

»Er war was?«

»Berufssoldat. Feldjäger.«

»Familientradition. Verstehe.«

»Mit der habe ich endgültig gebrochen.« Boch rutschte im Sitz nach hinten, setzte sich aufrecht. »Sie werden es längst im Internet gelesen haben, denke ich. Keine ruhmreiche Vergangenheit.«

»Ja, habe ich.« Der Small Talk diente Hyun dazu, um mehr über den Menschen herauszufinden, mit dem sie durch die Gegend reiste, und ihn besser einschätzen zu können. Sie hätte ihm schon längst das Du angeboten, aber der ältere Mann machte keine Anstalten in dieser Richtung. Er wollte bewusst auf Abstand zu ihr bleiben. »Aber ich dachte, es gibt vielleicht noch mehr.«

»Warum sollte ich Ihnen das erzählen?«

»Weil …« Hyun zögerte. Sein Misstrauen verstand sie nach der Schießerei in Rom zu gut. »Nur so.«

Boch lächelte. »Ich habe eine Tochter, die Ihnen ähnelt. Vermutlich ist mein Beschützerinstinkt Ihnen gegenüber deswegen so ausgeprägt.«

»Sie waren mit einer Asiatin zusammen?«

»Einer Japanerin. Die Ehe hielt nicht. Wegen des Zu-viel-Syndroms.«

»Das ist mir in der Medizin noch nicht begegnet.«

»Zu viele Casinos, zu viele Partien und zu viel von allem, was dazugehört, wenn man zu viel Geld und zu viele Drogen zur Verfügung hat«, zählte Boch auf. »An ihrer Stelle wäre ich auch gegangen. Spielsüchtige sind manisch und nicht bei Verstand. Die ständigen Erfolge steigerten es bei mir. Das kostete mich auch meine zweite Beziehung.« Er goss sich Wasser ein. »Von Ihnen, Miss Poe, gibt es verschiedene Versionen Ihres Werdegangs. Beide klingen ziemlich perfekt. Welche ist die richtige?«

»Ich bin nicht perfekt.«

»Sagt ein ehemaliges Model und Vorzeige-Ärztin.«

»Ich schnarche. Und ich habe ein Faible für unanständige Witze, wenn ich betrunken bin. Sehr unanständige Witze. Gemodelt habe ich nur zwei Jahre, und da war ich sehr jung.« Hyun lächelte zurück. »Welche Version des Werdegangs gefällt Ihnen am besten?«

»Ich hab mich noch nicht entschieden, aber ich denke, Sie werden nicht das geldgierige Biest sein, das sich den schneidigen Rosenhändler geangelt hat und dessen Ehe ruinierte.« Boch grinste provozierend und zeigte im Innenraum des Flugzeugs umher. »Geld hatten Sie vorher schon genug.«

»Wir verdanken die Tickets meinem Stiefvater, nicht mir. Abgesehen davon: Sie hatten einst mehr als er.« Hyun blieb gelassen. »Waren Sie schon mal in Korea?«

»Nein. Weder im Norden noch im Süden.«

»Sollten Sie nachholen. Ich empfehle den Süden. Für den Anfang. Sie kommen mit Englisch ganz gut durch.« Hyun dachte an ihren letzten Besuch bei ihrer Großmutter, die sich nie Geld von ihrer Enkelin hatte geben lassen und große Geschenke ablehnte. Sie hatte ein einfaches Leben gewollt. Mudang sein. Bis zu ihrem Tod hatte Hyun nicht herausgefunden, ob die Verweigerung hartnäckiger Ärger auf sie war, weil sie dem Weg der Schamanin entsagt hatte und eine Schulmedizinerin geworden war.

»Ich würde Koreanisch reden«, erwiderte Boch zu ihrer Verblüffung in ihrer Heimatsprache.

»Sie … Sie können das?« Hyun hörte den deutschen Akzent in den Silben, aber jeder Einheimische würde den Mann verstehen. »Und auch Japanisch?«

Boch nickte. »Gelernt in meiner verlorenen Zeit, ohne dass

ich mich dran erinnern kann. Zu viele Drogen, nehme ich an.«

Hyun grinste. »Kennen Sie den Film *Demolition Man?*«

»Nein. Das heißt, kann sein.«

Sie lachte auf. »Schauen Sie sich ihn mal an. Ein alter Action-Streifen. Dem Helden und Antihelden geht es ähnlich wie Ihnen, denen wurde im Cryo-Schlaf das Wissen einprogrammiert.« Sie kostete den Wein und fand ihn nicht schlecht. »Ich musste alles lernen. Angefangen habe ich als Näherin in einer Fabrik, bis meine Mutter neu heiratete und ich nach London umzog. Den Rest kennen Sie.«

Boch lachte. »Sehr skandalfrei. Abgesehen von der Verbindung mit Hermano.«

»Das war Liebe.« Hyun lächelte traurig. »Ich weiß, es klingt kitschig, aber er war der Mann.« Ein tiefes Durchatmen gegen die heranfliegende Traurigkeit. »*Der* Mann. Sonst wäre ich nicht mit einer Waffe in eine illegale Spielrunde geplatzt und hätte Menschen bedroht. Oder säße mit Ihnen im Flugzeug, um …« Es half nichts. Sie senkte den Blick geradewegs auf ihren Verlobungsring. Die Maske riss. Trauer zwang ihr Tränen auf, die Brust wurde ihr eng. Der Verlust ihres Verlobten und das Verstehen, dass sie ihn nicht mehr wiedersehen, halten, spüren würde, übermannte sie. Rasch zog Hyun ein Taschentuch aus ihrer Handtasche und wischte die salzigen, flüssigen Perlen weg, die ihre Wangen hinabrollten. »Verzeihen Sie.«

»Mit japanischen Sitten kenne ich mich aus«, hörte sie Bochs Stimme. »Wie steht es mit den koreanischen?«

Sie wusste, dass er sie ablenken wollte. Dankbar ging sie darauf ein. »Die einfachsten sind ähnlich. Verbeugen beim Begrüßen, Visitenkarten bestaunen, kein Schnäuzen beim Essen, Essstäbchen nicht in die Reisschale rammen, verschiedenste Höflichkeitsabstufungen in der Anrede, derlei eben. Aber die Jüngeren sind längst nicht mehr so in den

Gebräuchen und Traditionen festgefahren. Ansonsten ist es furchtbar kompliziert für jemanden, der damit nicht aufwuchs.« Hyun versuchte sich an einem falschen Lächeln. »Und singen. Singen müssen Sie.«

»Oh, ich habe es befürchtet. Karaoke! Ich habe es gehasst.«

»*Noraebang*, so nennen wir das koreanische Karaokezimmer. Jeder muss ran.« Sie wunderte sich, dass er die Sprache beherrschte, aber keine Ahnung von den Sitten und Gebräuchen hatte. »Generell würde ich mir an Ihrer Stelle merken: Seien Sie immer sehr, sehr höflich. Damit gewinnen Sie die Herzen.«

»Das klingt einfach.«

»Es würde Ihnen nichts bringen, wenn ich Ihnen eine hundert Seiten lange Liste mit Tun-und-Lassen-Anweisungen schreibe. Es sind Kleinigkeiten, die Missstimmung auslösen.«

»Zum Beispiel?«

»Nie eine Person mit erhobenem Zeigefinger heranwinken. Das ist eine Beleidigung. Nur mit der Handfläche nach unten und winkender Geste abwärts.« Sie machte es ihm vor.

»Hm. Könnte man in Europa als Verscheuchen deuten.« Boch versuchte es. »Danke für die Warnung. Ich werde mich vor meinem ersten Besuch schlaumachen.« Er legte wie nebenbei die Hand auf die rechte Brust.

Hyun fand, dass Boch diese Bewegung oft tat. Und sie wusste, warum. Da sie dicht nebeneinandersaßen, spürte sie deutlich die Aura der Pik-Neun in seiner rechten oberen Sakkoinnentasche. *Der Bringer meiner Albträume.* Die Karte war von schlechten Geistern besessen oder zumindest damit berührt worden und hatte schädlichen Einfluss auf manche Menschen, würde ihre Großmutter sagen. Eine Mudang könnte ein Ritual vollziehen, mit dem sie Boch vom Einfluss löste, bevor der Geist mehr Macht über den Mann erlangte.

Aber ich bin keine Mudang. Hyun rang mit sich, was sie davon halten sollte. Sie hatte sich bewusst für die chirurgische Richtung entschieden. Ein Schnitt war ein Schnitt, ein abgetrennter Finger ein abgetrennter Finger. Da blieb wenig Spielraum für Geister, denn da war Wissen über Arterien, Gewebe, Nervenbahnen und Handwerk gefragt.

Und doch vermochte sie das Spirituelle nicht zu leugnen. Hyun fühlte die Aura der bösen, verfluchten Karten. Die Pik-Neun, die ihren geliebten Mann das Leben kostete, würde nicht aufhören, Unheil und Albträume zu bringen, weder sie noch ihre Geschwister. Die erbeutete, unbekannte Karte, die sich noch im herausgeschnittenen Stück des Gemäldes von Subleyras befand, wirkte in ähnlicher Weise, wenn auch lange nicht dermaßen stark und niederträchtig. Im Gedenken an ihre Großmutter sah sich Hyun in der Pflicht, etwas dagegen zu unternehmen. Dass die Pik-Neun Feuer widerstand, zeigte die Gefährlichkeit der Karten.

»Schauen wir nach, was wir vor Gillot erwischt haben.« Sie nahm ihre Handtasche und zog den Fetzen Leinwand heraus, den sie aus dem Gemälde geschnitten hatte. Hyun legte ihn auf den Tisch, betastete ihn und spürte neben der Aura eine physische Erhebung unter den aufgemalten Karten. Mit dem Essbesteck fuhr sie behutsam zwischen Leinwand und Ölschicht.

»Seien Sie vorsichtig«, hörte sie prompt Bochs Anweisung.

»Bin ich«, gab Hyun zurück und spürte Widerstand. »Ich bin Chirurgin.« Ihr Schneiden wurde behutsamer, bis sie die gemalten Karten nach vorne klappte und eine zweite Schicht aus Wachspapier freilegte, welche die Farben nicht durchgelassen hatte.

Darin eingeschlagen fand sie die Karte, Herz-Acht, unzweifelhaft vom gleichen Künstler erschaffen wie die Pik-Neun. Der gleiche Aufbau, die gleichen filigranen Linien, von Hand nachgemalt und bearbeitet, mit flüssigem Gold und Silber verschönert, versehen mit Farb- und Wertzeichen sowie einem Sinnspruch auf Deutsch, was sie nicht verstand. Doch die Karte hatte unter ihrem Altern gelitten, sich mit Wachs aus dem Umschlag vollgesogen, und so war ihr Farbton ins Gelbliche gekippt.

»Herz-Acht«, flüsterte Boch in ihr Ohr, der sich so weit zu ihr gelehnt hatte, als wollte er gleich zu ihr auf den Sitz klettern.

Hyun drehte die Karte um. Die Rückseite erschien makellos wie die der Pik-Neun, in Dunkelrot mit dünnem Karomuster in Grau und Schwarz. Auch die silberschattierten Bourbonenlilien saßen an den vier Ecken.

»Wir haben sie vor Gillot gerettet«, sagte Boch. »Ein Druckmittel mehr gegen ihn«, schob er viel zu langsam nach. »Darf ich?«

Beim direkten Blick darauf bemerkte Hyun eine Gloriole, die um die Herz-Acht schimmerte, weiß und rein, aber an den Rändern ins Graue wechselnd und dann zu Schwarz werdend. Zwar täuschte die Karte vor, nichts Übles zu wollen, heuchelte Unschuld und Freundlichkeit, aber sie konnte ihre Art nicht verheimlichen. Nicht vor der Enkelin einer Mudang. In Wahrheit bestand sie aus Bosheit.

Hyun bedauerte in diesem Augenblick sehr, keine ordentliche Ausbildung zur Schamanin erhalten zu haben. *Selbst schuld.* Ihre Großmutter hätte ihr mit Freuden das ganze Wissen vermacht, um mit den Geistern reden und sie besänftigen zu können. *Oder gegen die Macht der Karten anzugehen.* Aber Hyun hatte die letzten Jahre in den Hör- und OP-Sälen Englands sowie in den Krankenstationen von Hilfslagern verbracht. Da gab es keinen Platz für die spirituelle Welt. Nun wären diese Kenntnisse wichtig gewesen.

»Sie sieht mitgenommen aus«, sagte Boch besorgt und mitleidig, als handelte es sich um ein lebendiges, verletztes Wesen. »In Avignon wird man ihr helfen können.« Bevor

Hyun reagieren konnte, schnappte er sie und schob sie in die Hülle zur Pik-Neun. »Bei mir ist sie sicherer als bei Ihnen, Miss Poe. Das sehen Sie genauso, nicht wahr?«

Hyun nahm Abstand davon, im Flugzeug einen Aufstand zu proben. Sie würde ihm die Karten lassen, um ihn in Sicherheit zu wiegen und ihm keinen Grund zu geben, sie anzugreifen. Kaum befanden sich die zwei Karten des Übels dicht zusammen, war die verstärkte Wirkung zu spüren. Pik-Neun und Herz-Acht erkannten sich und schienen ihre Kräfte auszutauschen, zu bündeln. Die Auren verschmolzen, zuckten und flirrten.

Das beseitigte Hyuns letzte Zweifel: Es drehte sich von diesem Tag an nicht mehr nur um ihre Karriere als Ärztin und die Aufklärung der Morde in der Villa. Sie musste handeln, um die verfluchten Karten zu tilgen. Vor Boch würde sie das heikle Thema nicht mehr anschneiden. Er konnte ihretwegen über ihre Motivation denken, was er wollte, solange er in ihrer Nähe blieb.

Eine Durchsage kündigte den baldigen Landeanflug an, die Anschnallzeichen leuchteten auf. Die Sitze wurden aufrecht gestellt und die Klapptische verstaut.

Hyun sah zu Boch. »Können wir nicht aufhören, die Karten zu jagen?« Sie wollte in seinen Augen sehen, wie er reagierte.

»Nein.«

»Weil?«

»Weil wir Gillot damit unter Druck setzen können.«

»Aber Gillot ist aus dem Weg geräumt. Und an Beweise gegen ihn gelangen wir sicherlich anders.«

»Die Nachrichten sagen, er lebt. Schon vergessen?« Boch rieb sich erneut die rechte Brustseite. »Je mehr Karten, desto besser. Wir brauchen ja sein Geständnis, um Sie zu entlasten. Und mich. Deswegen der Aufwand mit Brügge und mit Avignon.«

Hyun erkannte die Lüge in seinen Pupillen. Die Karte trieb ihn, ließ ihn vielleicht sogar denken, er würde wegen des Falles auf die Jagd gehen. »Aber wenn Gillot es nicht war?«

»Das entscheiden wir dann«, antwortete er ausweichend. »Es geht dabei mehr um Ihr Leben als um meins.«

Hyun konnte nicht verbergen, dass sie der Satz traf, weil sie an Lasarew senior denken musste, auch wenn Boch ihn anders gemeint hatte. *Opritschnik*. Der Mann, der sie hatte foltern lassen, seelenruhig, gnadenlos, und noch schlimmere Dinge für sie vorgesehen hatte. Sie hatte einen Deal mit ihm, den man durchaus mit einer Drohung gleichsetzen konnte.

»Was ist mit Ihren Handgelenken geschehen?« Boch sah auf ihre Arme. »Sieht aus wie von einem Kabelbinder.«

»Ach, das? Das ist in der Basilika passiert«, gab Hyun zurück, weil ihr nichts Besseres einfiel. »Die Kordel von der Gemäldeabdeckung hatte sich im Wagen um mich verheddert.«

Boch erwiderte nichts.

* * *

Belgien, Westflandern, Brügge

Hyun fand, dass Brügge kitschiger daherkam als auf jeder Postkarte, und sie wunderte sich, dass es recht wenige Asiaten zu sehen gab. Die Touristen aus Fernost schienen die sonnigeren Zeiten im Sommer zu bevorzugen. Dennoch fühlte sie sich in ihrer Aufmachung sicher und unauffällig. Den Hut hatte sie durch einen neuen ersetzen müssen, der andere war im römischen Schutt verloren gegangen.

Boch, der die gleichen Sachen wie in Rom trug, ging an ihrer Seite. Ihre Koffer hatten sie im Leihwagen gelassen. »Da vorne müssen wir nach rechts.«

Die Altstadt mit ihren alten Häusern bildete eine einzige Filmkulisse. Es roch allgegenwärtig nach Schokolade oder heißen Bonbons, wenn nicht gerade der Duft von Pommes frites in die Nase gelangte. Einzig das viele Grau der massiven mittelalterlichen Gebäude konnte auf sensible Gemüter drückend wirken, sofern sich das Wetter für Dauerregen und Wolken entschied, wie an diesem Tag ihrer Ankunft.

Sie überquerten ein Brückchen und gelangten in den abseits gelegenen Teil, in dem die Bewohner der Stadt unter sich blieben. Die üblichen Outdoor- und Multifunktionsjacken der Touristen fehlten an den seltenen Passanten.

Sie hatten Hinweise auf Residenzen in der ganzen Welt gefunden, aber das Haus Brügge war am häufigsten genannt worden und daher vielleicht sein bevorzugter Wohnsitz. Boch hatte vorgeschlagen, den Einstieg tagsüber zu versuchen. Überraschungseffekt.

»Ich bin gespannt, was wir finden.« Hyun fotografierte aufs Geratewohl die Umgebung. Neben dem kleineren Boch fiel sie auf, aber eine bessere Tarnung als Touristen gab es nicht.

»Im besten Fall: die Karten.« Er prüfte anhand des Faltplans, wo sie waren. »Und hoffentlich Informationen zu den Mordfällen.«

Es wunderte sie nicht, dass er zuerst die Karten nannte.

»Das ist es.« Hyun deutete auf das dreistöckige Fachwerkhaus, dessen Rückseite am Kanal lag. »Hier wohnt Monsieur Gillot.«

Nichts wies von außen auf den unermesslichen Reichtum seines Besitzers hin. Im Erdgeschoss gab es einen Antiquitätenladen, in dem der Sammler seine günstigeren Objekte, die er von Ausgrabungen und Börsen mitbrachte, an Touristen veräußerte. Darüber folgten zwei Reihen Fenster, deren dunkelrot und weiß gestreifte Fensterläden geschlossen waren. Das untrügliche Zeichen, dass niemand zu Hause war, der ihnen Ärger machen würde.

»Alarmanlagen.« Boch hielt den Faltplan hoch, in den sie gelegentlich zur Tarnung schauten. »Gillot wird seine Behausung nicht ohne Schutz gelassen haben. Bewegungsmelder und dergleichen. Bestimmt mit dem Internet verbunden.« Er legte das Papier raschelnd zusammen. »Wir müssen schnell sein.«

»Einen Wachdienst kann ich mir ebenso vorstellen.« Hyun nickte und hob wieder den Fotoapparat, knipste die Front. »Wäre es vom Wasser aus leichter?«

»Macht keinen Unterschied, nehme ich an.« Boch blieb wortkarg. Zwar versuchte er, sein Misstrauen zu überspielen, aber Hyuns Intuition sagte ihr deutlich, dass er sie mittlerweile fest im Verdacht hatte, etwas mit dem russischen Rollkommando zu tun zu haben. Es stimmte natürlich, aber zugeben konnte sie es nicht, sonst würde er sie wegschicken. Das musste sie vermeiden. Mehr denn je.

Aus der Sakkotasche strahlten die Karten; sie schienen nach Geschwistern aus ihrem Spiel zu suchen. Hyun hatte ausgetestet, dass sie für das Aufspüren der Aura auf eine halbe Armlänge an die Karte heranmusste, im Falle der Herz-Acht sogar noch dichter, wie sie in der Basilika bemerkt hatte. Es hing wohl davon ab, wie aufgeladen die Karte war. Auf dem Weg von Brüssel nach Brügge hatte sie überlegt, ob es einen Mudang-Kniff gab, der es ihr erleichtern könne, doch zu lange hatte sie nicht mit den wenigen eigenen schamanistischen Kräften gearbeitet. Und es gab niemanden mehr, den sie dazu um Rat fragen konnte.

»Gehen wir näher ran.« Boch marschierte zum Antiquitätenladen und schaute auf die Auslage, wo sich Statuetten, Siegel, Schmuck und vieles mehr aus den verschiedensten orientalischen Ländern in dezentem Lampenlicht präsentierten.

Hyun folgte ihm. *Wir spielen beide ein Spiel.* Sie würde auf der Hut sein, denn die Reaktionen des Mannes waren unter dem Einfluss von Herz-Acht und Pik-Neun unvorhersehbar. Aber sie brauchte ihn, um alle Karten zu finden und zu vernichten. Kein Mensch sollte mehr wegen ihnen sterben wie ihr Verlobter. Das würde ihre Großmutter von ihr verlangen.

Nebeneinander standen sie vor der Scheibe, die ihre Gesichter reflektierte.

»Gut, wir sollten es wirklich lieber bei Nacht versuchen«, lenkte Boch ein. »Die Straße ist zu übersichtlich. Und am besten vom Wasser aus.«

Hyun grinste und klopfte ihm auf die Schulter.

Ein Klappern machte sie aufmerksam. Zwischen Gillots und dem Nachbarhaus hatte sich eine Tür im Holzzaun geöffnet. Ein Bewohner schleppte zwei graue Plastiksäcke heraus und stellte sie an die Straße, schloss den Eingang und klickte ein Vorhängeschloss zu, um gleich darauf im belgischen Gassengewirr zu verschwinden.

Hyun kam ein Gedanke. »Warten Sie mal.« Sie schlenderte fotografierend wie zufällig zum Türchen, in dem sich Astlöcher auftaten. Sie blickte hindurch.

Dahinter befand sich ein überdachter, winziger Abstellraum, der nicht die Bezeichnung Hinterhof verdiente. Zur Wasserseite hin war er zugemauert, restlos zugerümpelt und mit Mülltonnen verstellt, die man als Kletterhilfe benutzen konnte. Auf Gillots Wandseite existierten zwei kleine Fensterchen in verschiedenen Höhen.

»Das da oben könnten Toiletten sein.« Hyun betrachtete das kleine Vorhängeschloss und winkte Boch zu sich. »Kriegen Sie das auf?«

Er zog ein grau gemustertes Taschentuch aus dem Mantel, wickelte es um den feuerzeuggroßen Zylinder und riss ihn kräftig nach unten. Klirrend löste sich die Arretierung, der Bügel schnappte auf. Boch öffnete den Zugang in die Kammer. »Diese Spielzeugschlösser halten nicht viel aus«, sagte er und sah sich um, ob jemand die Straße entlangkam.

Hyun huschte hinein, er folgte ihr. Sie schob die größere Tonne in Position und stieg hinauf, prüfte das Fensterchen.

»Achten Sie auf Drähte oder kleine schwarze Punkte«, sagte Boch unter ihr. »Das könnten Sensoren sein.«

Hyun erkannte nichts dergleichen und leuchtete zur Sicherheit mit dem Licht des Smartphones den Rahmen ab. »Scheint ungesichert zu sein.«

Er reichte ihr einen Rechen hinauf, mit dem die Bewohner Laub von der Straße harkten. »Einschlagen. Vorsicht bei Splittern, wenn Sie durchsteigen.«

Hyun fand seine Anweisungen unangebracht. Sie war kein Kind mehr und vor allem nicht seine Tochter.

Der Stiel des Rechens zerstörte das Fenster beim ersten Versuch, das geborstene Glas fiel nach innen, ohne dass es zersprang oder laut klirrte. Es musste Teppich im dunklen Raum verlegt sein.

Hyun leuchtete umher und erkannte einen Abstellraum, in dem sich Kisten und Truhen stapelten. *Gut. Keine Kameras.* Sie langte durch das Loch, öffnete den Fensterhebel und stieg behutsam in das Haus des Wallonen.

Es roch alt, nach trockenem Holz und Lack, Farbe und Metall. Gillot lagerte hier Objekte, die es wohl nicht in die Auslage geschafft hatten oder auf das Versenden beziehungsweise die Abholung warteten.

Hinter Hyun scharrte es.

Boch zwängte sich durch das Fenster, verfluchte dabei zuerst das Knie, danach seinen Rücken. »Da haben wir den Grund, warum es nicht gesichert war.« Er zeigte auf die massive Stahltür, die ein Weiterkommen verhinderte. Der Händler hatte mit Einbruch gerechnet, jedoch aus der anderen Richtung. Kein Dieb würde die breiten Boxen durch das winzige Fenster gewuchtet bekommen.

Hyuns Enttäuschung war riesig. »Und jetzt? Warten bis heute Abend und versuchen es von der Wasserseite aus?«

Boch schüttelte den Kopf. »Das kaputte Vorhängeschloss wird vielleicht aufmerksam machen. Wir müssen den Bruch durchziehen.« Er zeigte auf die Kisten, Kasten und Truhen. »Suchen wir da drin nach etwas Massivem, das wir als Ramme nutzen können.«

»Das wird Lärm machen. Und was ist mit Sensoren und ...?«

»Ich sagte doch: Der Einbruch muss jetzt schnell gehen. Haben Sie eine bessere Idee?«

Hyun verneinte ratlos. »Ziehen wir es durch.«

Sie stöberten sich durch das Magazin und entdeckten die Bronzebüste eines römischen Herrschers, die Boch mit Mühe anheben konnte. »Damit könnte es klappen.« Er umfasste sie und nahm Maß.

Der erste Einschlag erschuf ein dunkles Wummern, das durch das ganze Gillot-Haus zu hören sein musste. Aber die Stahltür hielt, die Büste auch.

Daher wiederholte Boch das Prozedere ein halbes Dutzend Mal, bis zwar nicht die Bolzen nachgaben, aber ein Stück des Metallrahmens. Er bog sich auf und riss, ließ sich anschließend aufdrücken.

Dahinter erwartete sie ein langer, dunkler Gang, auf dem ein dicker Teppich lag, mit vielen Türen. Auf der anderen Seite verlief eine Treppe nach oben und unten.

Sie lauschten gemeinsam.

Weder erklangen Polizeisirenen auf der Straße, noch blickten sie in die Augen eines Wachmannes oder in den Lauf einer Waffe.

Hyun leuchtete mit der Handylampe an die Decke, sah keinerlei Kameras in den Ecken.

»Wir haben Glück«, flüsterte sie erleichtert.

»Das entscheide ich, wenn wir wieder draußen sind.«

Boch ging an ihr vorbei, aufrecht und ohne zu schleichen, was nach dem Scheppern und Krachen überflüssig gewesen wäre. Er zerrte einen abgeschnittenen Damenstrumpf aus der Tasche und zog ihn über den Kopf, ein weiteres Stück reichte er ihr. »Beeilen wir uns, bevor der Nachbar zurückkommt.« Er zeigte auf die umliegenden Türen. »Ich rechts, Sie links. Wir treffen uns an der Treppe nach oben.«

Hyun schob das Nylon über ihr Gesicht und steckte den Hut ein. Unerschrocken machte sie sich an die Durchsuchung der fünf Räume: hinein, Licht an und wühlen. Dabei bekam sie verschiedenste Einrichtungsstile zu sehen. Gillot schien es zu gefallen, je nach Tageslaune in verschiedenen Epochen unterwegs zu sein. Sie konnte die Zeiten nicht zuordnen, aber sie sah die Unterschiede deutlich.

Nacheinander und zügig durchforschte sie ein Arbeitszimmer ohne Ordner und Schreibkram, einen Salon mit Büchern und Spitzendeckchen auf nahezu jedem Möbel, eine Miniatur-Bibliothek, in der wertvolle Werke in Humidors lagerten, sowie ein Billardzimmer. Ergebnislos. Weder entdeckte sie Karten, noch spürte sie etwas.

Was Hyun auffiel: Es gab nicht den leisesten Hinweis auf den Wallonen. Keine Zigarrenreste in den Aschenbechern, kein benutztes Geschirr, keine aufgeschlagenen Bücher oder Ausdrucke und beschriftete Zettel. *Gillot muss schon lange nicht mehr hier gewesen sein.*

Als Hyun die Tür zum letzten Zimmer öffnete, erstarrte sie auf der Schwelle.

Eine enorme Energiewelle schwappte ihr entgegen und brach an ihr, wollte sie hinausdrängen und den Flur hinabspülen. Weder böser noch guter Geist, sondern ein Ort mit eigener Kraft, gespeist von dem unerschütterlichen, starken Glauben eines Menschen. Hyun kannte Ähnliches in abgeschwächter Form vom Besuch in Kirchen oder von heiligen Orten, an denen die Menschen ihre Gottheiten oder Religion feierten, ganz gleich an welchem Platz dieser Erde. Feinfühlige Menschen empfanden derlei als unerklärliche Ehrfurcht.

Sie stemmte sich gegen die Woge und ließ sie abebben. Erst dann schaltete sie das Licht ein.

Hyun sah, was sie bereits vermutet hatte: einen Altarraum. *So einen* hatte sie allerdings noch nicht zu Gesicht bekommen. Die Wände hingen voll mit großen und kleinen Gemälden sowie ikonenhaften Darstellungen einer Frau. Die Beschriftungen lauteten Schwarze Sara, *Sara die Schwarze, Sara die Dienerin, Heilige Sara, Sara die Bettlerin* oder *Sara die Zigeunerin* und *Sara-la-Kâli*. Mal waren die Farben derart bunt, dass es nicht mehr als Kitsch, sondern als geschmacklos zu bezeichnen war, dann hatten die Darstellungen der Frau etwas Orientalisches, umringt von Menschen, die ihr an den Lippen hingen wie bei einer Predigt. Es gab Sara als nachgeahmte Schwarz-Weiß-Aufnahme aus dem 19. Jahrhundert, und daneben echte Fotos aus einer Grotte, die kniende Menschen vor einer lebensgroßen Puppe in bunten Gewändern zeigten.

Hyun blickte sich weiter um.

An der rechten Wand erhob sich ein Altar, auf dem ein mit reichlich Blattgold verziertes Bild der Heiligen stand, umringt von Kerzen und Weihrauchgefäßen; davor stand ein Kniebänkchen mit Armlehne und seitlichen Haltegriffen.

Sie wagte einen Schritt in den Raum und nahm fasziniert die Kleinigkeiten auf, soweit sie diese durch das Nylon erkannte. Niemals hätte sie Gillot als stark gläubigen Menschen eingeschätzt. Das Sammelsurium hatte nichts mit einer Sammlung, sondern mit einem Schrein zu tun. *Eine persönliche Betstube.*

Die Beschriftungen und Mitbringsel trugen die Aufschrift *Saintes-Maries-de-la-Mer*. Dort befand sich offenbar die Krypta, in welcher die Statue der Schwarzen Sara stand und verehrt wurde.

Auf dem Altar und vor dem Bild entdeckte Hyun ein rechteckiges Glasbehältnis, groß wie eine Mundharmonikaschachtel, in der sich bei genauerer Betrachtung ein mumifizierter Finger befand.

Boch tauchte hinter ihr auf und hielt einen älteren Laptop in der Hand. »Das habe ich. Und Sie?«

»Eine Reliquie.« Hyun deutete auf das Glaskästchen. »Sonst leider nichts.«

Er blickte sich erstaunt um. »Gillot hätte mal besser gebetet, bevor er nach Rom gefahren ist.«

»Ich denke, dass er schon lange nicht mehr hier war.«

»Da gebe ich Ihnen recht. Ziemlich magere Ausbeute bislang. Nicht einen Hinweis auf die Karten.« Nach einem Rundumblick fügte Boch hinzu: »Das Suchen können wir uns hier sparen.«

Hyun machte einige Schritte rückwärts und zog die Tür zu. »Dann nach oben.«

Unterwegs schaute sie auf die Uhr auf dem Smartphone. Es waren bereits fünfzehn Minuten vergangen seit dem Einbruch. Sie hoffte, dass Gillots Nachbar sehr lange unterwegs sein würde.

Im zweiten Stock gab es weniger Zimmer. Hier befand sich ein behindertengerechtes Bad. Das Hinken des Wallonen war Hyun in Berichten über ihn und in Rom aufgefallen. Ihm schien seine Hüfte zu schaffen zu machen, worauf auch der Treppenlift hindeutete.

Daran schloss sich ein opulent eingerichtetes Gästezimmer an, das Boch sogleich durchsuchte, während sie durch die Tür gegenüber trat.

Und wieder blieb Hyun stehen.

Im Unterschied zu den Räumen vorher brannte hier Licht, das von einer Lampe über dem elektrisch verstellbaren Bett ausging. Unter der dicken Decke lag eine Frau, die Hyun auf siebzig Jahre schätzte. Sie hatte die Augen geschlossen und ein geöffnetes Buch auf der Brust, die sich unter dem weißen Nachthemd hob und senkte. Es gab in ihren Zügen Ähnlichkeit zu Gillot.

Hyun schätzte, dass es sich um eine Verwandte, wahrscheinlich seine Schwester, handelte. Nirgends hatte etwas über sie gestanden.

Auf dem rollbaren Beistelltischchen reihten sich Medikamente in Fläschchen und Tablettendispensern, weiter unten lagerten Kochsalzlösungen und steril eingepackte Infusionsbestecke. An was auch immer die bettlägerige Schlafende litt, die Behandlung verlangte gehörigen Aufwand. Dass sie bei dem Krach nicht aufgewacht war, ließ auf die Einnahme von starkem Schlafmittel schließen.

Hyun las den Titel des Buchs: *Die Wunder der Schwarzen Sara. Heilung, Rettung, Prophezeiungen.*

Damit war klar, wer das Zimmerheiligtum zum Beten nutzte. Die unbekannte Frau legte ihre gesamte Hoffnung in die Heilige, da sie der Medizin nicht traute oder aufgegeben hatte.

Es roch nach einer Mischung aus Desinfektionsmittel und frischer Wäsche. Die Dame war in ihren Wachphasen entweder fit genug, sich um den Haushalt zu kümmern, oder eine Pflegekraft erschien regelmäßig. Am Handgelenk der Schlummernden lag ein Armband mit einem erkennbar roten Knopf unter einer Schutzabdeckung.

Ein Hausalarm! Sollte sie die Einbrecher bemerken, würde sie den Notruf auslösen. Hyun verließ lautlos das Zimmer der Schlafenden und fing Boch ab, der in den nächsten Raum wollte. Außer dem Laptop hatte er nichts Neues erbeutet. »Da ist jemand. Sie schläft.«

»Was?«, raunte er überrascht.

»Eine ältere Frau, eine Verwandte von Gillot«, wisperte sie. »Ich glaube, *sie* wohnt hier. Nicht *er*. Und sie hat einen Notrufknopf am Gelenk.«

»Scheiße.« Boch sah auf die Tür, als rechnete er damit, dass sie sich öffnete. »Wieso ist sie nicht wach geworden?«

»Medikamente. In ihrem Schlafzimmer sieht es aus wie in einem exklusiven Krankenhaus.« Hyun blickte an ihm vorbei den Flur entlang. »Gab es noch was?«

»Nein. Es fehlt mir noch ein Zimmer, aber ich fürchte …« Boch wirkte unter seiner Nylonmaske schlecht gelaunt. »Ich fürchte wirklich, wir sind im falschen Haus.«

Hyun hörte die aufrichtige Enttäuschung in der Stimme des Mannes. Er verheimlichte ihr nichts, und die Karten fühlte sie unverändert in seiner Tasche. Wo sollten sie auch sonst sein.

Boch schien ihre Gedanken zu erraten. »Was ist mit Ihrer Mudang-Ahnung? Spüren Sie nichts, was uns hilft? In der Basilika funktionierte es doch auch!«

»Nein.« Abgesehen von der Flut, die ihr im Altarraum entgegengerollt war, war Hyun nichts aufgefallen. Eine bösartige Energie, wie jene der Karten, hätte sie in den Schubladen oder eventuellen Verstecken bemerkt. »Oder ich brauche mehr Zeit, um gründlicher …«

Aus einem der unteren Geschosse erklang ein dumpfes Krachen, gefolgt von Klirren und gedämpften Stimmen.

Hyun zählte mit, als Menschen durch ein Fenster eindrangen und vom Sims auf den Boden sprangen. *Mindestens fünf.* Die Unbekannten gaben sich bei ihren Unterhaltungen keine Mühe, leise zu sein.

Sie dachte unverzüglich an Lasarews Leute. Der Russe hatte sie beschatten lassen, um herauszufinden, was sie als Nächstes unternahm. Seit ihrem letzten Telefonat und dem Überfall in Rom war der Kontakt abgebrochen. *Was hat er vor?*

Boch nahm den Laptop mit einer Hand und bedeutete Hyun, ihm zu folgen.

Leise schlichen sie die Treppe nach unten und duckten

sich auf halbem Weg abwärts, als ihnen zwei Männer und eine Frau entgegenkamen, die Sturmhauben trugen und leere Taschen schleppten; Einbruchwerkzeug klimperte.

Hyun und Boch hielten auf den dunklen Stiegen inne – und wurden nicht bemerkt.

Zielstrebig bewegten sich die drei Einbrecher durch das erste Geschoss und verschwanden in dem Billardzimmer, aus dem gleich darauf Schläge tönten. Ein Hammer tanzte brachial in gleichbleibendem Rhythmus an einer Mauer entlang.

»Wir haben wohl was übersehen«, sagte Boch leise und ging die Stufen nach unten bis zur Tür, durch die das Trio verschwunden war.

Hyun folgte ihm, horchte mehrmals die Treppe hinab, ob noch jemand folgte, aber es blieb still. Entweder hatte sie sich verzählt, oder die anderen standen unten Schmiere. Sie war sich nicht mehr sicher, ob es sich um Lasarews Leute handelte.

Als sie um die Ecke ins Billardzimmer spähte, sah sie die Männer mit Hammer und Brechstange eine Wand aufklopfen, die Frau saß auf dem Tisch und ließ zwei Kugeln in ihrer Hand kreisen. Sie hielt ein elektronisches Gerät in der Hand und trug ein Stethoskop um den Hals. Ihr Einsatz würde noch kommen.

Die Wand erwies sich unter den brachialen Hieben als Attrappe. Bemalter Gips zerbröselte und fiel in großen Brocken auf den Boden. Die Einbrecher hatten sich nicht damit aufgehalten, den Öffnungsmechanismus zu suchen, sondern die Stelle gekannt, wo sie durchbrechen mussten.

Dahinter kam ein Tresor zum Vorschein, ein modernes Teil, bestückt mit Schloss und einem Tastenfeld. Es wirkte in dem ramponierten Billardzimmer wie ein Fremdkörper, ein Objekt aus der falschen Zeit.

»Wir sollten gehen«, wisperte Hyun. »Solange sie damit beschäftigt sind. In Avignon kommen wir weiter als hier.«

Aber Boch rührte sich nicht, starrte ins Zimmer.

Die Frau rutschte vom Billardtisch, ging zum eingemauerten Tresor und entfernte die Verblendung des Tastenfeldes, um Kabel aus dem mitgebrachten Elektronikbauteil mit der Steuerung zu verbinden. Danach zog sie diverse Dietriche und einen elektrisch betriebenen Schlossknacker aus der Tasche und kümmerte sich um den Mechanismus.

Die Männer hatten Pause und spielten in aller Ruhe eine Partie Billard.

»Lasst den Quatsch«, wies die Frau auf Französisch an. »Geht lieber runter und helft, den antiken Kram einzusacken. Haltet euch an die Liste, die ich verteilt habe. Dafür finden wir Käufer, für den anderen Krempel nicht.«

Boch bewegte sich aus der Tür und deutete zur Treppe. »Hoch.«

Das sind nicht Lasarews Schläger. Hyun erhob sich und wandte sich um. Nach oben erschien auch ihr der beste Weg, um der Diebesbande zu entgehen.

Den Angriff erahnte sie mehr, als dass sie ihn kommen sah: Ein schwarz gekleideter Einbrecher hatte sich in ihren Rücken geschlichen und griff sie mit einem langen Gegenstand an, unter dem sie reflexhaft wegtauchte.

Er erwischte Boch. Die Eisenstange landete auf seiner Brust und warf ihn gegen den Türrahmen des Billardzimmers, wo ihn sofort zwei Hände packten und ins Innere zogen. Lärm kam auf, es wurde gekämpft.

Hyun konzentrierte sich auf ihren Gegner, der mit der Stange fuchtelte.

»Wer seid ihr denn?«, fragte er auf Französisch. »Seid ihr bescheuert? Das Zeug gehört uns! Das war so abgesprochen!«

Es machte auf sie nicht den Eindruck, als könnte er mit der improvisierten Waffe besonders gut umgehen. »Abgesprochen? Mit wem?«

Der Maskierte lachte. »Warte, ich sag es dir.« Dann schlug er zu.

Hyun sah die Attacke voraus, blockte den Schlag mit einem Gegenhieb ins Ellbogengelenk, versetzte dem aufstöhnenden Mann erst einen Kniestoß in den Unterleib und ließ einen Doppelkick gegen Brust und Kopf folgen, der ihn ohnmächtig zusammenbrechen ließ. Taekwondo-Training von Kindesbeinen an war von Vorteil, Technik schlug Masse. Ihre Größe verschaffte ihr einen Reichweitenvorteil.

Hinter ihr hörte sie einen erstaunten Ruf. »Da ist noch eine!«

Hyun trat nach hinten, ohne sich umzudrehen, aber der zweite Gegner wich aus. Sie schnellte herum und nutzte den Schwung zu einem senkrechten Tritt von oben nach unten, wie sie es gelernt hatte.

Die Ferse verfehlte den Kopf des Angreifers, schlug in der Schulter ein und ließ ihn in die Knie sinken.

Gerade wollte Hyun die Füße umsetzen und einen Kick gegen das Kinn folgen lassen, da flog ein Arm um den Türrahmen herum und hielt ihr einen Gegenstand gegen das Schlüsselbein.

Ein heißer Schmerz jagte knisternd durch ihren dünnen Leib, brachte Hyun zum Zucken. Sie biss die Zähne zusammen und klappte unter der Energie des Tasers abrupt zusammen.

»Eine Kampffliege«, kommentierte ein Maskierter und zog sie an einem Arm ins Billardzimmer, in dem Boch auf dem Filztisch lag, Hände und Füße mit Kabelbinder verschnürt.

Das Gleiche geschah mit der benommenen Hyun. Sie landete neben dem Mann, der sich von der Wirkung des Schockers erholte. Die Nylonstrümpfe wurden ihnen abgezogen.

Ein Maskierter tastete sie nacheinander ab, nahm Geldbeutel und weitere Habseligkeiten an sich – inklusive der Karten. Herz-Acht und Pik-Neun wechselten den Besitzer.

»Hey! Gib mir das zurück!«, begehrte Boch auf und robbte nach vorne, als könnte er die Einbrecher damit bedrohen und beeindrucken.

Hyun schüttelte die Wirkung der Elektrizität ab und sah, dass der Safe geöffnet war.

Die maskierte Frau warf bündelweise Geldnoten in die Tasche, die Währungen unterschieden sich deutlich: Euro, britische Pfund, amerikanische Dollar. Es waren sicherlich mehr als eine halbe Million.

Anschließend nahm sie einen Umschlag heraus, öffnete ihn und sah hinein. »Okay, wir haben sie.« Sie schüttelte den Inhalt behutsam heraus: in Folie eingeschlagene Kärtchen, auf denen Blattgold aufleuchtete und Farben schimmerten. Die Männer stießen erleichterte Laute aus, die ungewöhnliche Beute kam in den Umschlag zurück.

Hyun hatte nur einen Blick darauf erhaschen können, aber sie spürte bis zum Tisch, was die Einbrecher aus dem Safe geborgen hatten: historische Spielkarten in perfektem, erholtem Zustand. Sie besaßen dieselbe bösartige Abstrahlung wie die, welche sich bis eben noch in Bochs Sakko befunden hatten, allerdings wesentlich mächtiger und bedrohlicher. Sie hatten von irgendwoher Energie erhalten.

Die Maskierte ließ sich die persönlichen Gegenstände ihrer Gefangenen zeigen – und stutzte, als sie die Herz-Acht und Pik-Neun betrachtete. Der alte Laptop hingegen interessierte sie nicht. »Na, Mensch. *Das* erklärt, warum ihr hier seid.« Sie gab die Karten in den Umschlag zu den erbeuteten Exemplaren. »Pech. Anstatt euch Gillots unter den Nagel zu reißen, seid ihr eure eigenen Karten losgeworden.«

Ihre Leute lachten.

»Nein!«, brüllte Boch so laut, dass es in Hyuns Ohren schmerzte. Er zerrte an den Kabelbindern, die leise knirschten und sich in sein Fleisch schnitten. »Die gehören mir! Lasst sie! Legt sie auf den Boden!«

»Das nenne ich einen leidenschaftlichen Sammler.« Einer der Maskierten versetzte ihm einen Kinnhaken. »Halt die Fresse. Das nervt.«

Bochs Kopf flog zur Seite, Blut quoll aus der geplatzten Lippe. Doch er gebärdete sich noch wilder, bis er kopfüber vom Tisch fiel, was neuerliches Lachen der Einbrecher nach sich zog.

»Abrücken. Wir haben, was wir wollten.« Die Anführerin zwinkerte Hyun und dem giftenden Boch zu. »Schön liegen bleiben. Dann könnt ihr Gillot oder den Bullen erklären, was ihr im Haus zu suchen hattet. Mal sehen, was sie euch von eurer Geschichte glauben. Denkt euch was Schönes aus.«

Einer der Diebe versetzte Boch einen Tritt gegen den Kopf, der den Tobenden ausschaltete.

»Lass ihn«, befahl die Anführerin und ging als Letzte hinaus. »Los, die Sachen werden erwartet.«

»Boch?«, rief Hyun und rutschte an den Rand des Tischs, auf dem das Blut des Deutschen den Filz schwarz färbte. »Boch, wachen Sie auf! Wir müssen weg.«

Stöhnend bewegte sich der bäuchlings liegende Mann. Er fädelte die Plastikschlinge um ein Stuhlbein und nutzte es als Hebel, indem er mit dem Körper dagegendrückte. Es ratschte, das Arretierungshäkchen des blutigen Kabelbinders gab nach und behauptete sich nicht länger gegen die Kraft der Verzweiflung.

Boch stemmte sich in die Höhe. Seine Bewegungen waren zeitlupenlangsam, Schläge und Tritte machten ihm zu schaffen. »Gleich«, gab er ächzend zurück und tat sich sichtlich schwer.

»An der Wand hängt ein Säbel. Damit können Sie …« Hyun lauschte auf den Gang hinaus, weil sie ein neues Geräusch vernahm. Das anhaltende Summen des Treppenlifts.

* * *

Frankreich, Provence-Alpes-Côte d'Azur, Vaucluse, Avignon

»Mein Fennec ist … tot?« Odette starrte den fremden Mann an, der sich als Daan Mulder vorgestellt hatte und nicht älter als dreißig sein konnte. Charles und Renard kannten ihn, daher war sein Auftauchen kein neuerliches Problem wie das ihrer Enkelin samt Familie. Sie wischte sich die kaltschweißigen Hände an der Kittelschürze ab und rückte die dicke Brille zurecht. »Mein armer kleiner Fennec!«

»Das habe ich nicht gesagt, Madame Darlan. Geben Sie ihn nicht vorschnell auf, bitte.« Mulder versuchte, zuversichtlich zu klingen. »Man sagte mir nur, dass der Kontakt nach Manaus abgerissen ist. Da war er für einen Auftrag.«

Odette nickte und betrachtete die Karte des Faustus, die er ihr gebracht hatte und sie nichts weiter als ein Gefängnis für den wahren Schatz im Inneren darstellte. Sie seufzte. »Was unternimmt man nun wegen meines Fennec?«

Mulder, ein Mann mit Allerweltsgesicht und hellen Haaren, zuckte mit den Achseln und lehnte sich zurück; der Küchenstuhl knarrte warnend. Er ließ sich von Renard Kaffee nachschenken, dazu gab es selbst gemachten Schoko-Trüffel-Kuchen mit frischer Schlagsahne. Seine Blicke huschten kommentarlos über die großen Blutflecken auf den Dielen, die sich nicht gänzlich hatten entfernen lassen.

»Ich gestehe, dass ich etwas in der Luft hänge.« Mulder sah zwischen Renard und Odette hin und her und achtete darauf, dass sein weißes Sportsakko keine braunen Flecken von Kuchenkrümeln bekam. »Aktuell fehlen mir Informationen, wohin ich als Nächstes reisen soll.«

Odettes Züge hellten sich auf. »Sie haben nichts zu tun, Monsieur?«

»Nein. Es sei denn …« – er nahm sein Smartphone heraus

und schaute darauf –, »nein. Keine Befehle. Und es würde mich auch wundern.«

»Warum?«

Wieder blickte Mulder zu Renard, der ganz langsam den haarlosen Kopf schüttelte. »Sagen wir, mein Auftraggeber ist wohl auf längere Zeit indisponiert. Und ohne ihn, Madame, habe ich nichts zu tun.«

»Ihr Auftraggeber ist auch meiner.« Odette betrachtete die Narrenkarte, die einst ein sehr schönes Exemplar gewesen war. Sie stammte niemals aus der Zeit des Doktor Faustus, sondern vom Anfang des 19. Jahrhunderts. Trotzdem gab die Karte darin von ihrer Kraft ab, sondierte und prüfte die Frau. Sie erkundete, ob sie eine Verbündete sein konnte. »Dann ist es doch unnötig, dass ich sie restauriere.«

»Nein«, kam es schroff von Renard. »Das muss schon erledigt werden. Dinge können sich manchmal schneller ändern, als man denkt.«

Odette rechnete nicht damit, dass man sie nach der langen Zeit einfach so aus den Diensten entließ, aber sie hatte ergründen wollen, wie sich ihr falscher Enkel bei ihrem Einwand verhielt. »Monsieur Mulder, was halten Sie davon, wenn *ich* Ihnen Geld dafür gebe, dass Sie nach Manaus fliegen und nach meinem Fennec sehen?«

Er hob die hellen Augenbrauen. »Sie haben genug Geld, Madame Darlan?«

»Was denken Sie? Ich werde für das Restaurieren seit Jahren bezahlt.« Odette kostete den Kuchen, der ein ausgezeichnetes Aroma besaß. Sie fand Charles' Talente vergeudet. Er sollte eine Patisserie in Paris haben, auf einem der breiten, teuren Einkaufsstraßen, statt in Avignon zu sitzen und sich überwiegend zu langweilen und ihr das Leben schwer zu machen, wenn er ihr nicht gerade im Keller beistand. »Ich gebe Ihnen zwanzigtausend Euro. Plus den Flug und alle Spesen.«

Renard hüstelte. »Du bist eine sehr großzügige Frau, aber ich möchte darauf hinweisen, dass Roux wusste, was er tat. Er ist Profi und Söldner. Er hätte dich getötet, wenn es sein Auftrag gewesen wäre.«

»Wie du und Charles es tun würden«, gab sie unerschrocken zurück. »Das weiß ich. Aber wir fühlten uns verbunden. Und er brachte mir Andenken mit. Von seinen Reisen. Was soll ich mit dem Geld anstellen, das ich angehäuft habe?« Sie blickte zu Mulder und legte ihm die Rechte auf seine Hand. »Würden Sie das tun, Monsieur?«

»Für dreißigtausend, sicherlich.« Er nahm sich vom Kuchen und aß davon, wischte sich fluchend einen dunklen Krümel von seinen stonewashed grauen Jeans. »Die fehlende Karte bringe ich Ihnen gleich mit, Madame. Die ist im Preis inbegriffen.«

»Das ist sehr nett von Ihnen.« Odette freute sich. »Ich gebe es Ihnen in bar mit, einverstanden?«

»Sie haben solche Summen im Haus?«

»Sie hat zwei gute Aufpasser, einen fetten Tresor und eine Alarmanlage«, warf Renard kalt ein. »Da kommt nichts weg.«

Mulder schürzte die Lippen, auf denen Schokospuren hafteten. »Als wenn ich es wagen würde, die lebende Legende auszurauben. Dafür habe ich zu viel Respekt vor Ihnen und Ihrer Arbeit, Madame.« Er vernichtete den Rest des Kuchenstückes, trank dazu Kaffee. Gedanklich befand er sich vielleicht bereits auf dem Weg nach Manaus und in den Amazonas. Oder er wunderte sich still über ihre Fürsorge gegenüber Fennec.

Charles kam summend durch die Flurtür herein, wischte sich die feucht-roten Finger mit einem Lappen ab. Er brachte den Metallgeruch von frischem Blut herein.

Als er den Besucher sah, ging er zum Spülbecken, wusch sich die Hände mit Seife und schrubbte sie ordentlich.

»Diese verdammten Hühner«, sagte er dabei leichthin. »Flattern durch die Gegend, selbst ohne Kopf.«

»Ist dir wieder eins abgehauen?« Renard lachte ihn aus.

»Du hättest es natürlich besser gemacht.« Charles entfernte das Blut unter den Fingernägeln mit einem Bürstchen, das kratzend über die Kuppen fuhr. »Beim nächsten Mal darfst du wieder. Als Renard, als Fuchs, bist du besser geeignet.«

»Sind die anderen Hühner ruhig?«, nahm Renard das Thema auf.

»Die nahmen es hin. Was blieb ihnen auch übrig?« Charles lachte dunkel. »Alles ruhig im Stall. Ich hätte denen die Flügel gestutzt, wenn sie Rabatz wagen.«

Odette nahm die Karte des Faustus und hielt sie gegen das Licht. Die Hülle, unter der sich die eigentliche Karte verbarg, hatte viel mitgemacht: ein Brandloch, Flecken, Blutspritzer, und dem Anschein nach alles absichtlich zugefügt, damit sie ramponiert und alt aussah.

Sie würde den wertvollen Inhalt von seinem Gefängnis befreien und sich liebevoll darum kümmern. Welche Karte sich darin befand, wusste sie nicht mit Sicherheit. Odette freute sich auf die bevorstehende Überraschung. Damit lagen drei der besonderen Karten auf ihren Restaurierungstischen und wurden behandelt. Aufgebaut. Geheilt. Wie in einem Lazarett.

Zweifel hatte Odette einzig, ob die Vorräte im Weinkeller ausreichten. Anhand der angegriffenen Außenummantelung konnte sie absehen, dass unter der Faustus-Ausgabe eine Karte schlummerte, die viel erlebt und mitgemacht hatte. Da wäre es mit einem oder zwei Leben nicht getan, um die Substanz instand zu setzen, bevor Odette sich um die Feinheiten kümmern würde. Sie überschlug den Aufwand. Sie benötigte mindestens ein halbes Dutzend Menschen, um die Karten zu beleben. *Eher mehr.* Avignon schien derzeit von Bettlern, Obdachlosen und fahrendem Volk gemieden zu werden. Es hatte sich herumgesprochen, dass man sich nicht in die Stadt begeben sollte. Die Polizei verzeichnete es als ihren Erfolg.

Sie würde Renard oder Charles aussenden, um Material zu besorgen, außerhalb von Avignon. In anderen Städten und Gemeinden gab es noch genug Pack, das man einsammeln konnte. Ihr Vater hätte andere Ausdrücke benutzt, die er von den Nazis übernommen hatte.

Odette erhob sich. »Ich gehe und hole das Geld, Monsieur Mulder.«

Sie nahm die Karte mit und begab sich mit langsamen, sicheren Schritten in ihr Restaurierungslaboratorium, wo sie die Faustus-Karte auf den langen Tisch vor dem Fenster ablegte.

Danach ging sie ans rechte Regal und zog den Kanister mit dem Totenkopfzeichen heraus. Im Inneren schwappte Säure, aber der doppelte, ausziehbare Boden barg ihr Geld.

Odette nahm dreißigtausend Euro in Fünfhundertern heraus und kehrte in die Küche zurück, wo sich die drei Männer berieten, wie es weitergehen sollte. Sie wechselten das Thema, als sie eintrat, und sprachen über unverfängliche Kuchenrezepte.

»Hier, Monsieur Mulder.« Unaufgeregt überreichte Odette ihm seinen vollen Lohn. »Ich erwarte, dass Sie meinen Auftrag ausführen. Das ist ein gewaltiger Vertrauensvorschuss.«

»In der Tat, Madame Darlan.« Mulder hielt die Scheine und wusste nicht, wohin mit dem vielen Lila. Kurzerhand teilte er das Päckchen auf und stopfte es in die Taschen seiner Jeans. »Verlassen Sie sich auf mich. Niemand ist besser darin, Verlorenes wiederzufinden.«

»Bis auf meinen Fennec«, korrigierte sie mit einem Lächeln.

Mulder beließ es dabei und trank den Kaffee im Stehen aus.

»Messieurs«, sagte er und reichte den Männern nacheinander die Hand. »Wir sehen uns bald wieder. Achten Sie auf Madame Darlan.«

»Stückchen Kuchen zum Mitnehmen?«, erkundigte sich Charles und zog beflissen Alufolie aus der Schublade.

»Da sage ich nicht Nein.« Mulder wartete, bis sein Essenspaket zusammengefaltet war.

Renard verschwand mit der Entschuldigung in die Scheune, er wolle nach dem Wagen sehen. Damit meinte er den Peugeot 807, den sie umlackieren und mit neuen Nummernschildern versehen würden. Der Van eignete sich bestens, um neues Material für die Belebung der Karten herbeizuschaffen. Der Innenraum würde mit einer Plane ausgelegt werden, die vom Werk aus getönten Scheiben verhinderten, dass man einen Blick hineinwerfen konnte.

»Gutes Gelingen, Monsieur Mulder. Finden Sie meinen Fennec.« Odette wandte sich mit einem Winken um, schob die schwere Brille höher auf den schmalen Nasenrücken und wollte zu den Karten. Das neue Exemplar verlangte nach ihrer Fürsorge. Sie musste wissen, was sich unter der Hülle verbarg.

Ein lautes elektronisches Signalgeräusch erklang aus Richtung des Belgiers.

»Das ist …« Verwundert nestelte Mulder das Smartphone aus der Sakkotasche. »Madame, ich … ich habe einen Job«, verkündete er und hielt das Display vor Charles' Augen, der sich die Schokolade von den Fingern leckte und nickte. »Meinem Arbeitgeber geht es schon wieder gut genug, um mich loszuschicken.« Er begann, das Geld aus den Taschen auf den Tisch zu laden. »Es tut mir leid, Madame Darlan.«

Odette fürchtete, dass ihr Fennec keine Hilfe bekommen würde. »Wohin sollen Sie?«

»Das dürfte ich normalerweise nicht sagen, aber in diesem Fall: Manaus, Madame. Sie sehen, ich erledige den Auftrag, den Sie mir geben wollten.« Mulder zeigte auf die lilafarbenen Scheinpäckchen. »Und Sie sparen dabei.«

»Behalten Sie das Geld.« Odette lächelte ihn warm an. »Ich weiß, dass Sie von dieser Person geschickt werden, um im Dschungel nach einer Karte zu suchen. Für meine dreißigtausend suchen Sie obendrein nach meinem Fennec. Einverstanden?« Sie streckte ihm die Spindelfinger der Rechten hin. »Bringen Sie ihn zurück.«

»Einverstanden.« Mulder deutete einen Kuss auf den Handrücken an.

* * *

Wenn man spielt, sollte man drei Dinge am Anfang entscheiden: die Spielregeln, die Einsätze und den Zeitpunkt aufzuhören.

Chinesisches Sprichwort

Kapitel X

Frankreich, Provence-Alpes-Côte d'Azur, Vaucluse, Avignon

Tadeus betrachtete das aus behauenen Kalksteinen errichtete Haus aus dem gemieteten Citroën C-Élysée heraus, den er in einigem Abstand zum Scheunentor in der einzigen freien Bucht der Straße geparkt hatte. Mit Staub und Rostflecken war ihre Limousine unauffällig genug.

»Da müsste sie wohnen.« Die Schmerzen in seinen Handgelenken ließen nach. Dünne Verbände schützten die heilenden Wunden, welche die Kabelbinder hinterlassen hatten.

Die Flucht aus Brügge war leichter gelungen als gedacht. Sie waren unentdeckt entkommen, die Einbrecher hatten den Treppenlift leer nach unten geholt und sich einen Scherz erlaubt. Die Schlafende im Stockwerk darüber war nicht erwacht.

Der TGV brachte sie nach Avignon, und den Citroën hatten sie vor Ort gemietet, einmal mehr als Pärchen in Touristenkleidung. Poe finanzierte die Ausgaben, da Abbuchungen von Tadeus' Konto ins Minus geführt und Fragen aufgeworfen hätten, die er nicht beantworten wollte.

In den belgischen Nachrichten war nichts vom Überfall auf das Antiquitätengeschäft zu hören oder zu lesen gewesen. Das machte sie stutzig. Dass die Einbrecher davon gesprochen hatten, die Karten abzuliefern, warf weitere Fragen auf. Tadeus nahm an, dass es noch mindestens einen weiteren Sammler gab, welcher die Gunst der Stunde nutzte, um an die Exemplare zu kommen, während Gillot handlungsunfähig im Krankenhaus lag. *Auftragsdiebstahl.* Ein Mittel, dem auch der Wallone nicht abgeneigt gewesen war. Jetzt bekam er es mit gleicher Münze heimgezahlt.

Er beobachtete das Haus und hoffte, von Odette Darlan Hinweise zu erhalten, bei wem seine Pik-Neun abgeblieben war. Die Vorstellung, die Karte nicht mehr in den Händen halten zu dürfen, ließ ihn einen Angstschub erleben. Seine Hände legten sich um das Lenkrad und drückten fest zu.

»Und? Was zu sehen?« Poe hatte den erbeuteten Laptop aus Gillots Haus aufgeklappt auf dem Schoß. Sie scrollte und klickte sich durch die Dateien.

Das Betriebssystem war uralt, nicht mal eine Passwortabfrage hatte es gegeben. Von Sicherheitseinstellungen keine Spur. Unzweifelhaft wurde der Computer nicht vom Händler, sondern von der Frau benutzt, um ihre Texte zu schreiben, die sich mit der Schwarzen Sara beschäftigten. Laut Registrierung gehörte das Gerät einer Magdalena de Graaf, die im Internet als Inhaberin des Antik-Geschäfts in Brügge genannt wurde, obwohl *Gillot* in großen Lettern darüberstand.

De Graafs Fixierung auf die Heilige grenzte an Besessenheit. Sie schrieb kleine Geschichten in vermuteten historischen Kontexten aus. Fan-Fiction. Poe hatte welche vorgelesen; sie klangen mehr nach den Abenteuern einer Superheldin als einer Heiligen.

Tadeus erkannte gelegentliche Bewegungen hinter den Fenstervorhängen. »Es sind mindestens zwei Personen drin. Sieht nach Männern aus. Könnten die Enkel sein, die mit ihr leben.« Er blickte sich um und wunderte sich über den mittelalterlichen Kern der Stadt, von der er angenommen hatte, sie bestünde aus Fachwerkhäusern wie in Quedlinburg oder Rothenburg ob der Tauber. Stattdessen hatte man fast fugenlose

Steinmauern errichtet, beigefarben und selten verputzt, die Dächer mit blassrötlichen Schindeln und Ziegeln versehen.

Der Name Darlan war in der Basilika zwischen Gillot und seinem Handlanger gefallen. Tadeus und Poe hatten herausgefunden, dass es in Avignon eine sehr berühmte Restauratorin namens Odette Darlan gab, die sich einen Namen mit der Herstellung historischer Dokumente, Pergamente, Papyri und Papieren gemacht hatte. Damit lag es auf der Hand, wen sie aufsuchen mussten, um mehr Informationen zu erhalten.

Es war ruhig um die Frau geworden, die weit über achtzig Jahre zählte. In der Stadt kannte sie jeder, wie Tadeus beim Bäcker erfahren hatte, wo er sich als Museologe aus Deutschland ausgegeben hatte. Allerdings wurde ihm abgeraten, auf einen unangemeldeten Schwatz bei Madame vorbeizugehen. Sie mochte keinen Besuch.

Tadeus nahm an, dass dies mit den Karten zu tun hatte. *Sie schützt sie wie ich*. Die Pik-Neun sollte jedoch in seine Obhut zurückkehren, nachdem Odette Darlan einen Blick darauf geworfen hatte.

»Da ist was!« Poe hatte einen Ordner in dem Datenwust gefunden, den sie ihm zeigte. »Der ist von Gillot angelegt, nicht von de Graaf.«

»DTG«, las Tadeus. *Des Teufels Gebetbuch*. Die abfällige, mittelalterliche Bezeichnung frommer Menschen für das Kartenspiel.

Poe öffnete eine Datei.

Sie überflogen gemeinsam das Dokument, das ein Konglomerat aus Internetlinks, Literaturhinweisen und vereinzelten, eingescannten Passagen bildete. Natürlich ging es um historische Karten.

Tadeus erkannte unter den vielen Abbildungen und Markierungen seine Pik-Neun.

»Halt.« Er vergrößerte die Ansicht.

Es handelte sich um einen Artikel, gescannt aus einem

Buch über die Herstellung von Karten. Die Pik-Neun wurde als ein herausragendes Beispiel für Karten genannt, die im letzten Drittel des 18. Jahrhunderts nicht mehr mit Holzschnitten, sondern mit Kupferstichplatten hergestellt worden waren, was eine enorme Detaildichte ermöglichte.

»Zugeschrieben wird sie einem unbekannten Künstler, von dem man nur weiß, dass er eine Weile in Leipzig für die Drucker-, Verleger- und Notenhandelsfamilie Breitkopf gearbeitet hat, die später eine Kartenfabrik unterhielt«, las Tadeus die Zeilen halblaut vor. »Also *gab* es ein ganzes Kartenspiel.« Er sah zu Odette Darlans Haus. »Nein, es *gibt* es noch. Sie weiß bestimmt mehr!« Die Nachricht bereitete ihm Gänsehaut. Tadeus' Aufregung stieg, und er bildete sich ein, dass die Pik-Neun nach ihm rief und wollte, dass er sie bei sich barg und sie beschützte und weitere Karten suchte, um die Spielgefährten zusammenzubringen.

Poe scrollte weiter durch die Datei. »Gillot kopierte mehrere Geburtseintragungen aus dem 18. Jahrhundert der Stadt Leipzig.« Sie deutete auf alte Schriften, die kaum zu entziffern waren. »Ich nehme an, er hat sich auf die Suche nach dem fraglichen Kupferstecher gemacht.«

»Warum?«

Sie warf ihm einen vielsagenden Blick zu. »Ist das Ihr Ernst? Bei der verheerenden Wirkung, die diese Karten entwickeln? Ich sagte Ihnen bereits: Ich habe keine Mudang-Ausbildung, aber selbst ich kann spüren, dass sie vom Bösen besessen sind, einem Geist oder …« – wieder suchte sie nach Umschreibungen – »mit einer sehr mächtigen finsteren Macht in Kontakt kamen. Oder unter dem Einfluss eines grausamen Geistes entstanden.« Die feinen Härchen auf ihrem Arm richteten sich auf. »Meine Albträume kommen nicht von ungefähr.«

Tadeus ging über ihre Worte hinweg. Sie würde es nicht schaffen, ihm die Freude daran zu vergällen. »Was würde Gillot das Wissen bringen?«

Poe scrollte schneller, aber das Ende des Dokuments war noch längst nicht erreicht. »Die Sichtung kostet uns mindestens einen Tag.« Sie klappte den Laptop zu. »Mindestens. Und in aller Ruhe.«

»Sie haben meine Frage nicht beantwortet.«

»Ich denke, Gillot wollte wissen, wer der Erschaffer war, um Schlüsse auf die Umstände der Entstehung ziehen zu können. Um die Karten zu verstehen. Oder um ein zweites Spiel anzufertigen.« Sie schob die schwarzen Strähnen hinter die Ohren und betrachtete das Anwesen. »Bevor wir uns den Kopf zerbrechen, erfahren wir vielleicht von dieser Odette Darlan mehr.«

»Das könnte sein.« Tadeus konnte die Rolle der Restauratorin nicht einordnen und hoffte, dass sie nur einen Auftrag erfüllte. Dass sie die Karten rausrückte. Dass sie keinen Ärger machte.

Er nahm den Teleskopschlagstock, den er an einer Tankstelle gekauft hatte, aus dem Fußraum und steckte ihn in den linken Ärmel. Zusammen mit den Tricks aus dem Selbstverteidigungskurs würde er hoffentlich ausreichen, um notfalls mit den beiden Enkeln fertig zu werden. *Ich bin dieses Mal besser vorbereitet.* Er hatte sogar an die Einnahme von Schmerztabletten gedacht.

»Wie gehen wir vor? Wir klingeln und erkundigen uns freundlich?« Poe schob den Laptop hinter dem Fahrersitz unter die Fußmatte, damit man ihn von außen nicht sah und zum Einbruch verlockte. »Oder klingeln und stürmen?« Sie hatte den zweiten Vorschlag im Spaß gesagt.

»Gar nicht mal schlecht.« Tadeus zeigte auf die grob gezimmerte Scheunentür in dem riesigen Tor. »Wir machen beides. Sie klingeln und lenken ab, ich gehe hinten rein und räume die Enkel aus dem Weg. Danach sollten wir freie Bahn haben.«

»Ernsthaft: Was spricht gegen einfaches Fragen?«

»Denken Sie an die letzten Ereignisse. Ich glaube nicht, dass es keine Schwierigkeiten geben wird.«

»Odette Darlan ist über achtzig. Was soll sie tun?« Poe machte sich offenbar Sorgen. »Vielleicht bekommt die alte Madame einen Herzinfarkt. Bei dem Alter nicht unwahrscheinlich.«

»Das hier kriegen wir hin, ohne dass es Tote gibt. Und Sie sind Ärztin.«

»Chirurgin. Keine Kardiologin.«

»Wiederbelebung sollten Sie trotzdem können«, sagte er und ergriff den Kuhfuß. Damit würde er den Seiteneingang öffnen. Sollte von innen ein schnöder, aber wirkungsvoller Querriegel davorliegen, was bei alten Toren vorkam, müsste er improvisieren. »Die beiden Enkel machen mir Sorgen, nicht die alte Dame. Kennen Sie jemanden, der mit seinen Enkeln lebt anstatt bei seinen Kindern?«

Poe schüttelte den Kopf.

»Ich gehe vor. In zehn Minuten ziehen Sie los.« Tadeus schwang sich aus dem Citroën und ging nach rechts, schlug einen Bogen und näherte sich von der rechten Seite.

Er schlenderte das Sträßchen entlang, betrachtete die Auslage des einzigen Geschäfts, in der es Devotionalien zu sehen gab. Avignon verkaufte sich nach den vielen Jahrhunderten weiterhin als Stadt der Gegenpäpste, und das gar nicht mal schlecht. Odette Darlan lebte in einer ruhigen Gegend. Die meisten Läden, Cafés und Restaurants gab es östlich der Rue Nicolas Lescuyer, wo sich die Touristen rund um die Attraktionen drängten.

Poe tauchte auf, ihren Rundhut auf den Haaren und die Kamera um den Hals, und klingelte an der Tür der Restauratorin. Wer ihr öffnete, sah Tadeus nicht, aber sie sprach mit freundlichem Gesicht, zeigte auf ihren Wagen.

Die nette asiatische Touristin in Nöten. Tadeus setzte flink das Brecheisen an der Tür an, übte sachten Druck aus, bis sich ein breiterer Spalt auftat. Dahinter sah er keinen Riegel. Wenn jetzt kein Stützbalken von innen dagegengelegt war, standen seine Chancen gut.

Lauter krachend als angenommen, sprang das Schloss auf.

Tadeus warf einen schnellen Blick zu Poe, die mit der unsichtbaren Person lachte – und plötzlich ins Innere des Hauses verschwand.

»Was zum Teufel …?«, entfuhr es ihm. Das war nicht geplant. Er traute ihr zu, tatsächlich hineinzuspazieren und einfach nach den Karten zu fragen.

Hastig begab er sich in die Scheune, in der ein nagelneuer, grüner Van der Marke Peugeot mit Lothringer Kennzeichen stand. Es stank nach frischem Lack. Zwei Kindersitze auf der Rückbank legten den Verdacht nahe, dass es sich nicht um den Wagen von Odette Darlan handelte. Ansonsten stand das hohe Gebäude voll mit landwirtschaftlichen Maschinen aus dem letzten Jahrtausend sowie einem alten Kelter und riesigen Holzfässern, in denen Traubensaft zur Weinwandlung gelagert worden war. Vom Gebälk hingen Sensen, Rechen und Werkzeuge, die man früher zur Feldarbeit benötigt hatte.

Tadeus roch beim Vorwärtsschleichen das Holz, das Hunderte Jahre auf dem Buckel hatte, den Staub und Schmieröl. Es gab nur zwei Türen, die aus der Scheune führten. Eine davon führte wahrscheinlich in die ehemaligen Stallungen, die andere ins Haupthaus.

Durch diese drang Poes Stimme und die eines Mannes, vermutlich eines Enkels. Sie entschuldigte sich immer wieder für die Störung und bedankte sich für die Hilfsbereitschaft, während er seinen selbst gebackenen Kuchen pries.

Tadeus drückte die Klinke nach unten. Der Durchgang ließ sich nicht öffnen, doch er wollte den Kuhfuß nicht einsetzen. Das Krachen würde gehört werden, und die Überraschung wäre dahin.

Also nahm er den Umweg über die zweite Tür und fand sich in einem Flur wieder, der geradeaus verlief und eine Abzweigung hatte. Stallungen schien das Haus nie besessen zu haben. Es roch nach feuchtem Stein und Keller und – Blut. Der Geruch drang aus dem hinteren Teil des Ganges, wo er einen Abgang nach unten fand, vermutlich in ein Gewölbe, wie es sich für ein Weingut gehörte.

Aber Blut? Seine Anspannung stieg. Tadeus ging leise bis zur Abzweigung. Dort war eine Tür, die anscheinend in die Küche führte. Die Gespräche zwischen Poe und dem Unbekannten liefen entspannt, ein Teller klapperte. Sie wurde fürsorglich bewirtet, welche Geschichte auch immer sie dem Enkel erzählt hatte.

Tadeus sah über die Schulter.

Hinter ihm verlief eine Treppe nach oben. Saß Darlan dort und arbeitete an den Karten? Sollte er sich zur Restauratorin schleichen und sie alleine befragen, ohne dass Poe ihn dabei störte?

Andererseits war sie seine Wünschelrute, auch wenn sie die Karten in Gillots Tresor nicht bemerkt hatte. Dafür hatte sie mit der Herz-Acht in der Basilika richtiggelegen. Zudem finanzierte sie die Suche nach den Karten. Geriet sie in Schwierigkeiten, würde er nichts von ihrer Lage mitbekommen. Das wollte er nicht riskieren.

Tadeus legte den Kuhfuß behutsam auf den Boden und nahm den Teleskopschlagstock, zog ihn mit der freien Hand aus und bereitete sich auf seinen Angriff vor: rein, den Mann überraschen, außer Gefecht setzen.

Einatmen, ausatmen. Tadeus spannte die Muskeln – und hörte das Scharren hinter sich.

Instinktiv wich er zur Seite aus.

Vier saubere Zinken einer Mistgabel bohrten sich mit einem Rumpeln in das Holz der Tür. Die Gespräche auf der anderen Seite endeten schlagartig.

Tadeus schlug aus der Drehung, zielte nicht auf den kahlen Kopf, sondern auf die Finger, die den Stiel der Gabel hielten. Der Stock erwischte einen breiten Handrücken, es knackte trocken, als die Knochen brachen.

Der Angreifer schrie auf und trat nach Tadeus' Schritt.

Wieder ließ er den Stock niedersausen und traf das Knie, dann stieß Tadeus den glatzköpfigen Mann mit der flachen Hand gegen die Brust, katapultierte ihn rückwärts und brachte ihn zu Fall.

Noch bevor er ihn mit dem Schlagstock ausschalten konnte, öffnete sich die Tür in seinem Rücken. Der Stiel der feststeckenden Mistgabel schwenkte herum und touchierte seinen Arm, der Hieb auf den Liegenden ging fehl und sprengte ein Splitterchen vom Steinboden ab.

Jemand warf sich von hinten auf ihn, Tadeus fühlte eine Schneide am Hals. »Wer immer du bist: Hör auf.« Bei den Worten umhüllte ihn Schokoladenhauch und Kaffeegeruch, die Klinge ritzte seine Haut schmerzhaft. »Oder dein Blut spritzt gegen die Wand.«

Der Liegende erhob sich und zog die Forke mit der Linken aus der Tür, richtete sie auf Tadeus' Bauch. »Du scheiß Wichser hast mir die Hand gebrochen!«, tobte der Glatzkopf. Seine Rechte hatte sich verformt, Knochensplitter standen aus den kleinen offenen Brüchen. Das Blut floss rot über die Haut und tropfte auf die Fliesen. Der Körper des rasenden Mannes spannte sich verräterisch.

Tadeus sah den Stoß kommen, packte blitzschnell die Hand mit dem Messer und ging nach vorne auf ein Knie, warf den Angreifer hinter sich über die Schulter – genau in den Stich des zweiten Gegners.

Beide Widersacher schrien auf, der eine vor Schreck, der andere vor Schmerz. Das Messer klirrte herrenlos auf den Boden.

Tadeus packte einhändig den Stiel und verhinderte, dass

die Mistgabel für einen neuerlichen Stoß zurückgezogen wurde. Er drosch dem Gestürzten den Schlagstock gegen den Kopf, der hörte auf zu kreischen.

Der Tritt des kahlen Angreifers ging an Tadeus vorbei. Sofort schlug er als Gegenattacke in den Schritt des Mannes.

Aufkeuchend sackte der Kahle über seinem Kumpan zusammen und langte dabei an seinen hinteren Gürtel. Ans Aufgeben dachte er offenbar nicht.

Tadeus hob reflexhaft das Küchenmesser auf und schleuderte es, als der andere die Halbautomatik zog.

Der Glückswurf unter Adrenalin gelang erstaunlich gut: Die Spitze drang in die Brust des Gegners ein und verschwand bis zum Heft. Röchelnd sackte der Glatzkopf gegen die Wand und versuchte, den Arm mit der Pistole zu heben und durchzuladen, doch die Kraft schwand, und er rutschte sterbend auf den Gang.

Tadeus ging zu ihm und nahm die Pistole, auf der *MAB* geprägt stand. Ihm fielen die gestempelten Kennzeichnungen *WaA251* sowie ein Adler auf dem Lauf ins Auge. Dass der Tote es niemals mit seiner verletzten Hand geschafft hätte, die Waffe schussbereit zu machen, sorgte für ein vorübergehend schlechtes Gewissen. *Woher hätte ich das wissen sollen?*

»Poe?«, rief er in die Küche.

»Alles in Ordnung«, antwortete sie und schaltete das Licht im Gang ein.

Blutspritzer hafteten an den Wänden, rote Lachen bildeten sich auf dem Boden. Der frische Kupfergeruch verbreitete sich in der Luft. Die Brust des Niedergestochenen blieb merkwürdig eingefallen, er atmete nicht mehr.

»Scheiße, Boch! Das ist ein Massaker!«

»Die haben angefangen. Es ging nicht anders.« Tadeus gab ihr zu verstehen, leise zu sein. »Sind noch mehr Leute da? In der Scheune stand ein Van.«

»In der Küche nicht. Wenn, dann oben.« Poe hielt einen Fleischklopfer in der Hand.

»Sehen wir nach.« Tadeus verbat sich Gedanken darüber, wie er der französischen Polizei die Leichen erklären sollte. Notwehr nach einem Einbruch klang nicht überzeugend, solange er der Einbrecher war. Sie mussten schnell sein, um zu verhindern, dass Odette Darlan die Behörden alarmierte.

Er ging behutsam voraus, die einsatzbereite MAB am ausgestreckten Arm, mit der zweiten Hand stützend. Der Anblick der Pistole wirkte auf mögliche weitere Gegner hoffentlich einschüchternd genug. Tadeus hielt sich für keinen sicheren Schützen.

Den Abgang zum Weinkeller ignorierten sie und gingen die Stufen ins erste Geschoss hinauf, aus dem ein chemischer Geruch die Treppen hinabwaberte, wie nach Entwicklungslösung aus dem Fotolabor.

Tadeus hörte keine Unterhaltungen, keine aufgeregten Stimmen oder Rufe.

»Die«, sagte er zu Poe und deutete auf die erste Tür, auf der eine unmissverständliche Eintrittswarnung prangte.

Nach ihrem Nicken drückte er die Klinke herab und machte einen Schritt hinein, schwenkte die Mündung der MAB auf der Suche nach Bedrohungen.

Am Fenster, umzingelt von Lupen und Lampen verschiedenster Art, saß eine Frau an einem lang gestreckten Tisch, die ihre Haare in einem weißen Dutt trug und sich eine bunt gemusterte Kittelschürze übergezogen hatte. Die Ohrhörer hatten den Lärm aus dem Erdgeschoss von ihr ferngehalten, klassische Musik tönte leise zu ihnen herüber.

Tadeus atmete erleichtert auf. Sie hatten die Restauratorin gefunden. Behutsam gingen sie näher.

Odette Darlan arbeitete ruhig, die Handgriffe gingen nicht fehl, die knöchrigen Finger zitterten nicht. Neben ihr lag eine Brille mit dicken Gläsern, die sie zum Arbeiten abgesetzt hatte, die Lupen ersetzten die Sehhilfe. Sie schien die ungeladenen Besucher nicht bemerkt zu haben.

Karten! Aus dem Spiel meiner Pik-Neun? Tadeus steckte die Waffe weg. *Ist sie dabei?*

»Was machen wir jetzt mit ihr?«, erkundigte sich Poe gedämpft. »Sagten Sie nicht, es wären noch weitere Leute in dem Haus?«

»Vielleicht.« Tadeus trat näher an den Tisch.

Dann sah er sie endlich, über den Dutt der Restauratorin hinweg: Herz-Ass, Kreuz-Zwei und Kreuz-Sieben. Sie gehörten unzweifelhaft zum Spiel der Pik-Neun, die Machart und die Exaktheit der Arbeiten ließen keinen Zweifel zu. Derselbe Kupferstecher hatte sie entworfen und zum Leben erweckt. Tadeus' Karte befand sich jedoch nicht darunter. Das war eine Enttäuschung.

Um Odette Darlan herum standen Tiegel und Fläschchen mit Farben und Flüssigkeiten, Pinsel verschiedener Dicke und aus unterschiedlichen Materialien. Der Dunst, der den Mitteln entstieg, bereitete ihm beim Einatmen leichten Schwindel – oder lag es an der Ausstrahlung der Karten?

»Boch«, vernahm er Poes aufgekratzte Stimme. »Spüren Sie das auch? Diese Karten sind …«

Tadeus hatte nicht an seinen Schatten gedacht, der mit dem nächsten Schritt auf die Restauratorin fiel. Ihre faltige Hand, die sich nach der Lanzette streckte, hielt inne.

»Ich rieche keinen Kaffee«, sagte Darlan und zog sich die Hörer aus den Ohren, die klassische Musik erklang etwas lauter. »Dabei hatte ich ihn schon vor einer Stunde bei dir bestellt, Charles.«

Tadeus wusste nicht, was er tun sollte. Der stärkste Impuls war: *Nimm die Karten.*

Urplötzlich, ohne dass Darlan oder er etwas getan hätten, leuchteten Herz-Ass, Kreuz-Sieben und Kreuz-Zwei auf, als wollten sie einen Impuls in die Welt senden, gleich einem

Echolot-Ping, das auf einen Widerhall im großen Nichts wartete.

Die unsichtbare Energiewelle brachte die Fläschchen, Tiegel, Lampen und Lupen zum Schwingen, raste durch den Raum, ließ die Papiere rascheln und knistern. Das Licht flackerte zwei, drei Herzschläge lang.

Poe gab hinter ihm ein unterdrücktes Stöhnen von sich. Tadeus vermochte sich gegen den Schauder der Freude nicht zu wehren, der durch ihn rann. Er war sich sicher: Dieser Ruf würde von den übrigen Karten des Spiels gehört werden.

Da wandte sich Odette Darlan um.

* * *

Westafrika, Republik Benin, Cotonou

Sowande Aristide Gondjia donnerte auf der klapprigen Honda-Geländemaschine über die Rue 880. Die grobstolligen Räder fraßen sich in die schlechte Straße, die Reifen zogen eine Staubfontäne hinter ihm her. Er fuhr in den südlichsten Ausläufern der Stadt auf sein Ziel zu. Rechter Hand lag der Lac Nokoué in dunklem Blau, als wollte sich das Wasser der aufziehenden Nacht angleichen, damit die Menschen nicht wussten, wo oben und unten war.

Für den Voodoo-Priester würde der Abend gute Einnahmen bringen. Seine Klientin musste tief in die Tasche greifen, damit er die bösen Geister gegen den Exmann hetzte. Als ein Bocor, der ausschließlich die kämpferisch bösen Geistwesen anrief, besaß er jene vernichtenden Möglichkeiten, auf die Verzweifelte und Skrupellose zurückgriffen, um Probleme zu lösen, für die sie keinen anderen Weg sahen.

Sowande bog von der Rue 880 ab und schwenkte auf den See zu. Sein weites, weißes Gewand und die geflochtenen Haare flatterten im Fahrtwind. Auf seinem Rücken trug er einen abgewetzten Rucksack, dessen Wertigkeit kein Straßendieb vermuten würde, sowie einen anderthalb Meter langen, bemalten Bambusstab. Inhalt des Rucksacks und Stab kämen bei der anstehenden Beschwörung zum Einsatz.

Der Mittfünfziger hatte seine Heimat Haiti vor Jahren wegen seiner Erfolge verlassen müssen. Mit seinen Voodoo-Kräften hatte er sich den Hass von einflussreichen Menschen zugezogen, die daraufhin mit weißmagischen Hexern zusammenarbeiteten. Diese konnte er nicht schlagen.

In Benin fühlte er sich wohl, besonders in Cotonou. In der Sprache der Fon bedeutete es *Mündung des Todesflusses*, und das kam ihm als Bocor entgegen.

Sowande ging vom Gas, die Africa Twin wurde langsamer. Er richtete sich im Sattel auf, um einen besseren Überblick zu bekommen.

Irgendwo zwischen den ganzen heruntergekommenen Häusern lag das Heim seiner Klientin. Die ärmlichere Gegend sorgte bei ihm für Misstrauen. Er würde sich das Geld zeigen lassen, bevor er einen Handschlag tat oder mit der Beschwörung des Maître Carrefour begann, jenes Geistwesens, das Schlimmes auszulösen vermochte und Wegbereiter für weitere Geister war. Die Anrufung würde symbolträchtig an einer Kreuzung stattfinden – sobald er seinen Lohn in der Hand hielt.

In diesem Stadtteil kümmerte sich keiner darum, ob Voodoo auf offener Straße praktiziert wurde oder nicht. Sowande hatte sich Benin nicht umsonst als Refugium ausgesucht. Voodoo war offiziell Staatsreligion, mit eigenem Feiertag am 10. Januar, der inzwischen zu einem touristischen Glanzlicht geworden war. Sowande hielt nichts von dem Ausverkauf des Voodoo an die Ausländer, die auch schon den Día de Muertos in Mexiko ruiniert hatten. Das Land brauchte zwar die Einnahmen, Verständnis musste er dennoch nicht aufbringen.

Eine Frau sprang unerwartet auf die Straße und winkte.

»Hierher, Bocor!«, rief sie gegen das Knattern der Geländemaschine. Shirt, kurze Hosen, Rastalocken und Sonnenbrille. Sie musste sehr jung geheiratet haben. Älter als fünfundzwanzig konnte sie nicht sein.

Sowande lenkte die Honda zu ihr und hielt an, ließ den Motor ersterben. »Julienne Ehuzu?«

»Ja, Bocor.«

»Zeig mir das Erkennungssignal.« Ehuzu machte ein verwirrtes Gesicht, und Sowande lachte. »Ein Scherz. Ich weiß, dass du es bist.« Er deutete auf die Kreuzung, etwa dreißig Meter von ihnen entfernt und am Ufer gelegen. »Da?«

»Genau, Bocor.«

»Hast du Geld, Julienne?« Er streckte die Hand aus, verschiedene Ketten aus Metall und Muscheln baumelten um das Gelenk. »Gib es mir.«

»Ich …« Sie schien sich nicht sicher zu sein, ob sie ihn vor der Anrufung bezahlen oder erst ein Resultat verlangen sollte.

Sowande zuckte mit den Achseln und warf die Honda an.

»Warte!« Ehuzu langte in die Tasche, die sich bei sich hatte, und drückte ihm einen Umschlag in die Hand.

Sowande sah hinein und überschlug die verlangten US-Dollar-Scheine. Es passte. »Dein Exmann wird sich nicht mehr lange an einem schönen Leben erfreuen dürfen.« Er schaltete den Motor erneut aus, stieg ab und schob die Maschine auf die ausgesuchte Kreuzung zu. Die Frau ging neben ihm her. »Hast du Fragen zu dem, was geschehen wird?«

»Tausende, aber eigentlich …« Ehuzu machte einen verunsicherten Eindruck. »Ich habe nichts mit Voodoo zu tun gehabt und bin … Christin, aber … ich hörte, dass es wirkt und …«

»Es gibt keine großen Unterschiede zwischen Bondieu und den anderen. So sehe ich es.« Sowande grinste. »Nur

Bondieu und seine Geister wirken. Und es spielt keine Rolle, ob du daran glaubst. Ich bin der Bocor, ich bin entscheidend. Überlass es mir.«

»Muss ich was machen?«

»Ein Bild deines Exmannes. Das reicht aus.«

Sie reichte es ihm. Sowande nahm es in Empfang und steckte es in die Kaftantasche.

»Ich habe gehört, man braucht dazu einen Tempel«, begann Ehuzu zögerlich und konnte ihre Neugier vor der fremden Religion nicht verbergen, der mehr als fünfzehn Prozent der Beniner folgten. Um ihren Hals hing ein Kreuz.

»Ich nicht.« Er zeigte auf den bemalten Stab. »Der ist aus meinem Tempel und genügt. Ein Teil für das Ganze. Du wirst erkennen, wie groß meine Macht ist, wenn ich Kalfou rufe.« Sowande sah, dass sich einige Leute an der Kreuzung eingefunden hatten, überwiegend Frauen. »Hast du sie hergeholt?«

»Ja. Sie hassen meinen Exmann wie ich und leisten mir Beistand. Und haben Gaben für die Geister.« Ehuzu lächelte schüchtern. »Ich habe gehört, dass man sie damit wohlwollend stimmt. Kannst du meinen Ex in einen Zombie verwandeln?«

Sowande nickte. »Das könnte ich. Aber nicht für das wenige Geld, das du mir zahlst. Ich werde ihm schaden. Schaden lassen.«

Sie hatten die Kreuzung erreicht. Die Menschen verbeugten sich tief vor dem Bocor. Den Respekt und auch die Angst vor dem Voodoo-Priester konnten sie nicht verbergen. Es gab zu viele Geschichten, zu viele Sagen und Legenden über die Macht der Geister. Sowandes Ruf als besonders mächtiger Priester hielt sich seit Jahren in Cotonou.

Sowande vollführte Gesten, die man als Segen interpretieren konnte, und zog seinen Rucksack sowie den bemalten Stab vom Rücken.

Ohne eine Erklärung rammte er den Stock in die Mitte der Kreuzung, dann nahm er aus dem Gepäck kleine Holzbänkchen und stellte sie darum auf. Eine Samtdecke kam darüber, als Nächstes folgten Knöchelchen, kleine Bilder von Kalfou und dann eine weitere Erhöhung mit einer schlitzartigen Halterung.

Nun langte Sowande unter seine Kleidung und zog einen Anhänger hervor, den man auf den ersten Blick für einen Firmenausweis in einer Plastikhülle halten konnte.

Aber es war etwas Besonderes.

Er nahm die Spielkarte aus der Hülle, uralt und europäisch. Er hatte sie in Haiti einem toten Franzosen abgenommen, der in einer Gosse an seinem eigenen Erbrochenen und zahlreichen Messerstichen ums Leben gekommen war. Pik-Ass, wunderschön verziert, verschnörkelte Schrift, bemalt und mit etlichen Feinheiten auf der Vorder- und Rückseite.

Der Tag, an dem die Karte ihn gefunden hatte, hatte sein Leben verändert. Sowande hatte einst zu den Houngans gehört, Voodoo-Priester, die sich ausschließlich mit weißer Magie befassten und sich auf die Verehrung der friedfertigen Geister beschränkten. Aber in dieser Karte lebte Kalfou, wie man Maître Carrefour auch nannte.

Fortan blieb er ihm treu. Sowande brauchte keine weiteren Geister; ihm genügte der eine. Der zerstörerische Geist half ihm bei seiner Hexerei, seinen Flüchen und der schwarzen Magie. Für ihn war Kalfou ein Dämon, ein Herrscher, der die Geister der Nacht kontrollierte.

Dank ihm und des Pik-Asses, das wie ein Brennglas für seine Macht wirkte, vermochte Sowande großes Unheil über seine Opfer zu bringen. Das begann mit anhaltender Erfolglosigkeit, Verlust der Lust bei Männern und Frauen, Halluzinationen, nervigen Krankheiten und reichte bis zu tödlichen Leiden, Unfällen mit schweren Schäden oder Todesfolge. Er konnte Menschen physisch, psychisch und materiell auslöschen.

»Kalfou!«, rief Sowande laut und setzte das Pik-Ass ehrfürchtig in den Schlitz ein, sodass es aufrecht stand. Er ließ sich die Opfergaben nacheinander reichen, deponierte sie auf der Straße. »Kalfou, sieh und erwache. Wir warten auf dich und erbitten deine Gunst.« Sowande deponierte als Letztes das Bild des Ex-Ehemanns darunter. »Diesen Kerl, Josep Ehuzu, soll deine Wut treffen. Kalfou! Großer mächtiger Kalfou!«

Sowande trank den mit Schießpulver versetzten Rum, goss ihn vor dem improvisierten Altar aus und kippte ihn über die Spielkarte und die Fotografie. Dabei nahm das Pik-Ass wie stets keinen Schaden. Der Alkohol perlte ab, der Staub haftete nicht an ihr.

Unentwegt rief er den Dämon an, wiederholte sein Anliegen, tanzte um den Stock herum. Schneller und schneller wurden Sowandes Anrufungen, die geliebte Trance kündigte sich an.

Er sah, wie die Aura der Karte sich veränderte, die Linien glommen erst in Silber, dann in einem blutigen Rot. Ein dumpfer, unverständlicher Gesang erklang in seinem Verstand, der sich in seine Töne mischte und ihn weiter entrückte. Kalfou stand dicht davor, in ihn einzufahren und zu verkünden, ob er den Wunsch der Frau gewähren würde.

Sowande spürte den Geist in sich und fühlte sich selbst wie Kalfou: groß, stark, voller Kraft und dem Drang, zu zerstören. Es fiel den Anwesenden nicht immer leicht, ihn mit Gaben zu beschwichtigen, bis Kalfou den Leib des Bocor verlassen und sein Werk vollbringen würde.

Der rote Schleier, der sich vor seine Augen schob, machte klar, dass der Dämon soeben in ihn eingefahren war. Abrupt blieb Sowande stehen, rollte mit den Augen und starrte die Menschen an, welche die Gegenwart des Geistes erfassten und sich in den Staub der Kreuzung warfen. Ein, zwei demütige und scheue »Kalfou!«-Rufe erklangen.

»Schweigt, ihr alle! Wisst ihr denn nicht, dass keiner sprechen soll, wenn ich erscheine? Nur jener, den ich auffordere, hat zu reden.« Er hob den Arm, der Zeigefinger richtete sich auf Ehuzu. Die Amulette um seine Hand klimperten leise. »Du hast meine Dienste verlangt. Ich soll diesen Mann verfluchen?«

»Ja! Ja, ich erbitte deine Dienste. Er ist ein schlechter Gatte gewesen, er schlug und misshandelte mich«, erklärte sie verdattert.

»Welche Opfergaben hast du für mich?«

Ehuzu sah auf den abgestellten Rucksack. »Ich … ich gab dir Geld. Dem Bocor. Der Bocor bekam Geld.«

»Er bekam Geld, dass er mich rief«, donnerte er. »Aber was erhalte *ich* als Lohn?« Es gab keinen Sowande mehr, der Mensch war dem Geist gewichen. Er zeigte auf die leere Flasche mit dem Rum. »Ist *das* alles?«

Ehuzu wich vor ihm zurück. »Er sagte, dass drei ausreichen.«

»Schafft mehr herbei!«, schrie Sowande außer sich. Die Besessenheit geriet an diesem Tag anders, ungewohnt, unkontrollierbarer. Es reizte ihn sehr, dem nachzugeben. »Schafft mehr herbei!« Er sah auf die Karte. Ihr Gesang veränderte und steigerte sich, wurde frenetisch, wie er es noch nie gehört hatte. Eine neue Ebene tat sich in seinem Bewusstsein auf. Er sah klarer, schärfer, schaute in jeden Verstand der Umstehenden und las ihre Gedanken: Angst. Angst und Ehrfurcht vor ihm, dem Dämonengeist in Menschengestalt.

In der gleichen Sekunde verströmte die Karte ein blutiges Strahlen, und eine magentafarbene Korona aus Lohen stach kilometerweit in den finsteren Nachthimmel, so erschien es Sowande. Ausläufer davon erreichten ihn, berührten ihn und verliehen ihm noch mehr Energie.

»Ich bin Kalfou!« Er betrachtete entrückt seine Hände, die in der Lage wären, einen Panzer in zwei Teile zu schlagen und stählerne Kugeln millimeterflach zu drücken. Göttliche Macht pulsierte in ihm. »Wo bleiben meine Opfergaben?«

Ehuzu warf sich vor ihm auf die Kreuzung, kramte Geld aus der Tasche, legte ihren Schmuck ab und legte es, zitternd vor Angst, auf den kleinen Altar. »Mächtiger, nimm das.«

»Das interessiert mich nicht. Es kann meinen Durst nicht stillen.« Sowande stierte die Menschen an, die ihm nicht das gaben, nach was ihm verlangte. »Und wenn ich meinen Durst nicht stillen kann, steigt meine Wut auf euch. Auf *euch*, die ihr es gewagt habt, nicht vorbereitet zu sein und doch meine Dienste zu erbitten!«

»Verschone uns!« Ehuzu reckte flehend den Arm. »Der Bocor ist schuld. Er sagte …«

Sowande schnappte Finger und Handgelenk, setzte den rechten Fuß gegen ihren Hals und riss mit aller Kraft an dem Körperteil. Knirschend löste sich das Gelenk, die Sehnen und Muskeln rissen, und schließlich gab die Haut nach.

Ehuzu schrie nur einmal kurz auf und fiel in Ohnmacht, während er ihren losen Arm schwenkte und das auslaufende Blut trank.

»Mehr davon!«, schrie Sowande und warf die Gliedmaße weg, packte den nächsten Menschen an der Kehle und riss sie aus dem Hals. Das warme Blut sprühte gegen ihn, und er öffnete lachend den Mund. »Mehr!«

Das entsetzte Rufen und Kreischen der Menschen war wie das Quietschen von Ratten und Mäusen. Sowande sah die Gesichter der Bewohner bleich an den Fenstern erscheinen. Sie verfolgten das Schauspiel starrend, fotografierend, telefonierend. Er hörte die Gedanken der Leute um ihn herum, die hin- und hergerissen waren zwischen Flucht und tiefer Verehrung von Kalfou.

Sowande nahm brüllend die Verfolgung der Rennenden

auf. Es wurde Zeit, die Spreu vom Weizen zu trennen und jene zu belohnen, die ihm huldigten. Er streckte sie mit Fausthieben in den Nacken nieder und schlug seine Finger ins Fleisch, um es herauszureißen und das Rot in den Mund tropfen zu lassen.

Seine Hatz dauerte an, bis sich die Straße geleert hatte. Leichen und Verletzte lagen auf der staubigen Erde, Lachen bildeten sich um die Körper.

Das Pik-Ass sandte sein düsteres Signal ungebrochen weithin in die Nacht. Das Singen der Karte und ihr stimulierender Schein peitschten ihn an, seine Kraft und seine Macht steigerten sich unaufhörlich. Einem finsteren Gott, einem Dämon wie Kalfou, mussten die Menschen alles geben.

»Ich bin Kalfou!« Sowande blickte sich mit gefletschten Zähnen um und suchte nach weiteren Opfern. In seinem Mund schmeckte es nach Blut, von dem er mehr wollte. Mehr Blut, mehr Fleisch. Da es im Freien niemanden mehr gab, rannte er auf das nächste Haus zu.

Die Leute hinter den Fenstern sprangen zurück. Eine Frau huschte aus der Tür an ihm vorbei, ein Kind auf dem Arm.

Sowande erlaubte ihr nicht, zu entkommen. Er versetzte ihr einen raschen Stoß. »Du wolltest mir ein Opfer bringen!«

Sie geriet ins Straucheln und prallte gegen die Wand, verlor das Baby. Es rollte bis an die Schwelle und krabbelte unter Heulen zurück zu seiner Mutter, die sich mit aufgeplatzter Stirn an der Bretterwand in die Höhe zog.

»Dein Kind!«, befahl Sowande. »Du gibst mir dein Kind, Sterbliche. Ich gebe dir die Gnade von Kalfou.«

Dicke und dünne Lichtstrahlen fielen plötzlich auf ihn und brachten ihn dazu, sich umzudrehen.

Etliche Männer kamen die Straße entlanggerannt, Waffen wurden klickend bereit gemacht. Sie leuchteten mit Taschenlampen nach ihm. Erste Schüsse fielen. Die Einschläge waren nicht mehr als ein Stechen, Pikse. Ungezielt trafen sie in seine Beine, den Bauch, Hand und Arme.

Sowande stieß ein Brüllen in die Nacht und stürmte den Angreifern entgegen, die aus Pistolen und Flinten auf ihn schossen. Es kümmerte ihn nicht, wie es sich für einen Dämonengott gehörte. »Empfangt den Tod! Von Kalfou!«

Er warf sich in die Menge, schlug um sich und riss mit seinen klauenhaft gekrümmten Fingern ganze Gesichter weg, zerfetzte Lippen und Augen. Blut spritzte gegen ihn und stachelte ihn an, und das Pik-Ass befeuerte seinen Widerstand, seinen heiligen Zorn mit düsteren Gesängen.

Sowande versank in der Orgie aus Tod und Rot. Alles wurde zu seinem Rausch, in das sich das Schreien der Verletzten und Sterbenden in die Choräle der Karte fügte, sie ergänzte und abrundete. Diese Harmonie, diese Sinfonie, die Synästhesie durfte niemals enden.

* * *

Leila Fignolé achtete sehr genau darauf, was die eingetroffene Polizei gegen den scheinbar verrückt gewordenen Sowande Aristide Gondjia unternahm. Sie stand auf einer Veranda, das zuckende bunte Licht der Streifenwagen tanzte über ihr dunkelhäutiges Gesicht. Die Hausbesitzer hatten sich aus Furcht vor dem Amoklauf im Inneren verschanzt, einige stellten rasch Gaben vor die Tür und verriegelten sie.

Leila trug eine abgesägte Schrotflinte verborgen in ihrer geräumigen Handtasche. Für den Notfall.

Die Bewohner, die sich in einer ersten Welle gegen Gondjia gestellt hatten, hatten den Bocor mit Klingen und Kugeln schwer verletzt, er blutete aus klaffenden Wunden, das Gesicht entstellt von Treffern mit Schneiden und von Streifschüssen. Er zog rote Fußabdrücke hinter sich her.

Aber der Voodoo-Priester ging nicht in die Knie. Immer

wieder schrie er, dass er Kalfou sei, dass er mehr Opfer haben wolle, dass er Tod und Verderben über alle bringe, die ihm nicht huldigten. Die angebotenen Geschenke verschmähte er, außer dem Alkohol.

Leila schätzte die Zahl der Toten und Verletzten auf mehr als vierzig, die auf der Straße, den Veranden oder in den Eingängen lagen. Der Mann hatte grausam unter den Menschen gewütet.

Sie richtete ihre Blicke auf den Minimalaltar, den der Bocor auf der Kreuzung errichtet hatte. Deutlich erkannte sie, dass mit dem Pik-Ass etwas vorging und dass ein starker Dämon seine Spuren daran hinterlassen hatte, was Gondjias Kraft erklärte. Sie durfte nicht zulassen, dass die Karte in die falschen Hände geriet.

Leila war eine Mambo, eine Voodoo-Priesterin, die sich bewusst auf weiße Magie beschränkte, um Männern wie Gondjia Widerstand und Einhalt zu gebieten. Zehn Jahre hatte sie den Priester gesucht, war ihm aus ihrer Heimat Haiti nach Benin gefolgt, bis sie ihn fand, um ihn zu stellen und zu vernichten.

Da Leilas eigene Zauber nicht gegen den mächtigen Bocor wirkten, der sich auf den Schutz von Kalfou verlassen konnte, hatte sie sich vorgenommen, ihn auf herkömmlichem Weg umzubringen. Gegen Kugeln und Klingen gab es weniger Mittel, auch wenn manche Voodoo-Priester anderes behaupteten. Jetzt übernahm Gondjia seine Hinrichtung selbst, indem er sich inbrünstig gegen die angerückten, schwer bewaffneten Polizisten stellte und ihnen drohte, als hielten sie keine Waffen in der Hand.

»Halt! Auf den Boden, du Arschloch!« Die Polizisten legten Sturmgewehre auf den Rasenden an und riefen ihm letzte Warnungen zu.

»Ihr wagt es? Ihr?« Über und über mit eigenem und fremdem Blut besudelt, der einst weiße Kaftan nass und rot, rannte Gondjia mit einer Machete und einer frischen Flasche Rum in den Händen auf sie zu. Dabei zerriss er sich das Gewand und stapfte in der Unterhose weiter, die nicht weniger Opferblut trug. »Ich hacke euch in Stücke und trinke euch leer. Euer Blut, eure Seele! Ihr werdet Kalfou ein Opfer sein, ihr kleinen Menschlein!«

Salven wurden abgefeuert.

Voller Genugtuung sah Leila dabei zu, wie sich Löcher im Körper des Voodoo-Priesters auftaten und sein Kopf durch die hagelnden Projektile in Stücke gefetzt wurde. Die Schützen hielten sich nicht mit Schüssen in die Beine auf.

Leila lächelte, als Gondjias dutzendfach durchschossener, schädelloser Leib nach einigen letzten Schritten nach vorne kippte und still lag. Es war eine Exekution, die sie mit grimmiger Freude und einem Gefühl der Erlösung verfolgte.

»Halt! Feuer einstellen.« Die Polizisten senkten die Schnellfeuergewehre und gingen langsam auf die Leiche des Voodoo-Priesters zu.

Erste Neugierige wagten sich aus den Häusern und klatschten. Sie riefen und feierten den Sieg über den Amokläufer, der in seinem Voodoo-Wahn den Verstand verloren haben musste. Die Übermütigsten stürmten aufgebracht auf den Altar zu, zertraten die Bänkchen und brachen den bemalten Stock entzwei, als könnten sie Kalfou damit ebenso besiegen.

Die Beamten ließen sie vorerst gewähren und standen beratschlagend um die Leiche.

Sie wissen nichts über Voodoo. Die Mambo sah auf das Pik-Ass, das unter den Sohlen in die rumgetränkte Erde gestampft wurde. *Wie Kinder.*

Die Karte war zu gefährlich, um darauf zu hoffen, dass die Menge sie durch Zufall zerstörte. Leila wusste, wie viel dieses Artefakt aushielt, erschaffen in Europa mithilfe eines finsteren Dämons. Es musste vernichtet werden. Nachdem

Gondjia als williger Helfer der Karte ausgeschieden war, oblag es der Mambo, die Gelegenheit zu nutzen und sie auszumerzen.

Leila drückte die Handtasche an sich, mischte sich tanzend und lachend unter die Feiernden. Sie bewegte sich durch die aufwirbelnden Dreckschleier, die Augen auf die Erde gerichtet und auf der Suche nach dem Pik-Ass. Es würde nicht leicht werden, die Karte zu entdecken. Womöglich spürte sie die Anwesenheit der Mambo und verbarg sich, um ihrem Untergang zu entkommen.

Das Rattern einer langen Garbe folgte. Ein Polizist hielt das Gewehr auf den Brustkorb des Bocor gerichtet und leerte sein Magazin unter dem Jubel der Menschen in den Kadaver, damit die Projektile das Herz des Voodoo-Priesters zu Mus schlugen.

Leila hatte nichts dagegen einzuwenden.

Dann sah sie die Karte, inmitten des Scherbenmeeres aus zerstampften Rum-Flaschen. Wie vermutet, taten die scharfkantigen Splitter dem bemalten Papier nichts.

Leila fürchtete sich nicht. Ihre weißmagischen Mächte und die guten Geister gaben ihr die Kraft, Kalfou nicht anheimzufallen und nicht so verkommen, gnadenlos und grausam zu werden wie Gondjia.

Sie bückte sich und langte nach dem Pik-Ass. In wenigen Sekunden hätte sie die Gefahr gebannt.

Sie überlegte, wie man das Werk eines bösen Dämons brechen konnte, wenn Klingen, Feuer und Wasser versagten. Sie würde es mit Säure versuchen, nachdem sie die guten Geister angerufen und ihren Beistand erbeten hatte. So viel Leid, so viel Elend, so viele Untaten, die auf die Karte zurückgingen, mussten ein Ende haben.

Einer der Feiernden rempelte sie an, bevor sie die Karte packen konnte, und stürzte fast über sie. Leilas Griff ging fehl, sie schnitt sich an einer Scherbe. Ihre Handtasche rutschte von ihrer Schulter, der Inhalt verstreute sich auf der Straße. Der Alkohol brannte in der Wunde, der Finger benetzte die Karte mit ein, zwei Tropfen ihres Blutes zusammen mit dem Schießpulver-Rum. Das Rot perlte darüber, ohne auf dem Papier zu haften.

Leila hielt inne, betrachtete die Linien und die Muster. Sie hockte sich hin und ignorierte das ausgelassene Gedränge, das allmählich abklang. Den Gesang, der von dem Pik-Ass ausging, hatte sie zuvor nicht bemerkt.

Das konnte unmöglich das Werk eines Geistes sein.

Leila leckte den Finger ab, schmeckte Rum und Kupfer auf der Zunge. Ihre Pläne hatten sich soeben geändert. Sie würde vorerst in Cotonou bleiben und Gondjias Voodoo-Tempel untersuchen.

»Los, verschwindet!«, vernahm sie die Anweisung aus weiter Entfernung, und das Treiben um sie herum nahm weiter ab. »Wir haben gesagt, ihr sollt in die Häuser zurückkehren! Das ist ein Tatort.«

Leila nahm die Karte und warf ihre Habseligkeiten, die sie noch fand, zurück in die Tasche. Dann erhob sie sich. Sie stand alleine auf der plötzlich leeren Straße. Ein Polizist machte scheuchende Bewegungen in ihre Richtung.

Leila ging los, das Pik-Ass zwischen Daumen und Zeigefinger ihrer linken Hand. Sie fühlte das plötzliche Verlangen, sich mit der Karte näher zu beschäftigen. Natürlich nur, um hinter das Geheimnis ihrer Stärke zu gelangen.

Langsam steckte sie die Karte in die Tasche.

* * *

True luck consists not in holding the best of the cards
at the table; luckiest he who knows
just when to rise and go home.

John Ray (1627–1705)

Kapitel XI

Frankreich, Provence-Alpes-Côte d'Azur,
Vaucluse, Avignon

Dass Odette Darlan sich nicht verängstigt zeigte, irritierte Tadeus. Es standen zwei wildfremde Menschen in ihrem Haus, die sich an ihren beiden Enkeln vorbeigearbeitet hatten, und die alte Dame wirkte allenfalls überrascht.

»Es geht um die Karten, richtig, Monsieur und Madame?« Ihre überdünne Hand angelte nach der dicken Brille und setzte sie auf. Das Gestell balancierte auf dem schlanken Nasenrücken in dem dünnen Gesicht.

Tadeus fand die Restauratorin bemerkenswert. »Sie haben mit unserem Besuch gerechnet?«

»Nicht mit Ihnen konkret. Aber mit Besuch.« Darlan ließ den Drehstuhl um 180 Grad kreisen. »Wo sind Charles und Renard?« Sie sah auf die MAB.

Poe kam einige Schritte nach vorne. »Madame Darlan, wir haben Fragen zu den Karten. Damit meine ich mehr als das, was wir eben gespürt haben.«

»Ich weiß. Sonst stünden Sie nicht vor mir.« Sie zeigte auf Kreuz-Zwei, Herz-Ass und Kreuz-Sieben. »Sind sie nicht wunderschön?«

Tadeus wurde aus ihrem Verhalten nicht schlau. Rechnete sie vielleicht mit dem Auftauchen der beiden Männer, oder hatte sie womöglich einen verborgenen Alarmknopf unter ihrem Tisch gedrückt? Die Kavallerie konnte sich bereits auf dem Weg befinden. »Das sind sie, Madame. Wir …«

»Und wie lauten Ihre Namen?«

Poe und er schauten sich an und versuchten, sich mit Blicken abzustimmen. »Das spielt keine Rolle.«

»Sie wollen Dinge von mir wissen. Daher wäre es höflich, sich mir vorzustellen.« Sie betrachtete Tadeus. »Das ist Blut. An Ihrer Hand und an Ihrer Kleidung. Die MAB gehört Ihnen auch nicht. Sind Renard und Charles tot?« Weder Sorge noch Angst zogen in der Stimme oder den alten Zügen der Restauratorin auf.

Das steigerte Tadeus' Irritation. »Es ließ sich nicht vermeiden.« *Was geht in diesem Haus vor?*

Darlans Mund formte ein Lächeln, in den durch das Glas vergrößerten Augen zeigte sich Erleichterung. »Wenn Sie denken, die beiden wären meine Enkel gewesen, wie man Ihnen vielleicht gesagt hat: Das stimmt nicht. Es waren meine Aufpasser. Meine Beschützer. Meine Kerkermeister. Und keine guten Menschen. Sie haben ihre gerechte Strafe erhalten«, raunte sie erlöst. »Bei Gott, das haben sie!« Sie hob den Saum ihrer Kittelschürze an. An ihrem Knöchel saß ein Plastikband mit einem Sender. »Eine elektronische Fußfessel. Sie meldet, wo ich bin.«

»Wer hält Sie in Ihrem eigenen Haus gefangen?« Poe blickte mitleidig. »Wie lange geht das schon so? Sollen wir die Polizei …«

»*Das* wäre keine gute Idee«, unterbrach sie Tadeus. »Später vielleicht.« Er musste Ordnung in dieses Chaos bringen.

»Ich stimme Ihnen zu, Monsieur.« Darlan erhob sich. »Wir sollten das wie all Ihre Fragen bei einem Kaffee besprechen. Es könnte auch noch Kuchen da sein. Gehen wir in die Küche. Und dann will ich wissen, mit wem ich es zu tun habe.«

»Da … ich sollte vorgehen und aufräumen. Ihre beiden Aufpasser liegen noch im Flur.« Tadeus zeigte nach unten.

»Es ist kein schöner Anblick, Madame. Und er passt auch nicht zu Kuchen.« Er blickte sicherheitshalber zur offenen Tür hinaus. »Sind noch mehr Menschen hier?«

Die alte Dame verneinte. »Wir lebten alleine.« Sie ging mit vorsichtigen Trippelschritten los, Poe und Tadeus folgten ihr. »Sie können gerne schon mal mit Ihren Erklärungen beginnen. Ich brauche für die Strecke Zeit.«

Tadeus warf einen Blick auf die drei restaurierten Karten. Sie faszinierten ihn, aber er fühlte sich nicht zu ihnen hingezogen oder verantwortlich wie für seine Pik-Neun. Er konnte den Raum verlassen, ohne dass sie ihn zurückriefen oder verleiteten, sie einzustecken und mitzunehmen. Ihr Anblick sorgte eher dafür, dass er seine Pik-Neun zurückwollte. Schnellstmöglich. Sie würde ihm im Augenblick des Wiedersehens schon sagen, was sie begehrte.

»Madame Darlan, wir stecken in einer Sache, von der wir kaum etwas verstehen«, begann Poe. »Wir haben in diesem Durcheinander und Wirrwarr Ihren Namen herausgehört. Nun hoffen wir, dass Sie uns helfen können.«

Tadeus gab sich einen Ruck. Sie wollten Antworten von ihr, nicht umgekehrt. »Sie haben recht, Madame. Wir sollten offener sein. Mein Name ist Müller«, setzte er an. »Das ist Miss Tanaka. Wir sind über die Karten gestolpert. Und über Sie.« Er erklärte, was sich in den letzten Wochen ereignet hatte, wie viele Tote es gegeben, was er in der Treff-Sieben gefunden und wie man sie ihm in Brügge abgenommen hatte. »Die Spur führte uns nach Avignon«, schloss er und hob die Arme leicht an. »Da stehen wir nun, Madame.«

Darlan bewegte sich langsam voran. »Der Mann, der mich hat festsetzen lassen, ist jener Gillot, den Sie kennenlernten. Charles und Renard sorgten in seinem Auftrag für Kontrolle. Er verlässt sich nicht alleine auf die Fußfessel und seine Drohungen gegen meine Familie.« Sie gingen die Treppe nach unten. »Gillot hat Leute im Einsatz, die Jagd auf die

Karten machen. Wie der blonde Mann in der Basilika, den Sie gesehen haben. Sie suchen, spüren auf und tun dabei alles, um sie zu bekommen.«

»Wissen Sie, wie viele Jäger Gillot angeheuert hat?«, warf Tadeus ein.

»Nein. Seine Leute bringen mir die Karten vorbei, und ich muss sie restaurieren.« Nach einigen Metern kamen sie an den Toten vorbei.

Darlan trug den Anblick mit Fassung. »Ich habe Schlimmeres gesehen, zumindest, als ich noch auf die Entfernung gut sehen konnte. Bringen Sie die Leichen fürs Erste in die Scheune«, wies sie Tadeus an. »In ein leeres Fass. Entsorgen können wir sie, sobald es dunkel ist.« Sie hakte sich bei Poe ein und ging mit ihr in die Küche.

Tadeus überlegte im rot getünchten Flur, wann und wo die alte Dame Schlimmeres gesehen haben mochte, dass sie dieser Anblick nicht erschütterte. *Natürlich! Im Zweiten Weltkrieg.*

Er suchte in der Scheune ein altes Weinfass und fuhr es mit einem Sackkarren in den Flur. Bevor er die Toten hineinverfrachtete, nahm er ihnen Brieftaschen und Handys ab. Es war nicht die leichteste Aufgabe, Renard und Charles in das Behältnis zu bugsieren. Mit dem Karren rollte er das Fass zurück in die Scheune und setzte den Deckel darauf. Als Tadeus in die Küche kam, standen Kaffee und Kuchen bereit, als wären die Toten im Flur nichts als vergessener Schmutz gewesen.

»Sobald die Karten restauriert waren, rief Renard bei Gillot an, und die Karte wurde von einem Boten abgeholt«, erklärte Darlan Poe bei seinem Eintreten. »Sie dachten, ich wüsste nicht, dass Gillot dahintersteckt, obwohl sie ein Geheimnis draus machten. Ich bin alt, aber nicht taub.«

Die Fliesen des Zwischengangs mussten noch vom Blut gereinigt werden. Poes und Darlans Schuhe standen auf einem Putzlappen, damit sie das frische Rot nicht in der Küche verteilten.

Tadeus zog seine teuren Maßanfertigungen ebenso aus und stellte sie neben die kleineren Frauenschuhe.

»Und genau diese fertigen Exemplare sind aus seinem Haus in Brügge geraubt worden«, fügte er hinzu. »Gezielt und auf Bestellung, wie uns die Einbrecher verrieten.«

Poe hatte Hut und Kamera auf den Tisch gelegt. Sie wirkte blass und stärker mitgenommen als Darlan. Tote kannte sie vom Krankenhaus oder den Flüchtlingslagern, wie er annahm, aber die hiesigen Umstände machten einen gewaltigen Unterschied.

»Es gibt also jemanden, der die Karten so unbedingt haben will wie Gillot«, folgerte Darlan.

»Wissen Sie, wer dafür infrage käme?« Tadeus wusch sich gründlich die Hände und trocknete sie am Handtuch ab, setzte sich zu ihnen an den Tisch. Die Szenerie kam ihm unwirklich vor, weil es sich selbstverständlich anfühlte, wie sie über die Karten und die rätselhaften Ereignisse sprachen, für die es keine rationale Erklärung gab. Ganz abgesehen von den beiden Leichen. Die roten Flecken würde er nicht mehr aus seiner Kleidung bekommen.

»Nein. Das war niemals Thema zwischen Renard und Charles.« Darlan nahm einen großen Schluck Kaffee. »Für mich ist es jedoch nicht zu Ende.« Sie zeigte ein zweites Mal auf die Fußfessel. »Gillot ist nicht tot. Er wird bald neue Karten schicken, die ich restaurieren muss. Neue Karten, neue Aufpasser. Und wenn er erfährt, dass man ihn in Brügge seiner Schätze beraubt hat, wird er keine Rücksicht walten lassen. Er wird die Diebe jagen.«

»Nein, Madame. Ihr Martyrium hat ein Ende. Gillot liegt im Koma«, warf Poe ein. »Sie können nach unserem Verschwinden zur Polizei gehen.«

»Das sagen die Medien, und das wird ihm sehr recht sein. Aber Gillot gibt schon wieder Anweisungen über das Handy. Ich war dabei.« Darlan stellte die Tasse ab. »Ich muss seinen Aufträgen weiter nachkommen. Denn …« Sie rang mit der Beherrschung. »Gillot wird meiner Familie Schlimmeres als den Tod antun, wenn ich ihm die Karten nicht restauriere oder mich an die Behörden wende. Das sagte er mir, als der Irrsinn begann.«

»Mir und meiner Familie drohte er auch.« *Meine Pik-Neun ist irgendwo da draußen. Bei einem Unbekannten.* Tadeus hielt es kaum mehr aus vor Spannung. Sicherlich tat ihm Odette Darlan leid, aber ihm ging es darum, endlich mehr über das Kartenspiel zu erfahren. Es passte ihm gar nicht, dass sie nicht wusste, wer die Einbrecher geschickt hatte. Damit war die Pik-Neun vorläufig verloren. Zufriedengeben würde er sich damit nicht. »Wir finden eine Lösung, Madame Darlan.«

»Wir?« Sie sah überrascht auf. »Sie wollen mir helfen?«

Er nickte, um Zuversicht zu verbreiten. »Nicht zuletzt bedeutet Gillot für jeden von uns eine Gefahr. Und diese Karten«, begann er das Thema. »Wir haben herausgefunden, dass sie in Leipzig entstanden sind. Ende des 18. Jahrhunderts, erschaffen von einem Kupferstecher, sagte eine Quelle. Aber das erklärt nicht, warum sie … sich …« Tadeus wusste nicht, wie er es beschreiben sollte.

»Sie sprechen von der Wirkung auf Sie, Monsieur?«

»Nach meinem Empfinden sind die Karten unter Umständen erschaffen worden, die ihnen Kraft gaben«, mischte sich Poe ein. »Eine dunkle Energie, die sich negativ auf Menschen auswirkt. Ein Fluch. Sie haben es doch vorhin auch gefühlt, im Arbeitszimmer?«

»Ein Fluch«, wiederholte Darlan leise und blickte auf ihre Tasse. »Natürlich habe ich es gespürt. Dieses Deck ist unsagbar mächtig und mit geheimnisvollen Kräften ausgestattet. Gillot hat mir die Karten schicken lassen und dachte, ich würde mich aufs Restaurieren beschränken. Aber wie könnte ich? Bei diesen wundervollen Stücken? Ich fing an zu recherchieren, und ich kam dem Spiel und ihrem Schöpfer auf die Schliche.« Sie hob die Augen, ihr Blick flackerte. »Dank meines Rufs erhielt ich für meine Nachforschungen Zugang zu historischen Werken. Ich las von der Wirkung, von den Unglücken und Katastrophen, die auf die Karten zurückgeführt werden. Von den Stimmen und Gesängen, die manche zu hören glauben. Dann setzte mich Gillot fest, verpasste mir die Fessel und die Bewacher. Zu meinem eigenen Schutz, wie er sagte.«

»Was meinte er damit?« Tadeus hoffte, dass weder Poe noch Darlan ihm ansahen, dass er zu jenen gehörte. Zu den Starken, für die sie sangen. Und schon vermisste er die Pik-Neun noch heftiger.

»Die Fußfessel erscheint mir jetzt in einem neuen Licht.« Darlan trank vom Kaffee. »Nach dem, was in Brügge geschah, könnte es sein, dass er von einem zweiten Sammler wusste und fürchtete, sein Konkurrent würde mich abwerben.«

»Wie kam dieses Spiel zustande?« Poe nahm sich ein Glas Wasser. Ihre blauen Augen blitzten neugierig, die Leichen waren vorübergehend vergessen. »Wieso wurde so viel schlechte Kraft darauf verwandt?«

»Es gibt verschiedene Legenden, die sich um den Schöpfer und die Hintergründe ranken. Ich kann nicht sagen, was davon stimmt«, eröffnete Darlan. »Der fragliche Kupferstecher war Bastian Kirchner, ein einfacher Mann und anfänglich Heiligenbildchen-Maler sowie Spielkartenmacher aus Altenburg, der nach Leipzig auf der Suche nach Arbeit kam. Er erhielt eine Anstellung bei der Verleger-Familie Breitkopf, die zu späterer Zeit die Leipziger Kartenspielfabrik führte. Das Kupferstechen und Radieren brachte er sich selbst bei, und er wurde einer der Besten.« Sie bat um ein Glas Wasser, das Poe ihr reichte. Darlan schob die schwere Brille an ihren Platz zurück. »Eine Legende besagt, Kirchner hätte sich mit dem Inhaber überworfen, nachdem er ihn nicht für den Entwurf des Kartenspiels bezahlen wollte. Daher legte er einen Fluch darauf.« Sie sprach, ohne einmal zu stocken, was zeigte, wie gut sie die Legenden kannte. »Eine andere besagt, er sei ein Satanist gewesen, der sich mit den dunklen Mächten verbündete, um Elend über die Menschen zu bringen.« Sie lächelte. »Dann gibt es noch die Variante, dass er sehr gläubig war und die Karten absichtlich verfluchte, um den Menschen zu zeigen, welchen schlechten Einfluss das Spiel auf sie hat. Die übrigen zehn erspare ich Ihnen. Sie sind irrelevant.«

»Nichts davon ist unwahrscheinlich«, befand Poe nachdenklich und zog Zettel und Stift hervor, um sich Notizen zu machen.

»Aber *wer* verstreute das Deck?« Tadeus fand es ungewöhnlich, dass man die Karten aufteilte.

Darlan rieb sich über die faltige Stirn. »Auch darüber gibt es Legenden, die aber wenig hilfreich sind, um die Karten aufzuspüren. Manche behaupten, sie hätten sich von selbst aufgeteilt und in die Welt begeben, um ihre finstere Macht auszuweiten.«

»Ich fühlte schon beim ersten Anblick, dass mit der Karte etwas nicht stimmte. Dass sie hinterhältig und niederträchtig ist und danach strebt, Menschen zu vernichten.« Poe schrieb hastig. »Diese Albträume. Sie sind zugeschnitten auf mich. Wie zur Abwehr.«

Die Restauratorin erschien überrascht, sogar überraschter als bei dem Eindringen in ihr Anwesen. »Sie … können es fühlen?«

»Ja. Ich meine damit nicht nur diesen … dieses Signal, das die Karten in Ihrem Arbeitszimmer ausgestoßen haben. Meine Familie hat eine lange Ahnenreihe von Schamanen, Madame Darlan. Es ist mir möglich, sie aufzuspüren.«

»Davon habe ich nie etwas gelesen. Es mag an Ihrer Herkunft liegen. Tanaka. Japan, nicht wahr?«, fragte Darlan, und Poe nickte nach kurzem Zögern. Beinahe hätte sie sich verraten.

Tadeus dachte nach. »Sammelt Gillot sie deswegen? Weil er deren Macht wahrnimmt?« Die Tatsache, dass der Mann sie in einem Haus in Brügge aufbewahrt hatte, ohne sie ständig um sich haben zu wollen, sprach dagegen.

Darlan schüttelte den Kopf. »Ich denke nicht. Es geht ihm einzig um die Besonderheit und die Jagd. Er hat bereits Unsummen an mich fürs Restaurieren bezahlt und noch mehr ausgegeben, um die verschollenen und verlorenen Karten auf der Welt zu finden. Er ist ein passionierter Sammler, aber nicht esoterisch oder spirituell motiviert. Dazu fehlt ihm das Gespür.«

»Gut. Wenn jemand wusste, dass Gillot die Karten in Brügge versteckte, kann es doch sein, dass er auch weiß, wo er Sie findet, Madame Darlan.« Poe sah zum Fenster, wo Passanten laut lachend vorbeigingen.

Sie seufzte. »Wie ich ihn einschätze, hat er direkt nach seinem Aufwachen bereits welche geschickt, da er die gleichen Gedanken haben wird wie Sie, Herr Müller.«

Dann sind sie bald hier. Tadeus kam plötzlich eine Idee, die mehr der Verzweiflung als der Vernunft entsprang. Die Optionen gingen ihm aus. Gillot lebte, und sie hatten immer noch keine Beweise, dass er in die Morde in Baden-Baden verwickelt war. Zudem konnte der Wallone Michiko oder Georg schnappen lassen, um noch einmal die Pik-Neun von Tadeus zu verlangen. Wie sollte er Gillot erklären, dass sie ihm beim Einbruch in Brügge abgenommen worden war? *Wir brauchen Druckmittel gegen ihn.* »Madame, da Sie sich bestens auskennen: Wie viele Karten hatte Gillot vor dem Raub? Wie viele fehlten ihm noch, bis er das gesamte Deck zusammenhatte?«

»Weswegen?«

»Ich sprach davon, dass wir Ihnen helfen können, diese Fessel loszuwerden und Ihre Lieben vor Gillot zu schützen. Er ist nicht weniger eine Bedrohung für meine Familie und die von Miss Tanaka.« Tadeus sah zu Poe, die ihn rätselnd anblickte. »Bislang sandte Gillot seine Leute zu den Karten. Aber wenn wir« – er zeigte im Wechsel auf sich und die Ärztin – »diesen Jägern zuvorkommen und die Karten schnappen und Gillot damit erpressen, er möge uns alle in Ruhe lassen – was wäre *dann?*«

Ihre Hand, welche das Wasserglas hielt, bebte sachte. »Das ... wäre ein ungewöhnlicher Ansatz!«

Poe betrachtete ihn verwundert. »Keine schlechte Idee.« Sie hatte ihm anscheinend so viel Engagement nicht zugetraut. »Aber auch nicht die beste. Dabei kann viel schiefgehen.«

»Es muss für den Anfang reichen, bis uns was Besseres einfällt. Wir können nicht zur Polizei gehen. Gillot ist klar im Vorteil. Noch. Und wer weiß, was wir unterwegs herausfinden? Am Ende finden wir eine Spur, die uns zu den Dieben aus Brügge führt?«, erwiderte Tadeus. Er gab ihren Bedenken recht, aber untätig herumzusitzen, kam für ihn nicht infrage. »Der Plan setzt voraus, dass Sie, Madame, wissen, wie viele Karten sich im Umlauf befinden und wo man sie finden könnte.« Tadeus hoffte, dass die Restauratorin ihre Recherchen so weit betrieben hatte. Seine Wünschelrute Poe würde es nicht alleine schaffen. Sie musste sehr dicht an die Karten heran oder ihre Mudang-Kräfte steigern.

»Ich weiß es«, antwortete Darlan mit fester Stimme. »Renard und Charles unterschätzten mich. Gelegentlich las ich ihre Nachrichten, wenn die Telefone herumlagen. Vier Exemplare des Spiels sind noch in der Welt unterwegs.« Sie trank. »Eine ist bei Manaus, eine andere in Benin. Die Herz-Dame befindet sich in Arras, das Karo-Ass in Altenburg im Museum. Das war zumindest der letzte Stand.« Darlan erhob sich. »Ich mache Notizen dazu und überlasse sie Ihnen. Um die Karte in Manaus müssen wir uns keine Sorgen machen. Einer von seinen Jägern ist auf dem Weg und wird sie zu mir bringen.« Sie sah Tadeus an. »Es wird mir etwas einfallen, den

Mann hinzuhalten. Bis dahin müssen Sie die drei anderen Karten gefunden und gesichert haben.«

»Sollten Sie später mit Gillot telefonieren: Die drei Karten, die wir oben auf dem Schreibtisch sahen, sind bei dem Überfall auf Ihr Haus geraubt worden. Renard und Charles haben sich dafür geopfert«, sagte Tadeus mit einem bösen Lächeln.

»Natürlich sind sie das. Ich verstecke sie gleich. Die neuen Aufpasser können sich um die Entsorgung der zwei Leichen kümmern. Sie beide haben sich die Hände schon genug schmutzig gemacht.« Darlan ging hinaus.

Poe fixierte ihn, sah beim Trinken über den Rand der Kaffeetasse hinweg, ohne dass sie Fragen stellte.

Tadeus lächelte sie an. Er bemühte sich, seine wahren Absichten vor ihr zu verheimlichen, und hoffte, dass sie keinerlei Gedanken oder Gefühle lesen konnte.

Er musste zunächst die vier Karten bekommen, als Tauschobjekte für seine Pik-Neun. Dazu wiederum musste er den Drahtzieher hinter den Räubern ausfindig machen, der Gillot geplündert hatte. Bei ihm befand sich seine Karte. Ganz nebenbei brauchte er entweder Beweise gegen Gillot, um ihn wegen der Morde belangen zu können und rechtlich auszuschalten, oder er musste dem Wallonen etwas unterschieben.

Es war ein anspruchsvolles Spiel gegen mehrere Gegner: Poe austricksen, Henry Gillot überführen, Odette Darlan dabei schonen und den Unbekannten finden.

Eins nach dem anderen. Tadeus lächelte die Ärztin an und goss sich vom Kaffee nach. Es hatte was von einer sehr komplizierten Poker-Partie. »Schön, dass Sie dabei sind.«

»Mir geht es darum, dieses Kartendeck zu vernichten.« Poe stellte die Tasse auf den Unterteller und sah zu Darlan, die mit einer Mappe zurückkehrte.

»Verzeihen Sie, dass es dauerte. Ich habe Material über die

Karten zusammengesucht. Lektüre für unterwegs.« Die Restauratorin legte die gebundenen Unterlagen auf den Tisch.

»Sagen Sie, Madame«, wandte sich Poe an sie. »Steht in der Legende, wie man diese verfluchten Karten vernichten kann?«

»Wie man sie zerstört? Oh, là, là. Darüber gibt es mindestens ebenso viele Legenden«, erwiderte sie. »Es kamen Menschen ums Leben, als sie es versuchten.« Sie sah zwischen den beiden hin und her. »*Das* wollen Sie tun?«

»Ja«, sagte Tadeus rasch. »Sobald unsere Familien in Sicherheit sind und wir Gillot ins Gefängnis gebracht haben. Egal, wie.«

»So ist es«, bekräftigte Poe und warf ihm einen dankbaren Blick zu. Sein Bluff funktionierte.

»Gut. Ich kümmere mich darum.« Darlan schlug die Mappe auf. Darin ruhten überwiegend kopierte und gescannte Seiten aus verschiedenen Büchern, aber auch Originale. »Ich kann die aufgetrennten Werke wieder zusammensetzen«, sagte sie und fuhr liebevoll über das Papier. »Es war mir zu lästig, jedes Mal die Lexika durch mein Haus zu schleppen, wenn ich etwas nachschlagen wollte.«

Poe wechselte den Stuhl und setzte sich neben Tadeus, damit sie zusammen schauen und lesen konnten. »Wieso waren Sie nicht verwundert, als wir in Ihrem Zimmer standen?«

»In den allgemeinen Legenden stehen Hinweise darauf, dass die Karten Menschen anziehen. Besondere Menschen.« Darlan legte ihre spindeldürren Finger auf Poes Hand, als würden sie einen Wettkampf führen, wessen Hände weniger Fleisch hatten. »Sie haben die Anlagen einer Schamanin in sich, sagten Sie. Und wer weiß, welche Vorfahren Monsieur Müller hatte? Eine Hexe im Stammbaum? Oder ein Priester? Jemand, der empfindsam ist für das, was die meisten Menschen weder hören noch sehen noch fühlen?«

»Wer weiß?« Tadeus nickte. Er würde sich nicht hinreißen

lassen, von den Gesängen und Chorälen seiner Pik-Neun zu berichten, und hatte schon zu viel angedeutet. Er war stark. Die Karte hatte ihn als Besitzer, als Beschützer, als Gefährten ausgesucht.

»Dann geschieht das öfter?«, wollte Poe wissen.

»Ja. Meine Aufpasser hatten einiges an Besuch zu entsorgen.«

»Gehörte einem Besuch der Van in der Scheune?« Tadeus sah die Kindersitze vor seinem geistigen Auge.

»Nein. Ein spontaner Erwerb meiner falschen Enkel und gegen meinen Willen.« Darlan zog die Finger zurück, ihre Züge verschlossen sich. »Sie können den Wagen haben, wenn Sie wollen. Und die Unterlagen zu den Karten. Die Informationen zu den fehlenden Exemplaren befinden sich obenauf. Lassen Sie sich nicht vom Äußeren täuschen. Manche sind in anderen Blättern verborgen. Von wem und warum auch immer.«

»Das wissen wir.« Poe überflog bereits die erste Seite. »Ich erkenne die besonderen.«

Das hoffe ich. Es sollte besser klappen als in Brügge. Tadeus fühlte sich gut. In der Poker-Partie um das Kartenspiel hatte er das beste Blatt. Noch ein wenig passen und reizen, seine Trümpfe ausspielen, und er hatte seine Pik-Neun wieder. »Wo fangen wir an?«

Poe deutete auf die Aufzeichnungen zur Herz-Dame.

* * *

Frankreich, Hauts-de-France,
Pas-de-Calais, Arras

»Zuerst Baden-Baden, dann warst du wie vom Erdboden verschluckt, danach wolltest du von Rom nach Brüssel, jetzt bist du in Arras? Ich weiß nicht mal, wo das liegt! Was treibst du dort?«

»Es liegt in Frankreich, Papa.« Hyun hörte der Stimme ihres Stiefvaters am Telefon an, dass sein Verständnisvorrat für ihre Hinhaltetaktik erschöpft war. Sie konnte ihm und ihrer Mutter unmöglich die Wahrheit sagen, auch wenn sie kurz darüber nachdachte. Ihrer Großmutter hätte sie alles gestanden. *Ich brauchte dringend ihren Rat.* »Ich nehme mir eine Auszeit.«

»Deine Arbeit im Krankenhaus wartet auf dich, falls du das vergessen haben solltest. Als Ärztin«, gab er aufgeregt zurück, der schlechte Empfang zerhackte seine Stimme. »Ich verstehe, dass du nach dem furchtbaren Tod von Enrico sehr durcheinander bist, aber dabei darfst du nicht vergessen, dass *dein* Leben weitergeht. Du verbaust dir vielleicht gerade deine Karriere!« Er atmete einmal durch. »Wenn du möchtest, kann ich mit dem Vorstand des Krankenhauses sprechen.«

»Nein, musst du nicht. Ich habe der Klinikleitung bereits via Mail zukommen lassen, dass sie mich vorerst unbezahlt beurlauben sollen, bis ich mich gefangen habe. Mehr als ein paar Wochen werde ich nicht brauchen.« Hyun fand es rührend, wie er sich kümmerte, aber sie war dreißig Jahre alt und sehr wohl fähig, die Lage zu managen. Sie betrachtete die rauen Felswände, die sie umgaben. Am unteren Ende des Schachtes, wo sie sich befand, gab es einen Rest von Mobilfunkempfang, nach nur einem Meter drohte der Kontakt zum Netz zu erlöschen. Deswegen war sie zurückgelaufen und musste hier ausharren. »Ich fühle mich schon besser. Wirklich.«

Er seufzte. »Lass mich und deine Mutter nicht im Ungewissen, wo du als Nächstes steckst. Wir machen uns sehr große Sorgen. Ruf an und melde dich bitte regelmäßig.«

Hyuns Kehle wurde enger. Sie durfte sich Schwäche nicht erlauben, nicht jetzt, und musste die Fassung behalten. »Ist in Ordnung. Aber ihr müsst euch wirklich nicht sorgen. Ich lasse mich treiben und … sammle mich. Das tut gut.«

»Du bist Ärztin. Ich muss dir nicht sagen, dass es Spezialisten für Trauerbewältigung gibt. Und Medikamente.« Er konnte sich den Ratschlag nicht verkneifen. »Falls das Sammeln und Treibenlassen keine Fortschritte macht.«

Sie nahm ihm die Einmischung nicht krumm. »Ich habe meinen eigenen Weg. Und sag Mama, dass ich euch beide sehr liebe. Bis bald, Papa.« Sie legte auf und drehte sich zur Gruppe um, die sich bereits vom Fahrstuhl entfernt hatte.

Hyun hatte wie die übrigen Besucher einen alten britischen Infanterie-Helm auf dem Kopf, der gegen herabfallende kleine Steinchen schützte, die man sich unter Tage durch Unachtsamkeit zuziehen konnte.

Sie trabte los und schloss zu den Touristen auf. »Verzeihung. Das war wichtig.«

»Schön, dass wir vollständig sind.« Antoine, der die überschaubare Truppe von siebzehn Leuten durch die unterirdische Anlage führte, winkte ihr zu und zeigte in einen kleinen Raum, den die Arbeiter in den Kalkstein getrieben hatten. Ihr rothaariger Fremdenführer trug die graue Uniform der Royal Army, stilecht und auch alt, dazu die Ausrüstung eines Infanterie-Offiziers Seiner Majestät Anfang des 20. Jahrhunderts, mit Pistolentasche und einem original Webley-Revolver darin. Er hatte sich als Geschichtsstudent vorgestellt, der sich mit den Touren durch die Unterwelt Geld dazuverdiente. »Alors, die Offiziere lebten dort. Und dahinten stehen die Etagenbetten der Soldaten. Immer drei Mann schliefen übereinander.«

»Und?«, erkundigte sich Boch leise bei ihr.

»Konnte sie beruhigen«, gab Hyun knapp und gedämpft zurück. Ihr war nicht nach Sprechen. Man musste keine Mudang sein, um zu spüren, wie besonders der Ort war, der sich im bernsteinfarbenen Licht der Lampen, die hundert Jahre alt sein mussten, in ein düsteres Labyrinth verwandelte. Sie fröstelte unentwegt, trotz ihrer dickeren Kleidung und dem Lederkurzmantel.

Die Gruppe ging durch den kleinen, öffentlich zugänglichen Bereich des Wellington-Steinbruchs, den die Engländer im Ersten Weltkrieg zu einer gigantischen Soldatensammelstelle hatten graben lassen. Er befand sich unter Arras, das Städtchen, das gegen Ende des Kriegs, zu achtzig Prozent weggebombt, brachgelegen hatte. Nur ein Bruchteil der ursprünglichen Bewohner war geblieben, während sich in dem Stollensystem mehr als 24 000 Commonwealth-Soldaten drängten, um einen Ablenkungsangriff gegen die deutschen Linien zu führen.

Sie befanden sich zwanzig Meter unter Tage, die in der Moderne mit einem Fahrstuhl bequem überbrückt wurden, und durften sich dreihundertfünfzig Meter der mehr als zwanzig Kilometer langen, verschachtelten Anlage anschauen. Aus dem einst spätmittelalterlichen Steinbruch hatten die Engländer die größte unterirdische britische Anlage außerhalb der Insel bauen lassen, um sich unbemerkt an die deutschen Linien heranzugraben und einen Überraschungsangriff zu starten.

Der Grund, warum Hyun und Boch nach Arras gefahren waren, hieß Thomas Adams, ein einundzwanzigjähriger Hoteliierssohn aus Bath, der sich 1915 freiwillig gemeldet hatte und direkt in die Knochenmühle Verdun transportiert wurde. Von dort war er nach Arras versetzt worden und hatte zusammen mit der kleinen Armee im Untergrund der Stadt darauf gewartet, sich auf die Deutschen zu stürzen. Mit ihm reiste »seine Herz-Dame«, wie er in Briefen an seine Eltern schrieb.

Adams tauchte nach dem Eintreffen in Arras in keinen Aufzeichnungen mehr auf. Daher vermutete man, er sei bei der Attacke gefallen. Aber Madame Darlan hatte einen Hinweis auf einen Stolleneinbruch gefunden, bei dem es einige Tote gegeben hatte. Vor dem Angriff. Und genau dort hofften sie, die Überreste von Thomas Adams und seiner Herz-Dame zu finden.

Im Tod vereint. Hyun wusste nicht, ob der heftige Energieausbruch der drei Karten in Madame Darlans Arbeitszimmer ihre schamanistischen Kräfte aufgeweckt hatte, doch seitdem fühlte sie sich anders. Empfindsamer. Als wollten ihr Verstand und ihr Empfinden bereit sein, sich gegen die Macht der Karten zu wehren. Das, was ihr für Sekunden entgegengeschlagen war, bestand aus Abneigung und Bosheit, wie in ihren Albträumen. Die Karten versuchten, sie in die Flucht zu schlagen. Das bestätigte Hyun in ihrer Absicht und Ansicht.

»Es gibt Aufzeichnungen über den Champagnerverbrauch und sonstige Alkoholika der Truppen, die lagerten und warteten«, erklärte Antoine und leitete sie zu den Unterkünften. »Wer will den jungen Männern es übel nehmen, dass sie sich die Zeit mit Feiern vertrieben haben?« Er betätigte einen kleinen Knopf an seinem Steuergerät, das er umgehängt trug.

Aus den Lautsprechern an den Wänden erklangen plötzlich hallende englische Stimmen, die lachten und sich unterhielten, dazu erklang das Klirren von Gläsern und das Mischen von Karten. Die Akustik in dem Abschnitt des Stollens sorgte für unheimlichen Hall.

»So in etwa wird es geklungen haben.« Antoine zeigte auf eine Wand und leuchtete sie mit seiner auf alt gemachten Taschenlampe an. Deutlich wurde das Porträt einer jungen Frau sichtbar, aufgemalt mit Kohle. »Manche hinterließen ihre Gattinnen und Freundinnen an den Wänden. Mal gut, mal schlecht gezeichnet.« Er zeigte nach vorne. »Hier entlang.«

Die Gruppe setzte sich in Bewegung. Boch und Hyun blieben am Ende der Truppe. Man schwieg. Der Ort wirkte bedrückend. Hyun bemerkte alte Energien, die von den Soldaten stammten, die einst hier gelebt und ihre Gedanken, Ängste und Freude in den Stein projiziert hatten.

Sie lauschte in sich, suchte und sondierte, ob sie einen Impuls wahrnahm, der auf die Herz-Dame schließen ließ. *Nichts.* Aber es wunderte Hyun nicht. Sie befanden sich weit entfernt von den Abschnitten, die nahe dem einstigen Frontverlauf lagen.

Auf den Tischen in den nachgebildeten Quartieren standen Aschenbecher, kleine Männchen, Tiere und Modelle verschiedener Fahrzeuge, die aus Geschosshülsen gemacht worden waren. Ablenkung vom Wahnsinn, der über ihnen tobte und in den sie geschickt wurden.

»Das Lazarett konnte siebenhundert Verwundete aufnehmen und versorgen. Es wird seltsam klingen«, sagte Antoine unterwegs, »aber es gab im Ersten Weltkrieg kaum einen sichereren Front-Ort als die Anlage von Arras. Zur besseren Orientierung im Labyrinth wurden die Gänge mit Städtenamen der neuseeländischen und britischen Heimatländer versehen. *Wellington* lautete der Name des Hauptgangs.«

Hyun ging vorbei an alten Leitungen und Kabeln, die Aufschrift *Latrine* zeigte sich an einem Durchgang an der Wand. Immer wieder entdeckte sie Graffiti, aus dem Fels gekerbte Reliefs, aber auch obszöne Flüche oder Schweinereien.

»Was ist mit der Herz-Dame?«, erkundigte sich Boch raunend, gekleidet in robuste Hose und Pullover gegen die Kühle. Er musste sich leicht strecken, um näher an ihr Ohr zu gelangen. »Hinweise?«

»Wir sind hier falsch.« Hyun wischte sich eine schwarze Strähne aus den Augen und blickte auf ihre Smartphone-Uhr. Die Führung wäre gleich zu Ende. Sie hatten zehn illustrierte Sequenzen sowie Lichtspiele an den Wänden über sich ergehen lassen, die mehr über die Tunnel berichteten. »Wir müssen uns absetzen und umschauen.«

»Das wird nicht leicht.« Boch sah zu Antoine, der sich stets nach den Leuten umsah. »Sobald wir verschwunden sind, schickt man eine Suchmannschaft los. Wir hätten nur einen Versuch.« Er blickte sie eindringlich an. »Nur *einen*. Schaffen Sie das?«

Hyun wusste es nicht. »Ja.«

Antoines Blicke bekamen etwas Feindseliges, sobald er in ihre Richtung sah.

Hyun war sich sicher, ihm niemals vorher begegnet zu sein und etwas Schlechtes getan zu haben, aber ihr schlug eine Welle von Unmut und Abneigung entgegen, als hätten sie eine intensive Feindschaft mit ihm gepflegt. *Sollte er den wahren Grund für mein Hiersein erahnen, steht er in irgendeinem Kontakt mit der Karte.*

Hyun hielt es für die bessere Eingebung, sich den Fremdenführer zu greifen und ihn zu befragen. Aber würde Antoine reden und die Wahrheit sagen, wenn er es als seine Aufgabe betrachtete, die Karte zu schützen? Es wäre spielend leicht für ihn, sie in dem Ganggewirr in die Irre zu führen und sie zurückzulassen.

Doch sie konnten unmöglich knapp zwanzig Kilometer Gänge absuchen. In kürzester Zeit. Vermutlich im Dunkeln und nur mit Taschenlampen ausgestattet. Wie Gillots Häscher die Karte von Thomas Adams in diesem Tunnelsystem finden wollten, blieb ihr ein Rätsel.

»Dann sollten wir uns bald absetzen.« Boch traute ihr offenkundig zu, wie ein Fährtenhund durch das Labyrinth zu rennen und innerhalb weniger Minuten am Ziel zu sein. »Sagen Sie, wann es losgeht.«

Hyun durfte das nagende Gefühl der Überforderung nicht die Oberhand gewinnen lassen. Sie wartete, bis der Fremdenführer im Durchgang verschwand und die Gruppe mit ihren Helmen einen Sichtschutz bildete.

»Jetzt.« Sie duckte sich und ging zu einer Eisentür, über der *Staff only* stand. »Da durch.« Sie gab sich Mühe, überzeugt zu klingen, und öffnete die unverschlossene Tür. Sie hatte Antoine vor Beginn ihrer Tour herauskommen und nicht absperren sehen. Sie hoffte, dass es dahinter weiterging und dort nicht nur die Umkleide lag.

Sie eilten hinein in einen Vorraum, in dem etliche Akkulampen auf Ladestationen standen. Große Übersichtskarten des Systems hingen an den Wänden, handschriftliche Eintragungen zeigten Funde, Wassereinbrüche und Gefahrenstellen an. Auf den Tischen lagen Brotkrümel, es gab ringförmige Abdrücke von Kaffeetassen oder Thermoskannen. Sie hatten einen Kommandostand gefunden, von dem aus die Weltkriegsarchäologen sich aufmachten, die Gänge zu erkunden.

»Besser hätte es nicht laufen können. Perfekt ausgesucht.« Boch riss eine Karte ab, hängte sich mehrere Lampen um und öffnete die gegenüberliegende Tür. Er knipste die Leuchte an und ging voraus. »Sagen Sie, wohin.«

Der Lichtkegel beschien einen Quergang, der so eng war, dass sie sich längs hindurchschieben mussten. Die Soldaten hatten ihn anscheinend als Provisorium angelegt oder um den Gegner bei einem möglichen Eindringen aufzuhalten.

»Geradeaus«, sagte Hyun und rang ihre Angst nieder. *Mudang*. Sie war die Enkelin einer Schamanin und musste zeigen, was sie konnte. Stumm betete sie zu ihrer Ahnin und bat um spirituelle Leitung.

Sie folgte Boch und zog die Tür hinter ihnen zu.

Die Dunkelheit war anders als in dem Hauptstollen, dem sie gefolgt waren. Das weißliche Licht erschuf auf den Kalksteinen Reflexionen, die unkontrollierbar streuten und blendeten. Zwar gab es alte Kabel mit Fassungen und vereinzelte Glühbirnen, aber ein Schalter dafür fehlte.

Sie hasteten voran, die Lichtlanzen stachen in die Finsternis. Es roch nach Feuchtigkeit, nassem Stein, gelegentlich tropfte Wasser auf sie herab und traf pochend auf Helm oder Kleidung.

Hyun gab Anweisungen, die sie geradeaus führten, ausgerichtet auf den vorderen Frontverlauf, ohne dass sie die Herz-Dame erspürte.

Boch hingegen schien anzunehmen, sie hätte die Spur aufgenommen. Nicht einmal stellte er ihre Entscheidung infrage.

Die Schuhsohlen scharrten über den Stein, sie gingen durch Pfützen und Abschnitte mit Geröll. Sie mussten sich durch enge Röhren pressen, während andere Bereiche kathedralenhoch daherkamen und sie bei aller Eile staunend langsamer wurden.

Zwischendurch entdeckten Hyun und Boch verrostete Konservendosen, korrodierte Waffenfragmente, zersplitterte Helme und Reste von Ausrüstungen und Vorräten, medizinisches Material wie Spritzen und zertretene Glasfläschchen, die im vorbeiziehenden Schein der Leuchten spukhaft auf dem Boden erschienen und gleich wieder verschwanden. Die Weltkriegsarchäologen hatten keine Verwendung für die Gegenstände, von denen sie bereits Hunderte besaßen, und ließen sie liegen.

Hyun sondierte die Wege verzweifelter und griff auf das bisschen Wissen zurück, das ihre Großmutter sie gelehrt hatte, während sie sich der Front näherten. *Wie kann ich …*

»Ich kriege euch!«, hallte eine Stimme unvermittelt laut und hohl durch den Gang. »Ich weiß, dass ihr hier seid. Und genau hier werdet ihr bleiben!« Ein metallisches Schleifen folgte, drohend und gefährlich. Eine Klinge wurde über Stein gezogen. »Ich kriege euch!«

»Antoine hat gemerkt, dass wir fehlen«, kommentierte Boch und zog die halb automatische MAB aus dem Gürtel. »Und weswegen wir wirklich in Arras sind.«

Er hatte die Waffe gegen Hyuns Willen mitgenommen, aber gerade freute sie sich, dass er die Pistole bereit machte. Antoine schien sich seiner Sache sicher zu sein, wenn er absichtlich auf sich aufmerksam machte. Er wollte ihnen die Angst in den Nacken setzen. *Bei mir klappt es.*

»Weiter«, stieß sie aus und wischte sich den Schweiß von der Stirn. Von der Kühle der Stollen spürte sie nichts mehr.

Der Blick auf das Smartphone verriet ihr, dass sie seit mehr als zwei Stunden irrten und suchten. Dem Plan nach befanden sie sich mittlerweile nahe dem Ausgang, den die Soldaten damals gesprengt hatten, um aus ihrem Versteck zu stürmen und den Ablenkungsangriff auf die Deutschen zu führen.

Da wurde Hyun aus dem Nichts von Hass getroffen.

Die Empfindung war derart stark, dass sich die Härchen auf ihren Armen aufstellten, wie in Madame Darlans Zimmer, nur wesentlich stärker: Eine unsichtbare böse Macht hasste sie zutiefst, wollte sie verjagen und ihr Furcht einflößen. Dagegen erschienen die Erfahrungen aus den Albträumen ungleich harmloser. Doch damit hatte Hyun endlich die Spur, der sie folgen musste – sofern sie sich überwand und es wagte. Es fühlte sich an, als würde sie auf eine blanke, spitze Schneide zugehen, die geradewegs auf ihr Herz gerichtet war. Niemand tat das freiwillig.

Es kommt von … Hyun drehte sich bebend nach rechts, ihr Arm mit der Lampe hob sich.

Der zitternde Strahl traf eine Bretterverschalung, auf der ein eingeschweißter Zettel angebracht war. Darauf stand, dass der Stollen vor mehr als zehn Jahren vollständig erschlossen und untersucht worden sei. Mehrere offizielle Stempel prangten darauf. Damit wurde er für eventuelle Weltkriegsarchäologen uninteressant.

»Dahinter«, wisperte Hyun und stemmte die Füße gegen den Kalkstein, um sich der Woge aus Hass zu stellen. »Fühlen Sie das nicht, Boch?«

»Überhaupt nicht.« Er steckte die Waffe weg, zog den Teleskopschlagstock aus dem Mantel und nutzte ihn als Hebel, löste die Verschalung, die sich spielend leicht als Ganzes zur Seite klappen ließ. Die dicken Nägel und Schrauben waren nur Schau. Jemand hatte die Barriere präpariert, um sie öffnen und schließen zu können. »Was spüren Sie?«

»Das Schlechteste. Die Karte würde uns am liebsten töten.«

»Das wird sie Antoine versuchen lassen.« Boch leuchtete in die Finsternis.

Ein Gang kam zum Vorschein, der nach wenigen Metern einen scharfen Schwenk nach rechts machte und verbarg, was danach folgte. Die Wände waren ebenso behauen wie die übrigen, der Kalkstein zeigte sich unten abgeflacht, weiter oben scharfkantig. Mehrere Stellen wiesen Rußspuren von Lampen und Sprengungen auf. Die herauskriechende Luft roch abgestanden und – nach Gewürzen.

»Weihrauch«, stellte Hyun verwundert fest.

Boch sah auf den Plan. »Der Gang steht nicht mehr drauf.« Er faltete ihn zusammen und steckte ihn in die Hosentasche.

»Schauen wir nach.« Sie machte entschlossen einen Schritt hinein.

Der Hass steigerte sich ansatzlos und schmerzte, presste ihr Herz zusammen und löste Furcht in ihrem Kopf aus. Die Karte wollte nicht, dass sie hineinging.

Aufstöhnend wich Hyun einen größeren Schritt zurück.

»Was ist?« Boch leuchtete in den Gang, aus dem sie gekommen waren, um nach Antoine zu schauen. Aber der Mann zeigte sich nicht; nur sein irres Lachen und Heulen erklang aus der Schwärze. »Ist Ihnen nicht gut?«

»Die Herz-Dame«, stieß sie hervor und betastete ihren Oberkörper, um sicherzugehen, dass sich keine Klinge hineingebohrt hatte. »Sie versucht, mich abzuwehren. Das ist … schlimmer als in den Albträumen. Anders.«

»Ich kann nicht ohne Sie rein.« Boch runzelte die Stirn. »Die Karte könnte verschüttet sein. Sie müssen mich begleiten.«

»Aber ich will nicht …« Mühsam verhinderte Hyun, dass sie sich übergab. Ihre Muskeln zitterten wie bei einer starken Unterkühlung, ihr Herz schlug dreimal so schnell und verursachte Kopfschmerzen. Ein größeres Unwohlsein, Unbehagen hatte sie nicht mal bei der Lebensmittelvergiftung in Peking verspürt, wegen der sie zwei Tage im Krankenhaus verbracht hatte. »Ich … kann das nicht.«

»Denken Sie an die Tricks Ihrer Großmutter. Wir brauchen die Karte, Miss Poe. Und alleine werde ich Sie nicht im Gang stehen lassen. Antoine wird auftauchen und Sie angreifen.« Boch packte sie am Arm und zerrte sie in den Seitengang. »Los.«

Widerstrebend folgte Hyun ihm, während sich der Hass gegen sie steigerte und sie zum Würgen brachte. Ihre Beine gaben nach, sie knickte ein und wurde von Boch aufgefangen. Sie bekam dabei die Lampen in die Rippen und gegen den behelmten Kopf.

»Ich kann nicht«, sagte sie stöhnend. »Sie … sie schnürt mir die Luft ab!«

»Wir müssen weiter! Es tut mir leid, Sie zu quälen, aber: Wohin?«, fragte Boch unnachgiebig und hob sie kurzerhand auf seine Arme, trug sie um die Ecke. Schritt für Schritt in den Hass hinein.

Hyuns Sicht trübte sich, sie verlor halb das Bewusstsein – bis sie begriff, dass ihr Verstand sich in einen anderen Zustand versetzte. Mudang. Trance. Schutz. Etwas in der Art musste es sein.

Der Hass wurde immanenter und wandelte sich in eine dunkelrote Aura, mit der sich der Gang füllte, als wäre er durchsichtige Lava, durch die Boch sie zuverlässig trug wie ein unzerstörbarer Roboter.

Hyun drehte den Kopf, um besser sehen zu können.

Der Ausgangspunkt dieses negativen Gefühls, das sie bezwingen und vernichten wollte, lag unter einer Abdeckung aus Steinbrocken, die wie zufällig im Gangende lagen, aber von jemandem angeordnet waren. *Von Antoine.*

»Da.« Hyun leuchtete auf die Ansammlung. »Da drunter.«

»Gut.« Boch ging darauf zu und setzte sie behutsam ab, lehnte sie gegen die Wand. Er drückte ihr die Halbautomatik in die Hand und legte zwei Lampen neben sie, richtete die Strahlen auf die Biegung aus. »Ich schaue nach. Sollte Antoine um die Ecke kommen, schießen Sie.«

Hyun vermochte nichts zu denken. Sie steckte in dem Strom aus brutaler Abneigung, Bedrohung und Todeswünschen, versuchte mit allen Kräften, nicht darin zu ertrinken und unterzugehen. Ihre Atmung blieb flach, die Pistole wog gefühlte zehn Tonnen. Sie konnte sie nicht halten.

Boch wuchtete die Steine zur Seite, einen nach dem anderen.

Darunter kam ein Altärchen zum Vorschein, errichtet aus den Knochen und Schädeln von fünf Menschen. Davor lag eine Räucherschale, die Überreste der Harzklumpen verströmten den Weihrauchduft. Auf den kreisförmig angeordneten skelettierten Köpfen lag die Herz-Dame, die empört in Hyuns Gedanken aufschrie. Sie kreischte um ihr Leben, sandte den Hilferuf an ihren Antoine.

»Die Schädel sind nicht alt«, kommentierte Boch, als er die Karte aufhob. »Wo auch immer sich der Fremdenführer die Leute besorgt hat, um der Karte zu huldigen.« Er scharrte mit dem Fuß im Geröll. »Ah. Ich habe den Rest der Menschen gefunden. Und da ist noch was Frischeres!«

Hyun hatte lange genug durchgehalten. Würgend übergab sie sich auf die Waffe, sackte halb zur Seite. Der gesamte Stollen füllte sich mit der durchsichtigen Lava, die gegen sie brandete und umschloss.

»Scheiße«, fluchte Boch und eilte zu ihr. Die Spielkarte hatte er in die verschließbare Brusttasche des Pullovers gesteckt. Hyun fühlte den Hass, der heiß wie die Sonne gegen sie brannte. »Was haben Sie?«

Sie vermochte kaum zu sprechen, tippte stattdessen gegen seine Brust. »Sie … will mich … auslöschen.«

»Das ist die Enge der Höhle. Sie sind klaustrophobisch.« Er sah vorwurfsvoll auf die Halbautomatik, über die sich ihr Erbrochenes verteilt hatte. »Atmen Sie ruhig. Sie sind doch Ärztin und wissen …«

»Ich habe euch!«, schrie Antoine ganz nah. Seine Schritte erklangen im kleinen Gang, der zum Heiligtum führte. »Eure Schädel werden die nächsten sein, die ich ihr opfere. Eure Schädel!«

»Hoffen wir, dass die Pistole noch funktioniert.« Boch nahm die schmutzige MAB.

Da erschien Antoine, einen alten Weltkriegskarabiner in den Händen. Er riss die Waffe in den Anschlag und löste sofort aus. Das Mündungsfeuer erhellte das aufgepflanzte Bajonett und machte es zu einem erstarrten Blitz unter dem Lauf.

Boch feuerte ebenso, das Krachen und Knallen erklang im engen Stollen überlaut und schmerzte in Hyuns Gehör.

Mehrfach wurde Antoine von den Kugeln der MAB erwischt, das sah sie im zweifachen Schein der Taschenlampen deutlich, aber unverdrossen schritt er voran. Löcher taten sich in der historischen Uniform auf, das Blut spritzte hinter ihm gegen die Gangwand und malte in Sprenkeln und Tropfen. Unablässig blieb er stehen und lud nach, die leeren Hülsen flogen blinkend im Lampenschein davon. Seine Gewehrprojektile schlugen um sie herum ein, eine Leuchte barst und erlosch.

»Der fällt nicht«, rief Boch und schob sich schräg vor Hyun, um sie zu schützen. Sein Magazin war leer.

»Ihr bleibt!« Antoines Gewehr hatte ebenfalls keine Munition mehr. Er ließ es fallen, zog den Webley-Revolver und spannte den Hahn mit beiden Händen. »Ihr gehört der Herz-Dame! Meiner Herz-Dame!«

Boch hob einen kinderkopfgroßen Stein und warf ihn nach dem Mann.

Hyun sah den Brocken fliegen und auf Antoines Brust prallen. Der Einschlag warf ihn gegen die Wand, aber er stürzte nicht. Der Webley-Revolver spuckte eine erste Kugel nach ihnen.

Klirrend barst die letzte Lampe. Es wurde tiefschwarz im Gang.

Jedes Mal, wenn Antoine schoss, konnte Hyun kurz etwas sehen, wie in einem viel zu langsam eingestellten Stroboskop oder bei Blitzschlägen in tiefster Nacht. Eingefrorene Bilder. Millisekunden, klar, detailliert.

Sie erkannte Boch in der Vorwärtsbewegung, an seiner rechten Schulter rann Rot herab; dann befand er sich kurz vor dem Franzosen; tauchte unter dem Lauf des Revolvers weg und streckte eine Hand zum Boden; Boch vor dem schreienden Antoine, das Bajonett hatte er ihm durch den Bauch gerammt; ein letzter Schuss, der enthauptete Franzose kippte, das Gewehr in Bochs Händen, mit dem er die Halswirbel durchtrennt hatte. Die lange Klinge schrammte funkend in der Finsternis über den Fels, bis sie klirrend abbrach.

Stille. Schwärze.

Der Hass gegen Hyun endete im gleichen Moment.

* * *

Daher also ist in allen Ländern die Hauptbeschäftigung aller Gesellschaft das Kartenspiel geworden: (...) Weil sie nämlich keine Gedanken auszutauschen haben, tauschen sie Karten aus und suchen einander Gulden abzunehmen. O, klägliches Geschlecht!
Um indessen auch hier nicht ungerecht zu sein, will ich den Gedanken nicht unterdrücken, dass man zur Entschuldigung des Kartenspiels allenfalls anführen könnte, es sei eine Vorübung zum Welt- und Geschäftsleben, sofern man dadurch lernt, die vom Zufall unabänderlich gegebenen Umstände (Karten) klug zu benutzen, um daraus, was immer angeht, zu machen, zu welchem Zwecke man sich dann auch gewöhnt, Contenance zu halten, indem man zum schlechten Spiel eine heitere Miene aufsetzt.
Aber ebendeshalb hat andrerseits das Kartenspiel einen demoralisierenden Einfluss. Der Geist des Spiels nämlich ist, dass man auf alle Weise, durch jeden Streich und jeden Schlich, dem andern das Seinige abgewinne.
Aber die Gewohnheit, im Spiel so zu verfahren, wurzelt ein, greift über in das praktische Leben, und man kommt allmählich dahin, in den Angelegenheiten des Mein und Dein es ebenso zu machen und jeden Vorteil, den man eben in der Hand hält, für erlaubt zu halten, sobald man es nur gesetzlich darf. Belege hierzu gibt ja das bürgerliche Leben täglich.

aus Aphorismen, *Von dem, was einer ist* (1851)
von Arthur Schopenhauer (1788–1860)

Kapitel XII

Brasilien, ca. 240 Kilometer westlich von Manaus, im Amazonas

Daan Mulder hatte mit Bedacht eine Basecap mit langem Schirm gewählt, unter dessen Schutz seine Zigarette brannte, während um ihn herum der Regen dicht wie ein grauer Vorhang auf den Amazonas fiel. Der Rauch ballte sich in einer blauen Wolke darunter, als wollte er auch nicht in den Regen. Die Tropfen hämmerten auf sein tarnfarbenes Cape, das ihn vor dem Guss schützte.

Daan sprach laut, um das allgegenwärtige Prasseln zu übertönen, und in Englisch, ohne die Kippe von den Lippen zu lösen; den Trick hatte er sich bei einem französischen Weinhändler abgeschaut. »Nur eine Stunde!« Er schwenkte ein Bündel amerikanischer Dollar-Noten vor der Nase des Unteroffiziers, der mit zehn weiteren Mann in unregelmäßigen Abständen über die Lichtung patrouillierte, die das Kleinflugzeug in den Wald gerissen hatte. *Sanchez* stand auf seinem Namensschild. »Ich muss nur ein paar Fotos schießen und Beweise sichern, bevor der Regen alles wegspült. Für die Versicherungsgesellschaft der Maschine. Wenn der Pilot Scheiße gebaut hat, müssen wir nichts zahlen.«

Der dunkelhäutige Mann, der einen grünen Poncho über seiner Ausrüstung trug, nahm das Geld endlich an sich. »Okay. Eine Stunde. Wir haben Sie niemals gesehen, Señor.«

Daan atmete innerlich auf. »Ja, Sir.« Er grinste, deutete ein Salutieren an und trabte los.

Er war auf gut Glück zur Absturzstelle gefahren, die offiziell als Sperrgebiet galt, um das Massaker zu untersuchen. Durch den Starkregen hatte sich ein weiterer Bachlauf aufgetan, sodass er mit einem Boot bis an die Lichtung gelangt war.

Daan hatte keine Ahnung von Spurensicherung, doch jeder vernünftige Mensch wusste, dass bei dem anhaltenden Sturzbach sämtliche Hinweise weggeschwemmt worden sein mussten.

Daan vermutete hinter der Absperrung etwas anderes: Die Fracht an Bord des Fliegers hatte wahrscheinlich aus Drogen, Geld oder Schmuggelware bestanden.

Er ging über das Areal, das von der abgestürzten Noorduyn Norseman in Mitleidenschaft gezogen worden war, balancierte über die umgestürzten Baumstämme, die Spuren von Feuer zeigten. Es war wohl nach dem Unfall zu einem Brand gekommen. Ausgetretenes Kerosin konnte sich entzündet und für ein kurzzeitiges Inferno gesorgt haben.

Leichen waren geborgen worden; sie lagerten in schwarzen Plastiksäcken und würden mit dem nächsten Versorgungsboot weggebracht werden. Ein Arzt hatte sie vor Ort examiniert, wie ihm Sanchez verraten hatte, und dass es etliche Opfer mit Schusswunden gab. Daher grassierte die Vermutung, die Rettungstruppe sei an Wilderer oder illegale Holzfäller geraten, die unliebsame Zeugen bekanntermaßen gnadenlos beseitigten.

Daan stapfte durch das Trümmerfeld, hob alibihalber die Kamera und fotografierte Überreste des Wasserflugzeugs. Dabei entdeckte er kleinkalibrige Munitionshülsen, bei denen man sich nicht die Mühe gemacht hatte, sie einzusammeln. Er vermutete, dass sie zu Roux' Waffe gehörten. Aber wo steckte er?

Unter den Leichen befand er sich nicht; Sanchez hatte ihm die eingesammelten Pässe und Ausweise gezeigt. Entweder Roux lag abseits der Unglücksstelle, inzwischen faulend und von Dschungeltieren aufgefressen, oder er irrte durch den Amazonas, oder hatte sich in ein anderes Land abgesetzt. Mit der Spielkarte oder ohne sie.

Inzwischen hatte Daan das Ende der kleinen Schneise erreicht. Er fotografierte wieder und betrachtete den dichten Regenwald, in dem es raschelte und knackte. Von der anderen Seite signalisierte ihm der Unteroffizier mit einer großen Geste zum Handgelenk, dass die Zeit gleich abgelaufen sei.

Daan zeigte den Okay-Daumen und ging auf eine Stelle zu, wo er abgebrochene Äste im Unterholz erkannte. Das musste nicht unbedingt was zu bedeuten haben, aber Spur blieb Spur.

Es kam ihm nicht wie eine seiner besten Ideen vor, ohne Waffe in den Dschungel einzutauchen. Doch in Manaus hatte er keine mehr organisieren können, und das Militär wäre stutzig geworden, hätte er um eine Pistole gebeten.

Nach einigen Metern kam Daan an einen Platz aus vermehrt geknickten Zweigen sowie mehreren leeren Patronen. Von Roux entdeckte er nichts.

Das wird Gillot nicht schmecken. Und Darlan auch nicht. Daan hatte keinerlei Vorstellung, wie er Karte und Mann in dieser Umgebung finden sollte. Er blickte sich aufmerksam um – und entdeckte eine nasse US-Dollarnote auf einem Busch. Er hatte sie wegen des Grüns zunächst für ein andersfarbiges Blatt gehalten.

Daan ging näher und zog sie ab, hielt sie gegen das schwache Licht. Sie schien echt zu sein. Da die brasilianischen Soldaten garantiert keine Scheine in den Amazonas warfen, stammten sie höchstwahrscheinlich aus der Maschine.

Daan sah sich genauer um entdeckte noch einen Schein, geschätzte zwei Meter rechts von ihm. Jemand hatte eine Spur gelegt – mit Dollarnoten statt Brotkrumen.

Roux! Er machte sich an die Verfolgung der Scheine, die in unregelmäßigen Abständen fallen gelassen wurden, fand dann eine leere Plastikfolie, dann eine Banderole, wie sie zum Umwickeln von Bündeln benutzt wurde. Das Geld musste eingeschweißt gewesen sein, packweise und frisch.

Das Ehepaar Sparks hatte offenbar reichlich Geld mitgenommen, wohin auch immer sie unterwegs gewesen waren. Nach dem Crash waren die Bündel gefunden und mitgenommen worden. *Von Roux?*

Geknickte Äste auf dem Boden und auf dem Weg zeigten ihm, dass sich jemand durch den Wald bewegt hatte. Die eine Stunde, die ihm von Sanchez eingeräumt worden war, musste abgelaufen sein, aber Daan dachte nicht daran umzukehren. Er stapfte durch das Grün und den strömenden Regen, pflückte Geldscheine und Banderolen.

Plötzlich roch er Feuer, das sich von nassem Holz nährte.

Daan machte sich klein und pirschte vorwärts. Er folgte dem Geruch, der ihn auf eine gerodete kreisrunde Fläche von zehn Metern führte. Die umstehenden Bäume waren in der Höhe raffiniert geschnitten und mit Lianen zusammengebunden worden, um das Blätterdach geschlossen zu halten, was gegen Entdeckung aus der Luft schützte.

Daan sah eine runde Hütte, welche die Hälfte der Lichtung einnahm, und links daneben ein kleines Bootshaus an einem versteckten, schnell fließenden Amazonasableger. Getarnte Boote lagen darin, die Außenborder abmontiert und zum Reinigen zerlegt.

An Balken hingen zahlreiche abgezogene frische Felle und Häute, die von Kaimanen, Reptilien und gefleckten Raubkatzen stammten. Metallfallen stapelten sich in einer Hausecke, gereinigt und geölt. Aus großen Bottichen und Kesseln, die umherstanden, stank es nach Gerberei-Chemikalien, mit denen die Rohlinge wohl behandelt werden sollten.

Menschen sah und hörte Daan nicht. Die Wilderer befanden sich vermutlich auf einem Beutezug oder hatten sich vor den Soldaten zurückgezogen. Nicht auszuschließen war, dass sie das Geld und Roux in ihre Gewalt gebracht hatten.

Aus der Hütte quoll schwacher Rauch. Vor dem einzigen Fenster hing eine schmutzige Decke und ließ keinen Blick hinein. Daan musste herausfinden, ob sich Roux, dessen Überreste oder die Spielkarte darin befanden.

Sollten ihn die Wilderer erwischen, würden sie seine Haut zu denen der Tiere hängen, bei lebendigem Leib abgezogen.

Daan löste sich aus der Deckung und huschte von Bottich zu Kessel, den Eingang der grob zusammengezimmerten Unterkunft stets im Blick. Als er um eines der großen Gefäße kroch, sah er abrupt in das zerfressene Gesicht eines dunkelhäutigen Mannes, nur eine Fingerlänge von ihm entfernt. Das Blut war geronnen, Nase, Wangen, die Augen fehlten, die Haut war zerrissen, Bissspuren zierten den Schädel.

Daan keuchte auf und robbte weg von der Leiche. Der Wilderer war von einer großen Raubkatze zerfetzt worden, von oben bis unten; die Gedärme hingen heraus, Lunge und Herz fehlten – sicherlich aufgefressen. In der verstümmelten Hand lag eine Pistole unbekannten Fabrikats, der Schlitten hinten eingerastet. Der Mann hatte vor seinem Tod das ganze Magazin verschossen. Die Waffe war wertlos.

Daan erreichte die Außenwand der Hütte und hielt beklommen inne, lauschte.

Aus dem Inneren ertönte das Knistern von schlecht brennendem Holz. Der Qualm war stechend, als würden Chemikalien in den Flammen vergehen.

Er schob den Kopf vorsichtig um die Ecke, spähte durch die geöffnete Tür ins dunkle Innere.

Blutgeruch waberte ihm entgegen, der wohl von den erlegten Tieren und abgezogenen Bälgen stammte. In der Mitte glomm ein schwaches Feuer, dichter Rauch füllte die Hütte, ein umgestürzter Bottich lag in den Kohlen. Von der hohen Decke hingen weitere Felle und Häute sowie Tellereisen, Fangleinen aus Draht und Befestigungsketten. Die gegarten Fleischbrocken auf der Anrichte ließen grob die Form von

Affen erkennen. An Leinen waren verschiedenste Fangzähne aufgehängt, der Größe und Schönheit nach geordnet.

Daan meinte, im Bordmagazin des Flugzeugs gelesen zu haben, dass die illegalen Jäger in Südamerika ein großes Problem darstellten. Sie wilderten seltene Exemplare, Säugetiere, Reptilien, Vögel – von Ozelot und Jaguar bis Brüllaffen. Ein solches Lager hatte er gefunden.

Die Dunkelheit und der Qualm erlaubten Daan keinen Blick auf den Boden. Wenn er herausfinden wollte, ob dort jemand lag und ob er noch lebte, würde er sich hineinbegeben müssen.

Er hob einen Knüppel auf und kroch in die Behausung. Leise klirrten die Ketten und Fallen über ihm, die Drahtstücke rieben sich schabend gegeneinander wie zu seiner Begrüßung.

Seine Augen brauchten eine Weile, bis sie sich an das kaum vorhandene Licht gewöhnt hatten, aber dann packte ihn das Grauen.

Der Blutdunst stammte von fünf Leichen, zwei Frauen und drei Männern, Indigene und Schwarze, kaum mehr als Menschen erkennbar. Auch sie waren von Wildtieren übel zugerichtet worden, die Gesichter weggebissen, die Köpfe ab- oder die Kehlen herausgerissen. Der Boden der Hütte starrte vor Rot, das jetzt an Daans Schuhen klebte.

An der hinteren Wand stand eine geöffnete Sporttasche, getränkt mit Blut und voller Dollar-Scheine. Ein Mann hatte sich halb daraufgeworfen, als hätten es die Raubkatzen auf das Geld und nicht auf die Menschen abgesehen.

Eine Leiche fiel auf, gekleidet in neue Tarnklamotten und mehrfach von Kugeln getroffen, dafür ohne Bisswunden. Sie hatte zum Rettungsteam gehört und war mit dem Geld wohl in die Unterkunft verschleppt worden.

»Heilige Scheiße.« Daan würgte und entdeckte unter einem entstellten Kadaver einen weiteren Körper – der eben eine weiß-rote Hand hob, um zu signalisieren, dass er noch lebte. In dicken Schlieren lief das klumpig rotschwarze Blut daran herab.

»Roux!« Daan wuchtete die menschlichen Überreste von dem Mann und erkannte sofort, dass er seine Schussverletzungen nicht überleben würde. Auch er hatte keine Bissverletzungen. Die Bestien hatten ihn verschont.

Roux' Gesicht war ein einziger Ausdruck des Grauens. Die geweiteten Pupillen zeigten keinerlei Schmerz, nur Wahn und Furcht. »Lauf!«, wisperte er unter Qualen. »Lauf, bevor sie zurückkommen.«

»Darlan schickt mich.« Daan versuchte zu verstehen, was geschehen war. Die Wilderer hatten vielleicht eine besonders aggressive Raubkatze angelockt oder aus Versehen freigelassen. »Ich bringe dich zur Sammelstelle«, sagte er. »Die Soldaten haben einen Arzt dabei.«

»Lauf!«, wiederholte der tödlich Verletzte. »Bevor ... verschwinde. Und meide ... meide ...« Er hustete Blut und schüttelte sich in einem Krampfanfall. Es ging zu Ende.

Daan sah die Spielkarte in der anderen Hand des Sterbenden, eine Denari-Zehn. Sie war mit dem Blut des Mannes getränkt, es war eingezogen und hatte das Papier durchfeuchtet. Madame Darlan würde sehr viel zu tun haben. »Ich habe deiner betagten Freundin in Avignon versprochen, dich und die Karte zurückzubringen.« Er schob einen Arm unter Roux' Nacken, zog die Denari aus seiner Hand, um sie einzustecken. »Sie nennt dich ihren *kleinen Fennec*.«

»Lauf«, wimmerte der Mann und hechelte, seine Muskeln kontrahierten. »Nicht ... nicht die Karte. Sie ... sie wollen ...« Roux wurde plötzlich doppelt so schwer, seine Augen drehten sich nach oben weg, und sein Blick brach.

Daan setzte ihn zurück auf den blutschlammigen Boden, prüfte den Puls. *Weg*. »Merde!« Er versuchte eine Herzdruckmassage, aber dabei drückte er nur mehr Blut aus den

Einschusslöchern. Nach etlichen Pumpbewegungen gab er auf. Roux war tot.

Fennec, der Wüstenfuchs, würde dennoch nicht im Dschungel bleiben. Für dieses Versprechen hatte er 30 000 Euro erhalten. Die Soldaten konnten die Leichen nach vorne schleppen und die Überführung übernehmen.

Daan verstaute die besudelte Spielkarte unter seiner Regenjacke, dann hob er die Geldtasche auf. Sie wog sehr schwer, vollgesogen mit Regen und Blut, dazu das Gewicht des Geldes. Doch keinesfalls ließe er die Millionen verschimmeln. Da er sich als Versicherungsvertreter ausgegeben hatte, war es sein gutes Recht, das Vermögen im Namen seiner Mandanten zu beschlagnahmen. Er würde dem verständnisvollen Sanchez darüber eine Quittung ausstellen und etwas abgeben, damit es keine Scherereien gab.

Daan wuchtete die Tasche mit den Handschlaufen auf den Rücken wie einen Rucksack und kämpfte gehörig mit dem Gewicht. Viel schwerer hätte Roux auch nicht sein können. Er kramte zwischen den Kadavern nach Waffen und Magazinen, sollte ihm unterwegs die Raubkatze begegnen. Er stank inzwischen nach Blut wie ein wandelnder Köder.

Er fand zwei Colt M1911 Government, dazu sechs Magazine, machte die Pistolen schussbereit und erhob sich. Daan wandte sich um und wurde zur Statue.

Im Eingang hockte ein Panther, der ihn die ganze Zeit beobachtet haben musste. Die Ohren waren aufgerichtet, die gelben Augen verfolgten jede Bewegung. Der schwarze Schweif zuckte nach rechts und links.

Daan hielt die Luft an. Die Bestie war zurückgekehrt, angelockt von den Stimmen und Geräuschen. Es gab was Frisches für sie zu holen.

»Brave Miez«, sagte er leise und schielte zum Fenster.

Er machte sich keine Illusionen darüber, dass er den

Panther im Dickicht abhängen könnte. Die Großkatze war gemacht für den Dschungel, er lediglich für sein Haus.

Aber Daan hatte die Halbautomatik-Waffen und sechs Magazine. Zu den Booten könnte er es schaffen. Nur fünf Meter, dazu einige Sekunden, um es zu Wasser zu lassen.

Der Panther grollte leise, als Daan einen behutsamen Schritt auf das verhangene Fenster zu wagte. »Ich rieche vielleicht lecker, aber du willst mich nicht fressen«, redete er leise und in beruhigendem Tonfall und ging weiter, schob ein Bein über den Rahmen ins Freie. »Ich bin zäh und habe das Falsche gegessen.«

Die Raubkatze sah ihm zu, der Schweif peitschte. Sie wollte anscheinend mit dem Menschen spielen und ihm einen Vorsprung lassen. Für noch mehr Spaß.

Daan schob den Stoff zur Seite, kletterte aus der Hütte und ließ den Panther nicht aus den Augen, der sich nicht rührte, sondern neugierig den Kopf zur Seite legte. »Bleib. Bleib, brave Miez.«

Er ging einen Schritt rückwärts und warf einen hastigen Blick über die Schulter zum Bootshaus.

Davor lagen zwei Jaguare auf der Erde, tödliche Schönheiten mit langen Zähnen und scharfen Krallen. Einer nagte an einem menschlichen Torso und leckte die Knochen, die aus dem Brustkorb ragten, mit seiner breiten Zunge blank. Der andere taxierte Daan.

»Merde!«, stieß der Belgier aus. Seine Zuversicht hatte es gerade sehr schwer, sich aufrecht zu halten. *»Lauf, bevor sie zurückkommen«*, hatte Roux gesagt. *Plural.*

Daan hob einen Colt und schoss ein-, zwei-, dreimal über seinen Kopf. »Weg!«, schrie er und änderte seine Taktik. Lärm sollte Großkatzen angeblich vertreiben. »Los, weg!« Außerdem würden die Soldaten die Schüsse hoffentlich hören und nachsehen kommen.

Der unbeschäftigte Jaguar gähnte wie zum Hohn und

zeigte seine fingerlangen Fänge. Dann erhob er sich und kam grazil auf den Menschen zu; dabei veränderte sich seine Körperspannung.

Daan wandte sich um und lief in den Dschungel, denselben Weg zurück, den er gekommen war. Dabei feuerte er immer wieder hinter sich, um die Tiere auf Abstand zu halten und die Soldaten anzulocken.

Blätter schlugen ihm ins Gesicht, Spinnweben streichelten ihn, Insekten fielen auf ihn nieder, aber er rannte vorwärts. Das Klacken neben seinem Fuß sagte ihm, dass ihn die Bügel eines Tellereisens knapp verfehlt hatten. Zweimal fiel er und stemmte sich trotz des Gewichts auf dem Rücken in die Höhe, lud die Halbautomatik nach und suchte nach den Verfolgern.

Ein Fauchen schräg über Daan ließ ihn einen Jaguar auf einem Ast entdecken, der sich zum Sprung duckte. Das Knacken links oberhalb zeigte ihm den Panther, der elegant auf einem umgestürzten Baum balancierte und sich anpirschte. Sie spielten weiterhin mit ihm.

Daan feuerte aus beiden Colts in ihre Richtung, die Pistolen bockten in seinen Fäusten, und er hetzte weiter. Er rannte seit gefühlt einer Stunde. Seine Oberschenkel brannten wie Feuer, wollten sich kaum mehr heben und ihn tragen. Aber die Angst und das Adrenalin in seinen Adern trieben ihn vorwärts.

Vor ihm raschelte es laut, und ein erster Soldat erschien, das M16 schräg vor dem Körper haltend. Der Mann erschrak bei seinem Anblick. »Was ist denn …? Ist das Blut? Haben Sie geschossen?«

Ohne zu antworten, preschte Daan an dem Mann vorbei. Ihm fehlte die Luft für eine Erklärung.

»Hey! Bleiben Sie stehen! Was ist …«

Daan war keine drei Meter weit gekommen, da erklang hinter ihm ein erschrockener Aufschrei und das Rattern des

Sturmgewehres, das abrupt endete, gefolgt von einem triumphierenden Fauchen.

Wieder raschelte das Unterholz.

Weitere Soldaten erschienen, an denen er ebenso vorbeihetzte. Daan fühlte sich wie bei einem Marathon, bei dem es um nichts anderes als sein Leben ging. Sein Körper funktionierte automatisch, er sah nur einen kleinen Teil seines Gesichtsfeldes scharf.

Endlich erreichte er die Lichtung und dachte nicht daran, seine Geschwindigkeit zu drosseln, obwohl seine Lunge brannte.

Sanchez stand mitten auf der Schneise und hielt ein Funkgerät in der Hand. Die übrigen Männer hatten sich auf der Fläche verteilt und die Waffen halb im Anschlag. »Hey! Anhalten, oder ich lasse schießen! Was geht im Dschungel vor?«

Die Vernunft siegte, als Daan begriff, dass sich die Mündungen auf ihn richteten. Er blieb stehen und hob die Hände, damit alle sahen, dass er nicht auf sie feuerte. Sein Herz pumpte schmerzhaft und erschuf ein heißes Gefühl in seiner Brust, als wollte es darin verglühen. Er keuchte und kämpfte gegen den Brechreiz. Der Regen rauschte auf seine Kappe, sickerte kühlend den Nacken hinab.

»Sie sind voller Blut!«, rief Sanchez alarmiert. »Wo sind meine Leute?« Er zog seine großkalibrige Desert Eagle und zielte auf den Belgier. »Was haben Sie mit ihnen gemacht? Was ist in der Tasche?«

Daan sah die Anlegestelle, wo die PS-starken Motorboote des Militärs lagen. Damit entkäme er den rachsüchtigen Bestien.

»Sie legen die Pistolen … woher haben Sie die?« Sanchez kam aus dem Staunen nicht mehr heraus.

»Dahinten«, keuchte Daan ihn an. »Dahinten. Wilderer. Zwei. Rettungsteam. Angriff auf … Ihre Leute.« Er senkte die Hände mit den Colts. »Von dort. Gestohlen und … entkommen.«

Der Unteroffizier hob sein Funkgerät wieder und unterhielt sich mit der Zentrale auf Portugiesisch, was Daan nicht verstand. Die Raubkatzen ließen sich nicht blicken. Sie wussten wohl, dass sie auf freiem Feld gegen die Sturmgewehre wenig Chancen hatten.

»Ins Hauptquartier!«, befahl Sanchez und ließ sich die beiden Halbautomatikwaffen von Daan aushändigen. Er erteilte Anweisungen, und seine Männer bewegten sich im Laufschritt auf die gegenüberliegende Seite der Lichtung zu, um nachzuschauen, wo der Rest der Einheit abgeblieben war.

Daan begleitete Sanchez ins Tarnzelt, das zur Besprechung diente. Der Ausgang lag so, dass man die Schneise im Blick hatte. Gerade eben verschwanden die Soldaten im Dickicht.

»Ich wollte ein Trümmerstück fotografieren, da sprangen mich zwei Wilderer an und zerrten mich in ihre Hütte«, berichtete Daan aufgeregt. Sein Herz glühte immer noch. *So fühlt sich ein drohender Infarkt an.* »Dort waren die Leichen von zwei Leuten des Rettungstrupps sowie die Tasche. Ich konnte flüchten, und die Bande verfolgte mich.«

»Was ist in der Tasche?« Sanchez setzte sich langsam auf den Feldhocker und schlug ein Buch auf, nahm einen Stift.

»Sie gehört meinem Mandanten.« Daan trug sie noch immer auf dem Rücken.

»Dann sollten wir nachsehen.« Er machte eine auffordernde Handbewegung. »Nicht, dass sich am Ende etwas Illegales darin befindet.«

Unvermittelt erklangen Schüsse und Schreie, die durch das Rauschen und Prasseln des Regens zu ihnen hallten. Einer der Soldaten sprang plötzlich laut rufend aus dem Unterholz, wurde am Bein gepackt und ruckartig zurückgezogen.

»Mierda!« Sanchez nahm ein M16 aus der oliv lackierten Truhe, ließ ein Magazin einrasten und stopfte sich weitere unter das Koppel. »Schnappen Sie sich eins, und kommen Sie mit«, befahl er Daan und trabte hinaus in den Sturzbach.

»Alles klar. Ich bin direkt hinter ihnen.« Stattdessen ergriff Daan seine Pistolen. Dreimal drückte er ab, traf den Unteroffizier in Rücken und Kopf. Er brauchte keine Zeugen, die von der Tasche wussten.

Die Hitze auf seiner Herzhöhe steigerte sich augenblicklich.

Nein, das ist … die Karte! Daan zog sie aus der Brusttasche. Sie glomm, und Linien flirrten unter dem Papier, als gäbe es ein weiteres Motiv unter der besudelten Denari-Zehn. Es leuchtete auf, und das Blut verdampfte, das Obermaterial glühte und riss an zwei Stellen auf. Es war, wie Daan vermutet hatte: Darunter lag eine weitere Karte. Darauf waren vier stilisierte Raubkatzen, die einen Kreuz-Buben flankierten.

Wütendes Fauchen lenkte seine Aufmerksamkeit nach draußen. Zwei Jaguare und drei Panther hetzten über die kleine Lichtung, der Regen wusch das Blut ihrer Opfer aus dem Fell, das majestätisch glänzte. Um die Zähne und das Kinn tropfte es rot.

Sie haben die Karte bewacht! Daan warf sich herum, rannte die wenigen Schritte zum Anleger und schob das Motorboot in den bachkleinen Seitenarm des Flusses. Per Knopfdruck startete er den kräftigen Diesel und gab Gas.

Das Wasser schäumte, aufgewirbelter Schlamm flog in die Büsche, der Bug schwenkte herum und katapultierte den Belgier den Flusslauf hinab.

Eine Weile sah Daan die Raubkatzen im Unterholz der Ufer, bis sie das Tempo nicht mehr halten konnten und zurückfielen. Als er den breiteren Arm des Amazonas erreichte, erhöhte er die Geschwindigkeit und brauste durch das Unwetter.

Das Blitzen, Donnern und der Platzregen kümmerten Daan nicht.

Er traute den Großkatzen zu, dass sie ihn bis nach Manaus und durch die ganze Stadt verfolgten, um die Spielkarte zu beschützen. Es waren Raubtiere, und sie hatten seine Witterung aufgenommen.

Daan kontrollierte seine Colts.

* * *

Italien, Rom

Als Henry Pierre Gillot mühsam die Augen öffnete, sah er das besorgte Gesicht seiner Schwester neben sich, die von ihrem Buch aufschaute und ein Lächeln versuchte. Es wurde jedoch zu einem einzigen Vorwurf, zusammengewürfelt aus vielen kleinen Vorwürfen und einer besser als der andere.

Magdalena de Graaf saß neben seinem Krankenbett, um das sich medizinische Geräte türmten, von denen Schläuche und Kabel zu seinem Körper ragten. Wo sie genau in ihn eindrangen, verhüllte die weiße Decke.

Es piepste und fiepte um ihn herum. Das elektronische Konzert fand er beruhigend. Er lebte. Und wer lebte, konnte Rache nehmen.

»Sitzt mein Bart korrekt?«, fragte er krächzend. Das Intubieren hatte Spuren an seinen Stimmbändern hinterlassen. »Es wäre mir unangenehm, sollte es nicht so sein, da ich weder korrekte Kleidung noch eine Brille trage.« Der Wallone versuchte ein Lachen und musste stattdessen husten.

»Du hättest mir sagen können, dass da ein Tresor ist«, sagte seine Schwester. Der nächste Vorwurf. Sie trug ein bequemes lachsfarbenes Kleid, darüber eine schwarze Stola mit Stickereien und Fransen, was ihr, zusammen mit dem

Haarknoten und den Unmengen von Schmuck, den Anschein einer betagten Gitana gab. »Und ja, ich habe deinen Bart gerichtet.«

»Ich wollte nicht, dass du dir Sorgen machst.«

»Wegen des Tresors bin ich überfallen und ausgeraubt worden«, gab sie freundlich, aber maßregelnd wie ihre Mutter zurück. »Meine Sorge wäre begründet gewesen, n'est-ce pas?«

»Aber *vorher* hast du dir deswegen keine Sorgen gemacht. Nicht eine einzige Sekunde«, beharrte er mit einem überlegenen Lächeln, und die gedrehten Bartspitzen tauchten in seinem Gesichtsfeld auf. »Meine Strategie ging auf.«

»Was befand sich in dem Tresor?«

»Warum?«

»Alleine dass du fragst, bedeutet, dass es nicht versichert war.« Samira, wie sie sich selbst nannte, strafte ihn mit einem wütenden Blick aus ihren grünbraunen Augen. »Ich hatte mir vorgenommen, nett und lieb zu dir zu sein, wenn du aufwachst. Aber du machst mich böse, Henry.«

»Das kann ich am besten, nicht wahr?«

»Die Gegenstände darin stammten demnach aus Raubgrabungen?«

Gillot wünschte sich, wieder einzuschlafen. Das Aufwachen schien plötzlich mehr Nachteile als Vorteile zu haben. »Einerlei. Es ist weg.« Er mochte seine Schwester sehr, kümmerte sich um sie und bezahlte alles, damit sie trotz ihrer Einschränkungen als Folge der Kinderlähmung und nach ihrer gescheiterten Ehe ein gutes Leben in Brügge führen konnte, in der Keimzelle seines heutigen Imperiums. Aber an manchen Tagen ging sie ihm gehörig auf den *Mustache*. »Zudem kamen sie nicht *nur* wegen des Tresors. Sondern *auch*.« Gillot sah sehnsüchtig auf den Tablettendispenser. »Ist alles weg?«

»Aus dem Tresor? Keine Ahnung. Ich wusste ja nicht mal, dass da einer ist«, erwiderte sie schnippisch.

»Samira, bitte.«

Sie seufzte, beugte sich umständlich nach vorne und strich über sein Haar. »Verzeih mir. Zu viele Ängste und Sorgen um meinen kleinen Bruder. Das macht mich …«

»Ungerecht«, vollendete er schwach grinsend.

»Hör auf damit!«, warnte sie ihn sogleich, ihre Lider verengten sich. »Schwarze Sara, gib mir Kraft, damit ich ihn ertrage, ohne ihn umzubringen.« Sie zeigte auf Apparaturen. »Es wäre mir ein Leichtes.«

Henry lächelte, dieses Mal dankbar. »Wie lange bist du schon hier?«

»Seit ich aus den Nachrichten von dem ganzen Schlamassel erfahren musste.« Samira räusperte sich und nahm mit der linken Hand die Handtasche hoch. Den anderen Arm konnte sie kaum bewegen. Nach etwas Kramen fischte sie einen Ausdruck heraus. »Die Liste.«

»Die Liste von was?«

»Den gestohlenen Dingen im Geschäft.« Sie hielt sie so, dass Gillot sie sehen konnte. »Sie haben sehr gut ausgesucht. Ausnahmslos türkische Antiquitäten, altägyptischen Schmuck, zwei vergoldete Büsten …« Sie wartete auf eine Ergänzung.

Er versuchte es mit einer Ausflucht. »Es war nur Geld im Tresor.«

Samira ging darüber hinweg, weil sie ahnte, dass er log. »Ich habe die Liste an das Versicherungsunternehmen gemailt. Sie schicken jemanden, der sich unsere Alarmanlage anschaut, bevor sie zahlen.«

»Es ist unersetzlich«, sagte er schwach und schloss die Augen. Die Diebe würden den Wert der Karten nicht erkennen und sie entweder wegwerfen oder für einen Spottpreis anbieten. Er würde seine Kontakte anweisen, Augen und Ohren offen zu halten. »Haben die Kameras die Räuber aufgezeichnet?«

»In den Geschäftsräumen trugen sie Masken, im Billardzimmer gab es keine Kamera«, sagte sie. »Die Alarmanlage löste ordnungsgemäß aus, die Polizei kam, aber zu spät. Sie haben im Stau gestanden.« Samira machte ein genervtes Gesicht. »Ein Stau! Mon Dieu! Sie wissen genau, dass wir Waren im Wert von Hunderttausenden im Haus haben!«

»Gegen einen Stau können sie nichts machen.«

»Vielleicht haben sie Geld dafür bekommen, um im Stau zu stehen?«

Gillot stöhnte auf. »Ich halte das für unwahrscheinlich.«

Seine Schwester nahm immer das Schlechteste an, was er auf die Unzufriedenheit in ihrem Leben zurückführte. Manche wuchsen an ihren Krankheiten, Samira verbitterte von Jahr zu Jahr mehr, stürzte sich in die Lektüre und die Wunderwelt der Schwarzen Sara und hoffte auf ein Mirakel. Nach zehn Wallfahrten war noch keine Besserung eingetreten, aber sie gab nicht auf. Natürlich traf die Heilige nicht die Schuld daran.

»Wer wusste von dem Tresor?«, fragte sie.

Das hatte Gillot auch schon überlegt, und er kam auf eine einzige Antwort: »Die Arbeiter, die ihn einbauten. Und die beauftragte Firma.«

Samira machte ein zufriedenes Gesicht und ähnelte ihrem Bruder etwas mehr. »Gib mir die Adresse.«

»Und dann?«

»Finde ich heraus, wer ihnen die Information abgeschwatzt oder abgekauft hat.«

Gillot wollte verhindern, dass sie sich in seine Belange einmischte. »Lass mich das regeln.«

»Du kannst gerade mal halbwegs alleine atmen«, fuhr sie ihn an. »*Was* willst du denn regeln?«

Er zeigte auf sein Smartphone. »Ich habe meine Leute, Samira.«

»Die nichts taugen.« Sie sah ostentativ auf seine Verbände

und die Gerätschaften. »Interessiert es dich, wer dahintersteckt?«

Seine Wunden zogen schmerzhaft. »Du stellst komische Fragen.«

»Du tust komische Dinge, Henry.« Samiras Finger deuteten auf die Tür, die Liste mit den geraubten Dingen flatterte. »Draußen warten zwei Commissari, denen ich sagen werde, dass du noch nicht vernehmungsfähig bist. Die Ärzte werden das bestätigen. Dazu lagert ein Pulk Medienvertreter vor dem Eingang des Krankenhauses, um über dich und deine Fahrt durch die Basilika zu berichten.« Sie legte eine Hand auf seine, die Infusionsnadel stach sachte. Ihre fein-gemeine Art, ihn zu strafen. »Quer durch die Kirche! Henry! Was hatte das zu bedeuten?«

Gillot öffnete den Mund.

»Komm mir nicht mit dem Unsinn, du wärst auf dem Gas abgerutscht!« Sie unterband eine neuerliche Lüge. »Das glaubt dir nicht einmal der dümmste Commissario. Du bist ausgestiegen, im Kugelhagel, hast das Bild abgehängt und in den Wagen geladen.«

»Ich wollte den Subleyras retten«, sagte er schwach.

»Es ist nur ein Bild! Dafür hast du Menschenleben aufs Spiel gesetzt, den Innenraum einer Basilika verwüstet und ziemlichen Schaden angerichtet?«

»Das Bild!« Gillot ärgerte sich, dass seine Gedanken unter dem Einfluss der Medikamente so langsam arbeiteten. So musste es sich anfühlen, dumm zu sein. »Wo ist es?«

»Sichergestellt. Wie dein Bentley. Und du hast es zerstört.«

Gillot überlegte angestrengt. Er hatte den Subleyras nicht gerade sachte in den Fond geworfen, zugegeben. Eine Kurzschlussreaktion, sicherlich fragwürdig und übertrieben. »Ist der Riss groß? Das wird sich flicken lassen.«

»Wer redet von einem Riss?« Samira malte ein handgroßes Loch in die Luft. »So viel fehlt. Herausgeschnitten.«

Eine heiße Woge ließ Gillot Schweiß ausbrechen, Puls und Blutdruck schossen in die Höhe.

»Oh! *Du* warst es gar *nicht.*« Seine Schwester las überrascht die fiepende und erkennbare Reaktion auf den Monitoren ab. »Aber …«

Gillot wollte ihr nichts erklären, um nicht erneut lügen zu müssen. Sie konnte sich ihre eigenen Gedanken dazu machen, er würde nichts davon kommentieren. Für das Verhör mit den Polizisten musste er sich was ausdenken, so was wie eine Drohung der Kunstmafia. Dass sie es auf das Bild abgesehen hatten. Etwas in der Art, was zu seiner Vorgeschichte und seinem Ruf passte.

Aber die Wahrheit sorgte bei Gillot für größte Unruhe.

Seit Dekaden jagte er das wahre, einmalige Gebetbuch des Teufels – das einzige, das diese Bezeichnung verdient hatte. Millionen hatte er ausgegeben und in die Restaurierung und die Beschaffung investiert.

Vier Karten.

Läppische vier Karten hatten ihm noch gefehlt.

Und wie aus heiterem Himmel schlug nun ein unbekannter Gegenspieler zu, der ebenso nach dem Gebetbuch trachtete. Den Einbruch in sein Ladengeschäft hätte Gillot noch als ärgerlich hingenommen, aber mit dem Herausschneiden der Karte aus dem Subleyras bekam der Diebstahl eine Deutung, die ihm gar nicht gefiel. Jemand stahl ganz gezielt seine Sammlung. Damit befand sich auch Darlan in Gefahr. Er würde Verstärkung zu Renard und Charles schicken, damit sie auf die Restauratorin achtgaben. Wenn er sich richtig erinnerte, behandelte sie gerade drei seiner Teufelskarten.

Falsch. Sie behandelte seine drei *einzigen* Karten.

Seine Werte schnellten umgehend in die Höhe. Niemand schlug Henry Pierre Gillot, wenn er etwas haben wollte. Absolut gar niemand!

Jemand hatte ihm den Krieg um das Gebetbuch erklärt,

und es würde mit dem Leibhaftigen zugehen, wenn er ihn verlor. Gillot musste herausfinden, wer ihm die Killer und Kartendiebe hier in Rom auf den Hals gehetzt hatte. Sicherlich war die gleiche Truppe bei ihm in Brügge eingestiegen, und garantiert befand sich die Bande jetzt auf dem Weg nach Avignon.

Er nahm sein Smartphone, blendete den Anblick der Einstiche in seinem blutergussblauen Arm und die angelegten Schläuche aus.

»Was tust du da?« Samira streckte die Linke aus, um ihm das Telefon wegzunehmen. »Das regt dich zu sehr auf.«

»Wenn ich es *nicht* tue, rege ich mich noch mehr auf.« Gillot stieß ihre Hand fester weg als beabsichtigt. »Entschuldige.« Er tippte eine Nachricht, die an Leute ging, die ihm im Nahen Osten ein paar gute Kontakte zu Sicherheitspersonal besorgt hatten. Sicherheitspersonal, das abseits von Legalität arbeitete und sich unauffällig in der Öffentlichkeit bewegte. Sicherheitspersonal, das den verdammten Gaza-Streifen und jede umkämpfte libysche Stadt einnahm, solange das Geld stimmte.

Geld war in Gillots Leben die kleinste Sorge. Die Kunstgegenstände, welche die Trottel in Brügge gestohlen hatten, hatten sich seit Jahren nicht verkauft. Alleine mit der Versicherungssumme kamen ein paar Millionen Euro zusammen, die er nicht brauchte.

Noch während Gillot seine Mail verfasste, ging eine neue Nachricht ein. Daan Mulder hatte aus dem Amazonas einen bitteren Erfolg zu verkünden: Frédéric Roux war tot, erschossen von Wilderern, aber Mulder hatte die Spielkarte gefunden. Zum Beweis folgte ein Foto.

»Meine Denari-Zehn mit dem Kreuz-Buben!«, raunte er glücklich und hätte das Display am liebsten geküsst.

Der zuverlässige Belgier befand sich auf dem Rückweg, hing allerdings in Bogotá fest, wo er von Manaus aus zwischengelandet war. Er begründete den Umweg mit schlechtem Wetter und der Verbindung nach Amsterdam.

Gillot war es recht. Damit hatte er vier Karten und war wieder im Rennen um die verbliebenen Exemplare. Und das gewann er. Dafür würde er sorgen. Sorgen lassen.

Müde legte er das Smartphone auf das Tischchen. Die Medikamente heilten und schwächten ihn gleichermaßen. Er bekam gerade noch mit, wie Samira das Telefon auffing, weil es ihm entglitt.

Dann sank Henry Pierre Gillot beruhigt zurück in seinen Schlaf.

* * *

Quand vous entrez dans un maison de jeu,
la loi commence par vous dépouiller de votre chapeau. …
Mais, sachez-le bien, à peine avez-vous fait un pas vers
le tapis vert, déjà votre chapeau ne vous appartient pas
plus que vous ne vous appartenez a vous-même.

aus *La peau de chagrin* (1831)
von Honoré de Balzac (1799–1850)

Kapitel XIII

Frankreich, Provence-Alpes-Côte d'Azur,
Vaucluse, Avignon

Odette Darlan hielt die Kreuz-Sieben in der rechten Hand und schritt die Stufen in den Weinkeller hinab. Sie hatte sich lange genug in dem ramponierten Sküs verborgen, dem Narren auf der Tarockkarte von 1825. Gemacht worden war sie von Christian Theodor Sutor, in Naumburg. Ein Stahlstich, schablonenkoloriert. Niemals hätte der echte Doktor Faustus damit spielen können.

Odette mochte solche Details, die ihr Aufschluss über die Vergangenheit ihrer Patienten gaben.

Es war ungewohnt, allein in den Keller zu gehen, ohne Charles und Renard, die tot im luftdicht verschlossenen Fass in der Scheune lagerten. Odette hatte Boch ausgeredet, die Leichen zu entsorgen, da sie die Toten zur Untermauerung ihrer Überfallgeschichte gegenüber Gillot benötigte. Jetzt zersetzten sie, die so vielen anderen Menschen das Ende gebracht hatten, sich Stunde um Stunde, Tag für Tag mehr.

Es gab Wichtigeres für Odette. Sie sperrte die Tür auf und ergriff den Spieß, der seitlich neben der Tür lehnte, die Klinge altbraun von Blut.

Odette trat in das Gewölbe, das angefüllt war mit Angst und Wimmern, mit Kettenklirren und Füßescharren, mit dem Gestank von Ausscheidungen und Verwesung. Sie machte sich nicht die Mühe, die Leichen zu zerhacken und in den Gully zu schieben. Es war für eine Frau über achtzig zu anstrengend. Das konnten später andere erledigen, sollte es dann noch notwendig sein.

Odette schaltete das altertümliche Licht ein und ging voran, ließ ihre Blicke durch die dicken Brillengläser schweifen. Der Bestand hatte sich gelichtet, die Karten verbrauchten viel Lebensenergie. Nur noch fünf Gestalten waren übrig.

»Grand-mère«, hörte sie ihre Enkelin flehen. »Bitte, Grandmère. Du bist verrückt geworden. Lass uns gehen!«

Odette wandte sich zu Denise um, die ihre ebenfalls angebundenen Kinder Hermine und Jean um sich geschart hatte und an sich presste. Die Gesichter der Kleinen waren apathisch. Der Weinkeller tat ihrer Psyche nicht gut. »Halt den Mund«, herrschte Odette sie an und schwenkte die verkrustete Klingenspitze kurz in ihre Richtung. Denise verstummte. »Alles, was dir und den Deinen zustößt, hast du selbst zu verantworten.«

»Aber ich …«

»Ich sagte: Halt! Den! Mund!« Odette wurde ärgerlich. »Ich hatte euch nicht gebeten, zu mir zu kommen. Du hast mich in diese Lage gebracht, du und der Einfall, mich einfach besuchen zu kommen.« Sie machte einen Schritt über den verwesenden, aufgedunsenen Robert hinweg und schwenkte die Karte, damit sie sich ein Opfer als Labsal aussuchte. Die Fäulnis blähte den Darm des Toten auf, die Bauchdecke würde bald platzen. »Noch brauchen die Karten *euch* nicht. Bete, dass es so bleibt.«

Über den Tod von Robert hatte sich Odette gefreut. Vielleicht spürten die Karten die Verwandtschaft zu ihrer Wohltäterin und gewährten ihr den Wunsch, ihr eigen Fleisch und Blut zu verschonen. Aber gehen lassen konnte sie Denise, Hermine und Jean nicht. Sie wären eine Gefahr für die Karten.

Wie zur Bestätigung leuchtete die Kreuz-Sieben auf und suchte sich einen der Bettler aus, der sich in seiner Verzweiflung ein Loch im Boden gegraben und den ausgehobenen Sand kniehoch aufgetürmt hatte. Odette erinnerte es eher an ein Grab denn einen Schutz.

Sie küsste die Kreuz-Sieben, die leise für die Restauratorin sang, steckte sie in die Kittelschürze und packte den Stiel der kurzen Lanze mit beiden Händen. »Halt still«, riet sie dem heruntergekommenen Mann, dessen Arme entzündete Kratzer und Wunden zierten. »Dann mache ich es schnell.«

»Nein, ich will nicht sterben!«, brüllte er und warf Sand nach ihr. Sofort fielen Denise und die Kinder mit in die Schreierei ein, die nichts bringen würde, außer dass sich Odette sehr über den Widerstand ärgerte.

Sie stach nach dem Bettler, der auswich und die Lanze unter der Schneide zu greifen versuchte, was Odette verhindern konnte. Sand prasselte gegen ihre Brille, die dicken Gläser schützten die Augen vor den feuchten, nach Pisse stinkenden Körnchen. So zog sich das Spiel um Leben und Tod in die Länge.

Odettes Kräfte erlahmten schon nach wenigen Minuten, ohne dass sie der Spielkarte etwas Gutes getan hatte. Keuchend stützte sie sich auf den Spieß und warf dem Mann feindselige Blicke zu. Für kräftige Kerle wie Charles und Renard war es leicht gewesen, die Opfer zu quälen und abzustechen. Sie hingegen stand vor einem Problem, für das sie eine Lösung finden musste.

Odette wandte den Kopf und sah zu ihren Großenkelkindern. Hermine und Jean wären eine leichtere Beute und besaßen viel Kraft. Die Kraft der Jugend.

»Nein, Grand-mère!«, flehte Denise, welche die begierigen Blicke zu deuten wusste. »Lass sie in Frieden!«

»Halt die Klappe«, erwiderte Odette in dem Tonfall, mit dem ihr Vater Zurechtweisungen verteilt hatte. Die Kreuz-Sieben wollte den Bettler, niemand anderen, und sie sollte ihn bekommen. Leider hatte Boch Renards MAB mitgenommen.

Da fiel ihr die kleine Sammlung ihres Vaters ein.

Odette ließ den Spieß fallen und kehrte nach oben zurück, ohne die Tür abzusperren, ging in die Scheune und erklomm den Trockenboden, auf dem es nach sauberer Wäsche duftete. Sie atmete die Frische tief ein und begab sich zu der schwarzen Eichentruhe mit dem Emblem des Vichy-Regimes.

Unter der alten SS-Uniform ihres Vaters fand sie neben der Scharfschützenkarabiner-Version des K98 und der MP40 die alte Mauser-Pistole M712, dazu mehrere Schuss Munition und passende Magazine.

Odette hatte die Waffen aus der umfangreichen, aufgelösten Sammlung behalten, teils aus Sentimentalität, teils um sich das Leben nehmen zu können, sollte bei ihr eines Tages eine unheilbare Krankheit diagnostiziert werden. Da sie nicht wusste, welche Waffe sich nach Jahrzehnten noch als tauglich erweisen würde, hatte sie mehrere verwahrt.

Odette kehrte mit der gepflegten Mauser M712 in der Hand und zwei Zwanziger-Magazinen in den Schürzentaschen zurück in den Weinkeller. Die Pistole konnte im Dauerfeuermodus schießen, den sie gegen den angeketteten Obdachlosen nicht brauchen würde. Doch benötigte sie genug Kugeln, um ihn zu quälen und leiden zu lassen, damit er sämtliche Kräfte mobilisierte, die der Karte zugutekämen.

Langsam kehrte sie zum Verlies zurück und stieg die Stufen hinab. Ihre Knie schmerzten, die Anstrengung ließ sie schneller atmen.

Schon beim Schritt in das Gewölbe sah sie: Der Spieß war verschwunden.

»Verrecke, du Teufelin!«, schallte es durch den Kerker. Der Bettler hielt den kurzen Speer in seiner Hand und hob den Arm zum Wurf.

Ruckartig hob Odette die Hand mit der Pistole, zielte, wie es ihr Vater sie gelehrt hatte, und schoss einmal, obwohl sie das Ziel auf die Entfernung nur als unscharfen Schemen erkannte. Es knallte hell und peitschend, mit Hall kehrte das Krachen von den Wänden zurück.

Der Rückstoß schmerzte in Odettes alten Gelenken von Arm und Schulter. Die Kinder schrien auf und hielten sich die Ohren zu, Denise presste ihre Gesichter gegen ihren eigenen Körper.

Röchelnd fiel der Bettler nach hinten um, hielt sich die rechte Brust. Der Speer landete neben ihm im Sand.

Odette ließ den Arm ausgestreckt und die rauchende Mauser auf ihn gerichtet, näherte sich ihm. Sie hatte nichts verlernt, nur traf sie nicht mehr das Herz so zuverlässig wie früher. Blut quoll aus dem Einschuss im rechten Oberkörper. Die schlechten Augen und das trübe Licht verlangten Tribut.

Der Mann lag im Loch, das er sich selbst zum Schutz gegraben hatte, tastete verzweifelt nach dem Spieß, um einen zweiten Angriff zu versuchen. »Du verrückte Hexe!«, giftete er, die Finger schlossen sich um den Stiel. »Ich bringe dich …«

Odette feuerte und traf ihn in die Schulter. Absichtlich. Sie zog die Kreuz-Sieben aus der Tasche und reckte sie dem Mann entgegen, damit er das Motiv bewundern konnte, das zu glühen begann. »Schau. Dein Leben besitzt endlich Wert«, sprach sie getragen und jagte ihm die nächste 7,63-Millimeter-Kugel in den Bauch. Je lauter er schrie, desto mehr lud sich die Karte mit Kraft auf, ergötzte sich am Leid.

Schuss um Schuss gab sie auf den Bettler ab, streute die

Einschläge über den ganzen Körper. Im Gewölbe blitzte und knallte es, als hätte sich eine kleine Gewitterwolke hinein verirrt. Nach dem elften Treffer gab er nur noch ein leidendes Heulen von sich wie ein wildes Tier. Das letzte Projektil fuhr durch den Kopf des Mannes, und sein Jaulen endete.

Odette wendete die Karte und küsste sie. Sie sah, dass sich der Zustand der Kreuz-Sieben sehr gebessert hatte. Somit konnte sie auf eine weitere Kur verzichten.

Es blieben ihr als Vorrat Denise, Hermine und Jean sowie die unvorsichtige Landstreicherin, die Charles unter der Brücke eingesammelt hatte. Eine Ausreißerin von zu Hause, um die achtzehn. Viel Kraft.

»Du bist wahnsinnig, Grand-mère«, flüsterte ihre Enkelin, ihre Stimme klang hell und kieksend. »Dein Verstand …«

»Das hast du mir schon beim ersten Mal unterstellt«, erwiderte Odette kalt und hob den Speer, betrachtete die gebrochenen Augen des ausblutenden Toten, der in seiner Kuhle lag. Mit dem Fuß scharrte sie den aufgetürmten Sand darüber. Arme und Beine ragten unter dem Hügel hervor, als würde sich der Tote herauswühlen wollen.

Odette ging zum Ausgang, steckte die Mauser und die Kreuz-Sieben in die Kitteltaschen. Sie musterte ihre Nachfahren – und stach blitzschnell zu.

Die Schneide schoss knapp über den Kopf des Mädchens hinweg und hinterließ eine tiefe Wunde an Denise' Oberarm, die sogleich blutete. Ihre Enkelin schrie auf und presste die Finger auf den Schnitt. »Du Irre!« Die Tropfen quollen hervor, perlten auf Hermines Schopf, die zuerst nicht verstand, was geschehen war.

»Das war dafür, dass du mich nicht vor dem Bettler und seinem Angriff gewarnt hast. Du hättest meinen Tod billigend in Kauf genommen«, erklärte Odette und setzte ihren Weg zum Ausgang fort. »Ihr seid immer noch am Leben. Aber deinen Verrat vergesse ich dir nicht, Denise.«

Sie schloss die Tür hinter sich, lehnte den Spieß an die Wand und ging mit schweren Schritten hinauf in ihr Laboratorium, um die Kreuz-Sieben zu Herz-Ass und Kreuz-Zwei zu betten und anschließend in die Küche zu schlurfen.

Odette fühlte kolossale Erschöpfung. Sie kochte Kaffee, und während die Maschine brodelte und blubberte, zog sie die Mauser hervor. Mit gekonnten Handgriffen zerlegte sie die automatische Pistole und reinigte sie mit Öl und einem alten Geschirrtuch von den dunklen Pulverspuren, die der Beschuss im Lauf und an den Teilen hinterlassen hatte. Sie konnte es noch immer.

Odette roch den Kaffee und vermisste den Kuchen dazu. Charles hatte backen können wie der Teufel, das musste sie ihm lassen. Gemütlich trank sie ihren Kaffee und genoss die belebende Wirkung. Sie setzte die Mauser gesäubert und geölt zusammen und ließ ein gefülltes Zwanziger-Magazin in den vorderen Schacht einrasten.

Das Handydisplay von Renard leuchtete auf.

Odette nahm das Gerät und ließ sich die Zeilen anzeigen, erhöhte die Helligkeit und vergrößerte die Schrift, damit sie sie lesen konnte.

Eine Nachricht von Gillot war eingegangen. Er, der den wahren Wert dessen, was er über die Jahre zusammentrug, nicht mal erahnte, informierte Renard darüber, dass er sich um das Wohl von Madame Darlan sorge und ihnen eine größere Truppe von Bewaffneten sende, die sich als Ausflugsgruppe tarnen. Ihr Anführer würde sich als Ulrich vorstellen. Unter allen Umständen müsse verhindert werden, dass die Spielkarten geraubt würden oder Madame Darlan etwas zustieße.

Odette lehnte sich nach hinten und schlürfte vom süßen Kaffee. Ein Lächeln umspielte den faltigen, harten Mund, die blaugrauen Augen funkelten.

Danke, schrieb sie zurück. Gillot durfte keinen Verdacht

schöpfen. Ihre Beschützer waren bald da, und das sorgte für Erleichterung bei ihr.

* * *

Bundesrepublik Deutschland, Berlin

Tadeus stieg aus dem ICE und reichte Poe seine Hand, obwohl es ihm vorkam, als würde jede Bewegung schmerzen. Bis Berlin-Hauptbahnhof waren sie mit dem Zug gefahren, wo sie sich einen Wagen ausleihen würden, um mobiler zu sein. Die Autovermietung lag in der Etage über ihnen. Das nächste Ziel lautete: Altenburg.

Die hochgewachsene Poe sprang auf den Bahnsteig und wuchtete ihr Gepäck heraus. »Sie schonen sich. Keine Widerrede. Sie wissen, warum.«

Tadeus wusste es sehr genau. Noch in Belgien hatte die Ärztin die von der Kugel gestreifte Stelle desinfiziert und behandelt; ein Sprühverband und Klammerpflaster hielten das Fleisch zusammen, der stützende Verband tat sein Übriges. Es würde unter normaler Beanspruchung nichts reißen oder platzen, aber jede Bewegung schmerzte und sandte ihm ein Stechen durch die Schulter bis in den Kopf. Schmerztabletten halfen nicht. Ging es hart auf hart wie in den Gängen von Arras, wäre ein anderer Ausgang wahrscheinlich.

Tadeus hatte sich vor dem Einsteigen in den ICE mit nützlichen Dingen aus einem Laden für Outdoor- und Militärausrüstung eingedeckt, unter anderem einen Glasschneider, ein Multifunktionswerkzeug und zwei Farbrauchgranaten, die vom Militär zur Markierung von Stellen oder Arealen benutzt wurde. Poe fragte nicht nach.

»Wir müssen eins nach oben.« Tadeus zeigte zum Fahrstuhl. »Die Vermietung ist schräg über uns.« Er trug die

Herz-Dame in seiner Sakkoinnentasche, wo sie sich ruhig verhielt, ihm weder Gesänge noch andere Schmeicheleien angedeihen ließ. Die Karte stellte sich tot, gab sich gewöhnlich und tat, als wäre sie nicht von Belang. Stummer Protest gegen den Raub aus Antoines Obhut. Das war neu.

»In Ordnung.« Poe übernahm das Schieben ihrer Koffer. Sie war die ganze Fahrt über schweigsam gewesen, verarbeitete die Erlebnisse im Stollenlabyrinth. Geschüttelt von neuerlichen Albträumen, hatte sie versucht zu erklären, was sie empfunden und welche Attacken die Karte gegen sie geführt hatte, mit welchem Hass sie in die Flucht geschlagen werden sollte. Aber die Ärztin war immer wieder ins Stocken geraten, hatte mit der Fassung gerungen und stumme Tränen vergossen. Tadeus hatte sie getröstet, so gut er es vermochte, obwohl er sich zum einen hilflos fühlte und zum anderen nicht vergessen konnte, dass sie die Karten vernichten wollte.

Nebeneinander gingen sie den Bahnsteig des Tiefgleises entlang und stiegen in den Lift.

Das Entkommen aus der Bunkeranlage in Arras war schwierig verlaufen. Den verrückt gewordenen Antoine hatte Tadeus so drapiert, dass die Ermittler Schlussfolgerungen ziehen konnten, wer den Altar aus frischen Menschenschädeln errichtet hatte. Mit der Karte, dem Licht seines Smartphones und der benommenen Poe über der Schulter hatte Tadeus einen Weg zurück gesucht. Das Schlimmste dabei waren die Schmerzen im Arm gewesen, sein Kreislauf drohte mehrmals zusammenzubrechen. Unterwegs war die Ärztin erwacht, sodass sie sich Teile des Weges gegenseitig stützen konnten. Sie hatten dem Suchtrupp ausweichen müssen, der ihnen entgegengekommen war, um danach mit dem Fahrstuhl an die Oberfläche zu fahren, als wäre nichts geschehen. Seine Verletzung hatte sich mit dem lässig übergehängten Mantel gut kaschieren lassen.

Der Fahrstuhl hielt. Sie verließen die Kabine und gingen auf die Niederlassung des Autovermieters zu.

Tadeus hoffte, dass nicht nach ihnen gefahndet wurde. Personalien hatten sie beim Besuch des Bunkers in Arras nirgends angegeben, allerhöchstens existierten Personenbeschreibungen der Besucher und mit Pech einige Videobilder. Doch er bezweifelte, dass sich derlei schon bis Berlin herumgesprochen hatte. Er berührte die Brust in Höhe der schweigenden Herz-Dame und dachte an Antoine. Ein wenig verstand er dessen Besessenheit und dessen Willen, die Karte gegen jeden zu verteidigen – aber ihm selbst würde es nicht so ergehen wie dem Geschichtsstudenten, er würde seinen Verstand nicht verlieren. *Ich gehöre zu den Starken, den Gefestigten.*

Tadeus hielt Poe die Tür der Vermietung auf, sie schob die Koffer in das großzügig geschnittene Büro. Hinter dem Tresen lächelte ein Angestellter freundlich hervor.

»Guten Tag«, wurden sie auf Englisch gegrüßt. »Was darf ich für Sie tun?«

»Wir haben einen Wagen reserviert. Übers Internet«, sagte Poe freundlich. »Auf den Namen Hyun-Gi Lim.« Sie reichte dem Angestellten ihren alten, noch gültigen koreanischen Ausweis, die Kreditkarte und den Führerschein. »Was haben Sie Schönes für uns?«

»Einen Moment. Ich suche den Vorgang.« Der Mann tippte die Daten ein. »Ah, genau. Da haben wir die Reservierung: einen nagelneuen Dacia Duster in der Blackshadow-Version mit allen Extras. Vollgetankt und einsatzbereit, Miss Lim.« Er bündelte die Formulare, dann zeigte er nach rechts. »Der Herr da möchte vorher mit Ihnen sprechen.«

Tadeus erkannte den Mittdreißiger in dem blauen Anzug, der Zeitung lesend in der Ecke neben dem Getränkespender saß. Er besaß die gleiche Gabe der Unauffälligkeit wie Tadeus selbst, weswegen er von ihm und Poe übersehen worden war. *Kommissar Klim.*

Der blonde LKA-Ermittler faltete das Papier zusammen und erhob sich, ging auf die beiden zu. Poe zuliebe begann er gleich auf Englisch: »Guten Tag, Miss Poe, Herr Boch.« Er zeigte einladend auf die Stühle neben dem Spender. »Bevor Sie Ihre Reise fortsetzen, hätte ich ein paar Fragen an Sie. Und sagen Sie nicht, dass Sie es eilig haben. Ihre Antworten werden entscheiden, ob Sie überhaupt irgendwohin fahren.« Sein Tonfall ließ keinen Widerspruch zu. »Bitte sehr.«

Tadeus und Poe folgten ihm in die Sitzecke. Der Angestellte widmete sich intensiv seinem Computer und tat unauffällig. Eine neu eintreffende Kundin lenkte ihn sogleich von dem improvisierten Verhör ab.

»Ich bin gerade in Berlin, um mit Kollegen über die Verbindungen der russischen Mafia mit illegalen Spielrunden zu reden. Es gibt neue Erkenntnisse. Da dachte ich mir, ich nutze die Gelegenheit und befrage Sie, wenn Sie so überraschend in der Hauptstadt erscheinen.« Klim spendierte eine Runde Heißgetränke aus dem Automaten. »Sie kommen ganz schön rum. Verraten Sie mir, was Sie beide gerade abziehen?«

Tadeus gab sich schuldbewusst. »Ich weiß, Sie haben gesagt, ich soll in Baden-Baden bleiben. Aber ich meldete mich zwischendurch bei Ihnen.«

»Via SMS und Mails. Ich weiß. War anders abgemacht, Herr Boch.« Klim sah zu Poe. »Sie nutzen Ihren alten Namen und glauben, ich bekomme das nicht mit?« Er zog sein Smartphone und las vom Display ab. »Da Sie eine der Verdächtigen sind, habe ich Ihre Kreditkarteneinsätze und weitere Daten überwachen lassen. Sie haben sich zwar Mühe gegeben, aber ein paar Mal tauchen Sie beide doch auf. Wie beispielsweise beim Flug von Rom nach Brüssel oder in der dortigen Autovermietung.« Er blickte sie abwechselnd an. »Warum reisen mein wichtiger Zeuge und meine beste Verdächtige Tage nach den Morden zusammen wahllos durch Europa?«

»Ist das verboten?«, fragte Tadeus freundlich.

»Wollen Sie mich verarschen, Herr Boch?« Klim fuhr mit Zeige- und Mittelfinger den Schlips nach unten entlang. »Kommen Sie mir nicht damit, dass Sie zwei sich verliebt hätten und eine romantische Reise machen.«

»Wir stellen eigene Nachforschungen an«, sagte Poe. »Ich sagte Ihnen schon, dass ich es nicht war. Herr Boch hat dank seiner Casino-Verbindungen Gerüchte über weitere illegale Spielerunden gesammelt. Die klappern wir ab und suchen nach den Verantwortlichen.«

Tadeus machte gute Miene zum gewagten Spiel. Am Poker-Tisch nannte man das Bluffen.

»Den Verantwortlichen an was?«, hakte Klim ein.

»Den Morden in Baden-Baden.« Poe trank einen Schluck Kaffee und stellte ihn weg, ohne sich anmerken zu lassen, ob sie ihn gut oder schlecht fand. »Herr Boch ist eine Spielerlegende und kommt ohne Probleme an jeden Tisch auf dieser Welt. Ich mime unter meinem alten Namen sein hübsches Beiwerk. Das LKA Baden-Württemberg kann solche Methoden nicht nutzen. Korrekt, Herr Kommissar?«

Klim schien ihr zu glauben, wenn Tadeus seinen Gesichtsausdruck richtig deutete. »Sie reisen also durch die Gegend und wollen die russische Spielemafia aufschrecken. Was dann?«

»Ihnen die Beweise bringen«, schaltete sich Tadeus ein. »Nichts anderes hatten wir vor.«

»Wenn ich die Morde begangen hätte und mich absetzen wollte, Kommissar, dann säße ich in Südkorea«, wies ihn Poe samten zurecht. »Aber ich habe einen sehr lukrativen Job in London und eine Verpflichtung meinem ermordeten Verlobten gegenüber. Ich will möglichst großen Schaden bei den Verbrechern anrichten. Das ist meine Form der Vergeltung.«

»Bei mir ist es ähnlich. Ich unterstütze Miss Poe bei ihrem Vorhaben«, ergänzte Tadeus.

Klim tippte auf sein Smartphone ein. »Das klingt einigermaßen plausibel, aber ich muss es nicht glauben. Wohin wollten Sie als Nächstes?«

»In Berlin steigen in den nächsten Tagen mehrere Spiele.« Tadeus zeigte zum Tresen. »Wir wollten sie abklappern und ein bisschen aufmischen.«

»Haben Sie denn bereits Erkenntnisse gewonnen?«

»Nichts Belastbares«, antwortete Poe. »Aber wir sind dran.«

»Sie bewegen sich auf sehr, sehr dünnem Eis«, sagte Klim. »Jemand Externes hat Erkundigungen über Sie zwei in meiner Abteilung eingezogen. Möglich, dass es Leute aus diesem Milieu waren, die Sie nervös machen. Ich kann nur vor weiteren Alleingängen warnen.« Der Kommissar erhob sich. »Sie werden mir jede künftige Reisebewegung melden, Herr Boch und Miss Poe. Und ich erwarte eine Zusammenfassung Ihrer bisherigen Erkenntnisse. Namen, Verbindungen, Spielorte. Tun Sie das nicht, lasse ich Sie zur Fahndung ausschreiben.« Er zeigte mit gespreiztem Mittel- und Zeigefinger auf sie. »Was immer Sie gerade tun: Glauben Sie nicht, dass Sie von meiner Liste der Verdächtigen gestrichen sind.« Er wandte sich um. »Schönen Tag.«

Tadeus blieb wie Poe sitzen und sah dem Kommissar nach.

»Sehr gut gelöst«, sagte er.

»Danke.«

»Wir sollten uns Prepaidhandys kaufen.« Tadeus richtete seine Augen auf die Ärztin. »Zur Sicherheit.«

Poe stand auf. »Hoch mit Ihnen. Wir haben Dinge zu erledigen.«

Ihm fiel ein, dass moderne Mietwagen mit GPS-Sendern ausgestattet waren. Klim würde genau wissen, dass sie nach Altenburg fuhren und ihn bezüglich der Spielrunden in Berlin belogen hatten. Und es war möglich, dass er die Vorfälle in Arras mit ihnen in Verbindung brachte.

Egal. Wir müssen schneller sein. Tadeus erhob sich unter allgegenwärtigen Schmerzen aus dem Sessel und schritt neben Poe an den Tresen.

* * *

Bundesrepublik Deutschland,
Sachsen, Leipzig

Um ein Haar hätten Tadeus und Poe nach dem überraschenden Klim-Intermezzo die falsche Entscheidung getroffen. Auf dem Weg nach Altenburg, wo das Spielkartenmuseum lag, in dem das gesuchte Karo-Ass ausgestellt war, hatten sie herausgefunden, dass das gesuchte Objekt derzeit in Leipzig zu finden sein würde. In den Grassimuseen, im Rahmen der Sonderausstellung *Des Teufels Gebetbuch: Schicksalskarten – Kartenschicksale,* die das Museum für Angewandte Kunst anbot. Das sparte ihnen einige Kilometer.

»Wir sind gleich da.« Tadeus lenkte den Dacia Duster mit einer Hand durch Leipzig, den verletzten Arm versuchte er, so gut wie möglich zu schonen. »Sie waren großartig in Arras«, lobte er Poe noch mal. »Es wird dieses Mal einfacher. Keine finsteren Gänge.«

»Ich werde daran denken.« Poe nahm ihr Tablet, loggte sich ins Internet und öffnete den virtuellen Überblick über die Ausstellung. *»Einmal mehr bietet das Museum für Angewandte Kunst eine Sonderausstellung der Extraklasse. Die Spielkartenkultur gehört seit dem 12. Jahrhundert zum europäischen Menschen dazu. Gezeigt werden die ungewöhnlichsten und schönsten Exponate aus den Museen Echterdingen und Altenburg sowie aus diversen Sammlungen sowohl aus privater Hand als auch von befreundeten Museen«*, las sie vor. *»Hunderte Kartenspiele mit mehr als einer Viertelmillion Einzelkarten aus sieben Jahrhunderten und allen fünf Kontinenten, dazu Kartenpressen, Spieltische und eine* *umfangreiche Schriftensammlung, vom Mittelalter bis Gegenwart.*« Poe vergrößerte die Ansichten der Exponate, mit denen Werbung gemacht wurde. »Da ist sie schon: das Karo-Ass.«

»Es darf auch mal einfach sein.«

»Einfach? Eine Karte aus einem Museum stehlen?«

Er pochte gegen die seitliche Sakkotasche. »Glasschneider. Ein bisschen ritzen, reingreifen und los.«

»Der Alarm, Boch. Sie wissen schon, dass Museen so was haben?«

»Bei Spielkarten? Ich denke nicht. Wir müssen uns nach Kameras und den Museumswärtern umschauen. Danach ist Timing alles.« Tadeus zweifelte nicht am Erfolg ihrer Mission. »Wie in den Hollywoodfilmen *Ocean's Eleven* oder *Die Thomas Crown Affäre* oder *The Italian Job*.«

Poe wirkt nicht überzeugt. »Sie haben den wahnsinnigen Fremdenführer noch nicht vergessen, hoffe ich.«

»Die Karte ist erst seit ...« Er sah zu ihr, um das Datum des Ausstellungsbeginns zu erfahren.

»Einer Woche.«

»Sieben Tagen im Museum. Ich denke nicht, dass sich jemand in der kurzen Zeit zu einem manischen Fan wie Antoine entwickeln konnte.« Tadeus bog in die Nürnberger Straße ein und suchte einen Parkplatz für den kompakten SUV, hielt vor einem Comicladen. Das Rangieren ließ die Schmerzen in seinem Arm aufbranden, aber er biss die Zähne zusammen. »Sehen wir nach, wo das gute Stück ist.«

Ihn sorgte das GPS-Signal des Mietwagens. Klim konnte nachvollziehen, dass sie am Tag des Coups im Museum in der Nähe gewesen waren; eine Handydatenauswertung würde das belegen. Es durften keine Beweise gegen sie am Tatort zurückbleiben und nicht der Hauch eines Verdachts aufkommen. *Wird schon.*

»Das Finden des Karo-Asses sollte kein Problem sein. Wir wissen ja, wie es aussieht.« Poe stieg nach ihm aus.

Nebeneinander schritten sie über die Straße, durchquerten den kleinen Park und gingen auf die Kolonnaden zu, die einen angedeuteten Innenhof für das Museum bildeten. Die Schmerzen in Tadeus' Arm verebbten langsam. Sie schwiegen. Poe, weil sie sich sammelte, und er, weil es nichts zu sagen gab.

Nach Arras und Leipzig gäbe es für sie nur noch den Flug nach Benin, um die letzte Karte zu besorgen und Kontakt zu Gillot herzustellen; ihn der Morde in Baden-Baden zu überführen und zugleich Darlans Familie zu befreien, indem er für seine Taten ins Gefängnis wanderte. Die Ausarbeitung des Vorgehens bedurfte noch einiger Stunden und Rücksprache mit Darlan, die mehr über ihn wusste. *Vielleicht lässt sich Klim noch einspannen.*

Tadeus erhoffte sich von dem Wallonen zudem Hinweise auf die Einbrecher, welche die Karten des Sammlers gestohlen hatten. Bei ihnen befand sich die Pik-Neun, seine Pik-Neun, die nur ihm gehören wollte. Wie er das anstellen würde, wusste er noch nicht. Ihm blieb noch Zeit zum Pläneschmieden.

Sie näherten sich dem Eingang des Museums. Schnell war der Eintritt gezahlt, und man bat sie ohne Kontrollen nach links, wo sich die Sonderausstellung befand. Im Grassi liefen meistens mehrere Präsentationen der unter einem Dach untergebrachten Museen.

Der Ausstellungsraum für die Karten war rechteckig und recht lang, zumindest sahen Poe und Tadeus das Ende nicht. Schauwände teilten ihn auf, schufen einen zickzackhaften Weg, der den Besuchern vor den Exponaten, Schautafeln und um die größeren Objekte genug Platz ließ.

»Dann suchen wir mal das Karo-Ass«, murmelte Tadeus.

Schlendernd zogen sie durch die Ausstellung. Es gab einiges zu bewundern, vor allem asiatische Spielkarten, die mal rund und mal rechteckig-schmal daherkamen, mal kunstvoll bemalt und mal abgegriffen, als wären sie durch Hunderte Hände gegangen.

Danach gingen die Macher auf die Entwicklung des Kartenspiels in Europa ein. Gezeigt wurden deutsche, französische, italienisch-spanische Blätter; Gebrauchskartenspiele, die nach einer Weile weggeworfen wurden; Spiele, die für reiche Menschen, Edelleute und Könige gemalt worden waren; grobe Darstellungen von Holzschnitten, detailreichere von Kupferstichen.

»Wie bei unseren Karten«, sagte Tadeus zu Poe, die erneut mit Rundhut und Kamera die asiatische Touristin gab. Außer ihnen verloren sich etwa hundert Besucherinnen und Besucher in dem großen Raum, es wurde leise geredet und sich gewundert.

Die beiden umrundeten eine Kartenpresse, mit der einst ganze Bögen gedruckt wurden. Dahinter war eine großformatige schematische Darstellung des alten Kartendruckvorgangs an einer Stellwand gezeigt.

»Da ist sie!« Wie ein verliebtes Mädchen zog die Ärztin Tadeus am Arm quer durch den Raum und blieb vor einem Schaukasten stehen.

»Nicht so fest«, bat er und spürte die Schmerzen, die sich auf seine Schulter warfen. Er packte ihre Hand mit seiner Linken, um den Druck zu mildern. »Sonst müssen Sie mich hier im Saal neu nähen.«

»Entschuldigung, ich war nur froh, dass …« Es folgte ein entsetztes: »Oh.«

Tadeus erkannte das Problem auf Anhieb. Es lagen zehn identische Karo-Asse nebeneinander, optisch lediglich in Farbnuancen zu unterscheiden. An ihnen wurde die Stempeltechnik erklärt, mit der man eigentlich die einfachen Holzschnitt-Karten hergestellt hatte, die in Wirtshäusern eingesetzt wurden und bei denen es nicht schlimm war, wenn Bier über sie schwappte. Sie kosteten kaum was und landeten nach zu starker Abnutzung im Feuer. Die Kuratoren hatten die auffällige Karte ausgesucht, um mehr Aufmerksamkeit darauf zu lenken.

»Hm«, knurrte er unglücklich. »Spüren Sie was?«

»Nein. Woher soll ich wissen, welche die richtige ist? Ich habe mein bisschen Mudang-Kraft verloren!« Poe wirkte entsetzt. »Die Karte in Arras! Sie muss es ausgelöst haben.«

Das glaubte Tadeus nicht. Noch nicht. »Es kann einen anderen Grund geben.« Er blickte sich aufmerksam um. »Da haben wir ihn vielleicht schon.« Er zog sie weiter zu einem Setzkasten an der Wand. Dort hingen weitere identische Karo-Asse, an denen der Aufbau und die verleimten Schichten einer alten Karte erklärt wurden. »Und?«

»Immer noch nichts«, sagte Poe angestrengt und wandte den Kopf nach rechts, stöhnte verzweifelt. »Da sind sie *noch mal!* Und Sie sagten, es wäre leicht.«

Tadeus folgte ihrem Blick und erkannte ein Diorama, in dem gezeigt wurde, was mit unbrauchbar gewordenen Karten geschah: in Bücher als Innendekor eingebunden, zerschnitten und als Schaber von Apothekern für Salben eingesetzt. Immer diente das Karo-Ass als Beispiel.

»Scheiße.«

»Ich …« Poe krallte sich an seinen verletzten Arm, wurde bleich.

»Bleiben Sie hier. Ich hole Ihnen was zu trinken.« Tadeus setzte sie auf eine Bank und ging hinaus, um ein Glas Wasser zu erbitten. Die Schmerzen in seinem Arm verstärkten sich, das Gereiße und Gezerre nahm ihm die Wunde übel.

Der Museumswärter an der Info erwies sich als besorgt und verständnisvoll gleichermaßen und versprach einen Becher mit stillem Mineralwasser.

Während Tadeus wartete, kam ihm ein Gedanke. Wenn Poe nichts Genaues sagen konnte, vermochte es vielleicht die schmollende Herz-Dame. Ein Schimmern, ein Funkeln, etwas in der Art, sobald sie bemerkte, dass sie nicht die einzige Karte im Raum aus der Hand von Bastian Kirchner war. *Wie Magnete.* Er rief kurzerhand bei Darlan an, um sich mit ihr zu beraten.

Es dauerte ein wenig, bis sie den Anruf entgegennahm. »Oui?«

»Hier ist Tadeus … Müller, Madame«, redete er leise und hielt eine Hand vor seinen Mund, um seine Stimme zu dämpfen. »Können Sie sprechen?«

»Ja. Meine neuen Aufpasser sind noch nicht hier. In der Stadt schon, aber nicht in meinem Haus.«

Tadeus überlegte, ob er das gut fand. Immerhin hielt sie drei Karten bei sich versteckt. »Wir haben ein Problem: Es gibt hier in Leipzig etliche Karo-Asse, und Miss Poe ist … zurzeit nicht in der Lage, ihre Mudang-Kraft zum Orten einzusetzen.«

»Ich verstehe. Nehmen Sie alle mit, und bringen Sie die Karten zu mir. Ich kann die richtige ermitteln.«

»Das wäre sehr schwierig. Wir sind in einem nicht eben schlecht gesicherten Museum. Ich will nicht riskieren, dass dabei etwas schiefgeht und wir die richtige verlieren. Haben Sie noch weitere Anhaltspunkte? Oder einen Trick? Kann ich ihr vielleicht mit der Karte aus Arras ein Zeichen entlocken?«

»Guter Gedanke«, rief Darlan. »Ja, das wird funktionieren.«

»Und wie?«

»Indem sie die Karten ganz dicht zusammenbringen.«

Tadeus sah vom Eingang zu einem der weit entfernten Schaukästen, in dem die Karo-Asse geschützt lagerten. Der Abstand zum Glas betrug etwa zehn, fünfzehn Zentimeter. »Das wird bedingt klappen, Madame. Es sind Scheiben davor.«

»Ist der Abstand ungefähr eine Handlänge?«

»In etwa.«

»Gut. Das reicht aus. Sobald sie sich gegenüberliegen, wird sich etwas rühren. Achten Sie auf ein Schimmern.«

»Ich kenne es, Madame. Danke.« Er wollte auflegen.

»Monsieur Müller?«

»Ja?«

»Ich habe eine gute und eine schlechte Nachricht. Die Karte aus Manaus ist auf dem Weg zu mir. Das bedeutet, dass sich Gillots Jäger bald nach Benin bewegen wird. Aktuell sitzt er noch in Bogotá fest«, erklärte sie ruhig, aber eindringlich. »Sie müssen von Leipzig aus umgehend nach Benin. Die Informationen zur Karte haben Sie.«

»Und was ist die gute Nachricht, Madame Darlan?«

Sie lachte bemüht. »Ich vertraue auf Sie. Sie beide. Ich weiß, dass ich niemals gut machen kann, was Sie für mich und meine Familie tun, um sie vor Gillot zu schützen. Au revoir.« Sie unterbrach das Gespräch.

Tadeus spielte mit dem Smartphone. Benin. Afrika. *Noch eine Mammutaufgabe.*

Er kehrte mit dem Pappbecher voll Wasser zurück, das ausnahmsweise im Ausstellungsraum erlaubt wurde, und setzte sich neben Poe. Er erläuterte ihr leise seinen Plan und zog ein Notizbuch aus der Tasche, legte die Herz-Dame hinein. »Somit sehen wir, ob sich was tut. Oder besser: *Sie* sehen was.«

»Momentan traue ich mir nichts zu, Boch.« Poe trank in kleinen Schlucken und lehnte sich gegen die Wand. Mit einer Hand massierte sie die Schläfe, die Sommersprossen waren aufgrund ihrer Blässe kaum zu sehen. »Ich habe sie gezählt. Es sind dreiundzwanzig Karten. Dreiundzwanzig Karo-Asse. Alle gleich.«

»Die zerlegten und abgeschnittenen Stücke können wir aussortieren. Damit werden es schon weniger«, tröstete er sich und sie. Tadeus nahm das vibrierende Smartphone heraus und fand eine neue Nachricht vom Casino. Die Geschäftsleitung wollte wissen, wann er sich wieder einsatzbereit fühlte. Alle würden ihn vermissen, sogar Stammgäste fragten nach ihm.

Tadeus fühlte sich gerührt.

Eine weitere Nachricht kam von der deutschen Polizei. Klim bat ihn, sich dringend zu melden, da es im Zuge der Ermittlungen um die Vorgänge in der Villa zu weiteren Fragen gekommen wäre. Die russischen Kollegen hatten Bilder von Killern der Spielmafia geschickt, die er sich zudem anschauen sollte.

Tadeus antwortete ausweichend und hielt beide hin. Die Karte hatte in den nächsten Minuten Vorrang, danach würde er den Kommissar kontaktieren. Der Mann durfte ihre Flugpläne nach Benin nicht vereiteln.

Es beruhigte ihn, dass seine beiden Exfrauen sich nicht meldeten. Anscheinend hatte Gillot im Krankenhaus andere Sorgen, als seine Kinder zu bedrohen und als Druckmittel gegen Tadeus einzusetzen.

Mehrere Schulklassen lärmten an ihnen vorbei, hundert Kinder im Alter von etwa vierzehn Jahren verteilten sich in der Ausstellung, es wurde gelacht und geneckt. Die Karten stießen auf überschaubares Interesse. Die Lehrkräfte wandelten seelenruhig von Exponat zu Exponat, als gingen sie die Schülerinnen und Schüler nichts an.

Tadeus wurde bewusst, dass er zum ersten Mal seit dem Telefonat mit Haruka intensiver an seine Kinder dachte. Sein schlechtes Gewissen breitete sich in ihm aus.

Er fragte sich unwillkürlich, wie er reagierte, wenn Georg oder Michiko entführt würden und man im Austausch die Spielkarten verlangte. Darauf wollte er keine Antwort geben. Er war stark, und ihm würde etwas einfallen.

»Ist Ihnen ein bisschen besser?«, erkundigte er sich bei Poe.

Sie war immer noch bleich um die Nase, aber sie nickte asiatisch tapfer und versuchte sich an einem Lächeln. »Keine

Zeit zu vergeuden. Es sind drei Museumswächter, die ihre Runden drehen, plus die Kameras an der Decke.« Poe stellte den Pappbecher auf die Bank. »Das wird eine Herausforderung.«

Tadeus erzählte ihr vom Telefonat mit Darlan und sah auf sein Notizbuch, in dem die Herz-Dame lag.

»Ich frage mich …«, murmelte er und zog sein Smartphone aus der Schutzhülle. Er schob die Herz-Dame hinein und legte das Gerät darüber. Die Kameralinse ließ er frei, sodass er sah, was unter dem Smartphone vorging, wenn er es auf die Schaukästen legte. Das Aufleuchten einer Karte würde er sofort bemerken.

»Sie wollen so tun, als fotografierten Sie die Ausstellungsstücke.« Poe grinste. »Guter Trick, Boch.«

»Danke. Achten Sie bitte auf die Karten hinter dem Glas; auf ein Funkeln, Leuchten, Flirren. Irgendwas Auffälliges, falls die Herz-Dame nichts tut.«

»Geht klar. Und im Erfolgsfall gibt es einen Feueralarm«, sagte sie leichthin. »Ich habe mir gemerkt, wo der Wandmelder ist. Bei der Menge von Schülern wird man es für einen Streich von denen halten.« Die kleine Pause und der neue Plan hatten sie sichtlich erfrischt. »Sie haben alles dafür dabei?«

Das hatte Tadeus. Er steckte den verletzten Arm in die Hosentasche, um ihn zu entlasten, was eine vorübergehende Entspannung mit sich brachte. Aber es klopfte und pochte schmerzhaft, sobald er auch nur mit einem Finger zuckte.

Sie bewegten sich erneut durch die Ausstellung, wobei Tadeus mehrmals so tat, als fotografierte er die Exponate aus nächster Nähe, um die Reaktion der Wärter zu testen. Da er den Blitz des Smartphones ausgeschaltet hatte, kümmerten sie sich nach einem knappen Blick nicht mehr um ihn. Ihre Augen verfolgten die quirligen, teils übermütigen Schülerinnen und Schüler. *Ausgezeichnet.*

Dann gingen er und Poe zu den Assen, um die Tests zu beginnen.

Behutsam führte Tadeus sein Smartphone an der Scheibe der frei stehenden Vitrine entlang, als filmte er dieses Mal von allen Seiten, sogar von oben. Poe behielt derweil die Spielkarten genau im Blick.

Aber sie wurden nicht fündig, obwohl sie den Vorgang mehrmals wiederholten. Tadeus tat, als gäbe es Schwierigkeiten mit der Technik, um das auffällige Verhalten einem Museumsangestellten erklären zu können.

Am Setzkasten, in dem der Kartenaufbau gezeigt wurde, gab Poe ein Zeichen, als Tadeus mit der Herz-Dame nahe heranging. »Ein schwacher Schimmer. Die zweite von links«, verkündete sie erleichtert. »Für einen Sekundenbruchteil.«

»Sicher?«

Sie schwieg, was für ihn Grund genug darstellte, das Prozedere zu wiederholen.

Es flirrte tatsächlich. Tadeus sah über das Display hinweg, wie sich der kaum merkliche Schimmer über drei Karten erstreckte, ohne dass er sagen konnte, welche davon der Auslöser war. *Drei? Kann nicht sein.*

»Die dritte von links«, behauptete Poe plötzlich.

»Wieso?«

»Weil ich es gesehen habe.«

»Mit Ihren Augen oder als Mudang?«

Poe verzog den Mund und wirkte wie eine beleidigte asiatische Göttin. »Es ist die dritte.«

Zu viel Unsicherheit. Tadeus beschloss, die ganze Reihe mitzunehmen. Darlan vermochte mit ihrem Sachverstand besser auszusortieren.

Von links näherte sich eine Schülergruppe, die aus Strebern und Interessierten bestand. Sie lauschten den Ausführungen ihrer Lehrerin am Nachbarkasten zur Kartenherstellung, während drei Scherzbolde sich die Nasen an den

Vitrinen daneben platt drückten. Die perfekten Schuldigen für den Streich.

»Dann geht's gleich los.« Tadeus steckte das Handy weg und langte in die Tasche seines Sakkos, die Finger schlossen sich um die Farbrauchgranate. Vor dem Zünden in geschlossenen Gebäuden wurde gewarnt, da der Qualm alles andere als gesundheitsförderlich war und sehr, sehr dicht wurde. Die Sensoren würden den Alarm auslösen und eine Räumung verursachen. In dem anstehenden Durcheinander ließ sich die Ass-Reihe stehlen. Die Flucht wäre leicht.

Tadeus hatte im Vorfeld mit Edding das Anarchiezeichen auf die Hülse gemalt, damit man von einem Dummejungenstreich ausging, wenn man die Kartusche fand. Er hatte auf Jugendliche unter den Besuchern gehofft. Das Auftauchen der Schulklassen eröffnete eine riesige Auswahl von halbstarken Verdächtigen.

Ohne die Granate herauszunehmen, wischte er mit seinem Taschentuch seine Fingerabdrücke ab. »Geben Sie mir Deckung«, sagte er zu Poe.

Sie musste lachen. »Weil ich fast einen Kopf größer bin als Sie?«

»Gleichberechtigung.« Tadeus nahm die Granate unauffällig heraus und bückte sich, um vermeintlich seinen Schnürsenkel zu binden. Seine Schulterwunde schmerzte, aber aufhalten würde sie ihn nicht. Tadeus stellte die Granate auf den Boden, zog den Zünder und schubste sie weg.

Sie kullerte an der Wand lang, ohne Aufmerksamkeit zu erregen.

Tadeus richtete sich langsam auf und machte sich bereit. Es dauerte fünf Sekunden, dann setzte der Zünder den chemischen Vorgang in der Kartusche in Gang. Zischend stieß sie im Rollen lilafarbenen Rauch aus, der den hinteren Teil des langen Raumes innerhalb weniger Herzschläge zunebelte.

Der Alarm setzte ein, während die farbige Qualmwand

heranrollte. Menschen und Gegenstände wurden zu Schemen, die Decken- und Wandstrahler verloren den Kampf gegen den konzentrierten Farbnebel. Die Jugendlichen johlten und klatschten, andere riefen erschrocken auf.

Die Besucher wurden vom Personal gebeten, die Ausstellung und das Gebäude zu verlassen, die Notausgangsschilder leuchteten inbrünstig gegen das Lila an.

Dann gelangte der Rauch bis zu Tadeus und Poe.

»Und los!« Er schnitt mit dem Glasschneider ein großes Rechteck in den Wandkasten, die Scherbe fiel nach innen. Weil er den verletzten Arm kaum mehr richtig einsetzen konnte, steckte er den Schneider weg und langte durch das eckige Loch in den Kasten, sammelte die Ass-Reihe ein. Abrupt geriet der lilafarbene Qualm so dick, dass er nichts mehr sah. Er konnte nur hoffen, dass er alle ergriffen hatte. Schnell zählte er mithilfe der Finger seiner Rechten nach.

Es fehlt eine! Sie musste sich aus der Halterung gelöst haben und nach unten gefallen sein.

»Boch? Boch, sind Sie noch da?«

»Leise«, zischte er und tastete behutsam über den Boden des Kastens, zum einen, um sich nicht zu schneiden, zum anderen, um keine Spuren zu hinterlassen. Und er wurde fündig.

»Ich habe sie«, flüsterte er in den Nebel.

»Was haben Sie?«, antwortete eine Männerstimme hustend. »Sie sollten raus!«

»Meine Tochter. Ich habe sie«, sagte Tadeus geistesgegenwärtig. »Liebes?«

»Hier, Papa«, rief Poe, und dann legte sie ihre Hand in seine. »Schnell raus, bevor wir ersticken.«

»Halten Sie sich an der Wand, und folgen Sie den Leuchtmarkierungen im Boden«, empfahl der Museumswächter aus dem lilafarbenen Nichts.

Tadeus und die Ärztin eilten durch die sich lichtenden Schwaden und fanden den Ausgang, wo die Besucher ins Freie drängten. Fast hatte er ein schlechtes Gewissen wegen seiner Aktion, aber auch nur fast. *Der Erfolg gibt mir recht.*

Sie setzten sich ab, noch bevor die Feuerwehr und die Polizei eintrafen, und gelangten unbehelligt in die Nürnberger Straße, wo der Dacia Duster wartete. Poe übernahm das Steuer.

Sie fuhren gemütlich los. Keinesfalls wollten sie Aufsehen erregen.

Der unauffällige SUV zog durch Leipzigs Straßen, während Poe mit Darlan über die Freisprechanlage telefonierte und ihr von der gelungenen Aktion berichtete. »Der Plan von Herrn … Müller ging auf. Wir haben zwar mehrere Asse mitnehmen müssen, Madame, aber wir werden das Original schon erkennen.«

»Sagen Sie ihr«, warf Tadeus ein, »dass wir die Karten mit nach Benin nehmen. Erstens wäre Avignon ein Umweg, zweitens …« Er behielt die Gedanken für sich, dass er es bei Darlan zu gefährlich fand für die Karten. Eine alte Frau könnte diese Besonderheiten niemals ernsthaft beschützen, und ob die neuen Bewacher etwas taugten, wusste er nicht. »Zweitens müssen wir schnell machen. Es gibt einen deutschen Kommissar, der uns auf die Pelle rückt.«

Poe hob eine Augenbraue. Sie hatte ihn erkennbar durchschaut, aber schwieg. Die Französin stimmte ohne Proteste zu, das Gespräch wurde beendet.

»Benin.« Tadeus suchte einhändig die Informationen zur Person raus, in deren Besitz sich die nächste Karte befand. Das Pik-Ass hatte lange als verschollen gegolten, wie in Darlans Unterlagen geschrieben stand.

»Haben Sie das schon wieder vergessen?«, zog Poe ihn auf.

»Der Rauch hat meinen Verstand vernebelt.«

»Also, ich habe nicht vergessen, dass Mister Gondjia ein

Voodoo-Priester ist. Ein Bocar. Nein, Bocor. Ich musste es im Netz nachlesen.«

»Bocor bedeutet was?«

»Jemand, der eine Vorliebe für die bösen Geister hat.« Sie setzte den Blinker und bog auf die Karl-Liebknecht-Straße.

»Passt sehr gut zu den Karten.«

In ihrer Stimme hörte Tadeus Unsicherheit anklingen. Das verstand er. Es käme vielleicht zu einem Zusammentreffen zwischen einer nicht ausgebildeten Mudang und einem gestandenen Voodoo-Priester. Wegen einer europäischen Spielkarte aus dem 18. Jahrhundert.

Tadeus fand das auf seltsame Art angemessen. Dann rief er Klim an, um ihn anzulügen.

* * *

Frankreich, Provence-Alpes-Côte d'Azur,
Vaucluse, Avignon

Wenn Sebastian Ulrich eine Sache im Nahen Osten gelernt hatte, dann dass man mit Rücksicht und Planlosigkeit im Kampf nicht weit kam. Er saß im Gärtchen des Café et Bar Sur le Pont, hatte ein Mineralwasser vor sich stehen und genoss das Abendlicht. Durch das offene Tor der grünen Oase in der Rue Saint-Thomas d'Aquin, in der eine Handvoll Einheimische und Touristen plauderten, hatte er den besten Überblick auf die schnurgerade Rue Nicolas Lescuyer, ohne auf dem Präsentierteller zu sitzen.

Unter seinem weiten Hemd trug er eine schallgedämpfte Glock 17, im Touristenrucksack neben seinem Stuhl steckte die nötigste Ausrüstung. Falls es Ärger gab, wie Gillot befürchtete.

Sebastian fürchtete sich nicht. Gute Vorbereitung machte den Einsatz seiner fünf Mann starken Söldnertruppe sicher, die bei verschiedenen offiziellen und inoffiziellen Arbeitgebern unter Vertrag gestanden hatten. Bewachen von Ölraffinerien, Personenschutz, Gebäudesicherung, Gefangenentransporte, Razzien – Sebastian Ulrich und seine Männer erledigten alles, gingen hart und effizient vor. So kehrte man lebend nach Hause zurück. Etliche Söldner reisten in Leichensäcken zurück, weil sie die eine Sekunde, gar Millisekunde zu viel nachdachten, bevor sie abdrückten, oder weil sie sich nicht um die Aufklärung vor Ort gekümmert hatten oder vorher soffen oder Drogen nahmen, um sich zu pushen.

Sebastian und seine Leute hatten sich vor zwei Tagen als vermeintliche Touristen in diversen Hotels der Stadt einquartiert. Die Ausrüstung hatten sie in handelsüblichen Koffern mitgebracht. Sie waren die Straßen abgelaufen, hatten Fotos geschossen und jedes Detail aufgenommen, das sich rund um das Anwesen von Madame Darlan befand. Sie kannten die kritischsten Stellen der Überwachung, und sie kannten die besten Scharfschützenpositionen.

In der heutigen Nacht begann das Einrücken in das große Anwesen. Es musste schnell gehen, damit keiner der Nachbarn etwas bemerkte. Sebastian bekleidete die Spähposition.

Die dunkler werdenden Straßen leerten sich. Das gute Wetter zog die Touristen nach Avignon, das mit seiner unvollständigen Brücke in Europa eine gewisse Bekanntheit erlangt hatte, auch wenn man sich nicht für Kirchengeschichte interessierte. Mireille Matthieus Lied über die Brücke kannten bestimmt mehr Leute als die historischen Fakten zu den Gegenpäpsten.

In diesem Teil der Stadt gab es kaum etwas zu entdecken, man nutzte die Sträßchen, um zur mittelalterlichen Stadtmauer zu gelangen. Das erklärte, weswegen eine Kommunikationsagentur neben dem Sur le Pont vom gleichen Inhaber betrieben wurde. Viel Geld warf das Café et Bar nicht ab.

Sebastian trank das Wasser aus und wollte sich als letzter Gast etwas zu essen bringen lassen. Er wählte einen leichten Salat mit Rinderfilet.

»Monsieur, es tut mir leid, aber die Küche hat bereits geschlossen.« Der Garçon entschuldigte sich mehrfach und wollte einen Wein als Wiedergutmachung kredenzen.

Sebastian bedankte sich, orderte anstelle des Weins einen Kaffee und beglich die Rechnung.

Nach einer weiteren Stunde hatte er seine Getränke ausgetrunken und verließ den Hof, blieb im Schatten der Mauer stehen. Die schwere Ausrüstung würden die anderen mitbringen. Der Scout musste schnell und beweglich sein.

Eine Turmuhr schlug Mitternacht, und die Straßen vor ihm zeigten sich leer. Die Einwohner hatten die Fensterläden geschlossen, geparkte Autos standen in den Haltebuchten der Einbahnstraße, in der Darlan wohnte.

Sebastian hob sein Smartphone, das wie alle Modelle seiner Einheit verschlüsselt sendete, und wählte die Nummer seines Unteroffiziers Crichton, ein knallharter SAS, der bei der Armee zu wenig verdiente für das, was er konnte, wie er zu sagen pflegte. »Major, die Straße ist frei. Ihr könnt einrücken. Lasst aber Abstand, damit ich schauen kann, ob jemand herumläuft oder am Fenster ist.«

»Verstanden, General. Auf dein Kommando.«

Sebastian nahm das Wärmebildfernglas aus dem Rucksack und sondierte erneut. Keine Umrisse von Menschen, weder in den Straßen noch hinter den Scheiben der Wohnungen und Fahrzeuge. Katzen, eine Ratte, mehr nicht. »Force 1, los.«

Es dauerte nicht lange, und einer seiner Leute bewegte sich lautlos voran, zwei schwere Koffer in den Händen und einen Rucksack auf dem Rücken.

Die Scheunentür wurde für ihn geöffnet, eine Wärmesignatur kurz sichtbar, und schon befand sich der Söldner im Haus.

»Warten.« Sebastian beobachtete erneut sorgfältig die Umgebung, bevor er Force 2, 3 und 4 schickte.

Es lief so reibungslos, wie er es geplant hatte. Einer nach dem anderen rückte in die Scheune ein. Die Männer meldeten knapp, dass alles in Ordnung sei. Dann folgte Crichton als Vorletzter der Truppe.

»Ausgezeichnet«, sagte Sebastian in sein Smartphone. Die erste Anspannung wich. »Jetzt, wo das Team drin ist: Wie sieht es da aus?«

»Groß. Unübersichtlich. Viel zu viel Gerümpel. Das Dach kann man abdecken, wenn man reinwill«, gab sein Unteroffizier zurück. »Wir werden sämtliche Überwachungskameras brauchen, General. Sonst schlüpft uns jemand durch. Das Schloss ist lächerlich. Das kann meine kleine Nichte mit dem Finger aufpopeln.«

»Verstanden. Ich komme.« Sebastian packte das Fernglas weg, warf sich den Rucksack auf den Rücken und löste sich aus dem Schatten des Mäuerchens. Wachsam ging er die Rue Nicolas Lescuyer entlang und auf das Steingebäude zu.

Gillot musste die Frau sehr am Herzen liegen, wenn er sie derart beschützen ließ. Für jemanden, der in Rom von Mafia-Killern zusammengeschossen worden war, kümmerte er sich einen Tick zu viel um andere. Doch Sebastian hatte dagegen nichts einzuwenden, denn der Wallone hatte im Voraus überwiesen; die Bezahlung war gesichert, ganz egal, was in Rom geschehen mochte.

Sebastian kannte Gillot von zwei Ausgrabungen unter dessen Ägide, die sein Trupp vor Angriffen durch Grabräuber beschützt hatte. Sobald sich rumsprach, wo der Kunsthändler buddelte, kamen die Geier und wollten ihm die Beute abspenstig machen. Die Feuergefechte waren ihm in bester Erinnerung geblieben. Unstrittig hatte Gillot ein Näschen für einträgliche Geschäfte, und ganz offenbar brauchte er Darlan dafür. Er sicherte seine Investition.

Sebastian blickte sich um, bevor er vor dem Haus der Restauratorin stehen blieb und mit dem verabredeten Klopfzeichen gegen die verwitterte Scheunentür pochte.

Der Eingang schwang auf, dahinter sah er Crichtons Umrisse in der Dunkelheit. Sein Stellvertreter winkte ihn rasch herein.

Erst beim zweiten Schritt in das Gebäude – und damit zu spät – merkte Sebastian, dass es sich nicht um den SAS-Mann handelte, sondern um jemanden, der dessen Kleidung trug. Crichton hätte niemals etwas anderes als sein grausames Aftershave aufgelegt, das ihm angeblich die Mücken vom Leib hielt. Der Mann vor Sebastian roch falsch. Seine Kampfsinne erwachten.

Die Tür schloss sich hinter ihm.

Dem Schlag gegen seine Schläfe wich Sebastian aus. Er zog seine schallgedämpfte Glock, richtete sie auf den Unbekannten in der Kleidung seines Unteroffiziers, der sein Gesicht mit einer Sturmhaube unkenntlich gemacht hatte.

Sein Verstand warnte ihn davor, abzudrücken. Es musste jede Menge Gegner geben, wenn sie seine Leute überwältigt hatten. Lautlos. Ohne einen einzigen Schuss.

»Bevor Sie durchdrehen, General: Ihre Leute leben noch«, sagte der Maskierte. »Wir haben sie im Keller gefangengesetzt. Ich zähle bis zwei, und dann liegt Ihre Waffe auf dem Boden.«

»Wer sagt, dass es stimmt?«

Die gegnerische Truppe musste sich bereits *vor* dem Eintreffen der Söldner im Haus der Restauratorin befunden haben. Sie hatten sich sicher schlappgelacht bei der Beobachtung, welche Mühe Sebastian sich mit der Observierung, Sondierung und Absicherung gegeben hatte.

Eine Taschenlampe flammte auf, der Schein geisterte über den Boden. »Sehen Sie irgendwo Blut?«

Sebastian schaute sich um. Nichts Rotes, keine leeren Patronenhülsen, es roch auch nicht nach einem Feuergefecht. »Sie könnten sie mit Tasern betäubt haben.«

»Kinderspielzeug ist nicht meine Liga.« Der Maskierte grinste hörbar. »Ach ja, bevor ich das Zählen vergesse: eins.«

Sebastian legte die schallgedämpfte Glock ab. Er wusste, dass hinter ihm mindestens zwei Bewaffnete standen, die ihn ohnehin erledigen konnten. »Ich will zu meinen Leuten.«

»Genau das, General, hatten wir vor.« Der Unbekannte gab ein Signal.

Sebastians Hände wurden auf dem Rücken mit Kabelbinder zusammengeschnürt, ein zweiter kam um seinen Hals, der ihm kaum mehr zu atmen erlaubte. »Der Keller wird Ihnen gefallen«, sagte der Anführer der gegnerischen Truppe. »Ein paar Folterkeller bei den Scheichs haben so ähnlich ausgesehen. Damit kennen Sie sich doch aus.«

Sebastian erhielt einen harten Stoß in den Rücken. Er tippte auf einen Gewehrlauf, der ihn zum Gehen antrieb.

Innerlich schwankte er zwischen Ärger und Staunen, Wut auf sich und hilflosem Lachen. Das hatte er in seinen ganzen Jahren als Söldner noch nie erlebt. Aber man lernte nie aus. Sebastian schwor sich, dass er das nächste Mal vor der Observierung und Sicherung des Objekts zuerst das Objekt selbst prüfte, auch wenn ihm sein Auftraggeber sagte, es sei sicher.

»Achtung, Stufen.«

Sebastian stolperte vorwärts und fiel eine lange Treppe abwärts. Mehrfach überschlug er sich und machte sich rund, kugelte abwärts und schrammte an den Wänden entlang. Versehen mit einem Dutzend Schürfwunden, kam er vor einer geöffneten, schweren Tür zum Liegen.

Den Geruch, der ihm unter dem Türschlitz entgegenwehte, kannte er zu gut: Tod, Verwesung und frisches Blut.

* * *

Spielen ist Experimentieren mit dem Zufall.

Novalis (1772–1801)

– INTERMEDIUM – CAPITULUM IV

Heiliges Römisches Reich,
Kurfürstentum Sachsen, Leipzig, Juli 1768

Bastian eilte mit seiner leichten Fracht durch die heiße Stadt, in der es rumorte und gärte. Die Studenten brüteten etwas aus. Sie hatten sich auch im *Auerbachs* verschwörend zusammengetan, steckten dauernd die Köpfe zusammen und wollten aufbegehren. Jemand trug sich mit der Absicht, Scheiben einzuwerfen und den Aufstand zu proben.

Gegen was sie ins Feld ziehen wollten, hatte Bastian nicht mitbekommen – und eigentlich wollte er es auch gar nicht wissen, um Ärger mit der Obrigkeit zu vermeiden.

Noch bis vor einer Woche hatte er alle Konzentration auf das Herstellen der Karten verwendet, was sich länger zog als gedacht. Denn die Zeichnungen von Dietrich waren immer schwerer aus dem Kupfer zu schneiden gewesen, die Kleinigkeiten und Winzigkeiten raubten ihm beinahe die Geduld. Aber Susanna hatte sich liebevoll um ihn gekümmert und den Übertrag der schwierigen Vorzeichnungen übernommen, wenn sie ihm nicht gerade Tee und Süßes brachte, um seine Laune hochzuhalten.

Nach den vielen Monaten präsentierte sich das Kartenspiel nun in all seiner Pracht. Bastian hatte es Breitkopf gezeigt und aus dem Stand die Zusage erhalten, als Kartenmachermeister anfangen zu dürfen. Es würde zwar noch ein, zwei Jahre dauern, bis der Sachverhalt im Druckerhause geregelt sei, aber er hatte Bastian die Hand darauf gegeben und sich nicht mehr vor Begeisterung eingekriegt.

Die kostbaren Druckplatten lagerten gut verstaut in der Dachkammer. Ihnen würde das zweijährige Warten nichts ausmachen. Metall hatte ein dauerndes Gedächtnis.

Beim nochmaligen Ansehen hatte Bastian kurz gestutzt. An einige der Ornamente und Zeichen auf dem ersten Dutzend Karten konnte er sich nicht entsinnen, sie gestichelt und geschnitten zu haben, doch da sie mit der Vorlage übereinstimmten, die er aufbewahrt hatte, dachte er sich nichts dabei.

Gut geschnürt in Papier, Leder und Wachspapier, trug Bastian nun das französische Blatt dem Auftraggeber entgegen. Der Teufelspudel hatte ihm eine Botschaft gebracht, dass sich Dietrich mit ihm treffen wolle, in einer alten, verlassenen Mühle außerhalb der Stadt. Da es sich um ein verbotenerweise hergestelltes Spiel handelte und er Breitkopf versprochen hatte, die Probekarten zu vernichten, kamen ihm der Vorschlag und die Abgelegenheit des Ortes sehr gelegen.

Bastian verfluchte sich dafür, trotz der sommerlichen Hitze das Wams über das Hemd gezogen zu haben. Auch die Kappe war getränkt mit seinem Schweiß.

Sosehr die Herstellung ihn im besten Sinne gefangen genommen hatte, was auch auf Susanna nach anfänglicher Ablehnung übergriff, so wenig wohl fühlte er sich mit dem Deck in seiner Tasche. Er sah sich schon am Stadttor kontrolliert und ertappt werden und im Zuchthaus landen. Kartenfälscher waren nicht gerne gelitten.

»Hey, Kirchner!«

Goethe. Erneut. Der Studiosus besaß das Talent, ihn in den ungünstigen Momenten aufzustöbern und aufzuhalten. Nun erschien er auf dem Brühl, den Bastian entlangeilte.

»Gegrüßt, gegrüßt. Aber ich habe Geschäfte.«

»So eilig?« Goethe kam an seine Seite und lupfte seinen Dreispitz. Wegen der Hitze verzichtete er auf den Gehrock, ging nur mit Hemd und Hose. »Flüchtest du vor den Unruhen?«

»Weil die Studentenköpfe sich in Revolution üben, muss ein Handwerker sich nicht fürchten«, gab Bastian mit einem Grinsen zurück und zeigte seine kräftigen Finger. »Bei eins gegen eins bringt euch das Wissen nichts.«

»Fragt mal Goliath. Den hat's erwischt, erlegt von besserem Wissen.«

»David hat beschissen«, entgegnete Bastian, ohne seine Geschwindigkeit zu verringern. »Dann einen guten Tag für …«

»Jetzt bleib halt stehen!«, bat Goethe und trat in den Schatten eines Hauses. Er zog ein weißes Tuch aus der Hosentasche und tupfte sich das glänzende Gesicht ab. »Ich muss dich was fragen.«

»Mach schnell.«

»Was treibt dich? Hast du den Teufelspudel noch einmal gesehen?«

»Nein.« Bastian wischte sich ebenfalls die Züge und den Nacken. »Und auch nicht seinen Herrn.«

Goethe setzte ein grübelndes Gelehrtengesicht auf. »Eben! Wie vom Schlund verschlungen. Als plante er was. Und doch, ich fühl's, er ist noch in der Stadt.«

Bastian seufzte. »Was interessiert *dich* das klapprige Gestell?«

»Er beeindruckte mich: die Art, sein Auftreten«, sagte der Studiosus. »Wie geschaffen für eine Geschichte, ein Theaterstück. Er würde sich gut als Faustus machen. Oder als … ein Dämon. Als Teufel vielleicht.«

»Faustus? Hast du deswegen Maulaffen feilhaltend vor den Bildern im *Auerbachs* gestanden?«

Goethe nickte. »Der Stoff geht mir seitdem nicht mehr aus dem Schädel, bei allem Lesen und Schnitzen und Disputieren über Literatur. Und stets seh ich den alten Mann vor mir. Der perfekte Verführer und Einflüsterer. Wie er Frosch und die anderen Studenten um den Finger wickelte …« Er kratzte sich unter seinem Dreispitz am Kopf. »Ich weiß immer noch nicht, ob er ihnen was in den Wein getan hat. Ein wahrer Giftmischer und dabei ein ganz geschickter. Und der Köter, bei Gott dem Allmächtigen!« Er schüttelte sich. »Wenn ich an ihn denke, wird's Winter in mir.«

»Gut. Dann such weiter. Und viel Erfolg.« Bastian reichte ihm die Hand. »Und lass dich nicht erwischen, wenn ihr die Scheiben des Rathauses einwerft, Goethe. Das kann ein übles Ende nehmen. Die Obrigkeit schaut sich das nicht lange an.«

»Ich werde es bedenken.« Goethe nickte ihm zu. »Und du?«

»Was, ich?«

»Wohin, Geschäfte machen?«

»Nichts Wüstes. Ein paar … Drucke ansehen, die Breitkopf gebrauchen könnte. Als Illustrationen für Romane.«

»Oh, bestens!« Goethe machte Anstalten, ihn begleiten zu wollen. »Wohin geht's? Nach Dresden? Ins Museum?« Als begieriger Schüler von Holz- und Kupferschnitt würde er sich so etwas nicht entgehen lassen. »Oder ein neuer Oeser?«

»Ich muss alleine los, Goethe.« Bastian eilte davon. »Bis bald, im *Auerbachs*.« Bevor ihm der Studiosus widersprechen konnte, war er um die Ecke und mehrmals abgebogen. Er brauchte keinen Begleiter und keinen Zeugen, der ihn eines Tages in einer Geschichte verewigte.

Nach einem schnellen, aber langen Marsch zur Stadt hinaus ins Grüne und die Parthe entlang passierte Bastian das Rittergut Abtnaundorf, das ebenfalls Breitkopf gehörte, und entdeckte die halb zerstörte Wassermühle. Er hatte den Treffpunkt erreicht.

Das Rad hing noch hälftig in den Halterungen, das Haus selbst bestand vor allem aus Löchern im Dach, morschen Balken im Fachwerk und durchbrochenen Wänden. Eine Trauerweide hängte ihre Äste wie zum Schutz vor der sengenden Sonne über die Ruine, warf Schatten und eine gespenstische Stimmung über den Zerfall.

Bastian wischte sich den Schweiß mit der Kappe von der Stirn und sah sich aufmerksam um. Weit und breit war niemand zu sehen, und doch meinte er, er wäre nicht alleine.

»Gewiss die Töle aus der Hölle«, murmelte er und betrat die aufgegebene Mühle, deren Tür schief in den Angeln hing.

Im Innern herrschte Kälte. Bastian sah andeutungsweise seinen Atem, während die Bretter unter seinen Schuhen ächzten und förmlich schrien, dass sich jemand näherte, der an diesem Ort nichts zu suchen hatte. Helligkeit fiel spärlich durch die Ritzen und Löcher, die Trauerweide gewährte Zwielicht, nicht mehr.

Bastian wagte nicht zu rufen.

Als eine Krähe in den Gang hopste, erschrak er sich beinahe zu Tode. Sie betrachtete ihn, neigte den Kopf mal nach rechts, mal nach links. Dann stieß sie zwei Krächzer aus und flatterte an ihm vorbei nach draußen.

Behutsam ging Bastian durch die Räume, prüfte vor jedem Schritt die Belastbarkeit des Bodens. Ein verlassenes Haus am Wasser wurde rasch morsch, die Dielen mochten brechen und der Untergrund oder die Parthe ihn verschlingen. Mitsamt den Karten.

Die nächste Entdeckung jagte ihm einen Schauder über den Rücken: In manchen Ecken entdeckte er Knochen, überwiegend von kleinen Tieren, aber auch mehrere vergilbte Menschenschädel. Fröstelnd betrachtete er die Knochenköpfe, auf denen Zeichen eingeritzt waren; Spuren von Wachs hafteten daran. Sie lagen in den Räumen wie Unrat, der nach einer gelungenen Beschwörung aus dem Totenreich vergessen worden war.

»Eine wahre Knochenmühle«, wisperte Bastian, damit er seine Stimme und damit etwas Lebendiges an diesem Ort vernahm, wo nur Untergang und Tod regierten.

Die Bretter knarrten warnend.

Bastian wirbelte herum – und stand Dietrich gegenüber, der trotz der Hitze in seinen Mantel gekleidet war und auf dem Kopf ein rotes Barett mit langer Fasanenfeder trug. Neben ihm saß der Pudel, unheimlich und schwarz wie eh und je.

»Ah, da seid Ihr ja.«

»Und Ihr auch, Meister Kirchner.« Dietrich tippte sich an den Hut. »Dieser Ort war leicht zu finden und zu erwandern, immer am kühlen Bach entlang, hoffe ich?«

»Sagen wir, am Anfang war es beschwerlich, aber danach ging es.« Bastian langte in die Tasche und zog das verschnürte Päckchen mit dem Kartenspiel heraus. »Bevor ich Euch gebe, was ich gerne für Euch angefertigt, nehmt zuerst meinen Dank, Herr Dietrich.«

»Weil ich den Voigt zum Schweigen brachte?«

»Weil Ihr den kleinsten Rest Zweifel an meiner Aufrichtigkeit zusammen mit dem schlechten Mann habt sterben lassen«, verbesserte Bastian.

»Danke. Euer Lob bedeutet mir viel. Wollt Ihr wissen, wie ich den niederträchtigen Voigt dazu brachte, zu gestehen und sich aufzuknüpfen?«

Bastian machte eine abwehrende Handbewegung. »Ich bat Euch nicht, ihn zu töten.«

»Nicht unmittelbar, das ist wohl wahr. Aber wie hätte man ihm sonst das Lästermaul für immer stopfen und Euch von allem reinwaschen können, Meister Kirchner?« Dietrich schaute übertrieben bedauernd. »Nun, es schien mir das beste Mittel.« Er hob die Krallenhand, und seine

Nägel blitzten, als wären es Klingen. »Darf ich sehen, was mir gebührt?«

Bastian überreichte ihm das Päckchen und spürte den Stolz in seiner Brust. »Es ist wundervoll geworden, ohne zu übertreiben. Breitkopf gefiel es ebenso. Es wird die erste Auflage sein, die das Verlagshaus entwerfen wird. In knapp einem Jahr soll es so weit sein.«

»Verfahrt mit den Motiven und den Platten nach Gutdünken, Meister Kirchner.« Dietrich zerschnitt die Umverpackung mit dem Nagel des kleinen Fingers. Lage um Lage fiel auf die verwitterten Dielen. Das Papier wirkte unpassend neu auf dem ruinierten Holz.

Endlich hatte er es enthüllt.

Karte für Karte schob er von einer Hand in die andere, Karo, Herz, Pik, Kreuz, von der Zwei bis zum Ass. Dietrich betrachtete sie eindringlich, anfangs ernst, dann mit einem behutsamen Lächeln, bis ein Grinsen daraus wurde. Er hob das Pik-Ass. »*Das* ist die schönste von allen. Und dass Ihr den Totenkopf eingearbeitet habt, so zart und doch erkennbar.« Dietrich schwenkte sie in einen einzelnen Lichtstrahl, der wie von einer Lupe gebündelt mit Erlaubnis der Weide durch das Dach fiel, und legte die drei anderen Asse darüber. »Es offenbart sich noch mehr.«

Bastian staunte mit offenem Mund. *Sie werden durchscheinend und ergeben ein gänzlich neues Symbol!* Das hatte er beim Schneiden nicht bemerkt, und er wäre auch nicht auf die Idee gekommen, zumal der Mittelkarton, den er zum Halt geleimt hatte, eine beträchtliche Stärke aufwies. Nicht anders verhielt es sich mit der Rückseite. Im Grunde war ein Durchscheinen unmöglich – und trotzdem sah er das Zeichen ganz genau.

»Es freut mich, dass ich Euren Anforderungen genügte.«

»Nicht zu bescheiden. Ausschließlich *Ihr* wart dazu in der Lage.« Dietrich fächerte die Karten auf und fügte sie zusammen, mischte sie und ließ sie springen, als wären sie liquide und fließend wie aus Wasser geformt. Zu Bastians Verwunderung ergaben sich dadurch ebenso neuerliche Darstellungen und Figuren, die sich regelrecht bewegten. »Ist es nicht herrlich anzuschauen? Die Karten machen Euch berühmt, Meister Kirchner.«

»Dank Euch«, gab er das Lob zurück.

Dietrich ließ die dünnen Karten weiterhin zwischen seinen Krallenhänden tanzen, während er sich auf Bastian zubewegte. Der Hund blieb, wo er saß. »Aber ich muss Euch etwas fragen, bevor sich unsere Wege trennen.«

»Dann doch eine Beschwerde?«

»Eine Frage, sagte ich.« Dietrich zog wie zufällig eine Karte aus dem Wirbeln heraus. Pik-Ass. »Fällt Euch daran etwas auf?«

Bastian schwieg und schaute. »Ich weiß nicht, was Ihr von mir wollt.«

»Habt Ihr unentwegt alleine daran gesessen, wie ich es verlangte?« Die uralten Augen blickten abrupt hart und unversöhnlich. »Zu jeder Zeit? Auch als Ihr mit Farbe maltet?«

»Ich schnitt die Muster, Meister Dietrich. Keiner sonst.«

»Das war nicht meine Frage. Abgemacht war, dass niemand davon erfährt.« Zwei seiner langen Nägel zogen das Muster auf der Karte nach. »Ich finde meine Karten verändert vor. Allesamt.«

Bastians Herz tat einen schmerzhaften Sprung neben dem Takt. Ein heißer Klumpen Pech saß plötzlich in seinem Magen und ließ ihn unverzüglich schwitzen. Da er es nicht gewesen war, kam nur Susanna für die Abwandlung infrage. Heimlich. Und die Druckplatten hatte sie auch bearbeitet. Deswegen konnte er sich an einige Ornamente nicht erinnern. Das Werk seiner Gemahlin.

»Ich fand«, setzte Bastian zur Lüge an, »dass sie so noch mehr an Tiefgang erhalten.«

»So? Das dachtet Ihr?« Dietrich lachte höllisch. »So seid Ihr nicht nur Kartenmacher, sondern auch ein Wissender in Zauberei und Hexerei?«

»Wieso denn das?« Bastian war verwirrt. »Nein, damit habe ich nichts zu tun.«

»Das ahnte ich. Und so bleibt als Schuldige für den Verrat an Euch und an unserer Abmachung nur Eure Frau. Eine geborene Schöne. Wusstet Ihr, dass ihrer Verwandtschaft vor knapp siebzig Jahren der Prozess zu Leipzig gemacht wurde?«

»Nein.« Bastian erbleichte. »Das …«

»Wegen Hexerei. Wegen Zauberei.« Dietrich streichelte die Karten. »Es hat den Anschein, als wüsste Euer Weib genau, wie man verbotene Künste betreibt.«

Der schwarze Pudel knurrte abrupt. Er wandte den Kopf und fletschte die Zähne, erhob sich und baute sich schützend vor dem Eingang auf.

»Ihr nicht minder, Dietrich«, sagte eine Frauenstimme von der anderen Seite des zerfallenen Raumes.

Bastian und der Alte drehten sich um.

Auf der Schwelle und vor dem drohenden Hund stand Susanna. Sie hielt ein Büchlein in der Hand, aufgeschlagen und an einigen Stellen mit dünnen Seidenbändern versehen. Die blonden Haare flossen lang und offen auf ihrem Rücken hinab, das weiße Kleid ließ sie in der düsteren Mühle wie eine Heilige oder ein niedergefahrener Engel erscheinen.

»Bastian, komm her zu mir«, befahl sie. »Dieser Mann ist Schlimmeres, als jeder Mensch sein kann.«

Dietrich lachte laut und triumphierend. »Da ist das Hexlein! Hat dich mein Tun zur Besinnung gebracht, und du willst von meiner Weisheit lernen?«

»Eine deiner Lektionen reichte aus«, spie sie ihm entgegen. »Ich werde dich nun lehren, was es heißt, sich mit dem Guten anzulegen!«

»Das tue ich schon viele Dekaden lang, Jahrhundert um Jahrhundert«, erwiderte Dietrich und rieb sich über die rechte Wange, die Nägel schleiften wie Klingen darüber. »Und du denkst, du wärst mir gewachsen?« Er hob das Kartenspiel. »Weil du sie mir verdorben hast? Es war dein Werk. Ich erkannte die Symbole darauf, die Sibylle schon nutzte.«

»Verdorben?« Bastian bewegte sich langsam weg von dem Alten und weg von Susanna.

Niemals hatte er den Unfug über Hexerei und Zauberei geglaubt, aber in diesem Moment schien er zwischen Gut und Böse geraten zu sein. Seine eigene Frau – eine Hexe?

»Bastian, her zu mir!«, wiederholte Susanna.

»Was ist mit den Karten?«, fragte Bastian leise Dietrich. »Was hätte es damit auf sich haben sollen?«

»Mein Teufelsgebetbuch wird den Hass in die Welt bringen!« Erneut fächerte er die Karten hin und her, wie es der beste Gaukler auf dem Jahrmarkt nicht vermochte. »Wer damit spielt, verfällt dem Hass auf jene, die sich mit ihm messen. Er wird danach trachten, jene zu vernichten, die bei ihm sitzen, und alle, die zu ihm gehören: mit Gewalt, mit List, rasch oder genüsslich langsam, gerade wie Temperament und Gemüt so sind«, erklärte Dietrich. »Es reicht vom Stoßen vor ein Gespann oder die Stufen hinab bis zum Duell und zur Bekämpfung eines geschäftlichen Kontrahenten, gar bis zum Krieg von Völkern, weil ihre Herrscher scheinbar vertraut beim Spiele saßen.« Dietrich ordnete es zu einem Deck an. »Zank, Zwist, Unfriede, Elend, Tod und unendliches Leid. Das vermag es.«

»Nicht mehr«, rief Susanna stolz. »Ich habe es unterbunden und aus dem Schlechten das Gute gemacht.«

»Dann … ist es wahr!« Bastian wich noch weiter zurück, sah zwischen ihnen hin und her. »Was … die Zeichen und Symbole?«

»Sie haben das Schlechte ausgeschaltet, das darin wohnte.

Denn Breitkopf wird das Spiel tausendfach drucken und in die Welt senden. Mit jedem Abheben, mit jedem Stich, mit jedem Sieg und jeder Niederlage wäre das Verderben in die Welt gekommen.« Susanna hob das Büchlein. »Wenn du nicht herkommen willst, dann bleibe dort und tue nichts.«

Ihre Lippen bewegten sich rasch und lautlos, formten unhörbare Formeln, die den schwarzen Pudel knurrend von ihr wegtrieben. Wieder blieben glühende Pfotenspuren auf den Brettern, wie es beim ersten Zusammentreffen geschehen war.

Bastian sah zu den Schädeln in der Ecke und ahnte, dass Dietrich sein Unwesen und schwarzmagische Rituale an diesem Ort vollzogen hatte. Opferungen und andere Missetaten, abseits von den Augen und Ohren der Behörden.

»Was bist du?«, raunte er gebannt. »Der Leibhaftige? Der Fliegengott, Verderber, Lügner?«

Dietrich lachte und zeigte seine weißen Zähne. »Wie wäre es mit: des Chaos wunderlicher Sohn?«

»Des Teufels Spross!«

»Ach, was sind schon Namen? Ich trug viele wie die anderen vor mir und nach mir.« Dietrich schien sich von Susannas magischen Vorbereitungen nicht irritieren zu lassen. »Gib's zu, Kirchner: Wäre es denn nicht besser, dass nichts entstünde? Die Menschheit ist eine einzige Enttäuschung, aber sie radiert sich selbst nicht aus. Da dachte ich, ich versuche es auf andere Weise als mit Fluten, Krankheiten und Krieg. Mit dem Spiel.« Er hob die Karten. »Ja, ich gab mir Mühe. So ist denn alles, was du Sünde, Zerstörung, kurz, *das Böse* nennst, mein eigentliches Element.«

»Und damit ist es vorbei«, sprach Susanna kalt. Sie beugte sich herab, malte mehrere magische Zeichen auf die Dielen. Ihre goldenen Haare schimmerten überirdisch. »Flüchtling der Hölle, sieh dies Zeichen: Dem musst du dich beugen, wie alle aus den Reihen der schwarzen Scharen!«

Bastian unterdrückte den Schrei, der sich aus seiner Kehle wand: Die Symbole zu ihren Füßen leuchteten auf, stießen glimmende, weiße Funken aus, die rasend schnell auf Dietrich zuströmten und ihn umschlossen und umstöberten.

»Ich versenge dich mit heiliger Lohe!«, rief Susanna und richtete sich auf, reckte eine Hand gegen den Alten. »Dreimal glühendes Licht: Vergehe, Mephistopheles, oder wie sonst dein Name sein möge, Diener der Hölle und des Teufels!«

Die Funken verdichteten sich zu einer Stichflamme, die Dietrich in sich verschlang und an Helligkeit zunahm, als bestünde sie aus reinem Magnesium, das grell und blendend abfackelte. Dazu erklang ein Fauchen und Pfeifen. Die Flammen durchstachen das marode Dach und schufen ein weiteres Loch.

Schlagartig erlosch der Brand.

Bastian sah ungläubig, dass das magische Feuer, erschaffen von Susanna und ihren Künsten, vom Kartenspiel aufgesogen wurde, das weder kokelte noch lichterloh brannte.

»Wozu der Lärm?«, sprach Dietrich mit einem Lachen. »Aber ich salutiere der gelehrten Frau! Du hast mich weidlich schwitzen machen. Wie in meinem Gewölbe, als ich dich nahm.« Dietrich sah zu Bastian. »Du sollst wissen: Deine Gemahlin ist eine Ehebrecherin. Sie genoss es, als ich in ihr steckte, sie ausfüllte, wie du es niemals konntest.«

»Glaub ihm kein Wort!«, rief Susanna entsetzt. »Das ist erlogen!« Sie blätterte hastig in dem Büchlein vor und zurück, suchte nach einem tauglicheren Spruch gegen ihren Widersacher.

»Infame Lüge!« Bastian machte einen Schritt nach vorne. Aus seiner Angst wurde lodernde Wut, die alles überdeckte, jeglichen Gedanken und jede Vernunft. Dazu bereitete es seiner Einbildungskraft großen, gehässigen Spaß, seine Frau beim Verkehr mit dem Zauberer zu zeigen.

»Oh, dann mag es Zufall sein, dass sie dich nicht mehr begehrte, seit ich es mit ihr trieb?« Dietrich lachte. »Denke nach. Denke *gut* nach.«

»Das ist …«

»Du willst Beweise? Gut. Sie hat ein kleines Muttermal, gleich über ihrer Weiblichkeit.« Dietrich machte stoßende Bewegungen mit seiner Hüfte. »Es tanzte mir vor Freude etwas vor. Dann drehte ich sie herum und nahm sie auch von hinten. Und sie bat mich um mehr, Stunde um Stunde, die ich sie …«

»Du Schwein!« Bastian sprang nach vorne und warf sich auf ihn, zog im Gehen sein Taschenmesser. Er vergaß die Hexerei, die Zauberei, den gefährlichen Hund. Die Klinge sollte dem schrecklichen Gesellen durch die Kehle fahren, die Lügen kappen wie den Lebensfaden. »Wie kannst du es wagen, meiner Frau dies anzudichten?«

Dietrich wich der Schneide aus und stieß mit dem Kopf zu.

Er traf Bastian gegen die Stirn, sodass der mehrere Schritte zur Seite torkelte, um den Schwung seines eigenen stürmischen Angriffs abzufangen. Susanna rief ihm Worte zu, die er nicht verstand. Rasend setzte er nach, stach hastig nach dem Alten.

Spöttisch lachend zog Dietrich stets den Oberkörper zur Seite, sodass das Messer ihn verfehlte, knapp, doch unentwegt. »Jetzt finden wir heraus, ob die Feder mächtiger ist als das Schwert.« Er pflückte das lange Fasanengefieder vom Barett, hielt es wie ein Florett. »En garde!«

Bastian wollte seinen Augen nicht trauen, als sein Gegner den Messerangriff mit der Feder abwehrte, als bestünde sie aus geschmiedetem Stahl, auch wenn nur ein leises Rascheln erklang. Den nächsten Stoß parierte Dietrich mit dem Kartenspiel – und die Klinge brach daran ab, ohne dass sich ein Kratzer oder ein Schnitt auf dem leuchtenden Pik-Ass zeigte.

»Nun folgt das Beste! Der Zauberspruch deiner Frau, der mich strafen und vernichten sollte, machte meinen Plan erst möglich«, gestand Dietrich. »Alles, was in dieser Mühle geschieht, war eingefädelt, ihr Narren!« Er holte zum Stich aus. »Wie dein Tod, Kupferstecher.«

Bastian sprang zurück und versuchte, die Fasanenfeder mit der flachen Hand von sich wegzustoßen, aber sie schnitt durch seine Finger, durchdrang sein Wams, das Hemd, die Haut und jagte ihm in den Bauch.

Er keuchte vor Überraschung und Schreck, dass so etwas Leichtes und Zerbrechliches etwas bewirkte wie härtestes, rasiermesserschärfstes Metall. Dann peinigte es ihn aufs Schlimmste. In seinen Schmerzensschrei mischte sich Susannas Stimme. Noch immer begriff er nicht, was sie von ihm wollte.

Dietrich zog lachend die Feder aus der Wunde und führte einen zweiten Streich quer über Bastians Kehle, die sich sogleich öffnete und einen roten Regen gegen den Mann sandte. »Auch das war gewollt«, rief er und fächerte die Karten auf. Er badete sie im spritzenden Blut und raunte irgendetwas.

Sterbend sank Bastian auf die Knie und verfolgte unverständig, wie das Papier das Rot aufsog, ohne Flecken zurückzubehalten, während sich das Licht in der Mühlenruine verdunkelte. Irgendwo krächzten aufgeregt Raben.

Dietrich steckte sich die triefende, rot glitzernde Fasanenfeder zurück an sein Barett. »Blut ist ein ganz besond're Saft, Meister Kirchner. Nicht nur für einen Pakt. Es vollendet, was ich ersann. Dein Hass auf mich geht auf die Karten über. Meinen Dank einstweilen. Deine Seele mag ziehen, und freue dich: Deine Herz-Dame folgt dir binnen eines Wimpernschlages.«

Bastian kippte röchelnd zur Seite und schlug mit dem Kopf auf die Dielen.

* * *

Susanna sah ihren Liebsten sterben, abgeschlachtet wie ein Stück Vieh. Ihr Schreckensschrei verklang im Raum.

Der Anblick von Bastian, wie er ausblutend auf den Planken lag und sich das Rot in einer Pfütze um ihn sammelte, ließ sie die Sprüche des Lichtes überblättern und zu jenen Mitteln greifen, die sie zunächst abgelehnt hatte. Aber gegen das, was Dietrich war, half nur Dunkelheit.

Susanna richtete ihre Hand gegen den Mann. Sie las aus den Notizen ihrer Ahnin, unterdrückte die Tränen, weil sie wusste: Misslang ihr Bannzauber, würde sie ins Jenseits wandern. Und ihre Kinder kämen ins Waisenhaus – dorthin, wo Dietrich auf sie wartete, in seinem Gewölbe, um sie aufzuziehen, sie zu verderben und unaussprechliche Dinge mit ihnen zu tun.

Der Hass auf ihn half ihr, die gefährlichen Silben und verderbten Laute zu formen, und so wurden sie zu einer Selbstverständlichkeit.

Dietrich schien sich nicht daran zu stören. »Was versuchst du nun, um mich zu Fall zu bringen?« Er lachte sie aus und legte die blutigen Hände auf das reine, helle Kartenspiel. »Sein Hass, deine Magie und meine Vorbereitung, zusammen mit den Symbolen, haben es unzerstörbar gemacht. Es wird in die Welt gelangen.« Er betrachtete sie, und mehr und mehr verlor er das Herablassende. »Denkst du, mein Spruch ließe sich umkehren? Deine Hexenzeichen darauf sind nicht stark genug. Und noch besser: Auch das hab ich bedacht.«

Susanna sprach unbeirrt, die Augen auf ihren Widersacher gerichtet.

Sie fühlte die Schwärze, die Besitz von ihr ergriff, die sie in sich ließ und anzapfte. Unversöhnliches Empfinden bündelte sich in ihr, gebar einen schwarzen Diamanten, in dem sich alles Schlechte und Üble fing, um die Energien auf einen Schlag gegen Dietrich freizusetzen. Es baute sich auf und bereitete ihr allmählich Schmerzen.

»Du und dein Kupferstecher halft mir, die Welt ins Unglück zu stürzen.« Dietrich kam langsam auf sie zu. Der Hund gebärdete sich wie toll, wollte die Frau beißen und zerreißen, aber über die Symbole auf dem Boden gelangte er nicht hinweg. »Wir drei erschufen einen Fluch. Ich alleine hätte es niemals vermocht. Das sagte schon Sibylle.« Er versuchte, seinen Fuß über die Barriere zu heben. Es misslang. »Ganz recht: Deine Ahnin brachte mich auf den Gedanken. Da sie nicht unsterblich wurde wie ich, zeugten wir Nachkommen, die mich mit unserer Kraft zu einer anderen Zeit unterstützen.«

Susanna glaubte ihm kein einziges Wort. Er log, um das Verderben abzuwenden, um sie zu locken, auf seine Seite zu bekommen. Nachdem er sie geschändet und ihres Mannes beraubt hatte. Niemals würde sie ihn leben lassen.

Sie blätterte um. Noch vier Zeilen, und der Vernichtungsfluch würde Dietrich treffen.

»Wenn du einen Zweikampf haben und in dieser Ruine enden willst, so sei es.« Er hielt die leuchtenden Karten in der Rechten. »Je mehr Blut das Spiel trinkt, desto besser. Noch ist mein Werk nicht vollendet.« Er hob an, seinerseits eine Verwünschung zu erschaffen.

Susanna spürte die Auswirkung sofort – und sah sie manifestiert. Böses prallte gegen Böses, schwarze und graue Schlieren umspielten sie mit infernalischem Lärm und Krach, reckten sich, um sie zu würgen und zu peitschen. Aber das Symbol des Lichts zu ihren Füßen hielt es davon ab, bis zu ihr zu gelangen.

Dietrich schrie vor Wut und verdoppelte seine Anstrengungen.

Aus den wabernden Nebeln wuchsen gebogene, dolchlange Dornen, die sich durch den Schutzzauber schoben und Susannas Haut mit giftigen Nadeln ritzten. Ohne die rettende Magie hätten die Ranken sie von Kopf bis Fuß umfangen, dutzendfach durchstochen und zerrissen. Es brannte zunächst, dann folgte Eiseskälte. Die Arme, die Beine, jede Stelle, an der sie getroffen wurde, verlor das Gefühl.

Ohne dass Susanna sich dagegen wehren konnte, senkten sich ihre gelähmten Arme. Die letzte und entscheidende Zeile des Fluchs der Vernichtung geriet außerhalb ihres Blickfelds. *Nein!*

Dietrich sah hingegen plötzlich aus wie der Greis, der er sein sollte, ein Hundertjähriger, alt und gebrechlich und gebeugt, mit dürrem Leib und krummen Knochen. Die magische Anstrengung verlangte ihren Tribut. Doch seine Augen loderten und zeigten die Kraft, die in seinem Verstand steckte.

Keuchend ließ er den Arm sinken. »Wie steht es jetzt um dein Vorhaben, Hexlein?«, krächzte er. »Du misst dich mit nichts anderem als einem Meister. Dachtest du, Sibylles kleine Verschen wappneten dich dagegen?«

Vorbei. Susanna musste sich eingestehen, dass sie nichts mehr tun konnte. Ihre Arme hingen vor ihrer Körpermitte, die Buchstaben waren unerreichbar. Dietrich würde ein weiteres Mal triumphieren und die Menschheit im Spiel verderben. Sie starrte auf das glimmende Kartenspiel, das auch ihr Blut trinken sollte. *Vorbei und verloren.*

Da kam ein Schatten wie aus dem Nichts an ihre Seite und drückte ihr die steifen Arme nach oben, sodass das Büchlein vor ihren Augen schwebte und sie die letzte Zeile lesen konnte.

»Macht schnell, Frau Kirchner«, sprach Goethe gehetzt neben ihr. »Sonst sind wir beide verloren!«

»Studiosus!«, keifte Dietrich. »Du sollst mit ihr in die Hölle fahren!« Er riss die Hand in die Höhe, und die Ranken zogen ihre Windungen enger.

Susanna brachte den Fluch zu Ende, schrie ihn Dietrich mit jeglicher Rankünе entgegen, die sie gegen ihn aufzubringen vermochte.

Der Spruch, ein gerader nachtfarbener Strahl aus glühendem Hass, der die Luft zum Brodeln und Zischen brachte, löste sich aus dem Buch.

»Vorsicht!« Goethe verwischte geistesgegenwärtig das Schutzsymbol vor Susannas Schuhspitzen, damit der heraufbeschworene Fluch nicht daran abprallte oder zerschellte.

Der Pudel hatte auf diese Gelegenheit gewartet und sprang sogleich gegen Susanna. Goethe warf sich dazwischen und ging hinter ihr mitsamt dem Hund zu Boden.

»Nein!« Dietrich riss das Kartenspiel in die Höhe und fing den Bann ab. »Ich bin nicht zu schlagen! Nicht von dir!«

Das gesamte Deck leuchtete bitterschwarz, ein Dröhnen wie von entfesselten Dämonen und Sturmfauchen erklang und brachte die angeschlagene Mühle zum Beben und Zittern. Staub und Holzsplitter regneten herab.

Susanna hielt den Fluch aufrecht und sah mit grimmiger Freude, dass Dietrich dem Zauber nichts entgegenzusetzen hatte.

Er sank auf die Knie, schrie und wimmerte, während aus seinem offenen Mund Rauch kräuselte, als verbrannte er von innen heraus. »Ich lasse nicht zu, dass mein größtes Werk vergeht. Ihr Höllenfürsten, ihr Dämonen: für die Ewigkeit!«, stieß er aus und zog die Fasanenfeder vom Barett.

Noch bevor Susanna eingreifen konnte, zerschnitt er sich die Kehle und ließ sein Blut auf die Karten sprühen.

Der vernichtende Bannstrahl erlosch augenblicklich.

Zischend stieg roter Dampf auf, Dietrich stürzte auf die Seite, die Augen weit aufgerissen und gebrochen. Die Karten rutschten aus seiner Hand, knisterten und knackten leise wie glühende Kohlen.

Er hat sich geopfert, um das Spiel zu rüsten. Gegen weitere Magie und den Zahn der Zeit, der sonst sogar Gebirge niederwarf. Aber der Mann, das Monstrum, des Chaos wunderlicher Sohn war vernichtet worden.

»Frau Kirchner. Zu Hilfe«, hörte sie Goethe hinter sich ächzen.

Susanna wirbelte herum.

Der Student lag neben dem riesigen Pudel, dem er die Kehle und den Bauch mit einem Messer aufgeschnitten hatte. Die Zähne des Hundes hatten den jungen Mann nicht erwischt, dachte sie zuerst. Aber dann sah sie einen feinen Kratzer an der Hand, der sich verfärbte, als habe er sich sofort entzündet.

»Gift«, murmelte Susanna erschrocken. Wie immer Dietrich es angestellt hatte, die Fänge des Tieres zu behandeln; der kleinste Ritzer brachte den sicheren Tod. Gegen solche profan-irdische Gemeinheit und ohne wirksame Kräuter würde sie dagegen nichts ausrichten. »Haltet aus, Goethe! Ich bringe Euch in die Stadt.«

Er krümmte sich unter starken Schmerzen und erbrach Blut, hustete das Rot in hohem Bogen durch die alte Mühle. Seine Worte gingen in den leidenden Lauten unter, und erneut spuckte er seinen Lebenssaft auf die Dielen.

»Ihr werdet mir nicht auch noch sterben!«, schrie Susanna ihn an. »Untersteht Euch, Goethe. Hört ihr?« Sie nahm das Kartenspiel und steckte es ein, um es später in Ruhe zu untersuchen.

Goethe zitterte und vergoss reichlich kalten Schweiß. »Kann … nicht … gehen«, stammelte er.

Der junge Mann, der ihr tapfer beigestanden hatte, brauchte dringend Hilfe und einen Arzt. »Ich trage Euch.« Sie half ihm beim Aufstehen und trug dann fast sein ganzes Gewicht.

Ihre Blicke richteten sich auf ihren toten Bastian, der etwas entfernt von Dietrichs Leiche lag.

In ihren Gedanken arbeitete es fieberhaft, während sie sich in Bewegung setzte. Wie war dies dem Rat zu erklären?

Gar nicht. Sosehr sie der Gedanke schmerzte, sie würde ihren Mann morgen als vermisst melden. Womöglich fand man die Leiche und würde von einem Verbrechen ausgehen. Mord aus Habgier. Jeder wusste, dass Bastian Kirchner gerne Geld zum Spielen in der Tasche hatte. Das konnte Gesindel anlocken.

Bereits nach wenigen Schritten keuchte sie vor Anstrengung, Goethe hielt sich kaum mehr selbst auf den Beinen. Susanna würde es mit ihrer Last niemals bis nach Leipzig schaffen. Ihre eigene Erschöpfung machte es unmöglich.

So legte sie den Besinnungslosen am Eingang zum Rittergut Abtnaundorf nieder, betätigte die Torglocke und verbarg sich. Sie wollte hier nicht gesehen werden, da sie offiziell Besorgungen in der Stadt machte, wie sie Frau Stock hatte wissen lassen. Zudem galt es, Dietrichs Leiche zu entsorgen.

Ein Bediensteter kam, der Goethe fand und zum Haus rannte, um mit einem der Breitkopf-Söhne zurückzukehren. Sie schafften den Studiosus ins Gut.

Erleichtert machte sich Susanna auf den Rückweg in die Mühle, um ihr Werk zu beenden. Sie hoffte, dass die Breitkopfs zu handeln wussten und den armen Goethe rasch nach Leipzig kutschierten. Ein Arzt würde ihm zu helfen wissen.

Im Innenraum der Ruine angelangt, blickte Susanna sich um. *Jetzt hinfort mit dem Übel.* In der hinteren Ecke lagen alte

Waagegewichte und kleinere gebrochene Mühlsteine. *Damit gelingt es.*

Sie zerrte Dietrichs Leiche dorthin, band die Gewichte und die Steinstücke um den Toten, stopfte ihm die Taschen voll und rollte ihn im Schutz der Weide in die Parthe. Den aufgeschlitzten Pudel warf sie hinterher. Die Fische sollten ihn fressen wie seinen Herrn.

Susanna nahm sich die Zeit und wusch die gröbsten Blutflecken aus den hellen Stellen ihres Kleids, rieb anschließend Waldbeeren darüber. Der fruchtige Geruch sollte in die Irre führen.

Danach eilte sie heimlich in die Stadt zurück, drehte eine große Runde durch die Geschäfte, um gesehen zu werden, und kaufte Früchte, um die Flecken zu erklären.

Erst als Susanna in die Dachkammer zurückkehrte, gab sie sich ihrem Seelenschmerz hin.

* * *

Kapitel XIV

Westafrika, Republik Benin, Cotonou

Hyun schlürfte ihren Eiskaffee, den man in Cotonou anscheinend gerne extrem stark und mit sehr viel Zucker trank, durch einen Strohhalm. Hyperaktivität und Schweißattacken für die nächsten Stunden waren vorprogrammiert. Dazu drohte der berühmte Hirnfrost.

Sie lehnte sich im Stehen gegen die Scheibe des Flughafenkiosks, in dem sie den Kaffee gekauft hatte, und verfolgte aus der Entfernung, wie Boch mit dem Angestellten der Mietwagenfirma verhandelte. Es schien Probleme zu geben. Den verletzten Arm hielt er leicht angewinkelt vor den Bauch. Hyun hatte die Wunde mehrmals kontrolliert; Nähte und Wundumgebung sahen aus, wie es sich gehörte.

Ihr Gepäck hatten sie nach bewährter Art in Schließfächern untergebracht, da sie nie wussten, wie lange sie an einem Ort bleiben mussten, um eine Karte zu bergen. Im Falle eines schnellen Rückzugs reichte die Fahrt zum Flughafen ohne den Umweg über ein Hotel. Auf den Umtausch in die Landeswährung verzichtete Hyun, sie hatte sich in der Wechselstube Euro gegen US-Dollar umtauschen lassen.

Die schwüle Wärme setzte Hyun weniger zu als den meisten Europäern. Zwar lebte sie schon lange in London, aber die koreanischen Witterungsbedingungen hatten sie auf die enorme westafrikanische Hitze vorbereitet, die beständig um die dreißig Grad lag, auch nachts. Dazu hatte es geregnet. Man hatte das Gefühl, durch eine Dusche zu laufen.

Sie schob ihren just erstandenen Panamahut auf die schwarzen Haare, ließ sich auf einem der Bänkchen nieder, leerte den Kaffee und legte sich zwei der Eiswürfel in den

Nacken. Wohlig schaudernd genoss sie, wie das kalte Schmelzwasser unter der leichten, hellen Bluse abwärtsrann.

Dann nahm Hyun ihr Tablet heraus und klinkte sich ins WLAN des Flughafens, um Neuigkeiten aus Leipzig und der Welt zu erfahren.

Ihre erste Suche ergab, dass die Polizei im Grassimuseum wegen Vandalismus und Diebstahl ermittelte. Die Aufzeichnungen wurden ausgewertet, aber einer konkreten Spur, wer für den kostspieligen Streich infrage kam, folgten die Kriminaler nicht. Man nahm an, dass es sich um eine Mutprobe unter Jugendlichen einer Schulklasse handelte.

Hyun grinste. *Wie Boch es gedacht hatte.*

Als sie nach *Cotonou* suchte, landete sie auch auf internationalen Nachrichtenseiten mehrere Treffer. Sowohl die schlimmsten als auch die seriösesten Medien berichteten über Sowande Aristide Gondjia, den wahnsinnig gewordenen Voodoo-Priester, der bei einem »Amoklauf im Dämonenrausch« Dutzende Menschen getötet und ebenso viele schwer verletzt hatte.

Hyun fluchte leise auf Koreanisch und rief die Meldungen nacheinander auf.

Zusammengefasst nahmen die ausländischen Schreiber und Agenturen an, dass Gondjias Tat im Drogenrausch verübt worden war, einige beninische Medien hingegen blieben dabei, dass eine misslungene Voodoo-Zeremonie der Auslöser gewesen war. Die Aussagen von anonymen Zeugen wurden als Beweis angeführt.

Was ist mit dem Pik-Ass geschehen? Akribisch suchte Hyun Aufnahmen der Tatorte zusammen, lokalisierte die Kreuzung, um die herum die Taten geschehen waren, und inspizierte sie.

Ein Foto zeigte den bis auf die blutgetränkte Unterhose entkleideten Voodoo-Priester, der sich mit einer Flasche

Rum und einer Machete auf Polizisten stürzte, die auf ihn schossen. Dann gab es mehrere verwackelte Handyvideos von der Exekution des tobenden Mannes.

Hyun ließ ein Filmchen einfrieren, auf dem sie im Hintergrund das Altärchen auf der Kreuzung entdeckte, das der Bocor für seine Anrufung errichtet hatte. Darauf befand sich etwas, das die ungefähre Größe einer Spielkarte hatte. Ihre Hochstimmung erhielt umgehend einen Dämpfer: Fotografien, die nach Gondjias Tod entstanden waren, zeigten feiernde, tanzende Menschen an der gleichen Stelle und die zertretenen Überreste des Miniaturheiligtums.

Ist die Karte noch dort? Hyun blickte auf und sah Boch nach wie vor verhandeln. *Das wird eine vertrackte Suche.*

Doch nach der Meldung über Gondjias Tod fielen ganze Tonnengewichte von ihr. Tonnen der Angst. Hyun hatte sich vor einer Konfrontation mit Gondjia gefürchtet. Vor einer Situation wie in Arras, nur noch heftiger. Eine halbe Mudang hätte sich einem Bocor stellen sollen, der wegen seiner Voodoo-Erfolge von Haiti geflüchtet war und in Benin verehrt wurde. Es hätte sie ihren Verstand oder gar das Leben gekostet.

Hyun befiel eine Art späte Reue. Sie konnte es drehen und wenden, wie sie wollte – sie trug die schamanistischen Anlagen in sich, aber ohne die Anleitung ihrer Großmutter konnte sie wenig damit anfangen und musste sich auf Intuition und Fühlen verlassen, was ihr angesichts der derzeitigen Aufgabe zu wenig erschien. Der Schock und die Attacken der Karte in Arras hatten sie noch mal zurückgeworfen. *Jetzt kann ich nicht mal die echte von den falschen Karo-Assen unterscheiden.*

Ihr Blick verlor sich in der Unschärfe, ihre Gedanken kreisten.

Als Ärztin, die in der Notfallaufnahme und bei freiwilligen Auslandseinsätzen in Flüchtlingslagern gearbeitet hatte, wusste sie, dass sie an posttraumatischem Stress litt. Sie hatte in verschiedenen internationalen Krankenhäusern in Entwicklungs- und Bürgerkriegsländern geschuftet. Sie kannte Operationssäle, Blut, harsche Anweisungen und hässliche Wunden, Gestank und Tod – aber all das war auf eine bestimmte Weise steril und unter kontrollierten Bedingungen gewesen.

Das, was Hyun im Stollen erlebt hatte, war damit nicht zu vergleichen.

Auf der Reise nach Benin hatte sich ihre Psyche ein wenig von den Eindrücken aus Arras erholt, sowohl was das Gemetzel und die Enge in den Stollen anging als auch die Hass-Attacken der Karte. Die Ruhe in der Luft, die Konzentrationsübungen und nicht zuletzt die Tranquilizer, auf die sie nicht verzichten wollte, hatten ihr geholfen.

Hyun schrak zusammen, als ihr Tablet das Geräusch einer eingehenden Nachricht ausstieß.

Sie senkte den Blick auf das Display und fand eine Videonachricht von ihrem Stiefvater und ihrer Mutter. Gegen besseres Wissen spielte sie den Film ab.

»Hallo, Schatz«, begann ihre Mutter. »Wo immer du gerade steckst, wir hoffen, es geht dir gut.«

»Und wir haben das Krankenhaus kontaktiert«, fügte er hinzu, sichtlich bemüht, nicht streng zu klingen. »Sie haben Verständnis für deine aktuelle seelische Verfassung. Aber sie rechnen auch bald wieder mit dir. Du bist sehr gut, und sie haben dich für Eingriffe eingeplant.«

»Es nützt Enrico nichts mehr, wenn du dich grämst.« Ihrer Mutter hatten die Sorgen tiefe Falten in die koreanischen Züge gegraben. »Wir können dir einen Psychologen organisieren, mit dem du reden kannst.«

»Schatz, es ist so, dass wir nicht untätig herumsitzen wollen«, schaltete sich ihr Stiefvater ein. »Eine Woche geben wir dir noch. Verkrieche dich, gib dich dem Schmerz hin, aber dann … komm zurück nach London. Wir sollten über alles reden. Auch über Baden-Baden.«

Ihre Mutter kam nahe an das Objektiv. »Vergiss niemals, meine Tochter: Wir lieben dich. Ganz gleich, was geschehen ist oder geschehen wird.«

Sie lächelten in die Kamera, dann endete die Nachricht.

Hyun blinzelte und rieb über ihren Verlobungsring. Sie nahm es ihren Eltern nicht übel, dass sie sich einmischten und kümmerten. Aber wenn sie von Baden-Baden wussten, war entweder Klim am Anwalt vorbei bei ihnen vorstellig geworden, oder Lasarew senior hatte sich bei ihnen gemeldet.

Oder steckt gar Gillot dahinter? Oder jemand von der Presse? Eine Woche war ausreichend Zeit, um die Karten zu versammeln und zu vernichten.

Boch hatte sich vom Tresen gelöst und hielt einen Autoschlüssel in der Hand. Den Gesten und seinem Gesicht nach stand es um seine Laune nicht besonders. Als er auf eine Armlänge herangekommen war, fühlte Hyun unvermittelt die Karten, Herz-Dame und Karo-Ass, wieder, die er in einem Brustbeutel um den Hals trug. Die Schwingungen ließen sich voneinander unterscheiden, die Karten schienen miteinander zu kommunizieren und Energien auszutauschen.

Hyun atmete auf. Mit der lähmenden Angst vor der Konfrontation mit Gondjia schien die Blockade gewichen zu sein, die sie in Leipzig gelähmt hatte. *Ich kann es schaffen!* Boch öffnete den Mund, aber Hyun hob die rechte Hand.

»Die Karo-Asse. Alle.«

»Hier?«

»Nicht fragen, Boch. Ich habe einen Lauf.« Hyun bekam die verlangten Karten von ihm verstohlen ausgehändigt, als wären sie etwas Illegales, und wagte den Test.

Die blauen Augen fest auf die Motivseite gerichtet, schob sie die Asse einzeln von einer Hand in die andere. Empfand sie keine Abscheu, und schlug ihr keine Abneigung entgegen, ließ sie die Karte einfach fallen.

Das echte Karo-Ass hatte mit der Übergabe an sie jede Abstrahlung eingestellt. Es schien sich zu tarnen, wollte nicht von ihr entdeckt werden.

Nach und nach reduzierten sich die Exemplare in Hyuns Hand, bis nur zwei übrig blieben.

»Nun die Herz-Dame, bitte«, sagte sie zu Boch, ohne ihn anzuschauen, und platzierte die Karos auf den Oberschenkeln. Hyun bemerkte die Abneigung, die von der gereichten Karte ausging, und sie erinnerte sich sogleich an den innigen Hass, der sie in Arras getroffen hatte. Die Herz-Dame kam voller Selbstbewusstsein und Stärke daher, mit der sie furchtsame Seelen und labile Psychen sprengte.

Hyuns Puls ging in die Höhe, sie schwitzte umgehend. *Du bekommst mich nicht klein.* Sie hielt die Herz-Dame abwechselnd über die Asse, rechts, links, im gleichen Rhythmus, um eine Reaktion zu provozieren. Es strengte sie an, dabei auf ihr Mudang-Gespür zu achten.

Schließlich funkelte die linke Karte auf ihrem Bein auf und verriet sich. Achtlos fegte Hyun die falsche auf den Boden und schob die richtige mit der Herz-Dame zusammen, gab sie Boch zurück. »Das ist sie.«

Er sah auf die neun Duplikate auf dem schmutzigen Hallenboden. »Miss Poe, ich will Ihnen nicht zu nahe treten, aber sind Sie sicher?«

Hyun strahlte ihn an. »Zu einhundert Prozent.«

Sie bemerkte, dass sich die Karten erneut untereinander austauschten, dann ebbte der Hass gegen sie ab. Sie gaben sich friedlich, schienen sich bei Boch wohlzufühlen. Weil er anfälliger für ihre Einflüsterungen war?

»Es gibt Neuigkeiten zu Gondjia«, sagte sie. »Dem Voodoo-Priester.«

»Solange er nicht gerade hinter mir steht …«

Sie lachte. »Nein, besser: Es hat ihn erwischt.« In Kürze fasste sie die Informationen zusammen, während Boch sich neben sie setzte und die Bilder sowie die Videosequenzen sichtete, um zum gleichen Entschluss zu kommen wie sie. Um eine Suche an der Kreuzung kamen sie nicht herum.

»Wie gut, dass ich uns erfolgreich einen Wagen besorgte.« Er hob die Schlüssel. »Ein exquisites Stück für Oldtimerliebhaber, lautete die Beschreibung. Ein Landrover Defender Series II von 1961. Der hat bestimmt bei *Daktari* mitgespielt.«

»Eine Schrottlaube.«

»Verbeult und mit Kratzern versehen, mehr als dreihunderttausend Meilen auf der Tachoscheibe«, sagte Boch mit verstellter Verkäuferstimme. »Keiner wird uns ausrauben wollen.« Er erhob sich. »Gute Arbeit. Sowohl was Gondjia angeht als auch bei den Assen.«

»Danke.« Hyun sah zu den aussortierten Karten, die auf dem Boden lagen. Sie hob sie auf und wollte sie in den nächsten Mülleimer werfen, überlegte es sich dann aber anders, und die zehn Exemplare verschwanden in ihrer Tasche.

Gemeinsam deckten sie sich im Kiosk mit Getränkevorräten für unterwegs ein und verließen den Flughafen.

Den sandfarbenen, eckigen Geländewagen, der zahllose Rempler, Praller und Zusammenstöße mit Lebewesen und Fahrzeugen überstanden haben musste, erkannten sie auf dem Parkplatz des Autoverleihs problemlos. Ein abgewrackteres Modell gab es nicht.

»Das spricht für britische Qualität.« Hyun überließ Boch das Fahren, auch wenn es seinen verletzten Arm beanspruchte. Sie hatte noch etwas vor.

Ihre Fahrt begann, weg vom Flughafen und quer durch die quirlige Handelsstadt, dorthin, wo der Voodoo-Priester den Tod gefunden hatte. Der Landrover klapperte und quietschte an allen Ecken, die Federung war so gut wie nicht mehr vorhanden.

Hyun nahm den Laptop, den sie aus Gillots Haus in Brügge entwendet hatten, und sichtete noch mal seinen Inhalt. Überraschungen suchte sie vergebens, die versteckten Dateien hatte sie alle aufgespürt, ohne Aufschlussreiches zu entdecken. Es ging einzig um die Schwarze Sara.

Erst als sie auf das Papierkorb-Zeichen klickte, erschien dort ein Dokument, das sie noch nicht geprüft hatte.

»Hätte ich gleich draufkommen können«, murmelte sie ungehalten

»Was gefunden?«

»Moment.« Hyun aktivierte ihren Fund mit einem Doppelklick. »Ja, wir haben was gefunden«, wiederholte sie langsam. Ihre Blicke wanderten die Zeilen entlang. »Und *wie* wir was gefunden haben!«

»Ich kann zuhören und fahren.«

Hyun öffnete eine Wasserflasche und nahm mehrere Schlucke. »Gillot hatte wohl einen Doktor Schwemer aus Stuttgart beauftragt, etwas über jene Menschen ausfindig zu machen, die die Karten aus dem Gebetbuch des Teufels in andere Spielkarten steckten und sie verschwinden ließen.« Sie sichtete und scrollte. »Oha! Der Historiker hat ein Jahr mit Recherchen verbracht und sich durch Archive gewühlt.«

»Mit oder ohne Ergebnis?«

»Mit unterschiedlichem Ergebnis, würde ich sagen.« Hyun markierte die relevanten Stellen in einer anderen Farbe, um sie bei einer neuerlichen Lektüre schneller zu finden. »Es gab wohl einen Benjamin Carl Dietrich, entfernter Nachfahre von einem gewissen Martin Dietrich aus Leipzig. Dieser Benjamin machte sich auf, das Kartendeck zu suchen. Wer oder was es mit ihm auf sich hat, steht in der Zusammenfassung nicht. Schwemer muss einen längeren Bericht verfasst haben. Der ist aber nicht auf dem Rechner.«

»Ich rate einfach mal: Dieser Benjamin suchte die Karten und versteckte sie in anderen Karten, sobald er sie fand?«

»So lautet Schwemers Theorie. Er macht das an Briefwechseln zwischen Dietrich und einem Freund fest. Der Freund hatte mit der Suche aber nichts zu tun und tat die Jagd und eine eventuelle übersinnliche Wirkung als Unfug ab.« Hyun fand keine weiteren Namen von Beteiligten.

»Warum versteckte er die Karten?«

»Steht hier nicht.« Sie sah eine Anmerkung. »Doch. Aus … Boshaftigkeit. Dietrich wusste anscheinend um den schlechten Einfluss des Gebetbuchs und wollte es Spielern insgeheim unterjubeln, um Zwist zu säen.« Hyuns Augen ruckten hin und her. »Kam dann bei einer Prügelei ums Leben, in einem Wirtshaus in Dresden. Kartenbetrug«, fasste sie zusammen. »Er fand aber nur zwei, drei der Originale.«

Boch lachte. »Wirkung bewiesen. Muss ein schwacher Mann gewesen sein, dieser Dietrich!«

Sie kommentierte es nicht und nahm einen langen Schluck Wasser. »Es gab später erst eine zweite Fraktion, ein Geschäftsmann aus Genua, Ende des 19. Jahrhunderts, der das Spiel unbedingt haben wollte. Giacomo Ludovico Santoro. Ihm fiel über die Jahre mehr als das halbe Deck in die Hände«, las sie vor. »Weil er mehrfach deswegen überfallen wurde, ließ er Duplikate anfertigen und versteckte die Originale in anderen Karten.«

»Wie endete er?«

»Ein Kutschunfall. Gleich darauf wurde Santoros Haus geplündert und seine Familie erschlagen.« Hyun entdeckte eine kleine Auflistung von Besitzerinnen und Besitzern einzelner Karten seit dem Jahr 1790 und was mit ihnen geschehen war. Nicht einer oder eine starb eines natürlichen Todes. »Damit haben wir dieses Rätsel gelöst.«

»Sofern es stimmt, was Doktor Schwemer recherchierte.« Boch hatte den Defender in die Außenbezirke Cotonous gesteuert, in denen die Straßen immer schlechter und letztlich gänzlich unbefestigt wurden. Er warf sich nebenbei eine

Schmerztablette ein, die er einhändig aus der Packung drückte und zerkaute. Der Blister kehrte in die seitliche Hosenbeintasche zurück. »Ich frage mich, was Morgan damit wollte.«

»Sie sagten, er hätte Sie beauftragt, die Karte zu verstecken.«

»Möglicherweise gibt es einen Geheimbund. Die Loge der Karten. Wissende.« Boch schien sein eigener Gedanke zu gefallen. »Wie in einem Roman, verstehen Sie?«

»Eine Loge, der Morgan angehört hatte.« Der Ansatz fand ihre Zustimmung. »Das könnte bedeuten, dass Gillots unbekannter Gegenspieler in den Zirkel der Wissenden gehört. Und Schwemer wäre ein Kandidat für einen Besuch von uns. Er weiß vielleicht mehr.«

»Erst die Karten«, betonte Boch.

»Klar.«

Sie schaltete den Laptop aus und verstaute ihn unter der Rücksitzbank. »Scheint, als wären wir da.«

Sie schaute sich um. Touristen verirrten sich offenbar nicht in diesen Teil von Cotonou. Sobald sie den Geländewagen verließen, wären sie und Boch – eine hochgewachsene Asiatin mit einem kleineren Weißen an ihrer Seite – in diesem Stadtviertel sehr auffällig. Damit scheiterte die Strategie des *unauffälligen Umschauens* bereits im Ansatz.

Boch musterte die Umgebung durch die verstaubten Scheiben. »Können Sie fühlen, wo die Karte ist?«

Er drehte die Lüftung auf maximale Stufe.

Die Lüftung bestach dadurch, dass sie die schwülheiße Außenluft ansaugte und mit Motordämpfen veredelte. Hyun schaltete sie wieder aus.

Sie hatte Verständnis für die Ungeduld ihres Begleiters, der genau wusste, dass sie auf eine Armlänge an die Spielkarten heranmusste. »Ich denke, dass uns die Fotos einen ersten Ansatz geben können, wo wir beginnen.« Sie schaltete ihr Tablet ein, vergrößerte die Tatortbilder und glich sie mit den Aufnahmen ab, die im Internet kursierten. Was sie las, stimmte sie nicht froh. »Bevor die Polizei Gondjia erschoss, rannte er auf der Suche nach Opfern für seinen Blutrausch durch die Häuser.«

»Verstehe. Dabei könnte er sie vielleicht verloren haben.« Boch schaute von Behausung zu Behausung. »Die Karte kann überall sein. Auch in einer Asservatenkammer.« Er nickte ihr aufmunternd und freundlich zu. »Ihre Mudang-Kräfte sind erneut gefragt, ob Sie das wollen oder nicht.«

»Sie vergessen, dass das Pik-Ass auf dem Altärchen stand.« Hyun hielt das Tablet in die Höhe, schwenkte es und verglich die Umgebung. »Sie können den Wagen anhalten, wir sind richtig. Auf dieser Kreuzung« – sie zeigte zu den Straßen – »befand sich der kleine Altar für seinen Dämon oder Geist, um ihn zu beschwören. Die Presse sprach von Kalfou.«

Boch brachte den klapprigen Defender an der Seite der staubigen Piste zum Stehen. »Sagt Ihnen das was?«

Hyun lachte. »Haben Sie mich gerade gefragt, ob ich mich mit Voodoo auskenne, weil ich die ganze Zeit von koreanischem Schamanismus spreche?«

»Parallelen gibt es bei den Religionen mehr als gedacht.« Boch stülpte eine Basecap über die braunen Haare, die durch den Schweiß und die Luftfeuchtigkeit glatt lagen. »Und Sie waren die ganze Zeit im Internet. Hätte ja sein können.«

»Voodoo ist etwas umfangreicher.« Hyun stieg aus und setzte den billigen Panamahut auf, um sich vor der Sonne zu schützen; dunkle Gläser saßen vor ihren Augen gegen die Helligkeit. Der Mann hatte keine Ahnung von den unsichtbaren Dingen. In seiner Brusttasche glühten und glommen die unseligen Karten, als tuschelten sie miteinander und versuchten, sich vor ihr zu verstecken.

Jetzt kommt es auf mich an. Hyun ahnte, dass Gondjias Blutrausch von dem Pik-Ass ausgelöst worden war. Entweder wollte es seinen alten Besitzer loswerden, oder es hatte ihn auf ein bestimmtes Ziel gejagt.

Sie bewegten sich auf die Kreuzung zu.

Hinter den Fenstern und Gardinen erschienen Schemen, die Bewohner verfolgten jeden Schritt des merkwürdigen Gespanns über die staubige Straße. Abneigung strahlte aus den Behausungen. Hyun kam sich vor wie bei einem Spießrutenlauf.

Auf dem Boden lagen jede Menge leer geschossene, lange Patronenhülsen. Die Spurensicherung hatte sich nicht die Mühe gemacht, alle einzusammeln. An einigen Steinen haftete getrocknetes Blut. Im Staub der Fahrbahn zeichneten sich keine Spuren mehr ab, unzählige Reifen waren hier hin- und hergefahren.

Die ersten Kinder sahen von ihrem Spiel im Schatten auf, neugierige Rufe drangen zu ihnen hinüber.

Hyun ignorierte sie und konzentrierte sich, ging in die Hocke und suchte mit ausgestreckten Armen, sondierte mit ihrer Begabung. Sie hatte sich selbst im Flughafen bewiesen, dass sie es vermochte, sogar bei einer störrischen Karte.

Sie bewegte die gespreizten Finger hin und her über den Boden, wartete und achtete auf feinstes Kribbeln. Nichts. *Das Pik-Ass ist nicht da.*

Boch stocherte mit einem Stock benommen im Sand herum, förderte bemalte Holzstückchen, noch mehr leere Hülsen, jede Menge Glassplitter und das Stück eines bemalten Stabes zutage. Der Verkehr hatte alles in den Boden eingearbeitet.

Hyun sah zu den dunkelhäutigen Kindern in kurzen Hosen und bunten Shirts, die lachend und kichernd in ihre Richtung zeigten. Sie imitierten Boch und die Koreanerin, machten sich über ihre Sucherei lustig.

Kinder und eine Spielkarte. Ihr kam ein Gedanke. Hyun erhob sich und ging auf die Gruppe zu, zog dabei amerikanische Dollars aus der Handtasche.

»Versteht einer von euch Englisch?«, fragte sie grinsend und fügte in ihrer Sprache hinzu: »Oder Koreanisch?«

»Oder Französisch?«, rief Boch aus dem Hintergrund und suchte weiter am Straßenrand. Mit den Kindern wollte er offenbar nicht verhandeln.

»Du bist schön«, sagte ein Mädchen auf Französisch, das die langen Rasta-Zöpfe in einer Flechtfrisur trug und vielleicht zehn Jahre alt war.

»Nein, sie ist nur anders«, warf ein Junge mit kurz geschorenen Haaren ein, der das Mädchen überragte, aber jünger zu sein schien.

Hyun grinste und nahm die Sonnenbrille ab. Die Welt konnte mit Kinderaugen einfach sein. »Ist anders schlechter oder besser?«

»Anders ist anders.« Das Mädchen betrachtete ihre asiatischen Züge. »Schöne Augen!«

»Andere Augen«, korrigierte der Junge, der jede Äußerung als persönliche Herausforderung zu betrachten schien. Die übrigen Kinder flüsterten untereinander und ließen den Blick nicht von der Fremden.

Das Mädchen blieb neugierig und lächelte, hatte die Hände auf dem Rücken verschränkt. »Was suchst du denn bei uns?«

»Ich bin Hyun«, stellte sie sich vor und verbeugte sich.

»Mein Name ist Bijou. Und das ist Coutoucou, mein Bruder, der immer alles besser weiß. Nein, *anders* weiß.« Sogleich nannte sie die zehn Namen ihrer Freunde, die sich Hyun nicht merken konnte. Aber sie verbeugte sich nach koreanischer Tradition vor jedem.

Das fanden die Kinder lustig. Es wurde gekichert und zurückverbeugt.

»Also«, sagte Hyun und senkte die Stimme geheimnistuerisch. »Ihr wisst ja, dass schreckliche Dinge geschehen sind.«

»Der Bocor«, stieß Coutoucou aus und machte irgendwelche Gesten. »Die haben den abgeknallt wie … wie einen von den wilden Hunden.« Er imitierte das Knattern von Schnellfeuergewehren und nahm die passende Haltung der Schützen ein. »Ganz viel geschossen haben die.«

»Die hatten Angst. Der war gefährlich«, sprach Bijou mit großen Augen. »Hat ganz viele Leute umgebracht und verletzt, sagt Papa.«

»Ich habe den Bocor schon lange gesucht«, eröffnete Hyun. »Und wisst ihr, warum? Er hat mich bestohlen.« Sie langte in die Tasche und zog eines der wertlosen Karo-Asse heraus. *Gut, dass ich sie eingesammelt habe.* »So etwas hier. Nur mit anderen Zeichen drauf.« Sie überreichte sie Bijou. »Schön, nicht wahr?«

»Wirklich schön. Nicht anders«, sagte Coutoucou bewundernd. »Hast du noch eine?« Er streckte fordernd die Hand aus.

Hyun überließ ihm eine weitere. »Habt ihr vielleicht gehört, was mit der Karte passiert ist, die der Bocor dabeihatte?«

»Sie war auf dem Altar.« Bijou zeigte auf die Kreuzung. »Er hat sie obendrauf gelegt.«

»Darin war sein Kalfou.« Coutoucou sah wichtig in die Runde. »Das hat er gesagt. Ich hab's genau gehört.«

»Quatsch, Kalfou war in ihm drin«, widersprach seine Schwester.

»Nein. Der große Kalfou steckte in der Karte!« Coutoucou sah Hyun an. »Das hat meine Maman gesagt.«

»Genau *diese* Karte suche ich.« Sie lächelte ihr schönstes Lächeln.

»Kannst du auch Voodoo?«, staunte Coutoucou. »Das glaube ich nicht. Ihr habt doch kein Voodoo in China.«

»Nein, das kann ich nicht. Aber sie gehört mir trotzdem.« Hyun merkte Bijou an, dass sie mehr wusste. Sie spielte mit den Rasta-Strähnen und schien unentschlossen. »Was ist mit der Karte? Hat sie die Polizei mitgenommen?«

»Nein. Eine Frau. Sie stand bei uns auf der Veranda, die ganze Zeit, und sie hat zugeschaut, was der Bocor gemacht hat«, brach es aus dem Mädchen heraus. »Als sie ihn erschossen haben, ist sie rüber, hat sich gebückt und was aufgehoben.«

»Und du weißt ganz sicher, dass es die Karte war?«

Bijou schlug die braunen Augen nieder. Sie wollte nicht lügen, aber gerne die Karte behalten und das Geld bekommen.

»Kannst du mir die Frau beschreiben?«

Es folgte eine sehr blumige Schilderung einer schwarzen Frau, mit der Hyun nichts anfangen konnte. Ebenso gut konnte man sie als groß und mandeläugig beschreiben und dann in Seoul auf die Suche nach ihr gehen. »Hast du dir eine Besonderheit gemerkt? Oder ist sie noch in der Nähe?«

Wieder schüttelte Bijou den Zopfkopf.

Trotzdem drückte Hyun ihr die Dollars in die Hand. »Danke sehr.« Eine Gegenspielerin war erschienen, und die Spur schien sich aufzulösen. *Zusammen mit dem Pik-Ass.*

»Ich weiß aber, was auf der Karte gemalt war«, meldete sich Coutoucou, als wäre er der Bürgermeister von Cotonou. Verlangend hielt er die Hand auf. »Und ich weiß auch ganz sicher, dass sie die Karte genommen hat.«

»Aha. Du möchtest eine Belohnung.« Hyun zählte ganz langsam Scheine von einer Hand in die andere. »Und *woher* weißt du das?«

»Ich lag unter unserer Veranda und habe alles gesehen. Dann wollte ich mitfeiern und bin hin.« Coutoucou holte tief Luft und beschrieb genau die Spielkarte, die Darlan als vierte genannt hatte: Pik-Ass, umrankt von Feuerblumen mit goldenen Stielen, im Hintergrund ein Mond, der schwarze Tränen weinte, die sich beim Aufschlagen auf der Erde in Blut wandelten. Auch die Beschreibung der Rückseite stimmte. »Darunter stand noch was, aber ich konnte es nicht lesen. War kein Französisch. Sie hat ihre Handtasche verloren, und alles ist rausgefallen. Musste sie einsammeln, und dann hat sie die Karte aufgehoben und ist weggegangen«, endete sein Bericht. »Maman hat mich ins Haus gezogen, als sie mich sah.«

Hyun zahlte ihm wegen seiner Großspurigkeit etwas weniger als seiner Schwester. »Danke, ihr zwei. Ihr habt mir ein bisschen geholfen.«

Dann reichte sie die übrigen Karo-Duplikate aus Leipzig in die Runde. Die Jungen und Mädchen schnappten sie sich und fächelten sich damit lachend und prustend Luft zu.

Die beste Art, Karten zu nutzen.

Hyun erhob sich und ging zu Boch, der eine leidliche Sammlung von Fundstücken vorweisen konnte. Knochen, Glas, Holz, noch mehr Glas, Etiketten der Rumflaschen.

»Na, das klappte doch«, begrüßte er sie. »Ihr Mudang hat bei den Kindern gezogen wie beim Rattenfänger von Hameln.«

»Bei den Kids zogen eher ausländisches Geld und die falschen Karo-Asse.« Hyun berichtete, was sie erfahren hatte. »Wir wissen nun, dass es eine Mitspielerin auf dem Feld gibt. Aber wir wissen nichts über sie.«

»Gillot?«

»Hätte der nicht eher einen Schlägertrupp losgeschickt?« Sie dachte an Madame Darlans Aufpasser.

»Vielleicht die Loge?«

»Das ist nur eine Vermutung!«

»Ich weiß. Es sollte ein Witz sein.« Boch langte lässig in die Hosentasche. Er zog eine zerknickte und verknitterte Visitenkarte heraus und hielt sie hoch.

Darauf stand: *Madame Spectreuse. Mambo.* Drum herum waren mystische Symbole gezeichnet, und auch ein lachender Totenkopf durfte nicht fehlen.

»Mambo. Aber wohl keine Tanzlehrerin.« Boch grinste. »Ansehen sollten wir sie uns und rausfinden, was genau eine Mambo ist. Für mich sieht das Kärtchen nach Voodoo aus. Wir haben eine Adresse samt Telefonnummer. Fahren wir hin?«

»Unverzüglich.« Hyun wandte sich zum Defender um und ging los. »Bevor die Karte die Madame ebenso ausrasten lässt wie Gondjia. Gute Arbeit auch von Ihnen.«

Seine Schritte folgten ihr.

»Was machen wir«, fragte Boch in ihrem Rücken, »wenn das Pik-Ass *Sie* zu einer Irren werden lässt, Miss Poe?«

»Dann hoffe ich, dass Sie stark genug sind«, erwiderte Hyun, ohne sich umzudrehen, und wusste: Sie würde widerstehen. Boch durfte gerne etwas anderes annehmen. Einmal hatte es sie erwischt, überrascht von Hass und Furcht. Doch jetzt fühlte sie sich gewappneter, weil sie wusste, wozu die Karten fähig waren. Es wunderte sie nicht, dass Gondjia unter der Kontrolle der dunklen Macht endlose Grausamkeiten begangen hatte.

Hyun fragte sich umgekehrt, ob die Karten Boch dazu bringen konnten, auszurasten und sie auszuschalten. *Ich muss aufpassen. Auf mich und ihn.*

Die Fahrt führte sie zurück ins Zentrum von Cotonou und dort an den Hafen. Die westafrikanische Stadt war einer der Wirtschaftsmotoren des Landes, Waren wurden an den großen Kais umgeladen, an denen Boch den scheppernden Defender vorbeisteuerte. Große Teile des afrikanischen Handels wurden abgewickelt, die Zahl der vertäuten und wechselnden Schiffe war hoch. Riesige Öl- und Benzintanks wurden von Wachleuten mit Hunden und modernen Gewehren bewacht, weiter hinten erhoben sich ein Leitungsgewirr und Schlote, die Abgase in die Luft spien.

Das Navi lenkte sie vorbei an den Lagerhallen, raus aus dem modernen Teil mit Containerkähnen und hinüber in einen Bereich, der dringend einer Sanierung oder des Abrisses bedurfte.

Sie ließen alsbald kleinere Märkte hinter sich, in denen frischer und tiefgefrorener Fisch verkauft wurde und wo sich Obst- und Gemüsepyramiden in den Auslagen türmten.

Boch bugsierte den Landrover in eine kleine Straße, in der Hafenarbeiter lebten, wie die zahlreichen gespannten Wäscheleinen mit einfacher Kleidung darauf zeigten; die Logos verschiedenster Frachtunternehmen prangten darauf. Dazwischen tauchten an den Wänden Reklameschilder für einen Bäcker, einen Metzger sowie eine Wäscherei auf.

»Da! Da ist *Madame Spectreuse. Mambo*«, las Hyun die Schrift an der Wand zwischen wehenden Stoffen, die an stolze Fahnen erinnerten.

Boch ging in die Eisen und lenkte das Auto an die Seite. Der Wagen brauchte lange, bis er quietschend und rüttelnd zum Stehen kam. »Kein Bremskraftverstärker. Mein lieber Mann. Und keine Servolenkung. Dass ich das mal fahren durfte.« Er rieb sich über die verletzte Stelle am Arm.

Sie stiegen aus, Boch ging nach hinten zum Werkzeugkoffer des Geländeautos und nahm ein flaches Stemmeisen heraus. Dann gingen sie auf die Eisentreppe zu, die zur verrosteten Tür unter einem Spanntransparent mit der Aufschrift *Madame Spectreuse. Mambo* führte.

»Wie nennt man das?«, fragte Boch.

»Was?«

»Wo sie Voodoo praktiziert. Tempel? Kirche?« Er stieg die ersten Stufen hinauf. Das Rumpeln und Klirren der Schuhsohlen auf den Eisensprossen war drinnen sicher gut zu hören.

Hyun wusste es auch nicht. »Kann uns das nicht egal sein?«

»Na, für eine Schamanin-Enkelin klingen Sie ein bisschen herablassend.« Boch zwinkerte ihr zu und blieb auf dem Absatz vor dem Eingang stehen. »Hier steht, dass bis auf Weiteres geschlossen ist und man Voodoo-Konsultationen bei anderen Kolleginnen buchen soll.«

Hyun gesellte sich zu ihm und sah die handgeschriebene Mitteilung, die in Frischhaltefolie eingeschlagen und mit Klebeband befestigt worden war. Die Nachricht war offenbar in großer Eile geschrieben worden. »Ob die Karte hinter dem Aufbruch steckt?«

»Möglich, weil sie wusste, dass jemand kommen würde, um sie zu holen«, überlegte Boch. »Das Pik-Ass hat Gondjia vielleicht aus dem Verkehr gezogen, um mit Madame Spectreuse zu verschwinden?«

Zu viele Mutmaßungen. Hyun versuchte, durch die vergitterten Scheiben zu blicken, aber Vorhänge verhinderten es. *Die Karten mögen es mysteriös.*

Boch pochte mit dem Stemmeisen gegen die Eisentür. »Leider massiv.« Er tippte gegen das Schloss. »Aber das bekomme ich auf. Schraubenzieher und Hammer sind im Wagen. Ich habe mal zugesehen, wie ein Handwerker es ganz einfach rausgeschlagen hat. Soll ich?«

Hyun spürte nicht den Hauch einer Abstrahlung des gesuchten Pik-Asses und blickte auf den Eingang. Dahinter gab es hoffentlich Hinweise, Handfestes, Zettel, Buchungsbelege, irgendwas, das ihnen zeigte, wohin sie reisen sollten. Sonst endete die Jagd, und sie mussten Gillot mit einer Karte weniger gegenübertreten.

»Hey! Hey, Monsieur et Madame!«, rief eine Stimme zu ihnen hinauf, und es klang resolut.

Sie blickten hinab, Boch versteckte das Stemmeisen hinter dem Rücken.

Auf dem Boden stand eine kräftige junge Frau in neongrünem Shirt und gleichfarbigen Shorts, die schwarzen Haare in einer ebenso eindrucksvollen wie verwirrenden Frisur aufgetürmt. »Was tun Sie da oben?«

»Wir hatten einen Termin bei Madame Spectreuse«, antwortete Hyun und hob die zerknickte Visitenkarte. »Aber sie sagte nichts davon, dass sie geschlossen hat.«

»Ah, ja. Das ging rasch.« Die Frau mit milchkaffeefarbener Haut machte eine herrische Bewegung, dass sie beiden nach unten kommen sollten. »Ich bin ihre Vermieterin. Sie hat gesagt, wenn Kunden auftauchen, soll ich sie vertrösten.«

Hyun und Boch stiegen die Stufen hinab und wurden eindringlich gemustert.

»Alors, Sie beide sind aber ein lustiges Paar«, lautete die Einschätzung.

»Wir arbeiten an einem Bühnenprogramm, so lustig sind wir«, erwiderte Boch mit einem freundlichen Grinsen.

»Verzeihen Sie, Madame«, sagte Hyun, »wann kommt Madame Spectreuse denn wieder? Ist sie morgen wieder …«

Die Vermieterin lachte. »Der Weiße *ist* lustig. *Sehr* lustig.« Dann wurde sie ernst. »Leila … ich meine, Madame Spectreuse hat eine Reise gewonnen. Sagte sie.«

»Das freut uns aber für sie.« Hyun behielt ihren Tonfall bei. Mit dem Vornamen alleine war wenig anzufangen. »Wohin denn, wenn man fragen darf?«

»Europa. Frankreich.« Die Vermieterin überlegte. »Da, wo der Papst saß. Irgend so was meinte sie.« Sie ging weiter. »Schieben Sie einen Zettel mir Ihrer Nummer unter der Tür durch. Sie ruft Sie an, wenn sie zurück ist.« Sie verschwand beim Bäcker.

»Der Papst sitzt in Italien, in der Vatikanstadt«, verbesserte sie Boch nachträglich, blickte zum Eingang und spielte mit dem Stemmeisen. Offenbar wollte er sich vergewissern. »Was soll eine Voodoo-Priesterin beim Papst? Was für eine schlechte Ausrede.«

Hyun wollte ihm gerade zustimmen, als ihr zu *Papst* noch ein anderer Ort einfiel. »Sie sagte, ›wo der Papst *saß*‹. Vergangenheit.« Spectreuse hatte nicht gelogen, als sie Frankreich erwähnte, auch wenn der Bezug Hunderte Jahre zurücklag. »Avignon! Sie ist nach Avignon! Dort residierten einst Gegenpäpste.« *Und dort befindet sich Madame Darlan.* Hatte sich das Pik-Ass die Mambo ausgesucht, weil sie einfacher zu kontrollieren war als der Bocor?

»Ich rufe Madame Darlan an.« Boch zog sein Smartphone, das ihm vor Hektik beinahe entglitt. »Wir müssen sofort zurück!«

* * *

Italien, Rom

Henry Pierre Gillot fuhr aus einem Albtraum hoch und griff sich an den Hals. Er hatte in seinem Schlaf geglaubt, dass der heilige Kamillus von Lellis aus dem geschändeten Gemälde gestiegen sei, um ihn zu würgen und zu schlagen und ihm schrecklichste Vorwürfe zu machen. Dabei konnte Gillot nichts dafür, dass ein Stück des Bildes fehlte.

Der Schreck machte ihn hellwach. Gillot beschloss, die Zeit zu nutzen, bevor er durch die Medikamente zurück in den Schlummer fand.

Er richtete sich auf, soweit es die Kabel und Drainagen zuließen, langte nach seinem Tablet-PC und sichtete seine E-Mails. Er brauchte endlich Resultate. Niemand legte sich mit ihm an und glaubte allen Ernstes, damit davonzukommen.

Viel Geld war geflossen, in seine eigene Sicherheit, in die von Madame Darlan und in die Beschaffung von Informationen. Er musste wissen, wer ihn vor der Basilika hatte durchlöchern wollen, denn bei dem Drahtzieher fand er ganz sicher die Herz-Acht aus dem Gemälde und seine entwendeten Kartenschätze aus Brügge.

Gillot zwirbelte seinen Dalí-Bart, der ihm trotz der schrecklichen Krankenhauskluft einen Rest Würde verlieh, und genoss das Gefühl der verstärkten Sicherheit. Seine Leibwächter auf dem Flur hielten jeden Unbefugten davon ab, in sein Zimmer zu gelangen, das Essen wurde auf die gängigen Gifte geprüft.

Darlan lebte ebenfalls wieder sicher. Sebastian Ulrich und seine ultraharten Leute waren inzwischen bei ihr in Avignon angekommen, hatten via Mail einen knappen Lagebericht geliefert. Es blieb nach einem kleinen Tumult ruhig, wie Ulrich schrieb. Charles und Renard seien von einem gegnerischen Team zerlegt worden, die Restauratorin war in einer Blitzaktion befreit worden und zeigte sich wohlauf.

Das hätte ihm noch gefehlt: Darlan war unersetzbar. Es gab Hunderte Ulrichs und Renards, aber niemanden wie die alte Madame, die mit ihren Spinnenfingern und trotz ihrer schlechten Augen Wunder an den Karten wirkte.

Gillot hörte das Klopfen an seiner Tür. »Herein?«

Oberarzt Spaldo, ein schneidiger Siebziger mit brauner Haut und dünnem Oberlippenbärtchen, enterte den Raum, um nach seinem Patienten zu sehen. Sie hatten die Abmachung, dass der Mediziner die Werte prüfte und wieder ging, sollten sie in bester Ordnung sein. Gillot hatte keinerlei Bedürfnis nach einer Unterhaltung. Doch jetzt hatte ihn der Mann dummerweise hellwach und mit dem Tablet erwischt.

»Signore Gillot!«, rief Spaldo fröhlich, unter dessen weißem Kittel ein teurer Anzug lag. Bella Figura, auch bei Männern. »Sie sind wohlauf?«

»Das müssen *Sie* mir sagen, Dottore.« Er lächelte abweisend und setzte seine blaue Brille auf. »Scusi, aber ich bin beschäftigt.«

»Va bene. Dann sage ich den Commissari, dass Sie vernehmungsfähig sind?«

»Nein!« Er langte in die Schublade und warf dem Arzt ein Bündel lilafarbene Euros zu, die er sich von seiner Schwester hatte mitbringen lassen. Geld half immer. »Nicht vor einer Woche. Grazie, Dottore.«

»Naturalmente.« Spaldo steckte das Geld ein, checkte die Anzeigen und verschwand geräuschlos hinaus. »Buona notte.«

Gillot sah auf die Datumsanzeige des Displays und unterdrückte seinen Unmut. Er vergeudete zu viel Zeit mit Schlafen, was an den Medikamenten lag. Mehr als drei, vier Stunden am Tag konnte er nicht arbeiten, den Rest verdöste und verdämmerte er sinnlos, unfähig, seine Konzentration aufrechtzuerhalten. Dazu trug er die geschmacklosen Krankenhaushemden, die es in keinem ansprechenden Design gab, und an seine Frisur wollte er lieber nicht denken. Es blieb ihm wenigstens sein Bärtchen.

Die ersehnten Resultate rauschten herein. Die Nachrichten sprudelten aus verschiedenen Quellen in sein Postfach, durchs Darknet und durchs reguläre Netz.

Gillot reinigte rasch seine knallblaue Brille, um besser lesen zu können, und die Botschaft wurde gestochen scharf. Es war eindeutig, wer ihm das Killer-Kommando gesandt hatte: Opritschnik. Im echten Leben hieß der Mann Mihail Alexandrowitsch Lasarew – der Vater des erschossenen Oligarchenjungen im *Belle Époque*.

Gillot fluchte. Er war den schnöden Rachegelüsten eines zutiefst verletzten, trauernden Vaters zum Opfer gefallen. Roux hatte den jungen Lasarew zusammen mit Mutter und Tochter Solowjewa erledigt, weil der ihm den Coup mit dem Amerikaner im Supérieur-Spiel versaut hatte. Wäre der Abend wie geplant gelaufen, hätte Roux die Pik-Neun bekommen.

Das war dem *Opritschnik natürlich* gleichgültig. Sein Zarewitsch war Opfer eines Mordes geworden, und jemand hatte ihm gesteckt, dass Gillot damit in Verbindung stand. Und daraus zog er hochrussische Konsequenzen.

Aber dann wurde es verwirrend. Seine Quellen berichteten übereinstimmend, dass Lasarew senior kein Sammler war und folglich kein Interesse daran hatte, das Gemälde des Kamillus zu zerschneiden, um an die Karte zu gelangen.

»Das bedeutet«, murmelte Gillot und griff nach seinem Smartphone, »es war noch jemand in der Basilika, der wusste, was ich retten wollte.« Nicht das Bild des Heiligen der Glücks- und Kartenspieler, sondern die Herz-Acht.

Der Eindruck verfestigte sich zu seiner ganz eigenen Gewissheit: Es gab einen ähnlich engagierten Sammler, der ihm die Karte in Rom gestohlen, seine Sammlung in Brügge geraubt und ein Team zu Darlan geschickt hatte, um die in Restauration befindlichen Exemplare abzugreifen.

Gillot starrte auf die Infos, die sein Leben komplizierter machten. Er hatte ums Verrecken keine Vorstellung, wer ihm auf den letzten Metern den Sieg rauben wollte.

»Du kriegst mein Gebetbuch nicht.« Er prüfte den Sitz seines Dalí-Bärtchens und bemerkte beim Berühren der rasierten Wangen, dass er stark abgenommen hatte. Schusswunden und Krankenhausessen bekamen ihm nicht.

Gillot wählte die Nummer, die ihm Ulrich für Notfälle gegeben hatte.

Es klingelte.

Und klingelte.

Und klingelte.

»Merde!« Gillot hämmerte Darlans Festnetznummer in das Smartphonedisplay und rief das Trackerprogramm im Tablet auf, das ihm anzeigte, wo sich die Fußfessel der Restauratorin befand.

Das Signal bewegte sich artig im Anwesen der Madame.

Sie hatte ihr Haus nicht verlassen und auch das Band nicht abgenommen.

Es klingelte.

Und klingelte.

Und klingelte.

Gillot sah abwechselnd auf sein Handy und auf den Monitor. Es konnte sein, dass Darlan das Schellen nicht hörte. Aber warum reagierte Ulrich nicht?

Er wählte Daan Mulder an, der sich seiner letzten SMS nach in Frankfurt befand, mit einigen Tagen Verspätung zurück aus Brasilien, dank des Umwegs über Bogotá.

Es klingelte.

Und klingelte.

Und klingelte.

»Merde!«, schrie er wieder und wieder und hätte beinahe Tablet und Brille durch den Raum geworfen. Gillot verfiel in Panik, und das war ihm noch nie passiert. In keiner Situation, weder bei Grabungen noch bei Auktionen oder kniffligen Deals oder im Kugelhagel der Basilika.

Das Eingeständnis fiel ihm schwer: Er wusste nicht weiter.

Er sandte seiner Schwester eine Nachricht, sie möge sich augenblicklich bei ihm einfinden. Sie hatte sich ein Zimmer in einem Hotel in Rom genommen, fünf Sterne und bester Komfort, barrierefrei für eine *Handicappati* wie sie. Tagsüber blieb sie jedoch in der Klinik. Auf Abruf. Sie wusste, dass er die Meinung seiner großen Schwester zu ausgewählten Sachthemen schätzte, auch wenn man ihr Verhältnis weder als innig noch als herzlich bezeichnen konnte.

Es klopfte energisch, wie es nur Samira vermochte. Sie wartete nicht auf eine Einladung, sondern fuhr umgehend mit dem Rollstuhl herein, ein elektrisches, hochmodernes Gerät, dessen Steuerung an die Bedienkonsole eines Raumschiffs erinnerte. Sie trug ein weißes Kleid mit schwarzer Fransenstola und ihre zahlreichen Ketten, Armbändchen und Ringe, versehen mit den Zeichen und Bildchen der Schwarzen Sara. Auf ihren Zügen las er große Sorge um ihn.

»Ich habe dich selten derart aufgewühlt erlebt«, sagte sie und hielt neben seinem Bett. »Deine eine Zeile genügt, um mir zu sagen: Es geht gerade alles schief.«

Gillot staunte, wie gut sie ihn kannte. Geschwisterintuition. Die verfluchte Erschöpfung schlich sich an ihn heran; in Minuten würde sie über ihn hergefallen sein. »Stell keine Fragen, hör einfach nur zu. Danach höre ich dir zu.«

Samira nickte.

Er berichtete, redete, las vor, äußerte seine Theorien zu den Killern.

»Aber wer diese andere Person ist«, schloss Gillot und musste gähnen, »erschließt sich mir nicht. Sie trat neu auf das Spielfeld.«

»Setzte sich an den Kartentisch.«

»Was?«

»Die Metapher«, erklärte Samira sanft. »Es wäre eine Kartenpartie.« Sie rieb über den Kreuzanhänger um ihren Hals. »Woher weiß Lasarew, dass du involviert bist?«

Gillot zuckte mit den Achseln, seine Lider sanken bleischwer und wie von unsichtbaren Fäden gezogen herab.

»... nachschaue. Hey, Bruder! Nicht einschlafen.«

Er schreckte zusammen, als sie an ihm rüttelte.

»Entschuldige. Diese Medikamente.« Er lag gemütlich in den Kissen, sein Verstand hing halb im Schlummer. »Was sagtest du?«

»Ich schlug dir vor, dass ich nach Avignon fahre, zusammen mit einem zweiten Team, und Ulrich verstärke. Wir schaffen Darlan von dort weg und zwingen den Unbekannten, zu uns zu kommen. Eine Falle«, wiederholte Samira. »Du hast so viel Zeit und Energie auf diese Sammlung verwendet, ich will nicht, dass dir der Triumph genommen wird. Es ist kein Fair Play.«

»Nein, beileibe kein Gentleman, der mich da schlagen möchte«, murmelte Gillot eindösend. »Und genau deshalb wirst du nicht fahren.«

»Warum nicht? Weil ich im Rollstuhl sitze?« Sie lachte verächtlich und richtete die Fransenstola. »Ich komme auch ohne ihn vorwärts. Es ist nur bequemer so.«

»Es ist gefährlich«, raunte er. »Schau, was mir zugestoßen ist. Und Renard. Und Charles.« Er atmete tief aus und gab sich dem Schlaf hin.

»Ich weiß schon. Aber die Schwarze Sara achtet auf mich«, hörte er seine Schwester aus weiter Entfernung sagen. »Sie ist meine Beschützerin.«

Gillot riss sich zusammen und tauchte aus dem Schlummer auf – sein Zimmer war dunkel, und er trug keine Brille. Gillot verfluchte die Medikamente. Er hatte fest geschlafen, und Samira musste ihm die Gläser abgenommen haben, bevor sie gegangen war.

Sein Tablet lag auf dem Beistelltischchen.

Er ertastete die Brille und setzte sie auf, zog das Gerät zu sich und wischte darüber, um nach neuen Mails zu schauen. Es ließ ihm keine Ruhe.

Auf dem Display erschien eine Nachricht in Form eines virtuellen Post-its, die ihm Samira hinterlassen hatte:

Sei nicht böse. Ich bin nach Avignon, um dein Werk zu verteidigen.
Sobald ich Madame Darlan und die Karten eingeladen habe, melde ich mich bei dir.
Die Schwarze Sara ist mit mir. Das war sie schon immer. Du wirst sehen.
In schwesterlicher Liebe

Samira

»Diese …!« Gillot fehlten die Worte.

Er hatte die Geschichten um die Karten des Teufels Gebetbuchs stets für eine Erfindung gehalten, um den Preis in die Höhe zu treiben. Den abergläubischen Firlefanz hatte er nie gebraucht. Sie waren künstlerisch einmalig, bedeutsam, wundersam sogar, ohne ihnen etwas Übersinnliches anzudichten.

Aber gerade wäre Gillot bereit gewesen, doch ein klein wenig an den Fluch zu glauben, der ihn mit Verzögerung ereilte.

Er löschte das Post-it, weil er sich sonst die ganze Zeit darüber ärgerte, und setzte eine Nachricht an Samira auf. Eingeschlafen war er vor fünf Stunden. Je nach Wetterlage und Verfügbarkeit eines schnellen Transportmittels, befand sie sich bereits nahe an Avignon.

Gillot fragte sich während des Tippens, wen sie mitgenommen hatte. Sie besaß nicht die Kontakte zur zwielichtigen Welt wie er. Und die Schwarze Sara fing keine Kugeln ab.

Wenn Du alleine nach Avignon gefahren bist, schrieb er, *bekommen wir den Krach unseres Lebens, Schwester! Bitte*

Die Tür schwang ohne Ankündigung auf, und Gillot hob in der Hoffnung den Kopf, Samira käme zurück.

Auf der Schwelle stand ein Mann im eleganten Anzug mit einer Sturmhaube über dem Kopf. Er hob die Hand, in der eine schallgedämpfte Schnellfeuerpistole lag. »Grüße von *Opritschnik.*«

Gillot blinzelte und versuchte zu verstehen, was gerade geschah. *Wo stecken die Leibwächter und die Carabinieri?* Er griff nach dem Alarmknopf, das glatte Plastik entglitt ihm.

»Spakójnaj nótschi!« Der russische Killer packte die Maschinenpistole mit beiden Händen und betätigte den Abzug.

»Nein! Was immer Lasarew Ihnen …« Gillot sah tief hinten im dicken Schalldämpfer ein Licht flackern, ein Gasflämmchen, das nicht zünden wollte, ein grellgelbes Irrlicht, das im leicht zuckenden Lauf tanzte.

Eine Ausweichrolle versuchte er zu spät, die Kugeln hackten auf ihn ein. Sie rissen die vernähten Wunden auf, fetzten die Kabel und Leitungen davon, Wundwasser und Blut spritzten an die weiße Wand und auf die Bettwäsche.

Gillot sackte als blutiges, zerfleddertes Bündel im Bett zusammen. Bei solchen Verletzungen war auch Dottore Spaldo machtlos.

* * *

Frankreich, Provence-Alpes-Côte d'Azur,
Vaucluse, Avignon

Daan Mulder stellte den gemieteten Renault auf dem großen Parkplatz nahe dem Touristenbüro am Temple Saint-Martial ab und schlenderte zur Rue Nicolas Lescuyer, den schweren Wanderrucksack mit den Scheinen auf dem Rücken.

Er hatte den ältesten und gleichzeitig gefährlichsten Trick benutzt, um das Geld durch den Zoll zu bekommen. Er nannte ihn *der Bote des Königs*.

Daan hatte einst enorm viel Geld in einen gefälschten Diplomatenpass und mehrere Aufkleber mit Diplomatengepäck investiert. Aus Furcht, er könnte auffliegen, hatte er ihn erst zweimal eingesetzt: Vor zwei Jahren, als er eine Waffe am Einsatzort benötigt hatte, und jetzt. Daan Mulder war als Mitglied des diplomatischen Korps eines arabischen Landes durch den deutschen Zoll gelangt, hatte das Geld genommen und war hinausspaziert, während er vor Aufregung gefühlte zehn Liter Schweiß in sein Hemd verlor.

Auf seiner langen Reise hatte er den neuen Reichtum gezählt und war auf knappe sechs Millionen US-Dollar gekommen. Seine bislang beste Bezahlung, und geschätzt sechzig Kilogramm schwer, umweht von einem Resthauch von Diesel.

Daan befand sich dennoch nicht in Hochstimmung. Er brachte zwar zum einen die Karte, zum anderen aber auch die Todesnachricht von Fennec. Das würde Madame Darlan das Herz brechen.

Aus der Entfernung läuteten Kirchenglocken und füllten die Luft mit heiligem Klang.

An der Haustür in der Rue Nicolas Lescuyer klingelte er und wartete geduldig. Er sah das Szenario vor sich: Charles hatte vermutlich einen Kuchen im Ofen, und Renard würde in der Scheune an alten Werkzeugen und Gerätschaften herumschrauben.

Die Restauratorin öffnete ihm strahlend, und der bekannte Duft von Frischgebackenem umströmte Daan. »Willkommen zurück!« Sie strich sich die gemusterte Kittelschürze glatt und sah sich offenbar nach Roux um. Ihr Lächeln erlosch, die dünnen Finger rückten die Brille mit den dicken Gläsern zurecht. »Kommen Sie rein, Monsieur.«

»Danke, Madame.« Es tat ihm leid, ihr die schlechte Nachricht zu überbringen, aber er hatte wahrlich alles versucht. Zu gerne hätte er mit jemandem getauscht.

Daan folgte ihr in die Küche, wuchtete den schweren Rucksack vom Rücken an die Wand und setzte sich nach ihrer Aufforderung an den Tisch. Die Flecken auf dem Boden waren verschwunden.

»Sie haben es aus Manaus zurückgeschafft«, stellte Darlan fest und goss Kaffee in bunt dekorierte Sammeltassen mit Goldrand, als wäre ein Feiertag. Der Kuchen, den sie aufschnitt und verteilte, roch himmlisch. Der berühmte Schoko-Rotwein-Kuchen. »Sie alleine, Monsieur?«

»Ja, Madame.« Daan legte die Karte auf den Tisch, in eine schützende Plastikhülle geschoben, auch wenn ihr Zustand schlicht katastrophal war. Blut hatte sie durchtränkt, dazu

Regenwasser und Schweiß, hinzu kamen üble Kratzer. »Das wird all Ihr Wissen in Anspruch nehmen.«

Darlan setzte sich und entfernte die Hülle, hielt den Kreuz-Buben gegen das Licht, drehte und wendete ihn in ihren Spinnenbeinfingern.

»Das ist das Blut von meinem Fennec?«, sagte sie betrübt, ohne ihren Gast anzublicken.

»Das ist es, Madame.«

»Und er ist nicht da.«

»Nein, Madame.«

»Liegt er im Krankenhaus?« Darlan fuhr zärtlich über die altertümliche Karte, als müsste sie getröstet werden. Ein Versprechen auf Heilung und Besserung wie bei einer lebenden Person. »Nein, liegt er nicht«, gab sie sich selbst Antwort. »Berichten Sie mir, was im Amazonas geschehen ist, Monsieur. Bitte.«

Daan sah auf den Kaffee und den Kuchen. Er fand es unpassend, von beidem zu kosten, solange er seine Geschichte nicht erzählt hatte.

»Ich erreichte die Absturzstelle«, begann er seine ausführliche Schilderung. Die Jaguare und Panther, die Schusswunden an Roux und der Frau, die zerrissenen Wilderer, wie die Raubkatzen versucht hatten, die Karte zu schützen, und seine Flucht gingen ihm flüssig über die Lippen. Er vergaß in seiner Schilderung lediglich das Geld. Sie musste davon nichts wissen. »Die Soldaten sind tot«, schloss er. »Das Militär in Manaus hat eine umfassende Untersuchung angeordnet, wie es in den Nachrichten heißt. Sie werden es den Wilderern in die Schuhe schieben, Madame.«

Darlan streichelte den Kreuz-Buben wie ein kleines Kind, liebevoll und zärtlich. »Fennec.« Sie schluckte. »Er gab sein Leben für die Karte.«

»Ja, Madame. Ich denke, er wartete mit dem Sterben, bis er sie jemandem geben konnte, dem er vertraute.« Daan streckte die Hand nach der Tasse aus und gönnte sich einen Schluck Kaffee, der kräftiger als sonst schmeckte. Charles musste sich in der Dosierung vertan haben. »Mein aufrichtiges Beileid, Madame.«

Darlan barg die Karte zwischen ihren faltigen, flachen Händen. »Sein Vermächtnis an mich. Er wusste sie zu schätzen, Monsieur Mulder. Er kannte sie fast so gut wie ich.« Sie hob den Blick, die durch die Linsen übergroßen blaugrauen Augen fixierten ihn. »Nicht wie Sie, Monsieur. Sie sind jemand, den man aussendet und der seinen Auftrag erledigt.« Sie lächelte kühl. »Verzeihen Sie mir. Es war nicht als Beleidigung gedacht.«

»So verstand ich es nicht, Madame.« Daan packte die 30000 Euro auf den Tisch, die sie ihm gegeben hatte. »Ich will es nicht.«

»Aber …«

»Sie hatten es mir gegeben, damit ich Ihnen Roux bringe. Ihren Fennec«, unterbrach er sie sachte und beließ es dabei.

»Und Sie haben versagt, Monsieur«, sagte Darlan zustimmend. »Dass Sie auf das Geld verzichten, ist anständig von Ihnen.«

Daan öffnete den Mund, um sich zu verteidigen, aber er zügelte sich. Die Restauratorin befand sich in Trauer, und der seelische Schmerz brauchte einen Schuldigen. Das war in Ordnung für ihn. Vorwürfe musste er sich nicht machen. Wenn Darlan Roux' Wunden gesehen hätte, würde sie anders denken. Es wären ein medizinisches Notfallteam, zehn Liter Blutkonserven und ein Operationssaal mit sämtlichen Gerätschaften notwendig gewesen, um ihn vor dem Tod zu retten.

Daan trank schweigend den Kaffee aus und rührte den Kuchen nicht an. Er traute sich nicht. »Gut, Madame. Dann verabschiede ich mich«, sprach er gedämpft. »Nochmals versichere ich Ihnen meine Anteilnahme.« Er erhob sich.

»… mitgenommen.«

Daan würde sich nicht vorwerfen lassen, die Leiche nicht mitgebracht zu haben. »Madame, das wäre nicht möglich gewesen. Einen Toten …«

Darlan hob den Kreuz-Buben. »Sie ist sehr mitgenommen.«

»Ah, verstehe.« Daan war unangenehm berührt ob seines Fauxpas. »Verzeihen Sie, ich dachte …«

Sie schüttelte den ergrauten Schopf. »Es ist keine schöne Vorstellung, dass Fennec als Futter für die Raubtiere endete. Aber ich meinte die Karte.« Sie legte sie auf den Tisch, als bestünde sie aus Porzellan. »Es wird viel Kraft kosten.«

»Wenn es jemand vermag, dann Sie, Madame.«

»Wissen Sie, es ist Fennecs Vermächtnis. Er opferte sich für sie. Ach, das sagte ich schon. Oder?« Darlan schloss die Augen, eine Träne rann aus dem linken Augenwinkel, rann die faltige Haut hinab, von Furche zu Furche und glitzerte im Licht. »Sehr viel Kraft«, hauchte sie.

»Ich wünsche sie Ihnen, Madame.« Daan bemitleidete Darlan wirklich, obwohl sie ein wenig absonderlich klang. Trauerschmerz und Alter. »Sagen Sie Charles und Renard viele Grüße von mir.«

»Ich brauche Sie, Monsieur Mulder.«

Er lächelte ablehnend. »Mein Auftrag ist erfüllt. Und für das Restaurieren habe ich kein Geschick.«

»Ihre Energie, Monsieur.« Darlan deutete mit dem Zeigefinger in den Mittelpunkt des Kreuz-Buben, ohne die Lider zu heben. »Für ihn.«

Damit war für Daan ein Grad an seniler Verwirrung erreicht, den er nicht gut fand. »Au revoir, Madame. Mein Flugzeug geht in zwei Stunden.« Er bewegte sich auf den Rucksack zu.

Schlagartig schwangen die Türen zur Küche auf. Mehrere Männer in Schwarz und mit Sturmhauben warfen sich auf ihn, ohne dass er eine Chance zur Gegenwehr bekam. Die

Griffe, mit denen sie ihn immobilisierten und seine Arme verbogen, dass die Knochen knirschten, deuteten auf Profis hin. Kabelbinder schlossen sich um seine Handgelenke hinter dem Rücken und um seinen Hals.

»Nein«, krächzte Daan. Er bekam schlecht Luft, konnte sich nicht regen und sog nach Sauerstoff. Er war in eine Falle getappt. Jemand hatte Renard und Charles ausgeschaltet und die Restauratorin als Geisel genommen. Es ging um die Karten. Um die verfluchten Karten. »Lasst mich. Ich mache keine Scherereien. Gillot wird es nicht erfahren.« Er wollte nicht zwischen die Fronten von wahnsinnigen Sammlern geraten. »Lassen Sie mich gehen!«

Darlan öffnete die Augen, und zwei weitere Tränen sprangen über den Lidrand. »Ich meinte es, wie ich es sagte, Monsieur Mulder. Ich brauche Sie, Ihre Energie. Um Fennecs Vermächtnis zu bewahren.«

Laut schrillte die Türklingel.

»Da kommt hoffentlich die nächste Karte.« Darlan sah zu einem der Maskierten, ihr Blick wurde hart. »Schaffen Sie ihn in den Keller zu den anderen, bitte.«

Da begriff Daan Mulder, dass Odette Darlan nicht das Opfer eines Überfalls geworden war. Die Truppe gehörte zu ihr.

Jemand schlug ihm einen harten Gegenstand auf den Hinterkopf, ein grelles Blitzen ging durch seinen Verstand. Die Maskierten zerrten ihn in den Flur, und Daan verlor das Bewusstsein.

* * *

Odette erhob sich und räumte Mulders Tasse weg, schob den Teller mit dem unangetasteten Stück Kuchen neben ihre eigene Kaffeetasse. In Gedanken befand sie sich noch bei Fennec, ihrem lieben guten Fennec, der ihre Leidenschaft und Liebe zu den Karten teilte.

Geteilt *hatte*.

Sie stützte sich auf der Stuhllehne ab und seufzte kummerschwer. Noch mehr Tränen wollte sie nicht vergießen. Fennec hatte an sie gedacht, ihr die Karte geschenkt. Das würde sie ihm niemals vergessen. Kreuz-Bube würde ihm zu Ehren unter ihren Händen die schönste von allen werden. Ihr Kerker war randvoll mit Material, sie durfte verschwenderisch sein.

Odette prüfte den Sitz ihres Dutts und wischte sich die salzige Feuchtigkeit von der Haut. Der neue Gast konnte kommen.

Es fehlte noch die Karte aus Benin. Pik-Ass, die gefährlichste von allen. Entweder brachten sie Boch und Poe oder diese Madame Spectreuse, die Mambo aus Cotonou.

Odette fühlte sich auf Besuch jeglicher Art vorbereitet. Vor Voodoo fürchtete sie sich nicht, sie vertraute auf die Karten.

Dass der Bocor bei seiner Anrufung von Kalfou letztlich die Kontrolle über sich verloren hatte, wunderte sie nicht. Im Pik-Ass steckte die größte Macht, die größte Gefahr für den Träger und jene, die sich in seiner Umgebung befanden. Gondjia war das Kunststück gelungen, die Karte über Dekaden im Zaum zu halten und ihre Kraft für sich zu nutzen. Wahrscheinlich hatte er bei seinen Ritualen nicht nur Rum, kleinere Gaben und Tiere geopfert, um seine Flüche zu weben und sie gnädig zu stimmen.

Aber das Pik-Ass wollte sich nicht länger bändigen lassen. Es hatte den Ruf seiner Geschwister vernommen und drängte mit allen Mitteln zu ihnen. Daher hatte der unwillige Gondjia zum nächsten Opfer werden müssen. Das Ass hatte sich einen Boten gesucht, um nach Avignon zu gelangen.

Odette atmete lange ein und aus, strich sich die Kittelschürze glatt und ging in aller Ruhe zur Tür.

Einer ihrer Leute folgte ihr, die schallgedämpfte Glock 17

entsichert in der Rechten. Er blieb im Flur neben dem Eingang.

»Eine Person, Madame«, raunte er, was ihm über seinen Knopf im Ohr gemeldet wurde. Die schwarze Sturmhaube hatten weder er noch der Rest der Söldnereinheit abgenommen. »Weiblich. Alleine. Keine sichtbaren Waffen. Handgepäck-Koffer.«

Das Pik-Ass kam demnach mit Madame Spectreuse. Sie hatte Boch und Poe abgehängt. »Schwarz, nehme ich an.«

»Nein, Madame. Weiß, etwa sechzig.«

Odettes Falten auf der Stirn vertieften sich, dann öffnete sie.

Auf der unteren Stufe stand eine Frau, etwas jünger als Odette, deren Züge verhärmt und unzufrieden wirkten. Die Ähnlichkeit zu Gillot sprang sofort ins Auge, die Garderobe hingegen war sehr schlicht und funktional, mit einer Note von Gitane.

»Bonjour! Madame Darlan, nicht wahr?«, sagte sie mit dunkler, kräftiger Stimme. Die Unbekannte stand leicht schief, stützte sich mit dem linken Arm am Türrahmen ab, den anderen trug sie in einer Schlinge, ohne Gips oder Verband. »Verzeihen Sie den Überfall. Wir kennen uns nicht. Mein Name ist Magdalena de Graaf, aber nennen Sie mich bitte Samira. Mein Bruder Henry Gillot schickt mich.«

Odette gab dem verborgenen Söldner im Gang ein heimliches Zeichen, nicht einzugreifen. »Bonjour«, sagte sie langsam. Die Ähnlichkeit sprach dafür, dass an der Behauptung etwas Wahres war. »Verzeihen Sie, aber er hat Sie niemals erwähnt. Ich bin … vorsichtig.«

»Ich weiß. Der Überfall auf Charles und Renard. Henry berichtete mir davon.« De Graaf löste die Hand vom Rahmen und schwankte, ihr Bein wackelte, als wäre es nicht kontrollierbar. »Aber er hat Ihnen ja Aufpasser geschickt.« Sie suchte einen Personalausweis heraus und zeigte ihn zusammen mit einem alten Dokument, das ihren Mädchennamen Gillot zeigte. »Ich bin wirklich seine Schwester.«

»Kommen Sie bitte herein, Madame de Graaf«, bat Odette und legte dem Maskierten im Verborgenen eine Hand auf die Schulter. »Nicht erschrecken, wenn Sie meine Leibwächter sehen.«

»Nein. Ich bin dank Henry vorbereitet.«

Odette lächelte breit und trat auf die Straße, nahm den Koffer, brachte ihn ins Haus. Viel hatte ihre Besucherin nicht eingepackt. »Ich habe frischen Kuchen.«

»Man riecht es schon auf der Straße, Madame Darlan.« De Graaf humpelte in den Flur, vorbei an dem bewaffneten Maskierten, und grüßte ihn freundlich. Er tippte sich an eine imaginäre Hutkrempe und sah zu seiner Chefin. Die Scharade gelang reibungslos. »Nennen Sie mich bitte Samira. Das ist mein wahrer Name, den mir die Schwarze Sara gab.«

Odette stellte den Koffer ab. »Sehr gerne. Es klingt ein wenig nach Wahrsagerin.«

»Es ist arabisch und bedeutet *die Erhabene*.« Samira lachte bitter. »Für jemanden, der sich bewegt wie ich, eher ein Hohn.«

»Sagen Sie so was nicht.« Odette freute sich, mehr Energie für den Kreuz-Buben frei Haus zu erhalten. »Monsieur Gillot sandte Sie, um nach dem Rechten zu sehen, nehme ich an?«

»Das erzähle ich Ihnen gleich. Ich würde mich gerne hinsetzen. Es ist … anstrengend, alleine zu reisen. Ich bin es nicht mehr gewohnt, ohne Rollstuhl oder Gehhilfe.«

»Aber sicher doch.« Odette war sehr gespannt. So viel interessanten Besuch hatte sie schon lange nicht mehr gehabt.

* * *

Viele spielen, einer gewinnt.

Sprichwort

Kapitel XV

Frankreich, Paris

Tadeus durchquerte mit seinem Koffer die Ankunftshalle des Aéroport Charles-de-Gaulle. Zunächst hatte das Gepäckstück als verschollen gegolten, aber dann hatte ihn ein Ausruf zur Ausgabe gebeten, wo er seinen Koffer in Empfang nehmen durfte. Die Schmerzmittel verloren langsam ihre Wirkung, es ziepte und zog überall.

Poe wartete mit dem Handgepäck an einem winzigen Tresencafé, wo sie sich einen Latte macchiato schmecken ließ. Vor ihr lag der Schlüssel des VW Tiguan, den sie online beim Mietwagenunternehmen reserviert hatte. Der weiße Panamahut stand ihr sehr gut, und aus den Blicken einiger Männer und des Baristas las Tadeus spontane Verliebtheit. Dabei trug sie wie er die bewährten glamourfreien Touristenklamotten.

In Abendgarderobe gäbe es Heiratsanträge. An Tadeus prallte die Schönheit der Ärztin ab. *Sie sieht aus wie Michikos ältere Schwester.*

»Kaffee. Gute Idee. Sonst schlafe ich gleich ein.«

Er setzte sich neben sie und bestellte einen dreifachen Espresso, ohne die Basecap abzusetzen. Mit reichlich Koffein im Blut würde er bis nach Avignon fahren können, ohne den PS-starken SUV in die Leitplanken zu setzen. *Knappe siebenhundert Kilometer.*

Er bekam seine Bestellung und rührte reichlich Zucker ein. Bei einem durchgehenden Geschwindigkeitslimit auf der französischen Autobahn rechnete er mit etwa sechs Stunden Reisezeit. Ohne Pausen. Der TGV schnurrte die Strecke in drei Stunden ab, aber mit dem Tiguan konnten sie besser auf Überraschungen reagieren.

Poe löffelte den Milchschaum, die Krempe verwegen in die Stirn geschoben. Ihre blauen Augen leuchteten regelrecht. »Hat sich Darlan gemeldet? Ist Madame Spectreuse schon bei ihr aufgeschlagen?«

Tadeus blickte auf sein Handy. Kommissar Klim würde seine Freude haben, sofern er ihre Daten checkte: Leipzig. Benin. Paris. Der Mann hatte sich nicht mehr gemeldet, nachdem Tadeus und Poe die Bilder aus der russischen Verbrecherkartei via Skype angeschaut hatten. Sie hatten niemanden erkannt. »Nein. Keine Nachrichten, keine Anrufe.« Er stürzte den starken Mini-Kaffee runter, der sich in seinem Hals wie süße Lava anfühlte. Schnell kippte er das kostenlose Wasser nach. »Kann losgehen.«

»Darf ich noch austrinken?« Poe sah ihn freundlich an und lächelte, was eine Maßregelung bedeutete.

Tadeus legte genervt den Kopf in den Nacken, die auflebenden Schmerzen wirkten sich auf seine Laune aus. »Sie wissen, dass wir keine Zeit haben?«

»Wir sind eh zu spät dran, um Madame Spectreuse abzufangen, wenn sie zu Madame Darlan will. Sie hatte beim Flug Vorsprung, und sollte sie den Zug genommen haben, ist sie längst in Avignon.« Poe schien die Möglichkeiten durchgerechnet zu haben. »Oder die Karte machte die Mambo genauso verrückt wie den Voodoo-Priester. Dann kommt es gleich in den Nachrichten.« Sie zeigte mit dem langen Löffel auf den Flachbildschirm. »Die laufen da oben.«

Tadeus wollte dringend los, um die Karten abzuliefern und Aktionen in die Wege zu leiten, die ihn zu seiner innig vermissten Pik-Neun führten. Karo-Ass und Herz-Dame sangen seit einiger Zeit tröstend im Brustbeutel, was er freundlich von ihnen fand. Aber es kam nicht dem Gefühl gleich, das ihm seine Karte gegeben hatte. Wie bei einer Frau, die man sehr liebte und für die man alles, wirklich alles tun würde, um sie zu halten und zu beschützen.

Für eine Spielkarte. Tadeus blinzelte und fragte sich verwundert, woher dieses Bedürfnis kam. Sein Verstand klarte sich für Sekunden, der Espresso schien eine Nebenwirkung zu entfalten. *Für. Eine. Spielkarte.* Er zwinkerte nochmals und blickte zu Poe.

Sie hatte sich aus realen Gründen in das Abenteuer gestürzt: um die Menschen vor Gillot zu bewahren. Aus ihrer Suche nach der Wahrheit über den Tod ihres Verlobten und ihrem Rachedurst war Größeres geworden. Es ging der Ärztin um eine gerechte Sache, an der sie als Persönlichkeit wuchs und durch die sie sich ihrer koreanischen Wurzeln sowie ihrer Mudang-Anlagen erinnerte. Sie half und wollte das Gute.

Aber um was ging es ihm?

Tadeus betrachtete die flimmernden News auf dem TV. *Es ist nichts weiter als bedrucktes Papier. Altes, bedrucktes Papier.*

Die Gesänge in seinem Kopf schwollen abrupt an und überlagerten diese Gedanken, die Unsicherheit und Verwirrung schufen. Das Denken und die Entscheidungen fühlten sich plötzlich leichter an. Er legte eine Hand auf das Shirt, wo Herz-Dame und Karo-Ass im Beutelchen saßen. Natürlich musste er die Pik-Neun beschützen. Nur er. Er alleine. Sie brauchte ihn.

»Können wir dann?« Tadeus wandte sich zu Poe um. *Hoffentlich hat sie den Latte endlich ausgetrunken.*

Eine Frau mit schwarzer Hautfarbe stand neben der Ärztin, sie unterhielten sich angeregt. Sie hatten es nicht für nötig erachtet, ihn in die Unterhaltung einzubeziehen, und das weckte Tadeus' Misstrauen.

Die Unbekannte hatte lediglich einen kleinen Koffer dabei, ihre Kleidung war sehr bunt, eine Mischung aus afrikanisch-traditionellem und europäischem Schnitt. Um den Hals lagen mehrere Ketten übereinander, Amulette baumelten von den Handgelenken, Ringe glänzten an den Fingern.

Poe wandte sich ihm zu, als wäre ihr gerade erst eingefallen, dass er sich auch am Tresen befand. Ihre Wangen hatten sich vor Aufregung gerötet. »Das ist Madame Spectreuse, Boch! Sie hat uns gefunden.«

Tadeus drehte sich unbewusst zur Seite, sodass die Karten weg von der Frau zeigten und er einen möglichen Angriff abwehren konnte. »Oh. Ja, das ist … eine echte Überraschung.«

»Die Geister haben mich zu Ihnen geleitet.« Sie streckte ihm die Hand hin. »Leila Fignolé.«

Tadeus ergriff ihre Finger und schüttelte sie. »Tadeus Boch.« Er sah zwischen den Frauen hin und her. Es erschien ihm vollkommen logisch, dass sie über ihn gesprochen hatten. »Eine Mudang und eine Mambo.«

»Die Zwischenwelt ist eins, nur der Zugang ist verschieden. Ich habe mich für Bondieu und seine Geister der guten Seite entschieden.« Fignolé bedeutete ihm, sie anzusehen. »Es ist wichtig, dass Sie mir zuhören, Monsieur Boch.«

»Ist es nicht wichtiger, dass Sie uns die Karte geben?«, erwiderte er. »Es hängen Menschenleben davon ab.«

Tadeus hatte eine Ahnung, wo sie das Pik-Ass aufbewahrte. Nicht im Koffer, sondern am Körper. Die Karte wollte gefunden werden, gerettet werden, weg von der Mambo. Sie rief regelrecht um Hilfe und strebte nach Befreiung, wie ihm Herz-Dame und Karo-Ass um seinen Hals zuflüsterten. »Ich nehme an, Miss Poe hat Sie schon informiert?«

»Knapp, aber es genügt, um zu verstehen, was vor sich geht.« Fignolé sah Tadeus in die Augen. Der Blick wurde eindringlich und beschwörend. »Monsieur, Sie dürfen nicht zulassen, dass das Kartenspiel vervollständigt wird!«

»Wer redet denn davon? Wir liefern die Karten ab, Madame Darlan bekommt Sicherheit für ihre Familie, wir legen Gillot wegen der Morde in Baden-Baden aufs Kreuz. Damit haben wir etwas Gutes getan.« Er fühlte sich unwohl. *Vervollständigen*. Das würde bedeuten, er müsste die Pik-Neun aufgeben. Seine Pik-Neun!

Es sei denn, *er* besäße das Deck.

Seine Karte wäre mit ihm sehr zufrieden, wenn sie ihre Geschwister um sich hätte. Der Gedanke beruhigte ihn. »Wer will denn das Spiel vervollständigen?«

»Die Geister sagten mir, dass des Teufels Gebetbuch vereint werden soll. Es steht kurz bevor.« Fignolés Blick blieb auf ihn gerichtet. »Das darf nicht geschehen. Verstehen Sie mich? Es darf nicht geschehen.«

»So ein Quatsch.« Tadeus lachte.

»Das ist kein Quatsch!«, warf Poe aufgeregt ein. »Ich sagte Ihnen schon, dass ich die Schlechtigkeit der Karten spüre.«

»Was soll denn geschehen, wenn sie zusammenkommen? Wird ein Dämon daraus geboren werden? Und wird die Welt dann untergehen?« Er lachte die Frauen aus. »Ernsthaft?«

»Monsieur Boch. Das Kartenspiel wurde von einem verzweifelten, hasserfüllten Menschen erschaffen«, setzte Fignolé besonnen an. »Das gab ihm die Macht, schlimmste Kräfte in sein Werk zu bannen und …«

»… und es kann nur mit Liebe besiegt werden?«, führte Tadeus spöttisch fort. »Bitte, lassen Sie den Unsinn. Es geht um Menschenleben und um einen Dreifachmord, für den wir den irdischen Schuldigen überführen müssen. Um die Familie von Madame Darlan.« *Und meine Pik-Neun.* »Das ist real.«

»Das weiß ich. Und doch müssen Opfer gebracht werden, um die Vereinigung zu verhindern.« Die Mambo schien ihn hypnotisieren zu wollen. »Das Spiel wurde nicht umsonst über die ganze Welt verteilt. Es sollte geschwächt werden.

Wir dürfen leider keine Rücksicht auf jeden nehmen, der in diese Sache hineingezogen wurde.«

»Das sagten Ihnen auch die Geister?« Tadeus musste wegschauen, da er ihren Blick nicht länger ertrug. Daher sah er zu Poe. »Was das Verteilen angeht, haben wir bereits eigene Erklärungen gefunden. Fundierte Erklärungen. Ich will nicht absprechen, dass Sie beide eine Empfindung haben, aber … es ist nichts Konkretes.«

Das Pik-Ass verlangte deutlich seine Befreiung, stimmte in den Gesang von Herz-Dame und Karo-Ass mit ein. Er konnte die drei Karten hören. Es kam Tadeus nicht rechtens vor, dass Fignolé die dritte Karte behielt. Sie würde das Pik-Ass nicht gut behandeln, das wusste er. Er wischte sich über die Augen, über die verschwitzte Stirn. Der viele Espresso tat ihm nicht gut.

»Ich glaube ihr«, schaltete sich Poe ein, »dass etwas Schlimmes passieren wird.« Sie schien sich mit der Mambo verbündet zu haben. Zwei gegen einen.

»Madame Darlans Familie wird von Gillot geschnappt und vielleicht sogar gefoltert. Das ist was Schlimmes!« Tadeus hatte eine Eingebung. Mit List, sagten ihm die Karten, käme er weiter als mit Diskussionen. »Na schön. Damit wir vorankommen und nicht stundenlang reden: Wir fertigen Farbkopien von den Karten, die wir haben, basteln Duplikate und schauen, was geschieht.« Die Spielkarten schmeichelten ihm, wie schlau er sei. »Das wird reichen, um Gillot oder seine Leute bei einer Übergabe zu täuschen.«

»Gar nicht schlecht, Boch.« Poe schlug ihm lobend auf die Schulter. »Was meinen Sie, Madame?«

Fignolé nickte nachdenklich.

Tadeus zeigte auf den Infostand des Flughafens. »Die können uns bestimmt helfen.« Er streckte die Hand aus und verlangte nach dem Pik-Ass. »Sie zwei passen auf das Gepäck auf.«

»Ich komme mit«, verkündete die Mambo.

Poe erhob sich und zahlte die Getränke. »Ich auch.«

Zu dritt und mit ihrem Gepäck gingen sie durch die Halle zum Infostand, wo man ihnen den Weg zu einem Office-Center beschrieb, das mit einem Rundum-Service aufwartete. Nach einigen Minuten der Suche gelangten sie dorthin.

Der Angestellte fragte nicht nach, als sie ihm die drei verschmutzten, ramponierten Spielkarten reichten und er mehrere Kopien von der Vorder- und Rückseite mit einem hochmodernen Gerät machte.

Poe schaffte es mit einem Augenaufschlag und Liebenswürdigkeit, dass er ihnen Klebestift, ein dünnes Stück Pappe sowie ein Cuttermesser und eine Schere überließ.

Tadeus sammelte die Ausdrucke zusammen mit den drei Originalen wie selbstverständlich ein, bevor Fignolé zugreifen konnte. Sie warf ihm einen bösen Blick zu, schwieg jedoch vor dem Angestellten.

»Bastelstunde.« Er setzte sich an einen freien Tisch, der für Laptopnutzer gedacht war, und begann.

Kopie um Kopie schnitt er auseinander und reichte die Einzelstücke von Vorder- und Rückseite weiter, damit die Frauen sie zusammenklebten.

»Madame Fignolé, was haben Sie jetzt vor?«, fragte er, um abzulenken. Er hatte nicht vor, das Pik-Ass wieder herzugeben, welches sich mit überschwänglichen Gesängen bei ihm bedankte. Seine Pik-Neun wäre stolz auf ihn, und umso schmerzlicher fehlte sie ihm.

»Nach Haiti zurückkehren. Mit der Karte.«

Das hatte Tadeus befürchtet. »Haben Sie keine Angst, dass mit Ihnen das Gleiche geschieht wie mit diesem Voodoo-Priester?«

»Die Geister beschützen mich. Außerdem haben Sie die Karte gerade.«

Tadeus lachte. »Dann geben Sie gut acht auf mich, damit

ich nicht ausraste und Menschen aufschlitze, um sie Kalfou zu opfern.« Er wirbelte mit dem Cuttermesser. Die Idee erschien ihm gar nicht so falsch. Mit der Mambo müsste er anfangen. Die singenden Karten sahen das genauso.

»Wir haben schon versucht, eine Karte zu verbrennen«, gestand Poe und klebte die ausgeschnittenen Stücke mit chirurgischer Präzision zusammen. »Wäre das nicht das Beste?«

Fignolé beobachtete Tadeus unentwegt. »Die Geister sagten mir, dass es nicht möglich ist.«

»Sind sie auch nicht durch Liebe zu bezwingen?«, witzelte er. »Ich bin enttäuscht. Es heißt doch, dass die Liebe alles besiegt. Die bedingungslose Liebe.«

Die Mambo verzog keine Miene. »Keine Macht dieser Erde vermag es unter normalen Umständen, Monsieur Boch. Die Karten fanden stets einen Weg zu überdauern. Das macht dieses Deck so gefährlich. Jede einzelne Karte. Und als Spiel noch mehr.«

»Angenommen, nur einmal angenommen, die Übergabe findet statt, und es gelingt uns, wie auch immer, das Spiel zu schnappen«, sagte Poe beim Zusammenkleben und Begradigen der Duplikat-Außenränder. »Was wäre zu tun?«

»Das würde mich auch interessieren.« Falls es einen Weg gab, seine geliebte Pik-Neun zu vernichten, musste er das in Erfahrung bringen. Prävention. Es galt, derlei Gelegenheiten im Keim zu ersticken, wofür er überschwängliches Lob von den drei Karten bekam.

Fignolé wirkte unglücklich. Sie wusste keine Antwort.

»Am besten mit einer Rakete ins Weltall schießen«, sagte sie nach einer Weile. »Es gehört an einen Ort, an den kein Mensch Zugang haben sollte.«

»In einen Vulkan«, kam es von Poe wie aus der Pistole geschossen.

»Es verbrennt nicht«, warf Tadeus ein.

»Aber das Spiel würde versinken.«

Er grinste. »Und wenn es eine Eruption gibt?«

»Ist es auf ewig in erkalteter Lava gefangen.«

»Möglich. Aber ein Forscher kann es finden.« Tadeus sah zu Fignolé. Er mochte es, der Aber-Mann zu sein. »Madame, was sagten Ihre Geister: Könnte sich das Kartenspiel selbst befreien?«

»Ich weiß es nicht.« Die Frau beendete ihre Arbeit und stand auf, der viele Schmuck an ihrem Körper klirrte und klingelte. »Ich bin gleich wieder da. Auf dem Rückweg bringe ich eine Runde Getränke mit. Möchte jemand noch etwas?« Tadeus erbat sich ein Wasser, Poe eine Diätcola. »Ich folgte Gondjia von Haiti nach Benin, weil er den Menschen furchtbare Dinge antat. Dinge, zu denen ihn die Karte antrieb und die ihn jeden Tag roher werden ließen. Jetzt habe ich die Gelegenheit zu verhindern, dass so etwas wieder geschieht. Das muss ich tun. Egal wie.« Ihr Blick galt erneut Tadeus. »Egal wie, Monsieur. Und wenn ich zurückkomme, will ich das Pik-Ass wiederhaben.« Sie nickte Poe zu, nahm ihren kleinen Koffer und ging hinaus.

Das Pik-Ass schrie in Tadeus' Brustbeutel, dass die Mambo ihr Todfeind war. Sie würde alles ruinieren, den Plan, die Befreiung und dass er die Pik-Neun halten durfte.

Das darf nicht sein, stimmte Tadeus gedanklich zu. Auf dem Flughafen konnte er Fignolé nicht ausschalten, es wäre zu auffällig. Er musterte Poe verstohlen und bedauerte, dass sie sich mit der Mambo verbündet hatte. Poe gehörte nun leider zum Feind. Die Tatsache, dass sie sich vehement mit der Vernichtung des Kartenspiels befasste, sagte ihm, dass er ihr nicht trauen durfte.

Die Karten sangen ihre Zustimmung und brachten ihn zum wohligen Schaudern, wobei sie ihn ermunterten, nichts und niemandem zu trauen.

Tadeus wurde tief in sich wütend. Von nun an musste er

wachsamer sein. Aber loswerden konnte er Poe noch nicht. Sie war die Wünschelrute, sie konnte die Pik-Neun aufspüren. *Ich muss etwas tun.*

Ansatzlos erhob sich Tadeus. »Zu viel Kaffee. Achten Sie auf unser Gepäck.« Hastig verließ er das Office-Center und steuerte die nächsten Toiletten an, in denen er Fignolé hatte verschwinden sehen.

Schnell huschte er ins Frauenklo, wo er im Vorraum empört-verwunderte Blicke von zwei Damen erntete. »Entschuldigen Sie bitte. Ein Notfall. Meine Frau …« Er klopfte kurz auf seine Hosentasche. »Tampons.«

Die beiden verließen den Vorraum, und Tadeus betrat die Abteilung mit den Kabinen, sah unter den Türen durch und erkannte anhand der Kleidung, wo sich Fignolé befand. Außer ihrer waren noch zwei Toiletten besetzt, die Frauen unterhielten sich leise.

Tadeus begab sich in die Kabine neben die Mambo und wartete angespannt.

Nachdem die beiden Frauen gegangen waren, stellte er sich auf die Klobrille und zog den metallenen Bürstenhalter aus dem Befestigungsring an der Wand. Die Karten feuerten ihn an, sich nicht zurückzuhalten und ohne Gnade gegen die Feindin vorzugehen. Mit dem Fuß betätigte Tadeus die Spülung, um Geräusche zu übertönen, und sah über die Wand auf Fignolé herab. Sie saß bekleidet auf dem geschlossenen Klodeckel und prüfte Mails auf ihrem Smartphone.

Tadeus drosch ihr den Halter wuchtig gegen die Stirn.

Die Attacke traf die Mambo überraschend. Ihr Kopf ruckte nach hinten und kollidierte mit der Wand, ihr Körper verlor die Spannung, blieb jedoch auf der Toilette sitzen. Fignolé war ohnmächtig, Blut rann aus einer langen Platzwunde über dem Nasenrücken, tropfte von der Nase auf ihre gemusterte Bluse und malte dunkelrote Punkte. Das Handy landete auf den Fliesen.

Tadeus starrte auf sie nieder wie ein Gott, der überlegte, ob er den Sterblichen restlos zerschmettern sollte. Die Karten verlangten es, vor allem das Pik-Ass tobte und drängte, er möge die Feindin ihr opfern.

Tadeus widerstand und stieg von der Toilette herab, obwohl die drei Karten spürbar beleidigt waren und aufbegehrten. Sie waren zusammen gesehen worden, und auf den Videoaufnahmen war festgehalten, wie er ihr auf die Toilette gefolgt war. Fand man Fignolé so in der Kabine, konnte es auch ein unrühmlicher Unfall gewesen sein. Er brauchte Vorsprung, mehr nicht.

Vor ihrer Kabine beugte er sich hinunter und fischte Fignolés Smartphone vom Boden. Er steckte es ein und verließ die Frauentoilette, ohne dass er jemandem begegnete, um aufs Herrenklo zu wechseln.

Dort schrieb er im Namen von Fignolé eine Abschiedsmail an Poe, bevor er Herz-Dame, Pik-Ass und Karo-Ass aus seinem Brustbeutel nahm und in seinem rechten Schuh verstaute. Er schärfte den Karten ein, dass sie von nun an leise sein müssten, sich tarnen wie die Herz-Dame. Sie versprachen es ihm, und die Gesänge endeten nach einem letzten Choral nur für ihn.

Tadeus genoss es, auch wenn es nicht an das Empfinden heranreichte, das seine Pik-Neun bei ihm auslöste. Er sah es als Vorgeschmack.

Dann verließ er die Kabine und kehrte ins Office-Center zurück. Fignolés Handy landete ausgeschaltet in einem der vielen Mülleimer.

Poe hatte ein Getränk vor sich stehen, das ihr der Angestellte ausgegeben hatte, wie sie sagte.

»Wir gehen«, verkündete Tadeus und sammelte die gefälschten Karten ein. »Wo bleibt Madame Fignolé?«

»Sie ist schon weg. Das hat sie mir geschrieben.« Poe erhob sich und las von ihrem Tablet ab. *»Fliege nach Haiti zurück.*

Mit Pik-Ass, Karo-Ass und Herz-Dame. Muss mich um den Flug kümmern. Bis bald! Melde mich, sobald ich die Karten in Sicherheit gebracht habe.«

»Ich habe ihr die Karten gegeben, da Gillot niemals damit rechnet. Er weiß ja nichts von ihr. Die Karten sind sicher, und wir reisen mit den Fälschungen nach Avignon.« Tadeus lächelte, so ehrlich er konnte. »Jetzt sind Sie überrascht. Das haben Ihre Mudang-Kräfte nicht vorausgesagt.«

»Nein.« Poe betrachtete ihn sehr freundlich und lobend, ihre Blicke richteten sich für eine Sekunde auf seine Brust in Höhe des Beutels. »Bringen wir es zum besten Ende.«

Tadeus wusste, dass es dort nichts gab, was verräterische Schwingungen aussenden konnte. Sicherheitshalber schob er das Gepäck vor sich, um einen zusätzlichen Wall gegen ihre Mudang-Fertigkeiten zu errichten. Die Karten spürte er nicht, in keiner Weise. Sie hatten auf ihn gehört und stellten sich tot.

»Sie erstaunen mich«, gestand Poe. »Ich hätte meine Hand dafür ins Feuer gelegt, dass Sie darauf bestehen würden, mit den echten Karten nach Avignon zu fahren.«

Er lachte auf. »Weswegen? Habe ich in den letzten Tagen so einen schlechten Eindruck gemacht?«

»Ja. Nein, nicht so.« Sie geriet ins Stottern. »Es …«

»Weil ich skeptisch bin, was Madame Fignolé angeht?« Tadeus und Poe gelangten ins Freie, gingen zum Parkhaus. Er fühlte sich regelrecht beschwingt, weil sein Plan und seine Täuschung gelangen. »Das bin ich auch weiterhin. Ich weiß, wir setzen mit den Fälschungen Darlans Leben und das ihrer Familie aufs Spiel. Damit tragen wir die Verantwortung, wenn die Übergabe misslingt, Miss Poe. Aber das andere Szenario erscheint mir … noch gefährlicher.«

»Danke, Boch.«

»Erst das beste Ende für alle, wie Sie sagten.« Tadeus ging

auf den VW Tiguan zu und entriegelte ihn, der Kofferraum öffnete sich von selbst. »Dann ist Zeit zum Bedanken.«

Unterwegs würde er versuchen herauszufinden, was sie und Fignolé besprochen hatten. Er hatte nicht vergessen, dass sich Mudang und Mambo zusammengetan hatten. Gegen ihn.

Die Karten sangen zum Lob ein bisschen, heimlich und kaum wahrnehmbar, aber schön wie nie.

* * *

Frankreich, Provence-Alpes-Côte d'Azur,
Vaucluse, Avignon

Odette schnitt das zweite Stück für Magdalena de Graaf ab, die sich mit Kaffee und Kuchen von ihrer beschwerlichen Reise aus Rom stärkte. »Ihr Bruder erholt sich hoffentlich? Seine SMS und Anrufe gingen reichlich ein.«

»Ja, da sagen Sie was. Er ist schon wieder sehr aktiv.« Samira, wie sie unbedingt genannt werden wollte, genoss den Kaffee mit einem schwelgenden Ausdruck im Gesicht. »Und er machte sich Sorgen, weil niemand auf seine Kontaktversuche reagierte.« Sie deutete auf den Maskierten, der neben der Tür stand. »Ich sehe, dass alles in Ordnung ist, Madame Darlan. Das wird Henry beruhigen.«

»Das ist es.«

»Müssen diese armen Leute die ganze Zeit über diese Hauben tragen? Mein Bruder sagte, dass man darunter sehr schwitzt.« Samira zeigte keinerlei Unbehagen angesichts des Bewaffneten und sprach den Mann neben der Tür an. »Henry greift öfter auf Profis zurück, gerade bei Ausgrabungen im Nahen Osten. Ich weiß, es ist nicht ganz juristisch einwandfrei, mit den Waffen und derlei.«

»Wir bleiben generell gerne unerkannt, Madame. Wir

reden uns auch nie mit echten Namen an«, erwiderte der Mann freundlich. »Ist wie mit Anti-Terror-Kräften. Man will ja nicht am Strand erkannt werden. Oder beim Einkaufen.«

»Ja, das verstehe ich.« Samira wandte sich an Odette. »Wissen Sie was? Rufen Sie meinen Bruder einfach an. Er wird sich freuen, Ihre Stimme zu hören.«

»Ich habe es schon versucht, aber er geht gerade nicht ran.« Odette aß vom Kuchen, den sie nach Charles' Rezept gebacken hatte. Er schmeckte leider nicht ganz so gut wie von ihrem toten Kerkermeister.

»Er wird schlafen, Madame Darlan.« Samira lachte und richtete ihre schwarze Fransenstola, die sich über die Schultern des langen weißen Kleids schlang. »Henry schläft zurzeit mehr als in seinem ganzen Leben zusammen. Die Medikamente. Es klingt vielleicht merkwürdig, aber ich denke, es tut ihm gut.« Sie wandte sich an den Aufpasser. »Monsieur, wollen Sie auch?« Dabei deutete sie mit der Gabel auf den Kuchen. »Himmlisch gut.«

»Merci, aber ich muss auf meine Linie achten«, erwiderte der Aufpasser und klang erheitert. »Falls wir angegriffen werden. Ihr Bruder fände es nicht gut, wenn ich zu fett wäre, um Madame Darlan und seine Karten zu verteidigen.«

Samira lachte erleichtert. »Bon. Das verstehe ich.«

Odette stimmte in die Heiterkeit mit ein, weil sie Samiras permanente Irrung lustig fand. Sie wusste noch nicht, ob sie die unverhoffte Besucherin gehen lassen würde, um Gillot zu beruhigen, oder sie zu den anderen im Keller einsperrte. Mit den schier unerschöpflichen Geldquellen konnte der Wallone eine größere Truppe nach Avignon schicken, um seine Schwester suchen zu lassen. Ihre Entscheidung tendierte zu Laufenlassen und Samira in Sicherheit wiegen.

»Ja, die Karten. Henry und seine Karten«, sagte Samira versonnen und zog den blutverschmierten, ramponierten Kreuz-Buben zu sich. »Das ist eine davon, richtig?«

»Ja.«

»Sie sieht sehr kaputt aus. Verdreckt. Das können Sie reparieren, Madame?«

»*Restaurieren*. Und ja.« Odette wollte ihr die Karte entreißen, aber sie unterdrückte das Verlangen. Fennecs Vermächtnis. »Sie stammt aus Manaus. Monsieur Mulder brachte sie heute zu mir.«

»Was glauben Sie: Wer hat die Karten aus dem Tresor in Brügge gestohlen?« Samira spielte mit dem Kreuz-Buben, zwar sehr vorsichtig, aber mehr, als für das beschädigte Stück gut war. »Sie kennen als Restauratorin sicherlich andere Sammlerinnen und Sammler, die einen Berg Geld ausgeben würden, um sie zu bekommen.«

»Gibt es sicherlich. Aber keiner ist so verrückt danach wie Ihr Bruder.«

»Aber einer muss *fast* so verrückt sein.« Samira roch ohne Scheu vor dem Blut am betagten, bedruckten und bemalten Papier. »Was sie alles wohl erlebt und gesehen hat?«

»Tod und Verderben. In erster Linie«, sagte Odette und fürchtete, dass sie den Kreuz-Buben auch noch ableckte. »Wie die meisten aus diesem schicksalhaften Deck.« Sie räusperte sich. »Verzeihen Sie, ich will nicht unhöflich sein, aber würden Sie das einmalige Stück bitte wieder auf den Tisch legen?«

»Oh! Tut mir leid!« Samira errötete und deponierte die Karte auf der Tischdecke, als wäre es plötzlich ein rohes Ei. »Aber ich habe wenigstens einmal eine in der Hand gehalten.«

»Sie wussten nichts davon?«

»Von der Sammlung in meinem Haus? Nein.« Samira lachte bitter. »Ja, mein Bruder ist schon besonders.«

Odette rückte die schwere Brille auf dem Nasenrücken gerade, die Sicht wurde etwas deutlicher. Sie las an den Regungen auf den Zügen der Frau, dass sie etwas verschwieg. »Sie teilen seine Sammelleidenschaft demnach nicht.«

»Sagen wir, ich bin wählerischer. Kennen Sie die Schwarze Sara?«

»Natürlich! Die Wallfahrt der Gitans findet nicht so weit von hier entfernt statt. Saintes-Maries-de-la-Mer, in der Camargue, nicht wahr?«

In Samiras grünbraunen Augen loderte ein begeistertes, gläubiges Feuer auf. »Es ist wundervoll! Ich bin ihre treueste Anhängerin, Madame Darlan. Sara hat mein Leiden schon mehrfach gelindert. Ich konnte früher so gut wie gar nicht laufen. Weil ich zu ihr betete und bei den Wallfahrten Opfer brachte und …« Sie stockte und blickte auf den Kreuz-Buben, der von den vier stilisierten Raubkatzen flankiert wurde. »Die Karte aus Manaus, sagten Sie?«

»Ja, Madame Gillot.«

Samira atmete ein. »Oh.« Sie nippte an ihrem Kaffee. »Ich hätte sie beinahe vor meinem Bruder geschnappt.«

Odette glaubte, sich verhört zu haben. »*Sie* haben versucht, sie zu bekommen? Sie sammeln doch gar nicht. Habe ich das falsch verstanden?«

»Die Schwarze Sara, Madame Darlan, ist nicht nur die Schutzpatronin der katholischen Roma.« Samira nahm das Amulett unter ihrer Bluse heraus, auf dem ein Frauenkopf zu sehen war. »Da. Ihr Medaillon. Geweiht und gesegnet. Manchmal denke ich«, sie senkte verschämt den Blick, »ich bin mit ihr verwandt, so verbunden fühle ich mich mit der Heiligen.«

»Und die Schwarze Sara hat etwas mit diesem Kartenspiel zu tun?« Odette fürchtete, dass Samira in ihrer übergroßen Religiosität einem Irrtum aufgesessen war. »Das Kartenspiel stammt aus dem Ende des 18. Jahrhunderts. Korrigieren Sie mich, aber der Kult der Roma um die Heilige ist wesentlich älter.«

»Sie werden das nicht wissen, Madame Darlan. Sara ist bei den Gitans ein weitverbreiteter Name und beliebt als Pseudonym von Kartenlegerinnen und Handleserinnen«, führte Samira ereifernd aus. Sie hatte in ihrem normalen Leben in Brügge wohl wenig Gelegenheiten, mit Menschen darüber zu sprechen.

»Ah, Karten. Begriffen, Madame.«

»Ganz genau! Ich habe mich intensiv mit den Erzählungen und Legenden der südfranzösischen Gitans beschäftigt. Darin wird Sara auch als weise Frau und Erfinderin des Tarot genannt.«

Odette lachte. »Das kann nur ein Irrtum sein. Das Kartenspiel kam erst im 14. Jahrhundert nach Europa.«

Nun sah Samira beleidigt aus. »Die ersten *Belege* stammen aus dem 14. Jahrhundert, das ist richtig. Aber *was* ist, wenn es sie schon früher *gab?*« Sie zeigte auf die Karte. »Ich halte es für möglich, dass die Schwarze Sara das Kartenspiel zu uns brachte. Als sie aus dem Orient zu uns kam.«

»Aha.« Gedanklich stieg Odette aus. Was diese Frau faselte, hatte nichts mit historischen Fakten und dem zu tun, was die Karten von Bastian Kirchner ausmachten. Es war die typische Verklärung, wie sie gläubigen Menschen oft unterlief. Die Macht des Gebetbuchs des Teufels war eine unumstößliche Gegebenheit, unabhängig von Glaube und Kontinent. »Was hatten Sie mit dem Kreuz-Buben vor, Madame?«

»Nach Saintes-Maries-de-la-Mer bringen, zur Schwarzen Sara«, führte Samira aus. »Es ist eine Besonderheit und passt sehr gut zur Erfinderin des Tarot und einer Kartenlegerin. Sie hätte sich darüber gefreut und mich …« Sie schluckte.

»Geheilt.« Jetzt begriff Odette. »Sie dachten, wenn Sie ihr diese Gabe bringen, erfahren Sie im Gegenzug ein Wunder.«

»Ja«, raunte sie und sah auf den Kreuz-Buben. »Mein Bruder dachte, ich wüsste nicht, dass er die Karten sammelt. Aber natürlich wusste ich es, nur nichts von dem Tresor.« Ihre Züge wurden weicher, sehnsuchtsvoller. »Alle Karten hätte ich Sara gebracht, alle, die in diesem Panzerschrank lagen, damit sie mich heilt. Mich befreit. Damit ich mein Leben nach sechzig Jahren endlich genießen kann.« Samira kramte in ihrer Jacke nach einem Taschentuch und schnäuzte sich; das Schluchzen hörte man dennoch.

Odette bekam einen Verdacht. »Wann hätten Sie den Kreuz-Buben beinahe erwischt? Vor Ihrem Bruder?«

»Bitte?« Samira tupfte sich die Tränen weg.

»Da Sie keine Kenntnis vom Tresor und mir hatten, wann gedachten Sie, die Karte vor ihm …«

»In Manaus. Ich schickte eine Detektivin los, getarnt in der Rettungstruppe, die aufbrach, um das abgestürzte Flugzeug des Ehepaars Sparks zu suchen.« Samira seufzte. »Sie rief mich von unterwegs aus an, denn sie hatte Frédéric Roux in der Gruppe erkannt. Mein Bruder und ich lieferten uns ein Wettrennen auf Entfernung.«

»Woher kannte sie Fenn… Monsieur Roux?«

»Von mir. Ich schickte ihr ein Bild von dem Mann. Er brachte gelegentlich Karten vorbei. Der offizielle Grund war stets ein anderer, aber ich belauschte ihn und Henry manchmal.« Samira kam sich sehr schlau vor. »Tja. Beide wurden wohl von Wilderern umgebracht.« Sie zeigte auf die Karte. »Dafür.«

Ihre nachfolgenden Worte wurden für Odette zu einem unverständlichen Gemurmel.

In ihrem Verstand bildete sich eine gänzlich neue Variante vom Tod ihres geliebten Fennec: Er hatte die Karte gefunden, für sie, und dann hatte diese angeheuerte Detektivin sie ihm abnehmen wollen. Ein Feuergefecht, das die Wilderer anlockte. Die Verschleppung in die Hütte mit der Karte. Die Tiere, die Fennec und den Kreuz-Buben beschützten. Daan Mulder und das viele Geld, das eigentlich ihrem Fennec zugestanden hatte. Für die lange Treue zu ihr und den Karten.

Odette sah Samira an, die immer noch von der Schwarzen Sara und Tarot plapperte und von der Heiligen salbaderte, die ihr Heil sein sollte und wie viele Geschichten sie selbst geschrieben hatte. Die wahre Mörderin ihres Fennec, ihres Wüstenfuchses, saß an ihrem Tisch.

Das Telefon klingelte und brachte Samira zum Schweigen.

»Einen Moment, Madame de Graaf.« Odette erhob sich und ging zum Apparat. »Oui?«

»Hier spricht … Müller«, vernahm sie die Stimme des Deutschen, im Hintergrund erklangen Fahrgeräusche von einem Auto. »Ist alles bei Ihnen in Ordnung, Madame Darlan?«

Odette fühlte sich nicht in Ordnung. »Das kommt darauf an, was Sie mir erzählen, Monsieur Müller.«

»Wir haben die Karten und sind auf dem Weg nach Avignon.«

»Sie meinen …«

»Ich meine *sämtliche* vermissten Karten, Madame Darlan. Wir haben alle drei! In etwa vier Stunden sind wir bei Ihnen. Rufen Sie Gillot an, und schlagen Sie ihm ein Treffen vor. Und zwar unverzüglich. Er darf keine Gelegenheit bekommen, um größere Vorbereitungen zu treffen.«

»Vier Stunden!« Odette legte eine Hand vor den Mund, schloss die Augen und weinte stille Tränen vor Glück und Trauer zugleich. Contenance, würde ihr Vater sagen. Sie nahm die Finger weg und lächelte. »Danke, Monsieur Müller. Ich bereite alles vor.«

»Was ist mit den neuen Aufpassern?«

»Machen Sie sich darum keine Sorgen. Ich habe mir schon was ausgedacht.«

»Achten Sie bitte auf sich! Bis bald, Madame. Dann besprechen wir den Schlachtplan.« *Klick.*

Ihre Beine gaben nach, vor freudigem, bittersüßem Schrecken. Odette schaffte es noch, sich auf den Stuhl fallen zu lassen. Die letzten drei Karten. Auf dem Weg. Zu ihr.

»Madame Darlan?« Samira sah sie besorgt an. Sie hatte

das zweite Kuchenstück zu zwei Dritteln verzehrt. »Ist etwas geschehen?«

Odette schaute nicht zu ihr, sondern hob das Kinn, entschlossen und stolz. »Schaffen Sie Madame de Graaf in den Keller zu den anderen. Und zwar so, dass es ihr wehtut.«

»Oui, Madame.« Der Maskierte packte Samira an den Haaren und zerrte sie vom Stuhl.

Sie schrie auf, ruderte mit ihrem gesunden Arm und versuchte, die Hand des Mannes von ihrem Schopf zu lösen, aber er schleifte sie einfach hinter sich her wie einen Sack Kartoffeln, erst über die Dielen, dann durch den Flur.

Odette hörte ihre schrillen Schreie, die endeten, als Samira die Stufen hinabfiel. Es bereitete ihr ein wenig Genugtuung.

Samira, die Erhabene, würde ihre Energie als Erste abgeben. An den Kreuz-Buben, an Fennecs Vermächtnis.

Warum warten?, dachte Odette und erhob sich.

* * *

Hyun saß auf dem Beifahrersitz des VW Tiguan und sichtete erneut die Daten im Laptop, den sie aus Gillots Wohnung in Brügge gestohlen hatten. Der Fund der Papierkorb-Datei hatte sie angestachelt, nochmals jede Ecke der Festplatte zu durchforsten.

In ihr ging es hoch her, der letzte Albtraum hatte sie vor knapp zwei Stunden eiskalt erwischt. Die Karten versuchten, sie mit aller Macht in die Flucht zu schlagen.

Sosehr Boch auch Andeutungen und Anspielungen machte, sie verriet ihm nicht, was sie mit Leila Fignolé besprochen hatte. Es war weniger um die Karten als um ihn gegangen. Die Mambo hatte Hyun eindringlich vor ihm gewarnt, ausgerechnet vor ihrem Beschützer und Mitstreiter. Er sei unter den Einfluss einer oder mehrerer Karten geraten und würde sich nur sehr schwer davon befreien können. Fignolé vermutete, dass es bereits zuvor eine Bindung an das Spiel und an Karten gegeben haben musste, was es nun umso leichter für die bösen Geister machte, ihn in ihren Bann zu zwingen.

Hyun hatte so etwas von Anfang an geahnt, aber ihr Misstrauen war eingeschlafen. Damit waren Bochs Beweggründe, ihr zu helfen, nur vordergründig edel. Im Hintergrund lauerte eine dunkle Wahrheit, die unvorhersehbar ausbrechen konnte.

Hyun war in der Zwickmühle. Noch brauchte sie ihn, um gegen Gillot vorzugehen, aber den Rücken würde sie ihm nicht mehr zudrehen.

Der Tiguan schnurrte über die französische Autobahn, konstant bei den erlaubten 130 Stundenkilometern. Boch riskierte kurz vor dem Ziel nichts.

Hyuns eigenes Vorhaben stand fest. Sie würde das unzerstörbare Spiel für die ganze Welt unzugänglich machen, damit es kein Leid mehr bringen konnte, wie es dies in den Jahrhunderten seit seiner Erschaffung getan hatte. Das Kartendeck musste in der Versenkung verschwinden.

Hyun wusste, dass sie sich damit Boch zum Feind machen würde. Aber hatte er sie überrascht, als er ihr am Flughafen verkündete, dass er dem Austauschplan zustimmte. Sein Wille schien stärker als angenommen, wenn er sich gegen den Einfluss der Karte stemmen konnte. Das beruhigte Hyun ein Stück weit, ohne dass sie ihre Wachsamkeit aufgab.

Die Buchstaben und Symbole verschwammen vor ihren Augen, die Gedanken arbeiteten.

Die Mambo hatte sehr offen mit Hyun gesprochen, weil sie sich als ebenbürtig betrachtete, trotz des Altersunterschieds und der unterschiedlichen Kulturen. Geisterwelt blieb Geisterwelt, egal ob Voodoo oder koreanischer Mudang.

Daran war etwas sehr Wahres.

Sie hatte Hyun auf das Grundflimmern um Boch aufmerksam gemacht, das mit der Beeinflussung des Mannes durch eine Karte zu tun habe. Solange er von diesem Wabern umgeben war, durfte man dem Mann nur bedingt trauen. Hyun gelang es mit etwas Übung, das Phänomen wahrzunehmen, bis auf eine Entfernung von etwa einem Meter. So auch jetzt. *Ich werde ihn davon befreien. Die Karten sind weit weg.*

Vor dem Tod ihres Verlobten hatte sie niemals geglaubt, dass sie ihr großmütterliches Erbe einmal benötigen würde. Und sicherlich wären einige Erlebnisse anders verlaufen, besäße sie das volle Wissen einer Mudang, mit Praxiserfahrung und besserem Einfühlungsvermögen sowie Verständnis für die Geister.

Als Mudang hätte ich die Gefahren der Karte für ihn erkannt. Hyun küsste ihren Verlobungsring und zwang ihre Aufmerksamkeit auf den Laptop zurück.

Ihr Finger scrollte zum gefühlten hundertsten Mal über die Dateien mit Kurzgeschichten und Romananfängen rund um die Schwarze Sara bis hinab zur Informationssammlung des Wallonen, die aus der Anfangszeit seiner Jagd auf des Teufels Gebetbuch stammte. »Wie lange noch bis Avignon?«

»Etwa zwei Stunden.« Boch fuhr etwas zu schnell und bemerkte ihren tadelnden Blick. »Die Franzosen werden mich verwarnen, aber nicht aus dem Verkehr ziehen.«

»Was wird Madame Fignolé mit den Karten machen?« Hyun schaute zur Seitenscheibe hinaus. Die Nacht flog an ihnen vorbei und umgab sie doch von allen Seiten. »Hat sie was Konkretes zu Ihnen gesagt? Die Abschiedsnachricht war dürftig.«

»Sie sagte: Je weniger wir wissen, desto besser. Ich habe ihr meine Mailadresse gegeben. Sie wird sich melden.« Boch blickte konzentriert nach vorne auf die verwaiste Fahrbahn. »Die Voodoo-Priesterin findet bestimmt einen Weg, diese drei Karten zu vernichten oder einen Gegenfluch zu weben.« Er lächelte kurz. »Sie müssten das besser wissen als ich, Poe.«

»Meine Großmutter wüsste es.« Hyun legte den Kopf zurück, soweit es die Stütze zuließ, betrachtete die Sterne, die durch das Panoramadach leuchteten.

Seit dem Aufbruch vom Flughafen verhielt sich Boch sehr kooperativ. Er gab sich Mühe, Hyun davon zu überzeugen, zu einhundert Prozent auf ihrer Seite zu sein, auch mit solchen kleinen Bemerkungen wie eben über die Vernichtung der Karten.

Das mochte daran liegen, dass der negative Einfluss von Herz-Dame, Karo-Ass und Pik-Ass beendet war und der Rest böse Energie langsam in ihm abebbte.

Ihr gewecktes Misstrauen raunte trotzdem: *Bleibe wachsam, bis er ganz davon befreit ist. Bis du ihn davon befreit hast.*

Zudem hatte Hyun Mobilnummern mit Leila Fignolé ausgetauscht, wovon er nichts wusste. Dass sich die Mambo nach ihrer knappen Nachricht nicht noch einmal gemeldet hatte, beunruhigte Hyun. Vor dem Einsteigen in die Maschine nach Haiti wäre Zeit für eine weitere Mitteilung gewesen. Fehlanzeige.

Hyun betrachtete Boch, der sie prompt anlächelte. *In Avignon wird sich vieles entscheiden.*

* * *

Zerronnen wie gewonnen.

aus *Reineke Fuchs* (1794)
von Johann Wolfgang von Goethe (1749–1832)

Kapitel XVI

Frankreich, Provence-Alpes-Côte d'Azur,
Vaucluse, Avignon

Tadeus schaltete den Motor des Tiguan aus, den er in eine Parkbucht bugsiert hatte, und löschte die Scheinwerfer.

Ruhe breitete sich in dem schmalen Sträßchen aus. Avignon befand sich um drei Uhr morgens in tiefem Schlummer, nur vereinzelt brannten Lichter im modernen Teil der Stadt hinter den Fenstern. Aber in der Rue Nicolas Lescuyer, im alten Kern, umgeben von der Befestigungsmauer und wie abgeschirmt von der Moderne, herrschte tiefste Ruhe im einstigen Reich der Gegenpäpste.

Er warf einen Blick zu Poe, die den Laptop schwungvoll zuklappte. Das blaue Monitorlicht erlosch. »Was dabei gewesen, das uns hilft?«

»Nein.« Sie streifte ihr schwarzes Haar mit einer raschen Handbewegung nach hinten, bevor sie den Panamahut aufsetzte. Dann sah sie ihn aus ihren blauen Asiaaugen an.

Tadeus gefiel der Ausdruck in ihrem Gesicht nicht. Im Halbdunkel glaubte er, neben seiner Tochter Michiko zu sitzen. Das machte ihn noch nervöser. »Was? Zweifel?«

»*Ich* nicht.«

»Warum schauen Sie mich dann so an?«

Poe schwieg, richtete die Blicke auf seinen Solarplexus, an dem er einst die echten Karten im Brustbeutel aufbewahrt hatte.

Er wusste, wonach sie suchte, trotz seines kleinen Märchens über Fignolé und der gefälschten Nachricht. Damit zeigte sie deutlich, dass sie keine Verbündeten waren. Zu keiner Sekunde gewesen waren. Doch sie war seine Wünschelrute, seine Pik-Neun-Finderin. Deswegen spielte er das Spiel mit, und die Karten bestätigten ihn leise in seiner Meinung.

»Ah, richtig! Danke für die Erinnerung.« Tadeus langte lächelnd unter sein Shirt und zog die Duplikate aus dem rechteckigen, flachen Lederbeutel. »Machen Sie das.«

Poe nahm sie zögerlich entgegen und öffnete die Tür, ohne den Blick von ihm zu lösen. Sie hatten die Innenraumbeleuchtung ausgeschaltet, es blieb dunkel. »Steht der Plan noch?«

Erneut schien Michiko zu ihm zu sprechen. »Wir haben keinen anderen, oder?« Er stieg überhastet aus. Nichts durfte ihn irritieren. »Das Gepäck lassen wir im Wagen.«

Einen richtigen Plan hatte er nicht, aber die Karten würden ihm schon sagen, was zu tun wäre, damit er seine schmerzlich vermisste Pik-Neun bekam. Gillot zu verhören, wäre ein Anfang.

Poe hob etwas Dreck vom Boden und rieb ihn über die nachgemachten Karten, damit sie heruntergekommener aussahen. Bei der letzten Pinkelpause hatte sie schon etwas Wein, Tee und Kaffee darübergespritzt und war darauf herumgesprungen.

Tadeus behielt derweil die Rue Nicolas Lescuyer im Auge. Die geparkten Fahrzeuge waren leer, die Nummernschilder aus dem Departement, weder Transporter noch Mietwagen fielen ihm auf. Nachtschwärmer gab es auch nicht. *Bestens.*

Sie gingen die restlichen Meter durch die Lichtkegel der Straßenlampen zu Madame Darlans Haustür und klingelten. Tadeus bemerkte, dass Poe Blickkontakt zu ihm suchte, doch er wich dem aus.

Die großmütterliche Restauratorin öffnete ihnen nach wenigen Sekunden und bat sie herein. »Sie kamen sehr gut durch.«

Es roch nach Kaffee und Kuchen, wie beim letzten Mal. Die Augen wirkten hinter den dicken Gläsern weniger groß als sonst. Sie war müde. Aber die Kittelschürze und der Dutt saßen perfekt, Zeichen der Anspannung suchte man vergebens. Er fragte sich, ob Darlan in ihrer Kleidung schlief, mit dem aufgewickelten Haar.

»Ich habe etwas zur Stärkung vorbereitet«, sagte sie.

»Merci, Madame. Es war eine sehr anstrengende Fahrt.« Tadeus ließ den Frauen den Vortritt und entspannte sich, so gut es ging. Sein Nacken schmerzte, die Füße kribbelten vom stundenlangen Sitzen. Um seine Wirbelsäule war es nicht zum Besten bestellt, irgendein Nerv verzieh ihm die vielstündige Haltung nicht.

Poe nahm den Panamahut ab.

Sie gelangten in die Küche, wo frischer Kaffee und ein Viertel Kuchen wartete. Es würde genügen, um genug Zucker in sein Blut zu schaffen, damit die Konzentration stieg.

Tadeus und Poe setzten sich.

»Wo sind Ihre neuen Aufpasser, Madame?«, erkundigte sich die Ärztin.

»Ich habe sie im Keller eingesperrt. Es war leicht, sie zu übertölpeln. Man traut einer alten Dame nichts zu.« Darlan schenkte ihnen Kaffee ein und setzte sich gegenüber. »Bevor es losgeht: Ich wollte Ihnen danken, dass Sie das alles auf sich genommen haben.« Sie langte in eine Schublade und nahm bündelweise abgepackte US-Dollar-Scheine heraus. »Hier. Ich bestehe darauf.«

Tadeus überschlug die Summe anhand der Banderolen und kam auf eine Million für jeden. Seine Schulden halbierten sich auf einen Schlag. Die Suche nach seiner Pik-Neun brachte ihm das lange vermisste Glück zurück. »Das … ist sehr großzügig.«

»Es ist nicht meins. Der Mann aus Manaus brachte das Geld zusammen mit der Karte zu mir«, sagte Darlan. »Was soll ich damit? Ich bin eine alte Frau.«

»Für Ihre Familie, Madame?«, merkte Poe befremdet an und schob das Bündel zurück. »Ich habe mehr als genug. Und ich will es nicht. Es … steckt nichts Gutes dahinter.«

Darlan schob es zu Tadeus. »Mehr für Sie, Monsieur Müller.« Sie legte die Knochenfinger ineinander. »Kann ich sie sehen?«, hauchte sie. »Bitte.«

Poe legte den Hut auf den Tisch, nahm die Imitation heraus und legte sie um die weiße Krempe.

Herz-Dame.

Karo-Ass.

Pik-Ass.

Tadeus war gespannt. Ein Test. Wenn die Restauratorin darauf hereinfiel, könnte man Gillot ebenso täuschen wie den Verantwortlichen am Raub in Brügge.

Darlan senkte den Blick. Sie musterte die Karten durch die geschliffenen Linsen einen Herzschlag lang, und schaute dann amüsiert zur Ärztin. »Farbkopien mit frischen Schmutzspuren, Mademoiselle Tanaka?«

Poe sackte ein wenig auf dem Stuhl zusammen. »Wir dachten, es würde Sie länger hinhalten.«

»Ich rieche sogar den Kleber, den Sie benutzt haben. Dagegen helfen der Wein und der Kaffee nicht, den Sie darüberschütteten.« Darlan blieb gelassen. »Haben Sie vor, Gillot *damit* in die Irre zu führen?«

»Wir hofften es, ja.« Poe sah auffordernd zu Tadeus, damit er sie unterstützte. »Wir haben Grund zu der Annahme, dass … Das Kartenspiel darf nicht zusammengebracht werden. Eine Voodoo-Priesterin aus Cotonou warnte uns.«

Tadeus dachte nicht daran, für Poe in die Bresche zu springen, und wollte sehen, wohin die Unterredung führte. Die Karten summten leise durch seinen Körper und pflichteten ihm bei.

»Ist das Ihr Ernst?« Darlans Gesichtsausdruck wurde feindselig. »Sie spielen mit dem Leben meiner Familie? Ist das korrekt, Mademoiselle?«

»Madame Darlan, ich spüre es auch! Es ist das Böse!« Poe geriet ins Schwimmen. »Ich bin keine ausgebildete Mudang, ich weiß, aber meine Großmutter …« Ihr gingen die Worte und Argumente aus. »Ich spüre es!«, wiederholte sie. »Dieses Spiel darf niemals zusammenfinden.«

»Weswegen?« Darlan legte die langen, dürren Finger ausgestreckt auf den Tisch.

Tadeus grinste, weil er genau die gleiche Frage gestellt hatte und keine konkrete Antwort bekommen hatte. Poe wüsste immer noch keine darauf.

»Sie haben uns von den Unglücken und Katastrophen berichtet, die auf die Karten zurückgeführt werden«, begehrte Poe auf. »Madame, Sie kennen die Gefahr. In Ihren Aufzeichnungen ist die Rede von Stimmen und Gesängen. Und in Ihrem Arbeitszimmer, dieser Ausbruch von Energie! Die Karten versuchten, mich in die Flucht zu schlagen!«

»Ich sagte *nicht*, dass ich es glaube.« Darlan schmetterte den Einwand ab. »Es ist faszinierend, ja. Aber Sie haben die Originale nicht. Gillot reicht ein ebenso kurzer Blick wie mir, und meine Familie bleibt damit in größter Gefahr. Weil Sie …«

»Wir probieren es trotzdem auf diese Weise«, unterbrach Poe sie äußerst unhöflich und gab ihrem Tonfall übergroße, falsche Zuversicht. »Boch und ich stehen Ihnen bei.«

»Wie, Mademoiselle? Wie stellen Sie das an?«, hakte Darlan nach. »Denken Sie, er kommt alleine? Haben Sie Waffen dabei? Sprengstoff? Eine Söldnertruppe, die Ihnen dabei hilft, mit den bestens ausgebildeten Leuten von Gillot fertig zu werden?« Sie nickte zur Tür. »Es wäre dann Zeit, sie hereinzubitten.«

Betretenes Schweigen senkte sich auf die Küche.

Poe fuhr zu Tadeus herum. »Boch, sagen Sie was! Sie haben sich diesen Plan ausgedacht!«

»Habe ich. Damit Sie und Madame Fignolé Ruhe geben.« Er bückte sich, zog seinen Schuh aus und nahm die echten Karten heraus. »Aber es erschien mir zu gefährlich. Das Leben der Unschuldigen hat Vorrang«, log er und schob das Trio aus der schützenden Plastikhülle. Eine nach der anderen legte er neben die Duplikate. Sie freuten sich, ihr Versteck verlassen zu dürfen, und belohnten ihn für seinen Zug mit leisem Kanon. »Verzeihen Sie uns die Scharade, Madame Darlan. Mein echter Name ist Boch, nicht Müller, wie Sie eben gehört haben.«

»*Das* sind sie!«, stieß Darlan entzückt aus. »Monsieur Boch, ich danke Ihnen! Von ganzem Herzen.«

»Sie Dreckschwein! Was haben Sie mit Leila Fignolé gemacht?«, fuhr Poe Tadeus an und versuchte, die echten Karo-Ass, Herz-Dame und Pik-Ass zu schnappen.

Schlangenschnell griff die Restauratorin zu. »Diese Schätze sind bei mir besser aufgehoben.«

»Madame Fignolé nimmt einen späteren Flug nach Haiti, schätze ich.« Tadeus lächelte mild. Er freute sich, dass die Karten nun in den besten Händen waren und zurück zu ihrem verdienten Glanz fanden. Den sollte die Pik-Neun auch bald erhalten. »Es geht ihr gewiss gut.«

»Seien Sie nicht zu hart mit ihm, Mademoiselle. Er hat verstanden, dass Gillot die Fälschung durchschaut hätte. Das wäre extrem gefährlich für uns alle gewesen.« Darlan blitzte Poe durch die fingerdicken Linsen an. »Gillot kennt keine Skrupel. Das sollten Sie inzwischen wissen. Aber Sie sind im Vergleich zu mir ein junges Ding und mit zu wenig Lebenserfahrung versehen.«

Poe ballte die Finger zu Fäusten. »Sie dummes Arschloch!«, beschimpfte sie Tadeus und erhob sich langsam. »Ich hab Ihnen vertraut!«

»Haben Sie nicht. Sie haben unentwegt an mir nach den Karten gesucht. Mit Ihren Mudang-Kräften.« Er trank den Kaffee aus und fühlte sich von Sekunde zu Sekunde großartiger. »Denken Sie, ich hätte das nicht bemerkt?«

»Weil ich wusste, dass Sie unter dem Einfluss der Spielkarten stehen!« Sie schlug wütend auf den Tisch, sodass das Geschirr klirrend hochsprang. »Ich hätte Sie am Flughafen stehen lassen sollen, wie es mein erster Plan vorsah!«

»*Gar nichts* wissen Sie!« Seine Überraschung war gelungen. Jetzt musste die Übergabe noch gelingen, und bald hielt er seine Pik-Neun in den Händen. Er sah zu Darlan. »Haben Sie Gillot angerufen, Madame?«

»Habe ich. Aber stellen Sie sich meine Überraschung vor, als ich erfuhr, dass er tot ist.« Darlan sagte es mit einem so fröhlichen Gesicht, als hätte sie beim Pétanque gewonnen.

»Was?«, brach es aus Tadeus und Poe gleichzeitig heraus.

»Die Nachrichten berichteten von einem Mord in einem römischen Krankenhaus. Die verhängte Nachrichtensperre hat sich nicht gehalten. Sie haben es vorhin gemeldet.« Darlan saß ruhig an ihrem Platz und sorgte sich offenbar weder um ihre Lieben noch um sich selbst. »Gillot und seine Leibwächter wurden erschossen, ein Carabiniere wurde verletzt.«

Tadeus' gute Laune schwand. *Wie komme ich an meine Pik-Neun, wenn ich Gillot nicht mehr verhören kann?*

Eine Panikwelle kündigte sich an, die selbst der leise Lobgesang des Kartentrios nicht aufhalten konnte. Er brauchte auf der Stelle einen anderen Plan. Aus den Augenwinkeln bemerkte er, dass sich Poes Körper straffte. Sie bereitete sich auf einen Angriff vor. Auf ihn? Die Restauratorin? Würde sie sich hinreißen lassen, die Karten zu rauben?

Darlan fegte die Kopien vom Tisch, sie landeten auf dem Boden. Dann legte sie Herz-Dame, Karo-Ass und Pik-Ass mit langsamen Bewegungen vor sich, als würde sie daraus die Zukunft lesen wollen. »Sie haben viel gelitten, meine guten Kinder. Aber ich habe sie endlich vereint. Vereint unter meinem Dach«, sprach sie abwesend. »Das wird viel Kraft kosten. Glücklicherweise hat sich was im Keller angesammelt.«

»Mein Gott!« Poe riss die Augen weit auf. »*Sie* stecken dahinter! Sie haben die Diebe nach Brügge geschickt. Ihre Familie wurde nie von Gillots Leuten bedroht!«

Tadeus hatte trotz der anschwellenden Panik den gleichen Gedanken gehabt. *Das bedeutet, die Pik-Neun ist in diesem Haus!* Aus der immensen Angst um seine Karte wurde Vorfreude. *Sie ist bestimmt im Arbeitszimmer!*

»Ist es nicht eine schöne Geschichte, um an das Heldenhafte und Gute in den Menschen zu appellieren?« Darlan sah die beiden nacheinander an. »Ich narrte Sie, ich narrte Gillot und spielte die willige Expertin. Ich hatte schon bei der Restaurierung einige Karten gegen sehr aufwendige Faksimiles ausgetauscht, um Gillot zu täuschen. Dann war es an der Zeit, mir jene Schätze zu holen, die sich bereits in seinem Besitz befanden.« Sie lächelte huldvoll. »Weil Sie beide mir nützlich waren und ich Sie gut leiden kann, gebe ich Ihnen die einmalige Gelegenheit, die zwei Millionen Dollar zu nehmen und mein Haus zu verlassen.«

»Sie führen das Kartenspiel zusammen!«, stieß Poe entsetzt aus. »Was geschieht dann?«

»Oh, mit etwas Geschick … kann man damit die Welt verändern. Dank Ihnen habe ich nun alle, von der Karo-Zwei bis zum Pik-Ass.« Sie seufzte bedauernd. »Ich sehe, die Entscheidung der Mademoiselle ist gefallen. Sie wird gleich über den Tisch springen und versuchen, mir die Karten zu entreißen.« Darlan sah zu Tadeus. »Was ist mit Ihnen, Monsieur Boch? Zwei Millionen. Ein schönes Leben.«

Tadeus saß stocksteif auf dem Stuhl, in seinem Mund der Geschmack von Kaffee und immenser Aufregung. Seine Überlegungen drehten sich nur um eine Sache: Die Restauratorin bewahrte seine Pik-Neun im Haus auf! Seine! Nun durfte er sein Begehren nicht verraten. »Ich nehme die zwei Millionen, Madame«, sprach er feierlich. »Und würden Sie mir den Gefallen tun, dass ich einen Blick auf das Spiel werfen darf?«

Darlan klatschte einmal in die Hände. »Monsieur Boch! Da hatte Mademoiselle Poe, deren echten Namen ich schon lange kenne, *sehr* recht, als sie sagte, Sie lägen unter dem Bann des Spiels.« Sie zwinkerte aus grausamen blaugrauen Augen. »Des Teufels Gebetbuch hat Sie erwischt. Sie waren einst ein ziemlicher Spieler. Leichte Beute.«

»Nein. Nein, ich dachte nur, wenn so viele Menschen hinter ihm her sind, dann würde sich das Betrachten lohnen«, erwiderte Tadeus ertappt.

»Welche Karte ist es?«

»Ich … alle würde ich sehen wollen.«

»Sie wissen, was ich meine, Monsieur. Eine hat Sie auserkoren, als Beschützer und Behüter.« Darlan wirkte sehr erheitert und neugierig, gleich einer Forscherin, der ein Experiment gelang. »Die Mademoiselle weiß es bestimmt. Sie war dabei, habe ich recht?«

Poe setzte zum Sprung an.

Darlan rief einen Befehl.

»Nein, Poe!« Tadeus' Finger gingen fehl, griffen am Arm der flinken Frau vorbei.

Die Türen zur Küche flogen auf. Maskierte Bewaffnete stürmten herein.

Poe hechtete vorwärts, die Arme nach den Karten ausgestreckt.

Die Maskierten fischten die Koreanerin aus der Luft, noch ehe sie Restauratorin oder Spielkarten erreichte. Überraschend teilte sie heftige Kampfsporttritte aus, die zwei Mann durch die Küche schleuderten, bevor Poe gegen die Übermacht zu Boden ging. Hart wurde sie auf die Dielen geschleudert, eine Platzwunde öffnete sich an ihrem Kinn. Das Rot rann auf das Holz, als wollte es die alten Flecken nachziehen.

Auch Tadeus landete zu seiner Verwunderung auf dem Boden, noch bevor er über Widerstand nachdenken konnte. Ratschend wurden beiden die Hände mit Kabelbinder auf den Rücken gebunden, ein weiterer legte sich um den Hals, um das Atmen zu kontrollieren. Anschließend bugsierten die Maskierten sie zurück auf die Stühle.

»Theatralisch. Aussichtslos. Aber beachtenswert, Mademoiselle.« Darlan hatte sich erhoben, die drei Karten in den Händen geborgen. »Ich begebe mich an die Restaurierung. Und dann zeige ich Ihnen zur Feier des Tages, Monsieur und Madame, was das Gebetbuch so einzigartig macht. Bei einer Partie Supérieur, denke ich. Nach historischen Regeln. Freuen Sie sich drauf, die Faszination am eigenen Leib zu erleben.« Sie verließ die Küche.

Tadeus rang wegen des Plastikriemens um die Kehle nach Luft und betrachtete die stummen Aufpasser, die moderne schallgedämpfte Maschinenpistolen, Kurzversionen von Sturmgewehren, Panzerung und Sturmhauben trugen.

Einer von ihnen nahm ein Küchentuch und beugte sich zu Poe, betrachtete die Wunde am Kinn. Er faltete den Stoff mehrfach zu einem dicken Polster und klebte es mit Tape fest, damit das Blut aufgesogen wurde.

Pragmatisch.

Tadeus glaubte nicht, dass Darlan gelogen hatte. Gillot war mit Sicherheit einer zweiten Attacke von Lasarew zum Opfer gefallen. Damit gehörte das Kartenspiel der alten Frau. Sie hatte alle an der Nase herumgeführt.

Supérieur. Er würde die Pik-Neun in den Händen halten.

Seine Pik-Neun. Einmal nur, bevor er das Pik-Ass zog. *Einmal!*

Alles andere war ihm gleichgültig.

Zwei Stunden darauf saß Tadeus mit sechs anderen Personen am Küchentisch. Jeder hatte einen Stapel Dollarscheine aus dem Bestand des Belgiers vor sich, und die rechte Hand frei. Beide Fußknöchel und das Gelenk der Linken waren mit Kabelbindern an den Stühlen befestigt, damit keiner von ihnen einen Fluchtversuch unternahm. Denn es sollte Supérieur gespielt werden. Die russische Variante.

Im Raum an der Wand entlang standen vier Maskierte, Maschinenpistolen mit aufgesetzten Suppressoren locker am langen Arm haltend. Sie warteten auf ihren Einsatz.

Dass Darlan die Restaurierung derart schnell von den Fingern ging, hätte Tadeus niemals erwartet, und er vermochte es sich kaum vorzustellen bei der Erinnerung an die Werkstatt, dieses Laboratorium voller chemischer Substanzen, Pinselgrößen, Farben und Lupen. Er hatte angenommen, dass eine Restaurierung Tage und Wochen in Anspruch nahm und unzählige Arbeitsgänge benötigte.

So merkwürdig und surreal die Umstände auch waren, Tadeus konnte es kaum erwarten. Die Pik-Neun würde ihn bemerken und zu ihm kommen und für ihn singen. Ganz sicher. Sein Lohn für das, was er für sie getan hatte, um das Deck zusammenzubringen.

»Haben alle die Regeln verstanden?« Darlan übernahm die Rolle der Geberin. In dem aus Ebenholz geschnitzten Kästchen vor ihr, in das Intarsien aus Elfenbein eingelassen waren, lag des Teufels Gebetbuch. »Dreimal darf getauscht werden, die höchste Karte gewinnt. Kommt das Pik-Ass, kommt der Tod. Die Einsätze und das gesamte Geld des Toten wandern in den Pott. Versucht jemand zu fliehen oder zu betrügen, kommt der Tod. Um den Anreiz zu steigern: Wer kein Geld mehr zum Spielen hat, verliert sein Leben.«

Tadeus fiel es schwer, die Augen vom Kistchen zu wenden. Das Original. Ohne Imitationen und Platzhalter. Mit seiner Pik-Neun! Er fühlte ihre Präsenz. »Klar.«

»Dass *Sie* es wissen, ist nicht verwunderlich, Monsieur Boch.« Darlan wartete auf Rückfragen, die jedoch ausblieben. »Gut. Der Gewinner oder die Gewinnerin darf das Anwesen lebendig verlassen, zusammen mit der Summe, die er sich erspielt hat. Messieurs-dames. Alors, geben Sie sich Mühe.«

Diese Option gefiel Tadeus. Weiterleben. Mit seiner Karte. Schuldenfrei.

Er zwang sich, seine Blicke durch die Runde schweifen zu lassen, um seine Mitstreiter einzuschätzen. Bei Kartenspielen machte ihm keiner was vor, Pokerpartien auf der ganzen Welt waren eine unschlagbare Schule.

Poe, der man den Panamahut zum Scherz aufgesetzt hatte, war keine Herausforderung, die junge Ausreißerin ohne Namen auch nicht. Mulder, den einstigen Laufburschen von Gillot, konnte er nicht einschätzen, das apathische Mädchen von knapp zehn Jahren auch nicht. Kinder hatten meistens Glück, spielten intuitiv und unberechenbar. Wenn er es richtig verstanden hatte, war es Darlans Urenkelin Hermine. Gleich daneben saß deren Mutter Denise, die leise vor sich hin weinte. Blieb noch Crichton, der Letzte der Söldner, die Gillot zum Schutz gesandt hatte. Vor ihm würde sich Tadeus hüten. Söldner verstanden sich aufs Zocken und wagten riskante Strategien.

Die fünf Mitspieler waren von den Maskierten nacheinander in die Küche gezerrt und festgebunden worden, brachten den Geruch von Stein, Blut und Unrat mit, der in ihren Haaren und ihrer heruntergekommenen Kleidung hing. Sie mussten an einem Ort gewesen sein, an dem altes und neues Sterben hauste.

Darlan hatte sie knapp vorgestellt und sich danach Schweigen ausgebeten, auch während der Partien.

»Die Einsätze«, sagte sie nun mit dem Duktus einer Hohepriesterin. Sie öffnete das Kästchen, nahm das Kartenspiel heraus und mischte.

Tadeus schob sein Bündel in die Mitte, hielt den Blick auf das Deck gerichtet.

Das Geräusch, das Schaben des Papiers, das zweihundertfünfzig Jahre überstanden hatte, bereitete ihm eine freudige Gänsehaut. Wie immer es Darlan angestellt hatte – jede Karte erstrahlte in Schönheit und Vollendung. Farben, Details, Vorder- und Rückseiten waren makellos. Tadeus bildete sich ein, den schmeichelnden Gesang und das betörende Gemurmel schöner denn je zu vernehmen. Aus dem Chorus erkannte er deutlich die Pik-Neun. Sie rief nach ihm und freute sich auf ihn. Sehnte sich.

Darlan gab die Karten aus.

Konzentriert nahm Tadeus sie mit der freien rechten Hand auf und wusste schon vorher, dass es nicht seine war. In die Pik-Sieben zwischen seinen Fingern konnte er sich nicht verlieben, sie gab ihm nichts, ohne dem Motiv seine faszinierende Schönheit absprechen zu wollen. Die Farbzeichen glommen in düsterem Schwarz, erschienen wie Löcher im Papier, wie auch die sieben pikförmigen Zeichen, die waagrecht und versetzt in das finstere Landschaftsbild eingearbeitet waren. Daran baumelten sieben Leichen, die ihre Gesichter in verschiedene Richtungen drehten.

Es war Tadeus ein Rätsel, wie der Erschaffer die winzigen Details eingebracht hatte, die nach mehr als zweihundert Jahren die Exaktheit nicht verloren hatten. *Es war mit dem Teufel zugegangen.*

Am unteren Rand stand ein Sinnspruch in schimmerndem flüssigem Silber gemalt, den Tadeus mühsam entzifferte:

Ungewollt ins Leben, gewollt im Leben,
und doch das Leben vergeudet.

Tadeus hob den Blick zu Poe, die den Einsatz noch vor dem ersten Kartentausch erhöhte. Er gab nichts darauf, sie spielte zu hastig. *Sie hat nichts.* Er ging mit wie alle anderen auch und las von den Mienen ab: Die Ärztin war wütend und nervös, wie er an den blauen Augen, dem verkniffenen Mund sowie dem Muskelzucken des Lids erkannte. Crichton zeigte sich gleichgültig-ruhig, die Ausreißerin atmete panisch, Mulder machte auf abgebrüht und spielte mit seiner Karte. Die Mutter heulte unterdrückt, während das Kind stumpf setzte und nicht mal auf die Karte schaute, die vor ihm lag.

Er hasste sie. Er hasste jeden Einzelnen und jede Einzelne, die gegen ihn spielten. Wie sie sich bewegten, wie sie atmeten, wie ihre Herzen schlugen. Ihre Herzen! Er wollte sie zum Anhalten bringen, wollte seine Widersacher ausmerzen, alles ausmerzen, was mit ihnen zu tun hatte. Einfach, weil es diese Menschen gab und sie es wagten, gegen ihn zu sein. Ihm den Sieg nicht zu gönnen. Und sie wollten alle seine Pik-Neun.

Aber Tadeus ließ sich nichts anmerken. Das taten nur Anfänger.

Nein, er würde die Partie gewinnen und sein Leben bewahren. Und sollte es einen am Tisch geben, von Darlan einmal abgesehen, nur *einen,* der dieses Duell nicht mit dem eigenen Ableben beendete – würde er dafür sorgen.

Nicht sofort. Sondern umfassend und geplant. Denn Tadeus wusste, dass sie nach seinem Leben trachteten. Die Blicke, die sie ihm und sich gegenseitig zuwarfen, konnten nicht missverstanden werden. *Sie verbünden sich. Gegen mich. Diese Arschlöcher!*

»Möchte jemand eine neue Karte?« Darlan forderte zum ersten Tausch auf.

Tadeus gab die Pik-Sieben weg, offen, wie es die Regeln von Supérieur verlangten. »Eine neue. Von unten.«

Bis auf das Kind warfen alle ihre Karten weg und bekamen neue.

Er erhielt nun das Herz-Ass, anatomisch korrekt dargestellt, mit Anmerkungen versehen wie aus einem medizinischen Lehrbuch, nur dass dort geschrieben stand: Mitleid, Kummer, Trübsal, Gier, Liebe, Begierde, Hass, Freude. Es schien zu schlagen, sobald Tadeus länger darauf blickte, auch das Pochen erklang in seinem Kopf, im Rhythmus der Kartengesänge, und durch seine Kammern pumpte das Blut. Es roch nach Kupfer und Wärme, die Beschriftungen leuchteten mit jedem *ba-dumm, ba-dumm, ba-dumm* auf.

Der Sinnspruch lautete:

Wäre des Menschen Herz aus Stein,
es könnt bei manchen Leut' nicht schlimmer sein.

»Messieurs-dames, wie steht es um das Erhöhen?«, fragte Darlan.

Poe preschte erneut vor.

Tadeus sah ihr an, dass sie nichts hielt, was ihm gefährlich wurde. Ihr blauen Augen leuchteten, sie wirkte benommen, als hätte sie getrunken und müsste sich auf jede Bewegung konzentrieren. Er ging mit, die verheulte Mutter stieg aus und zeigte eine Karo-Neun. Die Ausreißerin zitterte inzwischen am ganzen Leib und warf einen Pik-Buben weg. Crichton erhöhte erneut, und Poe legte eine schäbige Herz-Neun auf den Haufen.

Danach blieb es ruhig, die dritte Tauschrunde wurde eingeleitet. Alle hielten ihre Karten.

Tadeus setzte dieses Mal hunderttausend. Sein Hass auf die Spielerinnen und Spieler steigerte sich. Er würde nicht nur ihre Häuser niederbrennen, er würde ihre Verwandten und ihre Freunde heimsuchen. Die Gemeinde und die Stadt, in der sie lebten. Als Strafe, dass sie ihm die Widersacher an den Tisch geschickt hatten.

Crichton stieg aus. Das apathische Kind hatte nur eine Herz-Drei, Mulder verlor mit einem Pik-König.

Tadeus strich den Pott ein und erlaubte sich ein herablassendes, verächtliches Lachen. Oh, wie sie ihn anstarrten, wütend und neidend. Sie versprachen ihm mit Blicken das, was er sich für sie und ihr Umfeld ausgemalt hatte. Um das Leid von seinen Liebsten fernzuhalten, musste er ihnen zuvorkommen. Gründlicher sein. Keinen Keim übrig lassen, der wuchs und eines Tages zurückschlug.

»Gut gespielt, Monsieur Boch.« Darlan sammelte die Karten ein und mischte sie. »Ihre Einsätze, Messieurs-dames.«

»Merci.« Das Reiben des Papiers magnetisierte und elektrisierte Tadeus gleichermaßen. Er konnte davon nicht genug bekommen, wollte zum einen noch mehr von der Schönheit des Gebetbuchs sehen, zum anderen endlich die Pik-Neun erhalten. Seine Pik-Neun, auf die er sich so unfassbar freute.

Der Hass auf seine Gegnerinnen und Gegner schwärte. Die Feindschaft würde über das Spiel hinaus bestehen. Ewig. Bis sein Ziel erreicht war.

»Hermine … Hermine kann es nicht«, sagte die Mutter mit brüchiger Stimme. »Bitte, Grand-mère. Lass sie aus dem Spiel. Sie weiß gar nicht, was sie da macht.«

Tadeus war von der Frau angewidert, von ihrer Schwäche, ihrem Tonfall, ihrem Geruch – und ihrem Betteln.

»Tut mir leid, die Regeln sind klar, Denise«, erwiderte Darlan kühl. »Und wer weiß? Vielleicht überlebt dich die Kleine.« Sie teilte die Karten aus. »Ich würde es mir wünschen. Sie hat mich im Keller nicht verraten. Im Gegensatz zu dir.«

Tadeus lauschte den Chorälen, schob den Grundeinsatz in die Mitte und hob die ihm zugeteilte Karte, die wieder nicht seine war. Das steigerte sein Verlangen. Die Pik-Neun ließ ihn warten wie eine stolze Geliebte, um die man sich bemühen musste. »Ich erhöhe um fünfzigtausend«, sagte er laut und freute sich über die Abneigung der anderen. *So* musste es sein!

Die Partien verliefen von nun an sehr unterschiedlich. Poe gewann, dann Crichton zweimal hintereinander, den Tadeus als gefährlichsten Gegner am Tisch ansah.

In der fünften Partie zögerte Mulder, als er seine zweite Karte erhielt, die festgebundene linke Hand zitterte merklich.

»Sie haben das Pik-Ass, Monsieur Mulder«, sagte ihm Darlan auf den Kopf zu. »Sie wollten es bestimmt gerade aufdecken.«

Mulder drehte die Karte in den Fingern: ein Ass mit einem Totenkopf, dessen Kiefer in hämischem Gelächter aufeinanderstießen, das Klacken erklang stakkatohaft.

Tadeus grinste wie die Übrigen am Tisch. Man freute sich gemeinsam über den Tod des Belgiers. Bis auf das Kind. Es starrte nur vor sich hin.

Mulder bog die Karte plötzlich zwischen Daumen und Zeigefinger. »Ich schwöre, ich knicke und zerreiße sie! Machen Sie mich los, Darlan. Dann nehme ich mein Geld und verschwinde!«

Die Restauratorin betrachtete ihn durch die flaschenbodendicken Augengläser. »Ich verstehe Ihre Reaktion, Monsieur. Die wenigsten wollen sterben, nur weil eine Karte gezogen wird. Aber das sind die Regeln von Supérieur.«

»Sie krankes Miststück! Machen Sie mich los!« Mulder tobte und riss erfolglos an den Kabelbindern. »Ich tue es.« Er steckte die Karte zwischen seine Zähne. »Ich zerreiße sie!«, drohte er undeutlich und ähnelte einem schlechten Bauchredner.

Tadeus hielt die Luft an. Das würde das Gebetbuch Mulder niemals durchgehen lassen.

Darlan zeigte ein müdes Lächeln und damit ihre Überlegenheit. »Das Pik-Ass erlangte seine Bedeutung als Todeskarte, weil es früher den königlichen Steuerstempel trug und damit bewiesen war, dass die Hersteller die Abgaben entrichtet hatten.« Sie sah ihm in die Augen. »Wer den Stempel fälschte, wurde hingerichtet. Und wer versucht, den Tod zu betrügen, Monsieur Mulder, kommt nicht weit.« Sie nickte einem Maskierten zu.

Der Mann hob die MP9, der Schalldämpfer zielte von hinten auf Mulders Herz.

Es machte einmal deutlich hörbar *Plopp*, lauter, als Tadeus angenommen hatte, und dann noch mal, als der Maskierte eine zweite Kugel senkrecht von oben durch den Kopf des Belgiers schoss.

Blut schwappte aus seinem Mund und der Nase, rann über das Pik-Ass zwischen seinen Zähnen. Das Rot begann zu kochen, wurde teils aufgelöst, teils absorbiert, als tränke die Karte davon. Die Kiefer des Totenkopfes mahlten, labten sich, bis sich die Karte von den Lippen der Leiche löste und auf den Tisch fiel.

Tadeus freute sich über den Tod und den Anblick des Pik-Asses. Solange es ihn nicht traf, könnte sie fünf weitere Mal erscheinen. Das leise Lachen in seinen Ohren stammte von ihm, es war ihm gar nicht aufgefallen.

Die Kabelbinder wurden von Mulders Leiche entfernt, sie kippte haltlos vom Stuhl. Keiner der Maskierten räumte den Toten weg, der die Dielen mit Blut tränkte.

Darlan nahm das makellose Pik-Ass, steckte es in den Stapel mit den verbliebenen Karten und mischte erneut. »Damit geht der gesamte Einsatz, den Monsieur Mulder hatte, inklusive seiner Reserven in den Pott. Die Partie ist nicht zu Ende, Messieurs-dames.«

Boch gewann die Runde mit einem Kreuz-König.

Spiel folgte auf Spiel. Mit der Ignoranz seiner gelähmten

Seele holte sich das Kind zwei Siege und räumte mit Pik-Dame und Karo-Ass ab, was die Mutter zu einem dankbaren Heulen brachte. Sie selbst würde bald blank sein, schätzte Tadeus, und somit sterben.

Dann raffte das Pik-Ass die zitternde, wimmernde Ausreißerin vom Tisch: ein Schuss ins Herz, einer von oben durch den Schädel, ohne dass sie sich wehrte. Ihr Fluch, den sie gegen Darlan schleuderte, wurde bereits von der ersten Kugel unterbrochen. Ihre Leiche landete auf dem Küchenboden. Das durch die Exekution unterbrochene Spiel ging wieder an das Mädchen. Kreuz-Ass.

Tadeus verfluchte seine Kontrahenten mehr und mehr. Auch den toten Mulder und die Ausreißerin, die ihr Rot auf den Dielen vergossen, hasste er inbrünstig.

Dann ging Crichton aufs Ganze, während Tadeus immer noch auf seine Pik-Neun wartete. Aus Verlangen und Zehren wurde Angst. Große, entsetzliche Angst, sie zu verpassen und von dem Pik-Ass getroffen zu werden.

»All in.« Crichton setzte sein gesamtes Vermögen.

Das Mädchen ging gleichmütig mit – und verlor gegen Crichtons Kreuz-Dame. Ihr riesiger Dollarstapel reduzierte sich um neunzig Prozent, ohne dass Tadeus eine Reaktion aus den gleichgültigen Zügen ablas.

»Grand-mère!«, schluchzte die Mutter widerlich. »Bitte. Nicht Hermine!«

»Denise, bitte. Contenance. Vergiss nicht: Du trägst die Schuld. Ihr hättet nicht an diesem Tisch sitzen müssen. So leid es mir tut, aber die Karten verlangen es von mir.« Darlan lächelte ihr aufmunternd zu. »Das Spiel gibt es, das Spiel nimmt es.«

Tadeus nickte zustimmend. »Das sind die Regeln.«

»Boch«, sagte Poe zu ihm, ohne ihn anzublicken; über ihren kornblumenblauen Augen lag ein Schleier, den er sich nicht erklären konnte. »Kommen Sie zur Vernunft.«

»Ich war nie vernünftiger.«

Mit nur einer Herz-Neun gewann Crichton erneut und raubte der Mutter beinahe die letzten Dollarscheine, das Karo-Ass brachte Tadeus danach endlich wieder mehr Geld. Aber die Pik-Neun verweigerte sich bislang jedem. Sie versteckte sich kess und spielte die Scheue, die Unnahbare.

Poe wischte sich über das glänzende Gesicht, als Darlan zum zwölften Mal die Karten verteilte. »So eine Scheiße«, murmelte sie undeutlich. Sie schwitzte stark. Das Spiel strengte sie an, ihr Blick wirkte verloren und ziellos.

Tadeus sah unter seine Karte: Pik-Ass.

Es hatte ihn erwischt, aber gestählt von Jahren bei illegalen und legalen Pokerpartien, ließ er sich nichts anmerken. Wissentlich verstieß er gegen die Supérieur-Regel, weil er nicht sterben wollte, ohne die Pik-Neun noch einmal in Händen gehalten zu haben. Das musste das Gebetbuch verstehen. Es musste hören, wie seine Karte nach ihm verlangte. *Angriff.*

»Ich erhöhe um hunderttausend«, sagte Tadeus ruhig.

Keiner stieg aus.

Stattdessen schoben die Mutter und das Kind ihre übrigen kärglichen Scheinbestände bis auf ein Minimum in die Mitte. Das letzte Aufbäumen. Tadeus geriet ins Wanken, was deren Taktik anging: Versuchte die Mutter, ihre Tochter zu retten, indem sie hoffte, vor ihr zu verlieren, oder gehörte es zu einem Plan gegen ihn?

Poe ging mit, Crichton sowieso, sein größter Feind unter all den Feinden. Sie tauschten ihre Karten, niedrige Werte flogen einmal, zweimal auf den Tisch.

Crichton passte beim Aufnehmen der dritten Karte nicht richtig auf, und so sah Tadeus, was der Söldner zugeteilt bekam: *Pik-Neun.* Seine Pik-Neun! Ihre Gesänge drangen bis zu ihm, riefen und lockten.

Sie gehört zu mir! Tadeus zog probeweise an den Fesseln,

die Kabelbinder hielten. Doch das Holz des Stuhls ächzte leise. Es wäre im Gegensatz zum Plastik zu bezwingen, gab ihm eine Chance, sich zu befreien, um die Karte zu greifen. Lieber starb er mit ihr in den Fingern als ohne.

Tadeus hörte jetzt nur noch die Sirenenstimme der Pik-Neun, setzte mechanisch wie das Kind zuvor und starrte auf Crichton, hasste ihn mehr als jeden Menschen auf dieser Erde. Er durfte die Karte nicht haben, nicht halten, nicht spielen.

Aus dem Hass erwuchs eine unbändige Wut. Der Jähzorn war schwer zu beherrschen. Tadeus musste sich genau überlegen, wann er losschlug. Er musste leben, wegen der Pik-Neun, um für sie da zu sein und Crichton wegen seines Sakrilegs umzubringen, die Karte angefasst und besudelt zu haben. Er war ihrer nicht würdig. *Niemand ist das. Nicht einmal Darlan!*

»Herz-König«, verkündete Poe.

»Kreuz-Ass«, sagte das Kind tonlos und mit leeren Puppenaugen.

»Herz-Ass«, jubelte die Mutter und lehnte sich erleichtert zurück. »Hermine, du hast es geschafft. Du hast es geschafft und dir das Geld zurückgeholt.« Es kümmerte sie nicht, dass sie selbst fast blank war.

»Pik-Neun«, bekannte Crichton missmutig.

»Wir haben eine Gewinnerin«, sagte Darlan lobend. »Der Vollständigkeit halber, Monsieur Boch: Wären Sie so gut?«

Alle starrten ihn an. Der Söldner grinste und lachte laut los. Er ahnte es.

Tadeus' Blicke hefteten sich auf die Pik-Neun. »Darf ich sie halten, Madame?«

»Zeigen Sie uns Ihre Karte, Monsieur Boch.«

Hinter ihm erklangen zwei Schritte, und Tadeus fühlte einen Lauf an seinem Rücken in Herzhöhe.

»Wenn ich sie aufdecke, werden mich Ihre Leute erschießen.«

Darlan machte ein entschuldigendes Gesicht. »Das könnten sie bereits jetzt, denn: Sie haben betrogen.«

»Darf ich vorher noch die Pik-Neun halten?«, schrie er abrupt los. »Ich muss zu ihr!«

Crichton nahm sie wieder auf und wedelte damit. »Hättest du sie gerne? Hättest du zu gerne, was?« Er lachte widerlich. »Kannst du vergessen. Du gehst jetzt drauf!« Er sah zu den Maskierten. »Los. Einer von euch schießt dem Arschloch das Hirn raus, und dann machen wir weiter. Ich werde die Asiafotze, das Scheißkind und die Dreckschlampe vom Tisch zocken, und dann bin ich weg.«

Niemand regte sich. Der Schütze hinter Tadeus setzte den Lauf an den Hinterkopf, drückte aber nicht ab. Er wartete auf das Wort seiner Chefin.

»Das ist die Regel!«, rief Crichton erbost. »Los!« Er warf die Pik-Neun auf den Tisch und schlug mit der flachen Hand drauf. »Scheiße, wird's bald?«

»Monsieur Crichton! Contenance! Wir spielen Supérieur, und dabei benehmen wir uns nicht wie die Wilden!«, herrschte Darlan ihn an. Ihre schwere Brille rutschte nach vorne in Richtung Nasenspitze und hielt gerade so die Balance.

Aus Tadeus' aufkochender Tobsucht erwuchs eine Stärke, wie er sie in Brügge gespürt hatte – nur um ein Vielfaches gewaltiger. Die Aufmerksamkeit hatte sich vollständig auf den Söldner verlagert, und Tadeus handelte: Er ließ das Pik-Ass fallen, griff zum Lauf an seinem Schädel und zielte damit auf Crichton, der sich reflexartig wegduckte.

Der Mann hinter Tadeus löste die MP9 aus, vor Schreck oder durch das beherzte Zupacken versehentlich in Dauerfeuermodus gestellt. Die herausjagenden Kugeln trafen zwei der überraschten Bewaffneten, einen in die Weste, den anderen in den Kopf, der Küchenschrank hinter ihm wurde mit Rot gesprenkelt.

Meine Pik-Neun! Tadeus sprengte mit seiner überbordenden Wut den Stuhl, schmetterte dem Maskierten hinter sich Teile der Lehne gegen die Schläfe. Krachend zerbrachen die Stuhlbeine, und er fiel unter den Tisch auf den blutigen Boden, die MP9 in der Hand.

»Du Wichser!« Tadeus nahm die Maschinenpistole am Griff, betätigte den Abzug und schoss auf den verhassten Crichton.

Der clevere Söldner hatte verstanden, dass das betagte Mobiliar roher Gewalt nicht widerstand. Auch er zerstörte seinen Stuhl, entkam den Kabelbindern und den Projektilen.

Über Tadeus knallte es gedämpft, die Bewaffneten schossen durch den Tisch nach ihm und Crichton. Splitter und Holzstaub wirbelten in der Küche umher. Tadeus hatte nichts gegen die Männer. Er wollte nur die Pik-Neun und verschwinden, einfach verschwinden.

Tadeus packte die Leiche der Ausreißerin und hielt sie als Schild über sich, wie er es in Actionfilmen gesehen hatte. Das plötzliche Zucken, ausgelöst durch etliche Einschläge, sagte ihm, dass es eine gute Idee gewesen war.

Munitionshülsen regneten auf den Holzboden, dann fielen zwei Gegner tot nieder. Der Söldner musste sie ausgeschaltet haben.

Schon schwang die Tür auf. Drei weitere Maskierte kamen in Gefechtsmanier herein, deckten sich beim Vorrücken und feuerten aus allen Rohren nach Crichton, dessen Schreie erklangen.

Der Stuhl mit der Mutter kippte im Getümmel um. Die Frau war von etlichen Kugeln durchsiebt. Tadeus erkannte auf den ersten Blick, dass ihr nicht zu helfen war. *Eine Feindin weniger.* Aber sein Primärfeind hieß Crichton!

»Ihr Wichser«, schrie der Söldner aus einer Ecke und jagte einen Feuerstoß gegen die Männer.

Die Restauratorin kauerte neben dem Küchenschrank. »Erledigt ihn und Boch!«

Es knatterte mehrmals. Crichton kreischte wütend und erwiderte das Feuer aus einer erbeuteten MP9. »Ich nehme euch mit!«

Wirst du nicht. Tadeus hob die Maschinenpistole und legte unter der Toten heraus auf ihn an – da hörte er ein metallisches Klimpern.

Auf dem Boden landeten zwei Sicherungssplinte. Gleich darauf folgten zwei längliche Granaten, dann knallte es mehrmals laut. Das einhergehende übergrelle Blitzen machte ihn blind und orientierungslos.

Tadeus hob die MP9 und schoss panisch um sich, bis es klickte. Das Magazin war leer. Aus dem gleißenden Nichts bekam er einen Schlag gegen den Kopf, der ihn benommen zusammensinken ließ.

»Monsieur Boch«, sprach Darlan vorwurfsvoll, »so spielt man nicht Supérieur.«

»Die Pik-Neun«, raunte er und sah schemenhaft, wie sich die Küche um ihn drehte. Es stank nach Blut und Fäkalien. »Ich wollte nur die Pik-Neun …«

»Sie haben betrogen und werden die Pik-Neun niemals wiedersehen, sondern zusammen mit meinem Haus verbrennen«, erklärte sie ihm ruhig. »Ich muss die Welt verändern, Monsieur. Haben Sie bemerkt, welche Macht im Gebetbuch steckt? Wie schön und gefährlich es ist? Wie es danach trachtet, Macht zu erlangen?«

»Ich wollte nur …«, setzte Tadeus hilflos an. »Sie braucht mich!«

»Die Pik-Neun braucht Sie nicht«, rief Poe schwach. »Wehren Sie sich dagegen!«

Darlan lachte. »Miss Poe hat recht. Pik-Neun hat Sie ausgesucht, weil Sie ein schwacher Mann sind, Monsieur Boch. Sie stehen unter ihrem Bann. Vollständig. Wie ein verliebter Trottel, ein wahnsinnig gewordener Verehrer. *Das* ist die Macht der Karten, mit der sie ihre Anhänger um sich scharen, um Leid zu säen.«

Tadeus wollte das nicht hören, vermochte sich gegen die Worte aber nicht zu wehren. Seine Knochen schmerzten, sein Kopf brummte, und der Raum kreiselte. »So ist es nicht.« Trotzdem gab es einen plötzlichen Misston im Gesang der Karte, welcher der Faszination einen Dämpfer versetzte. Die Pik-Neun entfernte sich von ihm, verhöhnte ihn. Ihr Lachen wurde gehässig.

»Genau *so* ist es, Monsieur Boch. Seit Jahrhunderten.« Darlan genoss es hörbar, ihm seine Illusionen zu rauben. »Sie sind nicht der erste Trottel und nicht der letzte, der den Karten auf den Leim geht. Sie hätten alles für sie getan. Richtig?«

»Alles«, erwiderte Tadeus stöhnend und wunderte sich, wie seine Karte ihn abkanzelte, ihn verstieß und für jemand anderen ihr Lied erklingen ließ. *Ich bin austauschbar … nach allem?*

»Sie hätten Mademoiselle Poe getötet?«

»Ja.«

»Ihre eigenen Kinder auch?«

»Ja.« Als das Wort wie selbstverständlich über Tadeus' Lippen schlüpfte, durchfuhr es ihn wie ein Blitz. *Michiko! Georg!* Seine eigenen Nachkommen auslöschen, um einer Karte zu gefallen. Um ein Ding zufriedenzustellen, das ihn seit einigen Herzschlägen spürbar verachtete. So weit würde er gehen?

Die Faszination für die Pik-Neun erhielt Risse und zerbrach, ausgelöst durch tiefe Scham. Sein Verstand löste sich unerwartet vom Begehren, das Verzehren nach der Karte schwächte ab. Es ähnelte mehr und mehr den klaren Momenten am Tag nach einem heftigen Rausch, in dem man unerklärliche Dinge getan hatte. Unvorstellbare, fremde Dinge.

Wie ein eisiger Wind fuhr es durch seine Gedanken, blies die giftigen Schwaden hinfort. Die schiefen, mokierenden Choräle wurden leiser in seinem Verstand, widerten ihn an. Ihm wurde übel.

Darlan lachte. »Diese Karten sind fantastisch. Je mehr Unheil sie anrichten, desto mehr Macht entfalten sie.« Ihre Schritte entfernten sich, er sah ihre Silhouette, die man für einen wandelnden Besenstiel halten konnte. »Ich bin gespannt, was bald geschehen wird.«

Tadeus' Körpergefühl kehrte zurück.

Er lag am Boden, ohne die Leiche auf sich, und wälzte sich herum, tastete nach etwas, an dem er sich in die Höhe ziehen konnte. Er sah nur dunkle und helle Umrisse.

Darlan war eine Kennerin des Gebetbuchs und der Wirkung auf die Menschen: die bizarre Besessenheit, dank derer man alles tun würde, um sie zu behalten. Ihre entlarvenden Worte brannten in seinem Verstand. Sie legten Feuer an seinem Verlangen nach der Pik-Neun, und die Übelkeit steigerte sich wie bei einer Vergiftung.

Reue, Gewissensbisse folgten der Scham. Sein Verstand rang mit dem falschen, künstlichen Begehren.

Tadeus dachte plötzlich an den Fremdenführer Antoine, den er hatte umbringen müssen, damit er und Poe lebend aus dem Stollen kamen. Schlagartig überkam ihn die Erkenntnis: Er war wie Antoine, er war *zu* einem Antoine geworden, einem manischen Irren, der nicht nur Poe und Fignolé, sondern auch seine eigenen Kinder geopfert hätte.

Tadeus bekam den umgestürzten Tisch zu packen und arbeitete sich an ihm in die Höhe, fühlte sich wie ein Hundertjähriger, während sein Magen revoltierte und sich alles in ihm gegen den verächtlichen Gesang der Pik-Neun stemmte. Eine innerliche Erschöpfung hatte ihn plötzlich im Griff, ein mentales Tief, das ihn seiner Kraft beraubte. Es mochte der furchtbaren geistigen Klarheit geschuldet sein, die sich in ihm ausbreitete.

Schließlich endete das höhnische Singen der Karte. Sie hatte Tadeus verlassen und nichts als Ekel und Scham in ihm hinterlassen, durch welche ein Rest von Trauer über ihren Verlust flirrte.

Langsam erkannte er mehr als nur Schatten, aber dichte Schwaden behinderten seine Sicht. Da er nun aufrecht stand, befand er sich mitten im Rauch, den ein Feuer irgendwo im Haus verursachte. *Darlan will Beweise vernichten und Zeit gewinnen.* Durch den Qualm erkannte er schemenhaft Umrisse von umherliegenden Menschen.

In einem ersten Anflug wollte Tadeus einfach gehen, das Geld nehmen und die verhassten Mitspieler verbrennen lassen, doch dann gewann seine Vernunft die Oberhand und setzte sich gegen die abklingende Wirkung der Pik-Neun durch. *Benutzt.* Scham und Reue. *Nichts weiter als ein williges Werkzeug.*

Hustend taumelte Tadeus zum Spülbecken, drehte das Wasser auf und befeuchtete ein Geschirrtuch, band es sich vor Mund und Nase, duckte sich und suchte nach Überlebenden.

Poe lag zusammen mit dem Stuhl auf dem Boden. Sie war ohnmächtig und hatte einen Schuss in den Oberschenkel abbekommen, es blutete verhältnismäßig stark. Ihre Gliedmaßen zuckten gelegentlich wie in einem real empfundenen Traum.

Das Kind saß an seinem Platz, inmitten des Chaos, und hatte weder Wunden noch Blutspritzer. Es starrte unverändert ins Nichts und würde in den sich ausbreitenden Flammen verbrennen. Einfach so.

Hermine. So heißt sie.

Tadeus sah die Geldpäckchen im Rucksack, warf ihn sich über die gesunde Schulter, befreite Poe und Hermine mit einem Messer von den Kabelbindern, zerrte sie aus der verrauchten Küche zur Scheune. Am regulären Hausausgang loderte es, dort gab es kein Durchkommen.

Auch in der Scheune brannte es. Das trockene Holz verwandelte den Innenraum in ein Inferno, in dem Temperaturen wie in einem Backofen herrschten. Aus dem Abgang in den Keller und dem oberen Stockwerk schlugen ebenfalls Lohen. Verpuffend vergingen Chemikalien aus dem Arbeitszimmer und färbten das Feuer.

»Sie hat gesagt, sie wird die Welt verändern«, wisperte Hermine abwesend und starrte in die Flammen. »Sie will sie brennen lassen.«

»Was? Was weißt du von ihrem Vorhaben?«

»Brennen lassen. Ganz leicht. In zwei Wochen, sagte sie.« Hermine pfiff ein Lied. »Ein Geschenk. Ein Geschenk an die Großen der Welt, und dann wird die Welt brennen.« Sie zeigte in die Scheune. »Brennen!«

Tadeus blickte sich um. Die Hitze machte das Atmen bald unmöglich. *Es muss was geben, um …* Er entdeckte die großen, alten Weinfässer. Eines davon stand nahe bei ihnen. *Das müsste gehen.*

Schnell drehte er den Wasserhahn auf, der keine zwei Meter entfernt aus der Wand ragte, tränkte sich selbst hastig von oben bis unten mit dem Nass, dann wiederholte er das Ganze mit der bewusstlosen, zuckenden Poe und Hermine, die auch das puppenhaft über sich ergehen ließ.

Tadeus verfrachtete sie zusammen mit dem Geldrucksack in das Weinfass, schloss den Deckel und übergoss das Behältnis mehrmals mit Wasser, ebenso die alte Pferdedecke, die er vom Balken zog und sich umlegte.

Einer musste das Fass durch das Feuer rollen, und außer ihm gab es keinen. Bis zum Ausgang waren es geschätzte fünfzehn Meter durch die Flammenhölle, die ihm eher wie hundertfünfzig Meter erschienen.

Ich bin! Kein schwacher! Mann! Tadeus unterdrückte die Angst und legte die Hände gegen die feuchte, runde Holzwand.

* * *

Man sagt: Man könne den Menschen beim Spiel am besten kennenlernen; seine Leidenschaften zeigten sich da offen und wie in einem Spiegel. So habe ich auch gefunden.

Johann Wolfgang von Goethe (1749–1832)

Kapitel XVII

Frankreich, Okzitanien, Gard, Nîmes

Sie haben das Mädchen irgendwo untergebracht?« Hyun sah vom Bett aus auf das abendliche Amphitheater von Nîmes, das hell erleuchtet war.

Musik wehte durch die geöffneten Hotelfenster herein, es klang nach einer Opernaufführung. Das römische Theater mit seiner antiken Atmosphäre wurde regelmäßig für Konzerte und Veranstaltungen aller Art genutzt, wie in der Broschüre stand.

Hyun trug ein weißes Shirt und dunkelgrüne Shorts. Sie hatte bis vor einer halben Stunde albtraumfrei geschlafen, erschöpft von den Erlebnissen, dem Blutverlust und der geistigen Anstrengung: Sie hatte sich während des Spiels in halbe Trance versetzt und auf ihre Mudang-Kräfte zurückgegriffen, um die Wirkung des Gebetbuchs zu reduzieren, zu verändern.

Es hatte nicht ganz funktioniert wie erhofft, aber wer wusste, wie es ohne ihr Zutun gekommen wäre? *Boch hätte das Kind und mich nicht gerettet.*

Hyun wollte ihren einzigen Verbündeten zurückhaben. Sie brauchte ihn und sein Wissen in diesem wirren Wettlauf gegen die Zeit, das verfluchte Deck und den Mordverdacht.

»Ihr Name ist Hermine.« Vor dem Fernseher saß Boch auf einem Stuhl, obwohl in der Suite ein bequemer Sessel stand.

Er hatte den Bildschirm des Fernsehers in kleine Anzeigen unterteilen lassen und verfolgte verschiedene französische Sender, die über den Großbrand in Avignon berichteten. Wählte er einen aus, erklang der Ton dazu. »Sie ist in Sicherheit.« Er begnügte sich mit schwarzer Jogginghose und Feinrippunterhemd, die Silberkette sowie die Schulterwunde ließen ihn wie einen Rap-Veteranen aussehen. »Denken Sie, ich hätte das Mädchen einfach vor dem Haus stehen lassen?«

»Es hätte mich nicht gewundert, um ehrlich zu sein.« Hyun wandte den Kopf und verfolgte die Berichte. Die schwarzen Haare trug sie im Pferdeschwanz, der im Liegen leicht drückte.

Die Bilder waren eindrucksvoll. Das Feuer hatte sich von Darlans Haus auf die umliegenden Gebäude in der Rue Nicolas Lescuyer ausgebreitet, die enge Bebauung machte es den Flammen leicht. Die Feuerwehr hatte Stunden gebraucht, um die größten Brände zu löschen, und noch immer kämpften sie gegen aufflammende Glutnester. Die Experten konnten mit der Ursachenforschung noch nicht beginnen. Es wurde als Tragödie bezeichnet, was sich im mittelalterlichen Avignon zutrug. Es gab einige Vermisste, darunter Odette Darlan, die als berühmte Restauratorin bezeichnet wurde und seit Langem zurückgezogen lebte.

Boch hatte im Rucksack mit dem Geld die Duplikate des Gebetbuchs gefunden, mit dem Darlan lange Zeit Gillot getäuscht hatte. Scheinbar hatte sie alle wertvollen Dinge beieinanderhaben wollen. Die Karten lagen nun aufgefächert auf der weißen Decke auf seiner Seite des Bettes.

Hyun streckte die Hand aus und hielt sie wenige Millimeter darüber. Sie spürte keinerlei Aura. Es war bemaltes altes Papier, atemberaubend aufgrund ihrer Pracht, aber ohne mystisch-boshafte Wirkung. Vor ihnen musste sich niemand fürchten.

Die Restauratorin hatte sie an den Wallonen geliefert und die Originale behalten, der ihr Treiben nicht durchschaute. Der Einbruch hatte ihr die fehlenden Karten verschafft, und nun hatte sie das Deck zusammengefügt.

Hyun richtete den Blick auf Boch. Als sie erwacht war, hatte Boch gerade ein emotionales Telefonat mit seiner Tochter beendet. Michiko. Die Halbjapanerin, die ihr ähnelte. Er hatte sich die Tränen weggewischt, lächelnd und erleichtert über die Dinge, die gesagt worden waren.

Seine Körperhaltung hatte sich verändert. Auf den um Jahre gealterten Zügen sah sie Scham und innere Pein. Es quälte ihn, was er in seinem Wahn um die Pik-Neun getan hatte und getan hätte. Das sprach für ihn. Er hatte das Menschliche nicht verloren.

Noch immer umwaberte ihn der Schein einer unseligen Kraft, aber sie bestimmte ihn nicht mehr; vergleichbar mit einem heftigen Kater nach einem wilden Rausch. Er schien sich selbst von dem Einfluss zu befreien und gegen die Macht zu kämpfen. Der entscheidende erste Schritt jedoch war Hyuns Wirken gewesen, indem sie die Einflüsterungen abschwächte und veränderte.

Sie rutschte behutsam im Bett hoch, lehnte den Oberkörper gegen das gepolsterte Kopfende. »Warum sind wir in dem Hotel, Boch?«

»Weil ich eine Schuld abzutragen habe und Sie einen festen Vorsatz hatten.« Er wandte sich ihr zu. »Sie wollten das Kartenspiel vernichten.«

»Sie nicht.«

»*Jetzt* ja.« Boch stützte die Ellbogen auf die Knie. »Ich habe am eigenen Leib erfahren, wie gefährlich es ist. Verführerisch und zerstörerisch. Dieser Hass, der …« Er schauderte und rieb sich über das stoppelige Gesicht. »Ich hätte niemanden geschont. Ohne Ihre Hilfe wäre es um mich geschehen. Ich weiß, dass Sie eingegriffen haben.«

Hyun betrachtete ihn. Sie suchte nach Hinweisen auf eine Lüge, wie sie ihm in den letzten Tagen glatt über die Zunge gegangen waren, souffliert von der Pik-Neun. Aber das beständige Grundleuchten, wie es Leila Fignolé genannt hatte, gab es nicht mehr. *Nicht so wie zuvor*.

Boch versuchte ein Lächeln. »Sie konnten dem Hass widerstehen, den das Spiel jedem von uns einpflanzte.«

»Es hat Vorteile, ein bisschen Mudang zu sein. Ich erinnerte mich an einfache Übungen, die mir meine Großmutter einbläute. Es genügte, um mich zu schützen. Bei Ihnen klappte es … semi, würde ich sagen. Doch es reichte, um Ihnen das Tor zur Erkenntnis aufzubrechen. Aber ganz entlassen aus der unseligen Wirkung sind Sie noch nicht.«

»Das werde ich, wenn die Karten zerstört sind.«

»Das klingt nobel, Boch. Aber Darlan ist damit verschwunden.«

»Sie wird sich finden lassen. Sie und das Spiel.« Er zeigte mit dem Finger auf sie. »Dank Ihrer Mudang-Fähigkeiten.«

»Das ist nicht so einfach. Sie erinnern sich, dass ich die Karten nur auf sehr geringen Abstand erkenne?«

»Denken Sie nicht, dass das Gebetbuch als Ganzes eine wesentlich stärkere Strahlung haben wird?«

»Das hat es wirklich. Aber nicht auf Kilometer.«

Boch nahm das Glas Wasser, das auf dem Tisch neben ihm stand, und trank einen Schluck. Er hatte eine Tablette darin aufgelöst, weißliche Partikel schwebten im Nass und trübten die Klarheit. »Hermine gab mir Anhaltspunkte auf Darlans Plan. Vielleicht erleichtert Ihnen das die Suche.«

»Sie wissen, wohin …?«

»Nein. Ich sagte: Anhaltspunkte.«

Hyun erhob sich vom Bett und belastete vorsichtig das verletzte Bein. Das Loch im Fleisch klopfte und pochte schmerzhaft, der Verband zeigte rosafarbene Spuren. Es blutete leicht. »Haben Sie das verbunden?«

»Ja. Nur provisorisch, weil ich wusste, dass Sie das besser können, sobald Sie aufwachen.« Boch wandte den Blick zum Fernseher.

Hyun musste grinsen. Sie wickelte den Verband ab, um die Wunde zu betrachten, die er versorgt hatte, während sie ohnmächtig gewesen war.

Boch hätte sie töten oder im Haus verbrennen lassen oder einfach verschwinden können, ohne sie. Es hätte ihn keine Mühe gekostet, mit dem Wagen nach Baden-Baden zurückzukehren, Klim irgendwas über die Spielemafia vorzulügen und sein altes Leben aufzunehmen. Ihm konnte egal sein, zu welchen Schlüssen die Polizei beim Fall der Villa-Morde kam. Seine Karriere stand nicht auf dem Spiel. Die Beamten brauchten seine Aussagen.

Aber Boch war geblieben und hatte sie aus den Flammen gerettet.

Hyun betrachtete die Wunde und das Muster des Zwirns. »Ein guter Näher wären Sie nicht geworden«, sagte sie und erbat sich von ihm den militärischen Verbandkasten, den er unterwegs gekauft hatte.

»Für Knöpfe hat es immer gereicht.«

»Das sehe ich. Aber ich brauche keinen Knopf auf meinem Bein. Kommen Sie her und assistieren mir, bitte.« Sie wollte keine hässliche Narbe und trennte das Garn auf. Nach einem neuerlichen Desinfizieren zog sie mit zusammengebissenen Zähnen und gelegentlichem Stöhnen unter mehrmaligem Abtupfen den dünnen Faden durch das Fleisch und zurrte die Wundränder zusammen. Danach wusch sie das ausgetretene Blut von der Haut. *Das sitzt besser.*

Boch war beeindruckt. »Respekt.«

Hyun lächelte. »Es tat ganz schön weh, aber ich hatte Patienten, die viel mehr durchgestanden haben.«

Ein Reporter berichtete derweil von einem verrußten, vernachlässigten Mädchen, das vor dem Polizeirevier in Avignon gefunden wurde. Sie stand unter Schock und wollte nicht sprechen. Bisher war keine Vermisstenanzeige nach ihr aufgegeben worden, und es sei unklar, ob sie mit dem Brand zu tun habe. Es wurde nach ihren Verwandten und Eltern gesucht.

»Ich hoffe, jemand erkennt Hermine.« Boch trank den Rest seines Tablettenwassers. »Das arme Kind. Was hat Darlan nur ihrer eigenen Familie angetan?«

»Darlan steht unter dem Einfluss der Karten. Wie Sie, Boch. Streng genommen kann man ihr nicht mal einen Vorwurf machen.« Hyun ging probeweise im riesigen Zimmer auf und ab. Die Naht hielt. Sie tupfte das austretende helle Rot mit einer Kompresse ab und legte sich einen Verband an. »Darlans Verstand ist wesentlich verseuchter als Ihrer, denke ich. Sie verbrachte Jahre mit dem Gebetbuch und diente ihm.«

»Ich bin kein schwacher Mensch«, flüsterte Boch mit Zweifel in der Stimme. »Das bin ich doch nicht, oder?«

»Wie meinen Sie das?«

»Darlan. Sie sagte, die Pik-Neun habe mich ausgesucht, weil ich ein schwacher Mann bin.« Er sog laut die Luft ein. »Ich hab mir eingeredet, dass es umgekehrt ist, aber ich befürchte …«

»Ein schwacher Mensch hätte mich und Hermine sterben lassen.« Hyun redete ihm gut zu. Er benötigte Zuversicht. »Es war die Karte, Boch. Denken Sie immer daran. Sie beeinflusst immer noch Ihr Denken, und Sie werden eine Zeit lang dagegen ankämpfen müssen.«

Er nickte. »Was immer Sie gegen das Kartenspiel tun wollen, ich bin dabei. Und danach kümmern wir uns um die Baden-Baden-Sache. Dass Gillot tot ist, heißt nicht, dass wir ihm nichts nachweisen können. Es macht es eher einfacher.« Er räusperte sich und streckte die Hand aus. »Ich bin Tadeus.«

»Hyun.« Sie schlug ein und glaubte ihm, trotz seines Überschwangs und des Flimmerns. Er würde sein Wort halten. Der Ausdruck in seinem Gesicht war aufrichtig, und der Einfluss der Karte verflog zusehends. Das bedeutete umgekehrt nicht, dass er von nun an gegen die Pik-Neun gefeit war. Wissen schützte nicht vor der unfassbaren düsteren Macht. Ein schwacher Mann mochte er nicht sein, aber er blieb ein anfälliger. »Verrätst du mir, was du mit Leila Fignolé gemacht hast?«

»Niedergeschlagen. Auf der Damentoilette«, gestand Tadeus. »Ich habe schon unter ihrer Nummer in Benin angerufen, aber sie meldet sich nicht. Ihr Smartphone habe ich … unbrauchbar gemacht.«

Hyun seufzte. Fignolé war eine leise Hoffnung gewesen, das Gebetbuch schnell zu finden. Sie hatte ein viel feineres Gespür und Macht über gute Geister, um deren Beistand zu erbitten. »Du erwähntest, dass Hermine Andeutungen machte.«

Tadeus stand auf und goss sich einen Cognac ein. Es war das erste Mal, dass sie ihn einen harten Drink nehmen sah, noch dazu auf eine Tablette. »Ich habe versucht, mir die Worte zu merken. Es war nicht viel, was sie von Darlan aufgeschnappt hatte.« Er schüttete den Alkohol in sich und goss nach. Schuld und Scham wollten anscheinend weicher gesoffen werden. »Sie sagte, Darlan wird die Welt verändern und brennen lassen.«

»Hm«, machte Hyun und setzte sich in den Sessel, weil ihr Blutdruck spürbar abfiel und Schwindel sich ausbreitete. Sekt könnte dagegen helfen. Sie legte ihr verletztes Bein hoch und ließ sich von Tadeus einen Prosecco aus der Minibar einschenken. Danach würde sie sich auch Schmerzmittel gönnen. »Wie lässt man die Welt brennen?«

»Die Kleine sagte, es wäre ganz leicht. In zwei Wochen sollte es geschehen«, gab Tadeus die ominösen Andeutungen wieder. »Es ging um ein Geschenk. Ein Geschenk an die Großen der Welt.«

»Die Großen der Welt …« Hyun fielen Geschäftsleute, Staatsoberhäupter, der Papst, Politiker, Wissenschaftler, Wirtschaftsbosse, Konzernlenker und Dichter ein. *Zu viele Möglichkeiten.* »Mehr nicht?«

»Nein.« Tadeus ließ den Cognac im Glas kreisen und steckte eine Hand in die Tasche der Jogginghose. »Doch. Sie summte eine Melodie, aber …«

»Du kennst sie nicht.«

»Ich komme nicht drauf!«

»Lass hören.« Hyun nippte an ihrem Prosecco und lauschte. Es dauerte ein bisschen, aber dann fiel es ihr ein. »Ich weiß es: Das ist die russische Hymne!« Sie zog den hoteleigenen Tablet-PC vom Beistelltischchen zu sich und suchte im Internet nach *Russland* und *die Großen der Welt*.

»Was ist?«, fragte Tadeus neugierig.

»Gleich.« Sie überflog die Ergebnisse. Der Prosecco stieg ihr in den Kopf, beschwingte sie und vertrieb das Karussellgefühl im Kopf. Ihr Kreislauf arbeitete. Abgesehen von Katharina der Großen, den größten russischen Kirchen, den größten Bauprojekten in Russland und Russland als fünftgrößtem Goldproduzenten, scrollte sie über eine Anzahl von Artikeln, die vielversprechend waren.

»Hier ist es!« Hyun räusperte sich.

»Historisches Gipfeltreffen für Atomsicherheit in Moskau. Staats- und Regierungschefs aus mehr als fünfzig Ländern reisen in zwei Wochen nach Moskau, um über Bekämpfung des nuklearen Terrorismus, den Schutz von atomaren Materialien und den Kampf gegen den Schmuggel von hoch angereichertem Uran und Plutonium zu sprechen.
Anders als bei sonstigen Atomsicherheitsgipfeln sind in diesem Jahr Länder wie Pakistan, Indien und Nordkorea

mit Delegationen vertreten, die am Rand der offiziellen Gespräche mit internationalen Wirtschaftsvertretern sprechen werden.
Es gilt als Coup, dass sich Russen und Amerikaner die Leitung des Gipfels teilen. Es wird als Beginn einer neuen Ära der Zusammenarbeit betrachtet, die zu einer neuen Welle der Abrüstung führen kann.«

Hyun blickte zu Tadeus. »Die Großen der Welt. Und das Kind pfiff die russische Hymne.« Sie deutete auf den Bericht. »Darlan will nach Moskau!« Sie senkte das Tablet.

»Und dass die Mächtigen dort eine Kartenpartie austragen«, ergänzte er. »Sie hat einen Plan.«

»Nicht erst seit gestern.« Das Gebetbuch des Teufels war vollständig und restauriert. Beim Spiel entfaltete es seine gesamte schreckliche Macht, wie sie zu spüren bekommen hatten. Sollte sich nicht zufällig eine Mudang, ein Schamane, eine Voodoo-Priesterin oder sonst ein Kundiger im gleichen Raum befinden, würden das Kartenmatch und der Gipfel in Moskau anders enden als gedacht.

Tadeus stürzte den Cognac hinab und verzichtete auf ein drittes Glas. »Aus dem Hoffnungsgipfel würde ein Treffen, das Kriege auslöst. Kriege zwischen Atommächten. Die Amis und Russen könnten vielleicht noch halbwegs vernünftig sein, aber … Nordkorea und Pakistan? Oder Israel oder Iran? Das wird ein Vielfronten-Weltkrieg.«

»Weder die Russen noch die Amerikaner wären immun«, widersprach Hyun. »Erinnere dich an die unbändige Kraft, an den Hass. Dagegen ist niemand gefeit.«

»Du schon.«

»Du weißt, was ich meine.«

»Die Welt würde brennen.« Tadeus runzelte die Stirn. »Aber lässt man Darlan einfach rein und das Kartenspiel einem Präsidenten überreichen? Und wie stellt sie sicher, dass es nicht einfach zu anderen Präsenten gelegt und nie wieder herausgeholt wird? Sie will, dass damit gespielt wird.«

Hyun dachte nach. »Sie könnte sich in eine Delegation schmuggeln oder es einem Delegierten mitgeben … nein, du hast recht. Darlan würde so was nicht einem anderen oder dem Zufall überlassen.« *Und die Karten würden es noch viel weniger.*

»Also sollten wir in zwei Wochen in Moskau sein.« Tadeus wandte sich erneut dem Fernseher zu, wo über Avignon berichtet wurde. »Bis dahin muss uns was eingefallen sein.«

Der Prosecco machte Hyun mutig. Sie nahm einen Notizzettel und schrieb aus dem Gedächtnis eine Nummer auf, korrigierte Zahlen, bis sie sicher war, die richtige Kombination gefunden zu haben.

»Was machst du?«

»Überlegen.« Hyun schlug die Vorwahl rasch nach und ergriff das schnurlose Telefon. »Und jemanden anrufen.« Sie wählte nach einem knappen Lächeln eine Nummer, die sie bisher nur einmal benötigt hatte, und humpelte auf den großen Balkon, hinaus in die abendliche Nachtluft. Sie wollte nicht, dass Boch zuhörte.

Das Amphitheater warf helle Strahlen in den Himmel, lauter Operngesang und ein Orchester tönten durch die Stadt. Nîmes sah wunderschön aus mit seinen Gärten und antiken Bauwerken aus der römischen Zeit. Sie bedauerte, keine Zeit zu haben, die Atmosphäre zu genießen, und beschloss, für einen Wochenendausflug in die Stadt zu kommen. *Wenn die Katastrophe abgewehrt ist.*

»Was wollen Sie?«, fragte ein Mann auf Englisch mit sehr deutlichem osteuropäischen Akzent an ihrem Ohr.

»Sie haben Gillot erschießen lassen. Ohne, dass ich Ihnen Beweise gab.«

Lasarew lachte. »Sie rufen aus komischen Gründen an,

Miss Poe. Oder wollen Sie hören, dass Sie mir nichts mehr schulden?«

»*Sie* schulden *mir* was«, hielt Hyun dagegen. »Ohne mich hätten Sie nicht gewusst, dass Gillot hinter dem Mord an Ihrem Sohn steckte.«

»Das ist wahr, Miss Poe.«

»Und Sie haben mich bei unserem Zusammentreffen scheiße behandelt. Ziemlich scheiße sogar!«

»Es war nicht die übliche russische Gastfreundschaft. Das stimmt.« Lasarew klang verhandlungsbereit. »Wie viel wollen Sie?«

»Kein Geld. Es geht um … einen Gefallen.«

Wieder lachte der Mann. »Das ist ein Prinzip, das ich kenne. Lassen Sie hören, was ich für Sie tun kann.«

»In zwei Wochen wird ein Gipfel in Moskau stattfinden.«

»Das ist kein Geheimnis.«

»Sie als Getreuer des Präsidenten werden entweder in einer Delegation dabei sein oder Geschäfte rund um den Gipfel machen. Catering, Unterhaltungsprogramm, so etwas in der Art«, sagte Hyun und roch die Frische der Abendluft. Die Schmerzen im Bein fühlte sie kaum noch.

»Was wird das?«

»Ich möchte wieder ins Model-Business einsteigen«, schwindelte sie. »Ich habe eine Anfrage von einem Kosmetikhersteller, der Produkte mit, sagen wir, medizinischem Anspruch macht. Ich möchte meinen Marktwert erhöhen, bevor es in die Vertragsverhandlungen geht.«

»Ah, ich verstehe.« Er lachte. »Ich soll Sie reinbringen, damit möglichst viele Reporter und Fotografen Sie ablichten.«

»Genau. Können Sie das arrangieren? Unter meinem alten Namen als neues Label.«

»Sicherlich. Aber benehmen Sie sich. Noch etwas?«

»Ein gutes Hotel und die protokollarischen Abläufe, damit ich weiß, wann ich wo sein muss, um mein Gesicht in die Kameras zu halten«, verlangte Hyun. »Gut wären Geschenkeübergaben. Das kann ich sehr gut. Ach, und meinen Leibwächter muss ich natürlich mitnehmen können.«

»Wird sich machen lassen.« Lasarew lachte. »Das hätte ich nicht gedacht.«

»Nein?«

»So habe ich Sie nicht eingeschätzt. Aber gut. Und danach sind wir quitt, Miss Poe. Ich sende Ihnen die Informationen via Mail. Die entsprechenden Unterlagen und Legitimierungen liegen später im Hotel bereit.«

»Das Zimmer schon in einer Woche«, warf sie ein.

»Sicher. Mit Krim-Sekt auf dem Zimmer. Der ist besser als jeder Champagner.« Ein Ruf erklang im Hintergrund, man verlangte nach *Opritschnik*. »Geschäfte warten, Miss Poe. *Do svidaniya* und eine erfolgreiche Zeit für Sie in Moskau. Sollten Sie einen Fremdenführer brauchen, rufen Sie mich an. Die Stadt kann ein Moloch sein, der Menschen verschlingt.« Lasarew legte auf.

Hyun kehrte mit einem Hochgefühl ins Zimmer zurück. »Wir reisen nach Moskau. Und du wirst mein Bodyguard sein.«

Fragend schaute Tadeus sie an.

Da fiel ihr ein, dass sie ihm noch gestehen musste, für Lasarew spioniert zu haben und indirekt für den Überfall in der Basilika verantwortlich zu sein. Er ahnte es ohnehin schon, aber sie fand, dass sie es ihm schuldete, und hoffte auf seine Milde.

»… fand ein erstes Bergungsteam im Keller des Anwesens unter einem Berg von verkohlten Leichen und Kadavern einen zweiten Überlebenden«, kam es aus dem Fernseher, und Hyun drehte den Kopf wie Boch zum Eilbericht aus Avignon. »Es handelt sich dabei um einen Jungen von etwa elf Jahren. Die Helfer gehen von einem massiven Schock und einer Rauchgasvergiftung bei dem Kind aus. Es zeichnet sich jedoch ab: Im Gewölbe wartet das Grauen auf die Spurensicherung und auf uns eine unglaubliche Geschichte.«

* * *

Russische Föderation, Moskau

Tadeus musste Mihail Alexandrowitsch Lasarew zugestehen, dass er sich an sein Wort hielt, wenn er es einmal gegeben hatte, im Guten wie im Schlechten. In einer Suite des Krasnye Holmy Hotel untergebracht zu sein, gehörte zum Guten. Luxus pur und mit einer Aussicht sowohl aus dem Zimmerfenster als auch von der Panorama-Bar, die ihm vage bekannt vorkam.

Tadeus wurde zudem vom Personal sehr freundlich gegrüßt. Anscheinend hatte er im Krasnye Holmy zu seinen Zockerzeiten residiert.

Hyun und er hatten eine Woche mit dem Studieren der Veranstaltungen im Rahmen des Gipfels verbracht, eine Schrankwand in ein großes Whiteboard verwandelt und Markierungen im Programm vorgenommen. Lasarew versorgte sie mit sämtlichen Informationen. Sie suchten nach Gelegenheiten wie Ausflüge oder Besichtigungen oder offizielle Geschenkübergaben, die Darlan nutzen konnte, um das Gebetbuch des Teufels an den Mann oder die Frau zu bringen.

Tadeus wusste jetzt, woher die Killer in Rom gekommen waren, die Gillot zuerst auf offener Straße angegriffen und dann im Krankenhaus erledigt hatten. Hyun hatte die Information weitergegeben. Als sie ihm die Hintergründe der Kooperation mit Opritschnik schilderte, verzichtete er auf jegliche Vorwürfe. Jemand wie er hatte kein Recht dazu. Zudem entsann er sich der Fesselspuren an ihren Handgelenken.

Die Woche vor der Zugfahrt nach Moskau hatten sie in

Nîmes und in Baden-Baden verbracht sowie einen Abstecher nach Stuttgart zum LKA gemacht, um mit Kommissar Klim die Villa-Morde zu besprechen. Hyuns Anwalt hatte bereits jubelnd verkündet, dass die Tatwaffe verschwunden war. Klim bestätigte den Schwund aus der Asservatenkammer zähneknirschend. Sein Team kam mit der Aufklärung nicht voran. Der Kommissar machte nicht mehr den Eindruck, dass er einen von ihnen für den Täter hielt. Aufgrund des Verschwindens der Beretta Bobcat richtete Klim sein Augenmerk auf einen Maulwurf in den eigenen Reihen. Er glaubte inzwischen fest an einen unbekannten Killer der russischen Spielemafia; der Diebstahl des Beweisstücks untermauerte seines Erachtens die These. Somit stand Hyuns inoffiziellem Freispruch nicht mehr viel im Weg. Klim kündigte an, die Ermittlungen gegen sie einzustellen, und bat sie, ihre eigenen Nachforschungen sein zu lassen.

Meldungen aus Avignon besagten, dass im Gewölbe des Weinhofs der Restauratorin mehr als zwei Dutzend Kadaver und Leichenteile gefunden worden waren. Der Junge hatte sich darunter vor dem Feuer in Sicherheit gebracht. In den Trümmern des Erdgeschosses entdeckten die Spurensicherer mehrere moderne Pistolen, Sturmgewehre und Panzerwesten an einigen Leichen, was die Aufklärung der Vorgänge komplizierter machte. Bald war die Rede von einer Schießerei, die vor dem Brand stattgefunden haben musste, doch bei den Zusammenhängen tappten die französischen Ermittler im Dunkeln. Die Zeitungen und das Internet überschlugen sich vor Meldungen und Mutmaßungen.

Tadeus baute sich vor dem Zettelwust auf. »An Darlans Stelle würde ich …«

»Hier. Es kam noch eine Aktualisierung!«

Lasarew hielt sie auf dem Laufenden, was sich am Tag vor Beginn des Gipfels noch änderte. Derlei geschah im Minutentakt, geschuldet dem Wetter, den Befindlichkeiten,

Krankheiten und Absagen, was wiederum ihre eigenen Planungen zunichtemachte.

»Besuch der Präsidenten im Staatlichen Historischen Museum Moskau. Übergabe eines kunsthistorischen Gegenstandes durch den russischen Präsidenten an den französischen«, las Hyun den Inhalt der Mail vom Tablet-Display ab. »Ein Fabergé-Ei.« Sie hielt die Blicke auf den Bildschirm gerichtet. »*Das* ist es!«

»Was denn?« Tadeus war klar, dass sie nicht das Ei meinte.

»Übergabe eines historischen Kartenspiels vom französischen Präsidenten als Staatsgeschenk an Russland.« Sie tippte hinweisend auf das Tablet. »Im Historischen Museum.«

»Ein deutsches Kartenspiel von den Franzosen an die Russen?« Tadeus wunderte sich. »Klingt sehr gemischt und multi-diplomatisch.«

»Völkerverständigung vielleicht. Das Kistchen wurde in Russland gefertigt, steht hier.« Hyun lachte freudlos. »Das Gebetbuch besitzt seine gesamte Kraft. Es wird auf die Menschen einwirken, damit sie es zur Hand nehmen und die Karten rundgehen lassen. Es weiß genau, wie es Schaden anrichten kann.«

»Es verankert den Hass im Fühlen und Denken der Teilnehmer.« Tadeus sah die illustre Runde an Staatsoberhäuptern vor sich und welcher Horror daraus für die Welt erwuchs. »Wann steht die Übergabe an?«

Hyun stieß einen koreanischen Fluch aus. »Heute. In« – sie blickte auf die Anzeige am Gerät – »etwa drei Stunden.«

Nicht viel Zeit. Tadeus zeigte aufs Bett und zu den aufgefächerten Karten. »Was hältst du davon: Wir tauschen sie aus. Die Originale gegen Darlans Kopien. Es wird keinem auffallen.«

Hyun grinste. Seit sie keine echten Teufelskarten mehr mit sich trugen, wurde sie nicht mehr von Albträumen geplagt und erholte sich trotz des Stresses von den physischen und psychischen Strapazen ihrer Erlebnisse. »Bis auf die Farbkopien, die wir gemacht haben.« Dann schlug sie sich gegen die Stirn. »Nein, die sind verbrannt.«

»Es wird keiner nachzählen. Bis sie es gemerkt haben, ist das Kartenspiel …« Tadeus hatte *vernichtet* sagen wollen. Dann war ihm eingefallen, dass es kein Mittel gegen das Gebetbuch gab. *Stimmt das wirklich?* Es war in diese Welt gesetzt und erschaffen worden, von einem Menschen namens Bastian Kirchner. Folglich musste man es irgendwie zerstören oder ihm seine Macht rauben können.

»Gut. Schaffen wir es weg von den Großen der Welt.« Hyun warf ihr Smartphone aufs Bett, erhob sich und ging ins Bad. »Ich mache mich fertig. Meine Modelzeit ist immerhin zwölf Jahre her.« Sie schloss die Tür hinter sich. »Und dich will ich im Anzug sehen!«, rief sie durch das Holz.

Tadeus blickte zum Cognac. Zwei genügten. »Wirst du.« Dann schrieb er Nachrichten an seine Tochter und seinen Sohn, um sie wissen zu lassen, dass er sie liebte. Sie würden sich wundern und denken, ihr alter Vater sei sentimental geworden oder dauerhaft schwer betrunken.

Sollen sie. Tadeus war es einfach ein Bedürfnis.

Dabei fiel sein Blick auf den Rucksack, der in der Ecke stand, randvoll mit Dollarscheinen. Es waren etwa vier Millionen. Käme er lebend aus Moskau raus, wäre er schuldenfrei. *Ich kann ja behaupten, ich hätte Poker gespielt.*

Und käme er nicht lebend aus Moskau raus, waren seine Kinder schlau genug, das Minuserbe auszuschlagen.

* * *

Odette Darlan saß im leeren Nebenzimmer des Grand Café Dr. Zhivago und blickte bei Kaffee und Kuchen über den breiten Prospekt und den anschließenden Platz. Dahinter lag das Historische Museum, das mit ihren schlechten Augen ein großer, roter Block war.

Das Gebäckstück war kaum angerührt, der Kaffee lauwarm, weil sie sich vor Kummer kaum überwinden konnte zu essen. Die Trennung von den Karten setzte ihr zu wie nichts zuvor in ihrem Leben. Kein Tod, kein Verlust kam in die Nähe dessen, was sie in ihrer Seele empfand.

Jeder Herzschlag schmerzte, Odette fehlte es an Kraft und Vitalität. Des Teufels Gebetbuch schien sie angetrieben und in Schwung gehalten zu haben. Diese Macht war aus ihrem Leben gegangen, und plötzlich erschien ihr das Dasein als Bürde.

Sie hatte keine Augen für die klassische Einrichtung des Cafés, die bewusst an die Wiener Kaffeehäuser anknüpfte. Der Stil wurde von Weiß dominiert, was die roten Bezüge der Stühle und Sofas sowie den roten Leuchter betonte. Spiegel und auf Glas gezogene Gemäldedrucke hingen an den Wänden, große und kleine weiße Statuen dienten als Blickfang. Die Details der bemalten Decken konnte Odette nicht erkennen. Unauffällig gingen die Servicekräfte ihren Aufgaben nach, die Frauen mit Rock und Häubchen, die Herren im hellen Anzug.

Odette zwang sich zu einem Bissen. Es schmeckte fad. Alles schmeckte fad und unbedeutend, seit sie die Karten abgegeben hatte. Das Gebetbuch hatte genau das von ihr verlangt, und über Jahre hatte sie darauf hingearbeitet. Trotzdem hatte sie den Moment der Übergabe vor vierundzwanzig Stunden gehasst. Sie würde die Welt brennen lassen und der Macht der Karten überlassen. Sie wurden die neuen geheimen Herrscher der Erde, die mit den vermeintlichen Staatsoberhäuptern umsprangen, wie es ihnen beliebte. Odette konnte sich nichts Schöneres vorstellen, hatte lediglich unterschätzt, welches Opfer die Trennung ihr abverlangte.

Odette seufzte und trank einen Schluck vom erkalteten Kaffee, dessen Geschmack sie als bitter empfand.

Sie wollte sich darüber freuen, dass dem Durcheinander

in Avignon eine reibungslose Fahrt nach Moskau gefolgt war, aber sie empfand nichts. Ihre Söldner hatten sie begleitet. Die Pässe für sich und die Truppe waren perfekte Fälschungen, doch die Kontrollen in den Zügen erwiesen sich als schlampig, sie hätte sich die Mühe gar nicht machen müssen.

In Moskau hatte einer ihrer Leute in der Verkleidung eines Paketboten das Kästchen gestern in der französischen Botschaft abgegeben. Sie selbst hatte das Geschenk vor einem Jahr angeregt und auf die russisch-französisch-deutsche Historie des Kartenspiels hingewiesen. Das französische Ministerium hatte dankend zugegriffen und sich für ihr Engagement bedankt. Damit war es offiziell die letzte Arbeit von Odette Darlan, deren verbrannte Leiche in den Trümmern ihrer Werkstatt vermutet wurde.

Odette unterdrückte die Tränen. Diese Stille in ihrem Kopf konnte sie nicht ertragen. Die Sehnsucht löste körperliche Schmerzen aus.

Sie beschloss, dem Spiel nachzureisen. Sie hatte genug Geld und genügend Pässe.

Ein Kellner näherte sich ihrem Tisch. Er musste zwischendurch neues Aftershave aufgelegt haben. Odette schob die Brille in Position und erkannte ihren Irrtum.

Der Mann, der sich ihr frech gegenübersetzte, trug seine blonden Haare in einer eigenwilligen Siegfried-Frisur, die das rundliche Gesicht betonte. Die Hände, die er faltete, waren kräftig wie die eines Handwerkers. Der massive goldene Siegelring an seinem linken Mittelfinger fing das Licht, und Odette meinte, das russische Wappen zu erkennen. Unter dem Nadelstreifenanzug trug der geschätzt Fünfzigjährige ein auberginefarbenes Hemd, den oberen Knopf hatte er nicht geschlossen.

Sie sah sich um und erkannte drei weitere Männer, die am Durchgang zum Nebenraum stehen geblieben waren und

Servicepersonal wie Gäste mit freundlichen Worten abwiesen.

»Ich denke, Sie haben sich im Tisch geirrt«, sagte Odette auf Englisch. Sie kannte den Mann nicht und verspürte keine Lust nach Gesellschaft. »Suchen Sie sich zum Flirten eine Dame Ihres Alters.«

»Ich bin Mihail Alexandrowitsch Lasarew, Madame Darlan«, stellte er sich vor. »Mein Sohn starb wegen der Karten, die Sie restauriert haben.«

Odette versteinerte. Den Namen kannte sie.

»Zuerst dachte ich, Henry Gillot wäre schuld an seinem Tod, deshalb habe ich ihn in Rom erledigen lassen«, sprach der Russe weiter. »Dann weckten die ungewöhnlichen Ereignisse in Europa mein Interesse, und ich habe Nachforschungen anstellen lassen. Dieses Kartenspiel«, er grinste, »hat was.«

»Sie irren sich«, brachte Odette über die Lippen. »Mein Name lautet nicht Darlan.«

»Nein, natürlich, in Ihrem gefälschten Pass steht ein anderer Name. Aber Ihre Söldner haben ziemlich gefeiert und die Sau rausgelassen«, erklärte Lasarew. »In dieser Stadt bekomme ich vieles mit. Und Ihre Leute haben sehr schnell geredet.« Er massierte seine breiten Finger. »Man wird sie nicht mehr finden, und sie werden auch nichts mehr über das Kartenspiel verraten können, Madame. Dafür sind Sie mir eigentlich was schuldig.«

Odette rang mit der Angst. Wenn Lasarew das Kartenspiel an sich nehmen wollte, geriet der Plan in Gefahr, und ihre Entbehrungen und Anstrengungen bedeuteten nichts. Die Welt musste doch brennen, wie es die Karten verlangten! »Was wollen Sie?«, krächzte sie und langte mit zitternden Fingern nach der Tasse.

»Ich habe Dinge erfahren, die kaum zu glauben sind. Über die Karten, den Fluch und ihre Macht, wenn man mit ihnen spielt«, setzte er an. »Sobald es um das Übersinnliche geht, bin ich skeptisch. Doch nachdem ich mir die Mühe machte … stellen Sie sich meine Überraschung vor, wie viel Wahrheit ich fand.« Er winkte einen seiner Leute zu sich und gab Anweisungen auf Russisch; der Mann nickte und verschwand zum Tresen. »Jetzt sitze ich vor Ihnen, Madame, und hätte gerne noch mehr gewusst. Niemand scheint des Teufels Gebetbuch so gut zu kennen wie Sie.«

»Warum?«

Lasarew lachte. »Was denken Sie?«

»Sie wollen es für sich haben.«

»Das könnte sein.« Er machte mit der linken Hand eine kippelnde Bewegung. »Mein Sohn starb wegen dieses Spiels, Madame Darlan. Und in Avignon scheinen noch mehr draufgegangen zu sein. In Ihrem Keller sieht es aus wie in einem Horrorfilm, sagen die Medien.«

Odette saß in der Falle. »Und?«

»Was haben Sie dort veranstaltet?«

»Wieso ich? Monsieur Gillot …«

Lasarew lachte erneut, während ein Kellner frischen Kaffee brachte. »Gillot war Ihr dummer Financier. Sie haben ihn verarscht.« Er gab Milch und Zucker in sein Getränk. »Man braucht die Lebensenergie von Menschen, um die Karten zufriedenzustellen. Habe ich recht?«

»Ich …« Odette wusste nicht, wohin die Unterredung führte, und das steigerte ihre Panik und ihre Sorge um das Kartenspiel. Der Mann wäre dazu fähig, ins Museum zu gehen und das Geschenk unter einem Vorwand an sich zu nehmen. Sie musste ihn davon abbringen. »Ich kann Ihnen sagen, dass das Unfug ist«, sagte sie fest. »Der materielle und kunsthistorische Wert ist bedeutsam, aber alles andere sind Gespenstergeschichten, die um Zufälle gewoben wurden. Legenden. Menschen mögen gruselige Märchen.«

»Wie das um Ihren Keller, Madame Darlan?« Lasarew

bleckte die Zähne. »Leichen und Überreste von zwei Dutzend Menschen. Sofern Sie keine Kannibalin sind, wüsste ich nicht, was Sie mit den Menschen vor deren Tod anstellten. Es sei denn …«

»Ich war Gillots Gefangene! Er schickte seine Leute, um …«

Lasarew schlug mit der flachen Hand auf den Tisch, Porzellan und Besteck hüpften. »Halten Sie mich nicht für dumm«, sprach er leise. »Was vermag dieses Kartenspiel?«

Odette fuhr mit einer Hand behutsam in ihre Tasche. Darin verwahrte sie die Mauser M712, versehen mit einem Zwanziger-Magazin, und zwei gefüllte Magazine zum Nachladen. Das Kartenspiel gehörte nicht in Lasarews Hände, und es brauchte ihre Hilfe. Wenn es sein musste, erschoss sie den Russen. »Es ist lediglich wundervoll anzuschauen, Monsieur.«

Lasarew schüttelte tadelnd den Kopf, die langen blonden Haare bewegten sich dank Haarspray nicht und ließen sie aussehen wie einen Helm. »Ich habe die Habseligkeiten eines gewissen Arthur Patric Morgan, der in Baden-Baden erschossen wurde, an mich bringen können. Er hatte versucht, eine dieser besonderen Karten zu stehlen.« Er klatschte in die Hände, und Odette hätte vor Schreck fast die Pistole gezogen und abgedrückt. »Raten Sie, was ich fand?«

»Abergläubische Geschichten.«

»Je mehr Sie darauf beharren, dass es nichts gibt, umso sicherer werde ich, dass ich recht habe.« Lasarew zog mehrere gefaltete Blätter aus seiner Sakkotasche und breitete sie auf dem Tisch aus. »Fragmentarische Aufzeichnungen. Aus dem 18. Jahrhundert. Sie waren in altertümlichem Deutsch geschrieben, das ich übersetzen lassen musste. Sie stammen aus einem handschriftlich verfassten Buch von einem Martin Dietrich.« Die Papiere zeigten mystische Symbole und Anordnungen, versehen mit verschnörkelten Sätzen. »Das hier sind Anweisungen, wie Flüche einzusetzen sind, um Schaden bei Menschen anzurichten. Das geht aus Morgans Anmerkungen hervor. Dieser Dietrich war ein Hexer, Madame Darlan, gegen den ermittelt wurde. Morgan hat dessen Biografie akribisch verfolgt und herausgefunden, dass er über hundert Jahre alt wurde und im Geheimen lebte. Er hielt Dietrich für den Mann, der hinter dem Spiel steckt. Dieser Formschnitzer Kirchner wurde gelinkt.«

Odette hörte aufmerksam zu. Von Morgan hatte sie nichts gewusst. »Noch jemand, der gute Geschichten mag.«

»Morgan glaubte an die Gefahr, die von den Karten ausgeht. Er wollte sie einsammeln und bannen.« Lasarew schob die Papiere wieder zusammen. »In einem Nebensatz steht, dass man mit Leben den Karten etwas einhauche. Das eigentliche Wort ist unleserlich, aber ich gehe davon aus, dass es *Macht* oder *Kraft* heißen soll.«

»Monsieur Lasarew, ich …«

»Die Leichen im Keller. Sie ergeben plötzlich Sinn. Diese ganzen Menschenopfer hatten Methode.« Er trank seinen Kaffee aus. »Ich will hinter das Geheimnis des Spiels kommen. Vielleicht verleiht es mir ewiges Leben, wenn ich damit spiele? Oder Superkräfte? Oder sie machen mich zum nächsten russischen Präsidenten?« Lasarew zeigte auf den Kuchen vor der Restauratorin. »Schmeckt er nicht?«

»Sie wollen es stehlen!«

»Muss ich gar nicht. Ich bin ein guter Freund des Präsidenten. Es wird wohl genügen, wenn ich ihn um einen Gefallen bitte. Wissen Sie, er bekommt so viele Geschenke, die er nicht braucht … Sobald der Programmpunkt im Museum über die Bühne ist, halte ich es in meinen Händen.« Er sah auf seine Uhr. »Das wird in ungefähr zwei Stunden sein.«

Nein! Odettes Hand legte sich um den Griff der Mauser M712.

»Und Sie, Madame Darlan, gehören ab jetzt zu meinem

Team. Offiziell sind Sie tot, den neuen Pass haben Sie schon. Und jemand muss mir helfen, das Rätsel zu lösen.« Er verlor das aufgesetzt Freundliche. »Und das werden Sie.«

Odette wollte gerade die Mauser ziehen, als eine laute Unterhaltung sie ablenkte. Die Leibwächter diskutierten auf Englisch mit Gästen, die sich nicht abwimmeln lassen wollten.

»Gospodin Lasarew«, vernahm sie die Stimme eines Mannes, der sich an den Wachmännern vorbei in den Nebenraum schob. »Klim mein Name. Kriminalkommissar aus Deutschland. Ich hätte ein paar Fragen an Sie. Leider sind Sie ja nicht nach Baden-Baden gekommen und reagierten nicht auf meine Anfragen.«

Jemand rief ihm auf Russisch etwas hinterher, was wie eine Entschuldigung klang.

Odette hielt inne.

Die zwei Neuankömmlinge kamen zu ihnen an den Tisch, Odettes Sehkraft schien zu schwinden, je länger sie von ihren Lieblingen getrennt war. Die Männer blieben stehen wie unscharfe Kopien ihrer selbst.

»Kommissar Mosorow. Wie geht es Ihrer Familie?«, begrüßte Lasarew zuerst den russischen Ermittler, um klarzumachen, wer am längeren Hebel saß.

»Sehr gut, danke der Nachfrage«, erwiderte der Polizist eilends. »Verzeihen Sie die Störung. Der Kollege aus Deutschland ließ sich nicht davon abbringen, mit Ihnen sprechen zu wollen.«

»Danke für Ihre kostbare Zeit, Gospodin Lasarew. Es geht um den Tod Ihres Sohnes und um illegales Glücksspiel, organisiert von den Damen Solowjewa«, erklärte Klim. »Dürfte ich Sie zur Seite bitten, damit wir …«

»Sprechen Sie nur. Meine Großtante und ich haben keine Geheimnisse voreinander.«

Odette lächelte gezwungen.

»Die neuesten Spuren führen nach Moskau, Gospodin Lasarew«, führte Klim aus. »Mutter und Tochter hatten Verbindungsleute hier. Einen Aleksander Nikitin und einen Dimitri Markow, beide aus Moskau. Es stellte sich bei einer Befragung heraus, dass …«

»Ich kenne diese Herren nicht«, unterbrach ihn Lasarew schroff. »Danke und schönen Tag noch.«

»Gospodin Nikitin gab an, dass sein Reiseunternehmen …«

»Ich kenne die beiden nicht«, wiederholte Lasarew und machte eine Handbewegung, die einen Rauswurf bedeutete. »Danke für Ihre Umstände, Herr Klim. Und Mosorow: Sehen wir uns in einer Woche beim Golf-Turnier?«

Odette sah ihre Chancen schwinden, dass ihr der deutsche Polizist irgendwie behilflich sein könnte, und ihre Hand packte den Griff der Mauser fester. Heimlich entsicherte sie die Pistole.

»Natürlich, Gospodin Lasarew.«

»Ich denke trotzdem, Sie sollten uns begleiten«, warf Klim ein. »Auch wenn mein russischer Kollege …«

»Herr Klim, Sie sind aus Deutschland und kennen sich mit den Moskauer Gepflogenheiten nicht aus«, unterbrach ihn Lasarew. »Ich bin ein viel beschäftigter Mann. Gleich im Anschluss treffe ich den Präsidenten. Das ist nichts, was sich verschieben lässt.« Er wandte sich an Mosorow. »Lassen Sie einen Termin machen, wie es sich gehört, Kommissar.«

»Selbstverständlich.« Der Polizist zog Klim an der Schulter rückwärts. »Einen schönen Tag.« Klim schimpfte auf Deutsch, aber gab sich geschlagen.

Lasarew winkte und wandte sich zu Odette; dabei zog er sein Smartphone und blickte darauf. »Eine kleine Planänderung. Ich werde wohl besser nach meinem künftigen Spiel schauen.« Er sah sie an. »Madame, ich rate Ihnen, mit mir zu kommen. Ruhig und ohne Aufsehen. Ich verspreche Ihnen das beste Leben, während Sie mit mir …«

Odette richtete die Mauser auf das Gesicht des Russen. »Sie werden meinen Lieblingen nichts tun«, raunte sie. »Denn sie werden die Welt beherrschen und sie in Flammen setzen, wie ich es vorgesehen habe. Wie sie es verlangen. Und Sie, Lasarew, kommen in dem Plan nicht vor.«

Lasarew rührte sich nicht, auch die Leibwächter wagten kein Eingreifen. »Ich wusste, dass sie Macht besitzen«, wisperte er mit Feuer in den Augen.

»Und mit diesem Wissen sterben Sie.« Odette wollte abdrücken, als sie unvermittelt keine Luft bekam. Die Mauser wurde überschwer und war kaum mehr zu halten.

Ein glühender Stich ging durch ihren Oberkörper, brachte das alte Herz zum Stehen. Ihr Arm senkte sich, zitterte, trotzdem drückte sie ab. Einmal, zweimal, dann schlug ihr der Rückstoß die Pistole aus der Hand. Klappernd fiel die Mauser auf den Kuchenteller.

Odette griff sich mit beiden Händen gegen die Brust, als könnte sie den Infarkt anhalten. Ihre Sicht verdunkelte sich.

»Meine Leute holen einen Arzt. Sie dürfen nicht sterben«, sagte Lasarew gehetzt. »Einer von ihnen bleibt bei Ihnen. Die anderen kommen mit mir. Wir müssen ins Museum, um meine Karten zu sichern.«

Odette versuchte, ihr Herz mit purer Willenskraft zum Schlagen anzutreiben. Sie musste ihren Lieblingen beistehen. *Er darf sie nicht haben!* Eine Hand auf der Brust, die andere bebend nach der Mauser ausgestreckt, brach sie auf dem Cafétisch zusammen.

* * *

Tadeus hatte beim Roten Platz stets an den Kreml gedacht, dieses Zentrum der russischen Macht, mit Mauern und

Türmchen und Fassaden, hinter denen politische Strategien ausgeklügelt wurden. Dass es weitere Gebäude dort gab, war ihm nie in den Sinn gekommen.

Und doch gab es sie.

Zu ihnen gehörte das Staatliche Historische Museum am nordwestlichen Ende des Roten Platzes, auf das er an Hyuns Seite zuging. Sicherheitsbeamte hatten das Taxi einige Meter vorher angehalten. Stand das Museum üblicherweise auf jeder To-visit-Liste der in- und ausländischen Touristen, blieb es heute für die Allgemeinheit gesperrt, bis der offizielle Teil gelaufen war.

»Noch eine Stunde, bis die Präsidenten eintreffen«, sagte Hyun.

»Das wird eng. Aber machbar.«

Hyun hatte ein dunkelrot-schwarzes Kleid angezogen, das mit solcher Raffinesse geschnitten war, dass es Männern den Kopf verdrehen würde. Über ihre langen schwarzen Haare hatte sie eine braune Perücke mit einer abenteuerlichen Frisur gezogen, mit Locken und russischem Schmuck darin. Eine viereckige weiße Brille setzte einen harten Akzent und betonte zugleich das Blau ihrer Mandelaugen.

»Übrigens, du siehst ein bisschen aus, als wärst du bei Gillot in die Kleiderlehre gegangen.«

»An den Komplimenten solltest du feilen.«

»Ich verspreche es.«

Tadeus betrachtete das Gebäude, vor dessen Eingang ein Teppich ausgerollt war. Fotografen hatten Position bezogen, teils mit Klappleitern ausgestattet, um bessere Bilder zu schießen.

Dunkelroter Backstein dominierte die variantenreich gestaltete Fassade, die etliche spitze Türmchen aufwies, die als Reminiszenz an die gewaltigen Türme des Kremls galten. Im Inneren warteten viereinhalb Millionen Exponate in sechzehn Fachabteilungen, um den Besucher mit Eindrücken zu erschlagen und ihn einen ganzen Tag zu beschäftigen, selbst wenn er sich beeilte. Ein Schlechtwettertage-Ziel.

Tadeus mochte solche Orte, an denen Geschichte sichtbar wurde. Er sah auf sein neu gekauftes Smartphone und rief einige Informationen dazu ab. Hier drinnen gab es Gemälde, Skulpturen, archäologische Funde von der Steinzeit bis ins Mittelalter, altrussische Malerei, Numismatik, Geschmeide aus diversen Epochen, Waffen, schriftliche Urkunden, Handschriften, Glas und Keramik, Stoffe, ferner ein Wissenschaftsarchiv und vieles mehr zu bestaunen.

»Die Übergabe wird in der Edelmetallabteilung passieren«, murmelte er. »Oh, das ist witzig.«

»Was ist witzig?«

»Dass man von der Kleiderkammer Iwans des Schrecklichen bis zur Feldküche Napoleons und Kleinodien der russischen Juwelierkunst alles darin finden kann.« Er verstaute sein Handy und hängte seine Akkreditierung gut sichtbar ans Sakko: *Aleksander Smolkow*.

Hyun ruinierte ihren atemberaubenden Eindruck durch eine gleichfalls schmucklose Legitimierung, die sie an einem Band um den Hals trug: *Nadja Murosowa*. Damit gehörten sie offiziell zur russischen Delegation, Lasarew hatte sie zu Vertretern des russischen Wirtschaftsverbandes gemacht. Nichts von Rang und Bedeutung, jedoch mit Zugang zum Museum und der Zeremonie. Mehr brauchten sie nicht.

Tadeus trug die Spielkarten-Duplikate bei sich. Waffen konnten sie keine mitnehmen, aber Hyun war mit ihrem Taekwondo in den Absatzschuhen schlagkräftig genug.

»Merkt man, dass ich hinke?«, wollte Hyun vor dem Betreten des roten Teppichs wissen. Sie hatte die Wunde nochmals versorgt. Das Loch im Bein heilte gut, die Belastung ließ die Genesung nur länger dauern.

»Nein. Du machst das wie ein Profi.«

»Was habe ich über Komplimente gesagt?«, erwiderte sie.

»Ich weiß, ich erinnere dich an deine Tochter, aber du kannst ruhig sagen, dass ich verdammt gut aussehe. Das würde mir ein wenig Selbstvertrauen geben nach den Jahren der Abstinenz vom Laufsteg.«

Tadeus lachte. »Hyun, du siehst umwerfend aus!«

»Na also. Es geht doch.«

Schwer bewaffnete Polizisten fingen sie ab und kontrollierten die Ausweise, glichen die Namen mit der Liste ab, auf die sie Lasarew hatte setzen lassen, und gaben ihnen mit einem Wink den Weg ins Innere frei.

Tadeus und Hyun wechselten einen Blick der Erleichterung.

»Auf in die Edelmetall-Abteilung«, sagte er.

Sie schritten durch den Eingang, ohne dass sie fotografiert wurden, und mussten sich beim opulenten Empfang unter einer himmelhohen Decke erneut ausweisen. Die Bauweise verlieh dem Museum etwas Domhaftes und Majestätisches.

»Das ist … ziemlich bunt«, befand Hyun. »Welche Farbe wurde beim Anstreichen nicht benutzt?«

»Das war bis 1986 alles sehr weiß. Den Sowjets gefiel der Stil der Russischen Nationalromantik nicht besonders.« Tadeus gab wieder, was er eben gelesen hatte. »Elf Jahre haben sie gebraucht, um die alten Malereien zum Vorschein zu bringen.«

Er bemerkte fünf Mann der OMON-Abteilung, gepanzert, bewaffnet und in Schwarz, die härteste russische Spezialpolizei, die nicht lange fackelte, wenn es Probleme gab. Der Schwierigkeitsgrad ihres Vorhabens stieg.

Hyun und Tadeus stießen langsam tiefer ins Gebäude vor, um keine Aufmerksamkeit zu erregen. Die Buntheit der Romantik verfolgte sie durch die Räume, in denen überall Sicherheitspersonal, Museumswächter und Offizielle standen, die miteinander plauderten, Listen durchgingen und letzte Vorbereitungen trafen.

Bevor sie die Edelmetall-Abteilung betraten, in der unter anderem die Kronen der Zaren ausgestellt wurden, verstanden sie, warum das Gebetbuch des Teufels von den Franzosen überreicht wurde. Ein Schild wies die Besucher darauf hin, dass mehrmals jährlich das Museum Sonderausstellungen veranstaltete, die über russische Geschichte hinausgingen. Da es in Russland einst eine große Vorliebe für das Glücksspiel gegeben hatte, das bekannte Komponisten und berühmte Schriftsteller zu Werken inspirierte, gab es gerade eine Ausstellung rund um dieses Thema.

Hyun und Tadeus sahen Noten zur Oper *Pique Dame*, Originalhandschriften von Dostojewskis *Der Spieler*, alte Roulettekugeln, einen betagten Revolver, mit dem angeblich das berüchtigte Russisch Roulette gespielt worden war, und diverse Kartenspiele aus verschiedenen Jahrhunderten mit Legenden und Erklärungen.

»Jetzt ergibt es Sinn«, sagte Tadeus leise.

Im Nebenraum waren Champagner- und Wodkaflaschen auf Eis gestellt und Gläser vorbereitet, Kaviarhäppchen wurden soeben von einem Geschwader Köche aufgetürmt. Nach der Geschenkübergabe für die Ausstellung sollte gefeiert werden.

Hyun berührte ihn am Arm, um ihn aufmerksam zu machen. »Das Kistchen.«

Tadeus wandte den Kopf und sah die Kassette aus Ebenholz und Elfenbein zusammen mit anderen kleineren Geschenken gleich gegenüber dem Büfett. Zwei Sicherheitsleute mit Sendern im Ohr bewachten sie. In unmittelbarer Nähe wartete der Museumsdirektor, wie sein Ausweis verriet, umringt von Gästen, auf deren Namensschildchen *Freunde des Museums* stand. Man plauderte auf Englisch bei einem Gläschen vorab, die einen mit Wodka, die anderen mit Champagner.

»Wir gehen näher ran, damit Sie prüfen können, ob die Karten …«

»Sie strahlen! Du meine Güte, sie strahlen wie verrückt! Ich muss mich nicht einmal anstrengen.« Hyun hakte sich bei ihm ein, er fühlte ihren dünnen Leib leicht zittern. »Sie erkennen und hassen uns. Sie wissen, was wir vorhaben.«

Er dachte an die Pik-Neun – und spürte nur ein Echo des einstigen Verlangens. »Bist du sicher, dass sie ...?« Tadeus brach seine Frage ab. Natürlich war sie sicher. Sie hatte ihm geholfen, den Bann zu brechen.

Sie waren zum Museum gefahren ohne einen genauen Plan, wie sie den Austausch vornehmen wollten. Das Zauberwort lautete Improvisation. Tadeus wusste, wie man Karten verschwinden und herzaubern konnte. An Pokertischen arbeiteten Abzocker im Team, ohne dass es die anderen Mitspieler bemerkten, und innerhalb weniger Runden verloren deren Opfer ihr gesamtes Vermögen. *Team play.*

Hyun schien seine Gedanken zu lesen. »Gib es zu: Ich bin die beste Ablenkung, die du haben kannst«, raunte sie. »Denkst du, wir können das Deck austauschen?«

»Da mache ich mir keine Sorgen.« Er zog die Duplikate unbemerkt aus der Tasche und schob sie gebündelt in seinen rechten Sakkoärmel. »Ich brauche nur eine Gelegenheit.«

»Folge mir und sei mein Leibwächter.« Hyun steuerte auf die Gruppe um den Direktor zu, die überwiegend aus Männern bestand.

Tadeus wurde Zeuge, was geschah, wenn eine umwerfend attraktive Frau, die es aufs Flirten anlegte, auf ein Rudel Männchen traf. Hyun spielte das Spiel nicht zum ersten Mal, und es hatte nichts mit Glück, sondern mit gnadenloser Ausnutzung biologischer Gesetze zu tun. Die Damen in der Runde blieben freundlich-zurückhaltend gegenüber der Fremden, während sich die Männer überboten, ihr Komplimente zu machen und sich unter Vorwänden in den Small Talk mit ihr einzubringen. Protzgehabe.

Hyun brachte die Männer durch Lächeln und leichte Berührungen dazu, dass sich ein jeder für ihren Favoriten hielt. In die seichte Unterhaltung vertieft, bewegten sie sich mehr und mehr auf das Kistchen zu.

»Oh, das ist dieses alte Kartenspiel?«, rief Hyun begeistert. »Ich habe so viel darüber gelesen. Dürfte ich es anschauen, bevor es der Präsident mit nach Hause nimmt? Wissen Sie, in mir fließt so viel Leidenschaft. Alles tue ich mit Leidenschaft. Auch das Spielen!«

Tatsächlich öffnete der Direktor persönlich, nach einem knappen Blick zu den Sicherheitsleuten, die Schatulle für sie und nahm die Karten heraus.

Sie ist so gut. Tadeus bereitete sich auf das Tauschmanöver vor, fürchtete sich aber zugleich vor einem Rückfall. *Die Pik-Neun*. In Darlans Haus hätte er dafür getötet. Doch die Betörung blieb aus. Weder fühlte er die Neun, noch vernahm er ihre tückischen Gesänge, noch entflammte das Verlangen nach der Karte. Tief in ihm lag ein wenig Sehnsucht; sie war beherrschbar.

»Aus dem 18. Jahrhundert, sagen Sie?« Hyun nahm das Gebetbuch des Teufels in die schlanken, gepflegten Hände. Dann täuschte sie vor, über eine Falte im Teppich zu stolpern, und fiel rückwärts gegen ihren Leibwächter.

Tadeus fing sie auf und spürte die Karten sofort an seinen Fingerkuppen. Er wollte zugreifen, als auch einer der Galane nach vorn schnellte und Hyun aufhelfen wollte. Der Mann zog an ihrem Arm, und das historische Spiel flog durch die Luft. Durch den Schlag und den Ruck hätte Tadeus die Imitate beinahe verloren.

»Oh, das ist … tut mir leid!«, rief Poe.

»Ich mache das schon.« Tadeus bückte sich als Erster und klaubte die Karten blitzschnell zusammen, bevor auch nur einer der Männer und Damen sich rührte. Zu seinem Entsetzen rutschten dabei einige der Kopien aus seinem Ärmel und mischten sich unter das echte Spiel. *Verdammt!*

Hyun bemerkte es und machte unauffällig eine beruhigende Geste. Sie schloss einen Moment die Augen, schwankte leicht. »Mir ist ein bisschen schwindlig.« Sie zog die Aufmerksamkeit auf sich und wurde umgehend von zwei hilfreichen Anzugträgern dezent gestützt.

»Könnte einer der Gentlemen einen Schluck Wasser besorgen?«, bat eine Dame die umstehenden Herren; einer von ihnen löste sich aus der Gruppe und eilte davon, winkte nach den Kellnern.

Derweil wanderte das echte Gebetbuch des Teufels in Tadeus' Sakkoärmel. Ihm drohte das Herz vor Aufregung zu zerspringen.

»Alles in Ordnung?«, erkundigte er sich bei Hyun und reichte ihr den Kartenstapel aus Imitaten.

Eine Servicekraft nahte mit Wasser und dem zurückkehrenden Helfer.

»Ja, alles gut.« Hyun nickte freundlich und nahm das Glas, grüßte damit dankbar in die erleichterte Runde und trank. Das falsche, etwas schmalere Kartendeck wanderte von ihrer Hand in das Kistchen zurück. »Da sind sie besser aufgehoben.« Sie drückte den Deckel darauf und streifte dabei mit den Fingern die Hand des erschrockenen Museumsdirektors.

Der gab sich verständig und bestand darauf, dass so etwas geschehen könne und er die Verantwortlichen für die Stolperfalle ausfindig machen würde. »Sie hätten sich eines Ihrer schönen Beine brechen können«, sagte er charmant.

»Raus!«, wisperte Tadeus Hyun zu, als er die feindseligen Blicke der Sicherheitsleute bemerkte.

Das entführte Gebetbuch sammelte Streiter, um den Raub zu verhindern. Die Anfälligen zuerst, dann die Übrigen. Angesichts der Tatsache, dass die OMON-Einheit vor Ort war, keine schönen Aussichten. Die Pik-Neun schwieg, weder Gesang noch Geschrei fielen über ihn her. *Ich könnte sie rasch anschauen und darauf achten, was geschieht.*

»Entschuldigen Sie mich. Ich muss noch das Geschenk der Delegation holen und den Waschraum aufsuchen«, sagte Hyun liebreizend in die Runde und zog sich mit ihrem Bodyguard zurück. »Wir sehen uns am Büfett.«

Langsam verließen sie die Ausstellung, ohne dass ein aufhaltender Ruf erklang.

Nach zwei weiteren Räumen und dicht an der Empfangshalle, brach ein unterdrückter Jubel aus Hyuns Mund. »Wir haben es!« Sie lachte auf. »Ich dachte, ich sterbe da drin.«

Tadeus verbat sich zu frühe Freude. Er hatte das Spiel in seinem linken Ärmel, stützte es unauffällig mit den Fingern. »Das Gebetbuch wird es uns nicht einfach machen.«

»Ich musste eben an Arras denken.« Hyun verlor ihre Erleichterung und ging schneller, schauderte. »Dieses Mal richtet es seinen Hass nicht gegen uns, sondern …«

»Ich weiß. Es schafft sich Verbündete.« Er nickte kaum merklich zu den hochgerüsteten Sonderpolizisten, die sie passierten. »Mir reicht schon einer von den Typen.«

Der Ausgang rückte näher. Plötzlich bedeutete ihnen ein Sicherheitsmitarbeiter mit einer Geste, sie mögen stehen bleiben. »Die Länderdelegationen kommen gleich an«, lautete seine Information. »Sie können nicht raus.«

»Wir müssen noch ein Geschenk holen«, sagte Hyun mit Augenaufschlag.

»Bitte nutzen Sie den Seitenausgang.« Der Mann zeigte auf eine Tür, die neben den OMON-Kräften lag.

Tadeus verstärkte den Druck auf das Gebetbuch. Nicht dass es den Karten etwas anhaben würde, aber ihm gefiel die Vorstellung, dass es Schmerzen verspürte. Es blieb still in seinem Kopf, doch eine Unruhe breitete sich in ihm aus, gepaart mit dem leisen Verlangen, die Pik-Neun nur einmal anzuschauen. Aus Neugier.

Ich falle schon wieder auf sie rein. Tadeus rief sich zur Ordnung.

Sie eilten vorwärts, an den Polizisten in Sturmhaube und Helm vorbei, die Tadeus eklatant an Darlans Söldner erinnerten. Die OMON-Einheit verfolgte sie mit zombiehaften Blicken, regte sich jedoch nicht.

Sie gingen durch die Tür in einen Gang, an dessen Ende der Rote Platz lag. Aus den offenen Türen, die sie passierten, erklangen leise Gespräche von Mitarbeitern des Museums. Sie durften sich das große Ereignis über die Monitore anschauen.

Tadeus drehte sich absichtlich nicht um. »Gut. Wir sind gleich …«

»Stoy!«, tönte der Befehl hinter ihnen.

Tadeus blieb stehen und hielt Hyun am Arm fest. »Tun wir, was sie sagen«, raunte er. »Rennen können wir immer noch.« Langsam wandten sie sich um.

»Was gibt es denn?«, sagte Hyun verärgert. »Wir müssen das Präsent holen und haben es eilig.«

Drei Museumswächter waren ihnen gefolgt, und sie sahen nicht freundlich aus. »Gospozha Murosowa, können wir bitte mit Ihnen sprechen?« Sie trabten heran, Schweißglanz stand allen drei auf Stirn und Wangen.

»Das Geschenk der Handelskammer wird dringend erwartet«, erwiderte Hyun ungehalten, wie man es von einer wichtigen Delegierten erwartete, und ging langsam rückwärts. Dass sie Englisch mit ihnen sprach, störte keinen aus dem Trio. Womöglich hielten sie es für Arroganz.

»Es geht um das Kartenspiel, Gospozha Murosowa«, erklärte einer der Männer keuchend. Sie mussten gerannt sein, um sie einzuholen. »Es gibt Ungereimtheiten, die wir klären möchten, bevor die Übergabe an den russischen Präsidenten geschieht.«

Tadeus überlegte, was sie tun konnten. Die Museumsangestellten würden darauf bestehen, auch ihn zu überprüfen. Eine Leibesvisitation konnte übel enden.

»Das Gebetbuch«, flüsterte Hyun. »Sie stehen unter seinem Bann! Ich sehe es deutlich an dem Flirren, das sie umgibt. Es hat sie gerufen.«

Es gab also keinen generellen Verdacht gegen Hyun und ihn, das Museum bestohlen zu haben. Nur die Macht des Kartenspiels veranlasste die drei Männer, sich gegen sie zu stellen.

»Herrschaften, das ist ein Irrtum«, hörten sie eine befehlsgewohnte Stimme sagen. »Kehren Sie zurück auf Ihre Positionen. Der Präsident rollt gerade vor. Ich kümmere mich darum.«

Die drei Köpfe wandten sich um, und durch die Lücke sah Tadeus Mihail Alexandrowitsch *Opritschnik* Lasarew, umringt von vier eigenen bulligen Sicherheitsleuten, die aus den Waffen an ihren Gürteln keinen Hehl machten. Dass der Mann nicht aus reiner Nächstenliebe erschienen war, lag auf der Hand.

Hyun lächelte Lasarew an. »Wie schön, Sie zu sehen!«

Die Museumswächter tauschten Blicke. Jeder kannte Opritschnik, und sie fürchteten ihn. So sehr, dass sie devot grüßten und sich nacheinander in die Empfangshalle zurückzogen, wobei sie begierige Blicke auf Tadeus' Ärmel warfen. Zum Gebetbuch, das toben und schreien musste, weil es im Stich gelassen wurde.

»Jetzt schulde *ich* Ihnen einen Gefallen, Herr Lasarew«, sagte Hyun süß wie Honig. »Danke, dass Sie uns Unannehmlichkeiten ersparten.«

»Wirkt es auf ihn?«, wisperte Tadeus und rechnete mit größerem Ärger.

Hyun schüttelte andeutungsweise den Kopf.

»Es ist mir ein Vergnügen.« Lasarew sah auf seine goldene Rolex, wie sie auch sein Sohn getragen hatte. Fest saß sie an seinem Handgelenk. »Ich muss gleich zum Präsidenten, Miss Poe. Geben Sie mir bitte das Kartenspiel. Dann können

Sie gehen und Ihre Millionen genießen.« Als sie lächelnd den Mund zum Widerspruch öffnete, machte er eine abwehrende Handbewegung. Gleichzeitig legten die vier Leibwächter die behandschuhten Finger an die Waffengriffe. »Meine Leute nutzen SPS, die beste russische Pistole auf dem Markt, deren Kugeln sogar auf hundert Meter herkömmliche Schutzwesten durchschlagen. Sie verstehen, was ich damit sagen möchte. Bitte. Ich weiß, dass Sie es haben.«

»Was wollen Sie damit?«, fragte Hyun mutig.

»Besitzen. Erforschen. Ein Andenken an meinen Sohn, der deswegen ermordet wurde.« Lasarew streckte fordernd die Hand aus, Rasierwassergeruch rollte heran. »Denken Sie, ich hätte keine Spitzel im Hotel, das ich Ihnen buchte? Wanzen und Kameras in Ihrer Suite hielten mich auf dem Laufenden. Ich weiß, was Sie beabsichtigten, seit Sie eincheckten. Und ich muss sagen: Das Gebetbuch des Teufels gefällt mir außerordentlich. Es ist unique, wie ich bei einer Unterhaltung mit einer gemeinsamen Bekannten erfuhr.« Opritschnik bekreuzigte sich auf die Weise der Orthodoxen. »Die arme Darlan. Es brach ihr das Herz, als ich ihr sagte, dass ich mir das Spiel holen werde. Der Notarzt konnte nichts mehr für sie tun.« Er sah zwischen ihnen hin und her. »Darf ich es haben?«

Darlan ist tot? Das konnte man ein wenig Gerechtigkeit nennen.

Tadeus bewegte sich langsam und aufrecht auf die Russen zu. »Ich habe es.« Er würde nicht zulassen, dass Hyun etwas geschah. Und er erlaubte nicht, dass jemand anderes außer ihr und ihm die Karten erhielt. »Sie bekommen es nicht.« Tadeus ließ das Gebetbuch aus dem Ärmel rutschen und auffächern, teilte es und fächerte es erneut auf, führte die Hände über Kreuz, sodass die Karten ihm Deckung gaben. Als einstiger Zocker verstand er sich auf solche Tricks. »Aber anschauen dürfen Sie es sich.«

Rückwärts setzte sich Tadeus in Bewegung. »Runter, Hyun!«

Lasarews Leute zogen die SPS und schossen nach ihm.

Jetzt zeigt es sich. Tadeus sah die Mündungsfeuer, hörte das leise Knallen der schallgedämpften Halbautomatik und spürte Kugeln an seinem Kopf vorbeifliegen. *Ich hoffe, es hält, was es verspricht.*

Einige Projektile prallten gegen die flirrenden Karten – und wurden davon zurückgeworfen und abgefälscht. Was keiner Stahlplatte und keiner Kevlarweste gelang, vollbrachte das energiegeladene Gebetbuch. Es schützte sich vor der Vernichtung und schleuderte die Kugeln gegen die Widersacher.

Die Querschläger trafen die Bewaffneten und Lasarew. Rufend und schreiend fielen die Männer auf den Gang, Blut floss aus zahlreichen Wunden.

Zwei der Bodyguards begriffen nicht, dass es die eigenen Projektile gewesen waren. Sie luden nach und feuerten im Liegen weiter.

Tadeus ging auf die Knie, rutschte vorwärts und hielt die Karten erneut als Deckung vor sich. *Es muss gelingen, sonst …*

Das Ganze wiederholte sich, die Querschläger und zurückgeschmetterten Kugeln der SPS trafen die Angreifer salvengleich. Die Gegenwehr erlosch, die Männer sackten durchlöchert, ohnmächtig oder tot zusammen.

Nur Lasarew gab nicht auf. Er hielt sich eine Halswunde, zwischen seinen Fingern sprudelte Blut unaufhaltsam hervor. Er versuchte, etwas zu sagen, und beugte sich nach vorne, angelte nach einer umherliegenden Pistole.

Unvermittelt flog hinter Lasarew die Tür auf, und die OMON rückte an. Es wurden russische Anweisungen gebrüllt, die Mündungen der AK-12-Schnellfeuergewehre zeigten auf Tadeus.

»Die Karten!«, rief Hyun entsetzt. »Das Gebetbuch hat sich neue Verbündete besorgt!«

Die Feuerrate der vollautomatischen Waffen lag wesentlich höher als bei der SPS. Hatte Tadeus das Glück zuvor beigestanden, würde er diesen Beschuss nicht überleben. »In den Raum!«, schrie er Hyun zu, steckte die Karten ein und warf sich in das angrenzende Zimmer, das sich als leeres Büro mit Aufenthaltsraum entpuppte.

Hyun erschien im Durchgang, warf die Tür hinter sich zu und schloss ab. Die Perücke war verschwunden. »Durchs Fenster!«

Tadeus nahm einen Stuhl und warf ihn durch die Scheibe, sprang auf den Tisch und von dort durch den splittergezierten Rahmen hinaus auf die Straße. »Komm! Ich helfe dir.«

Hyun zog die Pumps aus und sprang hinaus, Tadeus fing sie auf, damit sie nicht in den Scherben landete.

»Deine Hand!«, rief sie erschrocken. »Du blutest wie ein abgestochenes Schwein!«

Tadeus sah auf seine Linke und bemerkte verwundert, dass ihm der kleine und der Ringfinger fehlten. Aus den zerfransten Stümpfen floss das Rot. Nicht alle Geschosse hatten ausschließlich die Karten getroffen.

Im Gehen wickelte Hyun sein Einstecktuch um die Wunde. »Fest zudrücken. Ich kümmere mich gleich drum.« Sie zog ihre hochhackigen Schuhe wieder an. »Nicht ohnmächtig werden.«

Das Adrenalin verhinderte, dass Tadeus den Schmerz stark spürte, er steckte die Hand in die Sakkotasche.

Sie rannten mehrere Meter, bis sie den Platz mit dem Reiterstandbild erreichten, der hinter dem Museum jenseits des Roten Platzes lag. Sogleich verringerten sie ihre Geschwindigkeit und wirkten wie Gäste des Museums, welche die Veranstaltung früher verließen.

Nach ein paar weiteren Schritten um die Ecke erschienen vor ihnen Absperrgitter und eine Handvoll Polizisten, die das Gebäude wegen des Besuchs absicherten.

»Ganz ruhig weitergehen«, schlug Tadeus vor. »In die Metro.«

Sie passierten die Absperrungen und zeigten ihre Ausweise, ohne dass sie aufgehalten wurden. Die Uniformierten kümmerten sich nicht um akkreditierte Besucher, die aus dem Museum kamen.

Der Abgang zur Metro lag weniger als zwanzig Meter von ihnen entfernt. *Nicht mehr weit*.

Hyun blickte über die Schulter, während sie die Straße entlanggingen. »Die OMON-Einheit ist gerade aufgetaucht«, meldete sie. »Sie sind hinter uns.«

»Verdammt! Solange wir das Gebetbuch haben, folgen sie uns wie Spürhunde.« Tadeus wusste nicht, wie er fünf bestens trainierte Sonderpolizisten ausschalten konnte, deren Entschlossenheit es mit der von Antoine in Arras aufnehmen konnte. Die Umgebung bot ihnen keinerlei Schutz vor der OMON: breite, übersichtliche Straßen, wenige Mauern, um dahinter abzutauchen. Das Gebetbuch würde spielend leicht weitere Verbündete aus der Menge der Menschen generieren, um sie aufzuhalten.

Ein Knall, und in Tadeus' Wade brannte es, sein Fuß knickte um.

»Weiter!« Aufgeben kam nicht infrage. Jeder Schritt zog und brachte ihn zum Stöhnen.

Die Anweisungen hinter ihnen wurden lauter, sie schlossen auf. »Stehen bleiben! Stehen bleiben und hinlegen! Jetzt!«

Die Menschen auf dem Platz spritzten auseinander, weg von den Verfolgten, um nicht selbst getroffen oder verhaftet zu werden.

»Hyun, du musst alleine weiter.« Tadeus zog das Kartenspiel aus der Tasche. »Lass es verschwinden. Ich …«

Aus einer Touristengruppe löste sich unvermittelt eine dunkelhäutige Frau in auffällig bunter Kleidung, die in einer unverständlichen Sprache redete und wie in Trance zu ihnen starrte, die Augen weit aufgerissen. Sie vollführte ausladende Armbewegungen, Schmuck und Bänder klingelten und rasselten an den Handgelenken.

Die Wirkung ließ nicht lange auf sich warten: Die OMON ging in die Knie, die schwer bewaffneten Polizisten pressten ihre Hände gegen die Ohren und sackten schreiend auf dem Bürgersteig zusammen.

»Leila!« Hyun lachte erleichtert auf. »Das ist Leila Fignolé!«

»Laufen Sie! Ich komme nach«, befahl die Mambo und unterbrach ihre Beschwörungsgesten für einige Sekunden. »Es gibt einen Weg, das Gebetbuch zu vernichten. Wir werden uns …«

Ein Gepanzerter erhob sich mit einem dumpfen, aufbegehrenden Brüllen und widersetzte sich der Voodoo-Wirkung. Er legte sein AK-12 auf Fignolé an und löste aus, Salve um Salve.

Die einschlagenden Kugeln schufen rote Punkte auf der Kleidung, der Oberkörper wurde im Sekundentakt neu perforiert, bis Fignolé umfiel.

Die Mündung der Kalaschnikow schwenkte ruckartig auf Hyun und Tadeus.

Klick. Der Schütze wechselte fluchend das leere Magazin.

»Weg!« Tadeus schwang sich in einen parkenden Mercedes-Geländewagen, in dem ein entsetzter Mann gehofft hatte, nicht bemerkt zu werden.

»Fahren Sie!«, schrie Tadeus ihn an, während Hyun sich auf den Rücksitz warf und klein machte. »Fahren Sie!«

Die OMON-Einheit kam mit dem Tod der Voodoo-Priesterin wieder auf die Beine, das Kartenspiel zwang sie hoch und peitschte die Sonderpolizisten vorwärts. Die Schnellfeuerwaffen sandten ihre Geschosse gegen den Mercedes. Es prasselte metallisch, die Heckscheibe zerbarst in Tausende Splitterchen.

Der Fahrer startete den Motor wimmernd vor Angst und wirkte hoffnungslos überlastet.

»Dawai, dawai!« Tadeus riss die automatische Gangschaltung in den S-Raster und zwang sein gesundes Bein unter dem Lenkrad durch, trat das Gaspedal durch, auf dem noch der Fuß des Fahrers stand.

Der Kick-down-Effekt beschleunigte den Geländewagen ruckartig. Mehr als dreihundert PS röhrten auf und katapultierten den Mercedes weg von der tödlichen OMON. Klingelnd schlugen die Kugeln ins Heck ein, ein Seitenfenster ging zu Bruch und überschüttete Hyun mit Scherben. Im Frontglas zeigten sich plötzlich zwei Löcher.

Tadeus war knapp verfehlt worden. Er griff in den Lenker und ließ den Mercedes um die Kurve driften, rammte zwei Kleinwagen aus dem Weg. Der Beschuss endete in der gleichen Sekunde.

»Ein paar Mal abbiegen und dann anhalten!« Tadeus zog sein Bein in den eigenen Fußraum, um den Fahrer nicht länger zu behindern. Angespannt blickte er in den Rückspiegel. Noch ließen die Verfolger auf sich warten. »Mehr als eine halbe Minute werden wir nicht bekommen«, sagte er auf Koreanisch zu Hyun. »Die Stadt wimmelt von Sicherheitsleuten.« Er stöhnte und sah auf seine zerschossene Hand. »Gottverflucht!«

»Wir haben das Gebetbuch«, sagte Hyun, beugte sich vor und gab ihm einen Kuss auf die Wange. »Siehst du? Du bist kein schwacher Mann.« Sie reichte ihm eingetütete Kleidung von der hinteren Sitzbank, frisch aus einer Wäscherei. »Das gehört unserem Fahrer. Passt dir das?«

»Sollte es.« Tadeus biss die Zähne zusammen und rang mit den Schmerzen, die ihm zusetzten. Das Schlingern und Wackeln des Wagens riss an seinen Wunden und steigerte das Brennen. Sein Herz pochte ungewohnt schnell, Adrenalin und Schussschock.

Der Verkehr rauschte an ihnen vorbei, der Fahrer blieb stumm und bog mehrmals ab.

Auch in Moskau fiel ein durchlöcherter Mercedes auf. Lange wollte Tadeus damit nicht mehr durch die Stadt fahren. Er ließ den Mann in einen Hinterhof abbiegen, um von den belebten Straßen runterzukommen. Außer randvollen Müllcontainern gab es hier nichts, und er erlaubte sich ein behutsames Aufatmen.

Er betrachtete den Fahrer, der den Motor abschaltete. »Augen zu und Mund geschlossen halten!«, befahl er auf Russisch. »Dann passiert Ihnen nichts.«

Der Mann hielt sich an die Anweisungen.

»Du brauchst erst einen Verband, bevor es weitergeht. Sonst verblutest du.« Hyun fischte den Erste-Hilfe-Kasten des Mercedes aus der Halterung und hockte sich neben die geöffnete Beifahrertür. Die routinierte Chirurgin behandelte die abgerissenen Finger und die Wunde im Unterschenkel, so gut es ging, und bastelte mit den überschaubaren Mitteln souverän Verbände. »Sobald ich bessere Werkzeuge habe, mache ich es schön«, sagte sie. »Schmerzmittel habe ich leider nicht.«

»Es wird gehen.« Tadeus tauschte sein blutiges Outfit gegen das des Russen. *Es muss.*

»Was das Gebetbuch angeht: Wir finden eine Lösung.« Hyun klang zuversichtlich für jemanden, der in Russland bald zur Fahndung ausgeschrieben sein dürfte.

»Fignolé kann uns nicht mehr verraten, wie man es vernichtet. Aber es muss schnell gehen. Das Gebetbuch hetzt uns seine Helfer auf den Hals, bis es uns erwischt hat. Wir brauchen einen Plan.« Tadeus atmete durch, die Welt drehte sich leicht vor seinen Augen. Ihm wurde schlecht. Die Folgen der Verwundung. »Vorschlag: Wir lassen den Mercedes stehen und verschwinden in die Metro. Wir können es ins Hotel und von da bis zum Bahnhof schaffen.«

Hyun nahm Klebeband aus dem Werkzeugkoffer des Mercedes und fixierte den Fahrer am Sitz. »Gehen wir es an. Das wird ein Spaziergang.«

Tadeus war dankbar für ihre Zuversicht. Die Pein in Hand und Bein blockierte seinen Verstand mit Dauerschmerzen.

Hyun nahm ihn an der gesunden Hand und ging los, er folgte ihr einfach. Die Welt wurde undeutlich, die Geräusche gedämpft, sein Kreislauf kämpfte. Die Beine hoben und senkten sich, er vermied das Hinken und schwitzte, als wäre in Moskau Sommer.

Irgendwann bemerkte Tadeus, dass sie in der Metro saßen, und erlaubte sich ein Dösen, um den Qualen zu entfliehen. Die Wagen glitten ruckelnd über die Schienen. Es hatte nichts von dem sanften Auf und Ab der Wellen, durch die er mit seinem Kahn ziehen würde, der in Stralsund auf ihn wartete. Lange würde er nicht mehr warten müssen.

Tadeus öffnete die Augen. »Hyun! Ich weiß etwas.«

* * *

Westpazifik, 170 Seemeilen
nördlich von Guam

Der kleine Trawler stampfte durch die leichten Wellen, die Sonne brannte auf das Deck, an dem einige Fangleinen zum Trocknen aufgespannt waren. Die Blinker glitzerten und drehten sich im Fahrtwind.

Tadeus saß in Shorts und buntem Hawaiihemd im Schatten des Steuerturms und trank einen Eistee, betrachtete die drei Angelruten, die er ausgeworfen hatte. Er hatte keine Haken angebracht, aber das musste die Besatzung nicht wissen. Daneben standen Taschen und Kistchen, offenbar mit Angelzubehör.

Die Mannschaft bestand aus einem Skipper mit amerikanischen Wurzeln und vier Mann, die Chamorros mit indonesisch-spanisch-philippinischen Einschlägen waren. Guam hatte viele Herren erdulden müssen, denen nicht nur die Flora und Fauna gefielen. Die Crew werkelte um Tadeus herum, erneuerte den Anstrich, entfernte Roststellen und schrubbte das Schiff. Da sie sich nicht um die Schleppnetze kümmern mussten, scheuchte sie der Kapitän von einer Ecke zur nächsten.

Angeblich wollten Tadeus und »seine Tochter« große Hochseefische aus dem Pazifik ziehen. Das hatten sie dem Kapitän gesagt, dessen Kutter sie für eine ordentliche Summe eine Woche lang mieteten. Da Guam nominell zu den Vereinigten Staaten gehörte, erwiesen sich ihre mitgeschmuggelten Dollars als praktisch. Einen Großteil der Rucksack-Millionen hatte Hyun unterwegs in der Schweiz auf ihr Auslandskonto eingezahlt. Niemand fragte bei einer Ärztin, woher so viel Geld stammte. Schon gar nicht in der Schweiz.

Hyun gesellte sich zu ihm, reichte ihm ein Bier, das er ablehnte. »Kein Grund zum Feiern?« Sie hatte sich für ein Karohemd, das ihr bis zu den Oberschenkeln reichte, und Bermudas entschieden. Auf den schulterlangen schwarzen Haaren saß ein Panamahut, vor den Augen eine Sonnenbrille.

»Noch nicht.« Tadeus zeigte auf die Angeln. »Die Biester beißen einfach nicht.« Er langte neben sich und prüfte die Position des Trawlers mittels GPS-Gerät.

Sie grinste. »Ja, als würden sie ahnen, dass der Tod sie erwartet.« Sie öffnete das Bier, prostete ihm zu und nahm einen Schluck. »Was Neues aus der Alten Welt?«

Tadeus nahm seinen Tablet-PC aus der Tasche. Es gab keinen Empfang so weit draußen auf See, und der Kahn besaß natürlich kein WLAN. Er zeigte ihr einen abgespeicherten Artikel. »Lasarews Tod wurde offiziell als Attentat seiner

Leibwächter eingestuft. Die Ballistiker und Spurensicherer konnten nicht anders schlussfolgern, da sämtliche Projektile aus den Waffen der Bodyguards stammten.«

Hyun nahm das Tablet und las die Nachrichten. »Ah, die OMON hat bei einem bedauerlichen Zwischenfall am Rande des Gipfels eine unbeteiligte Touristin aus Haiti erschossen. Man hat sie aufgrund ihres Verhaltens für eine Attentäterin gehalten. Und Waffen hat man auch gefunden«, sagte sie bedauernd. »So wird es vertuscht.«

»Kein Wort über uns.« Tadeus wusste noch nicht, ob er das beruhigend fand. Was hinter den russischen Kulissen lief, konnte er nicht mal erahnen, aber man hatte sie in Moskau nicht weiterverfolgt und auch nicht an der Ausreise gehindert. Möglicherweise galten sie einfach als Freunde des toten Opritschnik Lasarew und damit als geschützt. »Sie haben Darlan gefunden. Eine alte Russin mit Herzinfarkt. Erst im Krankenhaus kam raus, wer sie wirklich ist. Und sie ist tot.«

»Sicher?«

»Ganz sicher. Ihre Flucht nach Russland gibt den französischen Behörden noch mehr zum Grübeln, aber das ist nicht unsere Sorge.«

»Die Zeremonie im Historischen Museum lief ohne Störungen«, las Hyun vor. *»Der russische Präsident bedankte sich bei seinem französischen Amtskollegen für das wertvolle Kartenspiel und versprach, es als Dauerleihgabe nach Deutschland zu senden, damit es dorthin zurückkehre, wo sein Ursprung liege.«* Sie trank nochmals vom Bier. »Läuft doch gut für uns.«

»Bis sie das Spiel genauer unter die Lupe nehmen – oder einfach mal die Karten nachzählen.« Tadeus lachte auf. »Na, und unsere Reise hatte es in sich. *Beschwerlich* trifft es ganz gut.«

Das Gebetbuch des Teufels hatte ihnen ständig Menschen und Tiere geschickt, die sie anfeindeten, angriffen und verfolgten. Es wollte sich aus den Klauen der Menschen befreien, die sich nicht unterwarfen. Da Tadeus und Hyun auf der Hut waren, entkamen sie den Fallen und Hinterhalten, ohne dass es weitere Tote gegeben hatte. Lediglich einige Verletzte: niedergeschlagen, mit Elektroschocker oder Pfefferspray ausgeschaltet.

Hyun seufzte. »Ich bin froh, dass es uns Ärger macht.«

Tadeus hielt kommentierend seine Hand hoch, an der zwei Finger fehlten. Die Stümpfe waren versorgt, die Nähte entfernt, aber er litt an Phantomschmerzen. Seine Hand sah merkwürdig aus, als wäre es nicht seine.

»Nein, *das* natürlich nicht. Und hey, ich habe ein Loch im Bein.« Hyun klopfte ihm auf die Schulter. »Was ich meinte: Der Ärger ist der Beweis, dass wir das richtige Gebetbuch haben.«

Er horchte auf. »Hattest du Zweifel?«

Sie sog die Pazifikluft tief ein, als fürchtete sie sich vor der Antwort, die sie geben musste. »Man weiß es nicht.«

»Aber inzwischen haben Sie ein ziemliches Gespür«, sagte Tadeus. »Alles richtig gemacht, Miss Poe.«

»Vielen Dank, Herr Boch.« Sie tippte sich an die Hutkrempe. »Habe ich schon erwähnt, dass mein Anwalt mir mitteilte, dass ich offiziell nicht mehr mit den Morden in Verbindung gebracht werde?«

»Es geht alles zulasten der Spielemafia. Perfekt.« Tadeus freute sich, Hyun mit guter Laune zu erleben. Er erinnerte sich schwach daran, dass er sie zunächst als Mittel für seinen Zweck betrachtet hatte, um sie danach loszuwerden. Sein Verhalten und seine rücksichtslosen Absichten beschämten ihn erneut. *Wie aus einem anderen Leben.* Dann sah er wieder auf den GPS-Empfänger. »Ich freue mich, wenn ich wieder im Casino bin.« Er lächelte. »Du hast mich von meiner Spielsucht restlos befreit.«

»Wer hätte gedacht, dass des Teufels Gebetbuch eine

positive Auswirkung haben kann.« Hyun küsste ihren Verlobungsring. »Wenn auch nur eine einzige«, fügte sie leise hinzu und trank ihr Bier ansatzlos leer.

Tadeus kam sich plötzlich weinerlich vor. Hyun hatte den Menschen verloren, den sie liebte. Zwei Finger erschienen im Vergleich dazu lächerlich.

»Ich habe mir Gedanken zu Leila Fignolé gemacht«, sagte er, um sie abzulenken.

»Ich auch.«

»Wie lautet dein Schluss?«

»Dass ich es schade finde, nicht mehr mit ihr sprechen zu können. Sie hätte mir was beibringen können.«

»Oh. Eine Voodoo-Mudang?« Tadeus grinste.

»Wer weiß.« Hyun seufzte. »Ich überlege, ob ich den Weg der Mudang weitergehen soll. Aber … vielleicht.« Sie wirkte unschlüssig. »Als Chirurgin bin ich gut. Soll ich das aufgeben? Oder nach einem Weg suchen, beides zu vereinen?«

»Vielleicht entdeckst du, wie wir das Spiel hätten vernichten können.« Tadeus stand auf und stellte den Eistee aufs Deck, hob das GPS-Gerät. »Nein. Vergiss, was ich sagte. Ich glaube nicht, dass es gelänge.«

»Das klingt, als wüsstest du mehr.« Hyun schob die Sonnenbrille höher auf ihre Nase. Ihre Sommersprossen hatten sich in der knappen Zeit auf See verzehnfacht und ließen die Dreißigjährige wie ein junges Mädchen wirken. »Hast du mir was verschwiegen?«

»Nein.« Tadeus konnte es nicht greifen. »Fignolé wird sich geirrt haben.« Er wandte den Blick zu den Taschen neben den Angeln. »Es gibt böse Dinge, gegen die nichts wirkt. In diesem Fall vertraue ich meinem Gefühl.«

Ein Crewmitglied hatte sich beim Streichen der Reling zu den Angeln bewegt. Sein Blick ging immer wieder zu den Taschen.

Tadeus presste seine Lippen aufeinander. Auf ihrer Reise hatten sie gelernt, auf die kleinsten Zeichen zu achten.

»Es fängt wieder an.« Er sah auf sein GPS-Gerät. »Die Karten versuchen es. Erneut.«

»Was haben wir dabei?«

Er langte in die Beintaschen der Shorts und nahm zwei Elektroschocker heraus. Einen reichte er ihr, den anderen behielt er. »Pfefferspray?«

»Das genügt mir.« Hyun erhob sich und lockerte die Schultern, schüttelte die Beine aus wie vor einem Marathon. »Ich habe für den Notfall noch Taekwondo.«

»Zum Glück. Stell dir vor, der koreanische Nationalsport wäre Kricket. Oder Fußball.« Tadeus grinste und ging mit ihr ans Heck, grüßte den Chamorro. Den aggressiven Blick, der ihn und die Ärztin traf, kannte er zur Genüge. Er ersparte sich jeden Beschwichtigungsversuch. Das Gebetbuch ließ eine Deeskalation nicht zu. Daher wartete er auf den Angriff, der unweigerlich folgen würde.

Der Chamorro ließ den Pinsel fallen und zog ein Messer vom Gürtel, rief dabei laut etwas in seiner Sprache, was Tadeus nicht verstand. *Anscheinend war ich noch nie in Guam.*

Innerhalb von Sekunden kamen die drei anderen Besatzungsmitglieder angelaufen, hielten Harpunen und schwangen Fangleinen mit langen Haken daran.

»Wir hätten was anderes mitnehmen sollen«, stellte Tadeus fest und zog das Pfefferspray.

»Hey! Hey, was geht da unten vor?«, schrie der Skipper auf Englisch durch das Fenster seiner Brücke. Da keiner seiner Männer reagierte, verließ er den Kommandostand und polterte die Sprossentreppe abwärts. Er hielt eine alte halb automatische Smith & Wesson in der Hand, ohne sie auf jemanden zu richten. »Ich fragte, was ihr da treibt? Seid ihr bescheuert?«

Der Chamorro mit der Harpune zeigte auf Tadeus. »Er hat gesagt, wir sind dumme Bimbos!«

Der aufgeregte Kapitän blickte zu seinen Passagieren – da jagte die Harpune von hinten durch ihn und trat auf Herzhöhe mit einem Blutschwall aus. Andeutungsweise hob er den Arm mit der Smith & Wesson, dann wurde die Lanze mit der Pik-förmigen Spitze herausgerissen, und er stürzte aufs Deck. Das Rot breitete sich um ihn herum aus.

Das GPS-Gerät piepste.

Der Chamorro mit dem Messer bewegte sich auf die verlorene Halbautomatik zu.

Tadeus sprang ihn an, drückte ihm den Elektroschocker gegen den Hals und löste aus. Zuckend fiel der Mann neben seinen Skipper.

»Über Bord mit den Taschen!«, rief er Hyun zu und wich der rotnassen Harpune aus. Ein messerscharfes Pik stach nach ihm und verfehlte ihn, wurde zur Seite gezogen und folgte seiner Bewegung. Die Widerhaken erwischten Tadeus' Kleidung in Bauchhöhe und verfingen sich an den Gürtelschlaufen, rissen ihn zu Boden.

»Das schaffst du nicht alleine!«, rief Hyun, dann knisterte es. Ein Körper fiel außerhalb seines Sichtbereichs schwer auf das Deck.

Der Chamorro stieß erneut nach ihm, Tadeus rollte sich weg von der niederzuckenden Spitze – genau in die aufgespannten Fangleinen.

Die langen Haken, an denen sich Thunfische und andere Großfische festbeißen sollten, bohrten sich an verschiedenen Stellen in sein Fleisch, die Nylonschnur legte sich um seine Arme und den Körper. Tadeus schrie vor Schmerzen.

Unter seiner verletzten Hand bemerkte er die Pistole des Skippers, die er rasch packte und entsicherte. Obwohl das gebogene Metall in ihm steckte, legte er sich auf die Seite, um feuern zu können.

Trotz Entsichern machte der Schlagbolzen nur *klick*. Der Kapitän hatte nicht durchgeladen, es war keine Patrone im Lauf.

Der GPS-Empfänger piepte hektisch, als würde er damit irgendetwas besser machen.

Die Harpune zischte wie aus dem Nichts heran, stieß nieder, nieder und nochmals nieder.

Tadeus drehte sich mehrmals um die eigene Achse, die Blattklinge klirrte hinter ihm gegen das Deck. Er brüllte wegen der Haken, die an ihm rissen und sich tiefer in ihn fraßen, ihn mit Schnur umwickelten. Es gelang ihm einfach nicht, den Waffenschlitten auf dem glatten Untergrund vor- und zurückzuschieben, um die Smith & Wesson einsatzbereit zu kriegen.

Der Chamorro schnappte sich die Leine, riss lachend daran und zog Tadeus zu sich.

Das wirst du bereuen. In der Vorwärtsbewegung gelang es Tadeus endlich, die Pistole durchzuladen. Aus vielen kleinen Löchern blutend, wälzte er sich grollend auf die Seite und schoss zuerst auf den Gegner mit der Nylonschnur in den Fingern. Nach vier Treffern stürzte der Mann nieder. Die restlichen Kugeln musste Tadeus in den nahenden Chamorro mit der Harpune pumpen, damit er fiel. Die verlorene Waffe kullerte harmlos über das Boot.

»Hyun?« Hastig durchtrennte Tadeus die Leine, die Haken ließ er vorerst stecken. Schnell stand er auf und blickte sich um.

Hyun befand sich im Nahkampf mit dem Feind, der nach der Taserattacke aufs Deck gestürzt war. Das Gebetbuch putschte ihn auf und verlangte von ihm, über seine körperlichen Grenzen zu gehen. Der Mann stach geschickt mit dem Messer nach Hyun, kassierte etliche Tritte und brutale Schläge, die ihn zwar taumeln und torkeln ließen, aber seine Angriffe nicht unterbanden.

Der letzte verbliebene Chamorro befand sich auf dem Weg zu seinem Kumpan, drehte jetzt den Kopf zu Tadeus. Er hob seine Harpune zum Wurf.

Tadeus kniete sich hin, packte den herrenlosen Fischspieß und schleuderte ihn noch vor dem Gegner. Nie zuvor hatte er eine Harpune geworfen.

Das geschliffene Pik durchbohrte den Brustkorb des Chamorro, der Einschlag ließ ihn gegen die Reling torkeln und darüber hinweg in den Pazifik stürzen. Seine Fischlanze blieb auf dem Deck zurück.

Den guten Mächten sei Dank.

Tadeus begab sich zu Hyun. »Ich bin da!«

Hyun hatte ihren Feind regelrecht zerschlagen, das deformierte Gesicht des Mannes war nicht mehr zu erkennen. Blut rann aus Mund und Nase, Knochensplitter standen auf Wangenhöhe aus der Haut, ein Ohr war halb abgerissen.

Als Hyun einen schnellen Rundtritt folgen ließ, warf er sich aufschreiend in ihre Attacke und stach mit dem Messer zu.

Geistesgegenwärtig blockte sie das Handgelenk, das unter dem Hieb krachend brach, aber noch bevor sie den Ellbogen einsetzen konnte, packte der Chamorro die leichte Frau an den Haaren und warf sie über Bord. Platschend landete Hyun im Wasser.

Dann kam der Gegner auf Tadeus zu. Sein Gang und sein Äußeres ähnelten dem eines Zombies. Er bückte sich und hob eine verlorene Harpune auf, drehte sie geschickt.

Tadeus sah zu den trocknenden Leinen und dem Netz über dem Feind. *Jetzt geht es einfacher.*

Ein rascher Griff nach den Bedienelementen des Trawlers, und die Halterungen klinkten die Leinen und geknüpften Schnüre aus, die den Chamorro in der nächsten Sekunde unter sich begruben. Das Gewicht drückte ihn nieder; der Mann schrie und brüllte und versuchte, sich mit der Harpune einen Weg aus dem Dickicht zu schneiden.

Tadeus nahm einen Feuerlöscher von der Wand, schlug ihn auf den Kopf des Gegners, bis dieser sich nicht mehr rührte. Vorsichtshalber nahm er dem Ohnmächtigen die Harpune ab und rannte an die Reling.

Hyun dümpelte im glatten Meer und winkte ihm zu, um zu zeigen, dass sie in Ordnung war.

»Ich bin gleich bei dir.« Beruhigter erklomm Tadeus die Sprossen auf die kleine Brücke und verschaffte sich einen Überblick über die Steuerung des Kahns. Boot blieb Boot. Dabei fand er ein Ersatzmagazin für die Smith & Wesson und nahm es mit. Die Haken in seinem Fleisch peinigten ihn bei der kleinsten Bewegung, aber er ließ sich nicht ablenken. Schmerzen war er mittlerweile gewohnt.

Tadeus vollführte ein Wendemanöver, drosselte die Maschine und tuckerte auf Hyuns Höhe, hielt einige Meter Abstand und schaltete die Schiffsschraube ab, damit sie nicht hineingesogen wurde.

»Schwimm zum Heck!«, rief er und begab sich nach hinten, um ihr ein Tau zuzuwerfen.

»Das Wasser ist herrlich«, erwiderte sie mit Galgenhumor. »Erfrischend.« Hyun entdeckte die Haken in seiner Haut. »Oh, scheiße.« Sie schwamm zum Seil. »Tut es so weh, wie es aussieht?«

»Ja. Das ist mein misslungener Versuch, Lebendköder zu spielen.« Tadeus nahm eine Kombizange aus einer der Angelkisten und entfernte die ersten Metallstücke, während sie auf den Trawler kletterte und sich das Wasser vom Gesicht und aus den Haaren streifte.

»Gib her.« Sie verlangte nach der Zange und machte auf seinem Rücken weiter. »Ich hole lieber Desinfektionsmittel.«

»Und ein Bier.« Tadeus nahm das fiepende GPS-Gerät und schaltete es ab. Die vielen kleinen Wunden brannten und ziepten.

Gleich darauf kehrte Hyun in trockenen Klamotten zurück. »Kann losgehen.« Sie reichte ihm das Bier und hatte sich selbst eins mitgebracht.

Er zog sich bis auf die graue Unterhose aus, sie pulte und schnitt die Haken aus ihm heraus. »Ist das ein schwarzer Pacman, den du da tätowiert hast? Oder ein Totenkopf? Du meine Güte, da sind wirklich Unkunstwerke dabei.«

»Frag nicht.«

»Ah. Die verlorene Zeit.« Sie sprühte die Stellen, aus denen Blut sickerte, mit desinfizierender Flüssigkeit ein, damit sie sich nicht entzündeten. »Ist ein bisschen wie in der Notaufnahme nach einem Fischerwettbewerb. Damit komme ich gleich wieder in Stimmung für die Krankenhausschicht.«

Tadeus lud inzwischen die Halbautomatik mit dem frischen Magazin.

»Das war's.« Hyun setzte sich neben ihn. »Sind wir hier richtig, alter Mann?«

Sie öffneten synchron die Bierdosen, zischend entwich Kohlensäure und ein bisschen Schaum.

»Sind wir.« Tadeus schlüpfte in seine Shorts und stieß mit ihr an. »Einen Moment noch.«

Er stand auf und enterte die Brücke, ließ den Kahn mit mittlerer Fahrt voraus in See stechen und legte den neuen Kurs an, das aktivierte Selbststeuerungsprogramm übernahm den Rest. Das Bier, das er im kleinen Kühlschrank des Skippers fand, nahm er mit.

Kaum ans Heck zurückgekehrt, langte Tadeus nach der ersten Tasche mit vermeintlichem Anglerzubehör. »Das machen wir gemeinsam.«

Hyun packte mit an. »Auf drei.«

»Drei«, sagte Tadeus grinsend.

Plumpsend verschwand die Tasche im Meer und sank dank ihres Gewichts von knapp vierzig Kilogramm rasend schnell.

Tadeus und Hyun hatten das Kartenspiel in Guam aufgeteilt, in Beton eingegossen, in kleine und große Kistchen gepackt. Sie hatten die Tarnung als Hochseefischer gewählt, um die Ausrüstung aus Versehen ins Wasser zu werfen. Genau an jenem Punkt, an dem das GPS Alarm gegeben hatte.

»Man mag es nicht zerstören können«, sagte Tadeus und hob sein Bier.

»Aber für alle Zeiten aus dem Verkehr ziehen. Niemals mehr werden die Karten den Menschen etwas antun. Darauf trinke ich! Und auf alle unschuldigen Opfer des Gebetbuchs, allen voran Leila Fignolé.« Hyun stieß mit ihm an.

Unvermittelt sprang ein Schatten mit einem wütenden Schrei zwischen ihnen hindurch, stürzte sich mit einem Hechtsprung in den Pazifik und tauchte unter.

Hyun und Tadeus waren zu perplex, um zu reagieren. Der letzte lebende Chamorro der Besatzung folgte dem unwiderstehlichen Ruf des verzweifelten Gebetbuchs, um es vor dem Versinken zu retten.

»Gut, dass er uns nicht angegriffen hat«, sagte Tadeus und schaute mit Hyun auf die Wasseroberfläche. Er hielt die Smith & Wesson bereit.

Der Mann erschien nicht mehr.

»Elf Kilometer unter der Meeresoberfläche. Das schafft er nicht hin. Und erst recht nicht zurück.« Tadeus nahm drei Schmerztabletten aus dem Verbandkasten und spülte sie mit dem letzten Schluck Bier runter. Sein Rücken schmerzte innerlich und äußerlich, das rechte Kniegelenk machte mit heißem Schmerz deutlich, was es von der Belastung hielt.

Er ging zu den Leichen. »Runter mit ihnen. Sie sind Fischer und werden gegen ein Seemannsgrab nichts haben.«

Hyun half ihm dabei, die Toten über Bord zu wuchten, während der Trawler automatisch gesteuert durch den Pazifik fuhr und dem Marianengraben folgte.

Einen tieferen, unzugänglicheren Ort für alles Menschliche gab es auf der Erde nicht. Sie hatten im Vorfeld verschiedene Szenarien durchdacht, unter anderem, dass der Marianengraben von Ozeanografen gelegentlich erforscht wurde. Aber der Abstand von über elf Kilometern vom Grund bis zur Oberfläche, die Kälte und der Druck tief unten sprachen dafür. Die Meeresforscher fanden mit Tauchrobotern allenfalls die Betonstücke, die niemanden interessierten und die keiner bergen würde.

Dass die Karten ihren lockenden Ruf aus dem Graben bis zu zufällig vorbeikommenden Booten und Schiffen sendeten, glaubte Hyun nicht. Und außer ihr und Tadeus gab es keine Wissenden mehr, die sich ernsthaft auf die Suche begeben würden. Des Teufels Gebetbuch würde kein Unheil mehr anrichten.

Nie wieder. Tadeus warf sich nach verrichteter Arbeit eine sechste Schmerztablette ein und setzte sich mit Hyun ans Heck. »Es kann weitergehen.«

Der Kahn zog ungefährdet vorwärts. Es gab auf dem offenen Meer nichts, mit dem er kollidieren konnte, sodass Tadeus und Hyun gemütlich am Heck verweilten. Nach jedem geleerten Bier warfen sie ein Betonstück ins Meer, manchmal auch zwei.

»Was machen wir, wenn wir unsere Mission erfüllt haben?« Hyun schob den nächsten grauen Klotz über die Reling. Das Sprechen geriet ihr leicht undeutlich.

Als Asiatin vertrug sie kaum Alkohol.

»Wir fahren küstennah an Guam ran und versenken den Trawler auf einem Riff. Damit fragt keiner nach der Besatzung.« Tadeus blickte sie an. »Du bist doch eine gute Schwimmerin?«

Hyun deutete auf die Rettungsringe, die an der Wand neben dem Aufgang zur Brücke hingen. »Sicher ist sicher.«

Tadeus grinste und genoss mit geschlossenen Augen sein nächstes Bier. »Und danach machst du *was?* Mudang oder Chirurgin? Hat dich das Bier erleuchtet?«

»Ich bin und bleibe Chirurgin«, antwortete Hyun durch das Tuckern des Motors und Plätschern der Wellen. »In meinem Urlaub werde ich eine Mudang aufsuchen. Eine ausgebildete. Und sie um Rat fragen. Die Geister werden mich hoffentlich leiten und mir Erkenntnis bringen. Mehr als das Bier.«

Tadeus hob als Antwort die Dose und kuschelte sich gedanklich in seine Zukunft, um die es gut stand. Schuldenfrei. Suchtfrei. Mehr Kontakt zu Tochter und Sohn. Gemeinsame Stunden bei befreitem Lachen. Erste Termine waren bereits vereinbart, und er konnte es kaum erwarten.

»Glaubst du, dass Kirchner ein zweites Spiel wie dieses angefertigt hat?«, fragte Hyun mitten in seine Kopfidylle; dem Klang nach verschob sie ihren Stuhl.

»Voll Hass und Menschenfeindlichkeit?« Tadeus seufzte und nahm einen Schluck. »Nein. Hat er nicht.«

»Sind wir uns da sicher?«

»Ich bin es.« Er wollte nichts anderes hören, spülte ihre Frage intern mit Bier hinab und kehrte vor seinem inneren Auge zurück auf sein eigenes Boot. »Absolut sicher.«

Der Ausflug auf dem Trawler schürte seine Vorfreude, mit seinem eigenen Kutter auf der Ostsee zu fahren. Ganz ohne Aufregung und Kampf an Bord. Die Wogen, der Duft nach Meer, das Rufen der Möwen versprachen Frieden und pure Freiheit. Es gab so viel zu sehen, ohne Drogen im Kopf. Er würde die Welt ein zweites Mal entdecken.

Darauf freute sich Tadeus sehr.

* * *

EPILOGOS

Heiliges Römisches Reich,
Kurfürstentum Sachsen, Leipzig, August 1768

Susanna hatte sämtliche Fenster der Dachkammer geöffnet, damit die stehende Hitze auszog. Das durchziehende Lüftchen schuf die Illusion von Kühlung.

Von draußen erklang Leipzigs Allerlei aus Unterhaltungen, Spatzengezeter, lautstarkem Anpreisen, Hufschlag und Radrattern, dazu das Marschieren geschnürter Stiefel und gelegentliche militärische Befehle. Der letzte Krieg war noch nicht lange her, und schon gingen Soldaten durch die Straßen.

Ilse und Johann beschäftigten sich mit Lesen und Schreiben, der Kleinste kaute auf einem Apfelschnitz herum und verzog das Gesicht, wenn das Saure überhandnahm, musste lachen und versuchte es gleich wieder.

Susanna saß in der Arbeitsecke ihres verstorbenen Mannes, in der er das Spiel aus dem Kupfer gestochen hatte. Vor ihr lag das Notizbuch ihrer Ahnin, mit dessen Hilfe sie Dietrich besiegt hatte.

Witwe Kirchner. Die Bestattung war ihr schwergefallen. Um ein Haar wäre sie am Grab zusammengebrochen, doch ihre Kinder gaben ihr Halt. Wer alles da gewesen war, um ein letztes Geleit für den Toten zu gewähren, wusste sie nicht mehr. Der Tag hatte sich aus ihrem Kopf gelöscht, bis auf das gezimmerte Holzkreuz mit dem kleinen Kranz und der schwarzen Schleife darüber, den jemand gespendet hatte.

Bastians Leiche war durch einen Zufall entdeckt worden. Spielende Kinder, Sprösslinge der Bediensteten auf dem Rittergut, hatten ihn gefunden, als sie gegen die Anweisungen der Eltern für eine Mutprobe in die schaurige Mühle geschlichen waren.

Für die Obrigkeit lag der Fall auf der Hand: eine Ruine, Schädel, Magie, ein Menschenopfer. Man hatte Susanna wissen lassen, dass die Öffentlichkeit nicht beunruhigt werden sollte, immerhin habe man mit den Studentenunruhen schon Ärger am Hals. Aber, so versicherte ihr der Rat, man würde alles tun, um die Schuldigen zu finden. Für die Allgemeinheit war Bastian Kirchner daher von Räubern verschleppt und umgebracht worden. So galt er als ein weiteres Opfer der Kriminalität der Stadt, und nirgends wurde etwas von Teufelskulten geschrieben.

Susanna hatte daraufhin eine anonyme Botschaft an die Herren des Gremiums geschrieben, in der sie Martin Dietrich in seinem Arbeitshaus-Versteck wegen Hexerei und Zauberei anzeigte sowie auf seine Vergangenheit aufmerksam machte.

Auch darüber las sich nichts in den *Leipziger Zeitungen*.

Susanna erhob sich und verbarg das Büchlein im bewährten Versteck.

»Spielt schön«, sagte sie zu ihren Kindern. »Und Johann, gib auf die anderen acht.«

Sie ging die Stufen hinunter zur Schreibstube von Johann Gottlob Immanuel Breitkopf. Er hatte um eine Unterredung mit ihr gebeten.

Susanna ahnte, um was es gehen würde: das verfluchte Kartenspiel.

Bald darauf saß sie vor seinem Schreibtisch, in Schwarz, die Hände zusammengefaltet. Sie sah Breitkopfs Erschrecken vor ihren verhärmten Zügen. Die letzten Wochen hatten sie ausgezehrt. Obendrein hatte die Hexerei, die sie gewirkt hatte, sie körperlich angegriffen. Das Büchlein erklärte es damit, dass das Böse mehr von einem nahm, als es umgekehrt gewährte. So machte es stets die besseren Geschäfte als das Gute.

Susanna gab sich Mühe, freundlicher auszusehen, auch wenn ihr Breitkopf den Anblick nicht übel nahm. Sie befand sich in Trauerzeit.

»Um vorwegzunehmen, was Euch vor Eurem Eintreten sorgte, Witwe Kirchner«, begann Breitkopf und setzte seine weiße Lockenperücke auf. »Ihr könnt bleiben und für mich die Kupferstecherei betreiben. Ihr habt ein gutes Talent, wie ich schon sah. Den neuen Oeser, den Ihr stacht: größte Verehrung!«

»Danke, Herr Breitkopf.«

Er langte in die Schublade und nahm einen versiegelten Brief heraus. »Den soll ich Euch aushändigen. Er ist von Goethe.«

Susanna fühlte ihr schlechtes Gewissen. Sie hatte so tun müssen, als wüsste sie von nichts, bis Frau Stock ihr von dem rätselhaften Leiden des Studenten berichtete. »Ist er denn wieder wohlauf?«

»Abgereist ist er. Zurück nach Frankfurt, ohne einen Abschluss in der Tasche.« Breitkopf rieb sich die tintenbefleckten Hände, als wollte er groben Dreck davon entfernen. »Das wird sein Vater nicht sonderlich gelungen finden. Nun, ich versteh's.«

»Hat er denn Ihnen gesagt, warum?«

»Er wird keine guten Erinnerungen an die Zeit hier haben. Erst die Romanze, aus der nichts wurde, dann die Studentenunruhen, zu denen uns der König die Soldaten auf den Hals hetzte, und jetzt der schwere Blutsturz.« Breitkopf machte ein besorgtes Gesicht. »Tuberkulose.«

»Oh.« Susanna fühlte sich erleichtert, dass die Ärzte Goethe hatten retten können und der junge Mann nichts von dem verriet, was in der Mühle geschehen war. Sie sah auf den Brief. Darin standen gewiss klärende Worte. »Wann ist er …?«

»Vor Kurzem.« Der Verleger lächelte. »Sagen wir: Dass

das Militär einrückte und nun nach den Übermütigsten der Unruhen fahndet, wird seine Entscheidung beschleunigt haben, den heißen Boden zu verlassen.« Er legte die Unterarme auf den Tisch. »Abgesehen davon, Witwe Kirchner, wollte ich mich erkundigen, wie's mit den Karten steht.«

Sie stellte sich unwissend. »Wie meinen Sie das?«

»Das französische Blatt. Euer Mann erschuf Grandioses, das mir die Deutschen, Engländer und Franzosen aus den Händen reißen werden«, schwärmte er. »In einem knappen Jahr will ich beginnen. Bis dahin muss stehen, was ich dazu brauche. Meinen Vater bekomme ich noch überzeugt, er ist ein harter Brocken.« Er strahlte sie an. »Euer Mann sagte mir, es sei vollendet.«

»Das stimmt wohl, Herr Breitkopf.«

Er sah ihr an, dass es etwas gab, was ihm nicht schmecken würde. Daher veränderte sich auch sein Gesichtsausdruck. »Aber?«

»Die Räuber, die ihn verschleppten, des Geldes wegen«, behauptete Susanna, »raubten auch die Druckplatten.«

»Ei der Daus!« Breitkopf fasste sich an den Kopf. »Sie kamen herein? In die Dachstube?«

»Ja. Sie müssen leise gewesen sein, denn weder ich noch die Kinder erwachten. Sie suchten noch mehr Geld, denke ich.« Susanna hoffte, dass er ihr glaubte. »Lieber Herr Breitkopf, halten Sie die Augen offen, ob sich demnächst ähnliche Karten auf dem Markt einfinden, gemacht von einem Konkurrenten. Dann wissen wir, wohin die Platten ihren Weg nahmen.«

Der Verleger gab ein unzufriedenes Brummeln von sich, gefolgt von einem Fluch. »Was ist mit dem Original? Dem ersten Kartenspiel. Wir könnten es als Vorlage nutzen.«

»Ebenso entwendet. Mein Mann trug es stets bei sich, und bei ihm fand es sich nicht.« Susanna dachte daran, wo es sich in Wahrheit befand: zusammen mit dem Büchlein unter den

Dielen. Die Druckplatten des einzig wahren Gebetbuchs des Teufels lagen auf dem Grund des Flusses, abgeschabt und zerkratzt, zerhämmert und eingeschlagen, zerstört und vernichtet, so weit es ging. Da ruhten sie bis zum Ende aller Tage. Die Vorzeichnungen hatten sich noch am Tag von Bastians Ableben im Ofen zu Asche gewandelt.

»Ein Elend, ein Elend.« Breitkopf warf die Hände in die Luft, dann sah er sie hoffnungsvoll an und zupfte an seiner Perücke herum. »Witwe Kirchner, lasst mich nicht im Stiche. Wärt Ihr in der Lage …?«

»Es tut mir leid, Herr Breitkopf. Das war das Meisterwerk meines Mannes.« Sie spürte, wie ihr Hals sich verengte. »Und mit Verlaub: Ich werde Ihnen keine Karten machen. Sie haben Bastian den Tod gebracht, obwohl ich ihn warnte, die Finger davon zu lassen.« Ihre Stimme senkte sich zu einem Flüstern. »Sie werden für Karten andere geschickte Hände brauchen.«

Breitkopf seufzte. »Nun gut. Ach, hätte ich das früher gewusst. Ich hätte die Platten in meinem sicheren Zuhause eingelagert.«

»Es tut mir leid.«

Er wedelte mit den Händen. »Gott bewahre! Ihr könnt doch nichts dafür.« Breitkopf grübelte bereits darüber nach, woher er einen Kartenmacher bekam, das sah sie ihm deutlich an. »Gut, dann will ich Euch nicht länger aufhalten.« Er stand auf, und auch Susanna erhob sich vom Stuhl. »Wie gesagt: Geht dem Stock zur Hand, liefert mir schöne Stiche, und es wird Euch nicht an einem Auskommen fehlen. Was ich Eurem Mann zahlte, das bekommt Ihr auch von mir.«

Sie nickte und nahm die Hand, die er ihr hinstreckte, schüttelte sie und verließ das Büro.

Kaum war sie draußen, erbrach sie das Siegel und faltete den Brief auf, den ihr Goethe hinterlassen hatte.

Hochverehrte Frau Kirchner,

die Ärzte sagten, es war eine Tuberkulose, die mich erfasste und kostbares Blut erbrechen ließ.
Ich bin mir nicht sicher, ob dem so ist. Denn mich plagen Bilder, auch wenn ich nichts mehr weiß von manchen Tagen. Das Letzte, woran ich mich erinnre, ist: Ich folgte Eurem Mann aus Neugier, weil er eine Geheimniskrämerei aus seinem Geschäft machte. Sollte ich mich nicht zu sehr täuschen, ging es raus aus der Stadt.
Dann erlischt mein Verstand.
Die Krankheit, das Fieber raubten mir die Erinnerung.
Nun hörte ich, was ihm geschah, und es grämt mich. Wäre ich ihm weiter gefolgt, könnt er wohl noch unter den Lebendigen weilen?
Ich sprach von rätselhaften Bildern, Spukweben in meinem Verstand, Sätze und Worte, die mich narren und glauben machen, Ihr seid da gewesen. In der verlassenen Mühle, wo sich die Leiche Eures Mannes fand. Ihr. Dietrich. Der Teufelspudel. Ich. Wir waren alle da, und … mir stockt die Hand. Es kommt mir lachhaft vor, aber ich sah Magie. Und hörte Bannsprüche.
In meinem Wahn schrieb ich manch Zeile nieder, bis ich von der Tuberkulose genas, und ich muss sagen: Es taugte zu einem Stück.
Es passt zum Stoff des Doktor Faustus und lässt mich seitdem nimmer los.
Warum ich gehe und gen Frankfurt strebe?
Ihr seid die Einzige, die die Wahrheit kennt: Mein Leipzig lob ich mir, und doch fürchte ich die Geister, die dort leben, und die Mächte, die nach Herrschaft streben.
Ich muss verarbeiten, was ich erlebte oder erträumte. Wer weiß, was ich gesehen? Aber es gilt: Abstand gewinnen und halten.

Eines Tages, liebe Frau Kirchner, kehre ich nach Klein-Paris zurück, und Ihr könnt mir Eure Geschichte erzählen. Bis dahin wünsche ich Euch Gottes Segen und Kraft, die Ihr braucht, um die Kinder durchzubringen.

J. W. Goethe

Susanna faltete den Brief zusammen und atmete erleichtert auf. Auch der Studiosus würde sie nicht verraten. Niemand außer ihr kannte die Wahrheit.

Sie lächelte und dachte liebevoll an ihren Bastian.

Es würde nach ihm keinen neuen Mann an ihrer Seite geben.

Susanna durchquerte die Werkstatt und überlegte, ob es noch andere wie Dietrich in der Stadt gab, die einzig nach dem Schlechten trachteten. Es hatte auf sie den Eindruck gemacht, als wäre er einer von vielen.

Das Werkzeug seiner Wahl, das Kartenspiel, hatte seinen Zweck nicht erfüllt, auch wenn es unzerstörbar schien. Susanna hatte es mit Feuer, Hammer, Grabstichel, Säure und derlei versucht, aber das Böse beschützte die Karten, gemacht aus nichts als leichtem Papier. Susanna versuchte es mit magischen Formeln ihrer Ahnin und hatte bereits die Hälfte des Büchleins durchgeackert. Ein, zwei Sprüche machten ihr Hoffnung. Damit ließe sich das Spiel zumindest so weit schwächen, dass man ihm mit Spitzen, Schneiden und Feuer zu Leibe rücken konnte. Es würde dauern, doch des Teufels Gebetbuch würde durch ihre Hand getilgt werden.

Als Susanna die Tür zur Dachkammer öffnete, hörte sie das Geschrei ihrer Kinder. Es roch verbrannt, Rauch schwebte in blaugrauen Schwaden durch den Raum, als habe es ein Feuer gegeben.

»Habt ihr gezündelt?«, rief sie erschrocken und blickte sich um. »Johann, sagte ich dir –«

»Wir konnten nichts dafür!« Er zeigte auf die Stelle, wo Büchlein und Kartenspiel verwahrt gewesen waren. Dort klaffte ein Brandloch im Holz, eine Schütte Wasser hatte das Glimmen gelöscht. »Da kam Rauch raus. Wir haben es aufgebrochen, mit deinem Werkzeug, Mutter, und das kokelnde Ding zum Fenster rausgeschmissen.«

»Weit rausgeschmissen«, fügte Ilse hinzu.

»Hui!«, machte Armin.

Susanna dämpfte ihre Wut und strich ihnen nacheinander über die Köpfe, hob den Kleinsten auf und ging zum Loch. »Das habt ihr gut gemacht.«

Sie blickte in das Versteck.

Darin lag, mit einem rechteckigen Brandloch vom Einband bis zum Boden, das Notizbüchlein ihrer Ahnin. Ein schmaler Rand der Seiten sowie das Leder waren übrig geblieben, den Rest der Blätter hatte das Kartenspiel erbarmungslos vernichtet, ausgebrannt wie eine schwärende Wunde.

Des Teufels Gebetbuch fehlte.

Ich war zu arglos. Susanna barg das zerstörte Heft, schloss die Augen, atmete langsam ein und aus, bevor sie sich umwandte. »Aus welchem Fenster habt ihr es geworfen?«

Johann und Ilse zeigten auf das große Fenster, das sperrangelweit offen stand und durch das der Rauch abzog.

Die Karten haben vernichtet, was ihnen gefährlich werden konnte. Susanna steckte den Kopf aus der Luke, blickte nach rechts und links über die Ziegel. *Und ich bot ihnen die Gelegenheit dazu.*

Sosehr sie gehofft hatte, eine Spur des Spiels zu entdecken, sah sie doch nichts außer Taubenkot und Moos auf den gebrannten Ziegeln.

Da erklang mehrfaches, wildes Schnabelklopfen, gefolgt von einem wütenden Krächzen und einem Pochen.

Susanna setzte ihren Kleinsten auf den Boden, stellte sich auf die Zehenspitzen und spähte hinaus.

Eine Krähe saß auf dem First und hielt eine Karte im Schnabel: das Pik-Ass.

»Komm zu mir«, versuchte sie, den schwarzen Vogel zu locken. »Gib mir das, was du da hast. Du bekommst auch …«

Die Krähe warf ihr einen langen Blick zu, spreizte die Flügel und warf sich in den Sonnenuntergangswind. Nach einigen raschelnden Flügelschlägen verschwand sie über den Dächern und tauchte nicht mehr auf.

Der Bote des Todes nahm sich die gefährlichste von allen Karten. Passend, wie sie fand. Susanna wandte sich der Kammer zu und betrachtete traurig das verbrannte Notizbüchlein.

Es gab darin nichts mehr von Nutzen, nur verstümmelte Worte und zerstörte Symbole. Wie zum Hohn hatte das Pik-Ass sein verschnörkeltes, feines Muster zusammen mit dem Totenkopf in das Leder gebrannt, zum Abschied und als boshafte Erinnerung.

Susanna setzte sich und legte die Reste des alten Wissens ihrer Ahnin zur Seite. Sie küsste ihre Kinder, eines nach dem anderen. »Das habt ihr gut gemacht«, lobte sie erneut. »Sonst hätte es uns glatt das Dach weggebrannt.« Sie zeigte auf die ausgeschnittenen Bildchen der Fehldruckbögen. »Jetzt bastelt mir eine Geschichte.«

Während Ilse und Johann davonstürmten, nahm sie Armin wieder auf den Arm. Ihre Augen richteten sich auf den dunkelrot gefärbten Abendhimmel.

Ihr war die Verantwortung für das Spiel entrissen worden. Andere würden ebenso wie sie erkennen, dass es gefährlich für die Menschheit war, und dafür sorgen, dass die Blätter niemals wieder zusammenfanden. An diese Hoffnung klammerte sie sich.

Es war meine Schuld. Ich hätte damit rechnen müssen. Das Gebetbuch hatte gewusst, dass sie im Laufe der Monate und Jahre herausfinden würde, wie sie die Karten vernichten konnte. Es hatte sich gefürchtet, zugeschlagen und war geflohen. Vor ihr. Möglicherweise, weil sie nicht nur die Ahnin von Sibylle, sondern auch von Dietrich war.

Und vielleicht war es besser so. Sonst wäre sie am Ende geworden wie er. *Des Chaos wunderliche Tochter.*

* * *

Nachwort

Ich kann meine Historiker-Seele nicht verleugnen, die sich nach unzähligen Partien Mau-Mau, Skat, Schafskopf, Canasta, Rommé, Poker, dem Bau von Kartenhäusern, dem Zuschauen von Kartentricks und häufigen dröhnenden Wiederholungen von *Ace of Spades* von Motörhead und *Aces High* von Iron Maiden die Frage stellte:

Woher kommt das Kartenspiel eigentlich?

Ähnlich ging es mir einst mit dem Vampirglauben, und bei der Suche nach Antworten machte ich erstaunliche Entdeckungen (nachzulesen in *Vampire, Vampire!*, Piper Verlag 2015).

Auch als ich mich in die Historie des Kartenspiels einfuchste, merkte ich schnell: Da lauert was! Und spätestens bei der klerikal-puritanisch abwertend gemeinten Bezeichnung *Des Teufels Gebetbuch, Das Gebetbuch des Teufels* oder auch *Das Bilderbuch des Teufels* für das Kartenspiel war ich nicht mehr zu halten.

Es zeigte sich, dass Karten die Menschen in Europa schon sehr, sehr lange faszinieren. Sie spielten sich damit um Kopf und Kragen, verloren Geld, Haus, Hof, Äcker und ihr Leben, sodass das Kartenspiel bereits im Mittelalter verboten wurde.

Karten dienten Wahrsagern als Mittel, um die Zukunft zu erkennen.

Karten dienten als Lehrspiele.

Karten dienten als Werkzeug, um Salbe von einem Stößel abzukratzen, oder um einen wackligen Tisch zu stabilisieren.

Und nicht zuletzt gibt es die berühmt-berüchtigte Todeskarte, das Pik-Ass, das *Ace of Spades*.

Für den Roman benötigte ich ein besonderes Kartenspiel. Was lag also näher, als ein Deck entstehen zu lassen, dessen einzelne Karten bereits verheerende Wirkungen haben? Und was geschähe, wenn es als Ganzes gespielt werden würde?

Das Zusammenspiel von Leipzigs Geschichte, den Persönlichkeiten rund ums Kartenmachen, Goethes Erlebnissen, meinen Ideen und *Faust* formte meine Erklärung, wie manche Szenen aus dem *Ur-Faust* (1808) entstanden sein könnten.

Daraus wurde mein *Des Teufels Gebetbuch*.

Nebenbei habe ich eine eigene Form des Kartenspiels erfunden, das *Supérieur*, wobei ich ausdrücklich davon abrate, die historisch-russische Version zu spielen. Bitte nicht!

Ansonsten viel Spaß damit.

Wie immer ging nichts ohne die Rückmeldung meiner Testleserschaft, namentlich Marc Roseto, Sonja Rüther und Yvonne Schöneck, die ich vorab in die Karten schauen ließ und die zu echten Jokern wurden.

Für das Lektorat und die Redaktion gebührt Hanka Jobke ein großes Lob, die mich auch auf Robert Louis Stevensons *Der Selbstmörderclub* aufmerksam machte. Vorsicht auch hier vor dem Pik-Ass. Und vor tödlichen Törtchen!

Natürlich sei dem Knaur-Verlag und meiner Lektorin Martina Wielenberg gedankt und Anke Koopmann von Designomicon für das Cover und die Zaubertricks rund um Karten. It's magic!

Und: Danke an Komponist Marcus Gorstein und Sängerin Nina de Lianin, die mit dem Song »CARDS – The Devil's Playbook« einen Roman-Song umsetzten, auf den jeder Bond-Film neidisch ist.

Markus Heitz
Herbst 2016

Die (harmlosen) Regeln von Supérieur

Mit einem Satz Pokerkarten (52 Karten) ist das Spiel möglich bis siebzehn Spieler, wobei zwischen fünf und zwölf die beste Besetzung ist. Spielt man mit einem Satz Skatkarten (32 Karten), ist es geeignet bis zehn Spieler. Vorsicht: Bei dem Satz Skatkarten herrscht eine höhere Wahrscheinlichkeit, dass das Pik-Ass gezogen wird.

Die Reihenfolge der Kartenwerte ist aufsteigend von Zahlen (2 bis 10 bzw. 7 bis 10) zu Bildern (Bube, Dame, König, Ass). Das Ass ist die höchste Karte. Die Reihenfolge der Farben ist aufsteigend: Karo, Herz, Pik, Kreuz. Die höhere Farbe gewinnt, wenn die gleichen Zahlen oder Bilder (bspw. 7 gegen 7, Königin gegen Königin) aufeinandertreffen.

Achtung: Zieht ein Spieler das Pik-Ass, ist die Runde für ihn sofort beendet. Das Pik-Ass muss sofort aufgedeckt werden. Der Spieler scheidet aus, sein gesamter Einsatz verbleibt im Pott.

Das Pik-Ass wird wieder in den Stapel untergemischt. Somit kann das Pik-Ass erneut gezogen werden, es wird nach dem gleichen Prinzip weitergespielt.

Spielt man ohne Dealer, wechselt der Geber im Uhrzeigersinn von Spiel zu Spiel.

1. Die Spieler machen ihren Grundeinsatz, über den sie sich zuvor geeinigt haben.
2. Jeder zieht verdeckt eine Karte (wahlweise die oberste oder unterste des Stapels). Die gezogene Karte wird vor den anderen Spielern verdeckt gehalten, sofern es sich nicht um das Pik-Ass handelt.
3. Es werden drei Runden gespielt.
4. In jeder Runde darf der Spieler:

checken: Der Spieler tut nichts, bleibt einfach im Spiel.
erhöhen: Die Erhöhung des Einsatzes ist bindend für alle Spieler, entweder sie gehen mit, erhöhen oder steigen aus.
aussteigen: Der Spieler deckt seine Karte auf, legt sie ab und scheidet aus. Abgelegte Karten werden nicht wieder in den Hauptstapel untergemischt, sondern bleiben außen vor.
eine neue Karte ziehen, wahlweise die oberste oder unterste des Stapels: Der Spieler deckt jedoch zuerst die alte Karte auf und legt sie zu den anderen abgelegten Karten.

5. Jeder Spieler darf einmal pro Runde checken, erhöhen, aussteigen oder eine neue Karte ziehen. So geht es reihum durch alle drei Runden.
6. Nach der dritten Runde zeigen reihum alle ihre Karte. Der Spieler mit der höchsten Karte bekommt alle Einsätze.

Die historische Regel des Supérieur

Wer das Pik-Ass zieht, wird umgebracht oder darf sich selbst erschießen. Sein Einsatz und sein Vermögen am Tisch gehen in den Pott der Runde. Das Pik-Ass wird untergemischt.

Die Supérieur-Gewinner in Avignon im Roman

Spiel 1: Boch, Herz-Ass
Spiel 2: Poe, Kreuz-Dame
Spiel 3: Crichton, Pik-Dame
Spiel 4: Crichton, Karo-Ass
Spiel 5: Mulder, Pik-Ass: wird erschossen. Boch, Kreuz-König
Spiel 6: Hermine, Pik-Dame
Spiel 7: Hermine, Karo-Ass

Spiel 8: Ausreißerin, Pik-Ass: wird erschossen. Hermine, Kreuz-Ass

Spiel 9: Crichton, Kreuz-Dame. Er hat jetzt am meisten Geld, weil Hermine immer mitsetzt. Hermine ist beinahe pleite.

Spiel 10: Crichton, Herz-Neun. Denise ist beinahe pleite.

Spiel 11: Boch, Karo-Ass

Spiel 12: Boch, Pik-Ass, sagt aber nichts. Das Spiel geht weiter.

Showdown:

Poe: Herz-König

Crichton: Pik-Neun

Denise: Herz-Ass

Hermine: Kreuz-Ass. Sie hätte gewonnen.

Anhang

Das Historische nahm bei meiner Recherche einen Umfang an, den ich en détail nicht in den Roman einbinden wollte. Kein Info-Dump, mehr Handlung.

Wer sich also einlesen möchte, dem empfehle ich diesen Anhang.

Die historischen Figuren im Roman

Die Familie Breitkopf gab es wirklich, auch ihren Verlag in Leipzig, der sich verdient um den Notendruck machte, bevor erwähnter Johann Gottlob Immanuel Breitkopf sich auch im Kartenmachen versuchte.

Gesagt wurde über ihn: »Sein ruheloser Geist trieb ihn zu immer neuen Unternehmungen, so übernahm er eine Buchhandlung in Dresden, für kurze Zeit auch in Bautzen; zudem hatte er 6 Häuser und sein Rittergut Abtnaundorf zu verwalten; 1770 gründete er eine Spielkartenfabrik, die er jedoch 1782 wieder verkaufte, während er die damit verbundene Buntpapierfabrik fortführte und die englischen Papiertapeten mit Cattunmustern zu verdrängen suchte durch vollständige Zimmerauskleidungen mit Verzierungen im ›guten Geschmacke, den die griechische und römische Baukunst lehret‹.« Und: »[E]ine Vorgeschichte zu demselben bildet sein Buch ›Versuch, den Ursprung der Spielkarten, die Einführung des Leinenpapiers, und den Anfang der Holzschneidekunst in Europa zu erforschen‹, dessen erster Theil 1784 erschien und in dem 1801 von Roch herausgegebenen zweiten Theile eine Art Ergänzung fand.«[1]

Also wieder Karten!

Auf der Suche nach Unheimlichem für den Roman stolperte ich über die Hexenverfolgungen. Von 1479 bis 1730 gerieten in Leipzig 24 Personen in Hexenprozesse, 6 wurden hingerichtet.

Es gab einen Martin Dietrich, der im Mai 1730 in Leipzig angeklagt wurde. Dem abgedankten sechzigjährigen Soldaten war von einem Dr. Balthasar Friedrich Jacobi Zauberei und Quacksalberei wegen des Handels mit »Raritätenkasten« und Kräutern unterstellt worden. Ebenso ist vermerkt, dass der Beschuldigte nach einer Belehrung durch den Pfarrer und einem Reinigungseid freigelassen wurde.

Es gab Sibylle Schöne. In den Gerichtsakten ist vermerkt: »1699 Sibylle, Frau von Hans Georg Schöne, Kupferdrucker, 40 Jahre, Vorwurf: Zauberei, Hexerei, Haft, dann frei.«[2]

In den Jahrhunderten zuvor hatten manche weniger Glück.

Auch den Kupferstecher Johann Michael Stock gab es, er arbeitete für die Breitkopfs und war sehr berühmt für seine Stiche, die überwiegend aus Porträts bekannter Persönlichkeiten und Landschaften bestanden, insbesondere nach Vorlagen von Adam Friedrich Oeser. Auch war er für den Buchdruck tätig. Er unterrichtete den jungen Goethe während seiner Leipziger Studienzeit im Kupferstich und Holzschnitt. Goethe sagte über ihn in *Dichtung und Wahrheit*: »Es zog nämlich in die Mansarde der Kupferstecher Stock. Er war aus Nürnberg gebürtig, ein sehr fleißiger und in seinen Arbeiten genauer und ordentlicher Mann. Auch er stach, wie Geyser, nach Oeserischen Zeichnungen größere und kleinere Platten, die zu Romanen und Gedichten immer mehr in Schwung kamen. Er radierte sehr sauber, so daß die Arbeit aus dem Ätzwasser beinahe vollendet herauskam, und mit dem Grabstichel, den er sehr gut führte, nur weniges nachzuhelfen blieb.«[3]

Und nicht zu vergessen: Johann Wolfgang Goethe, gut befreundet mit den jüngsten Breitkopfs, die mit ihm in Leipzig studierten, und eben mit dem Künstler Stock.

»Die im folgenden Jahre begründete Häuslichkeit ward bald eine gute Stätte für jede Kunstbestrebung und edle Geselligkeit; Goethe, als junger Student in Breitkopfs Hause wie ein naher Verwandter aufgenommen, hat dort in freundschaftlichem Verkehre, bei musikalischen und dramatischen Aufführungen, bei Ordnung der Antikensammlung wie Benutzung der reichen Bibliothek manche Anregung fürs Leben erfahren.«[4]

Im Juli 1768 erlitt Goethe einen schweren Blutsturz als Folge einer tuberkulösen Erkrankung, wie es heißt. Doch auch die Flucht vor Ärger mit der Obrigkeit kann in Erwägung gezogen werden. Im August reiste er nach Frankfurt zurück.

Auerbachs Keller gab es schon viel früher, die historischen Weinstuben sind nach wie vor zu besichtigen. Wer also mal auf dem Fass reiten möchte …

Historie des Kartenspiels – ein Abriss

Der Mensch ist seit Tausenden Jahren ein Jäger und Sammler – und Spieler.

Das Spielen und das Spiel sind im Menschen fest verankert, vom komplexen Schach, bei dem primär Taktik und Vorausdenken gefragt sind, bis hin zu einfachen Würfelvarianten, wo eher Zufall regiert. Eine Mischung aus Zufall und Taktik bildet das Spiel mit Karten.

Überall auf der Welt kennt man sie inzwischen, es entwickelten sich die verschiedensten Blätter, und wenn eine Kultur sie nicht originär besaß, wurden die Karten früher oder später von außen buchstäblich ins Spiel gebracht.

Aktuell erfreut sich Poker der größten Bekanntheit und Beliebtheit, aber was wäre Deutschland ohne Skat, England ohne Bridge und eine Kinderrunde ohne Mau-Mau?

Der Weg der Karten: nach Europa

Vorweg sei gesagt: Wie das Kartenspiel nach Europa kam, ist nicht gesichert. Vermutungen führen an, dass es aus dem Orient von den Arabern, Ägyptern oder über fahrendes Volk importiert wurde oder es gar zu einer eigenständigen Entwicklung im Abendland aufgrund von Beobachtungen des Spielens im Orient kam.

Eine wissenschaftliche These aus dem 18. Jahrhundert besagt, der Maler Jacquemin Gri(n)gonneur habe die Spielkarten 1392 erfunden, um den geisteskranken Karl VI. von Frankreich (1368–1422) zu erheitern. [Und ich denke: Na ja, vielleicht waren die Kartenspiele an seinem Zustand schuld. Und vielleicht haben sie den »Ball der Brennenden« ausgelöst. Anm. d. A.] Die Rede ist dabei von drei Kartenspielen.[5] Schatzkanzler Charles Poupart zahlte dafür 56 Sous an den Künstler aus.[6] Behauptet wird außerdem, dass die Karten aus dem Orient zusammen mit dem Papier und den Sarazenen kamen[7]; andere nennen die Zigeuner beziehungsweise fahrendes Volk als Erfinder und Überbringer der Karten; ganz Fantasievolle sprechen von Atlantis, und Freimaurer Antoine Court de Gébelin war der Meinung, dass rätselhafte Gemälde der altägyptischen Tempel über die Jahrtausende (!) auf den Spielkarten erhalten geblieben seien.[8] Dazu später mehr.

Asien scheint zumindest eine nicht unerhebliche Rolle gespielt zu haben, doch es gibt auch dazu kaum verlässliche Quellen.

Zwei Beispiele:

Der chinesische Kaiser Seun-ho habe im Jahre 1120 Spielkarten an seinem Hof eingeführt, heißt es, um seinen Konkubinen etwas mehr Zerstreuung zu bieten. Die älteste

Quelle dafür ist das chinesische Lexikon Ching-tse-tung – von 1678. In »*The Invention of Printing in China* (1925)« schreibt T. F. Carter, er habe einen Hinweis auf Kartenspiele in China für das 969 gefunden; auch das bleibt umstritten.[9]

Eine These besagt, dass die frühesten Spielkarten in Korea und China des 12. Jahrhunderts nachweisbar sind, gefertigt in länglichen Streifen. Dabei ist nicht bekannt, welche Spiele mit diesen Karten gespielt wurden. Aufgrund früher Abbildungen sei nachweisbar, dass die Karten ursprünglich gefaltet und nicht gefächert gehalten wurden, wodurch man annimmt, dass anfangs nur Glücksspiele und keine Kombinationsspiele gespielt wurden.[10]

Eine weitere umstrittene These sagt, dass Spielkarten bereits vor dem 12. Jahrhundert in Korea bekannt waren, in Stäbchenform, doppelt so lang wie ein Daumen und halb so breit; dies seien die Urkarten.[11]

Von China kommend, wurden Spielkarten nach Indien und Persien sowie in die arabischen Länder gebracht und kamen dann auch nach Europa, wo sie zuerst in Italien und Frankreich bekannt wurden.[12]

Einen sicheren Beleg gibt es auch dafür nicht.

Indien kommt wohl eine größere Bedeutung zu, auch wenn man besser nichts auf die Aussage von Captain D. Cromline Smith gibt, der 1815 britischer Kolonialoffizier war und von einem Brahmanen ein Kartenspiel geschenkt bekommen haben soll. Laut dem Brahmanen habe es sich seit undenkbaren Zeiten – mindestens aber tausend Jahre lang – im Besitz seiner Familie befunden.[13]

Eine gern angeführte Theorie besagt, dass das indische Schachspiel eine Art Geburtshelfer des Kartenspiels war, denn die Gemeinsamkeit läge auf der Hand: Es treten Könige mit ihrem Gefolge gegeneinander an.

Die Urform des Schachs, *Tschaturadschi* (was so viel heißt

wie *vier radschis*, also *vier Könige*), spielte man zu viert mit Spielsteinen und Würfeln auf einem viereckigen Brett. Es gab vier Könige in den Farben Grün, Rot, Gelb und Schwarz plus deren Armeen. Und: Man spielte Schach nicht mit Figuren, sondern mit bemalten Steinchen oder Plättchen.[14] Durch Würfeln wurde bestimmt, welche Figur zum Zug kam, um die Unberechenbarkeit einer Schlacht zu simulieren.

Bevor es als Zwei-Mann-Version über Persien nach Europa kam, wurde das Vier-Parteien-Schachspiel für die Reise vom Brett gelöst. An die Stelle von Steinchen traten dünne Pergament- oder Papierblätter, die im Gepäck leichter zu verstauen waren, oftmals in runder Form. So entstand das vierfarbige Kartenspiel, das während der Herrschaft der Mohammedaner über große Teile Indiens in den Westen gelangte.

Die Mamelucken führten wiederum eigene Symbole ein, die Truppenteile bekamen Zahlen für ihre Stärke, die Könige und Marschälle bekamen eine entsprechende Markierung. Lange Zeit hieß die Spielkarte in Italien und Spanien *naipes*, benannt nach dem arabischen *Naibe*. *Naibe* war das arabische Wort für eine militärische Charge im ägyptischen Mameluckenstaat, die in Europa zu *Marschall* umgedeutet wurde und immer noch in den Bezeichnungen *Ober* und *Unter* existiert.[15]

Ohne den Sinn des kriegerischen Spiels zu erfassen, griff man in Europa das Schema und die Regeln auf und baute sie weiter aus. Zufall und Taktik blieben weiterhin enthalten, und das neue Spiel wurde gerne angenommen, vom Edelmann bis zum Bauern.

In Italien und Spanien wurden die vermutlich islamischen Farbzeichen Schwert, Stab, Pokal und Goldmünze fast unverändert beibehalten, in Deutschland zu Eichel, Blatt, Herz und Kugelschelle umgedeutet. Die Franzosen reduzierten die Farbzeichen weiter, um es einfacher schablonieren zu können, auf Treff, Pik, Herz und Karo, und kamen mit zwei Farben, Rot und Schwarz, aus.[16]

Blieb das Wort *naipes* für Spielkarten in Italien und Spanien beibehalten, setzte sich im Heiligen Römischen Reich das Wort *Karte* durch, abgeleitet vom Lateinischen *charta*, zu deutsch *Papierblatt*.[17]

Verbote und Verfolgung

Ein erstes bekanntes vollständiges Verbot des Gebetbuchs des Teufels stammt aus der Stadt Bern von 1367.

»Das Kartenspiel muss in Bern bereits bekannt und vor allem ›sozial auffällig‹ geworden sein, als es der Berner Rat 1367 verbietet. Das Verbot ist die erste Erwähnung von Spielkarten in der Schweiz überhaupt.

Bemerkenswert ist die recht hohe Strafe, mit welcher die Übertretung des Verbotes geahndet wird. Verhängt wird nicht nur eine Buße, sondern auch eine längere Verbannung aus der Stadt. Gleichzeitig verboten wurde das Hochwerfen um die Wette von Steinen und Kugeln. Denn als von Zufall und Gewinnsucht bestimmte Tätigkeiten dienten sie nicht dem Seelenheil und zeitigten nicht selten böse Folgen: Betrügereien, Verarmung und gewalttätige Streitereien bis hin zu Mord und Totschlag.

Ganz im Gegensatz stehen die Brettspiele wie Schach, Mühle und Tric-trac, bei denen mehr das taktische Geschick und nicht Glück und Geldeinsatz im Vordergrund stehen. Entsprechend wurden Brettspiele im Berner Verbot von 1367 explizit ausgenommen: ›... doch behaben wir uns selben vor bretspil‹. Auch in späteren Berner Spielverboten bilden Brettspiele und namentlich genannt das Schachspiel immer wieder die erlaubte Ausnahme.

Im Laufe der Zeit milderte die Berner Obrigkeit ihre Einschätzung des Kartenspiels: Als ›bescheidenes Spiel‹, das heißt ohne hohe Einsätze, und in ›rechter Gesellschaft‹ war es um 1400 schließlich gestattet.

Diese Voraussetzungen für das erlaubte Spiel waren nicht zuletzt ein Versuch, es an gewissen öffentlichen Orten, insbesondere in Wirtshäusern und Schenken, zu verhindern. Hier trafen Fremde, darunter auch zwielichtige Figuren, mit Ortsansässigen zusammen. Die enthemmende Wirkung des Alkohols in einem solchen Umfeld förderte ohnehin Laster aller Art, nicht selten aber war das Spiel um Geld erst Auslöser von Konflikten.

Kommt hinzu, dass Unschuldige zum ›schedlich winckelspil‹ verführt und betrogen wurden. Der verlorene Sohn, der in der Spelunke sein Erbe verspielt, und der Falschspieler im Wirtshaus sind nicht von ungefähr ein beliebtes Motiv der Literatur. Das Winkelspiel wurde ›mit harten Ungnaden an übe und guot‹ bestraft.«[18]

Karten, ein Thema für das Gesetz, und das nicht zum letzten Mal.

Sicher ist: Es tauchte vor 1378 auch in Deutschland auf – denn aus diesem Jahr stammt der erste gesicherte Beleg: ein Verbot des Kartenspiels in den Städten Regensburg an der Donau sowie in Konstanz am Bodensee.[19]

Zwei angeblich frühere Erwähnungen wurden von der Forschung widerlegt. Zum einen ein Eintrag des Sandro di Pipozzo in der Chronik von Venedig aus dem Jahr 1299, denn dieses Manuskript von Pipozzo hat nie jemand, der es zitierte, mit eigenen Augen gesehen.[20] Zum anderen findet sich in dem deutschen Buch *daz guldin spil* (Das Goldene Spiel) ein Hinweis auf das Jahr 1300 – allerdings wurde das Werk erst 1472 gedruckt, und der Verfasser sagt aus, er habe es so gelesen.[21]

Umstritten ist eine Textpassage aus dem Jahre 1337 in Marseille und andere Passagen und Funde, die nicht durch weitere Dokumente abgesichert sind.

Ein Indiz, dass das Spiel später seinen Durchbruch erlebt hat, zeigen Francesco Petrarca (1304–1374), Giovanni Boccaccio (1313–1375) und Geoffrey Chaucer, die in ihren Werken über Spiele berichten, aber Kartenspiele nicht erwähnen. Auch in Dante Alighieris (1265–1321) Werken fehlen die Kartenspiele, obwohl er etliche Laster der Menschheit auflistet, auch Brett- und Würfelspiele.[22]

Aber nur weil explizite Nennungen fehlen, heißt es nicht, dass die Karten da nicht schon bekannt waren.

Die Karten mögen das Rätsel um sie.

Gesichert ist, dass 1370 das Wort *naipes* in einem spanischen Reimbuch auftaucht. Und am 23. Mai 1376 wurde das Spiel *naibbe* in Florenz unter Strafe gestellt.[23]

Ab 1377 werden Spielkartendokumente – oft sind es Verbote – häufiger, der ausführlichste Bericht stammt aus der Feder eines Dominikanermönchs in Freiburg im Breisgau, Johannes von Rheinfelden.[24] Verfolgungen von Zuwiderhandlungen verbinden sich mit den Namen besonders fanatischer Mönche, unter ihnen Bernhard(in) von Siena, Johannes Capistranus und auch Girolamo Savonarola, die allgemein gern Spiele neben anderem verwerflichem Tand auf Scheiterhaufen verbrennen ließen.

Capistranus, der später heiliggesprochen wurde, führte einen besonders radikalen Kreuzzug gegen das Spiel, ließ zwischen 1453 und 1456 Scheiterhaufen dafür errichten, unter anderem in der Kartenstadt Altenburg und anderen Zentren der Kartenherstellung.[25]

So heißt es, dass nach einer Capistranus-Predigt in Nürnberg die Zuhörer 3640 Brettspiele, 40 000 Würfel und eine noch größere Anzahl von Kartenspielen angeschleppt hätten, um sie als Zeichen der Reue und Buße öffentlich zu verbrennen. Das ist eine Zahl, die man zu würdigen weiß, wenn man bedenkt, dass Nürnberg damals 30 000 Einwohner zählte.[26]

Ein Holzschnitt von Hans Leonhard Schäufelein aus dem Jahr 1519 zeigt, wie Karten zusammen mit anderen Spielen verbrannt wurden.

Bernhard von Siena hielt 1423 in Bologna, also ausgerechnet in einem der drei Tarockzentren, eine Verdammungspredigt auf das Kartenspiel und brandmarkte es als Erfindung des Teufels.[27]

Solche Kartenverbrennungen und die Tatsache, dass die billigen Volkskarten nach mehrmaligem Nutzen weggeworfen wurden, sorgten dafür, dass es kaum Funde aus dem 15. und 16. Jahrhundert gibt und nur einige teure Karten von Reichen und Adligen die Zeit überdauerten. Billige Karten finden sich ab 1500 meist als Makulatur in den Einbänden alter Folianten (siehe Herstellung) oder hinter Wandvertäfelungen[28] und auch unter Parkett.[29]

Das Kartenspiel hatte es nie leicht gegen das Gesetz und gegen die Kirche.

Der Puritaner John Northbrooke wetterte noch 1576 in seinem Buch *Spiritus est Vicarius Christi*: »The Kings and Coate Cards that we use nowe ware in olde times the ymages of Idols and false Gods; which since they that woulde seeme Christians have changed into Charlemane, Lancelot, Hector and suche like names.«[30] Hintergrund ist, dass es im 16. Jahrhundert üblich wurde, die Hofkarten Persönlichkeiten zuzuschreiben.

Es gab ein »erneuertes und geschärftes Edict« gegen Kartenspiele, »sie mögen erfunden, seyn, oder noch erfunden werden«, aus dem Jahr 1787 von Preußenkönig Friedrich Wilhelm. Das Edikt erneuerte Verbote von 1714, 1731, 1744, 1763 und 1774 und drohte mit Strafen von bis 1000 Gulden, einjährige Festungshaft, Vertreibung außer Landes und Dienstentlassung für Beamte und Offiziere.[31]

Karten wurden, wie gesagt, nach 1376 plötzlich häufig in Dokumenten erwähnt: 1379 in St. Gallen, 1379 in Brabant, 1380 in Nürnberg (Verbot), 1382 in Flandern und Burgund,[32] 1382 in Lille (Verbot),[33] 1389 in Zürich,[34] Mailand und Paris,[35] 1390 in Holland, 1391 in Augsburg, 1392 in Frankfurt am Main,[36] 1394 in Straßburg und 1400 in Augsburg (Verbote).[37]

Rosenfeld folgert daraus: »Man muß diesen Jahresangaben entnehmen, daß das Kartenspiel sehr schnell von Italien zum Oberrhein kam (1377), sich ab 1378 in den großen Handelsstädten des süddeutschen Gebietes, am Rhein und dem Haupthandelsweg entsprechend rheinabwärts verbreitete, über Flandern nach Frankreich kam, aber erst Mitte des 15. Jahrhunderts den deutschen Osten, Österreich und Polen eroberte und erst im letzten Drittel des 15. Jahrhunderts Spanien, den deutschen Norden und den außerdeutschen Norden ergriff.«[38]

Gegen diese Folgerung spricht, dass bereits 1387 Johann I. von Kastilien ein Kartenspielverbot erließ. Und um 1540 bereiste ein Flame namens Eckeloo Spanien und beschwerte sich, dass er sich unterwegs nicht das Nötigste beschaffen konnte, weder Brot noch Wein, aber in jedem elenden Dorf hätte er Spielkarten kaufen können.[39]

Die spanischen Karten setzten zusammen mit den Entdeckern 1492 nach Amerika über und breiteten sich dort aus.

Angeblich sei Montezuma im Jahr 1519 der erste Native gewesen, der sich für die Spielkarten der Eroberer interessierte. Und als die Spielkarten abgenutzt waren, soll ein gewisser Pedro Valenciano auf Trommelhaut neue gemalt haben.

Von Mexiko aus ging es nach Norden; später haben die Apachen-Indianer nach spanischen Vorlagen eigene Spielkarten auf Leder gemalt.

Aufs nordamerikanische Festland gelangten sie zusammen mit der Expedition von Hernando de Soto, der mit vier Schiffen und etwas mehr als 700 Männern in der Espiritu Santo Bay, dem heutigen Florida, anlandete; Garcilasso de la Vega berichtete, dass einmal im Kampf mit Indianern sämtliche Spielkarten verbrannten und die Männer sofort neue auf Pergament gemalt hätten.

Doch mehr als Spuren bei den Apachen haben die spanischen Karten in Nordamerika nicht hinterlassen; die Franzosen, Engländer und Holländer brachten ihre eigenen Karten mit, und Kreuz, Pik, Herz und Karo übernahmen den Kontinent.[40]

Und wo Karten sind, gibt es immer Ärger: 1633 wurden in der Plymouth-Colony mehrere Personen wegen Kartenspiels bestraft; 1656 betrug die Strafe 40 Shilling für Erwachsene, Kinder und Knechte sollten beim ersten Mal nur ermahnt werden, beim zweiten Mal öffentlich gezüchtigt. Noch 1703 stand öffentliches Kartenspielen unter Strafe.[41]

Kartenherstellung

Die ältesten erhaltenen Spielkarten sind handgemalt, bestehen aus Leder, Pergament, selten aus Papier, und wurden in Auftrag gegeben von Fürsten und reichen Leuten, welche die Miniaturmaler bezahlen konnten. Zu erwähnen ist das sogenannte Stuttgarter Kartenspiel, das als das weltweit älteste erhaltene Kartenspiel gilt, entstanden um 1430 am Oberrhein, vielleicht in Basel. Die an Buchmalerei erinnernde kostbare Ausstattung der Spielkarten weist auf einen sehr vornehmen Auftraggeber hin. Daneben gibt es noch das Ambraser Hofjagdspiel, entstanden zwischen 1440 und 1445.[42]

Papier

Entscheidend für den Siegeszug der Karten war die Papierherstellung. Ausgehend von China um 100 nach Christus, kam die Fertigung mittels Schöpfsieb über das heutige Thailand, um 600 nach Korea und um 625 nach Japan. Die Papierherstellung fand spätestens um 750 den Weg in den arabischen Raum und gelangte mit dem Kulturkontakt des christlichen Abendlands im Orient und mit den arabischen Eroberern in Südspanien nach Europa. 1390[43] beziehungsweise 1389[44] stand die erste Papiermühle in Deutschland bei Nürnberg.

Druck

Um 1398 kam in Europa der Holzschnitt groß raus, der es ermöglichte, Karten billig und in Masse herzustellen;[45] noch vor 1400 übernahmen europäische Briefmaler aus der Kenntnis des Zeugdrucks mit Holzmodellen diese Technik für den Druck auf Papier.

Vor 1440 kamen vermutlich Goldschmiede auf die Idee, gravierte Kupferplatten auf Papier abzudrucken. Beide Drucktechniken ermöglichten eine noch schnellere, billigere Kartenherstellung.[46]

Die Deutschen hatten dabei einen Vorsprung und besondere Fertigkeiten in der Kunst des Holzschneidens. Kartenmacherzentren bildeten sich in Ulm, Nürnberg und Augsburg ,[47] auch Nördlingen wird erwähnt.[48]

Mit der beginnenden Spielkartenproduktion spaltete sich vom Handwerk der Briefmaler und Heiligenbildmaler der selbstständige Berufszweig der Kartenmacher ab; zugleich entstand das neue Handwerk der Formenschneider.

Wie eng die Verzahnung anfangs war, zeigt ein Dokument

von 1577, in dem sich der Rat der Stadt Friedberg an den Rat von Frankfurt wendet. Die Friedberger hätten erfahren, dass in Frankfurt in der Judengasse ein Kartenspiel gekauft worden sei, in dem sich die Darstellung der Kreuzigung Christi befunden hätte. Das sei dem christlichen Glauben »schmerzlich«. Es stellte sich heraus, dass eine Friedbergerin sechs Kartenspiele für je fünf Heller von einem jüdischen Händler gekauft hatte und das Andenkenbildchen versehentlich in der gleichen Werkstatt zusammen mit den Karten eingepackt wurde.[49]

Holzschnitt (für die groben, billigen Gebrauchskarten) und Kupferstich (für die detailreicheren, teuren Fantasie- und Luxuskarten) bestimmten mit manchen Modifizierungen wesentlich die Technologie der Spielkartenherstellung bis ins 19. Jahrhundert hinein.[50] Erst danach wurde der Hoch- und Tiefdruck durch den Flachdruck abgelöst.

Der Beruf des Kartenmachers stützte sich bis weit ins 18. Jahrhundert ausschließlich auf den Holzschnitt, die Kupferstichkarten wurden im gleichen Zeitraum von Künstlern, Kupferstechern und Kupferstich-Verlegern an zahlungskräftige Kunden geliefert.[51]

Ein Druckbogen wurde aus den Schnitten beziehungsweise Kupferstichen erstellt, auf dem mehrere Kartenmotive Platz fanden. Misslang der Abdruck, wurde der Bogen beiseitegelegt, und das wertvolle Papier wurde zur Herstellung von Bucheinbänden verwertet. Auf diese Weise sind viele Motive alter Spielkarten überliefert.[52]

Zum Kolorieren der Schwarz-Weiß-Abzüge wurden entweder Pinsel in Handtechnik oder Schablonen zum billigeren Stempeln benutzt.[53] Mit einer Schablone trug man die Farben Rot, Gelb, Grün, Blau auf; die zwei französischen Farbzeichen stempelte man mittels der Schablone, bei den deutschen vier hingegen war eine Zeichnung notwendig, sodass lediglich die Kolorierung mittels Schablone vorgenommen werden konnte. Auch nach der Kolorierung verwarf man noch Druckbögen.[54]

Die Kartenmacher klebten mehrere Papierbögen übereinander zu einem Kartonbogen: bedruckte Vorderseite, später auch eine bedruckte Rückseite, und in die Mitte eine stabilisierende Mittelschicht. Die Weiterbearbeitung erfolgte mit einem Reibeballen, der zuvor mit Seife eingerieben wurde. Die so vorbereiteten Bögen wurden auf einer polierten Marmorplatte mit einem speziellen Stein beidseitig geglättet und gelangten danach zum Zerschneiden.[55]

Anschließend wurden sie verpackt, wobei auf der Verpackung meist Name und Wohnung des Kartenmachers stand.[56]

In den Jahren 1796 bis 1798 erfand der in Prag geborene Alois Senefelder den lithografischen, auf einem chemischen Vorgang beruhenden Flachdruck, womit sich auch für die Spielkarte eine neue Produktionsweise durchzusetzen begann; nach einigen Jahren der Weiterentwicklung war es möglich, mehrfarbige Kartenblätter zu drucken. Auf das nachträgliche Kolorieren konnte verzichtet werden.

Solche Farblithografie und die Chromolithografie erlangten bis in den letzten Jahrzehnten des 19. Jahrhunderts eine enorme Bedeutung für die Spielkartenproduktion; das Verfahren wurde bis weit ins 20. Jahrhundert angewandt. Inzwischen kommt der Offsetdruck zum Einsatz.[57]

Motive

Die Kartenblätter waren bis in das 15. Jahrhundert geprägt von Bildern und Darstellungen des höfischen Lebens, des Lebens der Soldaten und des fahrenden Volkes. Ab dem 15. Jahrhundert setzten sich die heute üblichen Kartenwerte in Form von Zahlenwerten von eins (Ass) bis zehn und Bildwerten Bube (Unter), Dame (Ober) und König durch.

Einige Künstler des 15. und 16. Jahrhunderts hatten anscheinend bald genug von den einfachen Farbzeichen und dekorierten Karten in künstlerischer Freiheit (auch bekannt als Willkür) mit absonderlichsten Farbzeichen sowie Pflanzen, Tieren oder anderen Gegenständen. Damit wurde seltener gespielt, denn sie galten als teure Sammelobjekte der Reichen und Adligen, während die Volkskarten schlicht, auch derb daherkamen.

Im 16. Jahrhundert entstanden in Europa lokale Farbzeichensysteme mit vier Farbzeichen, die die bis dahin üblichen Tiere, Blumen, Wappen, Helme und anderen Farben ablösten.[58] Zu den wichtigsten Blättern wurden das nach und nach an Dominanz gewinnende französische Blatt mit Treff (Kreuz), Pik, Herz und Karo, das deutsche Blatt mit Eichel, Laub, Herz und Schellen und das spanisch-italienische Blatt mit Stäben, Schwertern, Kelchen und Münzen.

Im Groben gibt es heute folgende Farbsysteme: Erstens: das italienisch-spanische, zweitens: das deutsche und drittens: das französische. Mit diesen Konstanten sind die Spielkarten heute noch in der Welt unterwegs. Die regionalen Unterschiede sind derlei zahlreich, dass sie den Rahmen dieses kleinen Anhangs sprengen würden. Wer sich mit dem Fränkischen, dem Altenburger, dem Bayerischen Blatt und dem Tarockblatt näher auseinandersetzen möchte, die Entwicklung vom Französischen Blatt erkunden will und sich fragt, warum das Ass so heißt, welche Bedeutungen die Bild-Karten in Ungarn haben (Kreuz-König als Alexander der Große), was ein Schafkopf-Tarock-Blatt ist, warum der Herz-König auch Max genannt wird, was Tell-Karten sind, wie Altenburger Blatt und das Bayerische Bild entstanden, wo die Brünig-Napf-Reuss-Linie verläuft – der muss Selbststudium betreiben. So.

Und weil das Traditionelle nicht ausreicht, sind hundertfach andere Motive und zahlreiche Kartenspiele mit eigenem Blatt auf dem Markt.

Waren den Gestaltungsmöglichkeiten der Zahl- und Hofkarten im Grunde keine Grenzen gesetzt, sah es mit den Rückseiten meistens etwas harmloser aus.

Denn die Rückseite des Kartenspiels hatte nur einen Job: gleich auszusehen und nicht durchscheinend zu sein, damit man nicht sieht, was die Mitspieler auf der Hand haben.

Die Undurchsichtigkeit war von Beginn an leicht zu erreichen mit mehrschichtig geklebten Bögen, einer eingefärbten Mittellage oder dunkel gefärbtem Kleister.[59]

Weiße Rückseiten waren eine schlechte Idee, denn Flecken und Markierungen verraten schnell, wer welche Karten hat. Ideal für Zinker und Winkelspieler. Die weißen Rückseiten verschwanden seit dem 16. Jahrhundert zunehmend, auch wenn die Herstellung farbiger Rückseiten komplizierter und das Endprodukt teurer wurde. Man färbte sie schwarz mit Rauten- oder Rhombenmustern, deren Felder wiederum mit Blütenornamenten gefüllt wurden.

Diese im Holzschnitt hergestellten Rückseiten hielten sich bis zu Beginn des 18. Jahrhunderts, dann lockerten sich die Muster, bleiben aber einfarbig schwarz. Erst danach erschienen Vielfarbvarianten in Rot, Blau und Violett, und seit der zweiten Hälfte des 18. Jahrhunderts traten verstärkt Punktmuster auf, die mit Stahl- und Messingstiftformen gedruckt wurden und sich bis Mitte des 19. Jahrhunderts großer Beliebtheit erfreuten. Die karierten Rückseiten gibt es seit 1860.

Mit Verfeinerung des Buchdrucks und neuer Pressen kam die Vignette ins Spiel. Waren die Ornamente vorher an den Rändern einfach abgeschnitten, bekam jede Karte nun ein in sich geschlossenes Ornamentensemble oder eine bildliche Darstellung, welche die Spielkarte bis auf einen feinen umlaufenden Rand bedeckt.[60] Dies ist die heute gebräuchlichste Form der Rückseitengestaltung.

Tarock & Tarot

Tarock bezeichnet eine große Gruppe von Stichkartenspielen, die neben den Farbkarten eine Serie von klassisch 21 beständigen Trümpfen haben, die meist mit römischen oder arabischen Ziffern durchnummeriert sind.

Tarock lässt sich, zusammen mit anderen frühen Kartenspielen Europas, erstmals ab 1415[61] und der Zeit um 1430–1440 im nördlichen Italien als *Tarocchi* nachweisen.[62] Das schon vorher bekannte Spiel wurde zunächst mit *Trionfi, Triumph, ludus triumphorum* und ähnlich bezeichnet, also mit italienisch-lateinischen Formen des deutschen Triumph oder Trumpf. Diese Namensform wird erstmals im Februar 1442 in einem ferraresischen Rechnungsbuch in Zusammenhang mit Spielkarten genannt, in Frankreich wird sie erstmals 1482 erwähnt.

Viele frühere italienische Dokumente verdeutlichen, dass das bezeichnete Spiel sich zunächst in Italien entwickelte und dann in Südfrankreich heimisch wurde. Den klassischen italienischen Farben Spade (Schwerter), Bastoni (Stäbe), Coppe (Becher) und Denari (Münzen) wurden die nummerierten *trionfi* (Trumpfe) mit höherer Stichkraft hinzugefügt sowie die Sonderkarte *il matto* (der Narr). Die Details der Entstehungsgeschichte sind nicht mehr zu rekonstruieren, es haben sich etliche Legenden gebildet. So soll beispielsweise Michelangelo sie erfunden haben, um den Florentiner Kindern das Lesen und Rechnen beizubringen.[63] [Ach ja, wieder das Wort »Legende« im Zusammenhang mit Spielkarten …, Anm. d. A.]

Meist bestand das Tarock aus 22 Karten, von denen 21 mit

lateinischen Ziffern durchnummeriert waren; der 22. Tarock war der Narr, *il matto* oder *il misero*, den man für einen Vorläufer des geläufigen Jokers hält.[64] Das venezianische Tarock hatte gar 78 Karten: 22 Tarock- und 56 normale Blätter mit vier Bildkarten sowie zehn Augenkarten in vier Farben. Das Bologneser hatte nur 62 Karten: 22 Tarocks und 40 Farbkarten, während das Florentiner mit 97 Karten aufwartete.

Ob man mit Kunstwerken wie den *Tarockkarten des Mantegna* (um 1485) wirklich spielte, bleibt fraglich. Bedenkt man, dass Herzog Filipo Maria von Mailand kostbare, handgemalte Tarockkarten besaß, für die er 1415 einem Künstler 1500 Goldstücke zahlte,[65] wird einem klar, dass diese Decks eher angeschaut und bewundert wurden.

Tatsächlich war das Tarockspiel weit verbreitet, in der Variante *Cego* spielt man es nach wie vor in Baden.

Aus dem Tarock entwickelten sich die Wahrsagekarten, die Tarot genannt werden. In seinem 1782 erschienenen Buch *Le Monde Primitive* lässt der bereits erwähnte Antoine Court de Gébelin verlauten, dass sich in den 22 Tarockkarten ein ägyptisches Weisheitsbuch erhalten habe. Der Papst wird dabei zum Hierophant, die Päpstin zur Isispriesterin, der Teufel zum Typhon.

Ein Perückenmacher namens Aliette, der okkultisch Etteilla hieß, zeichnete nach diesen und eigenen Erkenntnissen die ehrwürdigen Karten um. Er nannte es *Das Buch Thot* und veröffentlichte fast jedes Jahr ein Buch über die geheimnisvolle Kunst, Karten zu legen und die Weisheit der alten Ägypter im Hausgebrauch für sich zu nutzen. Sein Buch erschien in zahlreichen Übersetzungen, mit Abdrucken der Karten, die man ausschneiden und auf Pappe kleben sollte.[66]

Die 78 Karten teilen sich in die sogenannten großen und kleinen Arkana, gelegentlich auch das große und kleine Arkanum genannt (von lat. *arcanum*: Geheimnis). Die drei bekanntesten und einflussreichsten Decks sind das Marseille-, das Rider-Waite- und das Crowley-Tarot. Alles Weitere dazu bitte ich, im Selbststudium herauszufinden.

Kartenmacher, Geschäfte und Steuer

Die Kartenmacherei bedeutete ein einträgliches Geschäft – und harte Konkurrenz.

Für Deutschland wird 1392 erstmalig ein Kartenmacher in Frankfurt namens Hensel von Wissenburg erwähnt,[67] und in Toulouse existierte seit 1465 eine Innung der *Naiperii*, der Kartenmacher. In Lyon bildeten im Jahr 1458 die Kartenmacher beim Empfang von Heinrich II. und Katharina von Medici im Jahr 1458 ein Korps von 172 Mann.

Zwischen 1490 und 1500 ziehen auch in deutschen Landen wandernde Kartenmacher umher und siedeln sich, ausgehend von Nördlingen, Augsburg und Nürnberg, unter anderem in Leipzig [Ha! Leipzig!, Anm. d. A.] an.[68]

Aber nicht nur die regionalen Kartenspiele liefen gut, es florierte der Handel mit fremdländischen Karten, vor allem mit italienischen. In der Ulmer Chronik von 1474 heißt es, die städtischen Kartenmacher exportierten »leglenweis« (in kleinen Fässern) nach Italien, Sizilien und auch übers Meer, im Tausch gegen Spezereien (Gewürze) und andere Waren.[69]

In Italien war man sich der gut ausgebildeten, flotten Konkurrenz bewusst, aber die Kartenmacher standen den billigen Importen machtlos gegenüber. Schon am 11. Oktober 1441 reichten die venezianischen Kartenmacher eine Petition beim Rat ihres Stadtstaats ein, und forderten ein Verbot der Einfuhr fremder Karten, seien sie gemalt oder gedruckt. Es wurde ihnen stattgegeben.[70]

Die französischen Karten fanden dank ihrer Einfachheit

im Zweifarbsystem großen Gefallen und verdrängten die deutschen von ihrer Vorrangstellung auf dem Markt. Die französischen Karten wurden sogar nach England geschmuggelt, wenn die Briten die Einfuhr verboten oder mit hohen Zöllen belegten. Die Lyoner und Pariser Kartenmacher druckten gar *London* als Herstellungsort auf ihre Produkte, um die englischen Abnehmer nicht zu gefährden.[71]

Im Dreißigjährigen Krieg kamen die französischen Farben verstärkt ins deutsche Gebiet und verdrängten vor allem in Preußen die alten deutschen Farbzeichen von den Kartenbildern, ebenso in den skandinavischen Ländern. Nur die südeuropäischen Länder behielten ihre Zeichen bei.[72]

Ab dem 16. Jahrhundert wurden Kartenspiele in den Spielsalons gesellschaftlicher Kreise gepflegt. Viele bekannte Kartenspiele entstanden in Frankreich und breiteten sich ab dem 17. und 18. Jahrhundert nach Deutschland und in andere Regionen aus, darunter Bassette und dessen Weiterentwicklung Pharo sowie Piquet und L'Hombre. Zu dieser Zeit wurden Spiele wie Skat, Whist und Bridge entwickelt, im frühen 20. Jahrhundert folgten Canasta und Rommé.[73]

Die Nachfrage nach Kartenspielen erhielt sich durch die Jahrhunderte und bescherte den Kartenmachern und -fabrikanten sichere Umsätze – und so ließ die Spielkartensteuer nicht lange auf sich warten.

In Frankreich und England begann sie im 16. Jahrhundert,[74] in den deutschen Ländern folgte die Steuer spätestens im 17. Jahrhundert, 1681 in Sachsen.[75] Das hatte zur Folge, dass für jedes Spiel in Abhängigkeit von Machart und Kartenanzahl ein bestimmter Betrag abgeführt werden musste. Der Betrag variierte in den unterschiedlichen Ländern des Heiligen Römischen Reiches. Dafür erhielt jedes Spiel auf dem Rot-Daus beziehungsweise dem Herz-Ass einen offiziellen Stempel.[76]

Dieses in Preußen 1714 anzutreffende System wurde dort 1838 durch eine reine Stempelsteuer (eine Urkundensteuer in Form der behördlichen Abstempelung der Spielkarten) ersetzt und 1867 verbessert. Der Zollvereinsvertrag vom 8. Juli 1867 bestätigte den Spielkartenstempel als Landesabgabe. Durch Reichsgesetz vom 3. Juli 1878 auf das Reich übertragen, wurde die Abgabe im Reichsspielkartensteuergesetz vom 10. September 1919 zu einer Verbrauchssteuer erklärt, die 1949 als Bundessteuer auf den Bund überging. Seitdem wurde sie von der Bundesfinanzverwaltung (den Hauptzollämtern) erhoben und verwaltet. Die Spielkartensteuer wurde aus Gründen der Steuervereinfachung und wegen ihres geringen Ertrags als Bagatellsteuer durch das Gesetz vom 3. Juli 1980 (BGBl. I 761) zum 1. Januar 1981 abgeschafft.[77] Bis zu ihrer Abschaffung brachte sie der Bundesrepublik etwa fünf Millionen D-Mark pro Jahr ein.[78]

In Frankreich legte sich Heinrich III. als erster König mit den Kartenmachern an und erließ am 22. Mai 1583 ein Steueredikt, dem sich die Lyoner Kartenmacher jedoch nicht beugten – sodass sie nicht zahlten. Im Gegenzug steckten sie dem Herz-König einen Weiberfächer in die Hand und gaben der Herz-Dame das Zepter. So mokierte man sich subtil über den König, denn Heinrichs Mutter Katharina von Medici führte die Geschäfte und sorgte für die grausame Bartholomäus-Nacht.[79]

Die Streitereien zwischen Krone und Kartenmachern hielten an; der Staat erhöhte die Steuern, die Produzenten zahlten nicht oder widerwillig. 1607 sank die Steuer ab, 1671 wurde sie nach langem Hin und Her aufgehoben, 1701 aber wegen Geldmangel der Krone infolge des Spanischen Erbfolgekriegs wieder eingeführt. Auch wurde den Kartenmachern jetzt die Gestaltung vorgeschrieben: Sie sollten sich genau an das Pariser Kartenbild halten.

Zimperlich war der Staat nicht. 1746 erwischte man einen Monsieur Lacour und seine Frau in Paris, die beim Steuereinnehmer zwei hölzerne Druckstöcke für Spielkarten klauten. Den Mann band man an den Pranger, verpasste ihm ein Brandzeichen, schickte ihn für drei Jahre als Sträfling auf die Galeere und ließ ihn zehn Livre zahlen; die Frau bekam ebenfalls ein Brandzeichen, wurde nackt mit Ruten ausgepeitscht und für drei Jahre aus Paris verbannt.[80]

Gespielt wurde auch in England, vorzugsweise mit englischen Erzeugnissen, weshalb 1463/64 nicht nur die Einfuhr von Bratpfannen, Tennisbällen und Haarnadeln, sondern auch von Spielkarten verboten wurde. Die Untersagung sollte die heimischen Kartenmacher schützen.

1526 war es dann dort erst mal vorbei mit dem Kartenspiel. Ausgerechnet Heinrich VIII., selbst ein leidenschaftlicher Spieler, verbot das Kartenspiel, was natürlich wenig fruchtete. Daher wurde 1541 eine Reglementierung versucht, dass Arbeiter, Landwirte, Diener, Angestellte und anderes niederes Volk nur noch zur Weihnachtszeit Karten spielen durften – was auch wenig ausrichtete, aber immerhin war es fortan Tradition, vom 25. Dezember bis 6. Januar Karten zu spielen.[81]

Karl I. von England führte 1628 eine Spielkartensteuer ein, das Parlament protestierte ohne Erfolg. Karl verlangte drei Pence Steuer auf ein Gros Kartenspiele. Einen Penny durfte der Eintreiber behalten. Noch 1628 gründete sich die Worshipful Company of Makers of Playing Cards of London. Sie boten dem König freiwillig die Zahlung der Steuer an, sofern er den Import französischer Karten verböte. Um diese Zeit hörte der Import französischer Karten tatsächlich auf, allerdings war das Blatt lange genug vertreten gewesen, um die englische Karte nachhaltig zu prägen.[82]

Was auffällt, wenn man ein englisches Bridge-Blatt betrachtet, ist das sehr aufwendig gestaltete Pik-Ass. Dies geht auf die Spielkartensteuer zurück. 1710 war die Steuer erhöht worden, und um die Abgabe leichter einzutreiben, war es den englischen Kartenmachern ab 1711 verboten, das Pik-Ass selbst herzustellen. Stattdessen musste es vom Staat gekauft werden, hergestellt in einer Banknotendruckerei in London. Um es fälschungssicher zu machen, wurde es kunstvoll ausgestaltet, sodass es mehr an eine Banknote erinnerte und die Kartenmacher es nicht einfach imitieren konnten. Das Fälschen des Pik-Asses als Steuerkarte war kein Kavaliersdelikt. Am 21. September 1805 wurde Richard Harding in Old Bailey (London) deswegen zum Tode verurteilt und gehängt.[83]

In den Jahren 1756, 1776, 1789 und 1804 wurde die Steuer jeweils erhöht, bis sie eine halbe Krone pro Spiel ausmachte. 1828 wurde sie zum ersten Mal gesenkt (etwa 300 000 verkaufte Kartenspiele im Jahr), dann 1862 zum zweiten Mal (etwa 750 000 Kartenspiele im Jahr) und 1960 ganz abgeschafft.

Steuerkarten gab es außerdem auch in Russland (Karo-Ass), in der Königlich-Großbritannisch-Hannoverschen Provinzialregierung (Herz-Daus), in Frankreich (Kreuz-Bube). In Frankreich war es ab 1581, mit der Regelung des Standes der Kartenmacher, bis 1789 Pflicht, dass die Kartenmacher ihren Namen, Vornamen sowie Siegel und Erkennungszeichen auf den Kreuz-Buben druckten.[84]

Amerika begann erst spät, Ende des 18. Jahrhunderts, mit einer eigenen Kartenproduktion. Dabei wurden zwei Änderungen eingeführt: der Joker und der Kartenindex. Gegen Ende des 19. Jahrhunderts wurde Poker in den USA populär und verdrängte das Pharo/Faro; 1920 wurde Auction Bridge (die Vorform des Contract Bridge) von 15 Millionen Menschen auf der Welt gespielt, um 1950 spielten 30 Millionen Menschen in den USA und Kanada Canasta.[85]

Nebenbei: Es gibt das alte persische Spiel Ass-nas, das ähnlich wie Poker gespielt wurde. Pro Teilnehmer fünf Karten, die gemischt und alle ausgegeben werden. Danach wird darauf gesetzt, wer die höchste Karte hat. Angeblich wurde Poker zu Anfang genauso gespielt. So jedenfalls wird der Verlauf einer Partie in den Memoiren des englischen Wanderschauspielers Joe Cowell von 1829 geschildert.[86]

Der deutsche Staat sicherte sich auch nach dem Ende der Kartensteuer seine Einkünfte, denn reine Glücksspiele mit Spielkarten, etwa Poker und Blackjack, sind bis heute nur unter staatlicher Aufsicht in Spielkasinos zugelassen. Und da warten hinter den Kulissen die Finanzbeamten, um abends einen guten Teil des Gewinns für den Staat abzuziehen.

Apropos: In Deutschland wurde ab dem 1. Januar 1900 durch das Bürgerliche Gesetzbuch geregelt, dass eine Spielschuld nicht einklagbar ist (§ 762 BGB), es sei denn, eine staatliche Genehmigung liegt zugrunde. Spielschulden wurden als Ehrenschulden betrachtet.

Kiebitze & Falschspieler

Kiebitze stehen am Rand des Spiels, schauen zu und kommentieren. Sie ruinieren im besten Fall die Stimmung, im schlechtesten die Partie, weil sie Tipps und Hinweise geben.

Die gibt es immer noch und gab es damals schon, wie die *Newe Straffordnung* für die Berliner Schankwirte von 1583 belegt: »Wer den fleißigen Spielern über die Achseln gucket als daß ine eyn heiße Angst wurt, den soll man bald verjagen und heißt ihn eyn Kiebitz.

Wer aber die Karten von zween Spielern beglotzert hat und kommt ihm eyn Lüstleyn, eynem etwas kundzuthun durch Klappern mit den Augen oder schwatzet mit dem

Maul, den soll man pönitieren um 30 Pfennige in guter Müntz oder eyn Krügelein voll Martzbier zu gemeinem Besten, dann verjag ihn.

Wer aber bedünket, so vill Weisheit zu seyn, daß Er den Spielern will Rat geben oder sagen, es habe eynes nicht recht gespielet, den soll man auf seyn Maul schlagen, auch ime das Käpplein über die Ohren treyben, denn er ist eyn Esel, dazu soll man ihn verstäupen und werffe ihn auf die Gass.«[87]

Falschspieler gab es ebenso immer, denn es wurde in den Kartenduellen um hohe Beträge gerungen, was wiederum eine Fülle staatlicher Verordnungen gegen derartiges Hasardspiel (um hohen Einsatz) nach sich zog. So findet man aus dem Jahr 1537 aus Altenburg folgende Notiz: »Mit 20 Groschen Strafe wurde Balthasar Reichhardt belegt, als er des hohen Spieles halber in der Stadt Frohnfeste in der Baderei gesessen hat und wo er sich hat henenken wollen.«[88]

Verzweiflung dank Kartenspiel.

Im Jahr 1777 erwischte man einen Falschspieler im englischen Norwich. Der Kaufmann wurde für ein halbes Jahr ins Gefängnis geworfen und musste 20 Pfund Strafe zahlen. Falls er nicht zahlen würde, käme er an den Pranger – und zwar würde er mit den Ohren darangenagelt.[89]

Und Joachim Bellachini erklärt in seinem *Lehrbuch der Magie* aus dem Jahr 1921 die Geheimnisse der Falschspieler: Volte, falsches Abheben und vieles mehr. Dabei ist Fingerfertigkeit gefragt.

Accessoires

Eine Sache lebt auch von dem, was es umgibt. Das ist bei Karten nicht anders.

Das beginnt bei der Verpackung, die bei einfachen, billigeren Gebrauchskarten fast ausschließlich aus Faltschachteln oder Papier bestand, das neben den Angaben zum Hersteller den Aufdruck *Extra feine Spielkarten* trug.

Fantasie- und Luxuskarten hingegen erhielten durch die Jahrhunderte prächtig gestaltete Hüllen: fantasievoll gefertigte Kästchen, Schuber und lederne Etuis, um den differenzierten Käuferwünschen Rechnung zu tragen.[90]

Des Weiteren gab es ständige Aufbewahrungsbehältnisse, meist eigens angefertigt: bemalte oder mit Kerbschnitt verzierte Holzkästchen, bei denen diverse Muster und Spielkartensymbole genutzt wurden, Behältnisse aus Metall mit geätzten, gehämmerten oder gravierten Verzierungen, geprägte oder bemalte Lederetuis, Intarsienarbeiten und mit Stroh beklebte Kassetten, Kisten mit farbigen Lackmalereien aus dem ostasiatischen Raum und Spielkartendosen aus Meißner Porzellan. Kurios ist ein Spielkartenetui aus der Zeit um 1880, gefertigt aus Leder und Fellstücken, versehen mit einer plastischen, bunt bemalten beinernen Teufelsmaske, in Anlehnung an die Bezeichnung *Des Teufels Gebetbuch*.

Unentbehrlich waren Jetons als Geldersatz, mal als Pappkärtchen in verschiedenen Farben, mit Wertangaben, aus Knochen, aus Elfenbein und aus Porzellan und aus Perlmutt, oftmals bemalt.

Spielkartenpressen wiederum brauchte man, um die Karten nach häufiger Nutzung wieder in Form zu drücken, und auch sie gibt es in schlichtester Form für das Wirtshaus oder aufwendig für Sammler und Reichere. Und ebenjene Reicheren hatten spezielle Spieltische, meist quadratisch und mit Tuch bespannt, mit Halterungen für Gläser, Aschenbecher, Jetons und Geld. Die Krönung waren besondere Notizblöcke zum Festhalten der Ergebnisse sowie Mischapparate, wenn man Zeit sparen wollte.[91]

Moralische, unterhaltsame, zukunftsdeutende Karten

Spielkarten vermochten mehr, als zum Spielen zu taugen.

Es gibt Karten, die Themen wie politische Propaganda, Unterricht, moralische und religiöse Unterweisung, Satire und Dichtung zugehören. Gerade dabei konnten sich Künstler in der Gestaltung austoben und lieferten damit ein kunst- und kulturgeschichtliches Zeugnis für die Nachwelt ab. Bekannt, wenn auch unüblich, sind Spielkarten aus Holz-, Metall- oder Elfenbeintäfelchen und Stoff, wie er zum Beispiel bei Schmuckkarten im Barock (Seidenbespannung) eingesetzt wurde.[92]

Erwähnt seien jene Karten, die den Zweck hatten, den Betrachter beim Nutzen zum Nachdenken zu bringen oder ihn zu erheitern. Sie sind Mitte des 18. Jahrhunderts entstanden. Tiefsinn, feine und rohe Anspielungen gehören dazu, wie beispielsweise in der Darstellung zweier raufender Herren, unter denen steht: *Ernsthafte Unterredung*.[93]

Andere Karten wurden genutzt, um Wissen zu vermitteln, sogenannte Lehrkarten.

Als Erster nutzte Thomas Murner Spielkarten zu didaktischen Zwecken – sowohl in seiner *Logica Memorativa* (1509) als auch in *Chartiludium institute summarie* (1518), jeweils entstanden in Straßburg –, indem er logische Sätze mit von ihm entsprechend veränderten Kartenbildern verbindet.[94] Auch Kartenspiele zur Erlernung der lateinischen Sprache wurden Mitte des 17. Jahrhunderts benutzt.[95] Andreas Strobl wagte sich 1603 an das *Geistliche deutsche Cartenspil*, das aus 32 Karten bestand, je 8 Karten in den deutschen Farben Schelle, Laub, Eichel und Herz, mit biblischen Szenen – samt einem 300 Seiten starken Begleittext.[96]

Es ist überliefert, dass der achtjährige Ludwig XIV. von

Kardinal Mazarin vier Kartenspiele erhielt, um sich vertraut zu machen mit: der Abfolge der Könige von Frankreich, dem Wissen der verschiedenen Länder der Erde, den Metamorphosen von Ovid und dem Leben berühmter Königinnen.[97] Kardinal Mazarin war selbst ein begeisterter Spieler und hinterließ seinen Nichten sein Vermögen und seine Spielneigung. Dies führte dazu, dass eine der Damen das Geld am Spieltisch durchbrachte und verarmt starb.[98] Ludwig hingegen ließ sich die Vorliebe für das Kartenspiel auch als Erwachsener nicht nehmen. Man sagt, er spielte an jedem Abend von sechs bis zehn Uhr, und wenn Staatsgeschäfte anstanden, musste ein Diener die Karten so lange halten, bis der Monarch zurück war.[99]

Die Beliebtheit der Lehrkarten war groß, und im späten 18. und im 19. Jahrhundert kam eine Flut davon auf den Markt, vor allem Leselehrspiele. Es ging um heraldische Erläuterungen, Landkarten mit geografischen Erläuterungen, Darstellungen der Kriegskunst, historische Szenen – beinahe sämtliche Wissensgebiete waren abgedeckt. Auch Alexander von Humboldt lernte bei seinem Hauslehrer Ende des 18. Jahrhunderts auf diese Weise.[100]

Im 19. Jahrhundert verloren die Lehrkarten an Bedeutung, aber die heute üblichen Quartette leiten sich davon ab.[101]

Karten wurden zudem als Gesellschaftsspiele genutzt. Die Unterscheidungen zu Spielkarten sind mitunter fließend; so wurden Frage- und Antwortkarten mit und ohne Farbzeichen gefunden. Solche Karten konnten meistens nur für ein bestimmtes Spiel benutzt werden (z. B. Glocke und Hammer, Hulda die Donaunixe, Preciosa das Glückskind), und die Regeln waren beigefügt. Manchmal erfuhren solche Kartengesellschaftsspiele eine Ergänzung durch Würfel.[102]

Die sogenannten Divinations-, Orakel- oder Wahrsagekarten erfreuten sich stets regen Zuspruchs. Denn wer will seine Zukunft nicht kennen?

Dazu wurden speziell für diesen Zweck gefertigte Karten oder auch ein gewöhnliches Blatt benutzt und den Karten entsprechende Deutungsmöglichkeiten zugesprochen.

Zum Auslosen der Zukunft kamen im späten 15. Jahrhundert einfache Spielkarten zum Einsatz: Mithilfe einer gezogenen Karte konnte man einen schicksalsträchtigen Spruch auf einer Liste ermitteln. Es war nur eine Frage der Zeit, bis man Lossprüche auf Karten schrieb.

Das Kartenlegen oder auch Kartomantie, nachzuweisen bereits um 1500, kam erst im 18. Jahrhundert in Schwung und löste die Praxis des Handlesens ab. Das Kartenspiel *Zigeuner Charte oder Chiromantenspiel* aus dem 17. Jahrhundert ist eine Mischung aus Wahrsage- und Lehrkarten: Einerseits kann man eine der Konstellation von Handlinien entsprechende Schicksalsdeutung erhalten, andererseits wird man belehrt, wie man aus den Linien der Hand die Zukunft ermittelt.

Eindeutige Wahrsagekarten bilden das Spiel, das nach Madame Lenormand benannt wurde, die in Paris Anfang des 19. Jahrhunderts praktizierte. Ob sie dieses spezifische Spiel selbst entwickelte, ist nicht geklärt; hingegen ist der Brauch verbreitet, Namen berühmter Magier oder Wahrsager mit Spielen zu verbinden, sozusagen als Markenbildung.[103]

Als Siebzehnjährige sagte Madame Lenormand die baldige Einberufung der Generalstände durch den französischen König ein, und es geschah; Napoleon sagte sie Aufstieg und Fall voraus; und ihre letzte große Prophezeiung trat ebenfalls ein: die Juli-Revolution von 1830 und der Amtsantritt von Louis Philippe.[104]

Hier sei auch an *Das Buch Thot* des geschäftstüchtigen Etteilla erinnert (siehe Tarock & Tarot).

Es gab auch weniger mystische Wahrsage-Karten, zum Beispiel wurden zuweilen sehr einfache Karten am unteren Rand mit einer Bezeichnung, einem Spruch oder einer Losnummer versehen und sollten so Auskunft über Wohl, Weh und Zukunft geben.[105]Auf einem Spiel aus dem Jahr 1806, hergestellt vermutlich in Nürnberg, gab es Sprüche auf Deutsch und Französisch, wobei sich die Wortlaute unterschieden, denn man war wohl der Meinung, dass ein Deutscher ein anderes Schicksal habe als ein Franzose.[106]

So steht auf dem Herz-König auf Deutsch: »Es ist besser Freyen als Brunst leiden«, während es im Französischen heißt: »Garde toi de faire un mariage sans précaution« (übersetzt etwa: Hüte dich davor, eine Heirat ohne Vorsorge einzugehen).

Auch das Skatblatt kann der Zukunftsdeutung dienen. So steht beispielsweise die Herz-Zehn für Wunscherfüllung, große Liebe, Glück in Ehe beziehungsweise fester Partnerschaft, Einladung, Aufforderung, Angebot, Heiratsantrag, Hochzeit. Sie gilt im emotionalen Bereich als die höchste Karte, kann den Beginn einer neuen Lebensphase ebenso andeuten wie eine positive Problemlösung. Man braucht also nicht unbedingt Spezialblätter.

Manche Karten wurden von den Nutzern in ihrer eigentlichen Spielfunktion nicht mehr gebraucht, und so wurde von Hand darauf notiert: *Glück, Brief, Tod* – und das Ganze dann zum Wahrsagen genutzt.[107]

Todeskarte Pik-Ass

Was aus der Historie der Kartenentwicklung für mich nicht herauszufinden war, ist die Deutung des Pik-Asses als berühmt-berüchtigte Todeskarte.

Es scheint sich erst um 1900 mit der düsteren Aussage verbunden zu haben. Dann jedoch auf vielfältige Weise:

- Das Symbol zierte im Ersten Weltkrieg die Panzer der britischen 12. Division.
- Giuseppe »Joe The Boss« Masseria war bis zu seiner Ermordung 1931 der »Boss aller Bosse« in der US-amerikanischen Cosa Nostra in New York. Am 15. April 1931 wurde Masseria in Scarpato's Restaurant auf Coney Island erschossen. In die Hand seiner Leiche hatten die Mörder ein Pik-Ass gedrückt, wie das eindrucksvolle Tatortfoto belegt.
- Im Zweiten Weltkrieg war das Pik-Ass das Symbol des deutschen Jagdgeschwaders 53, oft Pik-Ass-Geschwader genannt.
- Und spätestens mit Vietnam und den US-Truppen war die Karte nicht mehr vom Krieg zu trennen: Es fand sich als Einheitszeichen auf Helikoptern oder als Spielkarte an den Helmen einfacher Soldaten. Das US-Verteidigungsministerium ließ im ersten Irak-Krieg ein Kartenspiel drucken, auf denen sich die Gesichter der meistgesuchten irakischen Befehlshaber befanden. Saddam Hussein zierte das Pik-Ass.

Meine Vermutungen über die Verbindung von Pik-Ass und Verderben gehen in drei Richtungen:

Zum einen ist da die berühmte Dead Man's Hand: die Paare Pik-Ass und Kreuz-Ass sowie Pik-Acht und Kreuz-Acht mit Pik-Dame als Kicker. Diese Karten hatte Wild Bill Hickok auf der Hand, als er am 2. August 1876 im Saloon No. 10 von Jack McCall hinterrücks erschossen wurde – wobei es einige Zweifel darüber gibt, welche Karten er nun genau bei seinem Tod hielt.

Zum Zweiten ist da die Steuerkarte Pik-Ass aus England,

deren Fälschung mit dem Tod geahndet wurde. Dies erscheint mir als Ursprung fast schlüssiger. Es stellen sich aber die Fragen, warum die negative Deutung des Pik-Asses erst so viele Jahre später einsetzt und ob der Tod von Hickok dies befeuerte.

Zum Dritten wäre da die Geschichte *The Suicide Club* von Robert Louis Stevenson aus dem Jahr 1878. Ohne zu viel verraten zu wollen: Es geht um einen Club voller Lebensmüder, wie der Name verspricht, und auch hier hat ein Kartenspiel die zentrale Rolle. Die Karten werden rundum verteilt. Wer Pik-Ass aufdeckt, ist das nächste Opfer, und wer das Kreuz-Ass aufdeckt, ist sein Mörder. Welch hübsche Idee, aber leider nicht von mir. Ärgerlich. Wie sich die Geschichte entspinnt, möge jeder selbst herausfinden.

Auch darin kann die Erklärung für die verhängnisvolle Bedeutung des Pik-Asses liegen, zumal *Der Selbstmörderclub* recht populär ist und seit Beginn des 20. Jahrhunderts mehr als ein Dutzend Verfilmungen erlebte.

Aber sicher ist einmal mehr: nichts. Typisch für die Karten.

Trivia

Zauberei mit Spielkarten wird als Kartenkunst bezeichnet.

Zum Einsatz kommen hier sowohl unpräparierte Kartenblätter wie auch Kartenblätter, die speziell für die Kartentricks präpariert wurden, wie zum Beispiel Blätter mit zwei verschiedenen Vorderseiten, Klappkarten oder konisch geschnittene.[108]

Joachim Bellachini erklärt in seinem *Lehrbuch der Magie* aus dem Jahr 1921, wie man Kartenkunststücke vollbringt, die nichts mit Mystik, aber viel mit Vorbereitung zu tun haben.

Heute übliche Spielkarten dürften sich von der 4 mal 13 Zentimeter großen Karte, das Deck zu je 52 Karten, ableiten, das schon Johannes von Rheinfelden 1377 bekannt war. Ein Blatt hatte 10 Zahlkarten und 3 Hofkarten.

Die weltweit gebräuchlichsten Formate sind hochkant und rechteckig, das häufigste Maß ist 8,7 mal 5,7 Zentimeter. Größere Abweichungen gibt es, wenn die Karten spezielle Zwecke erfüllen sollen, wie für Zauberkunststücke, für Seheingeschränkte, für Reisen, fürs Schwimmbad und derlei.

Die vermutlich kleinste Spielkarte findet sich auf einem ungeschnittenen Spielbogen um 1900 und stammt aus Leipzig. Die Kantenlängen sind weniger als ein Zentimeter. Der Bogen war für eine Puppenstube vorgesehen. Ein Arzt in Neu-Delhi behauptet jedoch, er habe ein Spiel mit einer Kantenlänge von acht Millimetern.

Während sich in Europa und Amerika die rechteckige Karte durchsetzte, ist in Indien die runde gebräuchlich.[109] Die Karten sind sehr bunt, waren früher aus bemaltem Elfenbein oder lackiertem Karton.

Japan, die alte abgeschottete Inselmacht, hat keine eigene Spielkartentradition, aber aus den mitgebrachten Karten der Portugieser entwickelten sich rasch eigene Versionen, wie das HajaFuda/Hanafuda (das Blumenspiel) und das Spiel der 100 Dichter, das man in der Neujahrszeit spielt und das Quiz-Charakter hat.[110]

Zur Zeit von Ludwig XIV. war das Kartenspiel so en vogue, dass man Ballette, Bälle und Theaterstücke nach Kartenmotiven einrichtete. So wurde am 7. August 1676 in Paris das Stück *Le Triomphe des Dames* aufgeführt, verfasst von Thomas Corneille, und als Zwischenspiel gab es ein Ballett, das ein Piquetspiel darstellte.[111]

In Igor Strawinskis Ballett *Jeu de cartes* stehen Pokerkarten im Mittelpunkt des Bühnengeschehens, die Oper *Pique Dame* von Peter Tschaikowski handelt von einem dem Faro/Pharo verfallenen Helden. Und Richard Strauß setzte seinem Lieblingskartenspiel Skat in der Oper *Intermezzo* 1924 ein musikalisches Denkmal.[112]

Eine Nutzung von Spielkarten als Geldersatz ist aus Neufrankreich im heutigen Gebiet von Kanada bekannt. 1685 kam es zu Verzögerungen der Soldzahlungen aus Paris. Um dem zu begegnen, ließ der damalige provisorische Gouverneur Jacques de Meulles alle Spielkarten einziehen, vierteilen und mit dem Siegel des Gouverneurs bedrucken. Das so entstandene Spielkartengeld war mehr als siebzig Jahre im Umlauf und ist heute bei Sammlern als Rarität beliebt.[113]

Auch politische Ereignisse sind auf Karten vermerkt. Es gibt drei Kartenblätter, die als Gerichtsakten in der Zeit der Französischen Revolution dienten und Notizen über eine lebenslange Deportation einer adligen Dame tragen.[114]

Und: Die französischen Revolutionäre änderten nicht nur das Regime, sondern auch die Karten; sie tauschten Könige und Königinnen gegen Jakobiner aus. Der Adel sollte überall verschwinden.

Manchmal ist eine Karte auch eine Quittung, so geschehen 1767/68. In einem Aktenband der Schönburgischen Herrschaft Glauchau fanden sich schablonenkolorierte Karten aus verschiedenen Spielen als Quittungen. Es geht unter anderem um die Lieferung von »Jagdt- oder Fröhner Semmeln«, denn es seien anlässlich der Jagd täglich zwölf Pfund Brot und 36 Paar Fröhner Semmeln zu liefern.[115]

Artist Guss, »der kleine Mann mit der eisernen Hand«, legte drei komplette Spiele à 32 Blatt übereinander und riss die 96

Karten mit einem Ruck durch; der Altenburger Karl Schindler erhöhte den Rekord im Jahr 1934 auf 100 Karten. Damaliger Weltrekord.[116]

Zu guter Letzt: Was wäre der Joker (!) aus Batman ohne seine besonderen Visitenkarten oder der Superheld Gambit ohne seine Spielkarten?

In diversen Horror- und Mysteryfilmen muss die Kartenlegerin ran, in *Smokin' Aces* wiederum dreht sich alles um einen in Las Vegas auftretenden Kartenkünstler, der von der Mafia geknackt werden soll. Jean-Paul Belmondo war das »Ass der Asse«, und nicht zu vergessen die Band Ace of Base … na gut, dann doch lieber Motörhead und Iron Maiden: *The Ace of Spades* und *Aces High!*

Fazit: Des Teufels Gebetbuch ist überall.

Jetzt auch in einem Roman.

Als Hauptdarsteller.

Mich wundert's nicht.

Anmerkungen

1 Oscar von Hase: Breitkopf und Härtel, in: Allgemeine Deutsche Biographie 3. Leipzig: Duncker & Humblot 1876, S. 298–301.
2 Manfred Wilde: Die Zauberei- und Hexenprozesse in Kursachsen, Köln/Weimar/Wien: Böhlau 2003, S. 531–538.
3 Johann Wolfgang von Goethe: Aus meinem Leben. Dichtung und Wahrheit. Berlin: Hofenberg 2016, S. 270.
4 Von Hase, S. 298.
5 Detlef Hoffmann: Spielkarten. Inventarkatalog der Spielkartensammlung des Historischen Museums Frankfurt am Main. Frankfurt a. M. 1972, S. 4; Peter Weise: Rund um die Spielkarte. Ein Streifzug durch das Altenburger Spielkartenmuseum. Berlin: Tribüne Berlin 1986, S. 19.
6 Claus D. Grupp: Die Spielkarten und ihre Geschichte. Historisches um des Teufels Gebetbuch. Bergisch Gladbach: ASS Verlag Leinfelden 1973, S. 55.
7 Erwin Kohlmann, Hellmut Rosenfeld (Hrsg.): Die schönsten deutschen Spielkarten. Leipzig: Insel 1964, S. 38.
8 Hoffmann, S. 4.
9 Grupp, S. 10.
10 Erhard Gorys Das Buch der Spiele. Über 500 Freizeitspiele für Erwachsene. Herrsching: Manfred Pawlak Verlagsgesellschaft 1975, S. 7.
11 Grupp, S. 83.
12 Gorys, S. 7.
13 Grupp, S. 12.
14 Grupp, S. 13; Kohlmann, Rosenfeld, S. 40.
15 Kohlmann, Rosenfeld, S. 39.
16 Kohlmann, Rosenfeld, S. 41.
17 Kohlmann, Rosenfeld, S. 39.
18 Claudia Engler: Kartenspiel im spätmittelalterlichen Bern, in: Librarium: Zeitschrift der Schweizerischen Bibliophilen-Gesellschaft, Band 50, Heft 1, Zürich 2007, S. 5.
19 Grupp, S. 16.
20 Grupp, S. 15.
21 Grupp, S. 16.
22 Grupp, S. 18.
23 Grupp, S. 17.
24 Grupp, S. 16; Weise, S. 18.
25 Weise, S. 20.
26 Grupp, S. 44.
27 Grupp, S. 34.
28 Hoffmann, S. 9.
29 Weise, S. 86.
30 Grupp, S. 58.
31 Grupp, S. 17.
32 Hoffmann, S. 5.
33 Weise, S. 18.
34 Hoffmann, S. 5.
35 Weise, S. 19.
36 Hoffmann, S. 9.
37 Weise, S. 18.
38 Hoffmann, S. 5.
39 Grupp. S. 36.
40 Grupp, S. 37.
41 Grupp, S. 72.
42 Hoffmann, S. 5.
43 Kohlmann, Rosenfeld, S. 38.

44 Weise, S. 21.
45 Grupp, S. 33.
46 Weise, S. 21.
47 Grupp, S. 33; Weise, S. 20.
48 Weise, S. 20.
49 Hoffmann, S. 9.
50 Weise, S. 22.
51 Weise, S. 23.
52 Hoffmann, S. 26.
53 Weise, S. 23.
54 Hoffmann, S. 26.
55 Weise, S. 24.
56 Hoffmann, S. 26.
57 Weise, S. 24.
58 Gorys, S. 7.
59 Weise, S. 24.
60 Weise, S. 25.
61 Grupp, S. 33.
62 Wolfgang Mayr, Robert Sedlaczek: Die Strategie des Tarockspiels. Wien: Edition Atelier 2008, S. 9 ff.
63 Grupp, S. 26.
64 Grupp, S. 27.
65 Grupp, S. 33.
66 Hoffmann, S. 45 f.
67 Hoffmann, S. 9.
68 Weise, S. 20.
69 Grupp, S. 41.
70 Grupp, S. 34.
71 Grupp, S. 57.
72 Grupp, S. 37.
73 Gorys, S. 7.
74 Grupp, S. 61 u. 64.
75 Grupp, S. 71.
76 Weise, S. 77.
77 Spielkartensteuer, in: Gabler Wirtschaftslexikon. URL: http://wirtschaftslexikon.gabler.de/Archiv/-2046854405/spielkartensteuer-v1.html (Stand: November 2016)
78 Grupp, S. 71.
79 Grupp, S. 62.
80 Grupp, S. 16.
81 Grupp, S. 64 f.
82 Grupp, S. 67.
83 Grupp, S. 70 f.
84 Grupp, S. 71.
85 Grupp, S. 73.
86 Grupp, S. 86.
87 Weise, S. 80.
88 Weise, S. 82.
89 Grupp, S. 16.
90 Weise, S. 83.
91 Weise, S. 84 f.
92 Hoffmann, S. 27.
93 Hoffmann, S. 28.
94 Hoffmann, S. 29; Grupp, S. 79.
95 Hoffmann, S. 29.
96 Grupp, S. 80.
97 Hoffmann, S. 29; Grupp, S. 80.
98 Grupp, S. 80.
99 Grupp, S. 82.
100 Grupp, S. 82; Weise, S. 76 f.
101 Hoffmann, S. 29; Grupp, S. 82.
102 Hoffmann, S. 36.
103 Hoffmann, S. 34.
104 Grupp, S. 76.
105 Hoffmann, S. 36.
106 Grupp, S. 76.
107 Hoffmann, S. 36.
108 Weise, S. 75.
109 Weise, S. 85.
110 Grupp, S. 86
111 Grupp, S. 82.
112 Weise, S. 79.
113 Gorys, S. 7, Grupp, S. 73.
114 Weise, S. 86.
115 Weise, S. 88.
116 Weise, S. 88.

Verwendete Literatur

(in der man noch mehr Literatur
zum Selbststudium findet)

Erhard Gorys: Das Buch der Spiele. Über 500 Freizeitspiele für Erwachsene. Herrsching: Manfred Pawlak Verlagsgesellschaft 1975.

Claus D. Grupp: Die Spielkarten und ihre Geschichte. Historisches um des Teufels Gebetbuch. Leinfelden: ASS Verlag 1973.

Oscar von Hase: Breitkopf und Härtel, in: Allgemeine Deutsche Biographie 3. Leipzig: Duncker & Humblot 1876.

Detlef Hoffmann: Spielkarten. Inventarkatalog der Spielkartensammlung des Historischen Museums Frankfurt am Main. Frankfurt a. M. 1972.

Erwin Kohlmann, Hellmut Rosenfeld (Hrsg.): Die schönsten deutschen Spielkarten. Leipzig: Insel 1964.

Wolfgang Mayr, Robert Sedlaczek: Die Strategie des Tarockspiels. Wien: Edition Atelier 2008.

Peter Weise: Rund um die Spielkarte. Ein Streifzug durch das Altenburger Spielkartenmuseum. Berlin: Tribüne Berlin 1986.

Manfred Wilde: Die Zauberei- und Hexenprozesse in Kursachsen, Köln/Weimar/Wien: Böhlau 2003.